Arena-Taschenbuch
Band 2157

Federica de Cesco

wurde in Italien geboren. Sie hat viele Länder kennen gelernt und lebt heute mit ihrem japanischen Ehemann in der Schweiz. Ihre Bücher wurden in zahlreiche Sprachen übersetzt. Für ihr schriftstellerisches Schaffen wurde Federica de Cesco mehrfach ausgezeichnet.

Arena-Taschenbücher von Federica de Cesco:

»Emi & Tina: Geheimnisse aus Gold und Jade« (Band 2093)

»Das Mondpferd« (Band 1953)

»Melina und die Delfine (Band 1914)

»Der Indianer in der 6 B« (Band 1774)

»Mari reitet wie der Wind« (Band 2105)

Federica de Cesco

# Das Sternenschwert

Arena

**In neuer Rechtschreibung**

1. Auflage als Arena-Taschenbuch 2000

Umschlagillustration: Silvia Christoph
Umschlagtypographie: Agentur Hummel + Lang
Gesamtherstellung: Westermann Druck Zwickau GmbH
ISSN 0518-4002
ISBN 3-401-02157-5

# 1. Teil

## 1

Noch vor Tagesanbruch weckte mich ein heftiger, klopfender Schmerz in den Schläfen. Ich kannte dieses Gefühl und wusste, dass es ein Zeichen war. Aber das, was wir »Zeichen« nannten, war häufig nichts anderes als die genaue Beobachtung scheinbar geringfügiger Einzelheiten, die sich nach und nach zu einer Erkenntnis fügten.

Miwa, meiner Amme, sagte ich nichts, als sie mir den Morgentee brachte. Stumm leerte ich meine Schale und würgte etwas warmen Reisschleim hinunter. Doch als sie mir beim Ankleiden helfen wollte, sagte ich: »Geh, ich möchte noch etwas ruhen!«, und streckte mich wieder auf der Matte aus.

Miwa gehorchte und zog die Schiebetür hinter sich zu. In der Dämmerung schloss ich die Augen. Das Blut rauschte und dröhnte in meinen Ohren. Ich dachte an eine Muschel; dann an die Brandung. Immer deutlicher sah ich das Bild des Ozeans vor mir. Mit unwiderstehlicher Gewalt zog es mich an den Strand. Aber wie konnte ich den Palast ohne Aufsehen verlassen?

Plötzlich kam mir ein Einfall. Ich richtete mich auf, band hastig meine Haare zusammen. Dann streifte ich ein schlichtes Baumwollkleid über, ohne mich zu schminken, schlüpfte ich in die Strohsandalen, wie sie die Dienstboten tragen. Vorsichtig ließ ich die Schiebetür zur Seite gleiten. In dem mit Binsenmatten ausgelegten Gang wehte der Morgenwind. Ich ging schnell. Einen Augenblick später überquerte ich den großen Innenhof, wobei ich es vermied, die frisch geharkten Sandwellen zu zertreten. Die Torwärter schenkten mir keine Beachtung, und der Zufall wollte es, dass ich niemandem begegnete, der an meinem Äußeren hätte Anstoß nehmen können.

Die Festung lag auf einem Hügel. Das Wasser des Wallgrabens wurde von einer unterirdischen Quelle gespeist. Die Festungsmauer selbst bestand aus behauenen Felsblöcken. An allen vier Ecken ragten mächtige, mit braunen Strohdächern gedeckte Türme empor. Bewaffnete Wachen schritten zwischen den Zinnen auf und ab. Auch sie würdigten mich keines Blickes. Vor dem Ausfalltor schlug mir der warme Seewind ins Gesicht. Ein gepflasterter Weg führte am Heiligtum von Sugati vorbei, das meine Mutter ein Jahr vor meiner Geburt hatte erbauen lassen, um die Gottheit zu bewegen, ihr eine Tochter als Nachfolgerin zu schenken. Die Gottheit hatte sie schließlich erhört, doch das Geheimnis meiner Geburt quälte mich zunehmend, je älter ich wurde, denn was meinen Vater anbelangte, da erzählte man sich allerlei Seltsames. Meine Mutter selbst sprach nie darüber und es ziemte sich für mich nicht, ihr Fragen zu stellen.

Das Heiligtum war auf mächtigen Pfählen errichtet. Im Laufe der Jahre hatte das verwitterte Gebälk eine dunkle Bronzefärbung angenommen.

Es glich im Morgenlicht einem Schiff mit geblähten Segeln, das zwischen den Bäumen gestrandet war. Plötzlich, als ein Windstoß durch das Unterholz fuhr, gerieten die Schatten in Bewegung. Ein Sonnenstrahl schoss auf das geschweifte Dach, das vor meinen entsetzten Augen in Flammen aufzugehen schien! Schon war das Trugbild vorbei, doch ein Schauder überlief mich: Wenn auch die Gefahr, die ich vorausspürte, nur auf Sinnestäuschungen zurückzuführen war, wusste ich als Königstochter und Priesterin, dass hellseherische Kräfte in mir wirkten.

Unsere Hauptstadt Amoda lehnte an einer senkrechten Felswand. Als Schutz gegen die Brandungswellen war ein Damm errichtet worden. Der Hafen war in der Trichtermündung dreier kleiner Flüsse gebaut. Der tiefere Fluss war schiffbar. Wir benutzten für kürzere Überfahrten kleine Rundboote aus geflochtenem Schilfrohr, die mit Lehm abgedichtet wurden. Ich machte eines davon los und begann zu paddeln. Das Wasser plätscherte gegen die steinigen Ufer, wo Netze zum Trocknen ausgelegt waren. In den Reisfeldern waren Bauern bei der Ernte. Nebelschwaden hingen über den bewaldeten Hügeln, wo Frauen Holz zum Feuermachen sammelten, denn die Nächte wurden kühler. Nach Osten hin öffnete sich eine weitläufige, wie Wasser schimmernde Ebene. Sie war von Schilfrohr bedeckt. Das sumpfige, undurchdringliche Gebiet hatte unserer Heimat Yamatai den Namen »Land-inmitten-der-Schilfrohrfelder« gegeben.

Von der Strömung getragen, kam ich schnell vorwärts. Ich glitt an einer Reihe von Männern vorbei, die mit Hanfbündeln und Taurollen beladen waren. Andere trugen an langen Bambusstangen Körbe mit Früchten, Gemüse und Reis. Die meisten Einwohner von Amoda waren Fischer oder Bauern.

Die Handwerker waren sehr geachtet, denn sie bearbeiteten die sieben edlen Materialien: Metall, Stein, Holz, Leder, Bambus, Baumwolle und Ton.

Das Weben galt als Vorrecht der Priesterinnen, das Hin und Her des Schiffchens wurde mit dem heiligen Schöpfungsakt verglichen.

Alle Häuser in Yamatai waren aus Holz. Die Strohdächer waren teilweise mit Moos überwachsen. Es gab auch noch Familien, die in Pfahlbauten lebten.

Die gepflasterten, steil abfallenden Straßen führten alle zum Hafen. Der Wind brachte mir den Lärm unzähliger Stimmen, das Klingen der Werkzeuge, das Trillern einer Flöte. Weiter entfernt sah ich die Schmieden glühen. Die schweren Schläge des Hammers auf den Amboss dröhnten und wurden von den Felswänden zurückgeworfen. Als Herren über das Metall bildeten die Schmiede eine mächtige Kaste: Das Volk fürchtete sie, denn sie galten als Verbündete der Gottheiten, der »Kami«. Eine uralte Tradition verlangte von den jungen Adligen, die Kunst der Metallverarbeitung zu erlernen. Es war vorgeschrieben, dass ein Krieger hoher Herkunft seine Waffen selbst schmiedete. Die Königsfamilie war nicht davon ausgeschlossen.

Die Strömung trieb mich immer schneller der Mündung entgegen. Das Wasser sprudelte und schäumte. Nur mit größter Anstrengung gelang es mir, zum Ufer zu paddeln. Schweißgebadet zog ich das Boot auf die Kiesel und befestigte es an einem großen Stein.

Die halbmondförmige Hafenanlage war nach Westen hin offen. Die Seeseite war befestigt. Zahlreiche Segelschiffe und Ruderboote befanden sich in dem Becken.

Steile, mit Kiefern bewachsene Klippen überragten den Sandstrand. Über den Felsen, die weit hinaus ins Meer ragten, flimmerte die Hitze. Eine Weile lang stapfte ich durch den weißen Sand; dann, einer plötzlichen Eingebung folgend, streifte ich meine Kleider ab und tauchte in die Wellen.

Ich schwamm in geringer Tiefe um die Klippen. Das Wasser war durchsichtig, die Sonnenstrahlen durchbrachen das Blau, ließen Sand und Korallen aufleuchten.

Mit einem Mal sah ich den Hai. Er tauchte aus dem Halbdunkel empor und stieg mit ruhigen, mühelosen Bewegungen der Helle entgegen. Sein bronzefarbener Rücken flimmerte in der Sonne. Er war riesengroß und schwamm völlig lautlos. Ich hatte solch einen Hai noch niemals in Küstennähe erblickt. An diesem Tag, an dem mir alles merkwürdig vorkam, wurde auch er zu einem Zeichen und ich sah in ihm einen Boten der Unterwelt.

Mit einem kräftigen Schwimmstoß gelangte ich an die Oberfläche. Ich tauchte auf, hustend und spuckend. Der gewaltige Schatten des Hais glitt unter mir hinweg. Ich fürchtete mich nicht; er konnte mir kein Leid zufügen, denn ich trug die heiligen »Tamas«, das Symbol des uralten Paktes mit dem Tierreich. Es waren zwei Lederarmbänder, an denen Steine in der Form von Bärenkrallen hingen. Einstmals waren es wirkliche Krallen. Unsere Vorfahren erwarben sie, wenn sie eigenhändig einen Bären getötet hatten. So erlangte der Jäger die körperliche und geistige Stärke seines Opfers. Heute trugen die Nachkommen des Königsgeschlechtes von Yamatai die »Tamas« kraft göttlichen Anrechts. Für Männer waren die Steine grünlich, für Frauen rötlich, doch durften sie bei bestimmten Anlässen – zum Beispiel Hochzeiten – ausgetauscht werden.

Ich ließ mich von einer Welle an den Strand tragen und zog mich an einem Felsen hoch. Der Hai hatte sich wieder in die Tiefen des Ozeans zurückgezogen. Trotz des heißen Windes spürte ich, wie ich fröstelte. Eine unerklärliche Angst schnürte mir die Kehle zu. Wachsam und gespannt schweiften meine Augen umher. In der Ferne blähte sich ein weißer Wolkendom über einer Gruppe dicht gedrängter, bewachsener Inseln. Bei Ebbe konnte man über sie zu Fuß die andere Seite der Bucht erreichen. Den Leuten von Amoda war dieser Weg vertraut, doch hielten sie ihn vor Fremden geheim. In Kriegszeiten stellte dieser natürliche Pfad eine Bedrohung dar, da die Stadt zur Meeresseite hin nur durch den befestigten Hafendamm geschützt war.

Ich kniff die Augen zusammen, beobachtete die von Wellenkronen umspülten Riffe. Über den Klippen schwebte ein Sperber in weit ausholenden Kreisen. Ab und zu brachte mir der Wind seinen kurzen, durchdringenden Schrei. Ich bemerkte nichts, was meine Unruhe rechtfertigen konnte und blickte nach Westen, wo sich die Heilige Insel erhob. Sie war ein ebenmäßig geformter Basaltkegel, der in der Morgendämmerung den ersten Sonnenstrahl einfing. Der Ozean hatte die

Schwindel erregenden Hänge so lange umspült, gefeilt und geglättet, bis sie wie schwarz glänzende Spiegel stufenförmig aus den Wellen ragten.

Meine Augen schweiften zu dem Sperber zurück. Von der Luftströmung getragen, trieb er über den Bäumen ab. Ich folgte seinem gleitenden Flug und mit einem Mal erfasste mich starkes Schwindelgefühl. Der Boden schien unter mir wegzugleiten, der Himmel mich emporzusaugen. Von jeder Schwere, jedem Gefühl befreit, flog ich über die Riffe, vereint mit dem Sperber, dessen Raubgier, dessen prachtvollen Schwung ich teilte. Und dann wurde ich selbst zu Schnabel, Krallen, Federn und zitternden Flügeln, ich selbst wurde zum Vogel! Hastige Drehungen des Kopfes, mit stechendem Blick die Beute suchend und beobachtend. Verstohlene Bewegung eines kleinen Nagetiers im Unterholz, das nichts von dem tödlichen Schatten ahnte, der vom Himmel auf ihn fallen würde. Da! Die Erde schwankte, tat sich auf, ich stürzte! Ein Schwindelanfall, ein harter Stoß. Die Krallen ins zuckende Fleisch gegraben. Unsäglicher Schmerz. Das Hervorspritzen des Blutes . . .

»Nein!«

Ich kam wieder zu mir, betäubt, bis ins Mark von eisiger Kälte durchdrungen. Das nasse Haar klebte an meiner Haut. Mit zitternden Händen zog ich mein Gewand über den Kopf. Meine Seele hatte sich von der des Vogels gelöst, der jetzt als fast unbeweglicher Punkt am Himmel schwebte. Plötzlich beschleunigte sich sein Flügelschlag . . . Er ließ sich wie Stein aus großer Höhe fallen, änderte plötzlich seine Richtung und schoss in Schwindel erregendem Flug an den Bäumen vorbei. Beschrieb einige ungewisse Kreise. Entfernte sich. Im gleichen Augenblick schoss ein Schwarm aufgescheuchter Seeschwalben aus den Klippen, hob sich wirbelnd und kreischend über dem Meer in die Höhe.

Ein Schreckensschrei entfuhr mir. Ich sprang auf und floh über den Strand.

# 2

Man sagte mir später, dass ich im Laufen schrie. Man sagte mir auch, dass ich die Hände rang, meine Wangen zerkratzte, mir die Haare raufte. Ich erinnerte mich später kaum mehr daran. Ich erinnerte mich nur noch an das Grauen, das von mir Besitz ergriffen hatte und mich betäubte.

»Die Sperbermenschen!«, schrie ich. »Die Sperbermenschen greifen an!«

Es war ein Name, der die Mutigsten erbleichen ließ; ein Name, der das Blut in den Adern der Männer und Frauen zum Stocken brachte. Wo ich vorbeilief, blieben die Leute stehen. Ich erinnerte mich an eine Gruppe Bauern, die mit der Hacke in der Hand vom Feld kamen. Zum Schutz gegen die Sonne hatten sie bunte Tücher um den Kopf geschlungen. Sie starrten mich mit offenem Mund an. Ich erinnerte mich auch an den Hafen, an das Flattern der Segel im Wind, an den glühend heißen Steinboden unter meinen Füßen. Ich schrie noch immer. Zimmerleute, die ein Boot bauten, hörten auf zu arbeiten. Ich rannte an den Lagerhäusern vorbei, wo sich Berge von Warenballen stapelten, bahnte mir einen Weg durch die engen, überfüllten Straßen. Männer traten lachend aus einem Teehaus. Ich schleuderte ihnen meinen Schrei ins Gesicht; sie erstarrten. Ich stieß gegen eine Frau, die gebückt unter dem Gewicht eines Baumwollballens daherkam. Sie verlor das Gleichgewicht, taumelte gegen eine Wand. Ihre Last fiel zu Boden. Ich schrie sie an: »Die Sperbermenschen kommen!« Wer hatte dem Feind den geheimen Weg über die Riffe verraten? Ein Name, den ich zu vergessen geschworen hatte, blitzte wie ein brennender Funke in mir auf. Ich stolperte über einen Stein, fiel der Länge nach hin. Stöhnend raffte ich mich auf. Meine Knie bluteten. Atemlos rannte ich weiter. Vor mir wich die Menge ehrfurchtsvoll zurück. In düsterer Besorgnis folgten mir aller Augen. Satzfetzen drangen an mein Ohr: »Sie ist es . . . Toyo Hime no Miko . . . die Prinzessin Toyo! Rührt sie nicht an! Die Gottheit spricht aus ihrem Mund . . . Ein großes Unglück steht uns bevor . . .!«

Keuchend stieg ich den Weg zur Festung hinauf. Mein Atem ging rasselnd. Mein Herz hämmerte so laut, dass es meine Schritte übertönte. Gleich ehernen Standbildern erhoben sich die Wachen vor dem leuchtenden Himmel. Vor dem Ausfalltor brach ich zusammen.

Aufregung. Rufe. Man hob mich auf und trug mich fort. Mein Kopf schwang hin und her, die Haare schleiften über den Boden. Mit Mühe brachte ich meine trockenen, rissigen Lippen auseinander: »Wasser!«

Funken kreisten vor meinen Augen. Dann wurde alles schwarz. Die Geräusche verschwanden in weiter Ferne. Ich verlor die Besinnung.

Kühle. Halbdunkel. Das Gemurmel ängstlicher Stimmen. Beruhigende Hände legten feuchte Kräuterumschläge auf meine Stirn. Ich schlug die Augen auf, erkannte das bleiche, entsetzte Gesicht meiner Amme Miwa. Sie hob meinen Kopf, setzte eine Schale an meine Lippen. Es war Jasmintee. Ich schlürfte keuchend den grünen dampfenden Tee. Dann fiel ich erschöpft auf die Matte zurück. Miwa streichelte meine nasse Stirn. »Kleine Herrin, du bist krank . . . du musst schlafen!«

Mit aller Kraft kämpfte ich gegen die lähmende Müdigkeit. Ich hatte etwas zu tun . . . etwas Wichtiges! Plötzlich kehrte mein Bewusstsein zurück. Ich klammerte mich an Miwa. »Hole meinen Verehrungswürdigen Onkel Tsuki-Yomi! Jetzt sofort!«

Sie verneigte sich und verließ wortlos den Raum. Mir brach der Schweiß aus.

Fernes Stimmengewirr. Ich hörte, wie die Schiebetür beiseite gestoßen wurde. Dann ein Rascheln von Stoff und leise, beherrschte Atemzüge. Ich öffnete die Augen. Mein Onkel Tsuki-Yomi, »Majestät-Wächter-des-Mondes«, kniete neben der Matte. Sein blaugrünes Gewand mit den breiten Flügelärmeln schimmerte wie kühles Quellwasser im Halbdunkel. Das dichte, schwarze Haar fiel ihm über die Schultern. In seinem ebenmäßigen Gesicht blickten aufmerksam die dunklen Augen. Er wusste, dass ich aus meinen Trancezustand gerade erst erwachte und noch verstört und empfindsam war. So sprach er mit großer Behutsamkeit zu mir. »Ich danke Euch für diese Unterredung. Mein Herz ist mit Sorge erfüllt. Das Volk und die Wachen sind in Aufregung. Beunruhigende Gerüchte gehen um. Man erzählt sich . . .«

Er unterbrach sich, absichtlich, so schien es mir, und wartete. Ich machte ein Zeichen. Miwa, die auf der Türschwelle kauerte, glitt hinter mich und hob mich hoch. Ich stammelte: »Was ihr vernommen habt, ist wahr. Die Sperbermenschen aus dem Land Kuna rücken über den Inselweg gegen unsere Stadt vor . . .«

Mein Onkel saß regungslos, mit hoch erhobenem Kopf. Nur seine Stimme wurde gedämpfter. »Wann werden sie angreifen?«

»Heute Nacht!«, stöhnte ich. »Heute Nacht noch!«

Er versenkte die Hände in die Ärmel seines Gewandes. Nachdenklich stellte er eine weitere Frage: »Wer hat ihnen den Geheimweg verraten?«

Meine Stimme klang abgehackt wie im Fieberwahn: »Der Mann, der sie anführt, trägt eine rote Federmaske . . . Lederbänder sind um seine Hände gewickelt. Er . . .«

Ich stockte. Ein glühender Strom schlug über mir zusammen. Alles verschmolz, wirbelte durcheinander: Auflehnung, Gewissensbisse, Entsetzen, Wut und Schmerz. Worte erklangen in meinem Kopf wie ein fernes, rauschendes Echo: »Dein Name sei verflucht für die zukünftigen Generationen. Er sei für immer aus dem Gedächtnis und den Träumen verbannt!«

Wer hatte diese Worte in einer anderen Zeit, in einem anderen Leben ausgesprochen? . . . Ein Schrei stieg in mir auf. Mein Magen krampfte sich zusammen. Ich erbrach mich auf die Matte.

Das Gleiten von Schiebetüren. Eilige Schritte. Gedämpfte Stimmen. Man hob mich hoch, zog mir die feuchten Kleider vom Leib. Ich verstand, dass Tsuki-Yomi sich zurückgezogen hatte. Miwa wusch mich, brachte mir frischen Tee. Ich schlief ein.

Als ich aufwachte, waren meine Kopfschmerzen verflogen. Ich fühlte mich ruhig und entspannt. Der Tag ging zur Neige. Das Gold des Sonnenuntergangs leuchtete durch die Schiebewände. Eine Dienerin kniete neben meiner Matte. Mit gesenktem Kopf teilte sie mir mit, dass meine Mutter, die Königin, mich zu sprechen wünsche.

Miwa brachte mir eine Schale mit Reis und kaltem, gewürztem Gemüse. Ich aß mit Appetit und spürte meine Kräfte zurückkehren. Dann kleidete mich Miwa in ein Gewand aus weißer Seide mit weiten Flügelärmeln. Sie kämmte mein Haar, bis es in glatten Wellen über meinen Rücken fiel; nur eine Strähne wurde hoch gesteckt, damit der Heilige Kamm der Priesterinnen daran befestigt werden konnte. Mein Gesicht wurde weiß gepudert, die Lippen rot geschminkt.

Die letzten Sonnenstrahlen fielen schräg in die Gänge, als ich mich zu den Gemächern der Königin begab. Obwohl ich aufrecht ging, führte mich Miwa in stummer Begleitung am Ellbogen. Ich ließ sie gewähren.

Meine Mutter bewohnte den Teil des Gebäudes, den wir »Palast des Mittelpunkts« nannten. Das Mauerwerk ruhte auf mächtigen Pfählen. Ein großer, offener Raum, in dem meine Mutter bei offiziellen Anlässen erschien und ausländische Gesandte empfing, überragte den mit Sand bestreuten Innenhof. Das geschweifte Strohdach wurde von zwölf purpurnen Holzsäulen getragen. Die Räume wurden durch Schiebewände unterteilt und alle Gänge und Säle waren mit schwarz geränderten Binsenmatten ausgelegt.

Ich hatte meine Mutter seit mehr als zwei Monden nicht gesehen. Das war nichts Ungewöhnliches. Sie bedurfte der Einsamkeit, um ihren Geist den geheimnisvollen Schwingungen der »Unsichtbaren Welt« zu nähern. Dennoch vernachlässigte sie die Geschäfte des Königreiches nicht. Scharfsinn und Klugheit prägten ihre Entscheidungen. Unter ihrer Herrschaft war Yamatai ein mächtiges und blühendes Land geworden. Sie zeigte sich dem Volk nur an bestimmten Tagen. Am ersten Tag des ersten Monats im Jahr ging sie auf die Felder, begleitet von ihren Priesterinnen. Mit einem räderlosen Pflug brach sie die erste Furche, um das neue Jahr einzuleiten und die Fruchtbarkeit der Erde zu beschwören. Zweimal jährlich, zur Sonnwende, brachte die Königin im Heiligtum von Sugati der Sonnengöttin Amaterasu den geweihten Opferreis dar. Ein- oder zweimal im Jahr empfing sie ausländische Gesandtschaften. Sonst blieb sie dem öffentlichen Leben fern und nahm auch nie an den bei Hofe üblichen Vergnügungen teil.

Vor dem königlichen Gemach stand keine Wache. Nur ein Knabe kniete im Halbdunkel. Er trug ein Gewand aus weißer Baumwolle und ein ebenfalls weißes Stirnband. Es war Saho, der Kammerdiener meiner Mutter, der ihr zweimal am Tag die Mahlzeiten brachte. Die Königin ernährte sich ausschließlich von Reis, Gemüse und Früchten. Es war verboten, ihr beim Essen zuzusehen.

Saho verbeugte sich stumm und brachte mir ein kleines Wasserbecken, in dem ich mir, wie es der Brauch vorschrieb, die Hände wusch. Nachdem ich sie mit einem weißen Tuch abgetrocknet hatte, kniete Saho nieder und schob die Wand beiseite.

Ich trat in das Gemach meiner Mutter. Nur ein Kohlenbecken auf einem Dreifuß, ein Schreibgestell aus karminrotem Lack, ein kleiner Bronze-Gong und ein Webstuhl befanden sich in dem Raum. Eine Pechfackel, die an einem Eisenring an einem Pfosten befestigt war, knisterte in der Stille.

Königin Himiko saß auf einer weißen Matte. Ihr blauschwarzes Haar fiel über die Schultern, über die weichen Ärmel ihres scharlachroten Gewandes. Sie saß vollkommen reglos. In ihrem weiß gepuderten Antlitz lebten nur die Augen, schwarze Gemmen im Schatten der Wimper.

Ich sank nieder und berührte mit der Stirn die Matte. So verharrte ich, bis meine Mutter sagte: »Komm näher!«

Ihre Stimme klang leise, gedämpft; es war eine Stimme, die nicht laut werden konnte und dennoch weithin zu verstehen war. Sie beobachtete mich mit undurchdringlichen Augen. Sanft fragte sie: »Was hast du gesehen?«

»Ich sah nur einen Vogel . . .«, stammelte ich. »Und dann . . . dann wurde ich selbst zu diesem Vogel . . .«

Sie schwieg abwartend. Ich bewegte mühsam die Lippen.

»Ich bin durch die Lüfte geflogen, ich habe *sie* gespürt!«

Ich wusste, dass meine Mutter ebenso klar in mir sah wie in den Linien der verbrannten Knochen, wenn sie die Orakel befragte. Und sie las in meinem Herzen und in meinen Gedanken die Worte, die ich nicht auszusprechen wagte.

»Die Sperbermenschen . . .«, flüsterte sie verächtlich. »So haben sie es gewagt . . .«

Zitternd fuhr ich fort: »Sie haben die Inseln betreten! Sie warten auf den Anbruch der Nacht. Jemand . . . jemand hat ihnen den Weg gezeigt.«

Sie sagte mit eigenartiger Stimme: »Nur ein einziger Mann vermag sie durch die Klippen zu führen.«

Es war keine Frage, sondern eine Feststellung. Ich schauderte.

Der Blick meiner Mutter durchforschte mich unerbittlich. Ich schloss mich ein, verkapselte mich, um ihr meinen Geist zu verbergen. Meine Anstrengung war vergeblich: Ich sah mich durchschaut. Stöhnend schlug ich die Hände vors Gesicht. Stille. Nur die Fackel knisterte. Als ich schließlich den Kopf hob, bewegte sich meine Mutter zum ersten Mal. Sie wandte sich auf ihren Knien um und schlug den Gong an, der hinter ihr stand. Während der volle Ton dumpf nachschwang, sagte sie ruhig: »Ich werde die Schlacht anführen.«

## 3

Mein Name, Toyo, bedeutet »Schimmernde Perle« und ich galt als die Tochter eines Hirsches. Es hieß, die Königin habe mich im Heiligen Wald von einem Hirschen empfangen, der das Aussehen eines Menschen angenommen hatte, um sie zu verführen. Das einfache Volk schenkte dieser Fabel Glauben.

Natürlich schwatzte man bei Hof, aber die Ehrerbietung, die man der Königin entgegenbrachte, übertrug sich auch auf mich, aufdringliche Gerüchte gelangten kaum an meine Ohren. Als ich jedoch heranwuchs und meine Neugierde geweckt wurde, hörte und sah ich vieles, was mich für das »Wunder« meiner Geburt eine ganz menschliche Erklärung finden ließ.

So nahm ich an, dass meine Mutter sich eines Tages in einen jungen Mann verliebt hatte. Er war sicherlich ein Jäger gewesen, so erklärte sich die Fabel des Hirschen. Als sich meine Mutter zur Frühlings-Tagundnachtgleiche in Begleitung einer jungen Priesterin in den Eichenwald begab, um im Gebirgsbach die Wäsche für die Kulthandlungen zu waschen, musste sie ihm begegnet sein. Ich stellte ihn mir schön und kühn vor und hoch gewachsen wie ein junger Baum. Weil mir die Wahrheit verborgen blieb, überließ ich mich der Phantasie. Der Klatsch der Dienerschaft berührte mich nicht. Meine Mutter war die Königin!

Man entdeckte sehr bald, dass ich eine Schamanentochter war. Dies und meine rätselhafte Abstammung bestimmten schon frühzeitig meine Erziehung. Da ich von der Göttin ausgewählt war und durch mich der himmlische Wille kundgetan wurde, übertrug man meine Unterweisung den Priesterinnen. Sie waren weise, gütig und heiter. Trotz meiner vielen Pflichten verlief meine Kindheit glücklich. Ich lernte meine hellseherischen Fähigkeiten zu entwickeln, Visionen heraufzubeschwören und Träume zu deuten. Man unterwies mich in allen Formen des Tempeldienstes. Ich lernte Seide zu spinnen, aufzuspulen und zu weben. Zudem wurde ich als Erbin des Königreiches in Mathematik, Schreibkunst und Geschichte unterrichtet sowie in den Wissenschaften der Metalle, der Pflanzen und der Sterne.

Wir nannten das Volk der Haiato aus dem Land von Kuna »Sperbermenschen«, weil sie beim Kampf Federmasken trugen, um den Feind abzuschrecken. Sie gehörten zu den Eingeborenenstämmen, die unser Volk einst unterworfen hatte. Es waren dunkelhäutige Menschen von kleinem Wuchs, die als Waldbewohner eine Waffe von tödlicher Wirksamkeit entwickelt hatten: Mit Blasrohren schossen sie Pfeile ab, die mit einem starken Gift getränkt waren. Es hieß, dass sie den Saft bestimmter Pflanzen, die nur bei Neumond wuchsen, auf die verwesten Eingeweide eines Wolfes einwirken ließen. Das Opfer starb nicht auf der Stelle. Sein Körper wurde nach und nach gelähmt, während das Gehirn unversehrt blieb, sodass der Unglückliche bis zum letzten Atemzug das Bewusstsein behielt.

Gegen dieses Gift war kein Gegenmittel bekannt. Doch ein Abgesandter vom Hofe Nimana, der Hauptstadt der Tungusenkönige, hatte meiner Mutter mitgeteilt, dass Ärzte des Palastes ein Gegengift wussten. Die Geheimformel des alten Rezeptes war niemals über die Mauern der Königsstadt hinausgelangt.

Es war das erste Mal, dass die Sperbermenschen gegen Amoda vordrangen. Zweifellos hatte man die Häuptlinge zum Kampf aufgehetzt, die Krieger aufgestachelt und ihnen reiche Beute versprochen.

»Ich werde die Schlacht anführen«, hatte die Königin gesagt. Sie, die Unberührbare, würde ihr heiliges Gemach verlassen, um gegen die Haiato, unsere verachtungswürdigen Vasallen, in den Kampf zu ziehen! Ich lächelte bitter. Nein, es waren nicht die Sperbermenschen, die zu schlagen sie sich rüstete. Sie waren nichts als ein Werkzeug in der Hand *dessen*, der sie anführte.

Ich trat in den Innnenhof hinaus, wo die Leibgarde der Königin aufzog. Es waren groß gewachsene, schweigsame Männer, mit selbstbewussten, harten Gesichtern. Sie trugen eherne Rüstungen und ihre Haare waren unter dem runden Helm auf besondere Art geflochten. Im Licht der Pechfackeln bereiteten sich die Einwohner zum Kampf vor. Man versperrte die Tore und sicherte die Straßen ab. Frauen und Kinder sammelten Vorräte für den Fall einer Belagerung, Männer bildeten Ketten, um Wasserschläuche weiterzureichen, die zum Löschen der Brände bestimmt waren.

Miwa erwartete mich in meinem Zimmer. Ich befahl ihr: »Leg meine Waffen bereit!«

»Kleine Herrin!«, schluchzte sie. »Du solltest nicht dein Leben aufs Spiel setzen!«

Kühl erwiderte ich: »Mein Platz ist an der Seite der Königin!«

Miwa schluckte ihre Tränen hinunter. Ihr Gesicht wurde ernst und feierlich. Sie schob eine Truhe aus poliertem Tannenholz in die Mitte des Zimmers und öffnete das Vorhängeschloss. Die Fackel qualmte in der Zugluft, als sie schweigend meinen Lederharnisch, meinen Köcher und meinen Birkenholzbogen aus der Truhe nahm und auf die Matte niederlegte.

Die Pfeile waren bereit: Es waren zwölf, alle sorgfältig geschnitzt und befiedert.

Miwa half mir mein Haar wie das eines Mannes zu teilen und zu flechten. Ich ließ mein Mädchengewand herabgleiten und schlüpfte in eine kurze Tunika und Pluderhosen. Dann befestigte ich die Beinschützer. Mit nassen Augen, doch schweigend, half Miwa mir den Harnisch anzulegen. Mithilfe der Zähne band ich mir die ledernen Handgelenkschützer um. Dann warf ich den Köcher mit den Pfeilen über die Schulter und ging mit dem Bogen in der Hand hinaus.

Meine Schritte führten mich zur großen Terrasse, die über den Hof hinausragte. Fackeln erleuchteten die hohen, purpurnen Säulen. Der salzige Seewind schlug mir ins Gesicht. Ich blieb stehen.

Eine riesige Menschenmenge war im Innenhof versammelt. Männer und Frauen, Würdenträger, Höflinge, Soldaten und Diener, doch auch Leute aus dem Volk, die man hereingelassen hatte, warteten bedrückt. Die Priesterinnen in ihren weißen und roten Kleidern hielten sich abseits. Ihr offenes Haar glänzte wie Lack. Um den Palast herum bildete die königliche Garde mit gezückten Säbeln einen schweigsamen, undurchdringlichen Wall. Alle blickten zum Palast des Mittelpunktes empor.

Ganz allmählich verstummte der Lärm. Ein Augenblick völliger Stille trat ein. Die Fackeln tauchten alle Umrisse in rötliche Schatten.

Ein Rauschen von Stoff ließ mich den Kopf wenden. Mein Onkel Tsuki-Yomi betrat die Terrasse, gefolgt von zehn bewaffneten Offizieren. Ihre Lanzen waren mit kleinen Fähnchen geschmückt, auf denen das Zeichen der roten Sonne abgebildet war.

Tsuki-Yomi verharrte einen Augenblick unbeweglich. Plötzlich trat er drei Schritte zurück und beugte die Knie. Die Menge tat es ihm nach. Alle Köpfe, auch der meine, berührten gleichzeitig den Boden. Es war nichts als das Knistern der Fackeln zu hören. Dann streifte ein leichter Luftzug meinen Nacken. Eine Stimme, sanft und rau zugleich, ertönte neben mir in der Stille: »Erhebe dich, Volk von Yamatai.«

Die Köpfe richteten sich wieder auf. Tausend hoch gehaltene Fackeln erleuchteten den Platz.

Ich blickte meine Mutter an. Ohne Schminke wirkte ihr Antlitz hart, eckig und zu allem entschlossen. Ihre Augen funkelten in metallischem Glanz. Sie presste ihre vollen Lippen aufeinander, wie um jeden Anschein von Sanftmut zu verscheuchen. Die zusammengebissenen Kiefer ließen die Wangenknochen hervortreten und das Spiel der Muskeln erkennen. Auf ihrem goldkäferfarbenen Harnisch spiegelte sich das Licht. Der Bogen und der Köcher mit den Pfeilen hingen über ihrer Schulter und mit der rechten Hand hatte sie den Griff ihres Säbels umfasst. Ihre Stimme erhob sich schließlich, seltsam heiter, und schien mühelos bis zu den entferntesten Reihen vorzudringen. »Höre, mein Volk, nun ist die Zeit der Prüfungen gekommen. Erinnere dich: Wie viele Male im Lauf deiner Geschichte hast du die schrecklichen Plagen der Erde, des Himmels und der Menschen besiegt? Die Flutkatastrophe, als die Deiche brachen. Den Wassermangel, als glühender Wind die Flüsse austrocknete. Den Hunger, als die Lava der Vulkane deine Felder verwüstete. Den Krieg, als der Feind deine Grenzen bedrohte. Immer bist du siegreich aus dem Unglück hervorgegangen. Heute Nacht werden die Angreifer in der Dunkelheit vorrücken und der Kampf wird erbarmungslos sein.«

Tiefes Schweigen erfüllte den Raum, als die Herrscherin Atem holte. »Höre weiter, Volk!«, fuhr sie fort. »In dieser Nacht, der Nacht der Wahrheit, werde ich mit dir sein und dir voran in die Schlacht ziehen. Der Feind wird auf das Herz der Stadt zielen. Ein Mann dieses Volkes, ein Abtrünniger, hat ihm den Weg der Inseln aufgedeckt.«

Die Menge bewegte sich. Man scharrte mit den Füßen, tauschte Blicke. *Ein* Name lag allen auf der Zunge. Doch niemand durfte ihn aussprechen. Zufällig streifte mein Blick den von Tsuki-Yomi. Ein spöttisches Aufblitzen war in seinen Augen zu erkennen und ich schlug rasch die Wimpern nieder. Ich spürte, dass meine Arme von Gänsehaut überzogen waren.

Die Hand der Königin krampfte sich um den Griff des Säbels. Ihre Stimme erhob sich mit erstaunlicher Kraft: »Der Urheber dieses Verbrechens muss gefasst werden. Das wird ein Wagnis sein, denn er bedient sich einer mächtigen Zauberkraft. Dennoch ist er verwundbar . . .«

Mit steinernem Gesicht hielt sie inne und mir schien – doch nur mir –, als zögerte sie. Drückende Stille lastete auf dem Hof. Doch schon schwang die unerbittliche Stimme der Königin sich wieder auf, wurde zurückgeworfen von einer Mauer zur anderen: »Volk von Yamatai! Du sollst die Sperbermenschen bekämpfen und sie wie schädliches Ungeziefer vernichten. Doch sollen deine Pfeile *den*, der sie anführt, verschonen. Man ergreife ihn lebend und führe ihn zu mir!«

## 4

Ich fuhr mit dem Daumen über die biegsame Bogensehne. Die Waffe erwiderte meine Berührung mit dumpfem Erzittern. Auf seinen Säbel gestützt, nickte mir Kuchiko, der Befehlshaber der Garde, aufmunternd zu. Meine Geschicklichkeit beim Bogenschießen verdankte ich ihm allein. Selbst auf hundert Ellen verfehlte mein Pfeil niemals sein Ziel.

Kuchiko war ein hoch gewachsener, schweigsamer Mann, dessen gewöhnlich väterlicher und heiterer Blick plötzlich in eisige Kühnheit umschlagen konnte. Beim Schein der Fackeln erschien mir sein stolzes Antlitz müde und ich dachte traurig, dass er alt wurde. Das Warten hatte begonnen. Es war kalt und feucht auf den Wällen. Mein Herz pochte laut gegen meine Rippen. Wenn es keine Angst war, was war es dann? Die Worte meiner Mutter, vielleicht . . .

Ich warf einen Blick zur Königin hinüber, die mit untergeschlagenen Beinen auf einem Purpurteppich saß. Sie hatte den Säbel vor sich auf ein Kissen niedergelegt. Unter ihrem Mantel aus schwarz-gelber Seide glänzte ihr Harnisch wie ein Bienenpanzer. Ihr Gesicht war unbewegt, ihr starrer Blick schien nach innen gerichtet. Ein Seufzer entfuhr mir. Das Warten wurde unerträglich! Die Fackeln qualmten stark. Aus der Stadt drang ein regelmäßiges, klingendes Hämmern: In den vom Feuerschein erleuchteten Schmieden wurde mit Schwertern auf die Ambosse geschlagen, um den Feind zu verhöhnen und die Unsrigen zum Kampf zu ermutigen.

Starr vor Kälte dachte ich an die Worte meiner Mutter. »Der Urheber dieses Verbrechens muss gefasst werden.« Und weiter: »Das wird ein Wagnis sein, denn er bedient sich einer mächtigen Zauberkraft.« Was für eine Zauberkraft? Ich war müde, die Kälte drang mir bis in die Knochen, doch wollte ich es wissen. Ich drückte meine Faust gegen die Stirn.

*Konzentriere dich! Stärker! Was für eine Zauberkraft?* Die Ambosse schienen in meinen Schläfen zu hämmern. *Denk an nichts. Versuche zu sehen . . .*

Das Hämmern verstummte. In der Leere, die in meinem Kopf herrschte, vernahm ich mit seltsamer Deutlichkeit Kuchikos Stimme. Er sagte nur ein einziges Wort: »Jetzt!«

Ein Bild tauchte vor meinen Augen auf, flimmerte, zuckte, nahm Gestalt an. Was war das? Ein Zweig? . . . Eine Schlange? . . . Nein, ein Schwert! Ein erstaunliches Schwert, wie es auf dieser Welt kein zweites gab.

Die Vision erlosch. Ich hörte mich schreien. Wie ein Echo

antwortete ein anderer Schrei, ausgestoßen aus hunderten, nein, tausenden von Kehlen! Ich kam wieder zu mir, erschöpft, schweißgebadet. Meine Ohren gellten von einem Furcht erregenden Geheul, das grell, wild und höhnisch auf und ab tönte. Es klang wie das Kreischen entfesselter Dämonen. Mir kamen Berichte von Reisenden und Soldaten in den Sinn. Das zermürbende Kriegsgeschrei der Haiato war dafür berüchtigt, auch den Tapfersten in Angst zu versetzen. Ich umklammerte heftig meinen Bogen, als eine erregte Stimme rief: »Schau! Dort unten!«

Wir beugten uns zwischen den Zinnen vor. Weit draußen in der Bucht, über den silberweißen Wellenkronen, leuchtete ein rötlicher, gespenstischer Lichtschein auf. In dem zuckenden Schimmer hoben sich die schwarzen Umrisse der Inseln deutlich in der Finsternis ab. Mir lief es kalt über den Rücken. Es mussten unzählige Fackeln sein, die dort zwischen den Bäumen glühten!

Meine Mutter hatte den Säbel gegürtet. Sie erhob sich leichtfüßig und schaute in die Nacht hinein. Dann lachte sie kurz und spöttisch auf. Sie sagte: »Wir werden sie ins Meer zurückdrängen!«

Sie wandte sich an den Befehlshaber der Garde, immer noch mit diesem unergründlichen Lächeln auf ihren Zügen: »Folgt mir!«

Sie schritt die Treppe hinunter. Ihr Schatten glitt über die Mauern. Vor dem Tor wartete eine geschlossene Sänfte. Meine Mutter stieg ein. Mit einer Handbewegung gebot sie mir, an ihrer Seite Platz zu nehmen. Ich gehorchte. Die Träger hoben die Sänfte an und setzten sich in Bewegung. Ihnen voran schritt ein bewaffneter Herold. Wachen mit Lanzen in der Faust begleiteten uns. Kuchiko folgte in einer zweiten Sänfte. Meine Mutter saß neben mir, regungslos und stumm. Ihre Hände ruhten auf ihrem Säbel.

Am Eingang der Stadt kamen die Sänften nur langsam voran.

Das bewaffnete Volk drängte sich zu beiden Seiten der Straße. Viele Leute warfen sich nieder und berührten mit der Stirn den Boden. Die Schläge auf die Ambosse hallten erneut aus den Schmieden wider und die Soldaten klopften als Antwort darauf rasch und erregt gegen ihre Schilder. Waren die Sänften vorbeigetragen, schloss sich das Volk dem Zug an. Immer mehr Menschen strömten zusammen. Der Schein der Pechfackeln spiegelte sich auf Waffen und Harnischen.

Am Strand war in aller Eile ein Wall aus Steinblöcken aufgehäuft worden, um den Damm zu verstärken.

Mit einem Mal verstummte das Hämmern der Schmiede. Eine seltsame Ruhe trat ein, während der Zug nach und nach zum Stillstand kam. Die Träger setzten behutsam die Sänften ab. Ein Diener zog die Vorhänge zur Seite und die Königin stieg aus. Sofort stellte sich Kuchiko hinter sie. Ich las auf seinem Gesicht die Besorgnis darüber, dass die Königin sich in Gefahr begab. Doch Himiko achtete nicht darauf. Sie näherte sich mit großen Schritten dem Wall, während das Gewicht des an ihrem Gürtel schwingenden Säbels die Zierlichkeit ihrer Taille hervorhob. Nach dem kurzen, doch eindrucksvollen Einschüchterungsmanöver herrschte drückende Stille. Ich fühlte, wie ein tiefer Angstseufzer in mir aufstieg.

Doch das spöttische Lächeln glitt erneut über das Gesicht der Königin. Sie wandte sich um und erteilte halblaut Befehle, die Kuchiko weitergab. Die Soldaten begaben sich in Stellung. Alles geschah in tiefem Schweigen. Man vernahm nur das Geräusch der Schritte, das Klirren der Waffen und Harnische. Die Brandung rauschte.

An einen der Steinblöcke gelehnt, musste ich wohl kurz eingeschlafen sein, denn mit einem Mal schreckte mich ein gellendes, mörderisches Geschrei auf. Das Blut stockte mir in den Adern. Vor meinen entsetzten Augen schien sich die Finsternis zu beleben. Es mussten hunderte und nochmals hunderte von dunkelfarbigen Körpern sein, die mit schlangengleicher Behändigkeit von Klippe zu Klippe sprangen, sich im seichten Wasser dem Ufer näherten. Schon schwirrten auf beiden Seiten die ersten Pfeile. Jeder fürchtete die Blasrohre, doch diese gefährlichen Waffen konnten vorläufig nicht eingesetzt werden, da der Wind aus ungünstiger Richtung kam.

Die königliche Garde hatte schützend den Ring um die Herrscherin geschlossen. Ich sah, dass Kuchiko meiner Mutter etwas zuflüsterte. Offenbar flehte er sie an, sich in Sicherheit zu bringen. Die Königin schien einzuwilligen, denn Kuchiko brüllte einen Befehl. Die Leibgarde wechselte die Stellung, genau in dem Augenblick, als der Angreifer den Steinwall überwand und gegen die vordersten Reihen der Soldaten prallte. Trocken und scharf klang das Zischen der Pfeile. Dumpf prasselten die stählernen Spitzen auf die Schilde. Die Luft hallte von Schreien und metallischen Schlägen der Waffen. Für einen kurzen Augenblick sah es aus, als ob unsere Krieger unter dem heftigen Ansturm zurückwichen, doch ihre durchbrochenen Reihen schlossen sich sogleich wieder zu einem einzigen Block.

Das Handgemenge hatte mich von meiner Mutter und Kuchiko getrennt. Ein Pfeil bohrte sich an der Stelle in den Boden, wo ich eben noch gestanden hatte. Das Gelände war mit Felsblöcken übersät. Geduckt rannte ich weiter, kniete mich hinter einen Felsen und stützte das Handgelenk auf einen Vorsprung. Ein schwarzer Schatten, einen Wurfspieß schwingend, sprang mit großen Sätzen über den Sand. Ich spannte den Bogen in Augenhöhe und schoss. Die Sehne schnellte mit ihrem vertrauten Surren zurück. Der Schatten sank zu Boden. Immer mehr Gestalten tauchten aus der Dunkelheit auf. Ein zweiter Pfeil und wieder ein Treffer! Als ich die Hand hob, um einen dritten aus dem Köcher zu ziehen, spürte ich einen heftigen Stoß gegen meinen Brust: Ein Pfeil steckte in meinem Harnisch. Wütend riss ich daran, doch die Spitze war tief in das Leder gedrungen. Schließlich gelang es mir, ihn herauszuziehen. Die Steine, hinter denen ich mich verbarg, gewährten mir zu wenig Schutz. Ich sprang auf und rannte weiter. Ohne den Blick zu wenden, spürte ich, dass ich verfolgt wurde. Blitzschnell wandte ich mich um und schoss einen Pfeil ab. Der Wilde tauchte in den Schatten eines Felsens und rettete sein Leben. Ich warf mich flach in den Sand und kroch vorwärts. Ich hatte einen Pfeil umsonst verschossen und ärgerte mich darüber. Ich wusste, dass mich mein Angreifer beobachtete. Ich muss schneller sein als er, dachte ich. Sonst . . .

Mit einem Satz war ich wieder auf den Beinen, sah den Sperbermenschen aus seinem Schlupfwinkel hervorstürmen und Keulen schwingend hinter mir herjagen. Er war schon nah herangekommen, als ich auf ihn zielte. Der Pfeil traf ihn in die Brust. Die Keule sauste an meinem Kopf vorbei, flog in den Sand. Ich drehte mich um und floh. Ich hatte die ersten Häuser von Amoda erreicht, als das Geschrei erneut anschwoll und hunderte von brennenden Pfeilen wie ein Sternschnuppenregen auf die Stadt niedersanken. Funken sprühten über die Strohdächer, Flammen züngelten auf, verteilten sich rasend schnell in alle Richtungen. Ein herber, Ekel erregender Geruch breitete sich aus. Hunde jaulten. Mitten im Kampfgetümmel liefen Menschen mit Wasserbehältern hin und her und versuchten die Flammen zu löschen. Doch der Wind schürte das Feuer: Ein Haus entzündete sich, dann ein anderes und immer weitere. Der rote Schein schwang sich höher und höher und trug seinen Rauch und seine Funken in den Himmel empor. Im Licht der Flammen sah ich den Feind deutlicher. Die halb nackten Körper waren schwarz, ockerfarben und rot bemalt. Ihre Haare hingen in unzähligen kleinen, mit Muscheln geschmückten Flechten herab. Die Maske aus den Federn von Raubvögeln, die ihr Gesicht bis auf einen schmalen Schlitz für die Augen vollständig bedeckten, gab ihnen das Schrecken erregende Aussehen von Zwittern, halb Mensch, halb Ungeheuer. Ich erblickte eine Frau, die nur mit einem

Bambusstock eines dieser Geschöpfe in Schach hielt. Der Mann war mit einem Schwert bewaffnet und behände wie ein Reptil. Doch wir lernten, mit einem Stock wie mit einem Speer umzugehen. Mit ihren kräftigen geschickten Schlägen gelang es der Frau eine Zeit lang, ihren Angreifer abzuwehren. Plötzlich sah ich sie stolpern. Sie war verloren! Blitzschnell spannte ich meinen Bogen. Ein dumpfes Klatschen, ein Vibrieren der Sehne. Der Pfeil traf den Sperbermenschen zwischen den Schulterblättern. Sein Schwert stieß ins Leere. Noch während er umsank, entriss ihm die Frau die Waffe und warf sich erneut ins Gewühl.

Ich legte einen neuen Pfeil an und bewegte mich vorsichtig im Schatten der Hauswand, als aus der Nacht die Gestalt eines Kriegers auftauchte.

Der Mann war in schwarze Seide gehüllt. Er trug einen Schuppenharnisch und lederne Beinschützer. Seine Hände waren mit ledernen Bändern umwickelt. Eine Federmaske von der Farbe des Feuers, des Blutes und der Rubine bedeckte sein Gesicht. Unter diesem gefiederten Helm quoll eine pechschwarze, wilde, glänzende Haarfülle auf seine Schultern, wogte auf seine Brust, wehte um seine Hüften. In der Hand hielt er ein Schwert mit sieben Klingen.

Mein Atem flog. Gebannt starrte ich auf den Mann und seine Waffe. Ja, es war das Schwert meiner Vision! Sieben flammengleich gebogene Klingen traten aus dem mächtigen, stählernen Schaft. Der Griff war aus massivem Silber. Wie gelähmt sah ich die Waffe im bläulichen Strahlenkranz hin und her schwingen. Trotz ihrer außergewöhnlichen Länge schien sie seltsam handlich und dennoch von Furcht erregender Wirksamkeit, gefährlicher als ein Hornissenschwarm. Umgeben von Feuer und Rauch schritt mir der Krieger entgegen. Einige Atemzüge lang stand ich wie versteinert; dann hob ich langsam den Bogen. Meine Hände zitterten kaum, als ich die Sehne spannte. Plötzlich warf ich mich zurück. Ein erstickter Aufschrei entfuhr mir. Ein brennender Pfeil hatte meine Schulter gestreift, sich klatschend in die Hauswand gebohrt. Stöhnend presste ich die Hand auf die blutende Wunde. Schon fing die Holzwand Feuer; die Flammen schlugen bis zum Strohdach hinauf. Beißender Qualm breitete sich aus. Mein Atem rasselte. Mir war, als brenne das Feuer auch in meiner eigenen Brust. Taumelnd trat ich aus dem Schatten hinaus. Durch den Rauch sah ich den Mann und sein Schwert sich entfernen, sich auflösen im rötlichen Dunst . . .

Später. Wie viel Zeit war vergangen? Ich wusste es nicht. Benommen stützte ich meinen blutenden Arm, wankte ziellos durch die Trümmer. Auf einmal stolperte ich fast über einen Jungen, der sich mühevoll an einem Balken hochzuziehen versuchte. Ein Pfeil steckte in seinem Rücken. Ich kniete neben ihm nieder. »Halt dich irgendwo fest!«

Er gehorchte, umklammerte den von den Flammen verschonten Balkon. Ich stemmte mich ab und zog mit aller Kraft. Er schrie, als ich ihm die Pfeilspitze herausriss.

»Sei ohne Sorge«, sagte ich zu ihm. »Du bleibst am Leben.«

In diesem Augenblick hallte, auf und ab tönend, ein dumpfes, lang gezogenes Dröhnen. Wir sahen einander an.

»Die Muschelhörner!«, flüsterte ich. »Sie blasen zum Rückzug.«

Wir hatten den Angriff abgewehrt! Der Feind zog sich zurück, doch nur, um einen neuen Angriff vorzubereiten. Der, der sie anführte, gab nicht auf, er würde niemals aufgeben. Ein trockenes Schluchzen stieg mir in die Kehle. Schwankend erhob ich mich. Mein Gewand war zerfetzt, mein Arm rot vor getrocknetem Blut.

Ein blasser Morgen schien über die rauchenden Trümmer. Das war die erste Schlacht.

# 5

Rund um die Wunde hatten sich dicke Brandblasen gebildet, aber zum Glück war die Verletzung nicht tief. Miwa schluchzte, als sie sich meiner annahm. Behutsam schnürte sie meinen Harnisch auf, zog mir die blutverschmierten Kleider aus und wusch mich von Kopf bis Fuß, bevor sie meine Wunde mit Heilsalbe bestrich und behutsam verband. Als meine Amme nahm sie sich die Freiheit, mir Vorwürfe zu machen.

»Wie töricht von dir, kleine Herrin, dich ins Schlachtgetümmel zu begeben! Noch herrscht deine Mutter über Yamatai. Aber vergiss nicht, wer du bist und welche Aufgabe dir bevorsteht. Was, wenn dieser Pfeil dein Herz durchbohrt hätte?«

Ich ließ sie reden. Ich fühlte mich elend. Miwa gab mir heißen grünen Tee zu trinken. Sie kämmte zärtlich meine Haare, kleidete mich in ein weites, bequemes Gewand. Sie gebot mir mich hinzulegen und deckte mich mit einer weichen Decke zu. Ihre Stimme klang im beruhigenden Singsang an meinem Ohr: »Schlaf, kleine Herrin, schlaf. Die alte Miwa ist bei dir, die alte Miwa beschützt dich.«

Stolz wollte ich entgegnen: Ich brauche niemanden! Doch ich schwieg, denn das wäre eine Lüge gewesen. Trotz meiner Erschöpfung kämpfte ich gegen den Schlaf.

»Miwa, was macht die Königin?«

Sie nickte bedeutungsvoll vor sich hin. »Die Königin befragt die Geister.«

Ich holte erleichtert Atem. Alles war gut. Meine Mutter sprach zu den Geistern und diese würden ihr Antwort geben. Beruhigt schloss ich die Augen; ich sank und ließ mich sinken in einen tiefen, bleiernen Schlaf.

Im Traum vernahm ich undeutliche Stimmen. Zuerst kamen sie von sehr weit her, dann hörte ich sie besser. Sie wirkten sanft, heiter, beruhigend; ein feierlicher Gesang, der mich einwiegte. Ich fühlte, wie mein Geist sich von ihm emporheben, in Traum und Vergessenheit geleiten ließ ... Schlagartig war ich wieder hellwach und bei klarem Bewusstsein, erinnerte mich an den Angriff, die Schlacht, den Brand. Vor meinem inneren Auge trat der scharlachrote maskierte Krieger in Erscheinung, dessen lederumwickelten Hände, die das Schwert mit den sieben Klingen schwangen ...

Schaudernd richtete ich mich auf. Im selben Augenblick erkannte ich die Stimmen, die seit geraumer Zeit an meine Ohren drangen; es waren die Stimmen der hundert Priesterinnen aus dem Heiligtum von Sugati.

Mit steifen Knien kroch ich an die Schiebewand, stieß sie auf und blinzelte benommen. Über dem großen Innenhof brannte die Mittagssonne. Im Schatten des braunen Strohdaches stand die Leibgarde stumm und regungslos Spalier, während durchsichtige weiße Vorhänge vor den Eingängen der Festung wehten.

Weihrauchduft stieg auf und ich hörte das weich tönende Pochen der hölzernen Tempeltrommeln, als der langsame Zug der Priesterinnen den Innenhof betrat. Alle hatten die Stirn gesenkt und bewegten sich mit gemessenen Schritten. Ihre Gesichter waren weiß gepudert, die langen Haare im Nacken mit einem geflochtenen Reisstrohband zusammengebunden. Über ihren weißen, fließenden Gewändern leuchteten scharlachfarbene Überwürfe, deren Ärmel über den Boden schleiften. Jede trug in Brusthöhe einen großen, bronzenen Spiegel, der in der Sonne weiß glühend funkelte.

Ich erkannte die hundert Bronzespiegel wieder, die meine Mutter einst vom König von Nimana, jenseits des Meeres, als Zeichen seiner Hochachtung erhalten hatte. Die Sonnenstrahlen brachen sich auf den flimmernden Oberflächen; jede Priesterin schien eine Flammengarbe zu tragen. Geblendet hielt ich die Hand über meine zuckenden Lider und suchte eine Antwort auf die vielen Fragen, die mich bestürmten. Was ist los?, dachte ich. Was ist geschehen? Warum wurde diese Zeremonie ohne mein Wissen abgehalten? War es als Königstochter nicht meine Pflicht, die Priesterinnen anzuführen? Ein Geräusch hinter mir riss mich aus meinen Gedanken.

Miwa hatte draußen im Gang meinen Schlaf bewacht und schob sich in den Raum. Aufgebracht wandte ich mich an sie: »Was hat das zu bedeuten? Sprich!«

Sie verneigte sich tief: »Heute Nacht haben die Geister die Königin beraten. Wenn die Sonne am höchsten steht, werden die Priesterinnen die Heiligen Spiegel zum Meer tragen. Die Große-Göttin-die-den-Himmel-erleuchtet wird unsere Stadt mit einem Feuergürtel schützen.«

Ich starrte sie an: »Aber ich wurde nicht unterrichtet!«

Sie schlug die Augen nieder. »Es war verboten, deine Ruhe zu stören.«

Mir wurde alles klar. Dem Feind würden hundert Priesterinnen mit hundert Bronzespiegeln in der Hand gegenüberstehen. Die Sonne auf den glänzenden Oberflächen sollte die Sperbermenschen blenden und verwirren. Die Zauberkräfte der Tradition wurden zu einer Kriegslist, die unserem Heer einen Vorteil sichern konnte.

Doch ich wusste, dass die Priesterinnen ihr Leben aufs Spiel setzten. Ich aber, als zukünftige Herrscherin, sollte von der Gefahr verschont bleiben. Meine Wangen röteten sich vor Scham.

»Wer führt die Priesterinnen an?«

Miwas Stirn berührte den Boden. »Die Königin selbst«, hauchte sie.

Draußen trat Stille ein. Ich hörte meine eigenen gepressten Atemzüge. Dann erhob sich das leise Trillern einer Flöte. Als ich wieder durch die offene Schiebetür blickte, sah ich meine

Mutter in den Innenhof treten. Sie war ganz in Schwarz gekleidet. Ihr Haar, nur von einem weißen Stirnband gehalten, hing offen über ihre Hüften. Ihre Rüstung aus Bronzeschuppen, seidenverschnürt und goldverziert, klirrte leise, als sie den Priesterinnen mit schweren, festen Schritten entgegentrat. Oshiba, die Große Ahnin, löste sich von ihren Gefährtinnen. Ihr Haar bedeckte wie ein weicher grauer Mantel Schultern und Rücken. In ihrem wachsbleichen Gesicht schimmerten die Augen wie brauner Samt. Sie trug, als wäre er ein Teil ihres Körpers, den größten und schwersten aller Spiegel, auf dessen Oberfläche das uralte Motiv des Lebensbaumes im Sonnenlicht funkelte.

Die Flöten schwiegen, als Oshiba sich vor meiner Mutter verneigte. Ein Blitz zuckte über den Spiegel. Mir war, als ob die aufsprühende Flamme meine Netzhaut verbrannte.

Ich holte tief Atem, erhob mich. »Kleide mich an«, befahl ich Miwa. »Und bring mir die Waffen!«

Sie gehorchte in vorwurfsvollem Schweigen, half mir meinen Harnisch zu schnüren. Obwohl man ihn mit warmem Wasser gereinigt hatte, waren die dunklen Blutflecken noch immer auf dem Leder sichtbar . . .

Der See glitzerte. Die Riffe schmolzen wie Trugbilder in den Himmel über. Die Schatten der reglosen Priesterinnen fielen fast senkrecht auf den hellen Sand. Hinter ihnen bildete die Leibgarde einen undurchdringlichen Gürtel, während die bewaffneten Männer und Frauen in bedrücktem Schweigen zusammenrückten.

Die Königin stand neben Oshiba, auf ihren Säbel gestützt, die gespreizten Finger fest in den Sand gestemmt. Ihr Antlitz war hart und bleich und völlig regungslos; nur ihre Wimpern zuckten, als ich ihr in stummer Herausforderung aus der Reihe der Leibgarde entgegentrat. Ich trug meinen Harnisch und die ledernen Beinschützer. Zwölf Pfeile steckten in meinem Köcher. Die Augen der Königin funkelten mich an. Fest hielt ich ihrem Blick stand. Sie war es, die als Erste die Lider senkte.

Die Sonne glühte. Es war Ebbe und windstill. Der dunstige Himmel drückte auf das gelbe, zitternde Meer. Die Zeit verstrich. Niemand rührte sich. Ruhelos durchforschten aller Augen die Umrisse der Inseln, die gezackten Linien der Riffe, die dunklen Flecken der Wälder. Und plötzlich erhob sich aus weiter Ferne, dort wo Himmel und Meer sich zu berühren schienen, das unheimliche, ohrenbetäubende Kriegergeschrei, während hinter Klippen, Bäumen und Sträuchern hunderte von bemalten Gestalten hervorstürzten. Ein Schaudern lief durch die Menge; mit starren Gesichtern umklammerten die Krieger ihre Waffen. Den Schuppen einer Riesenschildkröte ähnlich, schienen sich die Schilde ineinander zu verzahnen. Doch man spürte deutlich, dass die Angreifer zögerten; sie hatten die Priesterinnen erblickt und ahnten eine Kriegslist. Der Vortrupp hielt an. Plötzlich aber tauchte *der*, der sie anführte, aus dem Schatten der Klippen auf. Er stieg über spitzkantiges Gestein, sprang geschmeidig von Riff zu Riff. Das Schwert mit den sieben Klingen funkelte in seiner Hand, als er ebenes Gelände erreichte und sich mit weit ausholenden, herausfordernden Schritten dem Strand näherte.

Ich sah, wie meine Mutter die Lippen aufeinander presste. Ihr Säbel beschrieb surrend einen silbrigen Bogen, während die Priesterinnen mit einer einzigen Bewegung die Spiegel hoben und sie der Sonne entgegen hielten. Wie eine auflodernde Flamme breitete sich ein blendender Feuernebel über die ganze Länge des Strandes. Alles blitzte, funkelte, strahlte. Der Glanz des Sonnenfeuers hüllte das Heer ein, schien es aufzulösen in der vibrierenden Luft. Die Sperbermenschen stolperten wie Betrunkene, bargen jammernd den Kopf in den Armen. Unsicher geworfene Speere fielen in den Sand, unterdessen die Heiligen Spiegel wie schmelzender Stahl glühten.

Und dann löste sich *der*, der sie führte, aus dem lärmenden Gedränge. Am Saum der Wellen bohrte er mit gewaltigem Schwung sein Schwert in den Boden. Das klare Wasser spiegelte die Klinge, die wie ein stählernes Gewächs aus dem Sand ragte.

Der Feind verstummte mit einem Mal.

In die Stille hinein rief der Anführer einen Befehl. Ein mit Pfeil und Bogen bewaffneter, gelb bemalter Krieger watete durch das aufspritzende Wasser. *Der*, der sie führte, riss ihm den Bogen aus der Hand. Er legte einen Pfeil an die Sehne, spannte den Bogen in Augenhöhe und schoss ... Mitten in die Brust getroffen taumelte Oshiba, die Große Ahnin und stürzte in den Sand ...

Ein heiserer, lang gezogener Seufzer stieg aus der Menge. Doch keine der Priesterinnen rührte sich. Immer noch bebten und funkelten die bronzenen Spiegel ...

Doch der Bann war gebrochen. Die Angreifer hatten ihr Zögern überwunden und stürmten vorwärts. Ihr lautes Triumphgeschrei mischte sich in das klatschende Surren der Bogensehnen. Eine Wolke von Pfeilen schwirrte den Priesterinnen entgegen. Dort, wo eine Frau hinsank, ging eine Sonne unter, öffnete sich eine Bresche im glühenden Flammengürtel.

In fassungsloser Erstarrung richtete ich meinen Blick auf die Königin, sah, wie eiskalte Wut ihr Gesicht verkrampfte. Zum zweiten Mal hob sie den Arm. Bläulich funkelte ihr Säbel. Ein Schrei, gleich dem Tosen der Brandung, stieg aus allen Kehlen. Das Heer dehnte sich wie der Leib einer Riesenschlange und die Luft hallte wider von betäubendem Hämmern auf die Schilde. Hinter den Kriegern stürmte das Volk, mit Säbeln, Speeren, Dolchen und Bambusstöcken bewaffnet, laut aufbrüllend ins Gefecht. Einen Augenblick später waren Strand und Hafen von klirrendem Schlachtgetümmel angefüllt.

Ich kämpfte mich durch die Menschenknäuel hindurch,

bahnte mir einen Weg zu der Stelle, wo Oshiba gefallen war. Eine Gruppe Priesterinnen bildete in stummer Abwehr mit ihren Körpern einen schützenden Wall um sie. Vor mir öffnete sich der Kreis. Ich fiel neben Oshiba auf die Knie. Sie war noch am Leben. Ein großer Blutfleck breitete sich auf ihrem weißen Gewand aus, dort, wo der Pfeil stak ...

Ich ballte die Fäuste. Mit schmerzlicher Deutlichkeit erinnerte ich mich an meine Kindheit im Heiligtum. Oshibas Heiterkeit, Oshibas Geduld. Ihre Nachsicht. Ihre Weisheit.

Die samtbraunen Augen richteten sich auf mich. Mühsam bewegten sich die trockenen Lippen. Ihre Stimme war nur ein Hauch: »Lass den Zorn nicht dein Herz überwältigen ...«

»Er ist zurückgekommen, um Rache zu nehmen!«, stieß ich zwischen den Zähnen hervor. »Er wird uns alle vernichten ...«

Oshiba hob mühsam die Hand. Ihre zarten Finger berührten meine Schulter. Sie flüsterte: »Nicht die Rache allein hat ihn zurückgetrieben ...«

Ihre Hand fiel herab, ihr Kopf sank zur Seite. Eine der Frauen bewegte sich zu ihr herab, drückte ihr sanft die Lider zu. Als sie sich wieder aufrichtete, glich das Gesicht der Großen Ahnin einer glatten, bleichen und kühlen Elfenbeinmaske.

Ich stand auf. Drängte die Priesterinnen beiseite. Meine Schläfen pochten; in mir brannte das Fieber. Das Schlachtgetümmel erstreckte sich bis zu den Stadttoren. In der Hafenmündung hatten mit Pech bestrichene Pfeile das Takelwerk der Schiffe in Brand gesetzt. Die aufwallenden Flammen loderten vor dem dunstigen Blau des Himmels. Brennende Segelfetzen wirbelten durch die Luft. Die Wogen trugen Schilde, zerbrochene Waffen und verstümmelte Leichen der offenen See entgegen.

Und wieder sah ich das Schwert mit den sieben Klingen zwischen Wasser und Sand aufblitzen: sah *den*, der es schwang, sich einen Weg durch die Kämpfenden bahnen. Der Anblick der Klinge schlug mich wie ein Magnet in seinen Bann. Dort, wo das Blau der Wogen mit dem des Himmels zu einer gleißenden Fläche verschmolz, schien die Furcht erregende Gestalt des Mannes zu riesenhafter Größe emporzuwachsen ...

In meinem Kopf war kein Gedanke mehr, kein Gefühl; nur noch pulsierende Hitze. Ich riss einen Pfeil aus dem Köcher, legte ihn auf die Sehne und tauchte, ungeachtet der Gefahr, ins dichteste Schlachtgetümmel. Durch irgendein Wunder kam ich heil durch. Zwischen mir und der federgekrönten Gestalt, die den Angriff leitete, lagen nur noch wenige Schritte. Nur mit Mühe beherrschte ich meinen fliegenden Atem, hob schussbereit den Bogen. Stechender Schmerz durchzuckte meinen Arm. Die Wunde war aufgebrochen. Warmes Blut sickerte durch den Verband, als ich den Bogen mit gestreckten Armen spannte ...

Der Anführer erblickte mich; senkte sein Schwert. Wie eine Statue aus Leder, Seide, Federschmuck und Bronze sah er auf mich herab. Doch keuchende Atemzüge hoben und senkten seine Brust und durch die Löcher der scharlachroten Maske funkelten die Augen wie zwei glühende Punkte. Eine Weile, die mir endlos vorkam, standen wir uns stumm gegenüber. Plötzlich sah ich – wie im Traum – den gelb bemalten Sperbermenschen, der ihm kurz zuvor Pfeil und Bogen gereicht hatte, lautlos hinter ihm hervortreten. Ich sah – wie im Traum – das Blasrohr an seine Lippen fliegen. Im selben Atemzuge schwankte *der*, der sie anführte, herum. Er hob die Faust, schlug mit voller Wucht dem Sperbermenschen ins Gesicht. Wie von einem Keulenschlag getroffen, sackte der Wilde zu Boden. *Der*, der sie anführte, würdigte den Mann keines Blickes. Er stieg über den leblosen Körper, drehte mir mit spöttischer Herausforderung den Rücken zu. Ich betrachtete die kräftigen, stolzen Schultern und stellte mir vor, wie es sein würde, wenn ein Pfeil sie durchbohrte ... Meine Hände begannen zu zittern. Der Bogen bebte, der Schweiß brach mir aus allen Poren. Gelähmt, schaudernd sah ich *den*, der sie anführte, dem Meer zuschreiten; er stieg in die Wogen wie ein Riesenvogel, wie ein Ungeheuer, wie ein Gott.

Der Bogen erschlaffte. Der Pfeil glitt ab und fiel in den Sand. Ich drehte mich um und floh.

Das war die zweite Schlacht.

## 6

Die ums Leben gekommenen Priesterinnen wurden zum Heiligtum getragen, wo man sie wusch und in weiße Gewänder kleidete. Um ihr gelöstes Haar wurde ein weißes, mit einem Eichenblatt geschmücktes Stirnband geschlungen. Dann wurden sie im Licht der Fackeln auf weiß bezogene Bahren gebettet, während ihre Gefährtinnen zum Klang der kleinen, hölzernen Tempeltrommeln die Totengebete sangen.

Die Luft war vom Prasseln des Feuers und von Wehklagen erfüllt. Doch allmählich erloschen die Brände. Über die verwüstete Stadt kehrte Ruhe ein. Verstörte Menschen irrten hustend durch die rauchenden Trümmer und suchten nach Familienangehörigen. Andere sammelten das wenige Hab und Gut, das von Plünderungen verschont geblieben war. Man brachte Wasser und Lebensmittel in die Lagerräume und verstärkte die Befestigungswälle. Die Zeit drängte: Die Sperbermenschen hatten sich auf die Insel zurückgezogen, aber wir wussten, dass uns noch vor Morgengrauen ein neuer Angriff bevorstand.

Nachdem Miwa mich gewaschen und meinen Verband erneuert hatte, kleidete ich mich in Trauergewänder aus grobem Leinen. Ich flocht weiße Bänder in mein Haar und schnürte ebenfalls weiße Bänder um Hand- und Fußgelenke.

Dann verteilte ich weißen Puder auf Gesicht und Händen und bat meinen Onkel Tsuki-Yomi zu mir. Auch er trug die vorgeschriebenen Trauergewänder. Zwei Schwerter, ein kurzes und ein langes, staken in seiner Schärpe. Sein Ausdruck war ruhig, doch ich spürte seine Wachsamkeit. Gemessen verneigte er sich; ich erwiderte ehrerbietig seine Begrüßung und kam unverzüglich zur Sache. »Verehrungswürdiger Onkel, ich bitte Euch, mir beizustehen. Ich habe beschlossen die Sternenmacht anzurufen.«

Er saß vor mir in bewegungsloser Haltung, während seine schwarzen Augen mich prüfend musterten. »Eure Verletzung hat Euch sehr geschwächt«, erwiderte er schließlich. »Seid Ihr gewiss, dass Eure Kräfte dazu ausreichen werden?«

»Ich habe keine Wahl«, entgegnete ich. »Möge Euer Geist mir bei meiner Aufgabe beistehen.«

Tsuki-Yomis Lider zuckten, doch er verneigte sich mit der gleichen Gelassenheit. »Es wird mir«, sprach er, »eine Ehre sein.«

Wenig später verließ ich auf seinen Arm gestützt mein Zimmer. Tsuki-Yomi hatte die notwendigen Anweisungen gegeben. Schon bildete die Leibgarde rings um den Innenhof einen dichten Kreis. Die Kunde, dass ich die Sternenmacht anrufen würde, hatte sich in Windeseile verbreitet. Dicht gedrängt und in feierlicher Stille warteten die Leute vor dem Festungstor. In der Mitte des Innenhofes war ein Kohlebecken auf einem Dreifuß aufgestellt worden. Eine dünne blaue Rauchspirale stieg in die klare Luft. Ich kniete vor dem Dreifuß nieder und Tsuki-Yomi tat das Gleiche im vorgeschriebenen Abstand von fünf Schritten. Schweigend sah er zu, wie ich die Bänder aus meinem Haar löste, die Falten meines Gewandes eng um die Knie zog.

Die Tempelglocken waren verstummt. Auf einmal wurde es sehr still. Ich sprach das Gebet der Großen Läuterung, das den Hof zum Mittelpunkt der Welt machte. Dann zog ich mit Zeige- und Mittelfinger der linken Hand die gleichmäßigen Windungen zweier Schlangen um mich herum in den Sand. Sie stellten das ewige Fortbestehen des Lebens dar. Nun öffnete ich einen kleinen Seidenbeutel und streute ein Pulver, das aus Eichenrinde und verbranntem Hirschgeweih gewonnen wurde, in das Feuer. Über den Dreifuß geneigt, sog ich tief den herben Geruch ein. Die Funken glühten, der hochsteigende Rauch schimmerte rötlich in der Abendsonne. Plötzlich war mir, als ob die Schlangenlinien lebendig würden, sich auf- und wieder zusammenwellten. Wie durch Nebel erblickte ich in weiter Ferne die wachsamen Züge meines Onkels. Immer schneller, zuckender, schienen sich die Sandwellen zu kräuseln; sie glitten über den Hof, krochen dem Horizont entgegen ... dem Horizont, der sich nun auftat, während die gewaltige Sonnensphäre in dunkelroter, flammender Nähe pulsierte, sich ausdehnte ... auseinander brach! Von jeder Schwere, jedem Gefühl befreit, stieg ich zu den Gestirnen empor. Ein fahler, bläulicher Schimmer breitete sich aus, erfüllte den ganzen Himmel. Eine Gestalt bewegte sich im silbrigen Licht, schien über den Wolken zu fliegen. Es war kein menschliches Wesen, sondern ein Tier. Und mit einem Mal erkannte ich es; mein Herz schlug laut vor Freude. Hi-Uma, das Himmlische Pferd. Ich rief seinen Namen. Frei, stolz und kraftvoll galoppierte es heran. Seine Augen funkelten, seine Mähne wehte wie ein Kometenschweif. Ich schwang mich auf seinen Rücken, schwebte mit ihm in silberklare Tiefen. In nie gekannter Freiheit überflogen wir glitzernde Sternenmeere, tauchten ein in leuchtende Schatten. Und da! Das Schwert mit den sieben Klingen erhob sich über den Wolkenfeldern, richtete sich auf wie ein Riesenbaum, der aus dem Herzen des Alls emporwächst. Es schwebte heran, kam näher, wurde greifbar. Ich streckte die Hand aus. Meine Finger schlossen sich um den funkelnden Griff. Die Waffe war mit einer Inschrift versehen, ein Zauberspruch, in Silber eingelegt. Er lautete ... Ein Schrei entfuhr mir: Das Schwert fing Feuer! Hastig zog ich die Hand zurück. Schon züngelten die Flammen. Das Schwert war ein Leuchten, ein brennender Busch, der die Dunkelheit mit Blitzen erfüllte. Ein roter Feuervorhang schlug mir in die Augen. Alles riss auf, zerbarst, flog in Fetzen.

Ich versank im Nichts.

Als ich das Bewusstsein wiedererlangte, lag ich in meinem Gemach. Miwa kühlte mit feuchten Tüchern mein glühendes Gesicht. Als sie mir einen Becher an die Lippen hielt, vermochte ich vor Schwäche kaum den Kopf zu heben. Doch der Tee brachte mich wieder zu Kräften. Ich ließ mich kämmen, in ein sauberes Gewand kleiden, und wartete auf den Befehl meiner Mutter.

Es war bereits Nacht, als sie mich rufen ließ und ich nach der rituellen Waschung ihr Gemach betrat und mich mit niedergeschlagenen Augen verneigte.

Meine Mutter war nicht allein; im zuckenden Licht der Pechfackel sah ich Tsuki-Yomi mit untergeschlagenen Beinen regungslos auf der Matte sitzen. Auch die Königin war ganz in Weiß gekleidet. Ihr offenes Haar bedeckte wie schwarz glänzende Schwingen Schultern und Rücken. Ihr Schwert lag griffbereit neben ihr auf einem seidenen Kissen.

»Du wurdest im Kampf verletzt«, sprach sie mit leiser, klarer Stimme. »Dein Körper ist geschwächt. Die Sternenmacht anzurufen war ein großes Wagnis.«

Ich senkte die Stirn. »Verzeiht mir, meine Mutter, aber ich musste vor Sonnenuntergang handeln.«

Einen Augenblick herrschte Stille. »Ich warte«, ließ sich dann die Stimme der Königin vernehmen.

Die Bilder meiner Vision flackerten verschwommen in meiner Erinnerung auf. Mühsam versuchte ich sie in Worte zu fassen. »Ich betrat die Pforte der Gestirne und schwang mich auf das Himmlische Pferd. Es trug mich zu dem dunklen Kern, aus dem das Schwert geboren wurde. Die Waffe trägt einen

Zauberspruch, der mir verborgen blieb . . .« Ich schwieg verwirrt und beschämt.

Doch da verbeugte sich Tsuki-Yomi und sprach gelassen: »Ich kenne diesen Zauberspruch. Er lautet: Zur Mittagszeit, am elften Tag des fünften Monats des vierten Jahres im Zeitalter von Tai-ho wurde das Schwert mit den sieben Klingen aus hundert Mal gehärtetem Eisen vollendet. Es wehrt die Gefahr ab in der Schlacht, es ist Fürsten und Königen würdig. Es wurde geschmiedet von . . .«

Mit Absicht sprach er den Satz nicht zu Ende. Noch während ich aufgewühlt um Fassung rang, wandte Tsuki-Yomi, sich verneigend, mir zu. »Dies sind, Toyo no Miko, Eure eigenen Worte, bevor Ihr in Eurer Trance das Bewusstsein verloren habt. Vertraut mir, dass ich kein einziges ausließ.«

Ich schwieg. Ich wusste, dass er log.

Auch meine Mutter blieb stumm. Ihr Antlitz war starr wie eine Maske. Dann strafften sich ihre Schultern. Eiskalte Herausforderung sprach aus ihren Zügen. »Wahrlich«, ergriff sie das Wort, »das Schwert mit den sieben Klingen ist eine mächtige Waffe! Doch jetzt, da wir die Geheimworte kennen, die ihre Kraft verschärfen, können wir sie gegen sie anwenden. Ich werde *den*, dessen Name verflucht ist, mit seinem eigenen Zauberspruch bekämpfen und ihn in seiner Rache mitten ins Herz treffen!«

Ein Bild stieg in mir auf: das wachsbleiche, friedliche Gesicht der Großen Ahnin. Ich vermeinte ihre leise verklingende Stimme zu hören. Halblaut wiederholte ich ihre letzten Worte: »Nicht allein die Rache hat ihn zurückgetrieben . . .«

Es geschah etwas Merkwürdiges. Die Königin verharrte regungslos. Nichts veränderte sich, weder in ihrem Ausdruck noch in ihrer Haltung. Und doch war es, als stockte alles in ihr, Blut, Atem, ja das Leben selbst. Ihre weit aufgerissenen Augen betrachteten mich, nein, sie starrten ins Leere und die Erregung brach in einem einzigen Wort aus ihr hervor: »Geh!«

Ich verneigte mich nicht; ich warf mich zu Boden. Meine Stirn schlug so hart auf die Matte, dass es schmerzte. Rückwärts kriechend verließ ich den Raum.

In meinem Gemach war es so still, dass ich mich selbst atmen hörte. Nur eine Pechfackel knisterte leise. Ich saß, den Kopf auf die Brust gesenkt, die Hände im Schoß verschränkt, und spürte die Tränen hochsteigen. Ich dachte an Hi-Uma, das Himmlische Pferd. Ich war nicht überrascht, dass sein Geist mir beigestanden hatte. Waren nicht die Tiere seit jeher Verbündete der Schamanen? Doch nun blieb mir kein anderer Ausweg, als der Vergangenheit ins Auge zu sehen, den Schatten des Mannes, dessen Name verflucht war, mit all seinen bestürzenden Widersprüchen heraufzubeschwören. Wusste ich nicht, dass wir jenseits aller Gegensätze den gleichen Zeichen angehörten? Dass unsere Seelen unlösbar miteinander verbunden waren? Er – er hatte es nicht vergessen. Denn warum sonst hätte er mein Leben verschont?

Mit tränenfeuchten Augen starrte ich in das Licht der Fackel und bereitete mich darauf vor, noch einmal in Gedanken die Vergangenheit an mir vorbeiziehen zu lassen; und während ich die Hohen Mächte beschwor die Furcht aus meinem Herzen zu verbannen, wurden draußen leise und dumpf die Bestattungstrommeln geschlagen.

# 7

Jenseits des Ozeans, bei günstigem Wind in fünf Tagen zu erreichen, lag Nimana, die Hauptstadt der Tungusenkönige. Die Tungusen, ein kriegerisches Reitervolk der altaiischen Steppen, hatten die Halbinsel Kara* zu derselben Zeit unterworfen, als unsere Vorfahren Yamatai gründeten. Es war ein sehr altes Volk, das sesshaft geworden war, ohne die unerschrockene Lebenskraft des Nomadentums einzubüßen.

Einige Jahre zuvor, als ich noch Kind war, hatte meine Mutter die ersten Abgesandten an den Hof von Nimana geschickt. Diese Boten waren von König Irihiko ehrenvoll empfangen worden. Sie überreichten Geschenke: roten Puder, um Haar und Gesicht zu färben, Vogelfedern, Edelsteine, Perlen und Waffen, die in unseren eigenen Schmieden hergestellt waren. Man erzählte sich, dass der König sie sehr bewundert hätte.

Auch unsere Botschafter kehrten mit Geschenken beladen nach Amoda zurück: Goldschmuck in der Form von Blumen und Vögeln, kostbare Seidenstoffe. Ein Geschenk von besonderer Bedeutung war ein schweres Goldsiegel, das der Königin von Yamatai die Rechtmäßigkeit ihrer Herrschaft in den Augen der mächtigen Tungusen-Dynastie bezeugte.

Für meine Mutter war es sehr wichtig, freundschaftliche Beziehungen zu Irihiko zu unterhalten. In den nachfolgenden Jahren wurden häufig Geschenke ausgetauscht. Die Abgesandten aus dem Tungusenland beeindruckten uns durch ihr stolzes Auftreten und die Eleganz ihrer Erscheinung. Sie hatten helle Haut und kühn geschnittene Gesichter. Das Haar trugen sie zu einem hohen Knoten gewunden, in einer Art, die die Edelleute von Amoda recht bald für nachahmenswert er-

* Korea

achteten. Alle kleideten sich in kostbare Seidengewänder und trugen Stiefel aus schmiegsamem Leder.

Als ich zwölf Jahre alt war, schiffte sich eine Abordnung einflussreicher Männer nach Nimana ein. Sie wurde von Sire Nasome und Sire Tajigori geleitet, zwei Kriegern hoher Abstammung. Sie kehrten mit der Botschaft zurück, dass König Irihiko sie zu Befehlshabern ernannt hätte.

Diesmal schickte der Monarch meiner Mutter hundert Bronzespiegel und zwei Säbel mit Elfenbeingriffen.

Am fünften Tag des ersten Monats, kurz nach den Neujahrsfeierlichkeiten, hatten die Wachen nun wiederum gemeldet, dass ein Schiff aus Nimana sich der Küste Yamatais näherte. Sogleich versammelten sich Schaulustige am Hafen, um seine Ankunft mitzuerleben.

Auch ich war, von Neugierde getrieben, auf den Wachtturm gestiegen. In weiter Ferne sah ich das Schiff in die Bucht einlaufen. Es lag mächtig und schwer auf den Wellen. Seine Purpursegel spannten sich im Wind wie die Schwingen eines Riesenvogels. Ich erinnere mich noch gut, dass in jenem Augenblick eine Art glühender Stachel mein Herz durchfuhr. Ahnte ich bereits, dass dieses Schiff mein Schicksal barg?

Es war ein kühler Tag, doch die silbrige Sonne verbreitete verschwenderisches Licht. Zwischen den Säulen der großen Terrasse des Palastes des Mittelpunktes hatte meine Mutter auf seidenen Kissen Platz genommen. Sie trug ein fließendes, rotes Gewand. Um ihre Stirn lag das weiße Band der Priesterinnen, an dem ein einziges Eichenblatt befestigt war. An ihren Handgelenken glitzerten glutrot die heiligen »Tama«-Steine. Auch ihr Haar war – dem festlichen Anlass entsprechend – zinnoberrot gepudert worden und die Sonne warf kupferfarbene Funken auf die prachtvolle, schimmernde Fülle.

Zwei Schritte dahinter, dem Zeremoniell entsprechend, standen ihre beiden Brüder. Zu ihrer Linken der ältere: Majestät-Wächter-des-Mondes. Es war nichts Auffälliges an ihm und er trug ein pfauenblaues Gewand von vornehmer Schlichtheit.

Meiner Mutter zur Rechten, nachlässig auf seinen Säbel gestützt, stand *der*, dessen Name verflucht ist: der jüngere.

Er war sehr groß, geschmeidig und dennoch kräftig. Breite Schultern; eine Haut wie Gold; eine hohe, gewölbte Stirn; funkelnde Augen, schwarz und glänzend wie Obsidian; prachtvolle Zähne. Seine breiten, schwieligen Hände waren ebenso geschickt im Schmieden von Waffen wie in deren Gebrauch. Doch das Erstaunlichste an ihm war sein Haar. Schwarz und doch in den wärmsten Schattierungen von braunrotem Herbstlaub leuchtend. Niemals steckte er sein Haar hoch; um sich beim Fechten oder Bogenschießen Bewegungsfreiheit zu verschaffen, hielt er es mit einem ledernen Stirnband zusammen.

Bei Hofe, wo es zum guten Ton gehörte, seine Gefühle in Schranken zu halten, sorgten sowohl sein Ungestüm als auch sein Spott für mancherlei Zwischenfälle. Gleichwohl wagte niemand, ihn dafür zur Rede zu stellen. Er hatte etwas Erregendes an sich, eine aufreizende Mischung von Draufgängertum, Hochmut und strahlender Lebensfreude.

Meine Gefühle ihm gegenüber waren verworren. Als Kind erschien er mir unnahbar und Angst einflößend. Nachdem ich zur Priesterin ausgebildet worden war, spürte ich, dass unsere Beziehungen sich verändert hatten. Ich fürchtete mich nicht mehr vor ihm, doch er beunruhigte mich derart, dass ich ihm aus dem Weg ging und es sogar vermied, mich mit ihm im gleichen Raum aufzuhalten. Ab und zu fühlte ich seine Augen auf mich gerichtet. Es waren rätselhafte, behexende Augen, von fast violettem Schwarz. Ich vergaß dann meine anerzogene Zurückhaltung, hob die Lider und sah ihm voll ins Gesicht, bis er mit einem kurzen, spöttischen Auflachen das Duell jäh beendete. Kein einziges Mal jedoch hatte ich als Erster den Blick gesenkt . . .

Im Übrigen zeigte er mir gegenüber außer den höchst offiziellen Achtungsbeweisen, die der Erbin des Königreiches gebührten, nichts als kühle Gleichgültigkeit. An jenem Morgen also war der ganze Hofstaat im hellen Sonnenlicht versammelt. Unter der Galerie, die den Innenhof umgab, war die Leibgarde mit blanken Schwertern aufgezogen. Das Königswappen glänzte, farbige Standarten wehten im Wind. Edelleute, Würdenträger und Höflinge zeigten sich im schönsten Schmuck. Auf den Ehrenplätzen, zu Füßen der Herrscherin, knieten lächelnd die Priesterinnen in ihren rot-weißen Gewändern, während die tuschelnde Dienerschar auf den Treppenstufen drängte.

Bald vernahmen wir, wie jenseits der Wälle das verwunderte Gemurmel des Volkes anschwoll, je näher die Abgesandten von Nimana dem Palast kamen. Nach und nach mischte sich ein merkwürdiges Geräusch unter das Stimmengewirr: Es klang, als ob ein Hagel von Kieselsteinen auf den Weg prasselte. Dieses Geräusch ließ uns alle aufhorchen. Die Gespräche verstummten. Jeder starrte gebannt auf das Tor, wo bald die königlichen Gesandten erscheinen würden. Und während ich still und aufrecht neben meiner Mutter saß, spürte ich mein Herz immer heftiger gegen die Rippen schlagen. Ich wusste, dass mein Schicksal gleich eintreten würde . . .

Die Standartenträger durchschritten das Tor. Und dann erschien ein Ungeheuer: ein Tier, so groß und stark wie ein Hirsch. Sein schwarz-weiß geflecktes Fell glänzte in der Sonne. Die Ohren, gerade und spitz, glichen denen eines Hundes. Die dunklen Augen funkelten, der lange buschige Schweif fegte über den Sand. Das ungewöhnliche Geräusch – so bemerkten wir jetzt – rührte von dem Aufstampfen seiner rot lackierten Hufe.

Ein Mann – nein, ein Knabe – führte das Ungeheuer an einem ledernen Riemen, der an einem schmalen Eisenstück im Maul des Tieres befestigt war. Furchtlos schritt er neben ihm her, während eine Welle der Erregung die Anwesenden durchlief. Die Frauen stießen kleine Schreie aus, die Männer umfassten ihre Säbelgriffe fester. Die aufgeregten Diener schubsten und drängten sich, um besser sehen zu können.

Erst nachdem ich mich vom Anblick des außergewöhnlichen Tieres erholt hatte, blickte ich auf die Männer, die es begleiteten. Die beiden Gesandten, die sich mit ihrem Gefolge näherten, trugen die typische Kleidung der Tungusen: kurze Jacken mit Flügelärmeln, Pluderhosen und Lederstiefel mit geschwungener Spitze. Der eine war in Moosgrün gekleidet, der andere in Indigoblau. Brustpanzer aus lackierten Schuppen klirrten auf ihren mächtigen Oberkörpern. Ihre bronzenen Helme waren geschmückt mit weit geschwungenen Hörnern.

Unterhalb der Terrasse, dort wo die Königin saß, blieben die Fremden stehen und verneigten sich. Man senkte die Standarten. Die Dienerschaft warf sich in den Staub und verharrte regungslos. Das Ungeheuer scharrte mit dem Vorderhuf im Sand. Es hatte den mächtigen Kopf gesenkt und blies dem vor sich stehenden Knaben seinen Atem in den Nacken.

Mein Blick heftete sich auf den Jüngling. Er war schlank, geschmeidig und ernst. Doch in seinen Augen lag etwas Heiteres; sein Gesicht mit den schmalen Schläfen, der feinen geraden Nase strahlte Ruhe aus. Der Wind zerzauste sein weiches, braunes Haar. Seine Kleidung war einfach: eine schwarze Seidentunika mit weiten, an den Handgelenken anliegenden Ärmeln und eine ebenfalls schwarze Hose, die seine schmalen Fesseln freiließ. Obwohl er barfuß ging, war weder in seiner Haltung noch in seinem klaren, tiefen Blick die Demut eines Untergebenen zu verspüren.

Die Königin begrüßte die Gesandten und lud sie ein, als Gäste in ihrem Palast zu verweilen. Als sie ihre Rede beendet hatte, verneigten sich die Männer und äußerten die üblichen Dankesworte. Dann näherte sich der in Indigoblau gekleidete Mann, der in der Rangordnung der Höchststehende zu sein schien und sprach: »Erlauchte Königliche Hoheit, mein Name ist Sakoto. Ich diene meinem fürstlichen Herrn als Botschafter. Gestatten Sie mir, Ihnen Admiral Chosu vorzustellen.« Der Mann im moosgrünen Gewand verbeugte sich. »Wir haben die traurige Pflicht, Euch mitzuteilen, dass seine Majestät Irihiko, unser geliebter König, in die Steppen seiner Väter zurückgekehrt ist.«

Mit dieser Umschreibung bezeichneten die Tungusen das Jenseits, also den Tod. Sakoto machte eine Pause, um meiner Mutter Gelegenheit zu geben, ihr Beileid zu bekunden. Dann fuhr der Gesandte fort: »Nach den vorgeschriebenen neun Tagen der Trauer wurde Seine Hoheit Prinz Iri, der älteste Sohn unseres verstorbenen Herrschers, als sein Nachfolger gewählt. Der Fürst entsandte dieses Schiff, um der Königin von Yamatai seine Ehrerbietung zu erweisen. Zum Zeichen seiner Hochachtung schickt er ihr einen Zuchthengst aus den königlichen Gestüten. Sein Name ist Hi-Uma, das Himmlische Pferd.«

Im selben Augenblick, als er diesen Namen aussprach, spitzte das Tier die Ohren. Seine Flanken bebten und es ließ ein unglaubliches Geräusch vernehmen, das zugleich Schnauben, ohrenbetäubendes Gelächter und der dröhnende Schall eines Muschelhorns war. Ein Aufschrei in der Menge wurde laut, sogar ich wich unwillkürlich zurück. Doch während meine Mutter und Tsuki-Yomi sich völlig regungslos verhielten, stieß der, dessen Name verflucht ist, ein amüsiertes Glucksen aus. Schon streichelte der Knabe der seltsamen Kreatur, die man »Pferd« nannte, den Hals. Sofort beruhigte sich das Tier und rieb seinen riesigen Kopf an der Schulter des Jünglings. Sakoto hatte sich ein Lächeln erlaubt. Er hob beruhigend beide Hände: »Edle Herrschaften, die Furcht ist unbegründet! Wenn auch das Wiehern des Pferdes den Feind in der Schlacht erschreckt – denn seit undenklichen Zeiten benutzen wir diese Reittiere im Kampf –, so zeigt sich dieses Tier seinem Herrn gegenüber sanft und treu ergeben.« Meine Mutter beugte sich anmutig vor und erwiderte: »Geruhen Sie uns zu erklären, mein Herr, wie seine Eigenschaften zu nutzen sind.«

Sakoto verneigte sich. An den Jüngling gewandt, gab er einen kurzen Befehl. Die Anwesenden ließen ein verblüfftes Murmeln hören, denn ohne den geringsten Anlauf hatte sich der Knabe mit einem blitzschnellen, behänden und genau berechneten Sprung auf den Rücken des Pferdes geschwungen. Nun jagte es mit einem einzigen Satz vorwärts, raste pfeilschnell auf die Zuschauer zu. Die Männer sprangen in höchster Erregung auf, die Frauen kreischten. Ein dumpfes Sirren: Ich fuhr zusammen. Schwungvoll hatte *der*, dessen Name verflucht ist, den Säbel gezogen. Eine Handbewegung der Königin hielt ihn zurück.

Inzwischen schoss das Pferd so nah an den Zuschauern vorbei, dass der Luftzug ihre Gesichter streifte.

An der gegenüberliegenden Seite des Innenhofes machte der Reiter kehrt und ließ das Pferd in Trab fallen. Tänzelnd schritt es zurück und blieb mit bebenden Flanken unterhalb der Terrasse stehen. Keuchender Atem drang aus seinen Nüstern. Sein Fell schien wie mit flüssigem Schleim bedeckt und aus seinem Maul tropfte Schaum in dicken Flocken.

Der Knabe, der auf diese Weise seine Geschicklichkeit gezeigt hatte, ließ sich zu Boden gleiten und blieb mit niedergeschlagenen Augen vor der Königin stehen.

Einige Atemzüge lang blieb alles still. Dann schwoll ein lautes, ungeniertes Lachen über den Hof und *der*, dessen Name verflucht ist, rief: »Du scheinst wohl anzunehmen, Gesandter, dass dieses Tier nur dazu erschaffen wurde, dem Menschen die vier Hufe zu verleihen, mit denen er seinen Feinden schneller zu entkommen hofft.«

Vereinzelt hob sich unterdrücktes Gelächter, doch herrschte überwiegend Verlegenheit. Wieder einmal verstieß der Bruder der Königin gegen die Höflichkeit. Nicht nur dass er das Wort ergriff, bevor die Herrscherin ihre Eindrücke geäußert hatte, er maß sich überdies an, den hohen Gesandten herauszufordern.

Der Blick des Botschafters glitt nachdenklich über die hochmütige, auf den Säbel gestützte Gestalt hinweg und blieb auf der unbeweglich dasitzenden Königin haften. An sie richtete er seine Antwort.

»Ihre Majestät möge zur Kenntnis nehmen, dass wir seit jeher diese Reittiere für die Jagd und den Krieg züchteten und ausbildeten. Unsere Pferde sind schnell wie der Wind, beharrlich wie ein Lasttier, mutig wie ein jagender Tiger, klug und fügsam wie der treueste Hund. Dank ihrer Tapferkeit und Ausdauer vermochten unsere Vorfahren ein Königreich zu erobern. Dennoch gehorchen sie einem Kind, wie Ihr es soeben mit eigenen Augen gesehen habt.«

Die Königin erwiderte verbindlich, dass dieses Pferd wirklich ein edles und einzigartiges Tier sei.

»Als Futter«, fuhr Sakoto fort, »benötigt es nur Hafer, Gerste und Gras. Dazu viel frisches Wasser und eine Stallung, die jeden Morgen mit Stroh und Sand bestreut werden sollte, damit die Hufe weich stehen. Wenn nach einem Ritt der Schaum aus seinen Nüstern dringt, sollte es trockengerieben werden.«

Tatsächlich hatte ein Diener eine Decke gebracht und der Knabe war dabei, Hi-Umas Rücken und Flanken abzureiben. Ich hörte das Tier zufrieden schnauben.

Mit ihrer leisen, singenden Stimme sagte meine Mutter zu dem Abgesandten: »Dem Fürsten von Nimana sei Dank für sein auserlesenes Geschenk. Dem Himmlischen Pferd wird eine ihm gebührende Behandlung zuteil werden. Ich werde persönlich darüber wachen, dass es gutes Futter und die beste Pflege erhält.«

Dann lud sie die hohen Gäste ein, sich in den Palast zu begeben, wo Erfrischungen für sie bereitstanden. Sie selbst zog sich zurück; die Königin nahm niemals an einem öffentlichen

Mahl teil. Zwei Dienerinnen ordneten die Falten ihres Gewandes, bevor sie langsam durch das Spalier gebeugter Rücken schritt. Nur ein einziger Mann stand aufrecht, lässig an eine Säule gelehnt. Sein glänzendes schwarzes Haar verdeckte zur Hälfte sein goldbraunes Gesicht. Seine Augen schienen geschlossen zu sein. Als die Königin an ihm vorbeiging, hob er so berechnend und träge die Lider, dass allein diese Bewegung einer Beleidigung gleichkam. Unter den dichten Brauen leuchteten die Augen wie dunkles Metall. Ein aufreizendes Lächeln umspielte seine Lippen. Doch nichts geschah. Die Königin schritt ruhig an ihm vorbei und entfernte sich. Ihre Schleppe glitt über die Matten wie das Purpurgefieder eines Märchenvogels. Ein seltsames, heiseres Lachen stieg *dem*, dessen Name verflucht ist, aus der Kehle. Mit einer heftigen Bewegung hielt er eine Dienerin an, riss ihr den mit Reiswein gefüllten Krug aus der Hand und lehrte ihn in großen Zügen. Heute Abend würde er wieder einmal betrunken sein.

Im allgemeinen Trubel schlich ich mich davon und begab mich in den Innenhof. Die Sonne sank bereits hinter den Wachttürmen, Schwalben schossen durch die glitzernde Luft. Man hatte das Pferd in den Verschlag gebracht, der sonst den heiligen Hähnen vorbehalten war und den die Gärtner in aller Eile gereinigt hatten. Diener trugen Stroh und Körner herbei. Sie gossen frisches Wasser in große Bambusgefäße. Eine lachende und schwatzende Menge – Höflinge, Gardesoldaten, Dienerinnen mit ihren Kindern – drängte sich neugierig um den Zaun. Das sichtlich erregte Pferd stampfte und schüttelte die Mähne, während der Knabe es mit besorgter Miene zu beruhigen versuchte. Als ich mich den Leuten näherte, verstummten sie und traten beiseite.

»Das Himmlische Pferd«, sagte ich, »ist erschöpft und aufgeregt. Man lasse es in Frieden, damit es sich von der Reise erholt.« Auf Grund meines Ranges gehorchte man mir. Die Schaulustigen zerstreuten sich. Der junge Tunguse und ich blieben allein. Eine Weile sagte keiner ein Wort. Der Junge streichelte den Hals des Tieres. Ab und zu traf mich ein Blick seiner leuchtenden Augen, und ich, die sonst vor niemandem – außer der Königin – die Lider senkte, blickte befangen zur Seite.

Um endlich zu wissen, wie ich mit ihm zu reden hatte, fragte ich: »Bist du Sklave?«

Er straffte die Schultern und erwiderte: »Mein Name ist Suki, Sohn von Kato no Aname, dem Herrn der königlichen Gestüte. Wie waren niemals Sklaven.«

Mein Herz klopfte wild. Ich hörte mich hochmütig sagen: »Ich bin Prinzessin Toyo.«

»Ich weiß«, gab er gelassen zur Antwort. »Ich sah dich neben der Königin.«

Ich spürte, wie ich rot wurde. Rasch fragte ich: »Wie . . . wie stellt man es an, das Ungeheuer zu bändigen?«

Er lachte und ich sah seine hübschen weißen Zähne: »Es ist kein Ungeheuer, sondern ein kluges und edles Tier, das seinem Herrn treu dient.«

Kindisch fragte ich: »Ist es schwer, so auf ihm zu reiten, wie du es gemacht hast?«

»Jeder kann das lernen.«

Er legte seinen Arm um den Hals des Pferdes und presste seine Wange gegen das raue Fell.

»Ich war dabei, als Hi-Uma auf die Welt kam. Ich habe ihn als kleines, zitterndes Fohlen in meinen Armen getragen. Später war ich immer in der Nähe meines Vaters bei der Fütterung und wenn seine Streu gewechselt wurde, beim Einreiten und der Dressur. Nach ihm war ich der Erste, der Hi-Uma geritten hat. Selbst in der Finsternis kennt er meine Schritte und meinen Atem. Er ist . . . er ist mein Freund.«

Er schwieg und wandte den Kopf ab.

Leise fragte ich: »Fällt es dir schwer, ihn zu verlassen?«

»Ja«, antwortete er schlicht.

Mein Blick richtete sich auf Hi-Uma. Seine schwarzen,

feuchten Augen mit den langen Wimpern erschienen mir mit einem Mal sehr sanft. Ich wollte ihn berühren, doch wagte ich es nicht.

Sukis Stimme war nur noch ein Flüstern.

»Als mein Herrscher Hi-Uma als Geschenk für die Königin auswählte, brach mir fast das Herz vor Kummer. Doch ich musste mich fügen. Ich warf mich dem Fürsten zu Füßen und flehte ihn an, Hi-Uma begleiten zu dürfen, um über ihn zu wachen und ihn während der Überfahrt zu beruhigen. Der Fürst hat meine Bitte erfüllt.«

Plötzlich, zu meinem Entsetzen, schüttelte Hi-Uma den Kopf, nahm Sukis Handgelenk zwischen seine Zähne und umschlang es mit seinen großen, feuchten Lippen. Ich stammelte erschrocken: »Fürchtest du nicht, dass er dich beißt?«

Suki lächelte: »Ein Pferd beißt seinen Herrn nicht. Doch sieh . . .«

Er löste sanft seine Hand, bückte sich und hob den lackierten Huf an, um mir das harte Horn zu zeigen: »Dem, der seinen Zorn erregt, spaltet er den Kopf wie eine reife Frucht!«

Ich beugte mich vor: »Ich möchte das Himmlische Pferde besteigen. Zeigst du mir, wie das gemacht wird!«

Er schüttelte den Kopf: »Das geht nicht. Hi-Uma gehört der Königin.«

»Ich bin ihre Tochter!«, entgegnete ich herausfordernd. Unsere Augen trafen sich. Er schien zu zögern. Dann hob ein tiefer Seufzer seine Brust.

»Wenn Hi-Uma im Exil lebt, muss er sich an einen neuen Herrn gewöhnen. Ja, ich werde dir zeigen, wie er geritten wird. Aber versprich mir, dass du für sein Wohlergehen sorgst.«

»Du hast mein Wort«, erwiderte ich. »Doch unter einer Bedingung: dass niemand Kenntnis erhält, was du mich lehrst.«

Wenn er überrascht war, so ließ er sich nichts anmerken, sondern neigte zustimmend den Kopf. »Wir müssen uns beeilen. Das Schiff wird in drei Tagen in See stechen. Sei heute Nacht hier, bevor der Morgen dämmert.«

»Ich komme«, versprach ich. Wieder begegneten sich unsere Augen und diesmal sahen wir uns fest an. Verwirrung stieg in mir hoch. Rasch wandte ich mich ab und entfernte mich. Mein Gewand schleifte über den Sand. Ich spürte, wie seine Blicke mir folgten . . .

## 8

In dieser Nacht fand ich keinen Schlaf. Ich lag hellwach und betrachtete die Mondsichel, die hinter den milchigen Schiebewänden einen silbernen Bogen zog. Als ihr Licht sich verdunkelte, erhob ich mich, streifte eine kurze Tunika aus weichem Leinen über und legte lederne Beinschützer an. Vorsichtig ließ ich die Wand zur Seite gleiten. Wie immer hatte Miwa ihre Schlafmatte vor meine Türschwelle gezogen. Ich stieg über ihren schlafenden Körper und stahl mich hinaus. Die wachhabenden Posten senkten leicht ihre Lanze zum Gruß. Ihre unbeteiligten Blicke streiften mich. Verschwiegenheit gehörte zu ihrer Dienstpflicht.

Die Nacht war feucht und klar. Der Sand schimmerte salzweiß im Sternenlicht. In seinem Verschlag lag das Pferd ausgestreckt auf dem Strohlager. In eine Decke gewickelt schmiegte sich Suki an seine Flanke. Er schlief nicht, denn als ich mich näherte, richtete er sich auf. Er schnalzte mit der Zunge und Hi-Uma erhob sich schwerfällig. Stumm rollte Suki einige Tücher zusammen und band sie um die Hufe des Tieres, um deren Geräusch zu dämpfen.

Einen Augenblick später überquerten wir den Hof. Die Schilde der Torwachen glänzten in der Dunkelheit. Suki warf mir einen besorgten Blick zu. Ich beruhigte ihn mit einem Lächeln. Die Wachen grüßten, als wir vorüberschritten.

Wir gingen durch das Tor und den Pfad hinunter, der zum Heiligtum führte. Dort bogen wir ab und folgten eine Weile dem steilen Ufer des kleinen Ima-Flusses. Das Wasser rauschte und plätscherte auf den Steinen. Die Schilfrohre knisterten im Wind. Schweigend und ohne uns zu berühren, gingen wir eine Weile nebeneinander her, bis ich plötzlich stehen blieb.

»Nun zeige mir, wie das Himmlische Pferd zu bezwingen ist . . .«

Suki stellte sich neben Hi-Uma und verschränkte die Hände: »Halt dich an der Mähne fest! Setze deinen Fuß in meine Hände und steig auf!«

Eine plötzliche Angst überfiel mich. Wenn das Ungeheuer mich abwerfen, mich zertrampeln, mir den Schädel spalten würde wie eine reife Frucht? Der Stolz überwand mein Zögern. Ich ergriff mit beiden Händen die borstige Mähne, stützte mich leicht auf Sukis Hände und schwang mich auf das Pferd hinauf. Zu meiner Überraschung gelang es mir beim ersten Versuch. Hi-Umas Rücken war breit, federnd und warm. Tiefer, gleichmäßiger Atem hob und senkte seine Flanken.

»Gib leichten Druck mit den Knien«, sagte Suki.

Mit klopfendem Herzen führte ich aus, was er mir sagte. Das Pferd setzte sich langsam und ruhig in Bewegung. Suki ging voraus und hielt es am Zügel. Bei jedem Schritt fühlte ich das mächtige Spiel seiner Muskeln und wunderte mich über seine Fügsamkeit. Mein Körper folgte geschmeidig den Bewegungen des Pferdes. Suki zeigte mir, wie man die Zügel hielt und das Tier mit einem Druck der Fersen, Knie oder Schenkel lenkte. Allmählich gewann ich Vertrauen, straffte die Schultern voller Übermut und rief: »Lass ihn galoppieren!«

Er wandte mir sein lachendes Gesicht zu. Seine weißen Zähne glänzten in der Dunkelheit. Er ergriff die Zügel und schlang sie um sein Handgelenk; ein einziger leichtfüßiger Sprung hob ihn hinter mich auf den Pferderücken. Seine Arme umfingen mich. Mein Herz schlug wild, während sein Atem mein Gesicht streifte.

»Hab keine Angst«, sagte er halblaut, »du wirst nicht hinunterfallen.«

Er lockerte die Zügel, grub beide Knie in die Flanken des Pferdes und stieß einen schrillen und lang gezogenen Ruf aus wie der eines jagenden Wolfes. Ein heiseres Schnauben drang aus Hi-Umas Kehle. Sein Rücken spannte sich. Der Sprung, mit dem er voranpreschte, nahm mir fast das Gleichgewicht. Ohne Sukis schützende Arme wäre ich in hohem Bogen gefallen! Schon flog der Hengst wie ein Speer durch die Nacht. Seine Nüstern waren gebläht, die Ohren lagen flach am Kopf, die Mähne wehte. Er berührte den Boden nur, um sich mit einem neuen Sprung gleich wieder zu erheben. Seine Muskeln vibrierten, sein warmes Fell dampfte. Meine anfängliche Furcht war bald verflogen. An Sukis Brust gedrückt, spürte ich, wie mein Atem sich nach und nach beruhigte, wie das Hämmern meines Herzens, das Beben meines Blutes mit den Hufschlägen im Gleichklang tönte.

Ich bemerkte kaum, dass Suki die Zügel straffte. Das Pferd schien aus eigenem Antrieb in Trab, dann in Schritt zu fallen. Benommen richtete ich mich auf. Suki presste mich so fest an sich, dass unser Atem sich vermischte, dass das Pochen unserer Herzen nur noch zu einem einzigen, heftigen Zittern wurde. Wir sagten kein Wort. Ich wandte den Kopf. Er schlang die Arme um meinen Hals, drückte sein glühendes Gesicht gegen meins.

»Ich liebe dich«, flüsterte er. »Ich liebe dich von dem Augenblick an, als ich dich sah!«

Ich lächelte scheu; meine Augen füllten sich mit Tränen. Und während die Stimmen der Vögel immer lauter aus den

Zweigen drangen, verbreitete sich am Himmelssaum, undeutlich noch und fahl, der rötliche Schimmer des Morgens ...

Der folgende Tag kam mir endlos vor. Seit dem frühen Morgen schon drängten die Schaulustigen vor dem Verschlag des Himmlischen Pferdes. Hoch gestellte Herren und edle Damen, die sich von ihrem Schrecken erholt hatten, stießen bewundernde Ausrufe und geziertes Lachen aus. Ich wagte nicht, mich Suki zu nähern, aus Angst, dass ein Blick, eine Bewegung uns verraten könnte. Hinter einer der Säulen versteckt, beobachtete ich verstohlen, wie er sich mit ausdruckslosem Gesicht der Pflege des Pferdes widmete. Er bürstete das Fell und gab sich erst zufrieden, als es seidig schimmerte. Die glatt gekämmte Mähne wurde mit roten Seidenbändern und Amuletten durchflochten; die lackierten Hufe so lange geputzt und poliert, bis sie wie Seemuscheln glänzten.

Den gesellschaftlichen Verpflichtungen konnte ich nicht entgehen. Am Abend fand ein Festessen statt, zu dem Suki nicht eingeladen war. Man aß und trank im Übermaß. Mit schicklicher Bescheidenheit ließ ich die mir vorgesetzten Speisen unberührt zurückgehen. Wir mussten eine rein geistige, doch leider unendlich lange Rede meines Onkels Majestät-Wächter-des-Mondes über uns ergehen lassen. Danach verfasste man Gedichte und die Tungusen neckten die Hofdamen.

Da geschah es, dass *der*, dessen Name verflucht ist, die Flöte einer der Musikantinnen ergriff. Ich erbebte, denn sein Spiel, so erzählte man sich, habe magische Kräfte. Schon beim ersten Ton, den er dem Instrument entlockte, wurde es still im Saal. Die Noten entstiegen wie ein Windhauch der Abenddämmerung und berührten mich auf dem Grund meines Herzens. Der Saal schien sich im Nichts aufzulösen, die Gesichter verschwanden im Nebel. Kraftlos, gebannt starrte ich auf den Mann, dessen Finger und Lippen das Wundergebilde aus Tönen webten. Ich hatte das seltsame Gefühl, als sei ich allein mit ihm auf der Welt, als sei ich schon immer allein mit ihm gewesen.

Plötzlich trat Stille ein. Der Mann hatte die Flöte von den Lippen genommen und sah mir voll ins Gesicht. Mir war, als hätte er nur für mich gespielt. In seinen Augen tanzte ein spöttischer Funke. War er wirklich betrunken? Es überlief mich kalt und ich verkrampfte mich vor Entsetzen dem Unbestimmbaren gegenüber, das ich herannahen fühlte.

Das Fest war zu Ende. Ich lag ausgestreckt mit glühenden Wangen, während die Geräusche langsam verklangen und Schweigen sich über die Festung senkte. Bald waren hinter der Schiebewand Miwas tiefe, regelmäßige Atemzüge zu hören. Sie bewegte sich kaum, als ich über sie hinwegstieg. Ich lief, als ob ich vor etwas flüchtete, mein ganzer Körper schien von den Schlägen meines Herzens zu erbeben. Suki erwartete mich. Die Tücher waren bereits um Hi-Umas Hufe gewickelt. Unter den gleichgültigen Blicken der Wachen verließen wir den Hof. Keiner von uns sprach, unser Atem ging keuchend. Im Schutz der Wälle umfasste Suki meine Taille. Er hob mich mühelos hoch, setzte mich auf Hi-Umas Rücken, schwang sich hinter mich. Er drückte ihm die Fersen in die Flanken und stieß einen kurzen Pfiff zwischen den Zähnen hervor. Mit einem wilden, entfesselten Satz stürmte der Hengst voran. Suki jagte ihn zum Fluss hinunter. Das Pferd erklomm die Böschung, stürmte in langen, weichen Sätzen über die Ebene. Die Erde dröhnte unter den trommelnden Hufen, während das Mondlicht auf wogenden Schilfrohren flimmerte. Bald näherten wir uns dem Eichenwald, in dem meine Mutter einst dem Menschenhirsch begegnet war. Im dunklen Unterholz ließ Suki das Pferd langsamer gehen. Eine Weile ritten wir eng umschlungen weiter. Dann hielt Suki das Tier an. Er half mir absteigen und breitete seinen Mantel auf dem Moos aus. Schweigend sanken wir nieder und hielten uns in den Armen.

Um uns herum seufzte und flüsterte der Wald, angefüllt von den geheimnisvollen Geistern der Nacht.

Später bedeckten Wolken die Mondsichel. Ein kurzer Regenschauer prasselte auf die Blätter. Der Boden wurde feucht. Wir wickelten uns enger in den Mantel. Leise fragte ich: »Wirst du noch einmal zurückkommen?«

Er zögerte und antwortete traurig: »Wenn der Fürst und mein Vater es mir befehlen . . .« Ich warf mein feuchtes Haar aus der Stirn, richtete mich auf und strich sinnend mit den Fingerspitzen über Sukis Gesicht.

Ich hatte eine Entscheidung zu treffen.

»Woran denkst du?«, fragte er zärtlich.

Ich legte ihm beide Hände auf die Schultern. Klare, ruhige Gewissheit erfüllte mein Herz. »Eines Tages«, sprach ich halblaut, »werde ich Königin sein.«

Er senkte die Stirn zum Zeichen, dass er es wusste. Der Druck meiner Hände auf seinen Schultern wurde fester: »Hör zu. Ich fordere ein Versprechen von dir.«

Seine Züge verkrampften sich.

»Befiehl!«, stieß er hervor. »Ich werde gehorchen.«

»Versprich mir, mich niemals zu vergessen und kein anderes Mädchen zur Frau zu nehmen. Zu der Zeit, da ich Königin werde, sende ich ein Schiff aus, um dich zu holen. Du sollst als mein Gemahl an meiner Seite regieren.«

Er löste sich sanft von mir und schaute mir in die Augen. Ein ungläubiges, fast kindliches Strahlen breitete sich über sein Gesicht aus. »Ich werde auf dich warten«, flüsterte er rau. »Und wenn es sein muss, mein Leben lang. Das schwöre ich dir, Toyo Hime no Miko, bei allen Mächten des Himmels!«

Am letzten Tag ihres Aufenthaltes bereiteten sich die Tungusen auf die Heimreise vor. Lebensmittel und Trinkwasser wurden auf das Schiff gebracht. Feierlich überreichte meine Mutter dem Botschafter die für den Fürsten Iri bestimmten

Geschenke: Stoffe, Bergkristalle, Korallenschmuck und zwei schwarze Perlen von unschätzbarem Wert.

Danach, den Riten getreu, beschwor sie im Heiligtum von Sugati den Schutz des »Kami«, den Geist des Großen Ozeans, auf das Schiff herab. Ich sang an ihrer Seite die vorgeschriebenen Gebete. Ich trug das Gewand der Priesterinnen. Mein Gesicht war weiß gepudert, mein Haar mit einem Band aus Reisstroh zusammengebunden. Ich ließ die Gebetsschnur aus Bernstein durch meine Finger gleiten, doch die Worte, die meine Lippen aussprachen, waren bloße Worte, meine Gesten nichts als Gesten. In allem, was ich sah, hörte oder berührte, suchte ich nur Suki, sein Bild und bereits jetzt schon seine Erinnerung.

Die letzte Nacht brach herein! Das Schiff würde vor Morgengrauen den Anker lichten. Stumm vor Schmerz irrten wir die Festungswälle entlang. Hi-Uma folgte uns fügsam; ab und zu hörten wir sein leises Schnauben. Unsere Blicke waren auf den kalten, klaren Halbmond gerichtet, der langsam und unerbittlich den Himmel durchwanderte. Wir kauerten uns unter eine mächtige Kiefer, deren herabhängende Zweige uns vor Kälte schützten. Schon flackerten im Hafen vereinzelt Lichter auf. Die Zeit eilte; sie war nicht aufzuhalten. Im strahlenden Glanz neigte sich der Halbmond der Felswand entgegen. Ich schloss die Augen, um ihn nicht mehr zu sehen . . .

Als er vollständig hinter der Felswand verschwunden war, begaben wir uns zurück zur Festung. Unsere Finger waren eng verschlungen, unsere Handflächen aneinander gepresst. Unterhalb des Walles blieb Suki plötzlich stehen und umfasste meine Schultern. Seine Stimme war nur noch ein heiseres Flüstern: »Hi-Uma gehört der Königin, aber er wird niemand anderen auf seinem Rücken dulden als dich. Es ist das einzige Geschenk, das ich dir machen kann.«

Mit zitternden Fingern löste ich das heilige »Tama«-Armband von meinem linken Handgelenk, der Seite des Herzens, und streifte es um das seine. »Nimm dies als Pfand meines Versprechens. Trenne dich nie von diesem Talisman und er wird dich immer beschützen.«

Wir standen uns gegenüber, sahen uns in die Augen und mir war, als ob wir beide schwankten. Der Wind fuhr mir ins Gesicht, ich fröstelte und unterdrückte ein Aufschluchzen. Ich sah, wie Suki die Zähne aufeinander biss. Seine Backenknochen traten scharf hervor, er schien um Jahre gealtert. Wortlos drückte er mir Hi-Umas Zügel in die Hand und verneigte sich. Dann wandte er sich ab, erklomm in großen Schritten den Weg zum Ausfalltor. Nicht ein einziges Mal drehte er sich um. Sein Schatten wurde immer kleiner zwischen den hohen Mauern, bis ihn die finstere Toröffnung verschluckte.

Ich stand wie versteinert, fühlte nur noch den beißenden Wind und eine eiskalte Leere an der Stelle des Herzens.

Plötzlich begann ich an allen Gliedern zu zittern, denn Hi-Uma hatte seinen Kopf gesenkt und ihn voller Zartheit an meine Schultern gelegt. Die feuchten, warmen Nüstern streiften mich, die Pupillen glänzten wie flüssige Spiegel. Tränenüberströmt warf ich beide Arme um den Hals des Pferdes, presste mich verzweifelt an das warme Fell. Allmählich beruhigte ich mich. Der Wind trocknete meine nassen Wangen und ein einziger klarer Gedanke stieg in mir hoch: Eines Tages . . . eines Tages werde ich Königin sein.

## 9

Bei Sonnenaufgang war das Schiff noch in Sicht, ein winziges purpurnes Dreieck in der unendlichen, blauen Ferne. Dann drehte der Wind. Eine mächtige Wolkenbank zog am Horizont auf, Windstöße durchwühlten die Wellentäler. Das Meer nahm eine hässliche graue Färbung an. Wuchtig und hochschäumend schlug die Brandung gegen die Klippen. Mein Entsetzen wuchs mit jedem Augenblick. Alle zurückgedrängten Vorahnungen und Ängste erwachten und zerrissen mir fast das Herz. Ich klammerte mich an die einzige Hoffnung: dass Admiral Chosu den aufkommenden Sturm vorausgesehen und den Befehl zur Umkehr gegeben hatte. Ich wollte mich auf den Wachtturm begeben, um die Rückkehr des Schiffes zu erwarten, aber der Wind tobte bereits in voller Stärke. Finstere Wolkenmassen ballten sich am Himmel. Heulend und pfeifend fegte der Orkan über die Bucht. Violette Blitze jagten über das aufgewühlte Meer, unaufhörlich krachte der Donner. Eine schwarz-graue, prasselnde Regenwand senkte sich auf die Landschaft. Schlamm quoll aus den Hügeln, die Flüsse schwollen tosend an. Ein seltsamer Schwindel trübte meine Augen. Mir war, als befände ich mich selbst auf dem Schiff. Ich vernahm das Flattern der Segel, das Knirschen des Kiels, das Ächzen des Takelwerkes. Die Wellen erhoben sich zu riesigen Wassermassen, die Wolken wirbelten und rasten. Auf der Meeresoberfläche, von brodelnden Schaumkronen durchzogen, streckten die Klippen ihre schwarz glitzernden Krallen aus. Da! Ein Strudel erfasste das Schiff. Der Mast zitterte, der Bug schwankte. Mit ohrenbetäubendem Krachen und Splittern fiel das Schiff auf ein Riff, wurde zurückgeschleudert, legte sich schräg und zerbarst! Das Dunkel war voller kratzender, stechender Holzsplitter. Der Himmel drehte sich wie eine grün schillernde Kugel, schneller, immer schneller. Eiskalte Wogen schlugen über mir zusammen. Ich versank in erstickender Finsternis.

Am Abend legte sich der Orkan. Das Rauschen der See ließ nach. Die Wellen schwemmten die ersten Überreste an die Küste: Planken, zerrissene Taue, zerbrochene Fässer. Ich schickte Miwa zum Hafen, um Auskünfte einzuholen. Starr, mit trockenen Augen, wartete ich. Miwa kehrte bei Nachteinbruch zurück. Wortlos kniete sie vor mir nieder und hielt mir die offene Hand entgegen: Wie blutrote Wunden auf der hellen Haut glänzten die »Tama«-Steine des Armbandes, das ich Suki gegeben hatte. Das Leder war unbeschädigt. Später erfuhr ich, dass ein Fischer es in der Hand eines bis zur Unkenntlichkeit entstellten Ertrunkenen gefunden hatte, der von den Brechern an den Strand gespült worden war. Der Tote umklammerte den Talisman so fest, dass der Fischer die steifen Finger nacheinander brechen musste, um ihn an sich zu nehmen.

Miwa stellte keine Fragen. Doch in ihrem mitfühlenden Blick las ich, dass sie alles wusste. Sie ließ mich allein. In eisiger Ruhe betrachtete ich die rot schillernden Steine, bevor ich das vom Salz aufgeweichte, klebrige Armband wieder um mein eigenes Handgelenk schlang. Der Wind trug das silberhelle Läuten der Tempelglocken in mein Gemach. Die Fackel rauchte stark, denn durch die Öffnung zwischen den Schiebewänden drang die Feuchtigkeit. Als Miwa etwas später mit einem Holzkohlenbecken hereinkam, fand sie das Zimmer leer.

Schilfrohre ragten bewegungslos aus dem Nebel. Der Dunst über den Reisfeldern vermischte sich mit den herabsenkenden Wolken. Die Luft roch nach Moor, faulendem Holz, verschimmeltem Tang. Hi-Uma bewegte sich in ruhigem, gleichmäßigem Schritt durch die knisternden Halme. Gefühllos und ohne Willen ließ ich mich tragen. Ich wollte allein sein mit meinem Schmerz, niemanden sehen, mit niemandem sprechen!

War es Zufall oder Instinkt, der mich zum Eichenwald führte. Schwere, tropfende Zweige streiften mir Gesicht und Schultern. Trotz der Dunkelheit fand ich die Stelle, wo Suki und ich die Nacht verbracht hatten. Ich ließ Hi-Uma anhalten und glitt von seinem Rücken. Im dichten Unterholz war der Boden feucht, aber nicht sumpfig. In meinen Umhang gehüllt kauerte ich mich nieder und stützte den Kopf auf die Knie. Hi-Uma graste friedlich. Seine Umrisse schienen nicht greifbarer als der Nebel, doch allein seine Gegenwart war Trost. Ich schloss die Augen, versuchte mir vorzustellen, dass Suki neben mir saß.

Fragen bestürmten mich: Was habe ich getan? Habe ich einen Fehler gemacht? Und in mir antwortete eine unerbittliche Stimme: Du hast die Vorzeichen missachtet, die Warnungen übersehen, die Riten nicht eingehalten. Du hast das Schicksal herausgefordert und das Schicksal hat sich gegen dich gewandt.

Stöhnend brach ich zusammen, presste mein Gesicht gegen den feuchten Boden, meine Nägel krallten sich in das Moos. Nach und nach gelang es mir, die reißende Flut meiner Gedanken einzudämmen. Die einst im Tempel erlernte Disziplin half mir dabei. Erschöpft schlief ich ein.

Als ich erwachte, hatte der Nebel sich aufgelöst. Das bläuliche Mondlicht fiel durch die Zweige. Es war entsetzlich kalt. Mein ganzer Körper war steif. Da berührte meine Hand die raue, zerzauste Mähne Hi-Umas. Das Pferd hatte sich in meiner Nähe niedergelegt. Ich schmiegte mich an seine warme Flanke, so wie es Suki zu tun pflegte, und schlief sofort wieder ein.

Der Gesang der Vögel weckte mich. Aus Unterholz und Baumkronen klang Gezwitscher und Trillern. Taumelnd stand ich auf, machte einige Bewegungen, um meine erstarrten Muskeln zu lockern. Dann stieg ich zum Bach hinunter. Ich tauchte meine Hand in das strömende Wasser: Es war eiskalt. Fröstelnd zog ich mich aus und wusch mich. Als der Wind mich getrocknet hatte, fühlte ich keinerlei Müdigkeit mehr.

Ich ließ das Pferd trinken. Dann richtete ich die Zügel, trat auf einen Steinvorsprung und stieg auf. In langsamem Trab ritt ich der Festung entgegen. Dumpfer Schmerz lastete auf meiner Seele, doch tief im Innern spürte ich, wie ich mich langsam von den Ereignissen löste. Ich war überzeugt, dass alles einen Sinn haben musste. Was auch immer geschehen würde, ich wusste, dass Suki und ich nicht getrennt, sondern für ewig vereint waren. Und als Pfand seiner Zärtlichkeit hatte er mir Hi-Uma, das Himmlische Pferd, hinterlassen . . .

Doch die schicksalhafte Falle war bereits gestellt, das Verhängnis nicht mehr aufzuhalten. Mein Erscheinen auf dem Rücken des Hengstes rief große Aufregung hervor. Männer und Frauen wichen erschrocken zurück. Die Wachen hoben ihre Schilde, wiegten unschlüssig die Speere in der Hand. Die allgemeine Unruhe erfasste auch das Pferd. Es blähte die Nüstern, schnaubte und stampfte. Ich zog die Zügel straff, trieb es mit leichtem Schenkeldruck an. Hi-Uma fiel in Galopp. Seine Hufe prasselten auf den Steinen. Vom Schwung getragen, streifte das Pferd einen Wachtposten vor dem Tor, raste durch den Eingangsbogen auf den sonnenflimmernden Hof. Um das aufgeregte Tier zu beruhigen, ließ ich es in kurzen Schritten auf dem Sand kreisen. Höflinge, Würdenträger, Offiziere, auch die Dienerschaft erschienen an den Türen und drängten sich auf den Treppen. Die Hofdamen verweilten im Schatten der Galerie, um ihren zarten Teint vor der Sonne zu schützen. Die Luft war voller gedämpfter Stimmen, niemand wollte auch nur das Geringste von diesem ungewöhnlichen Anblick verpassen.

Auf einmal sah ich ihn. Er stand hoch oben auf der großen Terrasse, die Hände in die Hüften gestemmt. Sein Schatten fiel zwischen den Säulen hindurch. Er war in jenes dunkle Violett gekleidet, das malvenfarbene Schatten auf die Haut zeichnet. Sein Gesicht, umrahmt von der schwarzen, bis zu den Hüften herabfallenden Haarfülle, trug den ihm eigenen Ausdruck von Hochmut und Spott.

Ich jedoch ließ mich nicht einschüchtern. Vom Pferderücken aus erwiderte ich fest, ja nahezu herausfordernd seinen Blick. Gelassen stieg er die Stufen hinab; sein Haar fiel ihm ins Gesicht. Er warf es mit ungeduldiger Kopfbewegung zurück. Sein Blick schweifte über die Anwesenden und heftete sich dann wieder auf mich.

»Dürfen wir unseren Augen trauen«, sprach er mit seiner tiefen, wohlklingenden Stimme. »Welchem Zauber bediente sich unsere hoch geschätzte Prinzessin, um das Himmlische Pferd ihr gefügig zu machen? Sollte sie den Palast verlassen und unsere Herzen in Unruhe versetzt haben, nur um uns mit dieser Leistung in Erstaunen zu setzen?«

Ich holte tief Luft. Die Zügel klebten in meinen Handflächen. Mit leiser, doch fester Stimme hörte ich mich antworten: »Herr, dies war nicht meine Absicht.«

Er ging um das Pferd herum mit langsamen, elastischen Schritten, wobei er das Tier von allen Seiten betrachtete. Ich straffte die Schultern, sah kühl geradeaus. Schließlich blieb er stehen und schnalzte mit der Zunge. »Wahrlich!«, sagte er. »Das Ungeheuer zu bändigen scheint eine leichte Sache. Wer könnte seinem Ruf als wilde Bestie jetzt noch Glauben schenken!«

Seine sehnige Hand ergriff plötzlich die Zügel. Hi-Uma spitzte die Ohren; seine Nüstern blähten sich. *Der*, dessen Name verflucht ist, lachte. Er sagte so laut, dass alle es hören konnten: »Gestattet, Prinzessin, dass ich meinerseits vor dieser erlauchten Gesellschaft den Grasfresser reite.«

Ein Zittern durchlief Hi-Umas Körper. Unter dem feuchten Fell begannen die Muskeln zu spielen. Kein sichtbares Zeichen rechtfertigte seine Unruhe, keine Bewegung von mir hätte ihn erschrecken können. Dennoch schien das Tier mein Unbehagen zu spüren. Ich strich über seine Stirn, um es zu beruhigen. »Herr, das Himmlische Pferd zu besteigen muss zuerst erlernt werden. Wenn der Hohe Herr es erlaubt . . .«

Er ließ mich nicht ausreden, sondern warf den Kopf zurück und brach in schallendes Gelächter aus.

»Lernen? Was sollte da zu lernen sein? Und Ihr, Prinzessin? Wer war denn Euer Lehrmeister?«

Eisig gab ich zur Antwort: »Suki no Aname, Sohn des Herrn über die königlichen Reitställe, hatte diese Ehre.« Meine Stimme brach und ich fügte kaum hörbar hinzu: »Er verlor gestern bei dem Schiffbruch sein Leben. Die Große Göttin möge ihm ewige Ruhe schenken.«

Sein Lachen verstummte. Er runzelte die Stirn und musterte mich. Seine Augen schimmerten weich. Mir war, als ob er einen Seufzer erstickte. Mein Herz schlug wild. Ob er die Wahrheit ahnte? Doch schon verwandelte sich sein Ausdruck. Der teilnahmsvolle Blick erlosch ebenso schnell, wie er aufgekommen war, und das übliche spöttische Lächeln zuckte um seine Mundwinkel. »Seid Ihr nicht auch der Meinung, Prinzessin, dass ein Edelmann von Yamatai auf den Unterricht eines Stallknechtes verzichten kann?«

Ich starrte ihn an. Seine Worte trafen mich wie Schläge; ich glaubte ihn zu hassen, ihn, den Menschen, der mir auf dieser Erde am nächsten stand. In ohnmächtiger Verzweiflung wehrte ich mich gegen die Macht des Schicksals, das uns zwang, uns zu kränken, zu verletzen und zu bekämpfen.

»Herr«, erwiderte ich so ruhig wie möglich, »es ist mir nicht möglich, Eurer Bitte nachzukommen. Dieses Pferd zu reiten vermag nur ich allein.«

Er lachte herausfordernd: »Nun, wir werden ja sehen!«, und nahm mir, während er dies sprach, die Zügel aus der Hand.

Um uns herum kein Laut. Nur hundert starre Blicke. Und die Angst. Diese furchtbare Angst, die mir den Magen umdrehte. Mit zitternden Knien ließ ich mich vom Pferderücken gleiten. Hi-Uma stampfte, schüttelte störrisch den Hals. Seine verdrehten Augen gaben das von einem rötlichen Adlernetz durchzogene Weiß des Augapfels frei. *Der*, dessen Name verflucht ist, spürte die Erregung des Hengstes. Mit einer Hand umfasste er dessen Unterkiefer, während er ihn gleichzeitig mit der anderen oberhalb der Nüstern packte. Das Pferd, wie in einem Schraubstock gefangen, hielt still. *Der*, dessen Name verflucht ist, lachte kurz auf. Er straffte die Zügel und schwang sich mit einer einzigen leichten und sicheren Bewegung auf den Rücken des Tieres. Zwar versuchte Hi-Uma sich jäh aufzublähen, doch die kräftigen Knie, die stählernen Hände hielten ihn für einen Augenblick so unbeweglich, dass Reiter und Pferd zu einem riesenhaften, wunderbaren Standbild in der Sonne erstarrten.

Unvermittelt grub der Mann seine Fersen in die Flanken des Tieres. Seine Hände rissen an den Zügeln. Ein Schauer lief über das Fell des Tieres. Schaum trat aus seinen Nüstern, während seine Mähne wie dunkle Flammen loderte. Es bäumte sich mit wirbelnden Hufen zu seiner ganzen Größe auf. Dann fiel es so schwer auf die Vorderhufe zurück, dass die Erde bebte, und drehte sich zornentbrannt um seine eigene Achse. Die Anwesenden ließen ein Kreischen hören, während der Reiter, wie ein Stoffballen hin und her geschleudert, sich an den Zügeln zu halten versuchte. Mit halsbrecherischer Geschwindigkeit donnerte das Pferd über den Hof. Mähne und Schweif peitschten die Luft, seine Ohren lagen flach am Kopf. Immer wieder wechselte es den Schritt und versuchte sich zu überschlagen, um den Reiter abzuwerfen. Auf einmal blieb der Hengst so unvermittelt stehen, dass seine Hufe sich in den Sand zu bohren schienen. Seine Flanken wölbten sich; er senkte den Kopf und schlug mit aller Kraft aus. Wie von einer Schleuder abgeschnellt, wirbelte der Bruder der Königin durch die Luft und stürzte kopfüber in den Sand.

Einen gewöhnlichen Menschen hätte dieser Sturz getötet. Doch *der*, dessen Name verflucht ist, landete geschmeidig mit zusammengerolltem Körper, auf dem Boden. Nur einen Atemzug später richtete er sich schwankend auf. Er atmete keuchend, warf mit heftiger Kopfbewegung sein wirres Haar zurück. Demütigung und Wut verzerrten sein staubiges Gesicht. Seine Hand flog an den Säbel.

Ich rannte; meine Schritte hallten deutlich in der blendenden Stille. Mit Schweiß und Schaum bedeckt und wild rollenden Augen stand Hi-Uma zitternd da. Seine nassen Flanken hoben und senkten sich stoßweise, seine Nüstern dampften.

Mit gezücktem Säbel stürzte sich *der*, dessen Name verflucht ist, auf das Pferd. Die Klinge blitzte in der Sonne ...

Ich warf mich vor Hi-Uma und schützte ihn mit meinem Körper. Im Bruchteil eines Atemzuges lenkte *der*, dessen Name verflucht ist, den Stoß von mir ab. Schwer atmend standen wir uns gegenüber. Zügellose Wut blitzte in den Augen des Mannes.

»Weg von hier!«, stieß er zwischen den bleichen Lippen hervor. »Geh mir aus dem Weg! Was immer auch geschehen mag, ich schwöre dir, ich werde dieser verdammten Bestie die Halsschlagader durchtrennen!«

Seltsamerweise empfand ich weder Schrecken noch Furcht, sondern entgegnete ruhig: »Es ist das Pferd der Königin.«

Für eine Weile, die mir unendlich vorkam, maßen sich unsere Augen. Nach und nach spürte ich, wie der Atem des Mannes sich beruhigte. In seinen Pupillen erschien ein sonderbares Leuchten. Es schien, als sei sein plötzlicher Jähzorn verflogen. Er warf einen Blick auf den Säbel, dann wieder auf mich. Mit einem Seufzer schob er die Klinge in die Scheide, wandte sich ab und sprang mit drei Schritten die Palasttreppe hinauf. Seine breiten Schultern verschwanden zwischen den Säulen.

Jetzt endlich versagten meine Kräfte. Ich fühlte, wie meine Beine nachgaben, und lehnte mich zitternd an Hi-Umas Schulter. Ein unruhiges Gesichtermeer tanzte vor meinen Augen. Langsam, in bedrücktem Schweigen, zerstreuten sich die Leute.

Ich ergriff Hi-Umas Zügel. Das Pferd folgte mir mit gesenktem Kopf. Ich führte es in seinen Stall und nahm ihm das

Zaumzeug ab. Ich rieb eigenhändig sein klebriges Fell trocken, ließ Hafer und frisches Wasser bringen. Danach, von jener stumpfen Mattigkeit befallen, die den Anschein von Ruhe erweckt, kehrte ich in den Palast zurück und nahm ein Bad, um meine Haut von dem herben Geruch von Schweiß und Sand zu reinigen.

Noch am gleichen Abend ließ die Königin mich rufen. Ich fand sie allein in ihrem Gemach. Sie saß vor ihrem Webstuhl. Während ich niederkniete, fuhr sie gelassen in ihrer Arbeit fort. Ein Faden hing herab. Meine Mutter nahm ihn behutsam zwischen die Finger und sagte: »Es geht das Gerücht um, dass mein Verehrungswürdiger Bruder von dem Himmlischen Pferd beleidigt wurde. Es heißt, dass du an dem Unheil bringenden Zwischenfall die Schuld trägst . . .«

Ich verneigte mich demütig, mit vor Scham geröteten Wangen. »Verzeiht mir, meine Mutter! Ich hatte den Hohen Herrn gewarnt. Das Pferd duldet nur mich auf seinem Rücken.«

Die Königin zupfte nachdenklich an dem Faden. »Hast du das heilige Tama dem Sohn des Herrn über die königlichen Reitställe als Belohnung für seinen Unterricht geschenkt?«, fragte sie in beiläufigem Ton.

Sie wusste es also! Unwillkürlich presste ich die Hand auf mein Herz, wie um das laute, fieberhafte Pochen zu unterdrücken, und stammelte: »Wir haben kein Unrecht begangen . . .«

Mit leichter Bewegung stieß meine Mutter das Schiffchen an, das zu klicken begann. »Sieh dir diese Arbeit an«, nahm sie gleichmütig das Wort wieder auf. »Die Fäden werden verknotet als Stütze für das Gewebe. Doch es genügt, nur an einem einzigen Faden zu ziehen, und das gesamte Werk löst sich auf . . .« Klick-klack, klick-klack machte das Schiffchen. Ich hielt die Stirn gesenkt, doch ich hatte den Mut, eine Frage zu stellen. »Was . . . werden die Folgen sein?«

»Das ist mir unbekannt«, sagte die Königin. »Doch fürchte

den Zorn meines Bruders.« Ihr Ausdruck war ruhig, doch in ihrer Stimme schwang der eigentümlich metallische Ton mit, der ihre Erregung verriet. Ich senkte den Kopf noch tiefer.

Nach einem Augenblick des Schweigens wechselte die Königin unerwartet das Thema. »Deine Ausbildung als Priesterin ist fast abgeschlossen. Es ist an der Zeit, dass dir das noch fehlende Wissen auf der Heiligen Insel enthüllt wird. Du wirst Amoda morgen bei Tagesanbruch verlassen.«

»Aber . . . Hi-Uma?«, stammelte ich erbleichend.

»Hi-Uma«, sagte die Königin, »ist das Himmlische Pferd.«

Wieder trat Stille ein. Die Königin bewegte das Schiffchen. Ich blickte auf ihr kalt glänzendes schwarzes Haar und fröstelte.

Eine Handbewegung: Ich war entlassen. Meine Stirn berührte den Boden und ich glitt hinaus.

Am nächsten Morgen bei Sonnenaufgang begab ich mich auf die Heilige Insel.

## 10

Ich bestieg ein Boot aus Schilfrohrgeflecht. Der Brauch verlangte, dass ich aus eigener Kraft die Insel vor Nachteinbruch zu erreichen hatte. Gelang es mir nicht, erwies ich mich der Unterweisung als unwürdig: Sie würde dann um ein Jahr hinausgeschoben. Sollte mein Boot im Sturm kentern, würde mein Tod als Strafe für eine in einem früheren Leben begangene Schuld angesehen. Ich trug ein kniekurzes Gewand und Strohsandalen. Ein blau-weißes Kopftuch schützte mein Gesicht vor den Sonnenstrahlen. Als Proviant führte ich Trinkwasser, Früchte und Hirsekuchen mit. Ich paddelte aus der Flussmündung der offenen See entgegen. Die Brandung war leicht und es roch nach Tang. In der Nacht hatte ich über vieles nachgedacht. Nach meinem Erlebnis mit Suki zog es meine Mutter offenbar vor, mich für einige Zeit vom Hof fern zu halten. Der unglückselige Zusammenstoß mit *dem*, dessen Name verflucht ist, hatte ihren Entschluss noch bekräftigt. Seine Drohung ging mir nicht aus dem Sinn. Ich ängstigte mich um Hi-Uma, doch vertröstete ich mich mit dem Gedanken, dass er es nicht wagen würde, sich an dem Himmlischen Pferd zu vergreifen. Je weiter ich mich vom Hafen entfernte, desto mehr verblassten meine düsteren Vorahnungen. Eine eigenartige Erregung ließ mein Herz schneller schlagen. Sollten mir die Hohen Mächte wohlgesinnt sein, würde ich vor Sonnenuntergang die Insel erreichen, wo meine Mutter in langen Jahren als Priesterin unterwiesen worden war.

Die Zeit verstrich. Die Sonne glühte. Der Himmel war dunstig, das Meer farblos. Meine Schultern schmerzten; an meinen Handflächen bildeten sich Blasen. Der Wellengang verstärkte sich. Schweißgebadet und keuchend kämpfte ich gegen die Strömung, die mich von der Insel abzutreiben drohte. Bald lähmte bleierne Müdigkeit meine Arm- und Rückenmuskeln. Mein Wahrnehmungsvermögen ließ nach. Die emporwachsenden Klippen schwankten vor meinen Augen. Flammen schienen aus den steilen Wänden zu lodern, die wie riesige schwarze Spiegel über den Wellen hingen.

Die sinkende Sonne verwandelte das Wasser in Gold, als ich endlich die Insel erreichte. Mit letzter Kraft paddelte ich an den Riffen entlang und suchte einen Landeplatz. Die Brandung schlug gurgelnd an die nass glänzenden Felsen. Es roch nach warmen Algen und verwesenden Muscheln.

Am Fuß der Klippen schimmerte ein halbkreisförmiger Sandstreifen. Ich sprang aus dem Boot und schob es ans Ufer, wobei ich bis zu den Hüften im Wasser watete. Atemlos zerrte ich das Boot den Strand hinauf, befestigte die Leine an einem Stein. Meine umherschweifenden Blicke entdeckten eine Anzahl Steinstufen, die in einem tiefen Spalt an der Basaltmauer emporführten. Ich wrang mein nasses Kleid aus, entwirrte mein zerzaustes Haar und begann den Aufstieg. Steil wanden sich die Stufen zwischen bröckeligem Klippengestein empor. Der Wind sang pfeifend in der Schlucht. In der zunehmenden Dunkelheit waren die Stufen kaum noch zu erkennen.

Im Zwielicht, hoch über mir, stand auf einem überhängenden Absatz eine weiße regungslose Gestalt. Mit fliegendem Atem erklomm ich die letzten Stufen, fiel schwitzend auf die Knie. Meine Stirn berührte den Boden. Als ich den Kopf wieder hob, deutete die Gestalt eine Bewegung an. »Tritt näher!«, schien sie zu sagen. Ich gehorchte und sah vor mir eine alte Frau von ungewöhnlich hohem Wuchs. Sie war in ein weich fallendes Gewand gehüllt. Ein schmales Stirnband hielt die Fülle ihrer silberweißen Haare zusammen. Ihr elfenbeinfarbenes Gesicht mit der gewölbten Stirn und der leicht gebogenen Nase war mit einem Faltennetz überzogen, der Äderung eines verwelkten Blattes ähnlich. In diesem Antlitz leuchteten die erstaunlichsten Augen, die mir je begegnet waren: nachtschwarz und doch von einer Klarheit, die sie fast durchsichtig schimmern ließen. Die Hände in den weiten Ärmeln ihres Gewandes verborgen, neigte sie leicht die Stirn zum Gruß.

»Sei willkommen, Toyo Hime no Miko«, sprach sie mit gedämpfter Stimme. »Ich habe dich erwartet.« Sie wandte sich um, stieg langsam und leichtfüßig die Stufen hinauf. Ich folgte ihr. Je höher wir kamen, desto weiter entfaltete sich das kupferrot schimmernde Meer. Mit einem Mal gab die Felswand eine Öffnung frei. Vor meinen erstaunten Augen erschien ein kreisrunder, mit weißem Sand bedeckter, unter freiem Himmel liegender Hof. Er bestand aus schwarzen Quadersteinen, in die in regelmäßigen Abständen rote Steine gefügt waren. Mir stockte der Atem. Nie hätte ich ein solches Bauwerk für möglich gehalten!

Die Priesterin wandte mir ihre Augen zu, in denen sich das Abendlicht spiegelte.

»Das Heiligtum ist sehr alt«, sagte sie. »Es wurde von deinen Vorfahren, den Herren der Meere, erbaut. Deine Ahnen ruhen im Schatten der tausendjährigen Mauern. Ihre Hoheit Königin Himiko, deine Mutter, wird ebenfalls hier begraben werden. Doch deine letzte Ruhestätte, Toyo Hime no Miko, wird nicht mehr auf dieser Insel sein.«

Ihre Worte erstaunten und beunruhigten mich. Ich bin die Erbin des Königreiches, dachte ich. Warum sollte mir das heiligste Recht, neben meinen Vorfahren zu ruhen, verwehrt sein?

Die Hüterin des Tempels schien die Frage, die ich nicht auszusprechen wagte, in meinem Blick zu lesen. »Es kann nicht sein«, sagte sie schlicht.

Sie schritt weiter, so leichtfüßig, als schwebte sie. Zwischen hölzernen Säulen hindurch, traten wir in einen großen, mit Matten ausgelegten Vorraum. In Schwindel erregender Höhe stützten mächtige Zedernholzbalken die Decke. Während meine Augen verwirrt umherschweiften, blieb die Priesterin stehen. Ihre Hand berührte meine Schultern.

»Wisse, dass die Unterweisung auf der Heiligen Insel einst lange Zeit in Anspruch nahm. Deine verehrungswürdige Mutter verlebte sieben Jahre an diesem Ort. Heute bleibt mir nur wenig Zeit, um dich zu unterrichten. Viele Dinge, die du sehen und hören wirst, werden dir seltsam vorkommen. Ich gestatte dir daher, Fragen zu stellen.«

An diesem Abend sprach sie nicht weiter.

Eine sehr alte, schweigsame Dienerin geleitete mich in den Raum, der mir als Aufenthaltsort zugedacht war. Das mit Binsenmatten ausgelegte Zimmer war karg und nur mit dem Nötigsten eingerichtet: ein kleines schwarzes Schreibpult, eine Fackel, eine Decke. Als Lichtquelle diente eine viereckige, in die Steinwand gehauene Öffnung. Die Dienerin trug ein Kohlenbecken herein und brachte mir eine einfache Mahlzeit aus Reis und Gemüse. Ich war erschöpft und legte mich bald schlafen. Von meinem Lager aus betrachtete ich das Stück Himmel, das durch die Öffnung sichtbar war. Das Sternbild des Orion zog langsam vorbei; es glich einem Riesen mit umgegürtetem Schwert, der in funkelnder Pracht durch die Finsternis wandert. Dann schlief ich ein. Es war das erste Mal in meinem Leben, dass ich die Nacht zwischen Steinmauern verbrachte, gleichwohl schlummerte ich tief und friedlich wie unter der Obhut einer schützenden Gottheit.

In der Morgendämmerung weckte mich die Kälte. Taumelnd stand ich auf; immer noch in meine Decke gewickelt, trat ich an die Öffnung und beugte mich hinaus. Über der tiefblauen See breitete sich eine perlmutterfarbene Lichtwelle aus, während goldschillernde Wolken sich fächerförmig auflösten.

Bei Sonnenaufgang trat die Dienerin in mein Gemach. Sie brachte mir grünen und schwarzen Tee, enthülsten Reis und ließ mich wissen, dass die Tempelhüterin mich erwartete.

Ich fand sie in einem großen, hellen Raum, in dem ein Webstuhl stand. Die Morgensonne spiegelte sich auf ihrem Haar, das wie ein schimmernder Schleier ihre Schultern bedeckte. Ihr fließendes, weißes Gewand lag in geraden Linien um ihr Knie. Ich verneigte mich auf der Schwelle des Raumes. Als ich mein Gesicht erhob, erkundigte sie sich freundlich, ob ich gut geschlafen habe. Ich dankte ihr höflich und verneigte mich erneut. Durch ein Zeichen gebot sie mir, mich in kurzem Abstand vor ihr auf die Matte niederzulassen. Dann begann sie zu sprechen, in einem rhythmischen Tonfall, der wie Musik klang. Wie meine Mutter arbeitete sie dabei an ihrem Webstuhl, dessen Schiffchen mit leisem Klicken ihre Worte begleitete.

»So also wurden die Wesen, von denen du abstammst, geboren: Am Anfang des Himmels und der Erde kamen die ›Kami‹, die Gottheiten in der Hochebene des Himmels zur Welt.

Die Erde war zu jener Zeit nur ein schwimmender Ölfleck, der sich wie eine Schirmqualle bewegte. Während die Erde sich formte, wurden im Himmel sieben Generationen von Gottheiten geboren. Nun wurde es notwendig, die Erde zu bevölkern. Daher ließen die Gottheiten ein Himmlisches Brautpaar kommen und sagten zu ihm: ›Steigt hinab, um die schwimmende Erde auszustatten!‹ Der Name dieser Halbgötter war Izanami-no-Mikoto für die Frau und Izanagi-no-Mikoto für den Mann. Die ›Kami‹ reichten ihnen eine himmlische Hellebarde. Die beiden Halbgötter begaben sich auf die schwebende Brücke, die Himmel und Erde verband. Sie tauchten ihre Hellebarden ins Meer, brachten das Meerwasser in Bewegung und zogen sie wieder heraus. Die salzigen Tropfen, die von der Hellebarde rannen, flossen zusammen und wurden zu Inseln. Dann errichteten Izanami und Izanagi eine Himmelssäule. Der Halbgott sprach: ›Lass uns einen Eid ablegen und die Hochzeitszeremonie vollziehen.‹ Die Braut ging von rechts, der Bräutigam von links um die Himmelssäule herum. Als sie sich trafen, rief Izanami aus: ›Oh, du schöner Gott!‹, und Izanagi antwortete: ›Oh, du schöne Göttin!‹ Nachdem sie das gesagt hatten, vereinigten sie sich und schufen die Menschheit.«

Hier machte ich zum ersten Mal von meinem Recht, zu fragen, Gebrauch: »Hat es sich wahrhaftig so zugetragen?«

Der Anflug eines Lächelns huschte über das Gesicht der Priesterin. »Die wesentlichen Wahrheiten müssen geheim gehalten werden, denn sie sollen nicht denjenigen zu Ohren kommen, die Missbrauch mit ihnen treiben könnten. Damit sie jedoch nicht in Vergessenheit geraten oder in ihrem Gehalt verfälscht werden, werden diese Wahrheiten in einfacher Form von einer Generation zur anderen weitergegeben: Gottheiten, die angebetet werden, Handlungen, die zu vollziehen sind, Verbote, die befolgt werden müssen.« Während sie sprach, rührte sie sich kaum; nur ihre Hände und ihre Lippen bewegten sich. In der gleichen reglosen Haltung saß ich vor ihr.

»So steht es«, fuhr die Priesterin fort, »in den heiligen Jahrbüchern geschrieben: Nach der Erschaffung von 14 Inseln starb Izanami. Groß war Izanagis Trauer. Er zog sein zehn Handbreit langes Schwert und begab sich in die Unterwelt, um seine Frau zurückzuholen. Als Izanami ihm hinter der verschlossenen Tür entgegenkam, sagte Izanagi zu ihr: ›Oh, du meine Frau! Die Länder, die wir geschaffen haben, sind noch nicht vollendet. Komm zurück!‹ Izanami entgegnete: ›Wie schade, dass du nicht früher gekommen bist! Ich habe bereits das in dem Kessel der Unterwelt zubereitete Mahl gekostet. Jedoch bin ich sehr gerührt, dass mein schöner Gatte gekommen ist. Ich werde also zurückkehren. Doch zuvor muss ich dieses dem ›Kami‹ der Unterwelt mitteilen. Du darfst mich aber unter keinen Umständen ansehen!‹ Nachdem sie das gesagt hatte, zog sie sich in die Tiefen der Unterwelt zurück. Izanagi wurde das Warten zu lang. Er folgte ihr. Da erblickte er den Körper seiner Frau, bedeckt mit einer Unzahl wimmelnder Würmer. Entsetzt floh er. Aus dem verwesten Leichnam entfuhren acht Donnergottheiten, die ihn verfolgten. Izanagi warf zuerst seine schwarze Kopfbedeckung ab, und daraus begannen Trauben zu wachsen. Während die Donnergottheiten die Trauben pflückten und aßen, floh er weiter. Doch sie nahmen die Verfolgungsjagd wieder auf. Da riss er den großen Kamm aus seinem Haar, zerbrach ihn und warf die Stücke fort. Daraus sprossen Bambussprösslinge. Während seine Verfolger sie sammelten und aßen, floh er weiter. Doch die Donnergottheiten jagten ihn bis an die Grenze der Unterwelt. Da griff Izanagi drei Früchte eines Pfirsichbaumes, der dort stand, und warf sie auf seine Verfolger. Damit schlug er sie in die Flucht. Izanagi sprach zu diesen Pfirsichfrüchten: ›Wie ihr mir heute geholfen habt, so helft dem Volk, das im *Land-inmitten-der-Schilfrohrfelder* lebt, wenn schwere Zeiten bevorstehen.‹«

Die Hüterin des Tempels stockte mit einem Mal. Ihr Gesicht war wie versteinert. Auch mich überlief ein Schauder. Mir war, als ob der Boden unter mir schwankte. Ein Beben, als seufzte die Insel im Schlaf, ließ das Gestein erzittern. Ich hielt den Atem an. Mein Herz klopfte zum Zerspringen. Doch die Erde beruhigte sich; schon war die Stille wieder vollkommen. Die Priesterin nickte traurig vor sich hin. »Die Zeichen mehren sich.«

»Welche Zeichen?«, stammelte ich erschrocken.

»Du wirst es bald wissen«, erwiderte sie, bevor sie in gleichmäßigem Ton weitererzählte.

»Die Nachkommen von Izanagi teilten sich in zwei Gruppen: Die eine zog nach Westen und drang in die Steppen vor. Die andere – die sich nunmehr Volk der Ama nannte – stieg durch Dschungel und Sumpf hinab bis zur Küste des Ozeans. Dort bauten sie eine Flotte und stachen in See. Die mächtigen Meeresströmungen brachten sie nach Osten. Nach zehntägiger Schiffsreise erreichten sie ein Land, das sie Yamatai nannten, ›Land-inmitten-der-Schilfrohrfelder‹. Sie siedelten sich dort an und gaben ihre Kultur an die Eingeborenenstämme weiter. Und auf der Heiligen Insel errichteten sie diesen Tempel . . .«

Ich hatte mich wieder gefasst und stellte eine kühne Frage: »Warum ist diese Insel heilig?«

»Auch darüber wirst du Kenntnis erhalten«, sagte die Priesterin. Sie schwieg einen Augenblick und betrachtete die Seeschwalben, die in aufgeregten Schwärmen über den Hof kreisten. Dann hob ihre Stimme von neuem an: »Zu gleicher Zeit begannen Nomaden aus den westlichen Steppen, die sich Tungusen nannten, ihre Wanderung nach Osten. Sie ritten auf Tieren, mit langem Schweif und wogender Mähne, deren Atem sich in Meeresschaum verwandelte . . .«

Die Röte stieg mir ins Gesicht. »Ich kenne ein solches Tier!«, stieß ich erregt hervor. »Es wurde der Königin als Geschenk überreicht! Nur ich vermag es zu reiten . . .«

Die Priesterin äußerte sich nicht dazu und fuhr gelassen fort: »Die Tungusen ließen sich im Süden des Landes von Kara nieder, wo sie ihre Hauptstadt Nimana erbauten und ein Königreich gründeten. Da sie Verbündete suchten, nahmen ihre Herrscher Verbindung mit den Königen von Yamatai auf. Eines Nachts hatte der Tungusenkönig Yu-Ta einen seltsamen Traum: Er sah zwei Pfirsichbäume ihre Wurzeln verknüpfen und zu einem einzigen Baum zusammenwachsen, der drei Früchte trug. Yu-Ta offenbarte sich einer Priesterin, die ihm den gemeinsamen Ursprung unserer beiden Völker enthüllte. Die drei Früchte des Pfirsichbaumes versinnbildlichen die Geburt einer neuen Dynastie. Zutiefst bewegt schwor der Tungusenkönig nicht nur, niemals die Waffen gegen das ›Land-inmitten-der-Schilfrohrfelder‹ zu erheben, sondern versprach darüber hinaus, ihm in Zeiten der Gefahr beizustehen. Dieses Versprechen, das sich auf die späteren Generationen übertrug, wurde ›Bündnis des Pfirsichbaumes‹ genannt.«

Mit langsamen, stetigen Bewegungen ließ die Priesterin das Schiffchen laufen. »Von unserer gemeinsamen Abstammung ist nur noch eine Spur in uns vorhanden, die zu verwehen droht wie Asche im Wind. Es ist daher notwendig, sie zu stärken und unsere Lebensanschauungen in Einklang zu bringen. Dabei ist es unerlässlich, die Reinheit der königlichen Linie und damit die überlieferten Gaben zu bewahren. Nur so kann die Zukunft unseres Volkes auf festen Grundlagen ruhen.«

Sie schwieg. Ich dachte an Suki und wagte es nicht, das Gesicht zu erheben, denn meine Wangen waren tränenfeucht. Jetzt erst begriff ich den folgenschweren Fehler, den ich begangen hatte; und warum es Sukis Los gewesen war, zu sterben. Doch der klare Blick der Priesterin schien bis auf den Grund meiner Seele zu dringen.

»Meine Tochter«, sagte sie sanft, »hege keinen Groll gegen das Schicksal. Lange vor deiner Geburt war dein Weg bereits vorgezeichnet. Denn nur eine Tochter von *zweifach königli-*

*chem* Blut kann die notwendige Verbindung eingehen, den Übergang zwischen dem Vorher, dem Jetzt und dem Nachher einleiten.«

Sie legte die Hände auf die Knie und wandte mir ihr bleiches, von der Sonne beleuchtetes Gesicht zu. Ich schlug die Augen nieder. Eine Art Lähmung bemächtigte sich meiner Gedanken. Die Antwort auf die Frage, die mich schon immer bewegte, war in Reichweite, doch sie war wie ein schwimmendes Holzstück auf dem Wasser, das jedes Mal, wenn ich danach griff, unter die Oberfläche tauchte. Einige Atemzüge lang herrschte Schweigen. Dann erhob sich die Priesterin mit leichter, federnder Bewegung. »Komm! Ich werde dir etwas zeigen.«

Ich folgte ihr, wie es sich geziemte, im Abstand von drei Schritten. Wir wanderten durch einen Gang, in dem das Tageslicht nur durch schmale, in die Wand gehauene Spalten sickerte. Der Gang war so still, dass selbst der leiseste Schritt widerhallte. In weiter Ferne schlug die Brandung an die Felsen. Schließlich wurde es heller. Feuchte Seeluft schlug uns entgegen. Das Gewölbe führte ins Freie. Mit einem Mal umfing uns das klare, blaue Licht. Die Sonne schien mir grell ins Gesicht. Ich schirmte die Augen mit der Hand ab und blickte mich um.

Wir befanden uns auf der höchsten Stelle der Insel. Ringsum fielen die Klippen steil in die Tiefe. Der Hof, in dem wir standen, war gepflastert; die roten und schwarzen Fliesen bildeten ein eigenartiges Muster. Beim näheren Betrachten merkte ich, dass sie ein schlangenartiges Motiv darstellten. In der Mitte des Hofes glänzte ein mächtiger Basaltblock. Die Priesterin schritt langsam darauf zu; ich folgte ihr, wobei ich Acht gab, nicht auf ihren Schatten zu treten. Dicht vor dem schwarzen Stein, zwischen den Bodenplatten, stieg aus einem schmalen Spalt ein dünner Rauchfaden empor. Ich spürte den fauligen Schwefelgeruch.

»Unter diesem Steinblock«, sagte die Priesterin, »ruht dein

Ahne Watatsumi no Mikoto. Seine Dynastie ist mit ihm erloschen. Der Spalt, den du vor dir siehst, ist älter als unser Königsgeschlecht. Er führt bis in das glühende Herz der Erde, dorthin, wo die gewaltigen Kräfte schlummern, die in längst vergangenen Zeiten das Festland formten. Wenn diese Kräfte auch Jahrhunderte hindurch ruhten, so wisse, dass sie in gewissen Abständen wieder erwachen und die Erdkruste durchbrechen . . .«

Ihre Stimme verlor sich in einem Seufzer. Ein Luftzug berührte meine Hand. Trotz der Hitze spürte ich, wie ich erschauerte.

»Tritt näher!«, befahl die Hüterin des Tempels. »Sieh!«

Ich gehorchte. Durch den gelblichen Schwefeldunst erblickte ich eine auf den Basaltblock eingekerbte Zeichnung. Das Motiv erschien mir gleichzeitig vertraut und dennoch fremd. Ich beugte mich vor, um es näher zu betrachten. Die fauligen Dünste nahmen mir fast den Atem. Ich hustete und würgte. Doch mit einem Mal erkannte ich die Darstellung: Es war das Sternbild des Orion! Jetzt wusste ich auch, warum mir die Zeichnung fremd vorkam: Das Sternbild war mit verdrehter Achse dargestellt, so wie es die Großen Vorfahren in längst vergangenen Zeiten am Himmel erblickt haben mussten . . .

Ich taumelte; ich fiel auf die Knie. Meine feuchte Stirn schlug gegen den Boden. Zitternd verneigte ich mich vor dem Grab des letzten Königs der Himmlischen Linie von Izanami.

## 11

Ich verbrachte fünf Tage auf der Heiligen Insel. Von Sonnenaufgang bis Sonnenuntergang unterwies mich die Hüterin des Tempels. Sie führte aus, was sie bei unseren ersten Gesprächen nur angedeutet hatte. Unser vertrautes Verhältnis glich dem zwischen einer Ahnin und ihrer Enkelin; doch konnte ich mich des beunruhigenden Eindrucks nicht erwehren, dass sie Dinge wusste, die mich betrafen und die sie mir aus geheimnisvollen Gründen verschwieg.

Des Nachts schlief ich entspannt und friedlich unter der Obhut des schützenden Sternbildes. Mir fiel auf, dass ich niemals träumte. In diesen fünf Tagen stieg oft ein dumpfes Grollen aus der Tiefe. Das Knirschen des aneinander reibenden Gesteins war deutlich zu vernehmen. Es war, als erprobten die dunklen Mächte im Erdinnern ihre Kräfte. Die Hüterin des Tempels schwieg dann. Ein Ausdruck höchster Wachsamkeit überzog ihr Gesicht. Doch sobald Stille eintrat, sprach sie weiter, als ob nichts geschehen wäre. Und auch ich rührte mich nicht, trotz meiner Beklemmung, und zeigte auch nicht die geringste Furcht.

Am letzten Abend, bevor ich die Insel verließ, führte mich die Hüterin des Tempels in einen Saal, in den das Licht durch einen viereckigen Schacht in der Decke fiel. Trotz seiner Schlichtheit kam mir dieser Saal prachtvoll und erhaben vor. Zwischen vier Säulen, mit purpurnem Licht überzogen, erhob sich ein steinerner Altar. Vor ihm hing ein »Shimenawa«, eine »Schnur der Läuterung«, die die heiligen Dinge von den weltlichen trennte. Sie war armdick und aus geflochtenem Reisstroh. Weiße Votivbänder aus feinstem Leinen waren daran befestigt.

Die Sonne sank, das Stück Himmel über uns schimmerte mohnrot. Die Priesterin hielt ihre Fackel über die vier Rauchschalen in den Ecken des Saales. Als die Kohle glühte, schüttete sie Weihrauchpulver hinein. Im goldenen Schattenspiel sah ich zu, wie die Priesterin mithilfe eines Eisenrings eine der Steinplatten hob, die ein Geheimfach zum Vorschein brachte. Sie entnahm ihm ein Kästchen aus Ebenholz und stellte es vor mich hin. Ihre zarten Finger ließen das Schloss aufschnappen. In dem Kästchen befand sich ein Bambuskamm, der mit drei Kugeln aus durchscheinendem schwarzem Metall verziert war.

»Dieser Kamm«, sprach die Hüterin des Tempels, »ist das sichtbare Zeichen deiner Unterweisung und verleiht dir die heilige Macht der Sonnenpriesterinnen. Jedoch, selbst wenn Könige und Prinzen sich vor dir verneigen, vergiss niemals, dass nur die Demut zur vollkommenen Weisheit führt.«

Ich senkte die Stirn und ließ sie den Kamm in meinem Haar befestigen. Als ich den Kopf hob, vernahm ich das glockenhelle Klingeln der schwarzen Kugeln. In dem Dunst, der aus den Räucherschalen emporstieg, schien das weiße Antlitz der Priesterin in der Luft zu schweben wie eine Erscheinung.

»Wisse nun, warum du nach deinem Tod nicht bei deinen Vorfahren ruhen kannst . . .« Abermals hob ein tiefer Seufzer ihre Brust, doch ihre Stimme blieb ruhevoll. »Der Tag ist nicht mehr fern, an dem die Heilige Insel im Ozean versinken wird . . .«

Mein ganzer Körper erstarrte und mir war, als verursachte mein Atem in der Stille ein störendes Geräusch: »Wann ist es zu erwarten?«, brachte ich rau über die Lippen.

»Ich fürchte, bald. Seit der Herbst-Tagundnachtgleiche haben die unterirdischen Stöße an Stärke gewonnen. Ein schreckliches Erdbeben steht uns bevor. Denke immer daran: Sobald du die Wellen bis zum Horizont zurückweichen siehst und du die Heilige Insel trockenen Fußes erreichen kannst, an diesem Tag versammle das Volk und führe es in die Berge. Denn die See wird zurückkehren und mit fürchterlicher Gewalt das Land überfluten . . .«

Meine Kehle war trocken. Die für mich wesentlichste Frage »Warum ich und nicht meine Mutter, die Königin?,« brachte ich nicht über die Lippen.

»Noch eins musst du wissen«, fuhr die Priesterin fort. »Während deiner Abwesenheit hat sich in Amoda etwas sehr Merkwürdiges und Folgenschweres zugetragen. Zahlreiche Prüfungen stehen dir bevor. Wenn du auch oftmals verzweifeln wirst, vertraue stets deiner Seelenstärke. Der Heilige Kamm wird dich mit seiner wohltätigen Kraft unterstützen. Und vergiss nie: Die eigentliche Wirklichkeit liegt nicht im äußeren Schein; selbst deine unbegreiflichsten Handlungen gehorchen dem Antrieb einer höheren Macht.« Der Schatten eines Lächelns glitt über ihre bleichen Lippen: »Bist du nicht das *zweifach königliche Wesen?*«

Ihre Stimme schien das Echo aller Stimmen zu sein, die in meinem Kopf wiederholten: Du bist die Tochter des Hirsches! Und im gleichen Atemzug wusste ich, dass ich das Geheimnis meiner Geburt bereits gelöst hatte. Doch ich gebot dieser Erkenntnis vor den Pforten meines Bewusstseins Halt, verbannte es in einen Abgrund von Schwindel erregendem Schwarz. Und jenseits dieses Abgrundes war ein Gesicht, war ein Name . . .

Ich wollte sprechen. Die Hand der Priesterin hob sich und mit ihr der wie ein weißer Flügel schwebende Ärmel. »Frage nicht mehr! Deine Seele würde beunruhigt sein, und du benötigst jetzt alle Kräfte, um die Aufgaben, die deiner harren, zu erfüllen. Eines Tages jedoch wirst du die Wahrheit erkennen und sie wird dich zu Tode verwunden.«

Etwas wie Mitleid schimmerte in ihren Augen. Sie erhob sich geräuschlos. »Mein Auftrag ist nun erfüllt. Ich habe nichts mehr hinzuzufügen.«

Bei Tagesanbruch schlug ich die Augen auf und war sogleich hellwach. Etwas hatte mich aus dem Schlaf gerissen. Was war es nur gewesen? Ich war es gewohnt, die Zeit nach der Länge der Schatten, die die Sonne warf, zu messen, doch heute war das Wetter trübe. Ich stand auf und blickte durch die Wandöffnung nach draußen. Rötlicher Dunst glitt über die Meeresfläche. Trotz der Windstille hörte ich die Wogen mit schwerem, auf und ab schwellendem Rauschen gegen die Klippen schlagen, so als wühlte eine in finsteren Tiefen erwachte Kraft den schlafenden Ozean um. Darüber hinaus drang kein Flügelschlag, kein Vogelruf an mein Ohr. Eine unheimliche, dumpfe Stille umgab die Insel und trotz der frühen Stunde war die Luft drückend heiß.

Beklommen kleidete ich mich an und ordnete mein Haar, um mich zur Hüterin des Tempels zu begeben. Sie kniete auf einem weißen Kissen. Eine Gebetsschnur lag um ihre gefalteten Hände. Ich verneigte mich stumm. Etwas auf ihrem Gesicht, in ihren Augen, verbot mir jede Frage. Traumbefangen blickte ich ins Leere. Ihr Geist schien so weit entrückt, dass nichts mehr in ihrer Umgebung für sie wahrnehmbar war.

In stummer Unruhe trank ich den grünen, schäumenden Tee, den mir die Dienerin reichte. Als ich meine Schale geleert hatte, löste sich die Hüterin des Tempels aus ihrer Andacht. Sie erhob sich und sagte schlicht: »Komm. Es ist Zeit.«

Mit ihrem leichten, schwebenden Schritt wanderte sie durch die Gänge. Ich bemerkte einen rötlichen Belag auf den Bodenplatten, der ihre Fußabdrücke deutlich sichtbar werden ließ. Der gleiche Staub hing in der stickigen Luft und roch stark nach Salpeter. Immer noch schweigend geleitete mich die Priesterin durch den Vorhof bis zu der zum Strand führenden Steintreppe. Oberhalb der Stufen blieb sie stehen, wandte mir ihr blasses Antlitz zu.

»Geh jetzt«, sagte sie sanft. »Du wirst im Boot alles für die Überfahrt Notwendige vorfinden.«

Der Abschied kam unerwartet. Mein Herz wurde schwer vor Kummer. Doch ich stellte keine Fragen außer einer einzigen: »Wird es mir erlaubt sein, zurückzukehren?«

Ihr Gesicht blieb unbewegt; die dunklen Augen schienen mich aus weiter Ferne zu betrachten. »Ja. Aber nur einmal.«

Ich verneigte mich tief. Als ich die Augen hob, war die Priesterin, wie im Nebel aufgelöst, verschwunden.

In fliegender Hast lief ich die Stufen hinunter. Das Boot lag an der gleichen Stelle, an der ich es verlassen hatte. Ich fand Gerstenkuchen, Reis und eine mit Wasser gefüllte Kürbisflasche darin. Die Hitze verwandelte den Sand in glühende Asche. Ich machte die Leine los, schob das Boot ins Wasser und stieg ein. Keuchend stieß ich mich mit dem Paddel ab und setzte das Boot in Bewegung.

Schwer und träge gurgelten die Wellen. Mächtig, aber ohne Stöße, ohne Gischt, hoben sie das Boot empor. Trotz der erstickenden Hitze und der vollständigen Windstille kam ich schnell voran. Bald verloren sich die Klippen im rötlichen Dunst. Vor meinen Augen schien die Heilige Insel in Raum und Zeit zu versinken und hinterließ in mir ein schmerzvolles Gefühl der Verlassenheit.

Die Zeit verging. Schweiß rann in warmen Tropfen über meinen Rücken. Meine Glieder waren bleischwer, die Lippen salzverkrustet. Immer stärker roch die Luft nach Schwefel und Salpeter. Hustenanfälle schüttelten mich. Ich hatte entsetzlichen Durst und mein Wasservorrat verringerte sich beängstigend schnell. Bald bedeckten Blasen meine aufgeplatzten Wunden. Die geheimnisvolle Warnung der Priesterin ging mir nicht aus dem Sinn. Mein Herz hämmerte vor Angst und Erschöpfung.

Es dämmerte bereits, als ich die Küste erreichte und das Boot in den Hafen lenkte. Ich spürte trotz der Stille, oder vielleicht gerade deswegen, dass mich etwas Unheimliches umgab, etwas, das ich nicht beim Namen zu nennen vermochte.

Die Segel sämtlicher Schiffe hingen schlaff an den Masten. Die Fischerboote lagen wie gestrandete Muscheln auf dem Sand. In den Schmieden waren die Feuer erloschen. Vor Speichern und Lagerschuppen stapelten sich Warenballen, aber kein Mensch war weit und breit zu sehen. Meine Augen schweiften fassungslos umher. Wo waren die Fischer, die die Netze einholten? Die Handwerker? Die Händler? Wo waren der Lärm, die Zurufe, das Gelächter, das Klappern der Holzsandalen? Das fröhliche Kommen und Gehen auf dem Markt? Der vertraute Geruch nach Holzkohle, Gewürzen und Tee? Lähmender Schrecken befiel mich. Was war in Amoda geschehen? Welch drohende Gefahr hatte die Menschen zur Flucht getrieben? Ein schwefliger Gestank verpestete die Luft. Die Bäche, die zwischen den waldigen Hügeln hervorströmten und sich ins Meer ergossen, waren rötlich verfärbt. Ich machte das Boot an einem Stein fest, taumelte erschöpft ans Ufer. Die Häuser wirkten wie verlassen, doch auf einmal bemerkte ich, wie sich ein Türvorhang bewegte. Erst jetzt wurde mir klar, dass mich seit meiner Ankunft im Hafen hunderte von Augen beobachteten und dass sämtliche Bewohner von Amoda sich in ihren Behausungen zurückgezogen hatten. Auf wessen Befehl? In Erwartung welch schrecklichen Unheils?

Es war wie ein Albtraum! So etwas konnte sich nur in einem Albtraum abspielen! In quälender Angst schlug ich den Weg zur Festung ein. Ich schleppte mich durch leere Straßen, an verlassenen Läden vorbei. Die Leute hatten ihre Strohsandalen vor den Türen stehen lassen, doch kein Feuer brannte, keine Stimme ertönte, nur einmal hörte ich aus einem der Häuser das schwache Wimmern eines Säuglings.

Im Wallgraben war der Wasserspiegel stark gesunken. Einige Fische zuckten im Schlamm. Ich atmete erleichtert auf, als ich den Wachtposten vor dem Ausfalltor erblickte. Er war das erste menschliche Wesen, das ich seit meiner Rückkehr zu Gesicht bekam. Sein bronzener Harnisch funkelte. Er erkannte mich, senkte seinen Speer und trat ehrerbietig beiseite.

»Was ist geschehen?«, keuchte ich. »Sprich!«

Der Wächter senkte den Kopf.

»Verzeiht, Toyo Hime no Miko«, stieß er gepresst hervor. »Ein großes Unglück ist über uns gekommen. Nachdem sich Ihre Königliche Majestät in Abwesenheit fern von Amoda zurückzog, hat die Sonne ihr Antlitz verhüllt und die Wolken ihres Zornes verdunkeln den Himmel . . .«

Ich starrte ihn an. Niemals, soweit ich zurückdenken konnte, hatte meine Mutter den geheiligten Palastbezirk verlassen! Welch ungeheures Ereignis musste sie dazu bewogen haben?

Der Mann wirkte derart verstört, dass ich darauf verzichtete, ihn weiter zu befragen. Ich lief an ihm vorbei, durch den finsteren Torbogen. Auf der Schwelle des Innenhofes blieb ich atemlos stehen.

Pechschwarz hingen die Mauern über der hell schimmernden Sandfläche. Jede Säule warf einen tiefen Schatten. Drohend wie Raubtierzähne bohrten sich Zinnen und Türme in den glutroten Himmel.

In der Mitte des Hofes, zwischen zwei Pfähle gespannt, hing etwas, das mir zuerst wie ein größere Stofffetzen vorkam. Doch der Anblick traf mich wie ein Schlag ins Gesicht; ich fühlte, wie meine Knie unter mir nachgaben. Schritt für Schritt, von Grauen gepackt, näherte ich mich dem unheimlichen Gegenstand, bis mir ein dumpfer, abstoßender Geruch in die Nase stieg. Ein Fliegenschwarm flog auf; eine setzte sich auf meinen Mundwinkel. Ich hob die Hand, verscheuchte sie. Dann sah ich das Blut auf der Erde. Verspritzte Tropfen im Sand führten zu einer schwärzlichen Lache unter dem aufgehängten Gegenstand. Mit einem Mal entdeckte ich, dass es sich um eine Tierhaut handelte, einen Streifen getrockneter Tierhaut. Die längliche Halsform und die vier Beine waren deutlich zu erkennen. Lange verfilzte Haare, steif von geronnenem Blut, hingen wie schwarze Fransen bis zum Boden. Meine Augen vermochten sich nicht von dem von Blut erstarrten Gebilde loszureißen. Und plötzlich wusste ich, was ich vor mir sah: Es war das Fell von Hi-Uma, dem Himmlischen Pferd!

Mein Herzschlag setzte aus. Alles um mich herum begann zu wanken. Der Hof, die Mauern drehten sich im Kreise. Ich glaubte ohnmächtig zu werden, doch hielt ich mich auf den Beinen. Der Fliegenklumpen summte und schwirrte.

Unversehens spürte ich, dass ich nicht mehr allein war. Schemenhafte Gestalten zeichneten sich an der Grenze zwischen Hell und Dunkel ab. Ich vernahm das Gleiten der Schiebetüren, das Schleifen der Gewänder über die Treppen, das leise Klirren von Waffen und Schmuck. Doch kein Wort fiel. Nur die Fliegen summten . . .

Plötzlich ertönte von der Terrasse her ein ersticktes Gelächter. Ich fuhr zusammen; mein Kopf schwang bestürzt empor, während zwischen den Säulen die hohe Gestalt eines Mannes aus der Dunkelheit trat. Bedächtig stieg er die Stufen herab. Er schritt durch den Hof; sein Schatten glitt neben ihm über den Sand.

Mein Magen drehte sich um. Ich presste die Hand auf den Mund. Der Schatten kam näher, berührte mich, bedeckte mich . . . Ich schloss die Augen; öffnete sie. *Der*, dessen Name bald verflucht sein sollte, blieb vor mir stehen, so nahe, dass sein Atem mein Gesicht streifte. Sein Säbel funkelte an seinem Gurt wie die bläuliche Sichel des Mondes und er hielt eine Peitsche in der Hand.

## 12

**E**ine Weile rührten wir uns nicht. Um uns herum waren die Fliegen, der blutbefleckte Sand, der schwarze Wall, das gespenstische Rot des Himmels. Immer mehr Menschen drängten in den Hof, aber ich merkte es kaum. Ich ließ den Blick nicht von dem Mann, der so dicht vor mir stand, dass ich das unruhige Flackern seiner Augen sah, die Angst hinter seinem spöttischen Lächeln spürte. Mir stieg das Blut ins Gesicht. Ich schwieg mit zusammengepressten Zähnen, wartete, bis er in gespielter Selbstsicherheit das Wort ergriff.

»Ihr seid also rechtzeitig zurückgekehrt. Willkommen, Prinzessin!« Ich jedoch blieb stumm. Er verzog ironisch den Mund. Sein nackter, nur mit einem Lederarmband geschmückter Arm wies mit heftiger Bewegung auf das Fell. Ich sah die grünen »Tama-Steine« an seinem Handgelenk glitzern. »Ich habe das ruchlose Tier bestraft, das die Ehre eines Prinzen schmähte! Die Raben mögen sich um das stinkende Aas reißen!« Eine Fliege setzte sich auf sein Auge, eine andere auf seinen Mund. Er schüttelte den Kopf, um sie zu verscheuchen. Ich blieb reglos und stumm. »Die Tungusen«, fuhr er höhnisch fort, »versehen diese Grasfresser mit göttlichen Tugenden. Schreiben sie ihnen nicht die Macht zu, die Seelen in den Himmel zu geleiten? Mir scheint, Prinzessin, das ist zu viel der Ehre! Ein Adler besitzt mehr Kräfte, ein Hund mehr Kühnheit, ein Affe mehr Hirn.«

Ich schwieg, hielt seinen Blick stand. Er ließ die Peitschenschnur mit leisem Auflachen durch seine Finger gleiten.

»Man erzählt sich, Prinzessin, dass ich, Susanoo, mit dem Abschlachten dieses Grasfressers im Königreich des Himmels große Unruhe und Empörung heraufbeschworen hätte. Die erzürnte Göttin habe ihr Antlitz verhüllt und die Welt verdüstert . . .«

Er stockte. Ich sah die Adern an seinem Hals anschwellen. Wie das Dröhnen einer Bronzeglocke hallte seine Stimme über den Hof.

»Ich sage dir, Volk von Amoda: Weder Mensch noch Tier ist befähigt die Ordnung der Gestirne zu verändern. Weder Mensch noch Tier vermag die Himmelsmächte zu lenken!«

Die Menge seufzte. Über den Mauern flimmerte der Himmel in purpurroter Glut. Die Fliegen summten.

Ich schwieg. Mit einem Mal erhob er die Peitsche und ließ die Schnur dicht vor meinem Gesicht tanzen. Seine Stimme wurde leise, rau, dumpf. Er redete wie im Selbstgespräch oder im Traum.

»Wahrlich, ich habe dem Grasfresser die Kehle durchgeschnitten und ihm das stinkende Fell abgezogen. Ich habe es auf den Rücken geladen und in das Gemach getragen, in dem meine edle Schwester, von ihren Priesterinnen umgeben, mit friedvollem Herzen ihre heiligen Stoffe webte. Ich habe die Trennwand mit der Schulter durchstoßen und ihr die blutige Haut vor die Füße geworfen!«

Ein trockenes Lachen, ähnlich einem Schluchzen, schüttelte seine Brust.

»Es gab große Verwirrung, Prinzessin. Schreie, Weinen, Ohnmachten! Doch *sie*, sie hat sich nicht gerührt. Überhaupt nicht gerührt. Sie sah mich an, weiter nichts. Sie hatte dein Gesicht, Toyo Hime no Miko . . . das gleiche Gesicht . . .«

Er streckte die Hand aus. Drohung? Liebkosung? Seine Finger berührten mein Haar. Regungslos sah ich ihm in die Augen. Er zog die Hand zurück. Seine Stimme wurde noch leiser, kaum hörbar.

»Dann erhob sie sich und erteilte ihre Befehle. Sie legte ihr weißes Trauergewand an, befestigte ein Eichenblatt an ihrem Stirnband und rief nach ihrer Sänfte. Sie ließ sich zur Himmlischen Grotte von Awajima tragen und das Volk begleitete sie mit seinen Klagen. Am Ziel ihrer Reise sprach sie: ›Ich ziehe mich nun in die Himmlische Grotte zurück, um nachzusinnen und zu beten. Ich verbiete bei Todesstrafe, dass meine Ruhe gestört wird!‹«

Er atmete schwer. Seine Faust krampfte sich um den Griff der Peitsche.

»Kaum hatte sich meine edle Schwester in die Höhle zurückgezogen, da verfinsterte sich die Sonne und die Vögel verstummten. Verwirrung und Schrecken breiteten sich über Yamatai aus. Die Menschen flüchteten in ihre Häuser, verschlossen alle Eingänge und versammelten sich in den mittleren Räumen. Sie glauben, dass der Himmel bersten, die Erde sich auftun wird und dass das Ende des ›Landes-inmitten-der-Schilfrohrfelder‹ naht . . .«

Ich rang nach Atem. Nachdenken, begreifen, beurteilen, dazu war ich nicht fähig. Hi-Umas Tod? Ja, gewiss: Gekränkte Ehre mochte Rache verlangen! Doch warum dieses unglaubliche Verhalten? Diese sinnlose Gewalttätigkeit? Da kamen mir die Worte der Priesterin in den Sinn: »Vergiss nie: Die eigentliche Wirklichkeit liegt nicht im äußeren Schein.« Ich wusste, sie hatte die Wahrheit gesprochen. Und ebenso wusste ich, dass mein Schweigen ihn immer mehr herausforderte . . .

Ich sah, wie seine Züge sich verzerrten. Er hob den Arm. Die Peitsche zischte an meinem Gesicht vorbei. Das Echo seiner Stimme hallte von den Mauern wider.

»Hört nur, Prinzessin, die stolzen Krieger von Yamatai jammern und stöhnen im einfältigen Glauben, dass das Hinscheiden eines Grasfressers auf das irdische Geschehen einwirken könnte!« Mit aller Gewalt ließ er die Schnur auf die Pferdehaut klatschen. Das Fell schaukelte zwischen den Pfählen. Mit wütendem Gesumme sirrten die Fliegen auf. Der Gestank der Verwesung schlug mir ins Gesicht.

Da hob ich langsam und feierlich die Arme, löste aus meinem Haar den Heiligen Kamm und hielt ihn mit beiden Händen vor mir hoch. Laut und deutlich sprach ich: »Ich, Prinzessin Toyo, Priesterin der Sonne, klage dich, Susanoo, der Schandtat und des Frevels an. Dein Name falle dem göttlichen Zorn anheim. Er sei verflucht und über die künftigen Generationen, für ewig aus dem Gedächtnis und den Träumen verbannt . . .«

Immer noch hielt ich den Kamm in die Höhe, blickte unverwandt auf die schillernden, schwarzen Kugeln, bis ein plötzliches Zittern mich die Arme senken ließ und ein ungeheurer

Schmerz mein Herz zerriss. Ich hatte den Heiligen Fluch ausgesprochen, den, der den Namen zerstörte und die Bande zur Unsichtbaren Welt durchtrennte.

Er stand vor mir im rötlichen Halbdunkel, so nah, dass ich seine Wärme, seinen gepressten Atem spürte. Ich sah das Blut aus seinem Gesicht weichen, seine Züge erstarren. Es war, als ob etwas Eisiges, Unerbittliches von seiner Seele Besitz ergriff. Und vor der Hoffnungslosigkeit, die in seinen Augen sprach, fühlte ich meine Kräfte erschlaffen, fühlte mich von verzweifelter Trostlosigkeit zu Boden gedrückt. Ich wankte, doch ich hielt mich aufrecht.

Und *der,* dessen Namen ich verflucht hatte, schrie auf, als hätte ihn ein Schlag mitten ins Gesicht getroffen: der Klagelaut eines Mannes, der nicht zu klagen gewohnt war. Dieser Schrei drückte weder Auflehnung noch Wut aus, sondern eine derart fassungslose, leidenschaftliche Verzweiflung, dass es mir kalt über den Rücken lief. Erstarrt blickte ich in die trüben, ausdruckslosen Augen, in denen jede Wärme, jedes Leben erloschen war. Und ich erinnerte mich an den Stolz, die Herausforderung, die flackernde und aufbegehrende Flamme, die seinen Blick so erregend gemacht hatten. Zu spät wünschte ich mir, diese Heftigkeit, diese Leidenschaft wieder zu erwecken.

Mit letzter Kraft wandte ich die Augen ab, richtete sie auf Hi-Umas Hülle. Der Widerschein der Flammen, das Aufundabwogen der Schatten verliehen der herabhängenden Haut einen erbärmlichen Anschein von Leben. Ich konnte und wollte nicht dieses Bild mit der Erinnerung an das Himmlische Pferd in Zusammenhang bringen. Das Dröhnen der Hufe schien in meinem Kopf nachzuhallen. Mit flatternder Mähne galoppierte Hi-Uma der Sonne entgegen. Er flog über weite Steppen in ferne Unendlichkeit und ließ mich für immer allein . . .

Mit äußerster Anstrengung würgte ich die Tränen hinunter. Meine Stimme klang dumpf, verhalten, spröde: »Man entferne die Haut. Und bestatte sie in Ehren.«

## 13

In dieser Nacht ging der Mond erst spät auf. Ein sichelförmiger, dunkelroter Schatten schwamm auf der riesigen Kugel. Keiner schlief: Bis zum Morgengrauen heulten die Hunde.

Ein unheimlicher Tag brach an. Nebel lastete auf den Bergen. Schwefel- und Fäulnisgeruch verpesteten die Luft. Merkwürdige Zeichen mehrten sich: Die Erde dampfte, das Brunnenwasser versiegte, die Tiere des Waldes näherten sich Schutz suchend der Stadt. Dann – gegen Mittag – breitete sich ein feuerrotes Licht über den Horizont aus: Ein riesiges Aufflackern, begleitet von einem ohrenbetäubenden Krachen. Es war, als ob ein Berg in tausend Splitter zerbarst! Asche und tote Vögel fielen vom Himmel. Stoßwellen erschütterten den Boden. Eine gewaltige schwarze Wolke ballte sich über dem Ozean zusammen, und aus den Tiefen des Himmels entfesselte sich der Orkan! Der Sturm fegte heulend über die Bucht, entwurzelte Bäume, zersplitterte die Holzwände und wirbelte die Strohdächer empor. Ganze Berghänge kamen ins Rutschen, der Schlamm wälzte sich über die Reisfelder. Die Fischerboote zerschellten wie Nussschalen. Die großen Schiffe im Hafen rissen sich los und wurden gegen den Damm geschleudert.

Erst nach drei Tagen und drei Nächten ließ das Unwetter nach. Der Wind hatte den Schwefelgeruch vertrieben, doch die Wolken lösten sich nicht auf. Unaufhörlich hämmerte der Regen. Überschwemmte die Reisfelder und vernichtete die Ernte. Im Schmutz der aufgeweichten Straßen hatten Bauern aus den verwüsteten Tälern ihre Lager aufgeschlagen und bettelten um Almosen. Klagerufe wurden laut: »Die Sonnenkönigin hat sich in die Himmlische Grotte zurückgezogen! Solange sie nicht zurückkommt, werden Finsternis und Grauen herrschen. Unsere Häuser sind zerstört, unsere

Äcker verwüstet. Hungersnot und Armut bedrohen unser Land . . .«

Voller Verzweiflung vernahm ich das Wehklagen des Volkes. Etwas musste geschehen. Was konnte ich tun? Ich bat meinen Verehrungswürdigen Onkel, Majestät-Wächter-des-Mondes, den Rat einzuberufen. Man versammelte sich im Großen Saal des Palastes des Mittelpunktes. Trotz des zur Schau getragenen Gleichmuts prägten Kummer und Sorge die Gesichter. Schlamm und Asche hatten die prächtigen Gewänder beschmutzt. In der bedrückenden Stille war nur das Rascheln der Stoffe zu vernehmen, als die Edelleute ihre Plätze einnahmen. Der Regen trommelte, das Wasser rann plätschernd über das Dach. Im Halbdunkel warfen die Fackeln ein trübes, rauchiges Licht. Tsuki-Yomi saß als Regent auf einem einzelnen Kissen auf einer Estrade. Er trug ein strenges, dunkelblaues Gewand und hielt einen Fächer in der Hand. Ganz in Weiß gekleidet, den Heiligen Kamm über der Stirn befestigt, kniete ich mit gesenkten Augen hinter ihm. Jeder wusste, dass der Rat auf meine Anweisung hin einberufen worden war.

*Der*, dessen Name verflucht ist, war nicht anwesend. Er hielt sich in seinen Gemächern auf und ließ niemanden in seine Nähe. Selbst den Dienern war der Zutritt verwehrt. Es hieß, dass er keinerlei Speisen anrührte, sich weder wusch noch kämmte.

Als Erster sprach Admiral Oya, ein zurückhaltender Mann mit vornehmem Gesicht. Er berichtete, dass fast ein Drittel der Flotte vom Orkan zerstört worden sei. In Amoda selbst war die Lage Besorgnis erregend. Wir hatten kein Trinkwasser mehr und die Lebensmittelvorräte schrumpften dahin. Ratten drangen in die Getreidespeicher ein. Viele Menschen litten an Haut- und Augenkrankheiten. Ein heimtückisches Fieber befiel Kleinkinder und alte Leute.

Danach ergriff Sire Takeuchi, Lehnsherr des Bezirks von Siema, das Wort: »Im ganzen Land verderben die Früchte auf den

Feldern. Das Getreide schimmelt in den Säcken. Wenn der Wind von Süden kommt, verdunkelt sich die Luft, sodass man die Hand nicht mehr vor Augen sehen kann. Staubige Asche dringt in Augen, Mund und Lungen. Die Flüsse treten über die Ufer, zerstören Dämme, verwüsten die Dörfer.«

Düsteres Schweigen. Hin und wieder wurde ein Fächer bewegt. Jemand hustete.

Schließlich straffte Dame Yagami, die Älteste der Versammlung, ihren spindeldürren Körper und rief: »Wahrlich! Die Große Erlauchte Göttin verwehrt uns ihre Gnade! Welches Sühneopfer müssen wir ihr darbringen, um ihr Wohlwollen wieder zu erlangen?«

Ein Säbelrasseln: Sire Isahak, der Herr über die Schmiede, erhob sich. Er war ein Mann mit hochmütigem Antlitz und funkelnden Augen, dessen Stimme an prasselnde Kieselsteine erinnerte.

»Wir alle waren Zeugen der schändlichen Tat, die *der*, dessen Name verflucht ist, verübte. Er allein hat durch seinen Frevel unser Unglück heraufbeschworen. Er verdient dem Volk ausgeliefert und hingerichtet zu werden. Nur durch seine Bestrafung wird sich der göttliche Zorn von uns abwenden.«

Für eine Weile wurde es so still, dass ich mich selber atmen hörte. Mein Herz schlug an die Rippen. Mit einem Mal brach der Tumult los. »Das ist richtig! Er soll hingerichtet werden!«, riefen die einen. Andere, umsichtiger oder weiser, beschränkten sich darauf, Blicke auszutauschen. Hoch aufgerichtet stand Sire Isahak dem Regenten gegenüber. Seine Augen schleuderten Blitze. Seine heisere Stimme übertönte den Lärm: »Möge Eure Majestät das Urteil fällen! Es geht um das Schicksal unseres Volkes.«

Alle verstummten. Erwartungsvolles Schweigen senkte sich über den Raum. Nur Tsuki-Yomi bewegte gelassen seinen Fächer. »Sind wir, die wir hier versammelt sind, ausreichend über die Zusammenhänge unterrichtet, sodass wir uns anmaßen dürfen, über Leben und Tod zu entscheiden? Es ist das Vorrecht der Königin, zu beschließen, auf welche Weise sie den Hohen Herrn, ihren Bruder, zu bestrafen gedenkt.«

Die Ratsteilnehmer nickten zustimmend. Sie anerkannten die Weisheit des Regenten. Auch Sire Isahak gab sich geschlagen und ließ sich mit steifer Verbeugung auf seinem Platz nieder. Ich saß währenddessen, den Kopf auf die Brust gesenkt, die Hände im Schoß verschränkt, vollkommen still. Mein Atem hatte sich beruhigt.

Tsuki-Yomi ergriff erneut das Wort: »Es scheint mir erforderlich, dass die Königin baldmöglichst zu ihrem Volk zurückkehrt. Wie könnten wir das erreichen? Lasst uns gemeinsam darüber nachdenken und eine Entscheidung treffen.«

Lebhafte Erörterungen setzten ein. Wie konnte man, ohne den Befehl der Herrscherin zu missachten, sie aus ihrer Entrückung in die Wirklichkeit zurückholen?

Ich suchte den Blick meines Verehrungswürdigen Onkels. Er hob den Fächer, um sich Aufmerksamkeit zu verschaffen. Mit höflicher Verbeugung forderte er mich auf zu sprechen. Ich schlug die Augen nieder und sprach: »Möge der Hohe Rat seine Entscheidung auf später verschieben. Heute Abend werde ich das Orakel befragen.«

In den Abendstunden begab ich mich zum Heiligtum von Sugati. Zwischen Pinien leuchteten die roten Pfosten des »Torii«. Auf das mächtige Portal mit den zwei großen Querbalken hämmerte der Regen. Ich überschritt die Schwelle und stieg durchnässt die moosigen Stufen hinauf. Hölzerne Türflügel führten ins Innere des Heiligtums, dessen Decke von vier mächtigen Säulen getragen wurde. Sie stellten die vier Himmelsrichtungen dar.

Von dem großen Tau aus Reisstroh über dem Altarschrein tropfte die Feuchtigkeit. Es roch nach kaltem Weihrauch und modrigem Holz. Oshiba, die Große Ahnin, erwartete mich. Sie war sehr gealtert. Die tief liegenden Augen glänzten fiebrig. Sie erwiderte stumm meine Verbeugung. Sie wusste, warum ich gekommen war.

Ihre weiten Ärmel schleiften über den Boden, während sie Feuer in einem bronzenen Dreifuß anzündete.

Ich kniete nieder. Oshiba rieb mir Schläfen und Handgelenke mit einem Kräuterbalsam ein, dessen süßlich-herber Duft mich berauschte. Mein Mund wurde trocken. Mein Herz schlug langsam und schwer.

Inzwischen breitete Oshiba verschiedene Gegenstände auf einem weißen Tuch vor mir aus. Ich warf eine Kirschbaumrinde vom Berg des Himmlischen Duftes in das Feuer. Als die Rinde glühte, legte ich darauf das Schulterblatt eines Damhirsches und richtete meine ganze Aufmerksamkeit auf die züngelnden Flammen. Ein trockenes Zischen, ein Knistern: Funken sprühten auf, als der Knochen barst. Ich wartete reglos, bis das Feuer verglühte. Dann wickelte ich das Tuch um meine Hände und nahm den gesplissenen Knochen aus der heißen Asche. Der Geist des Heiligen Hirsches, Herrscher der Unterwelt, war bereit, mir seine Antwort zu übermitteln. Unter dem wachsamen Blick von Oshiba fiel ich in Trance und deutete die Zeichnung des Knochens. Es nahm geraume Zeit in Anspruch. Als ich zu mir kam, sah ich schweißgebadet und todmüde zu, wie Oshiba alle Gegenstände ordnete. Dann brachte sie mir ein Tuch, mit dem ich mein Gesicht trocknete, und reichte mir schließlich eine Schale heißen grünen Tee. Während der ganzen Zeit sprach keine von uns ein Wort.

Als ich wieder bei Kräften war, kehrte ich zum Palast zurück und erbat eine Audienz bei Majestät-Wächter-des-Mondes. Ich fand ihn allein in seinen Gemächern, in düstere Gewänder gekleidet. Das Licht der Fackeln beleuchtete sein eingefallenes, blasses Gesicht. Mit höflicher Verbeugung lud er mich ein, sein Mahl mit ihm zu teilen, das der Hungersnot wegen vorwiegend aus Reiskleie bestand. Wir aßen schweigend, wie es die Sitte verlangte. Dann räumte eine Dienerin die Schalen ab und zog die Schiebewand zu.

»Folgendes«, sagte ich, »hat mir das Orakel offenbart: Man nehme den Bronzespiegel, der das Bild des Lebensbaumes trägt, und befestige ›Tamas‹ an langen Fäden. Vor der Himmlischen Grotte befindet sich ein ›Sakaki-Busch‹. Man hänge die ›Tamas‹ in den oberen Zweigen auf, den Heiligen Spiegel in den mittleren und weiße und grüne Bänder in den untersten Zweigen. Dann versammle sich das Volk. Man spiele Flöte und schlage die Trommeln. Und Fräulein Ama no Uzume tanze vor der Grotte . . .«

War Tsuki-Yomi überrascht, so ließ er sich nichts anmerken. Er wusste, dass das Orakel sich durch meinen Mund offenbarte.

»Es soll geschehen«, erwiderte er, »wie Ihr es anordnet.« Er rief die Dienerin und schickte sie nach Ama no Uzume. Sie war die verführerischste und fröhlichste unter den Hofdamen. Als unvergleichliche Musikantin und Tänzerin war sie bei allen Festen, allen Banketten strahlender Mittelpunkt. Doch schrieb man ihr auch Hochmut, Eigensinn und Ehrgeiz zu. Außerdem war es bekannt, dass sie nach einer kurzen Liebschaft mit *dem*, dessen Name verflucht ist, von ihm verschmäht worden war und auf Rache sann.

Ein Rauschen von Seide: Auf der Schwelle verneigte sich Ama no Uzume. Mir schien, es habe sich plötzlich ein bunt schillernder Vogel vor der Schiebetür niedergelassen. Ihr goldgelbes und dunkelblaues Gewand funkelte im Fackellicht wie ein prächtiges Gefieder. Das Gesicht war gepudert, die Lippen karminrot gefärbt; doch unter ihrer Schminke überzog ein leichter Schweißfilm ihre Haut. Ich spürte, dass sie aufgeregt war.

Wir wechselten die üblichen Begrüßungsformeln. Dann brachte Tsuki-Yomi seine Bitte vor. Auf einem seidenen Kissen kniend, die Falten ihres Gewandes um sich ausgebreitet, wedelte Ama no Uzume lächelnd mit dem Fächer.

»Würdet Ihr bereit sein, dies zu tun?«, fragte Tsuki-Yomi sie schließlich.

Nunmehr gelöst, wandte Ama no Uzume leicht den Kopf. Ihre schwarzen Augen funkelten und ein belustigtes, etwas boshaftes Lächeln glitt über ihre Züge. Unsere Blicke kreuzten sich. Ich verzog keine Miene. Das schöne Gesicht wurde bereits wieder unbeweglich und glatt wie Seide. Sie verbeugte sich graziös und erwiderte mit liebenswürdiger Demut: »Ich danke Euch, Herr, für Euer Vertrauen. Es wird für mich eine große Ehre sein.«

## 14

Die Brandung rauschte und schäumte an den Klippen. Am Himmel jagten Wolkenfetzen dahin. Es regnete in Strömen und es war eiskalt.

Langsam und mühevoll erklomm der Zug der königlichen Sänften den steilen Berghang. Bei jedem Schritt vernahm ich das Keuchen der Träger. Der Aschestaub in der Luft verursachte Husten und Brechreiz. Er klebte an der Haut, drang in Nase, Mund und Augen.

Der Zug bewegte sich im Schutz der Leibgarde. An der Spitze die Waffenherolde und Standartenträger, alle durchnässt, verschmutzt und hustend. Die Sänften schwankten hin und her wie Boote in den Wellen. Hinter den Kriegern, in tiefes Schweigen gehüllt, folgte die Menge zu Fuß. Nur das Scharren unzähliger Füße war in der Stille zu hören.

In der Nähe des Awajima ließ der Regen nach. Ich schob die geschlossenen Vorhänge einen Spalt auseinander und spähte über die Bucht. Da, wo sich die Heilige Insel im Nebel verbarg, war ein heller Fleck sichtbar geworden, um dessen weiß glänzenden Kern sich ein dunkler Ring entfaltete. Mein Herz schlug schneller. Was bedeutete das Licht dort?

Eine steile Basaltwand, zweifellos der Überrest eines erloschenen Vulkans, erhob sich über den Klippen. Sie glich einer gewaltigen Mauer, die wie ein Bollwerk zum Himmel emporragte. Ein finsterer, senkrechter Spalt, einem gigantischen Säbelhieb ähnlich, führte in die Himmlische Grotte. Ich wusste, dass eine Öffnung zum Meer hin bestand, durch die am Morgen der erste Sonnenstrahl in die Höhle fiel. Voller Besorgnis dachte ich an meine Mutter. Sie hatte weder Nahrung noch Trinkwasser mitgenommen. Ob sie überhaupt noch am Leben war?

Der »Sakaki-Busch« vor dem Eingang der Grotte ächzte und knarrte unter den Windstößen. Wir nannten ihn den »Heiligen Busch«, weil er zu jeder Jahreszeit sein grünes Laubgewand behielt.

Man setzte die Sänften der königlichen Familie, der Priesterinnen und der Würdenträger in kurzem Abstand vor der Grotte nieder. Die Leibgarde mit gezücktem Säbel bildete einen Halbkreis. Bald war eine ungeheure Menschenmenge versammelt. Männer, Frauen, Greise und Kinder. Übel riechender Aschestaub bedeckte ihre Haut, ihre Haare, ihre durchnässten Kleider. Die Leute husteten und würgten. Viele waren der Erschöpfung nahe.

Der Wind brauste. Die Brandung schlug tosend gegen die Klippen. Durch Schaum und Nebel sah ich das kreidige Licht auf der Heiligen Insel wie das Bild eines unruhigen Traumes aufflackern und wieder verblassen.

Die weißen Gewänder der Priesterinnen schleiften durch den Schlamm, als sie die »Tamas«, den Heiligen Spiegel und die grünen und weißen Bänder in den Zweigen des Sakaki-Busches befestigten. Dann traten die Musikanten vor. Es wurde

Reiswein ausgeschenkt. Mitgebrachte Kürbisflaschen kreisten in der Menge. Das Pochen der Trommeln, vom Echo zurückgeworfen, schien aus dem Innern der Erde zu dringen. Bald mischten sich schrill wie ein Insektenchor die Flöten ein. Sie folgten genau dem Rhythmus der Trommeln. Nach und nach erlag die Menge der Verzauberung. Männer und Frauen klatschten mit den Händen im Takt. Die Füße stampften den aufgeweichten Boden. Jeder tanzte nach eigener Weise, ohne jede Regel oder Zwang, und doch war in den scheinbar zügellosen Bewegungen eine schwingende Harmonie spürbar, die auch mich in ihren Bann zog. Alle Waffen, Ketten, Armreifen klirrten, zitterten, bebten. Immer schneller pochten die Trommeln. Die Flöten ziepten. Ich spürte, wie ich die Beherrschung über meinen Körper verlor, wurde hineingezogen, mitgerissen in das rhythmische Stampfen . . .

Mit einem Mal löste sich Ama no Uzume aus der Gruppe der Hofdamen. Sie trug ein purpurnes Gewand und um die Hüften eine mit Goldfäden verzierte Schärpe. Sie hatte ihr Haar mit Spindelbaumzweigen geschmückt und hielt in jeder Hand zusammengebundene Bambuszweige. Mit einem Fußtritt stieß sie ein Reisweinfass um, stieg darauf und drehte sich mit ausgebreiteten Armen.

Ihr Gesicht war starr und entrückt, die Zähne glänzten zwischen den karminroten Lippen. Gleich schwarzen Flügeln peitschten ihre aufgelösten Haare die Luft. Sie wiegte sich in den Hüften und öffnete ihr Gewand, ließ es über die Schultern gleiten und entblößte sich bis zur Taille.

Ein Schrei, ein Kreischen fast aus tausend Kehlen hallte über die Felsen, wirbelte gegen die Basaltwand, die den Lärm in ebenso vielen Echos wiedergab. Betäubt starrte ich auf Ama no Uzume, die auf meinen Befehl tanzte. Ich hasste sie, wie ich zuvor nie jemand gehasst hatte . . .

Trotz meiner Benommenheit spürte ich, dass es heller wurde. Der Wind riss die Wolkendecke auf. Licht erfüllte die Luft mit wachsendem Glanz. Und mit einem Mal bewegte sich etwas im Eingang der Höhle. Eine schmale, weiße Gestalt löste sich aus dem Halbdunkel. Ama no Uzume erblickte sie im selben Atemzug. Sie hielt so plötzlich inne, dass sie taumelte, und zog ihr Gewand über ihre Schultern. Unvermittelt schwiegen Flöten und Trommeln. Nur weit hinten in der Menge war noch Händeklatschen, vereinzeltes Stöhnen und Gelächter zu hören. Dann erstarben auch diese Geräusche.

Ich sah, wie die Königin wankte. Ihre Hand suchte Halt an einem Felsen. Ihre Stimme war so schwach, dass nur die wenigsten von uns ihre Worte vernahmen: »Wer stört meine Ruhe? Die Ebene des Himmels und das ›Land-inmitten-der-Schilfrohrfelder‹ haben sich verdunkelt. Und dennoch tanzt Ama no Uzume und das Volk lacht . . .«

Aus ihrer Trance erwacht, stieß Ama no Uzume ein spitzes Kichern aus. Die Hände in die Hüften gestemmt, mit jener Miene schelmischer Herausforderung, die sie allein sich erlaubte, gab sie ungeniert zur Antwort: »Es gibt hier, meine Königin, eine höhere Majestät als Euch. Darum freuen wir uns und tanzen.«

Ein bestürztes Raunen ging durch die Menge. Adelige und Würdenträger tauschten bedeutsame Blicke. Die Kühnheit der Tänzerin überschritt jedes Maß! Doch meine Mutter schien ihren Worten keinerlei Beachtung zu schenken. Langsam trat sie aus den Schatten der Felsen. Ich sah sie jetzt besser und mein Herz verkrampfte sich. Sie schien um Jahre gealtert. Ihre Gesichtszüge waren abgezehrt, die Lippen blutleer.

Es schien ihr nicht bewusst, dass wir eine List angewandt hatten, um ihrer Abgeschiedenheit ein Ende zu bereiten.

Mit großer Anstrengung tastete sie sich vorwärts. Ihr weißes Trauergewand schleifte über den Schlamm. Die Menge hielt den Atem an. Im selben Augenblick, als die Königin vor den in den Zweigen des »Sakaki« hängenden Spiegel trat, leuchtete die bronzene Fläche auf; sie schimmerte und glänzte und . . .

. . . und der erste Sonnenstrahl, einer weiß glühenden Klippe gleich, stieß durch die Wolken und schoss auf die Klippen hinunter.

Der tosende Jubel, der über Gestein und Wogen brandete, klang wie der Aufschrei der befreiten Erde. Wie ein einziger Mensch fiel die Menge auf die Knie, berührte mit der Stirn den Boden. Inmitten von unzähligen, gebeugten Rücken stand ich allein aufrecht; ich allein sah meine Mutter mit geschlossenen Augen ihr Gesicht der Sonne zuwenden. Sie öffnete die Arme, als wollte sie die Liebkosung des göttlichen Gestirns in sich einfangen. Das klare, helle Licht brach immer stärker aus den Wolken hervor. Die Dämpfe lösten sich auf, gaben den Blick auf den saphirblauen Ozean frei. Schaumkronen umspülten die Heilige Insel, auf deren Spitze ein Feuer brannte. Der Holzstoß, der ungeheuer hoch sein musste, loderte und wogte wie ein flammender Blütenkelch.

Ich atmete tief und befreit. Die Luft war Licht. Das Licht war Leben. Der furchtbare Fluch war gebannt. Und während meine Mutter und ich uns über die Knienden hinweg in stummer Verbundenheit anblickten, brach lautes Flügelschlagen die Stille. Hunderte von Seeschwalben lösten sich aus den Spalten der Basaltwand, kreischten berauscht im flimmernden Licht und schwangen sich immer höher, der Sonne entgegen.

Es war noch früh am Morgen. Der Himmel strahlte in tiefem, Schwindel erregendem Blau. Der frisch geharkte Sand glänzte. Die Zinnen der Befestigungsmauern warfen feurige Flammen, die Schiebewände schimmerten im milchigen Licht. Alles glühte, funkelte, blendete wie die Klingen von tausend Dolchen.

Auf die Terrasse des Palastes des Mittelpunktes, vor den versammelten Hofstaat, führte man *den*, dessen Name verflucht ist. Er war nicht gefesselt, doch hatte man ihm seine Waffen abgenommen. Zwei Offiziere mit aufgepflanzten Speeren standen an seiner Seite. Er hielt die Schultern gebeugt. Das zerzauste, verfilzte Haar fiel über die zerknitterten Kleider. Ein trotziger Ausdruck verhärtete seine Lippen; die erbarmungslose Helle ließ seine Wangen noch eingefallener, die Schatten unter den tiefschwarzen Augen noch dunkler erscheinen.

Ich kniete neben meiner Mutter, der Königin. Ihr zinnoberrot gepudertes Haar umrahmte in schimmernden Wellen ihr weiß gepudertes, ausdrucksloses Antlitz. Sie hielt die Augen gesenkt und hob sie auch nicht, als der Schatten des Mannes vor ihr auf die Bodenplatten fiel.

Mit eisigem Gesicht verneigte sich Tsuki-Yomi und sprach: »Eure Majestät möge geruhen ein Urteil zu fällen. Der Hohe Herr hier hat durch seine Freveltat das Land von Yamatai in tiefe Nacht und größte Not gestürzt.«

Er verneigte sich abermals, wippte auf seine Fersen zurück und wartete.

Nur das Zwitschern der Vögel auf den Strohdächern, das leise Klirren der Waffen belebte die bleierne Stille. Alle Gesichter blickten unbeteiligt, gelassen. Niemand rührte sich. So verlangten es Achtung, Ehre, Höflichkeit. War der Angeklagte nicht der Bruder der Königin? Wieder warf ich meiner Mutter einen verstohlenen Blick zu. Kein Muskel bebte in ihrem Gesicht; ihre Augen blieben gesenkt. Doch dann sah ich ihre Hände: Sie waren so fest um den blauen Saum ihrer Ärmel verkrampft, dass die Knöchel wie weiße Elfenbeinstäbe hervortraten. Und als schlügen unsere Herzen in Einklang, fühlte ich mit ihr, spürte ihre Not und Verzweiflung. Endlich bewegte sie ganz leicht den Kopf, ihre Augen schlugen mich sanft und unwiderstehlich in ihren Bann. Mein Atem stockte vor diesem Blick, der um Hilfe flehte, während leise und beherrscht ihre Stimme erklang: »Toyo Hime no Miko, sprecht das Urteil an meiner Stelle.« Nichts war zu hören außer dem Wind und die Vögel. Ihre Worte hallten in meinem Kopf wieder. Wie konnte sie mir das antun? War sie meiner so sicher? Hilf mir, ich bitte dich!, flehten die Augen meiner Mutter und ich begriff: *Wenn sie mir diesen Auftrag gab, dann musste sie meiner sicherer sein, als ich es selbst war!* Ich spürte den Schweiß aus allen Poren brechen, mir klebrig über den Rücken laufen. Und sie, die Königin sprach mit fester Stimme: »Alle, die ihr hier anwesend seid, wisset, dass ich meiner Tochter das Recht der Entscheidung über Leben und Tod übertrage. Ihr Urteil wird das meine sein.«

In der Stille hob ich die Lider, betrachtete den Mann, der regungslos vor mir in der Sonne stand. Ich traute kaum meinen Augen, als ich sah, wie sich seine Züge plötzlich unter dem Zwang eines mir unverständlichen Gefühls verwandelten. Es gelang mir nicht, auf seinem Gesicht auch nur den Anflug von Zorn oder Verzweiflung zu lesen. Im Gegenteil, mir schien, als ob ein geheimnisvoller Zauber auf diesem Antlitz jede Niedergeschlagenheit auslöschte. Seine Haut hatte wieder Farbe, Glanz und Leben. Seine Schultern waren gestrafft, seine Haltung aufrecht und königlich. Er atmete tief die glitzernde Luft ein. Und sein Blick, kurz zuvor noch trübe und erloschen, richtete sich voller Herausforderung auf mich. Ein Lächeln zog seine Lippen hoch, seine Zähne blitzten. Trotz? Hochmut? Spott? Diesen Blick . . . Dieses Lächeln . . . ich konnte es nicht ertragen! Trotz der Sonne fror ich bis ins Mark. Und dann nahm ich nichts mehr wahr, nur noch meine eigene Stimme, eine Stimme ohne Schwingung, Ausdruck oder Klang, die Worte aussprach, die eine fremde Macht ihr aufzuzwingen schien: »Man versehe ihn mit dem Zeichen der Schande und verbanne ihn auf ewig aus Yamatai.«

Und in dem sonnenüberfluteten Hof fesselte man *den*, dessen Name verflucht ist, an eine Säule. Man nahm ihm die »Tama-Steine« ab und riss ihm Finger- und Fußnägel aus.

Dann versah man sein Antlitz mit dem Zeichen des Bannfluchs. Niemand sah ihn das »Land-inmitten-der-Schilfrohrfelder« verlassen. Nur die Sterne folgten ihm, als er flussabwärts wanderte – durch die Nacht nach Süden ...

Die Zeit verstrich. Die Häuser wurden aufgerichtet, die Strohdächer erneuert, frische Matten aus duftendem Binsengras geflochten. Im Palast wurden die hohen Deckenbalken, die Rahmen der Schiebetüren, die Pfosten und Böden so lange mit heißem Wasser übergossen und poliert, bis sie wie Honig schimmerten. Im Heiligtum von Sugati wurde der Altarschrein von Priesterinnen gereinigt. Sie putzten die Bronzespiegel, die Gefäße und brachten Reiskuchen und Früchte als Opfergaben dar. So ging das Jahr vorüber. Sonnenschein wechselte ab mit Nebel. Die lauen Südwinde schenkten uns Sprühregen, die Stürme aus den Bergen Gewitter. Die Reisernte war ergiebig und auf den Feldern wuchsen Weizen und Hafer. Das Hämmern auf den Ambossen hallte aus den Schmieden, in den Werkstätten der Töpfer brannten die Feuer. Täglich zogen die Fischer ihre prall gefüllten Netze an den Strand. Auch das Hofleben nahm seinen gewohnten Lauf. Ich hatte meinen Geist dem Tempeldienst zugewandt und vor bestimmten Erinnerungen verschlossen, aber ich begab mich manchmal zu Hi-Umas Grab. Ich verbrannte Weihrauchstäbchen und brachte kleine Opfergaben dar. Meine Mutter wusste das, doch sie ließ mich gewähren. Und während Tsuki-Yomi Audienzen abhielt, Beamte auswählte und zu Gericht saß, herrschte die Königin in verborgener Einsamkeit über das »Land-inmitten-der-Schilfrohrfelder« und webte die heiligen Stoffe.

# 15

Ich lag auf der Matte und starrte in die Dunkelheit. Meine Wunde schmerzte; meine Stirn fühlte sich heiß und trocken an. Längst waren die Geräusche verklungen; nur die Rufe der Wachtposten schallten in regelmäßigen Abständen. Seit Stunden ließ ich die Erinnerungen an mir vorüberziehen, versuchte die Geschehnisse zu ergründen und die Wahrheit zu erkennen. Wenn das Schicksal *den* Mann, dessen Name verflucht war, auserwählt hatte, um Amoda ins Verderben zu stürzen, so war ich mitschuldig an seinem Verhängnis. Warum sollte nur ihn allein die Schmach treffen? »Man ergreife ihn lebend und führe ihn zu mir«, hatte meine Mutter befohlen. Welches Urteil, dachte ich bitter, werde *ich* dieses Mal fällen müssen?

Die Lider fielen mir zu: Meine Gedanken verebbten zwischen Traum und Wirklichkeit. Ich lag im tiefen Schlaf, als das machtvolle Dröhnen der Muschelhörner mich aufschreckte. Die Mauern warfen die schwingenden Töne in vielstimmigem Echo zurück. Zurufe. Hastige Schritte. Waffenklirren. Die Schiebetür glitt zur Seite. Miwa kniete mit angstverzerrtem Gesicht auf der Schwelle. Ihre Stimme klang atemlos.

»Die Sperbermenschen!«, stammelte sie. »Sie greifen von Osten an, von der Flussseite her!«

Schwankend richtete ich mich auf, presste die Zähne aufeinander, um ein Stöhnen zu unterdrücken: »Meinen Harnisch, beeil dich!«

Sie half mir mein Haar zu verknoten und den Heiligen Kamm darin zu befestigen. Als sie meinen Harnisch festschnürte, spürte ich ihre eiskalten Hände. Sie reichte mir die Waffen. Ich prüfte rasch die Bogensehne, verließ wortlos das Zimmer. Miwas Schluchzen begleitete mich. Der Hof war voller Menschen. Schreie und Befehle ertönten von allen Seiten. Jemand rief: »Sie haben den Fluss überquert!«

Im Gedränge hielt ich einen Offizier zurück: »Wo ist die Königin?«

Er deutete auf den östlichen Wachtturm. Ich eilte durch Gänge, in die das Morgenrot durch schmale, im Gestein angebrachte Spalten sickerte, zwängte mich durch eine Tür und keuchte die Holztreppe hinauf. Atemlos erreichte ich den befestigten Wachtturm. Meine Mutter von ihrer Leibgarde umgeben, stand zwischen den Zinnen. Sie trug das Haar nach Männerart geflochten. Farbige Bänder hielten ihre langen Ärmel über den Schultern zusammen. Sie hielt ihren Bogen in Augenhöhe gespannt. Die kupfernen Verschnürungen ihres Brustpanzers klirrten, als sie mit gelöster kraftvoller Bewegung ihre Pfeile abschoss. Kuchiko stand unbeweglich neben ihr wie ein großer, schützender Schatten. Während Tsuki-Yomi seinen Offizieren Anweisungen erteilte, bahnte ich mir einen Weg durch die Männer und spähte durch die Zinnen. Ich spürte, wie es mir kalt über den Rücken lief. Am unteren Rand der Hügel erstreckte sich eine mit Schilf und Buschwerk bewachsene Ebene. Die Halme hatten ihre volle Höhe erreicht und lieferten dem anrückenden Feind eine wertvolle Deckung. Die Vorhut hatte den Wallgraben bereits erreicht, das Gros der Krieger stürmte schreiend hinterher. Pfeile schwirrten wie Heuschrecken durch die Luft. Die aufgehende, glutrote Sonne tauchte die Landschaft in gespenstisches Licht. Die Hügelkämme und Wälder schienen mit Angreifern übersät, doch die Bewohner von Amoda leisteten erbitterten Widerstand. Man kämpfte in den Reisfeldern, auf den Äckern. Mir fiel auf, dass eine große Anzahl Sperbermenschen ihre gefürchteten Blasrohre mitführten, denn sie standen unter dem Wind. Die Luftströmung trug die winzigen, giftgetränkten Pfeile auf große Entfernungen. Und selbst durch die Rauchschwaden, die mit den Morgennebeln zu goldenem Dunst verschmolzen, sah ich unten am Wallgraben die einsame Gestalt, die dort den Angriff leitete. Wer hätte auch die purpurne Federmaske, den Schuppenharnisch, die sieben flammengleich gebogenen Klingen übersehen können! Kaltblütig erteilte der, dessen Namen verflucht ist, seine Befehle, ließ die Sperbermenschen Baumstämme fällen und heranschleppen, um das Wasser zu überqueren und die Festungsmauern zu stürmen. Ich fühlte mich von der Heftigkeit ihrer Wutschreie wie betäubt; sie zerrten an meinen Nerven und drangen mir bis ins Mark. Meine Augen flogen zu meiner Mutter hinüber, die hoch aufgerichtet zwischen den Zinnen stand. Wieder zog sie einen Pfeil aus dem Köcher, legte ihn an die Bogensehne. Ihr schweißbedecktes Gesicht glänzte wie Gold, als sie die Pfeilspitze auf den Anführer richtete. Ihre Armmuskeln spannten sich. Ich wusste, sie würde ihren Schuss nicht verfehlen ...

Ich kreischte: »Nein«, als ein Luftzug meine Stirn streifte. Ein winziger Pfeil flog wie eine Mücke an mir vorbei. Ich sah, wie meine Mutter ihren Bogen sinken ließ. Ihre Hand griff nach ihrer Schulter. Der Pfeil hatte sich zwischen den Verschnürungen ihres Harnischs durch das leichte Unterkleid in die Haut gebohrt. Mit blitzschneller Bewegung riss die Königin ihn heraus, warf ihn zu Boden. Nur ein winziger roter Fleck war auf dem weißen Stoff sichtbar, doch ich wusste Bescheid. Die Blasrohre! Das Gift! Noch im selben Atemzug zog ich meinen Dolch, warf mich, entgegen jeder Vorschrift, auf meine Mutter und schnitt mit der Klinge die Lederriemen auf. Ich zerriss mit beiden Händen ihr Untergewand und legte die Wunde frei: Sie war kaum größer als ein Insektenstich. Hastig presste ich meine Lippen darauf und saugte. Ich spürte den Blutgeschmack in meinem Mund, als ich würgend auf die Steine spuckte.

Der keuchende Atem meiner Mutter strich über mein Haar. »Nicht«, hauchte sie. »Nicht, es ist sinnlos ...«

Ich warf den Kopf hoch. Unsere Augen begegneten sich. Ihre Lider zuckten.

»Das Gift wirkt langsam ...«, flüsterte sie mit bleichen Lippen. Fassungsloses Entsetzen lähmte die Männer der Leibgarde, Kuchikos für gewöhnlich so heiteres Antlitz war blass und verzerrt. Tsuki-Yomis Atem hörte sich wie ein Röcheln an.

Die Königin hatte sich wieder gefasst. Ihre Augen funkelten die Männer an. Ihre Stimme klang schneidend: »Ich befehle unbedingtes Schweigen über das, was sich soeben ereignet hat!«

Die Offiziere verneigten sich wie ein einzelner Mann.

»Majestät«, sprach Kuchiko dumpf, »für die Verschwiegenheit meiner Mannschaft bürge ich mit dem Kopf.«

Tsuki-Yomi nahm wortlos seinen Mantel ab, legte ihn über die Schultern der Königin. Erhobenen Hauptes ging sie an ihm vorbei, die Treppe hinunter. Ich folgte ihr. Mein Herz schlug wie ein Hammer in meiner Brust.

Meine Mutter schickte alle Zofen fort und behielt nur Saho, ihren Kammerdiener, zurück. Ihm befahl sie, Masumi, die »Weise Frau«, herbeizurufen. Masumi war in der Heilkunst erfahren. Sie kannte die Eigenschaften der Pflanzen, ihrer Wurzeln, Blätter und Samen. Sie war von edler Geburt und lebte am Hof; doch viele Leute aus dem Volk suchten sie auf und erbaten ihre Hilfe.

Nach kurzer Zeit glitt die Schiebewand zur Seite. Die »Weise Frau« verneigte sich auf der Schwelle. Meine Mutter lag ausgestreckt auf der Matte. Ich selbst hatte ihren Harnisch abgenommen, die Verschnürungen ihres Gewandes gelöst. Ein Schweißfilm bedeckte ihre Stirn, doch die zusammengepressten Lippen gaben ihrem Antlitz einen Ausdruck harter Entschlossenheit. Tsuki-Yomi hatte sich in angemessenem Abstand niedergelassen. Sein Schwert lag vor ihm auf der Matte und er hielt den Kopf gesenkt.

Ehrfurchtsvoll kniete Masumi vor dem Lager der Herrscherin nieder. Ihr Haar schimmerte grau, doch die Haut lag straff über den schön geformten Wangenknochen. Der Blick ihrer braunen Augen war durchdringend und heiter. Sie neigte das Haupt, legte beide Hände über die Wunde, ohne sie zu berühren. So verharrte sie eine Weile regungslos, als ob sie die Verletzung befragte. Dann richtete sie sich langsam auf. »Hol rasch heißes Wasser und saubere Tücher«, sagte sie zu Saho. »Beeile dich, mein Sohn!« Die Stimme der zierlichen Frau klang außergewöhnlich freundlich, fest und Vertrauen erweckend.

»Nun?«, fragte meine Mutter, als Saho sich entfernt hatte.

Die »Weise Frau« stieß einen Seufzer aus. »Uns ist bekannt, Majestät, dass einzig am Hof von Nimana der königliche Leibarzt über ein Gegengift verfügt. Es soll nicht aus Pflanzen, sondern aus Mineralsalzen hergestellt sein. Jedoch müsste die Behandlung unverzüglich vorgenommen werden . . .«

»Und sonst gibt es nichts?« Die Stimme meiner Mutter klang seltsam abwesend.

Masumi hielt gelassen ihrem Blick stand. »Mit einem Absud von Kräutern vermag ich Euer Leben, Majestät, eine gewisse Zeit zu verlängern . . .«

»Für wie lange?«, fragte meine Mutter.

»Bis zum Neumond.«

»Werde ich bei Bewusstsein bleiben?«

»Bis zuletzt«, erwiderte die »Weise Frau«.

Langes Schweigen folgte ihren Worten. Saho kam zurück und brachte, was Masumi verlangt hatte. Diese entnahm aus dem Ausschnitt ihres Gewandes ein Leinensäckchen und öffnete es. Es enthielt ein bräunliches Pulver, das nach Baumrinde roch. Masumi schüttete das Pulver in ein Gefäß und löste es in heißem Wasser auf. Mit diesem Aufguss wusch sie behutsam die Wunde und sprach: »Die Verletzung muss morgens und abends behandelt werden. Möge Eure Majestät zur Kenntnis nehmen, dass das Gift sich mit dem Blut im Körper verteilt. Wenn Euch beliebt bis zum Neumond am Leben zu bleiben, ist strengste Ruhe erforderlich . . .«

Tsuki-Yomi und ich erwiderten ihre Verbeugung. Sie verließ das Gemach ebenso lautlos, wie sie gekommen war. Meine Mutter lag regungslos und schien zu überlegen. Endlich brach ihre gefasste Stimme das Schweigen. »Was heute geschah, muss geheim bleiben. Heer und Volk benötigen ihre ungebrochene Kraft, um dem Feind zu trotzen. Man verbreite das Gerücht, ich hätte mich vom Kampf zurückgezogen, um die Hilfe der Unsichtbaren Welt zu erbitten.«

In kühler Gelassenheit neigte Tsuki-Yomi das Haupt: »Es sei, wie Eure Majestät befehlen.«

Mit einem Wimpernzucken bedeutete mir die Königin näher zu treten.

»Toyo Hime no Miko, suche zehn Leibwächter aus sowie einen Schicksalshüter und schiffe dich ein nach Nimana, der Hauptstadt des Landes Kara. Erbitte eine Audienz beim Fürsten Iri. Wenn er dich empfängt, sage ihm Folgendes: ›Im Namen Ihrer Majestät-Großen-Kami-der-Frucht, gedenkt des Schwurs des Pfirsichbaumes.‹ Der Fürst wird uns Schiffe und berittene Krieger zur Verfügung stellen. Mit seiner Hilfe werden wir *den*, dessen Name verflucht ist, besiegen und das Schwert mit den sieben Klingen in unseren Besitz bringen.«

Ich wusste von der Tempelhüterin, dass die Tungusenherrscher uns auf Grund eines vor Zeiten gegebenen Versprechens Schutz und Beistand schuldeten. Und so stellte ich nur eine einzige Frage: »Wann soll ich abreisen?«

»Noch heute«, erwiderte die Königin.

Tsuki-Yomi erhob sich und schnallte seinen Säbel um. »Ich werde Admiral Oya beauftragen ein Schiff für die Reise klarzumachen.« Er verneigte sich vor mir und setzte hinzu: »Die Große Erlauchte Göttin möge Euch beschützen.«

Ich beugte dankend mein Haupt. Er trat hinaus. Sahos schlanke Hände zogen hinter ihm die Schiebetür wieder zu. Die Königin und ich waren allein. Ich kniete an ihrem Lager.

Mir war, als ob mein Atem in der Stille ein störendes Geräusch verursachte. Zum ersten Mal wurde mir bewusst, dass die Tage meiner Mutter gezählt waren.

Nach einer Weile erhob diese die Hand: »Bring mir das Kästchen, das auf dem Opferschrein steht.«

Ich tat wie geheißen. Es war ein schwarzes Lackkästchen, verziert mit dem Zeichen der roten Sonne und mit einem goldenen, sorgfältig gearbeiteten Vorhängeschloss versehen. Meine Mutter trug stets eine Korallenkette, an der ein winziger, goldener Schlüssel hing. Durch Zeichen befahl sie mir, ihr diese Kette abzunehmen und um meinen eigenen Hals zu befestigen.

»Wenn ich dieses Leben verlassen habe – aber nicht vorher –, öffne das Kästchen. Es enthält einiges, was deine Geburt betrifft. Du wirst dann eine Entscheidung treffen müssen.«

Sie stockte. Ein gepresster Atemzug hob ihre Brust. War es bereits das Gift, das ihren Zügen diese Starrheit, ihren Augen dieses fiebrige Leuchten verlieh? Doch sie hatte sich schon wieder in der Gewalt. Ihre nächsten Worte klangen ruhig und kalt.

»Wie immer deine Entscheidung auch ausfallen wird, trachte danach, dass sie einer Königin würdig ist.«

Ich verbeugte mich, stumm und aufgewühlt.

Erschöpft sank meine Mutter auf die Matte zurück. Sie hielt die Augen geschlossen.

»Geh«, flüsterte sie. »Ich werde zum Großen Kami des Ozeans beten, dass er deine Überfahrt begünstigen möge.«

Ich wippte auf die Fersen zurück und erhob mich. Königin Himiko bewegte sich nicht und öffnete auch nicht die Augen. Ihr Antlitz war ruhevoll; ihre Gedanken schienen so weit entfernt wie die Wolken am Himmel. Rückwärts schreitend verließ ich den Raum. Das Kästchen, das ich mit beiden Händen an mich presste, brannte auf meiner Brust, als sei es mit glühender Kohle gefüllt.

## 16

Die purpurnen Segel strafften sich. Die Wellenkämme hoben das Schiff, schoben es sanft in schaukelnde Täler. Es war eins der wenigen Schiffe, das im Verlauf der Kämpfe nicht beschädigt worden war. Während es sich vom Hafen entfernte, stand ich am Heck, die Augen auf die Stadt gerichtet, in der die erschöpfte Bevölkerung sich rüstete, den nächsten feindlichen Angriff abzuwehren. Sonnenlicht erleuchtete gespenstisch die verbrannten Trümmerhaufen, die geplünderten Lager, die zerstörten Schiffe mit ihren zerfetzten Segeln. Der Wind trug den Brandgeruch weit über die offene See hinaus.

Außer der Mannschaft – alles erfahrene Seeleute – begleiteten mich zehn ausgewählte Männer der Leibgarde, angeführt von Sire Tajigori, der einstmals einer Gesandtschaft nach Nimana angehört hatte und den Königshof kannte. Ich war froh, diesen ausgeglichenen und höflichen Mann an meiner Seite zu wissen. Außerdem hatten wir noch den »Schicksalshüter« an Bord, ohne den kein Schiff in See stechen würde.

Als »Schicksalshüter« wurden meist alte Männer ausgewählt, die niemals ihr Haar kämmten, weder Läuse noch Flöhe entfernten, nur schmutzige Kleider trugen und nie eine Frau anrührten. Unserer hieß Nomi und roch derart, dass ich mich ihm nur mit dem Wind im Rücken näherte. Es war ein ausgemergelter Alter mit struppiger weißer Mähne und trüben Augen. Bis auf einige Stofffetzen war er völlig nackt. Wir in Yamatai glaubten, dass solche Wesen Macht über die Elemente besäßen. Wenn während der Überfahrt ein Unglück geschah, hatte der Mann das Schicksal schlecht beschworen und wurde bestraft. Meistens ließ man ihn verhungern.

Das Schiff war aus Eichenholz. Zwanzig Mann Besatzung fanden bequem darauf Platz. Unsere Schiffe waren ausschließlich mit Segeln ausgestattet, Ruderskalven waren unbekannt in Yamatai. Zum Schlafen wurden Matten ausgebreitet. Sire Tajigori und mir standen für die Überfahrt Unterkünfte zur Verfügung.

Nach Verlassen der Bucht verstärkte sich die Dünung. Die Segel spannten sich bis zum Zerreißen, die Takelage zitterte. Wir glitten in einiger Entfernung an der Heiligen Insel vorbei. Ich dachte an die Tempelhüterin und bat sie im Geist, mir bei meiner Aufgabe beizustehen. Ob sie bereits wusste, auf geheimnisvolle Weise vorgewarnt, dass die Königin im Sterben lag?

Der Kapitän war ein untersetzter, kräftiger Mann, der Uzuo hieß. Sein Gesicht, in das Sonne und Wind tiefe Rillen gegerbt hatte, war braun wie verwittertes Holz. Wie es oft bei Seeleuten vorkommt, vermochten sich seine aufmerksamen scharf blickenden Augen manchmal seltsam zu verklären. Er hielt streng auf Ordnung und duldete keine Nachlässigkeit.

Am zweiten Reisetag überraschte ich ihn, wie er stirnrunzelnd den makellos blauen Himmel betrachtete. In der sinkenden Sonne leuchteten die Segel wie Kupfer. Mir fiel auf, dass die Seeschwalben mit ausgebreiteten Schwingen die Wellen streiften. Auch Uzuo hatte die Vögel beobachtet. Er war ein einfacher Mann, der sich nicht um sprachliche Feinheiten kümmerte.

»Der Wind kommt aus Nordwest und die Vögel fliegen zu tief«, brummte er wie zu sich selbst. »Das sind schlechte Zeichen.«

In der Nacht frischte der Wind auf; der Himmel bezog sich. Die hohen Masten ragten im Dunkel; ächzend und knarrend bogen sich die Wanten. Unruhig blieb ich an Deck und beobachtete das Einziehen der Segel.

»Versucht zu schlafen, Toyo Hime no Miko«, sagte Tajigori. »Uns bleibt nichts anderes übrig, als den Seeleuten zu vertrauen. Es sind alles starke und geschickte Männer. Und außerdem haben wir den Schicksalshüter.«

Ich versuchte seinen Rat zu befolgen. Doch das Schiff hob und senkte sich unter den Windstößen. Erst im Morgengrauen fiel ich in unruhigen Schlaf.

Es wurde ein trüber, dumpfer Tag. Die Wolken hingen am Himmel, als hätte der Wind sie platt gedrückt. Dann fegte das Rauschen einer Regenfront heran. Die See zischte und tobte. Das Schiff schien über das Wasser zu fliegen. Bald fiel der Regen, als würde er aus riesigen Himmelskübeln ausgegossen. Ein eiskalter Guss prasselte auf Rücken und Schultern der Seeleute nieder. Mit weit aufgerissenen Augen und klatschnassen Haar starrte der Schicksalshüter in den Nebel. Er schwang eine Rute aus Weißholz, um das Unheil zu bannen. Doch die Elemente waren uns übel gesinnt: Am Abend setzte Sturm ein. Gleich die ersten Stöße fegten alle kleineren, unbefestigten Gegenstände von Bord. Der Ozean rauschte und schäumte wie ein brodelnder Kessel. Die Masten bebten, das Holz ächzte und stöhnte. Donner, Wassermassen, die sich mit tobendem Gebrüll überschlugen, kamen von allen Seiten. Plötzlich wurde das Schiff vom Sturm seitlich erfasst. Eine hochgehende Woge schlug über dem schräg liegenden Deck zusammen. Das herumgeschleuderte Schiff sackte in ein Wellental. Uzuo kämpfte sich zum Steuer vor, versuchte das Schiff in seine Gewalt zu bekommen. Langsam und schwerfällig richtete sich das Schiff wieder auf. Verstört und zitternd vor Kälte klammerte ich mich mit steifen Händen an ein Tau, während die Offiziere der Begleitmannschaft nur mühsam ihre Fassung bewahrten. Einige wurden seekrank und übergaben sich.

Die Seeleute schöpften pausenlos Wasser. Es war entsetzlich kalt. In meinen Umhang gehüllt, verzog ich mich in die Kajüte. Meine Zähne klapperten, ich fror bis ins Mark. Das Tosen der Wellen dröhnte in meinen Ohren. Plötzlich gellten Schreie durch das Brausen. Ein gewaltiger Stoß erschütterte das Schiff. In panischem Schrecken stolperte ich aus der Kajüte. Regen und Salzwasser peitschten mir ins Gesicht. In der

Dunkelheit taumelte eine schwarze Gestalt auf mich zu. Es war Sire Tajigori.

»Bleibt unten!«, brüllte er. »Es ist zu gefährlich an Deck!«

Er packte mich an den Schultern; ich klammerte mich an ihn, um nicht über Bord gefegt zu werden. Die Seeleute schrien jetzt noch lauter. Ein Mann hatte den Arm ausgestreckt und zeigte auf einen schwarzen Berg, der bis in den Himmel ragte und sich dem Schiff entgegenbewegte. Starr vor Entsetzen wurde mir bewusst, dass es kein Berg, sondern eine pechkohlenfarbene Riesenwelle war, die sich mit albtraumhafter Langsamkeit vor uns auftürmte. Uzuo und zwei seiner Männer lehnten sich mit ihrem ganzen Gewicht auf das Ruder. Das Schiff drehte schwerfällig ab; einige Atemzüge lang hielt die Welle über uns an, als hinge sie in der Luft. Dann kippte sie. Der gewaltige Sog riss mich aus Tajigoris Umarmung. Die Wassermassen, die ihn über Bord warfen, schleuderten mich gegen die Reling. Mein Kopf schien zu zerplatzen, doch seltsamerweise spürte ich nicht den geringsten Schmerz. Halb besinnungslos zog ich mich an der Reling hoch.

Durch das Wasser, das mir über die Augen rann, sah ich schaumglänzende Riffe aus der Finsternis auftauchen. Das hin und her geworfene Schiff drehte sich wie ein Spielzeug. Ein erbarmungsloser Sog trieb es gegen die Klippen. Die Ruder wurden weggefegt oder zerbrachen. Das Schiff drehte sich um seine Achse. Ein Knirschen und Zittern ging durch den Rumpf, als der Kiel über die messerscharfen Zacken der Klippen hinwegrutschte. Der Mast krümmte sich wie ein Bogen und brach, die Segel gingen klatschend über Bord. Im brausenden Sturm, der die Wolken am Nachthimmel dahinjagte, riss plötzlich ein Loch auf und ich sah die glitzernden Sterne. Schneller, immer schneller kreiste der Himmel. Ich dachte an Suki. Es schien mir seltsam, dass uns das Schicksal den gleichen Tod beschied. Dann tauchte das weiße, ruhevolle Antlitz meiner Mutter in meinen Gedanken auf. Ich sah es ganz deutlich vor mir. Ich hörte kaum, wie ein gewaltiger Stoß den Kiel zerschmetterte. Planken und Holzstücke wirbelten durch die Wellentäler. Ich wurde über Bord gespült und glitt wie eine Feder auf dem Wasser. Die Brandung hob mich in Schwindel erregende Höhen, bevor sie mich mit gurgelndem Sog in die Tiefe riss. Eisige Finsternis schlug über mir zusammen. Ich hielt den Atem an, bis meine Lunge zu bersten schien und mein Fuß gegen etwas Hartes stieß. Mit letzter Kraft stemmte ich mich ab, spürte, wie ich durch tosende Wassermassen an die Oberfläche zurückschoss. Grüne und gelbe Gestirne flammten vor meinen Augen; es war, als ob meine Lunge zerriss. Ich verlor das Bewusstsein.

## 17

Weißes, glühendes Licht traf schmerzhaft meine Lider. Ich drehte den Kopf zur Seite. Ein Schatten milderte die gleißende Helle. Etwas Kaltes, Feuchtes legte sich auf meine Stirn. Ich schlug die Augen auf, blinzelte geblendet. Der undeutliche Umriss formte sich zu einem alten, abgezehrten Gesicht. Mit einem Mal kehrte mein Bewusstsein zurück: Dieses Antlitz, das mich mit blutunterlaufenen Augen voller Mitleid und Entsetzen anstarrte, gehörte Nomi, dem »Schicksalshüter«.

Ich wollte sprechen. Meine Zunge war wie geschwollen, meine Lippen trocken und aufgesprungen. »Wo . . . wo sind wir?«

»Toyo Hime no Miko, ich flehe um Vergebung!«, stöhnte der Alte. »Unser Schiff ist auf die Klippen gelaufen . . .«

Welches Schiff? Welche Klippen? Ich versuchte mich zu erinnern. Ja, wir waren auf einem Schiff . . . Es herrschte furchtbarer Sturm . . . Wellen schlugen über Deck zusammen . . . Und dann nichts mehr. Ein schwarzes Loch. Ich stammelte: »Wo ist Sire Tajigori? Wo sind die anderen?«

»Alle sind umgekommen . . . alle!«, schluchzte Nomi. »Als das Schiff barst und uns die Sturzsee erfasste, wollten die Ehrwürdigen Götter, dass eine Welle Euch zu mir trug und ich Euch an den Strand ziehen konnte. Wir sind die einzigen Überlebenden.«

Bruchstückhaft kehrte meine Erinnerung zurück. Mit einem Mal war ich wieder bei klarem Verstand.

»Schande über dich, Alter!«, keuchte ich aufs Tiefste betroffen. »Du hast deine Pflicht versäumt! Nun droht mein Auftrag zu scheitern!«

Tränenüberströmt hob der Alte beide Hände. »Habt Mitleid, edle Prinzessin! Schont mein armseliges Leben! Es war mir nicht vergönnt, das Unheil abzuwehren!«

Ich biss mir auf die Lippen. Dem göttlichen Tun waren die Menschen machtlos ausgeliefert. Außerdem verdankte ich dem »Schicksalshüter« meine Rettung.

»Sei still«, sprach ich besänftigend. »Die Strafe sei dir erlassen.«

Während der Alte unter Dankesbezeugungen und Schluchzen die Stirn in den Sand drückte, richtete ich mich mühsam auf. Mein ganzer Körper war blutig geschlagen; jede Bewegung schmerzte, doch schien ich nichts gebrochen zu haben.

»Wir dürfen keine Zeit mehr verlieren. Weißt du, wo wir sind, Alter?«

Der »Schicksalshüter« hob sein sand- und tränenverschmiertes Gesicht. »Diese Küste gehört zum Königreich von Kara. Die Stadt Nimana liegt in Richtung der untergehenden Sonne.«

Ich ließ meine Gedanken umherschweifen. Die Klippen zogen sich weit ins Meer hinaus. Der Strand war übersät mit angespülten Wrackteilen. Die Wellen hatten einen leblosen Körper in eine Felsspalte getragen. Ich wandte aufseufzend die Augen ab.

Was nun? Meine Kleider waren zerfetzt. Ich besaß nur noch den Dolch am Gürtel und die »Tamas« um meine Handgelenke. Taumelnd vor Erschöpfung durchsuchte ich das Strandgut. Ich fand einen Bogen und einen leeren Köcher. Ich beschloss mir später Pfeile zu schnitzen.

Oberhalb des Strandes wuchsen Bäume. Ich hoffte dort Trinkwasser zu finden und gab dem Schicksalshüter ein Zeichen mir zu folgen. Keuchend schleppten wir uns den Hang hinauf. Ich hatte entsetzlichen Durst. Meine salzverkrusteten Wunden brannten, dass ich fast toll wurde.

Seeschwalben, die in den Klippen nisteten, kreisten mit angriffslustigen Schreien über unseren Köpfen. Endlich erreichten wir schattiges Unterholz und fanden wilde Birnen, die unseren Hunger stillten. Aus einiger Entfernung drang das Plätschern einer Quelle an meine Ohren. Das Wasser sickerte durch eine Bodenplatte und schmeckte nach Eisen. Wir tranken gierig und ich wusch mit einem Stofffetzen meine glühenden Wunden aus.

Nachdem ich mir einige Pfeile geschnitzt hatte, setzten wir unseren Weg den Waldrand entlang fort. Ich erkundigte mich bei dem Alten: »Sprichst du die Sprache von hier?« – und er war froh, dass er die Frage bejahte. Zwar war mir die klassische Hofsprache vertraut, aber das Volk sprach Dialekte, die mir fremd waren.

Gegen Abend erreichten wir ein Dorf. Es lag am Fuß eines Hügels, der von einem zierlichen Tempel mit vergoldetem Dachfirst überragt wurde. Anders als in meiner Heimat waren auch die einfachsten Bauernhäuser mit Steinmauern umgeben, die nur die abgerundeten Strohdächer sichtbar werden ließen. Terrassenförmig angelegte Reisfelder dehnten sich über den Abhang aus. Ich sah eine festgestampfte Straße, die vom Dorf aus nach Norden und Süden führte. Im Hafen lagen zahlreiche Schiffe. Sie waren kleiner als unsere und hatten nur ein Segel.

Wir gingen auf das Dorf zu. Auf einen Stock gestützt, humpelte der »Schicksalshüter« mit blutigen Füßen hinter mir her. Als wir uns den Häusern nährten, liefen uns Kinder mit neugierigem Geschrei entgegen. Zwei Männer traten aus einem der Höfe. Sie waren kleiner, schmaler, die Haut dunkler. Über Pluderhosen trugen sie kurze Gewänder, die auf der Brust mit einer Bandschleife verschnürt waren. Ihr Haar war auf dem Kopf zu einem Knoten festgesteckt. Sie verneigten sich höflich; der Ältere, dessen feine Barthaare bereits ergraut waren, sagte etwas, das ich nicht verstand. Ich überließ es dem »Schicksalshüter« zu antworten. Ein Wortwechsel folgte. Nun erschienen auch noch einige Frauen, deren Gesichter scheu und verschlossen wirkten. Ihre Zöpfe oder Haarknoten wurden mit Nadeln in Form von Schmetterlingen und Blumen geschmückt. Sie waren ähnlich wie die Männer gekleidet, doch ihre Gewänder waren auffallend bunt. Nun wandte sich der »Schicksalshüter« an mich.

»Die Leute bekunden ihre Anteilnahme an unserem Unglück. Dieser Mann bittet uns, ihm zu folgen. Er wird uns zu Ki-Mun, dem Dorfoberhaupt, geleiten.«

Der Mann führte uns zu einem stattlichen Haus in der Dorfmitte. Kürbisranken bedeckten die steinerne Mauer. Durch ein hölzernes Tor gelangten wir in einen Garten, in dem zahlreiche Obstbäume wuchsen. Gemüse war in großen Tonkrügen eingelegt. Das steinerne Haus war weiß gekalkt. Als Widerstand gegen den Wind wurde das Strohdach mit Seilen befestigt. Eine hübsche Frau erschien an der Schiebetür. Sie trug ein Gewand mit eng anliegendem Mieder und bauschigem Rock. Ihr Haar war zu einem Kranz geflochten. Mit schüchterner Verneigung bat sie uns in ihr Haus. Die Räume waren hell, luftig und sehr sauber. An der Herdstelle hing ein großer Eisenkessel, der an einer Kette an einem Balken befestigt war.

Die Frau bot uns Tee an, während wir auf die Ankunft ihres Gatten warteten, der bald darauf erschien. Es war ein kurzatmiger Mann mit schlaffen, freundlichen Gesichtszügen. Seine kleinen Augen glänzten wie geölt. Zu dem landesüblichen Gewand trug er eine eigenartige schwarze Kopfbedeckung, die, wie ich später erfuhr, aus Pferdehaaren angefertigt wurde. Seine Begrüßung war von zurückhaltender Höflichkeit. Ich bemerkte erfreut, dass ich seine Sprache verstand.

»Meine Name ist Toyo Hime no Miko«, begann ich. »Ich bin die Tochter von Himiko, der Königin von Yamatai. Ich fuhr über das Meer, um mich zum Hof von Nimana zu begeben und Ihrem Herrscher, dem edlen Fürsten Iri, eine wichtige Botschaft zu überbringen. Doch der Sturm heute Nacht hat unser Schiff versenkt. Meine Begleiter sind umgekommen. Nun bin ich in großer Sorge, denn mein Auftrag ist lebenswichtig und duldet nicht den geringsten Aufschub.«

Der Mann blickte forschend in mein Gesicht; das, was er darin las, überzeugte ihn, dass ich die Wahrheit sprach. Er verbeugte sich tief und erklärte, dass es ihm die größte Ehre sei, mich in seinem Haus zu empfangen. Ich dankte verbindlich und Ki-Mun fuhr fort: »Geruht meine Sänfte zu benutzen. Die Träger werden Euch bis zur Herberge von Shiga bringen, wo die Hauptstraßen dieses Landes zusammentreffen. Dort könnt Ihr andere Träger mieten und Nimana erreichen, bevor der zweite Tag zur Neige geht.«

Ich war so erleichtert, dass ich plötzlich nur noch Müdigkeit empfand. Doch ich bezwang meine Erschöpfung und straffte die schmerzenden Schultern.

»Die Dringlichkeit meine Reise zwingt mich sofort aufzubrechen.«

Ki-Mun verneigte sich abermals. »Meine Träger stehen zu Euren Diensten. Ihr werdet die Herberge vor Sonnenaufgang erreichen.«

Ich musste noch eine Bitte aussprechen. Ich verbarg sie hinter einer Anspielung: »Herr, durch den Schiffbruch verlor ich alles, was ich besaß. Wie werde ich meinem ersten Gastgeber im Königreich von Kara seine Wohltaten vergelten können?« Ich ließ ihn dadurch wissen, dass ich kein Geld hatte, um Träger zu mieten. Ki-Mun verstand. Er sagte einige Worte zu seiner Frau. Diese verschwand in einem Nebenraum und kam kurz darauf mit einer kleinen Seidenbörse zurück, die sie mir mit gesenkten Augen überreichte.

»Darf ich Euch bitten, diese unbedeutende Gabe als Zeichen unserer Ehrerbietung entgegenzunehmen?«

Gerührt von der Warmherzigkeit dieser Menschen, verneigte ich mich tief, ja tiefer, als es mein Rang erforderte. »Die Große Erlauchte Göttin möge Euch wohlgesonnen sein. Euer Edelmut möge nie in Vergessenheit geraten.«

Während man die Sänfte vorbereitete, führte mich Ki-Muns Frau in eine Badestube. Warmes Wasser linderte die Schmerzen meiner zerschlagenen Knochen. Da meine Kleider in Fetzen hingen, brachte sie mir eine Pluderhose, ein Mieder und weiche Lederstiefel, wie man sie in Yamatai nicht kannte. Unter Kichern gab sie mir zu verstehen, dass diese Sachen ihrem Sohn gehörten. Ki-Mun gab mir auch einen Bogen und sieben gefiederte Pfeile, die leichter und handlicher waren als die unsrigen. Ferner sollte eine Eskorte meine Sänfte begleiten.

Ich gab dem »Schicksalshüter« die Freiheit. Wenn er wünschte, konnte er hier im Dorf bleiben, und ich stand dann nicht mehr in seiner Schuld, weil er mir das Leben gerettet hatte.

Die Sänfte wartete. Voraus gingen zwei Träger mit Fackeln. Das Geleit bestand aus sechs gut bewaffneten Männern.

Ich bestieg die Sänfte und zog die Vorhänge vor. Die Träger hoben die Stangen auf die Schultern. Ich bewahrte in mir das Bild von Ki-Mun und seiner Frau, wie sie sich zum Abschied vor dem Gartentor verneigten.

Inzwischen war die Nacht hereingebrochen. Die Träger gingen mit raschen, federnden Schritten. Das gleichmäßige Schaukeln der Sänfte schläferte mich ein. Doch ich zwang mich wach zu bleiben und die Reise verlief ohne Zwischenfälle.

Wir erreichten die Herberge bei Tagesanbruch. Der mächtige Steinbau, von einer Mauer aus Felsblöcken umgeben, erhob sich an der Kreuzung der beiden festgestampften Straßen. Nebelschwaden hingen über dem verwitterten Strohdach. Die rot und blau bemalten Torflügel waren geöffnet: Zahlreiche Diener kamen und gingen. Unter einem Schutzdach waren prächtig gezäumte und gesattelte Pferde festgebunden. Ihre Felle – braunrot, schwarz und weiß – glänzten wie Seide unter ihrem Harnisch aus feinen eisernen Plättchen. Mein Herz schlug schneller: Wenn es mir gelingen würde, eines dieser Pferde zu kaufen oder zu mieten, könnte ich die verlorene Zeit wieder einholen. Schon stellten die Träger die Sänfte vor dem Hauptgebäude ab. Zwei Männer im Lendenschurz wuschen sich an einem Brunnen. Rauch stieg aus einem kleinen Badehaus. Eimer mit heißem Wasser, Spucknäpfe und saubere Handtücher waren für die Gäste bereitgestellt. In dem großen Gemeinschaftsraum roch es nach Holzkohle, Fett und Talg. Im Halbdunkel saß eine Gruppe von Männern – offenbar Kaufleute – um das Herdfeuer und schlürfte Tee. Ich beobachtete sie verstohlen. Waren sie die Besitzer der Pferde?

Ich beschloss zu handeln und schickte nach dem Wirt, der dienstbeflissen herbeigeeilt kam. Ich ließ ihn wissen, dass ich eines der draußen stehenden Pferde zu erwerben wünschte, und bat ihn, sich als Vermittler bei den Kaufleuten für mich einzusetzen.

»Werte Dame«, entgegnete der Wirt unter vielen Verbeugungen, »diese Pferde gehören nicht den Kaufleuten, sondern dem Verehrungswürdigen Cho-She, Bevollmächtigter am Hofe unseres Herrschers, und seinem Gefolge. Er geruhte auf dem Weg in die Hauptstadt meine armselige Herberge zu beehren und wird bei Sonnenaufgang die Reise fortsetzen.«

Die Göttin schickte ihn mir! Ich ließ das »Tama« von meinem rechten Handgelenk gleiten und hielt es dem Wirt hin: »Zeige dieses Armband dem Verehrungswürdigen Cho-She und teile ihm mit, dass seine Trägerin um eine Unterredung bittet.«

Der Wirt huschte davon. Kurz darauf kam er zurück und in der Art, wie er sich vor mir auf den Boden warf, merkte ich, dass mir das Schicksal wohlgesinnt war. »Der Verehrungswürdige Cho-She steht Euch für ein Gespräch zur Verfügung.«

Durch Gänge, in denen sich mit Gepäck beladene Diener drängten, geleitete mich der Wirt in den für hohe Gäste bestimmten Flügel des Gebäudes. Männer der Begleitmannschaften warteten in einem Vorzimmer. Ich wurde in einen spärlich, aber bequem ausgestatteten Raum geführt. Cho-She saß bereits reisefertig auf einer Matte. Sein Säbel lag griffbereit vor seinen gekreuzten Beinen. Alles an ihm – die auserlesene Seide seiner Gewänder, sein Harnisch aus glänzenden Bronzeschuppen, das schmiegsame Leder seiner Stiefel – zeugte von Reichtum und Macht. An seinem schweren goldenen Gürtel hing das traditionelle Sattelzubehör der Tungusenreiter: ein Messer, ein Spiegel, ein Wetzstein und ein Feuerstein. Er hatte ein stolzes Gesicht, breite Backenknochen und durchdringende Augen unter buschigen Brauen. Sein blauschwarzes Haar war zu dem üblichen Knoten hoch gesteckt. Er verneigte sich mit vollendeter Höflichkeit.

»Welch glücklichem Zufall verdanke ich die Ehre, Toyo Hime no Miko, der Tochter der Sonnenkönigin von Yamatai, an diesem Ort zu begegnen?«

»Ihr habt mich also erkannt?«

»Wie sollte ich nicht?«, lächelte Cho-She. »Nur die Kinder der göttlichen Linie tragen die heiligen ›Tama‹, die Zeichen des Bundes mit der Unsichtbaren Welt.«

»Herr«, sagte ich, »verzeiht meine Kühnheit. Eure Gegenwart befreit mich von quälender Sorge. Ereignisse von ungeheurer Tragweite sind Anlass meiner Reise.«

»Zweifelt nicht an meiner Bereitschaft, mich Eures Vertrauens würdig zu erweisen«, erwiderte Cho-She mit seiner wohlklingenden Stimme.

Ich teilte ihm die Umstände der Belagerung Amodas mit und verheimlichte ihm nichts von dem Auftrag, der mich zum Fürsten Iri führte. Cho-She hörte mir aufmerksam zu. Das traurige Schicksal der Königin machte ihn betroffen.

»Man erzählt sich«, sagte ich, »dass ein Arzt am Hof von Nimana großes Wissen besitzt . . .«

»Ihr müsst der Wahrheit ins Auge sehen«, erwiderte Cho-She. »Wenn das Gift bereits im Blut ist, kommt jede Hilfe zu spät.«

Er hatte mich richtig beurteilt und schonte mich nicht. Ich war ihm dankbar für seine Offenheit. Cho-She betrachtete mein unbewegtes Gesicht und fuhr dann fort: »Es ist kaum ein Jahr her, dass unser Herrscher die Nachfolge seines Vaters antrat. Trotz seiner Jugend erfreut er sich größter Wertschätzung. Zudem ist er ehrgeizig«, Cho-She erlaubte sich ein Lächeln, »und klug genug, um die Vorteile eines Bündnisses mit dem ›Land-inmitten-der-Schilfrohrfelder‹ in ihrer ganzen Tragweite zu erkennen.«

Er musterte mich nachdenklich. Ich verneigte mich stumm. Cho-She nahm seinen Säbel auf und steckte ihn in den Gurt.

»Die Pferde sind gut ausgeruht. Wenn wir scharf reiten, können wir Nimana vor Nachteinbruch erreichen.«

Er rief einen der Männer, die draußen warteten, und erteilte seine Befehle. Kurz darauf machten wir uns auf den Weg. Ich hatte den Trägern ihren Lohn gezahlt und sie beauftragt die Sänfte zurückzugeleiten.

Cho-Shes Leute warteten vor der Herberge. Ihre Pfeile steckten in Köchern, die über der rechten Schulter hingen, die Bogen hatten sie unter den linken Arm geklemmt. Träger und Diener hockten um das Gepäck.

Ein Stallbursche kam auf mich zu. Er führte ein kleines, weißes Pferd am Zügel. Sanfte, intelligente Augen blitzten unter seiner Mähne. Es trug einen Harnisch und einen reich mit Kupfer verzierten Sattel. Der Mann hielt das Pferd, als ich aufstieg. Wie üblich bei den Tungusen war nur ein einziger Steigbügel vorhanden, der als Fußstütze beim Aufsitzen diente. Auf seinem prachtvollen, ebenholzschwarzen Rappen hob Cho-She den Arm zum Zeichen des Aufbruchs. Herolde und Bannenträger an der Spitze, setzte sich der Zug in Bewegung. Die mit Gepäck beladene Dienerschaft hatte sich bereits auf den Weg gemacht, um die Raststätte vorzubereiten.

Eine Zeit lang ritten wir einen steilen, gewundenen Weg an der Bergseite entlang. Eine malvenfarbene Nebeldecke füllte die Täler. Später lösten sich die Schwaden auf und gaben den Blick bis auf die Fischerdörfer an der Küste frei. Die Sonne stieg, es wurde heiß. Bald waren die Pferde schweißbedeckt. Auf den terrassenförmig angelegten Reisfeldern zogen Wasserbüffel ihren hölzernen Pflug den Ackerfurchen entlang. Die Bauern grüßten, indem sie sich niederwarfen und mit der Stirn den Boden berührten.

Gegen Mittag hielten wir Rast. Auf einer Lichtung hatte die Dienerschaft bereits einen Baldachin errichtet. Kissen waren auf einer Matte ausgebreitet. Während wir uns mit einer Mahlzeit stärkten, versorgten die Stallknechte die Pferde. Ich fragte Cho-She, ob er noch für den heutigen Abend eine Unterredung mit dem Prinzen erwirken könnte.

Der Bevollmächtigte schlürfte seinen Tee. »Es wird nicht leicht sein«, meinte er. »Unser Fürst liebt es nicht, außerhalb der festgelegten Empfangszeiten gestört zu werden. Gleichwohl will ich meinen Einfluss geltend machen, um Euch diesen Dienst zu erweisen.«

Als die Mittagssonne nachließ, setzten wir unsere Reise fort.

Der Weg wandte sich am Ufer eines Bergstromes entlang, der seinen Lauf durch tiefe Schluchten nahm und in dem eine Anzahl schwimmender Reismühlen klapperte; dann erreichten wir einen Seidenkulturbezirk, in welchem die Dörfer von Maulbeerbäumen umgeben waren. In zahlreichen Windungen zog sich der Weg an der Küste entgegen. Schon lagen die östlichen Berghänge im Schatten, als die Hauptstadt in Sicht kam. Umgeben von einer gewaltigen zinnengekrönten Befestigungsmauer, glitzerten die geschwungenen Ziegeldächer wie türkisblaue Wellenkämme.

Die Reiter stießen schrille Pfiffe aus und jagten ihre Tiere in halsbrecherischer Geschwindigkeit den Toren entgegen. Schiffe jeglicher Größe, mit farbigen Segeln, lagen im Hafen. Zwischen den Lagerschuppen und den Silos wimmelte es von Seeleuten, Fischern und Arbeitern. Immer näher kamen die eindrucksvollen Stadtmauern. Auch die mehrstöckigen Wachttürme waren mit schillernden Ziegeln bedeckt.

»Platz!«, riefen die Herolde. »Platz für den Edlen Herrn Cho-She und sein Gefolge!«

Wir ritten auf einen mächtigen Torbogen zu. Begleitet vom Klirren der Rüstungen, den Schlägen der Hufe, stieß der Zug in die dunkle Öffnung vor. Kaum war der vom Gewölbe vielfach zurückgeworfene Lärm verhallt, als das rot glühende Sonnenlicht uns bereits wieder umfing. Eine Holzbrücke führte über einen Wassergraben. Dann eine weitere Mauer, ein neues Tor. Schließlich drangen wir in ein unüberschaubares Gassengewirr vor. Karren mit hohen Rädern, schwankende Sänften, Ochsengespanne versperrten den Weg. Straßenhändler boten mit gellenden Stimmen ihre Ware feil. Essensverkäufer rührten in Kesseln. Leuchtende Fahnen blähten sich im Wind. Gongschläge dröhnten. Tausend Glocken schienen gleichzeitig zu klingen. »Platz, Platz!«, schrien die Herolde und vor uns wich alles zurück. Über eine breite, gepflasterte Straße näherten wir uns nun einer weiß gehaltenen Einfriedungsmauer. Die geschwungenen Dächer der Wachttürme, Drachenflügeln gleich, warfen düstere Schatten. In regelmäßigen Abständen stützten sich die Wächter unbeweglich auf ihre glänzenden, mit Wimpeln geschmückten Lanzen.

»Die Königsstadt«, sagte Cho-She. »Ihr seid am Ziel.«

Die mächtigen Torflügel schwangen auf. Stallknechte eilten herbei, um die Pferde in Empfang zu nehmen. Ich konnte mich kaum noch auf den Beinen halten, doch ich versuchte mir nichts anmerken zu lassen und mit festen Schritten an Cho-Shes Seite die Palaststufen hinaufzusteigen. Ich trug meinen Bogen über der Schulter. Der mit Pfeilen gefüllte Köcher schlug gegen meine Hüfte.

Vor den bronzenen Flügeln der Eingangstür erwarteten uns Männer in grauen, mit goldenen Insignien bestickten Gewändern. Unter Verbeugungen führten sie uns in einen Saal, der von scharlachroten Säulen getragen wurde. Jede Fläche zwischen den Deckenbalken war bemalt. Die Motive, in üppiger Farbenpracht glänzend, stellten Drachen, Tiger und Fabelwesen dar.

Wir ließen uns auf Brokatkissen nieder und man reichte uns wohlschmeckenden Tee in Schalen, so fein und zerbrechlich, dass das Licht hindurchschimmerte. Dann glitt eine vergoldete Schiebewand mit leisem Sirren zur Seite. Wir verneigten uns vor dem soeben eingetretenen Edelmann. Dieser erwiderte kühl unseren Gruß. Sein bronzebraunes Gesicht mit den scharfen Augen, dem harten Zug um den Mund, stand im seltsamen Gegensatz zu seinem weitärmeligen, jadegrünen Seidengewand, das nach Tungusenart mit einer Schleife auf der Brust geschlossen wurde. Er hielt einen Fächer in der Hand und seine Finger waren mit schweren Ringen behängt. Während Cho-She an meiner Statt meine Bitte vortrug, beobachtete mich der Mann mit herablassender Höflichkeit. Schließlich kamen gelangweilt einige Worte über seine hochmütigen Lippen. Cho-She richtete die Augen auf mich: »Fern von seinen

Staatsgeschäften pflegt sich der Hohe Fürst Iri zu dieser Stunde mit seinem Gefolge in den Gärten zu zerstreuen. Sire Yi-Am ist sein Vetter. Er wird die Güte haben, sich für Euch zu verwenden.«

Ich verneigte mich dankend. Sire Yi-Am bewegte den Fächer und entfernte sich. Sein Gewand rauschte über die Fliesen.

»Fassen wir uns in Geduld«, sagte Cho-She.

Mein Herz schlug hart an die Rippen; ich bemühte mich, meine Erregung zu verbergen. »Glaubt Ihr, dass der Fürst mich empfangen wird?«

Die Augen des Bevollmächtigten funkelten belustigt. »Das hängt von seiner Neugierde ab.«

Nach einiger Zeit, die mir endlos vorkam, trat ein Diener vor uns und verneigte sich bis zum Boden. »Der Hohe Fürst erwartet Euch. Geruht mir zu folgen.« Ich warf einen raschen Blick auf Cho-She. Seine Lippen deuteten ein Lächeln an. Wir gingen durch teppichbelegte Gänge und Hallen, die von Säulen aus Zedernholz getragen wurden. Wundervolle Malereien, die Blumen, Vögel und Fabeltiere darstellten, schmückten die Wände. Die Möbel waren mit Einlegearbeiten aus Emaille und Perlmutter verziert, die Blumen, Schmetterlinge und Vögel darstellten.

Ein Säulengang führte in einen prachtvollen Garten. Wir kamen an uralten Bäumen, kunstvoll beschnittenen Lauben und Hecken vorbei. Eine zierliche Steinbrücke schwebte über einem mit Lotosblüten bedeckten Teich, in dem purpurrote, zitronengelbe und perlrosa Fische schwammen.

Licht schimmerte durch das Laub, der Abendwind trug uns das Klingeln von Bronzeglöckchen entgegen. Der Schall von fröhlichen Stimmen und heiterem Gelächter erfüllte die Dämmerung. Halb verborgen zwischen Jasmin- und Azaleenbüschen wurde ein aus erlesenem Holz geschnitzter, goldverzierter Pavillon sichtbar. Rings um eine, mit weißem Sand bestreute, viereckige Fläche waren Teppiche ausgebreitet. Auf weichen Kissenbergen hatten sich edle Damen und hohe Herren niedergelassen. Graziös fächelten sie sich Luft zu, lachten, plauderten, während Diener Tee, Früchte und Süßigkeiten reichten. Im Licht unzähliger Fackeln wetteiferten Kleider und Schmuck um den höchsten Glanz. Die Gesichter der Frauen waren gepudert, ihre Lippen karminrot geschminkt, und sie trugen ihre schweren Zöpfe zu kunstvollen Kränzen gewunden. Und im wechselnden Spiel der Schatten funkelten Dolch und Säbel, glänzten wie barbarische Juwelen die Brustschilde der Harnische.

Eine Anzahl junger Leute hielt sich inmitten des Vierecks auf. Sie hatten Pluderhosen in leuchtenden Farben an, Reitstiefel aus weichem Leder. Über ihre kurzen Gewänder trugen sie leichte Galaharnische aus Bambus und glitzernden Silberplättchen. Goldspangen und Federbüschel steckten in ihren hoch gebundenen Haaren. Jeder führte einen Bogen und einen mit Pfeilen gefüllten Köcher mit. Ich erkannte, dass sie an einem Wettschießen teilnahmen. Das Ziel, eine durchlöcherte Bronzescheibe, hing an einer roten Seidenschnur und wurde von einem Diener zum Schaukeln gebracht.

Ich richtete meinen fragenden Blick auf Cho-She. Mit kaum bemerkbarer Kopfbewegung bedeutete er mir vorzutreten. Alle Augen richteten sich auf mich. Gelächter und Gespräche verstummten. Wer unter den Anwesenden mochte der Herrscher sein? Da löste sich ein junger Mann aus der Gruppe der Bogenschützen. Er trug einen kupferbeschlagenen Harnisch und ein Gewand aus goldgelber Seide. Er lächelte mir zu, wobei er ungezwungen seinen Bogen in der Hand hielt. Yi-Am trat vor und bewegte seinen Fächer. Seine schmalen Augen blitzten amüsiert.

»Toyo Hime no Miko«, sprach er. »Ihr steht vor Seiner Durchlaucht, Fürst Iri.«

# 18

Regungslos betrachtete ich den jungen Mann. Er hatte mandelförmige Augen, gewölbte Brauen, einen freundlichen Mund. Auf seinem ebenmäßigen Gesicht glaubte ich einen Ausdruck von Ironie zu erkennen. Dieser Ausdruck war es, der mich warnte. Mein Blick glitt an ihm vorbei, schweifte über die prächtig gekleideten Würdenträger, die anmutigen Frauen. Einige kicherten, das Gesicht hinter dem Ärmel versteckt oder dem Fächer verborgen. Auch der Jüngling lächelte, während seine Gefährten in belustigtem Schweigen verharrten. Meine Augen zuckten zu Cho-She hinüber. Sein Antlitz war völlig ausdruckslos wie aus Stein.

Mit einem Mal verstand ich: Der junge Adelige war nicht – konnte nicht – der Fürst sein. Eine Hitzewelle färbte mir die Wangen. Niemals, von niemanden war ich so gedemütigt worden! Doch ich bezwang meinen Zorn. Jene, die es absahen, sich auf meine Kosten zu belustigen, sollten nicht auf ihre Rechnung kommen. Erhobenen Hauptes schritt ich an dem schönen Schützen vorbei, musterte seine Gefährten mit scheinbarer Gelassenheit. Da sah ich ihn endlich. Er hielt sich abseits, hoch gewachsen, schlank, gebieterisch mit funkelnden Augen. Ein kurzer schwarzer Bart hob die Härte seines Kinns noch hervor. Die Silberschuppen seines Harnischs blitzten auf der purpurroten Seide seines Jagdgewandes. Über der hohen, gewölbten Stirn war in dem straff zurückgekämmten Haar ein rotes Federbüschel befestigt. An seinem Finger glänzte der goldene Siegelring, das Zeichen des Königtums. Ruhig trat ich auf ihn zu und verbeugte mich wie eine Ebenbürtige. »Ich begrüße Euch, Iri no Mikoto«, sagte ich schlicht, wobei ich ihn mit dem offiziellen Titel in meiner eigenen Sprache anredete. »Es war eine weite Reise von der Küste des ›Landes-inmitten-der-Schilfrohrfelder‹ bis hierher zu Eurem Königshof.«

Es folgte eine kurze Stille, bevor sich das erstaunte Gemurmel aus dem Kreis der Anwesenden in Gelächter und Beifall verwandelte.

Die Augen des jungen Fürsten glitten über mein verfilztes Haar, über die staubigen Kleider, die kaum meine Abschürfungen und Blutergüsse verdeckten, und verweilten dann auf meinem Gesicht. Gelassen hielt ich seinem Blick stand. Plötzlich zuckten seine Lippen unter dem schwarzen Bart und er brach in schallendes Gelächter aus.

»Bei allen Göttern! Mir wurde zur Kenntnis gebracht, dass die Frauen aus der königlichen Linie von Yamatai mit der Gabe des ›Zweiten Gesichts‹ geboren werden. Nun bemerke ich zu meinem eigenen Nachteil, dass dies der Wirklichkeit entspricht!«

Er lachte offen und ungehemmt. Gegen meinen Willen lächelte ich zurück. Wenn mein Stolz sich auch weigerte die Beleidigung zu verzeihen, so riet mir mein Verstand sie vorerst zu vergessen.

Doch schon fuhr der Prinz fort: »Zu unserer Zerstreuung pflegen wir uns in den Abendstunden in Geschicklichkeitsspielen zu messen. Gestattet, dass wir das Turnier beenden.«

Ich verbeugte mich. Iri gab einen Befehl. Der Diener setzte die Schnur, an der die Bronzescheibe hing, in Bewegung. Unterdessen stellten sich die Schützen auf der gegenüberliegenden Seite des Vierecks vor dem Ziel auf. Es ging darum, eine möglichst große Anzahl aufeinander folgende Pfeile durch die Öffnung zu schießen, noch bevor der erste den Boden berührt hatte.

Die jungen Adeligen zeigten einer nach dem anderen ihr Können. Einigen gelang es, in rascher Folge drei oder gar vier Pfeile durch die Scheibe zu schießen. Stille sank über die Anwesenden, als Prinz Iri in betont feierlicher Haltung nun selbst vor das Ziel trat. Ich beobachtete, wie ein harter, rücksichtsloser Zug sein Antlitz plötzlich verwandelte. Die Wangenknochen traten wie Stäbchen hervor, die Augen wurden zu leuchtenden Schlitzen, während er die nur wenig angezogene Bogensehne mehrmals zurückschnellen ließ. Das tiefe summende Geräusch, das somit erzeugt wurde, sollte die bösen Geister bannen. Nach dieser einleitenden Handlung legte er den ersten Pfeil an und spannte den Bogen. Der Pfeil schnellte los; schon legte Iri einen zweiten an, noch bevor der erste die Scheibe erreicht hatte. In einem einzigen Bewegungsfluss gelang es ihm, nacheinander fünf Pfeile abzuschießen, die alle die Öffnung der Bronzescheibe durchflogen. Während ein Beifallssturm seine Geschicklichkeit huldigte, trat Iri auf mich zu. Ein kaltes, berechnendes Lächeln zog seine Mundwinkel hoch. Er sagte so laut, dass es alle hören konnten: »Es heißt, Yamatai sei das Land der unvergleichlichen Bogenschützen. Ferner heißt es, dass auch die Frauen in diesem Können unterrichtet würden. Ihr führt Eure Waffe mit Euch. Würdet Ihr geruhen, an unserem Wettkampf teilzunehmen?«

Seine funkelnden Augen forderten mich heraus. Wieder fühlte ich Zorn in mir aufsteigen; wieder beherrschte ich mich und entgegnete kühl: »Ich danke Euch, Hoheit. Es sei mir eine Ehre.«

Erneute Stille trat ein. Ich stellte mich im vorgeschriebenen Abstand von der Zielscheibe auf und ließ den Bogen von meiner Schulter gleiten. Er war größer und schwerer als mein eigener. Im dem Köcher befanden sich sieben Pfeile. Ich war müde, hungrig und aufgeregt, aber ich wusste, dass ich zum Ziehen der Bogensehne nicht meine ganze Körperkraft aufbieten musste. Vor mir begann die Scheibe zu schaukeln, erst sanft, dann schneller. Zuerst atmete ich langsam und gleichmäßig aus, schöpfte dann mit einem raschen Zug wieder Luft. Um mich herum schien die Welt zu versinken. Es gab nur noch die schwingende Zielscheibe, deren Schatten am Boden hin und her glitt. Ich legte den ersten Pfeil an, spannte die Sehne. Eine leichte Erschütterung, ein Schwirren ... Jetzt einen zweiten Pfeil, dann einen dritten. Die Bogenmeister sagen: Mit dem Bogen durchstößt der Schütze den Himmel, am unteren Ende hängt, mit einem Seidenfächer befestigt, die Erde. Fünf . . . sechs Pfeile. Der letzte nun! Er flog durch die Scheibe, noch bevor der erste Pfeil summend wie eine Biene auf der anderen Seite den Sand traf . . .

Meine Arme sanken herab, Schweiß brach mir aus allen Poren. Die Zuschauer jubelten, winkten mit Schärpen und warfen mir Blumen zu. Ich merkte es kaum. Wie von weit her drang Iris Stimme an mein Bewusstsein.

»Gestattet, Toyo Hime no Miko, dass ich Eure Geschicklichkeit preise. Wer die große Lehre des Bogenschießens beherrscht, vermag auch mit verbundenen Augen zu treffen.«

Ich verneigte mich scheinbar ungerührt. Ich hatte mir Genugtuung verschafft. Und obwohl seine Eigenliebe getroffen war, zwang ihn die Königsehre meinen Sieg anzuerkennen.

»Ich bitte Euch«, sprach er, »heute Abend als hoch geschätzter Gast an meiner Tafel zu speisen.«

Ein Diener eilte herbei, um meine Befehle entgegenzunehmen. Ich wünschte ein Bad und saubere Kleidung. Man führte mich in ein prachtvolles Gemach, dessen Decke aus Ebenholz von rosafarbenen Säulen getragen wurde. An den Wänden hingen seidene Rollbilder, auf denen mit kunstvollen Pinselstrichen Landschaften und Tiere gemalt waren.

Dienerinnen schleppten einen großen Holzzuber in den Raum. Mit gusseisernen Kesseln schütteten sie abwechselnd heißes und kaltes Wasser in den Bottich. Ich entledigte mich meiner staubigen Kleider, ließ mich von den Frauen einseifen, waschen und abspülen. Sie wickelten mich in ein weiches Badetuch, meinen Körper rieben sie mit Orangenöl ein. Mein Haar wurde so lange gebürstet und gekämmt, bis es wie Lack glänzte. Ich lehnte es ab, mir einen komplizierten Kranz flechten zu lassen, wie ihn die einheimischen Damen trugen, und ließ mein Haar in blauschwarzer Flut bis zu den Hüften hinabhängen. Aus der Überfülle an Seidenstoffen wählte ich ein indigofarbenes Gewand, das über ein scharlachrotes Unterkleid getragen wurde. Ich schlüpfte in seltsame, mit Fledermäusen bestickte Pantoffeln, deren hohe Absätze sich in der Mitte der weißen Sohlen befanden. Schließlich wurde mein Gesicht weiß gepudert, die Lippen rot geschminkt und die Lider mit einem Pinselstrich bis zu den Schläfen verlängert.

Der Prinz empfing mich in seinen Privatgemächern. Wundervolle Teppiche, Hirsch- und Bärenfelle bedeckten den Boden. Mit Ölpapier bezogene Laternen hingen vom mächtigen Deckengebälk und tauchten die Räume in ein Gemisch aus Schatten und Licht. Der Prinz saß mit untergeschlagenen Beinen auf einem Brokatkissen. Er trug ein bronzefarbenes Gewand mit Flügelärmeln. Eine mit goldenen Quasten versehene Schärpe war um seine schmalen Hüften geschlungen. Im Weihrauchdunst schimmerte sein Antlitz wie ebenmäßiges, glattes Sandelholz. Er hieß mich mit ausgesuchter Höflichkeit willkommen. Seine schwarzen Augen beobachteten mich, während ich auf dem mir zugewiesenen Kissen Platz nahm und die Falten meines Gewandes ordnete.

»Verwundert fragte er: »Wird in Eurem Land das Haar offen über die Schultern getragen?«

»Ja, Hoheit. Es ist üblich für Männer wie für Frauen.«

Iri schlug einen kleinen kupfernen Gong an. Diener trugen eine Anzahl kleiner, mit Perlmutter eingelegter Lacktische herein. Die Speisen wurden in Schalen und Tellern von milchigem Blau aufgetragen. Der Prinz griff zu seinen Stäbchen und begann schnell und gierig zu essen, während ich, ganz mit meinen Gedanken beschäftigt, kaum etwas anrührte.

»Mein Vater sprach oft vom ›Land-inmitten-der-Schilfrohrfelder‹«, sagte er mit vollem Mund. »Es heißt, dass Eure Verehrungswürdige Mutter, die Königin, einundzwanzig Provinzen beherrscht.«

»Dem ist so, Hoheit.«

Aus Höflichkeit nannte ich ihm die Namen der wichtigsten Bezirke und erzählte ihm von unserer Art zu regieren. Iri hörte mir aufmerksam zu, wobei er unbekümmert eine Schale nach der anderen leerte, was in Yamatai gegen die guten Sitten verstieß. Er hatte etwas Wildes, Ungestümes an sich, das mich zugleich abstieß und erregte. Hinter dem Prunk, mit dem er sich umgab, spürte ich in ihm das ungestüme Blut der Nomadenkrieger, die einst auf ihren Pferden durch die Steppen gerast waren.

Ohne mich aus den Augen zu lassen, schlürfte der Prinz die scharf gewürzte Suppe, die die Mahlzeit beendete. Er konnte seine Neugierde nicht länger beherrschen und fragte geradeaus: »Würdet Ihr nun geruhen, mir den Grund Eures Hierseins darzulegen?«

Ich hob das Gesicht. Unsere Blicke trafen sich. Langsam und eindringlich sprach ich: *»Im Namen Ihrer Majestät-der-Großen-Kami-der-Frucht, denkt an den Schwur des Pfirsichbaumes.«*

Schweigen. Der Prinz starrte mich an. Die Stille wurde endlos, sie brauste in meinen Ohren. Plötzlich zuckte das kalte, berechnende Lächeln um seine schmalen Lippen. »Und was erwartet Ihr von mir?«

»Wir sind in Gefahr«, stieß ich hervor. »Die Sperbermenschen aus dem Land Kuna belagern unsere Stadt. Die Königin . . . die Königin wurde von einem vergifteten Pfeil getroffen und schwebt in Lebensgefahr. Ihr allein könnt unser Land retten. Als Ausgleich bietet Yamatai Euch ein Bündnis an.«

Ich verschwieg ihm nichts von den unglückseligen Umständen, die zu dem Angriff geführt hatten.

»Um sich zu rächen, hat *der*, dessen Name verflucht ist, ein Schwert mit sieben Klingen geschmiedet. Diese Waffe ist so Schrecken erregend, dass allein ihr Anblick die Tapfersten entmutigt . . .«

Nachdenklich spielte Iri mit den Fransen seiner Schärpe. »Ihr verlangt, dass ich Euch meine Reiter zur Verfügung stelle, um Euch im Kampf gegen Euren rachsüchtigen Verwandten zu unterstützen. Das erfordert Bedenkzeit. Darüber hinaus kann ich meine Schiffe nicht einsetzen, ohne vorher den Rat einzuberufen.«

»Es bleibt keine Zeit für Überlegungen«, entgegnete ich. »Fällt Amoda in die Hände der Sperbermenschen, wird die Stadt verwüstet und unsere Hoffnung auf ein Bündnis endgültig vernichtet.«

Das Antlitz des Prinzen nahm den starren Ausdruck an, den ich bereits an ihm kannte. Eine nachdenkliche Falte grub sich in seine Stirn. Die Vorteile eines solchen Bündnisses waren seinem Ehrgeiz nicht entgangen.

»Mein Vater, König Irihiko, hat mir den Schwur des Pfirsichbaumes überliefert.« Die Stimme des Prinzen hatte nichts von ihrer Kälte verloren, doch hörte ich ihn schneller atmen. »Er sprach die Überzeugung aus, dass die Allianz zwischen unseren Völkern sich eines Tages verwirklichen würde.« Iri lächelte hintergründig. »Vorausgesetzt natürlich, dass dieses Bündnis zu unserer gegenseitigen Befriedigung ausfällt. Der sehr geschätzte Bruder Eurer Mutter, der Königin, hat, so scheint mir, einen bedauerlichen Mangel an Geduld bewiesen. Er besitzt die Tugenden eines Helden, doch nicht die eines Eroberers, dessen wesentliche Eigenschaft die Geduld sein muss. Es wird sehr schwer sein, doch auch sehr schmeichelhaft, einen Helden zu besiegen . . .«

Ich schwieg. Iri sprach weiter: »Wenn ich darin einwillige, Euch zu helfen, müsste ich zwölf berittene Einheiten zusammenstellen und fünfundzwanzig Galeeren klarmachen.«

»Gebt den Befehl, Hoheit«, sagte ich herausfordernd.

Iri betrachtete mich nachdenklich: »Als ich ein Kind war, sagte mir eine Priesterin ein merkwürdiges Schicksal voraus. Ich würde, sagte sie, mit der Sonne vereint sein, und zweitausend Jahre lang würde sich das Volk vor meinen Nachkommen verneigen.« Er starrte mich an; doch ich hatte das Gefühl, dass er in Wirklichkeit nicht mich, sondern seine eigene Zukunft betrachtete. »Ferner prophezeite sie mir, dass mein Schicksal mir in Gestalt einer Frau aus göttlicher Linie erscheinen würde . . .« Sein Blick klärte sich; er sah mir voll ins Gesicht. Ich wandte die Augen ab. Die Worte der Hüterin des Tempels hallten in meinem Gedächtnis wider und ich spürte, wie mein Herz sich verkrampfte.

»Man hat mich vieles gelehrt«, sagte ich dumpf, »so auch die Strategie des Kampfes. In manchen Fällen soll der Feind beharrlich und regelmäßig in Unruhe versetzt werden, um seine Kräfte zu schwächen und seinen Widerstand zu brechen. Jedoch in unserem Fall ist ein Überraschungsangriff unerlässlich. Entscheidet, Hoheit! Jeder Augenblick zählt! Hört auf die Stimme, die Euch diesen Rat erteilt!«

Das Gesicht des Prinzen veränderte sich. Seine harten Augen leuchteten. Ein offenes, fast jungenhaftes Lächeln verklärte seine Züge.

»Wessen Stimme?«, fragte er ohne Ironie. »Die Eure?«

Etwas in mir wurde angerührt. Noch einmal wandte ich den Blick von diesem Gesicht, diesen Augen ab. Ich lächelte ebenfalls, wenn auch nur schwach, und entgegnete sanft: »Die Stimme Eures Schicksals, Hoheit.«

# 19

Ich stand am Bug des Schiffes, in den warmen Falten meines Umhangs gehüllt. Der Wind blähte die Segel, die Taue knarrten. Das Schiff schien über die Wellen zu fliegen.

Bei den Tungusen war es Brauch, für die Schiffe Rudersklaven – vorwiegend Kriegsgefangene – einzusetzen, eine Sitte, die wir in Yamatai nicht kannten. Auf dem Hauptdeck saßen je zwei Männer an einem Ruder. Der Aufseher ließ seine Peitsche knallen, während der Taktmeister mit einem Hammer den Rhythmus bestimmte und sich die schweißglänzenden Arme der Sklaven hoben und senkten.

Die Offiziere hielten sich unter einem Baldachin auf. Es waren schweigsame Männer, deren bronzebraune, grobflächige Gesichter Wagemut und Kälte ausstrahlten. Auf ihren Wappenschildern prangten in grauen Farben die Wahrzeichen der Nomadensippen, deren Vorfahren durch die mongolische Steppe nach Osten vorgedrungen waren. Iris Stoßtrupp bestand aus ausgesuchten Reitern. Die eingeschifften Pferde wurden von Stallburschen betreut. Iris eigenes Reitpferd war ein prachtvoller Schimmel mit breiter Brust, dessen feingliedrige Beine fast zerbrechlich wirkten. Seine blauschwarzen Augen glänzten unter der wehenden Mähne, die mit Silber- und Hornamuletten durchflochten war. Im Gedenken an Hi-Uma hatte ich für mich selbst ein kleines, schwarz-weißes Tier ausgewählt. Es war geschmeidig, fügsam und klug. Ich hatte ihm den Namen Wa-Uma, »Pferd des Westens«, gegeben. Ich streichelte es oft und sprach zu ihm, damit es sich an den Klang meiner Stimme gewöhnte.

Der Wind frischte auf; das Kielwasser rauschte kräftig. Ich zog den Umhang enger um meine Schultern, während mein Blick über die vierundzwanzig Begleitschiffe schweifte. Jedes hatte zehn Krieger und zehn Pferde an Bord, dazu kamen die

Schiffsbesatzung und Ruderer. Wir waren seit drei Tagen unterwegs und die Küste von Yamatai kam als feiner blauer Streifen in Sicht. Bei beständigem Wind und günstiger Strömung würden wir noch heute Abend in der Bucht einfahren. Meine Kehle schnürte sich schmerzvoll zusammen. Was war in der Zwischenzeit in Amoda geschehen? War meine Mutter überhaupt noch am Leben?

Unter der Korallenkette mit dem kleinen, goldenen Schlüssel trug ich eine Seidenschnur mit drei kleinen Leinensäckchen um den Hals. Sie waren verschiedenfarbig bestickt. Der Hofarzt, ein sanfter alter Mann mit silbrig glänzendem Haar und tief liegenden, ruhigen Augen, hatte mir genaue Anweisungen gegeben: »Öffnet zuerst das rote Säckchen und löst die Körner in abgekochtem Wasser auf. Dann fügt die Körner aus dem gelben hinzu. Wenn das Wasser schäumt, schüttet das Pulver aus dem roten Säckchen hinein. Gebt diesen Aufguss der Königin zu trinken.«

Ich hatte dem Arzt gedankt und nur eine einzige Frage an ihn gerichtet: »Wird dieses Mittel seine Wirkung tun?«

Der weise Arzt hatte eine Verbeugung angedeutet. »Edle Prinzessin, Euch Hoffnung zu geben steht nicht in meiner Macht. Doch möget Ihr wissen, dass diese Arznei sowohl das Leben retten als auch einen friedlichen Tod bescheren kann.«

Seine ruhigen Worte klangen mir noch im Ohr, als Iris Stimme mich aus meinen Gedanken schreckte. »Die Götter sind uns wohlgesinnt. Unser Geschwader wird bei Sonnenuntergang vor Amoda anlegen.«

Ich strich mir das Haar aus den Augen und starrte zu ihm empor. Ein purpurner Umhang wallte um seine breiten Schultern. Seine Bronzerüstung schmiegte sich so eng an seine Brust, als sei sie mit ihm verwachsen. Sein Helm, mit hoch geschwungenen Hörnern versehen, die ein Hirschgeweih darstellten, warf einen tiefen Schatten auf seine Augen, die rötlich glitzernden Pupillen schienen mich aus dunklen Höhlen anzublicken.

»Eurer Beschreibung nach«, fuhr er fort, »erlaubt uns die Größe des Hafens alle Galeeren gleichzeitig vor Anker gehen zu lassen. Das wiederum ermöglicht uns die Reiter sofort einzusetzen.«

»Die Sperbermenschen haben noch nie ein Pferd vor Augen bekommen, erwiderte ich. »Die Furcht vor dem Unbekannten wird sie lähmen.«

Unter dem feinen Bart kräuselte ein höhnisches Lächeln Iris Lippen. »Es wird meinen Kriegern eine Freude sein, diese Wilden in Angst und Schrecken zu versetzen. Sie werden siegen, so wie sie es gewohnt sind. Und ich werde mich des Schwertes mit den sieben Klingen bemächtigen.«

Der Wind brauste in meinen Ohren. Ich hörte mich halblaut sagen: »Dann werdet Ihr ihn zuerst töten müssen . . .«

»Was könnte mich daran hindern?«, fragte Iri spöttisch.

Ich blieb stumm. Er ließ ein ersticktes Lachen hören. »Ihr rachsüchtiger Verwandter greift Amoda an und legt es in Schutt und Asche. Das Volk hungert. Viele Menschen verloren ihre Leben. Er trägt die Schuld, dass die Königin im Sterben liegt. Und Ihr wollt seine Niederlage, doch nicht seinen Tod. Warum?«

Röte schoss mir ins Gesicht. Ich stammelte: »Das betrifft Euch nicht!«

Der Küstenstreifen wuchs. Sonnenstrahlen ließen die Klippen wie Säulen hervortreten. Wir segelten an der Heiligen Insel vorbei. Fast war mir, als ob eine Gestalt, dunkel gegen das Flimmern des Lichtes, hoch oben auf dem Felsen stand. Die Hüterin des Tempels erlebte, wie ihr Werk in Erfüllung ging, wie sich die alte Weissagung erfüllte. Ich hatte getan, was mir vom Schicksal aufgetragen wurde. Aber was ist mit mir?, rief ich der Priesterin im Geiste verzweifelt zu. Was soll aus mir werden? Nur die Wellen rauschten. Die Antwort blieb aus.

Je mehr wir uns der Küste näherten, desto stärker wurde ein scharfer Rauchgeruch spürbar. Eine schmutzig graue Dunstglocke, durch die das rote Glühen der Brände flackerte, hing wie eine schwere Gewitterwolke über dem Hafen. Mein Herz schlug schmerzvoll. Wir kamen zu spät! Iri spürte meine Verzweiflung.

»Nur Mut! Auch wenn Amoda in Flammen steht, werden wir den Feind in die Flucht schlagen und noch heute Abend siegreich in den Palast einziehen. Unsere Ahnen leisteten den Schwur des Pfirsichbaumes. Werdet Ihr diesem zu gegebener Zeit die Treue halten?«

Er forderte ein Versprechen, doch ich brachte keinen Ton über die Lippen. Das Bild *des* Mannes, dessen Name verflucht ist, erfüllte mich ganz. Wie ein Blitzschlag durchzuckte mich die Erkenntnis: In den Augen des Schicksals war er nicht schuldig. Genau wie ich war er dazu auserwählt, dem scheinbaren Zufallsgeschehen Sinn und Inhalt zu geben und den Beginn eines neuen Zeitalters einzuleiten.

Meine Augen füllten sich mit Tränen. Ich verstand, jetzt endlich verstand ich! Nicht alles, nein: nur einen Teil, doch das genügte. Ich unterdrückte mein Schluchzen, heftete meinen Blick auf das finstere, hochmütige Antlitz des Prinzen.

»Zweifelt nicht, ich werde mich erkenntlich zeigen. Jedoch wünsche ich, dass *der*, dessen Name verflucht ist, am Leben bleibt.«

»Und was sonst noch?«, Iris Stimme klang höhnisch.

Ich straffte die Schultern. »Weiter nichts.«

Ein Lächeln, ähnlich dem Grinsen eines Wolfes, zog Iris Lippen hoch. »Ihr habt mein Wort. Aber das Schwert mit den sieben Klingen soll mir gehören.«

Purpurne Dünste verdunkelten die Sonnenscheibe, als die Schiffe in den niedrigen Gewässern vor Anker gingen. Die Segel wurden eingeholt. Die Krieger kletterten über die Reling, setzten ihre Füße auf die noch feuchten Ruder. Im Wasser, das ihnen bis zur Hüfte reichte, wateten sie dem Strand entgegen. Obgleich weit und breit keine menschliche Gestalt zu erkennen war, witterte mein wachsamer Instinkt die Gefahr. Die Sperbermenschen, die das Anlagen der Galeeren beobachtet hatten, würden mit allen Mitteln versuchen die Verstärkungstruppen ins Meer zurückzudrängen. Ich täuschte mich nicht: Kaum näherten sich die Krieger dem Ufer, als auch schon die ersten Pfeile geflogen kamen und das nervenzermürbende Kriegsgeschrei der Belagerer aus den Gassen tönte, die sich vom Hafen hinaufwanden, zur eigentlichen Stadt. Während die Tungusen im Schutz ihrer Bronzeschilder den Ansturm des Feindes aufhielten, arbeiteten die Seeleute fieberhaft, um unter den Kielen der Galeeren Holzgestelle anzubringen, auf denen die Schiffe an Land gezogen wurden. Endlich konnte man die Pferde ans Ufer bringen. Die Krieger schwangen sich auf ihre geharnischten Schlachtrösser, schlossen sich in dichten Reihen hinter ihrem Fürsten, der auf seinem Schimmel den Wellensaum entlangritt. Wie ein schwarzer Damm hob sich die Linie der Reiter vor dem purpurnen Meereswogen ab; wie aus Erz gegossen leuchteten die Rüstungen unter der sinkenden Sonne, die Waffen funkelten silbergleich. Das übliche Wolfsgrinsen verzerrte Iris Gesicht, als er sein Schwert hob und das Zeichen zum Angriff gab. Ein lang anhaltender, schriller Ruf drang aus den Kehlen der Steppenreiter. Der Boden donnerte unter den vorwärts jagenden Pferden. Die Luft hallte von Schreien, Gewieher und den metallenen Schlägen der Waffen wider. Die Reiter schwärmten über die Hafenanlage aus; sie verfolgten die Belagerer, griffen sie von der Seite her an und schnitten ihnen den Rückzug ab. Einige Tungusen, auf ihren einzigen Steigbügel gestützt, hingen an den Flanken der Pferde und stachen mit ihren Lanzen zu. Unter den Sperbermenschen brach die Panik wie ein Lauffeuer aus. Die geharnischten, schäumenden Streitrösser erschienen ihnen wie Ungeheuer, halb Mensch, halb Tier, aus den Meerestiefen entstiegen. Von abergläubischer Furcht gepackt, stoben sie kopflos in alle Richtungen auseinander. Nun fassten auch die Bewohner von Amoda neuen Mut, verfolgten die sich auflösenden Horden mit allen erdenklichen Waffen.

Ich ritt an Iris Seite; die Heftigkeit des Kampfes betäubte mich. Vor meinen Augen schwärmten die Reiter wie Sturzbäche aus und flogen dann wieder wie Riesenvögel an mir vorbei.

Wie im Traum preschte ich durch Schutt und verglimmende Feuer. Wie im Traum hämmerten die Hufe in meinen Ohren. Und wie im Traum sah ich die Umrisse der Festung aus dunklem Qualm und zündelnden Flammen emporragen.

Vor dem Ausfalltor wehrte die Königliche Leibgarde unter dem Befehl von Kuchiko Sperbermenschen ab, die im Schutz der Brandwolken die Festung stürmten. Iri merkte mit einem einzigen Blick, dass die Verteidiger am Ende ihrer Kräfte waren, und bohrte die Sporen in die Flanken seines Schimmels. Gefolgt von seinen Kriegern jagte er den Weg zur Festung hinauf. Die Pferde durchbrachen die feindlichen Linien, gleichsam wie die scharfen Kiele der Galeeren sich den Weg durch brausende Meereswogen bahnen. Brüllend vor Entsetzen stoben die Belagerer auseinander. Ungeachtet der schwirrenden Speere, der Schwerthiebe und Dolchstöße sprengte Iri auf das Ausfalltor zu; plötzlich sah ich ihn das Pferd im vollen Schwung so heftig zurückreißen, dass der Schimmel sich wiehernd aufbäumte. Fast im selben Atemzug hielten die hinter ihm heranstürmenden Reiter ihre Pferde jäh an. Und als auch ich mein Reittier unwillkürlich zügelte, sah ich vor dem Ausfalltor einen einzigen Mann stehen. Hoch aufgerichtet im Flammenlicht trotzte er den anstürmenden Reitern. Eine rubinrote Federmaske verbarg sein Antlitz und in seinen mit Lederbändern umwickelten Händen funkelte, hell wie eine Fackel, das Schwert mit den sieben Klingen.

## 20

Mit zitternden Knien stieg ich aus dem Sattel. Wa-Uma schnaubte und schüttelte die Mähne. Mein Herz klopfte so stark, dass ich Halt an seiner bebenden Flanke suchte.

Dunkel hob sich die Gestalt des Mannes im zuckenden Feuerschein ab. Sein Haar hing in dichten Wellen über die spiegelblanken Schuppen seines Harnischs. Während einiger Augenblicke tobte noch das Handgemenge. Vereinzelte Schreie gellten, dann erstarben auch diese. Lastende Stille trat ein, nur von dem Klirren der Waffen, dem Knistern der Flammen, dem Scharren unzähliger Füße unterbrochen. Immer mehr Menschen tauchten aus der Dunkelheit auf, drängten sich hinter den Reihen der regungslosen Krieger. Starr wie eine Statue saß Iri im Sattel; im Schatten des Hirschgeweihs, der mir sein Antlitz verbarg, glühten die Augen wie rötliche Pünktchen. Ein Seufzer – mein eigener – brach die Stille, als Iri mit ruhiger Stimme das Wort an den Mann am Ausfallstor richtete. »Übergebt mir das Schwert!«

Und *der*, dessen Name verflucht ist, entgegnete: »Kommt und holt es Euch.«

Gelassen streifte er die Lederbänder von den Händen, nahm seine Federmaske vom Gesicht und warf sie zu Boden. Eine Bewegung lief wie eine Woge durch die dicht gedrängten Reihen. Die Krieger umklammerten die Waffen fester. Aufgewühlt betrachtete ich die großen brennenden Augen, das schöne Gesicht, das keine Tätowierung zu entstellen vermochte, vernahm den Klang der vertrauten spöttischen Stimme. Die Worte, die er sprach, galten nicht dem Tungusenfürsten; sie galten mir. »Von jenseits des Meeres, Toyo Hime no Miko, habt Ihr also den tapferen, jungen Helden edlen Geblüts herbeigeholt, der begierig ist, zu seinem eigenen Vorteil das Königreich zu retten. Eure Klugheit, Priesterin, ehrt Euch!«

Meine Zähne gruben sich in meine Unterlippe. Es gelang mir zu schweigen.

Jetzt erst wandte er sich dem Fürsten zu. Er hob den Arm. Das Schwert mit den sieben Klingen schleuderte sieben Blitze. »Steppenprinz, betrachtet diese Waffe! Ich habe sie in einer einzigen Nacht im Sternenfeuer geschmiedet. Nichts unterscheidet die Klinge von der Hand, die sie führt, denn unsere Seelen sind eins.«

»Dennoch seid Ihr geschlagen«, gab Iri eisig zurück. Der andere lachte. Seine wundervollen Zähne blitzten. »Nicht so voreilig, Steppenprinz! Steigt zuerst von Eurem Grasfresser und kommt, Euch mit mir zu messen!«

Iri zog den Riemen seines Helmes enger und schwang sich aus dem Sattel. Die Zügel warf er einem seiner Krieger zu. Den Schild in der einen Hand, den blanken Säbel in der anderen näherte er sich seinem Gegner. Doch mit einer Handbewegung hieß *der*, dessen Name verflucht ist, ihn stehen zu bleiben. Ich erbebte, als er mit langsamen Schritten mir entgegentrat. Lähmende Stumpfheit befiel mich. Wie verzaubert rührte ich mich nicht von der Stelle. Er kam näher, noch näher. Ich sah die Schuppen seines Harnischs bei jedem Atemzug glitzern, spürte den Geruch nach Leder und Rauch, der von seinen Kleidern ausging . . . Und dann geschah etwas, das niemand erwartet hatte: Er beugte vor mir das Knie. Sein langes Haar bedeckte den Sand vor meinen Füßen.

»Priesterin«, sagte er mit ruhiger, ernster Stimme. »Wenn es mein Los ist, jetzt zu fallen, so will ich in Ehre sterben. Ich bitte Euch, nehmt den Fluch von mir.«

Das Schweigen war so vollkommen, dass man die Fackeln

knistern hörte. Alle – Männer und Frauen – standen wie versteinert, mit angehaltenem Atem. Im Staub kniend, demütig und dennoch mit königlicher Würde, erwartete der Mann meine Antwort. Sein Blick war wie ein Blick aus einer anderen Welt. Da senkte ich zum ersten Mal die Augen. Und als ich die Lider hob, klang meine Stimme fest und ruhig und von jedem Zweifel befreit. »Ich nehme den Fluch von dir!«

Ein gedehnter Laut stieg aus der Menge auf; es klang wie das Rauschen des Windes. Und Susanoo, Prinz der Himmlischen Linie von Izanami, verbeugte sich, stumm und stolz, bevor er sich aufrichtete und das Antlitz seinem Gegner zuwandte. Eine unwirkliche Stille senkte sich auf den dichten Kreis der Zuschauer. Die beiden Männer betrachteten sich. Susanoos Gesicht war glatt wie ein See. Seine Ruhe bildete einen auffallenden Gegensatz zu Iris nervöser Gespanntheit. Er war es, der als Erster angriff und sich mit einem lauten, fast schrillen Schlachtruf auf Susanoo stürzte. Die Schwerter krachten gegeneinander. Susanoo parierte den Hieb. Dann umkreisten die beiden Gegner einander schweigend. Iris weiche Lederstiefel glitten lautlos über den Sand. Jede von Susanoos ruhigen, katzengleichen Bewegungen passten sich Iris Schritten an. Mir fiel auf, dass er lächelte. Abermals ein blitzschnelles Klingenkreuzen. Iris Schwert schleuderte einen bläulichen Blitz. Susanoo wich mit einer Körperdrehung aus. Die sieben Klingen funkelten. Die Menge erschauerte, doch kein Laut wurde hörbar. Iri griff erneut an, stieß zu, wurde abgewehrt.

Susanoo lächelte noch immer. Langsam trat er in den flackernden Halbkreis von Licht und Schatten und plötzlich richtete sich sein Körper zu voller Größe auf. Das Schwert mit den sieben Klingen verwandelte sich in auflodernde Flammengarben, in eine fließende, glitzernde Schranke. Das rasche, metallische Hämmern der aufeinander prallenden Waffen erfüllte die Luft. Iri machte Ausfälle nach links, dann rechts, hieb in blinder Wut auf Susanoo ein, doch jeder konnte sehen, dass er dem Gegner nicht gewachsen war, dass seine Kräfte mit jedem Atemzug erschlafften. Trotz seiner Behändigkeit verlor er ständig an Boden, wurde an den Rand des Kreises gedrängt, hinaus, wo sich die atemlose Menge vor ihm teilte. Iris Antlitz glänzte vor Schweiß. Er versuchte einen Trick, indem er blitzartig die Richtung wechselte und unter die Gürtellinie des Gegners zielte. Ein einziger Hieb von unerhörter Heftigkeit parierte den Schlag. Iri verlor das Gleichgewicht; ich sah ihn taumeln. Und obwohl er seinen Sturz auffing, sein Bronzeschild als Deckung benutzte, wusste ich, dass er verloren war. Sein Atem ging keuchend.

Wieder standen sich die beiden Gegner in der Mitte des Kreises gegenüber. Susanoos ruhige Züge verrieten kaum Zeichen von Anstrengung. Keine Müdigkeit verlangsamte seine weit ausholenden Bewegungen. Iri atmete schwer. Auf seinem Gesicht trat deutlich jeder Muskel hervor und seine Lippen waren nur noch ein weißer Strich. Und jetzt griff Susanoo, der bisher nur die Schläge seines Gegners abgefangen hatte, mit voller Kraft an. So heftig, so geschickt Iri auch zustieß, sein Schwert war machtlos gegen die sieben blitzenden Klingen. Ich sah Erschöpfung seine Muskeln lähmen, Schweiß in dichten Strömen über sein Gesicht rinnen. Wieder stolperte er, und als er den Schild hob, zog dessen Gewicht seinen Arm zur Seite. Im selben Augenblick fuhr Susanoo auf ihn los und hob beide Hände über den Kopf. Einer Strahlenkrone gleich zuckten, flammten, blinkten die messerscharfen Klingen . . .

Ein Schrei gellte. Wer hatte ihn ausgestoßen? Ich war mir kaum bewusst, dass ich den Kreis durchflog, mich vor Iri warf, ihn mit meinem eigenen Körper schützte. Mit seinem ganzen Gewicht lenkte Susanoo den Schlag ab. Das sirrende Schwert streifte an meiner Schulter vorbei. Der Aufprall ließ den Boden erzittern. Schwer auf das Stichblatt gestützt, starrte Susanoo mich an. Seine breite Brust hob und senkte sich stoßweise, während Schluchzen mich schüttelte und ich stockende

Worte aussprach, die eine fremde Macht mir einzugeben schien: »Weil die Zeiten sich dem Ende neigen, wird die Königin der Himmlischen Hochebene in dieser Nacht sterben, damit an ihrer Stelle die Könige der Zukunft herrschen . . .«

Formen und Farben vermischten sich. Mir war, als ob mein Schädel sich öffnete und kalte Nachtluft hindurchwehte. Aus unbestimmter Ferne klang eine Stimme an mein Bewusstsein: »Was hast du gesagt? Rede! Nun rede doch endlich!« Mich schwindelte, doch jemand hielt mich aufrecht. Starke, warme Hände packten die meinen. Ich fühlte an meiner Brust die rauen Schuppen eines Harnischs.

»Was hast du gesagt?«, wiederholte Susanoo.

Ich kämpfte gegen den Wahn, um nicht die Besinnung zu verlieren. Susanoo hielt meine Hände fest in den seinen; er schien mich wieder mit mir zu vereinigen. Mein Blick klärte sich. Iri blickte zu ihm empor, und meine Augen hefteten sich an seine Augen.

»Die Königin . . .«, flüsterte ich, »die Königin ist verwundet. Ein Blasrohr . . .«

Er starrte mich an. Seine Augen waren plötzlich leer, leer wie die Nacht. Unter den violetten Tätowierungen hatte seine goldene Haut die Farbe von Asche angenommen. Heiser stieß er hervor: »Das Gift . . .«

»Es geschah vor zehn Tagen!«, hauchte ich. »Sie hat befohlen, es geheim zu halten . . .«

Er wandte sich mit solcher Heftigkeit ab, dass sein Haar mein Gesicht peitschte, und riss das Schwert aus dem Boden. Seine Waffe in der Hand trat er auf das Festungstor zu. Flüsternd wich die Menge vor ihm zurück. Regungslos, die Rechte auf sein Schwert gestützt, stand Kuchiko vor den geschlossenen Torflügeln. Er schien wie aus Granit gemeißelt. Zu beiden Seiten warteten mit aufgepflanzten Speeren die Männer der Leibgarde. Susanoo ging an ihnen vorbei; vor Kuchiko hielt er an. Einige Atemzüge lang standen sich beide Männer im Fackelschein stumm gegenüber. Dann gab Kuchiko ein Zeichen. Die Krieger traten zurück und Kuchiko verneigte sich. Susanoo erwiderte seine Verbeugung, bevor er die Brücke überquerte. Die Bohlen hallten unter seinen Schritten. Der Wind trug seinen Befehl zu mir hinüber: »Öffnet das Tor!« Das Rasseln der Riegel, das Knarren der eisenbeschlagenen Flügel tönte wie ein Echo aus der Dunkelheit. Eingegrenzt von den Mauern wurde das Leuchten des Nachthimmels sichtbar; für einen Augenblick noch war Susanoos mächtige Gestalt im Gegenlicht sichtbar. Dann verschluckte ihn die Finsternis.

Die Betroffenheit, die die Menge bis jetzt gelähmt hatte, verflog mit einem Schlag. Die Königin lag im Sterben! Männer und Frauen stießen laute Klagerufe aus, rauften sich die Haare und kratzten sich die Wangen blutig.

Iri stand keuchend im Kreise seiner Krieger. Er hielt sein Schwert fest gepackt. Scham und Zorn verzerrten seine Züge. Ich hatte ihm das Leben gerettet. Doch als unsere Blicke sich trafen, wusste ich, dass er mir dies nie verzeihen würde.

»Worauf wartet Ihr noch?«, fuhr er mich an. »Nehmt ihm die Waffe ab und legt ihn in Ketten!«

Das Klagegeschrei der Menge erstickte meine Stimme. Er aber las die Antwort von meinen Lippen: Nein. Jetzt noch nicht.

## 21

Der Nachtwind wirbelte Asche über die Zinnen, als wir im Fackelschein über die Brücke ritten und in die Festung einzogen. Auf seinem weißen Hengst führte Iri den Zug an; sein Gesicht lag im Schatten des Hirschgeweihs. Er sprach kein einziges Wort, doch die Wut strömte aus ihm wie die Kälte aus einem Eisblock.

Vor dem Haupteingang ließen wir die Pferde halten. Als wir aus dem Sattel stiegen, löste sich eine schlanke Gestalt aus dem Schatten der Säulen. Tsuki-Yomi, in Trauergewändern gehüllt, verbeugte sich mit ausgesuchter Höflichkeit. Der Widerschein der Fackeln zuckte über sein abgezehrtes Antlitz. Der stumpfe Blick, die blassen Lippen, zeugten von der durchgestandenen Not, doch die Worte, mit denen er dem Tungusenfürst seine Dankbarkeit aussprach, klangen unbeirrt gelassen.

»Euer großherziges Eingreifen hat unser Volk vor dem Schlimmsten bewahrt. Wir alle beglückwünschen Euch zu Eurem Sieg und bitten die Große Göttin, Euch noch unzählige zu bescheren.«

Iri, der seine Kaltblütigkeit inzwischen zurückgewonnen hatte, dankte verbindlich, bevor er in schneidendem Ton hinzufügte: »Möge Eure Hoheit mir gestatten, ein Anliegen auszusprechen. Es wäre mir eine Genugtuung, wenn der Ehrlose, der die Waffen gegen sein eigenes Volk erhob, festgenommen und bestraft würde.«

Tsuki-Yomi verbeugte sich erneut, doch er blieb ihm die Antwort schuldig. Als wir über die Schwelle schritten, forschte ich in den müden Augen meines Onkels.

»Die Königin?«, flüsterte ich.

Tsuki-Yomi senkte den Blick. »Sie ist noch am Leben . . .«

Stickiger Dunst lastete in Gängen und Räumen. Wir schritten an regungslosen Wachen vorbei, an Dienstboten, die ehrfurchtsvoll vor uns auf die Knie sanken.

Vor den Gemächern der Königin erwartete uns Masumi, die »Weise Frau«. Sie verneigte sich stumm; ihr Gesicht wirkte grau und um Jahre gealtert. Ich löste die Schnur von meinem Hals, überreichte ihr die Säckchen und gab ihr die nötigen Anweisungen. Masumi hob die Medizin ehrfurchtsvoll an ihre Stirn.

»Sie wird in Frieden sterben.«

Mein Nacken erschauerte und mein Atem ging schwer.

Doch schon sprach Tsuki-Yomi einen kurzen Befehl. Ein schlanker Schatten trat aus dem Vorzimmer. Saho, der Kammerdiener meiner Mutter, kniete nieder und schob die Schiebetüren auf. Wir betraten das königliche Gemach. Widerlicher, süßlicher Geruch schlug uns entgegen. Aufgewühlt kniete ich nieder, die Augen gesenkt. Als ich den Blick hob, glaubte ich zu träumen. Im schwülen Halbdunkel kauerte Susanoo auf der Matte, hielt die Königin auf seinen Knien und wiegte sie wie ein Kind. Er hatte den Harnisch abgelegt. Das Schwert mit den sieben Klingen lag vor ihm auf einem weißen Kissen. Und als ich das Entsetzen auf seinem Gesicht, den quälenden Schmerz in seinen Augen sah, wurde mir mit einem Schlag die längst geahnte Wahrheit bewusst: Susanoo liebte seine Schwester; er hatte sie schon immer geliebt. Nun begriff ich auch seine Auflehnung und Unberechenbarkeit und schließlich auch seine verzweifelte Rache. Sie waren Ausdruck seiner Unerschrockenheit, die bis zur letzten Konsequenz die herkömmlichen Formen sprengte. Aber nicht nur er, sondern auch ich, ja, meine Mutter waren mitschuldig an dem tragischen Geschehen, das unser Volk ins Unglück gestürzt hatte. Trotz meiner Selbstbeherrschung spiegelten sich meine Gedanken in meinen Augen. Er sah, was in mir vorging. Alles Blut wich aus seinem Gesicht. Er richtete sich auf und zischte: »Hinaus!«

Doch meine Mutter öffnete die Augen und sah zu Iri hinüber. Ihre bleichen Lippen bewegten sich. »Willkommen, Hoheit!«, stieß sie kaum hörbar hervor.

Susanoo biss die Zähne zusammen und schwieg. Den Helm unter dem Arm, den Säbel an der Seite, verneigte sich Iri vor der Königin; seinen Gegner schien er völlig zu übersehen.

»Majestät«, sprach er kühl und ruhig. »Ich habe den Schwur des Pfirsichbaumes gehalten.«

»Es war so vorbestimmt«, sagte meine Mutter leise.

Sie rang nach Atem. Die Fackel beleuchtete ihr Gesicht und

ich erschauderte. Das Gift hatte ihre reinen Züge entstellt und zerstört. Ihre Augen lagen in tiefen pflaumenblauen Höhlen. Ihr ganzer Körper war gelähmt, während sich dort, wo die Pfeilspitze eingedrungen war, eine große entzündete Wunde gebildet hatte.

Abermals glitt die Schiebewand geräuschlos zur Seite. Masumi trat ein. Vorsichtig trug sie ein Gefäß, das mit einem weißen Tuch bedeckt war.

Doch meine Mutter wandte das Gesicht ab. »Zu spät . . .«, hauchte sie.

Ich rang die Hände und flüsterte verzweifelt: »Ich flehe Euch an, dieses Heilmittel nicht von Euch zu weisen. Es soll Euch die letzten Stunden erleichtern.«

Die Sterbende richtete ihre Augen auf mich. »Ich werde trinken«, sprach sie.

Doch als sich die »Weise Frau« über die Königin beugte, nahm ihr Susanoo mit einer Geste, die keinen Widerspruch duldete, das Gefäß aus den Händen. Er schob seinen Arm unter den Kopf der Sterbenden und flößte ihr mit unendlicher Behutsamkeit die Flüssigkeit Tropfen für Tropfen ein. Als der Becher leer war, schloss die Königin für eine Weile die Augen. Nur ihre stockenden Atemzüge waren in der Stille zu hören. Alle warteten schweigend. Schließlich hob sie die Lider und sprach zu ihrem Bruder: »Herr Susanoo, nehmt das Schwert auf.«

Sanft ließ er den steifen Körper auf die Matte gleiten, packte mit beiden Händen das Schwert und hielt es vor sich. Meine Mutter richtete den Blick auf die blanken Klingen und wandte sich dann an Iri.

»Tretet näher, Hoheit.« Ihre Stimme war fast nicht mehr zu hören.

Iri befolgte ihren Wunsch mit ausdruckslosem Gesicht, kniete nieder und verneigte sich. Der Atem meiner Mutter flog. Ich sah unter der blassen Haut ihre Halsschlagader klopfen.

»Schwört bei der Heiligen Waffe . . . Euch nicht von Zorn oder Rache leiten zu lassen . . . und Euch niemals im Streit gegeneinander zu erheben . . .«

Sie rang nach Luft, sprach weiter unter Aufbietung der letzten Kräfte: »Möge das Sternenschwert . . . Euren Bund für alle Zeiten bezeugen . . . und Eure Nachkommenschaft wird bestehen . . . solange das Moos auf den Felsen wächst!«

Ein Zittern bewegte das Schwert in Susanoos Händen. Das Fackellicht spiegelte sich in den Klingen und er starrte sie an wie aus unendlicher Ferne. Dann senkte er die Stirn und sagte mit rauer Stimme: »Ich schwöre es.«

Iri war zutiefst betroffen. Ich bemerkte es an den Schweißperlen auf seiner Stirn und der feinen Schweißschicht auf seinen Handflächen. Doch wie aus einem inneren Zwang heraus beugte er das Haupt und sprach: »Ich schwöre es.«

Mein Onkel, Majestät-Wächter-des-Mondes, hob feierlich die Hände. »Von nun an ist dieses Schwert der Großen Erlauchten Göttin Amaterasu geweiht und wird im Heiligtum aufbewahrt, damit jedem verwehrt sei, es für ehrlose Zwecke zu verwenden.«

Schwerfällig legte Susanoo die Waffe auf das Kissen nieder. Dann wippte er auf die Fersen zurück und versank in finsteres Schweigen. Meine Mutter wandte sich mir zu und sagte mit klarer Stimme: »Toyo Hime no Miko, Tochter von zweifachem königlichem Blut . . . ich vertraue dir mein Volk an. Leite es in guten und in bösen Zeiten . . . Majestät-Wächter-des-Mondes wird dir zur Seite stehen.« Sie keuchte. Ich sah das Zittern ihrer Halsmuskeln. ». . . in allen Dingen . . . strebe . . . immer . . . nach Gerechtigkeit.«

Ihre Stimme erlosch. Tränen strömten mir über die Wangen, als ich ihre Hand in die meine nahm.

Doch die Königin sah mich nicht mehr an, sondern blickte auf ihren Bruder. Ihre weit geöffneten Augen schauten ihn strahlend und voller Frieden an. Ein inneres Feuer gab ihnen mehr

Glanz, als das Licht der Fackeln es vermocht hätte. Er erwiderte ihren Blick, als ob er sich mühsam von einem Albtraum befreite. Da glitt ein Lächeln über ihre blassen Lippen. Mit deutlicher Stimme sprach sie: »Hoheit, bitte, verzeiht mir.«

Dies waren ihre letzten Worte an ihn. Sie fröstelte und ihr Gesicht wurde mit einem Mal alt und hässlich. Sie dämmerte in Fieberträumen dahin. Doch der Arzt von Nimana hatte sein Versprechen gehalten: Die Arznei löste den Muskelkrampf und bescherte ihr einen sanften Tod. Kurz bevor sie starb, öffnete sie ein letztes Mal die Augen und ihr schwarzer Blick richtete sich in vollem Bewusstsein auf mich. Ihre Stimme war nur noch ein Hauch: »Nach meinem Tod . . . das Kästchen . . . vergiss es nicht!«

Die Königin verschied in der Morgendämmerung, genau in dem Augenblick, als die geweihten Hähne das Aufgehen der Großen Erlauchten Göttin, der Sonne, ankündigten. Und als sich ihre Augen für immer geschlossen hatten, entspannte sich ihr verzerrtes Gesicht und in ihren Zügen spiegelte sich der Friede des Jenseits wider.

Priesterinnen kamen und wuschen den Leichnam. Ich aber trat mit müden Schritten auf die Terrasse hinaus. Der Himmel glitzerte eisig blau. Wie goldener Dunst flimmerte das Sonnenlicht über Wachttürme und Zinnen. An den Mauern schossen Schwalben wie kleine schwarze Schatten vorbei. Der Morgenwind hatte die Rauchschwaden aufgelöst; es duftete nach kühlem Wasser und taufeuchten Gräsern.

Lautlos bewegte ich mich zwischen den purpurnen Säulen, die schräge Schatten auf die Bodenplatten warfen. An eine dieser Säulen gelehnt saß regungslos ein Mann. Er hielt das Gesicht der Sonne entgegen, seine Lider waren geschlossen. Lange betrachtete ich dieses Gesicht, das der Hass ebenso verwandeln konnte wie die Zärtlichkeit. Ich spürte das Verlangen, die Hand auszustrecken und dieses Gesicht, dieses Haar zu streicheln.

Er schlug die Augen auf. Schaute mich an. Und in seinem Blick lag so viel Verzweiflung, so unendliches Leid, dass ich glaubte, mein Herz würde zerreißen. Stumm starrten wir uns an. So verging eine lange Weile. Schließlich klatschte ich in die Hände. Zwei bewaffnete Wächter erschienen. Er rührte sich nicht. Sagte kein Wort. Nur seine Augen blieben unverwandt auf mich gerichtet. Ich senkte den Kopf und wendete mich von ihm ab.

Mit tonloser Stimme befahl ich: »Man ergreife den Herrn Susanoo. Und lege ihn in Ketten.«

## 22

Die Totenwache für die Königin dauerte drei Tage. Dann begannen die Bestattungsfeierlichkeiten. Die Königin sollte auf der Heiligen Insel beigesetzt werden, doch allein den Priesterinnen war es erlaubt, ihr das letzte Geleit zu geben. Danach würde Amoda noch zehn Tage trauern. Während dieser Zeit war es Brauch, sich mit Reiswein zu betrinken und sich Ausschweifungen hinzugeben, die den allmächtigen Fortbestand versinnbildlichten.

Vor Sonnenaufgang des vierten Tages wurde die sterbliche Hülle der Königin auf eine weiße Bahre gelegt und von sechs Priesterinnen auf den Schultern getragen. Die Verstorbene war ganz in Weiß gekleidet. Ihr wundervolles Haar umrahmte wie ein blau schimmerndes Gefieder ihr gepudertes Antlitz und es war nichts an ihr, was sie verunstaltete. In ihrem ebenfalls weißen Stirnband stak das Heilige Eichenblatt als Zeichen ihrer Verbindung mit der unsichtbaren Welt.

Zu beiden Seiten der Verstorbenen schritt in voller Waffenausrüstung die Königliche Leibgarde. Ich ging allein hinter der

Bahre, gekleidet in grobem Leinen. Mein Haar war mit weißen Bändern verschnürt, mein Gesicht weiß gepudert, und ich trug, wie es der Brauch vorschrieb, die »Tama-Steine« der Verstorbenen um meine eigenen Handgelenke.

In kurzem Abstand folgte, angeführt von Majestät-Wächter-desMondes, der feierliche Zug der Adeligen, Würdenträger und Vasallen der einundzwanzig Provinzen. Von den Wachen in gebührendem Abstand gehalten, schlossen sich die Einwohner von Amoda dem Leichenzug an, sobald die Bahre an ihnen vorbeigetragen worden war.

Als der Zug in vollkommener Stille zum Meer hinabstieg, erhob sich ein merkwürdiger Lärm. In jeder Werkstatt hämmerten die Schmiede mit wuchtigen Schlägen auf die Ambosse. Das helle, harte Klingen erfüllte die Luft und ich dachte, dass der in der Finsternis des Kerkers angekettete Mann es ebenfalls hören musste.

Man hatte ein Boot vorbereitet, das aus einem ausgehöhlten Eichenstamm gefertigt worden war.

Die Priesterinnen wateten durch das Wasser und hoben die Bahre der Königin in das Boot. Sechs andere Frauen ergriffen die Ruder. Ich bestieg als Letzte das Boot und nahm auf einem weißen Kissen Platz. Da, mit einem Mal, brach das Hämmern ab. Die Stille wurde beinahe vollkommen. Nur das Knarren der Ruder, das leise Plätschern der Wellen war zu hören, als das Boot langsam vom Ufer ablegte und der Heiligen Insel entgegensteuerte.

Bei Sonnenuntergang erreichten wir das Ziel. Der Himmel war nur noch ein einziges Flammenmeer. Alles schimmerte in gedämpftem, rötlichem Licht. Man hatte Fackeln angezündet, Stufe für Stufe trugen die Priesterinnen die Bahre mit der sterblichen Hülle der Königin die steile Treppe zum Heiligtum empor. An der Schwelle des ersten Absatzes kam uns die Hüterin des Tempels entgegen. Ihr Anblick erschütterte mich; Ihre ehemals aufrechte, schlanke Gestalt war gebeugt. Ihr weißes Gewand hing schlaff herab, so als wäre unter den Falten kein Körper mehr vorhanden. In dem von Runzeln durchzogenen Gesicht schimmerten die Augen wie von Rauch getrübt. Ich verneigte mich vor ihr; sie erwiderte stumm meinen Gruß. Dann wandte sie sich ab und schritt an die Spitze des Zuges. Ich erinnerte mich der Frage, die ich vor einem Jahr beim Verlassen der Insel gestellt hatte: »Wird es mir erlaubt sein, zurückzukehren?« Die Antwort hallte in mir wie ein fernes Echo: »Ja, aber nur einmal.«

Sie wusste es also schon damals . . . dachte ich schmerzerfüllt.

Im Schein der Fackeln erreichte der Trauerzug den mit Fliesen bedeckten Innnenhof.

Von einem großen Steinblock war die Bodenplatte entfernt worden. Neben der freigegebenen Gruft setzten die Frauen ihre Last ab. Die Schwefeldämpfe, die aus dem geheimnisvollen Felsspalt drangen, hatten stark zugenommen. Die stickige Ausdünstung war kaum zu ertragen. Die Tempelhüterin reichte mir ein weißes Leinentuch, mit dem ich den Leichnam verhüllte. Das feine Gewebe schmiegte sich so eng um die Züge der Verstorbenen, dass ihr Antlitz wie mit einer Perlmutterschicht überzogen hindurchschimmerte. Dann ließen die Priesterinnen die Bahre an Seilen hinab. Im Schwefeldunst sah ich meine Mutter, die Königin, in ihr Grab sinken wie in den schwarzen Schlund der Vergangenheit. Man legte Säbel und Schild neben sie. Dann stellten die Priesterinnen kleine Tonfiguren neben der Bahre auf. Diese Figuren stellten Angehörige und Diener dar, die in früheren Zeiten zusammen mit ihrem verstorbenen Herrscher lebend begraben worden waren.

Mit Rollen und Seilen zogen die zwölf Frauen die schwere Bodenplatte über das Grab. In dem Augenblick, da die Platte mit dumpfem Ton auf die Öffnung fiel, stieg wie ein Widerhall ein Grollen aus dem Erdinnern auf. Der Boden vibrierte unter unseren Füßen. Die Priesterinnen erstarrten, mein Herz schlug bis zum Hals. Deutlich vernahm ich das Knirschen der aneinander reibenden Bodenplatten. Irgendwo in der Tiefe polterten Steine. Nach und nach verebbte das Beben. Die Erde beruhigte sich. Ich wischte mir den Schweiß aus der Stirn, als die Stimme der Tempelhüterin die lastende Stille brach. »Es ist so weit . . .«, murmelte sie, wie zu sich selbst. »Es hat bereits begonnen . . .«

Im purpurnen Abendlicht schien sie zu ihrer einstigen Größe emporzuwachsen. Ihr faltiges Gesicht glättete sich, die Augen erstrahlten in wieder gewonnenem Glanz. Sie wandte sich mir zu; zum ersten Mal sprach sie mich mit dem Königinnentitel an.

»Toyo no Mikoto, die zerrissenen Fäden sind nunmehr verknüpft. Das Schicksal unseres vereinten Volkes ruht in deinen Händen. Deiner Nachkommenschaft wirst du die Annalen der Vergangenheit übermitteln, denn die sichtbaren Zeugnisse werden für immer ausgelöscht werden. Geh jetzt und denke an meine Worte. Eine letzte Prüfung steht dir noch bevor . . .«

Sie hob die Hand als Geste des Abschieds oder der Zärtlichkeit. Ich verneigte mich stumm. Der Boden unter mir schien zu atmen, zu pochen wie ein lebendes Herz.

Es war verboten, die Nacht auf der Heiligen Insel zu verbringen. Die Beisetzung der Königin ließ keine Ausnahme zu. Noch am gleichen Abend verließ das Boot die Insel und durchquerte die Bucht.

Während der vorgeschriebenen zehn Trauertage gaben sich die Einwohner von Amoda ihrem Schmerz und ihrer Trauer hin. Sie hatten nicht nur ihre Königin zu beweinen; zahlreiche Familien waren vom Tod ihrer Angehörigen betroffen. Alle Arbeit ruhte. Die Fischer warfen keine Netze aus, die Bauern bestellten die Felder nicht. Es wurde kein Markt abgehalten. Man ging nicht in die öffentlichen Bäder, schnitt sich nicht die Fingernägel, kämmte und rasierte sich nicht. Nur die Schmiede blieben am Werk, da die während der Trauerzeit geschmiedeten Waffen als die edelsten und besten gerühmt wurden.

In jedem Herd wurde das Feuer Tag und Nacht geschürt. Es galt als böses Omen, wenn die Flammen erloschen. Fast alle Menschen waren betrunken: Der reichlich fließende Reiswein benebelte ihre Köpfe. Pausenloses Trommelschlagen erfüllte die Stadt, vermischte sich mit dem Hämmern auf die Ambosse und dem aufreizenden Trillern der Flöten.

Seit meiner Rückkehr von der Heiligen Insel hatte ich jegliches Zeitgefühl verloren. Die Grenzen von Tag und Nacht verwischten sich. Auch ich hatte reichlich getrunken und lag berauscht auf meiner Matte. Mein Zimmer glühte, funkelte um mich herum. Ich schlief, dämmerte vor mich hin, schlief wieder ein.

Mein Körper bebte, das Zirpen der Flöten drang mir bis ins Mark. Irgendwann schreckte mich ein Kratzen an der Schiebewand aus meiner Betäubung. Stumpfsinnig richtete ich mich auf, sah Miwa vor meiner Matte knien. Mit gesenkten Augen teilte sie mir mit, dass der Verehrungswürdige Iri no Mikoto mich zu sprechen wünsche. Ich runzelte ungehalten die Stirn. Iri? Wer war Iri? Plötzlich erinnerte ich mich und erstickte ein Auflachen. Mein Retter, natürlich! Der Prinz. Ich zog mein rotes Gewand über die Schultern, warf die Haare auf den Rücken und befahl: »Er möge eintreten!«

Steif verbeugte er sich auf der Zimmerschwelle. Sein Gesicht war hochmütig und kalt. Mit seinen feinen Zügen, dem geflochtenen, lackschwarzen Haar fand ich ihn wunderschön; ich lächelte ihn an. Er erwiderte mein Lächeln nicht.

»Toyo no Mikoto«, stieß er hervor, »seit sieben Tagen schon benehmen sich die Leute wie Irre. Alles ist widerwärtig, schmutzig. Meine Krieger sind außer sich, da Eure Frauen sie herausfordern und überall Streit entsteht. Die Wachen sind nicht mehr in der Lage, der Unordnung Herr zu werden. Ganz Amoda ist betrunken . . .«

Er warf einen Blick auf den Krug und die Keramikschälchen, die vor meiner Matte standen, und fügte zwischen den Zähnen hinzu: »Und Ihr seid es auch!«

Ich strich mit der Hand über meine feuchte Stirn. Ich hatte Kopfschmerzen und er ging mir auf die Nerven. »Der Ritus schreibt es so vor«, erklärte ich ihm geduldig. »Die Königin verkörpert die Sonne. Stirbt die Königin, so erlischt symbolisch die Sonne. Während der Trauerzeit muss sich die Lebenskraft wieder erneuern.« Ich stockte, legte erschrocken die Hand vor den Mund. Seit der Beisetzung meiner Mutter hatte ich etwas vergessen. Was war es? Was war es nur gewesen?

Iris schneidende Stimme riss mich aus meinen Gedanken: »Das sind Eure Bräuche und nicht die meinen! Dem Schwur meiner Väter getreu verließ ich mein Land, um Euch zu Hilfe zu kommen. Ich betrachte meine Aufgabe als erfüllt. Unsere Schiffe sollen für die Rückreise klargemacht werden und die Arbeiter rühren keinen Finger. Wie lange muss ich noch warten, bis die Leute wieder zur Vernunft kommen?«

Ohne zu antworten, griff ich nach dem halb leeren Krug, füllte ein Schälchen und reiche es ihm: »Wir sind miteinander verbündet. Habt Ihr das vergessen?«

Seine Wimpern zuckten. »Nein«, erwiderte er schroff. »Ich habe es nicht vergessen.«

Das ungekämmte Haar fiel mir ins Gesicht. Ich warf es über die Schultern zurück und sagte halblaut: »Ich bin die Königin . . .«

Er starrte mich an. Vergebens suchte ich auf seinem verwandelten Gesicht sein übliches lauerndes Lächeln. Stattdessen sagte er sanft: »Ihr seid noch so jung . . .«

»Jung?« Ich seufzte. »Ja, ich bin jung an Jahren, doch viele Jahrhunderte lasten auf meiner Seele. Diese Bürde ist so schwer zu tragen. So schwer . . .«

Tränen stiegen in mir hoch. Meine Brust schmerzte ebenso wie mein Kopf. Iri betrachtete mich eindringlich und stumm. Mit dem Handrücken wischte ich mir über den Mund und füllte ein weiteres Schälchen. »Geruht mit mir zu trinken, Hoheit.«

Er beugte sich vor, um die Schale zu nehmen. Wir sahen uns an. Unsere Hände berührten sich und plötzlich schlangen sich unsere Finger ineinander. Eine Bewegung meiner Schulter ließ das rote Gewand auf die Matte gleiten.

Später. Ich war wieder allein und stöhnte unter Kopfschmerzen. Die Trommeln dröhnten. Die Hitze war kaum zu ertragen. Eine einzige Feuerbrunst schien Himmel und Erde mit ihrer Glut zu verzehren. Zitternde Vögel duckten sich im Schatten der Mauern. In der Ferne heulten Hunde, immerfort, immerzu. Ich war in Schweiß gebadet. Das Gefühl, etwas Wesentliches vergessen zu haben, ließ mir keine Ruhe.

Als ich mich stöhnend herumwarf, berührten meine Finger die Korallenkette, das letzte Geschenk meiner Mutter . . . und mit einem Mal entsann ich mich: Ich hatte versäumt das Kästchen zu öffnen! Schwach wie eine Kranke richtete ich mich auf, nahm das Kästchen und stellte es vor mich hin. Die Schläge meines Herzens lähmten mich fast, während ich mit zitternden Fingern die Kette von meinem Hals löste und den goldenen Schlüssel in das Schloss steckte. Mein Atem stockte, als ich den Deckel hob und die verschiedenen Dinge darin erblickte. Vorsichtig nahm ich sie einzeln heraus und legte sie vor mich auf die Matte: ein winziges Bündel von Spindelbaumreisern, die ein Seidenband zusammenhielt. Ein vertrocknetes, zusammengerolltes Eichenblatt, zwei »Tama-Steine«, ein roter und ein grüner. Und schließlich eine einzelne wundervoll glänzende Perle. Ich ließ sie behutsam in meiner Hand rollen. Sie war von reinster Schönheit, würdig, eine Königin zu schmücken. Was bedeuten diese Zeichen?

»Denk nach!«, sprach ich zu mir. »Du musst verstehen!«

Mein Körper klebte vor Schweiß. Mit klammen Händen knotete ich das Reiserbündel auf. Fünfzehn Reiser . . . Ich war fünfzehn Jahre alt. Ein Eichenblatt: der Heilige Wald . . . Ein Prickeln überzog meine Haut. Der rote weibliche Stein, der grüne männliche Stein. Zeichen des Feuers und Zeichen des Ozeans. Sonne und Sturm. Dann die Perle: Das war ich. Das war mein Name: Toyo, die »Schimmernde Perle«. Weißliches Licht loderte vor meinen Augen auf, brannte in meinem Kopf wie mittägliche Sonnenglut.

Ich war nicht die Tochter des Hirsches. Ich war das *zweifach königliche* Wesen, Tochter der Königin Himiko und des Herrn Susanoo, ihres Bruders, dessen Name ich verflucht hatte. Das Pochen der Trommeln, die Hitze, die Schwäche, alles steigerte sich ins Unerträgliche. Ich fiel vornüber, barg das Gesicht in beide Hände. Alle Zusammenhänge wurden plötzlich klar: die Anspielungen der Hüterin des Tempels, das rätselhafte Schweigen meiner Mutter. Ich begriff ihr Schweigen, ihr Verlangen nach Einsamkeit, die Not ihres Herzens. Ihre letzten Worte hallten in meinem Gedächtnis wider: »In allen Dingen strebe immer nach Gerechtigkeit.«

Ein Schluchzen zerriss mir die Kehle. Bebend legte ich die einzelnen Dinge wieder in das Kästchen zurück. Das Eichenblatt zerfiel zu Staub, doch meine Augen blieben trocken. Es war etwas Seltsames in mir – wie hohes Fieber. Als ich aufstand, schwindelte mir und meine Füße zitterten. Da merkte ich, dass die Erde bebte.

Es war ein Schaukeln, ein Vibrieren wie auf einem Schiff bei hoher See. Ein Grollen drang aus der Erdtiefe; der Palast wankte in seinen Grundfesten, als sei er auf Schlamm erbaut. Dann erstarb der Widerhall des Stoßes.

Die Erde kam langsam wieder zur Ruhe. Eine unheimliche, bedrückende Stille setzte ein, die von aufgeregtem Hinundherlaufen, Entsetzensschreien, hysterischem Wimmern unterbrochen wurde. Ich rang nach Atem. Mein Herz klopfte zum Zerspringen. Doch ich bezwang meine Furcht, ließ die Schiebetür zur Seite gleiten und trat hinaus. Jetzt galt es erst recht, keinen Augenblick mehr zu verlieren.

## 23

Im Halbdunkel der Gänge stieg ich über Dienerinnen, die auf Strohmatten ausgestreckt ihren Rausch ausschliefen. Die Wachtposten saßen mit untergeschlagenen Beinen am Boden, die Waffen über den Knien und tranken mit stumpfsinnigen Gesichtern. Überall in den Gängen kauerten oder lagen Gestalten. Der süßliche Geruch des Reisweins erfüllte die Luft. Ich durchquerte den großen Mittelsaal und stieg dann eine enge, in den Felsen gehauene Treppe hinunter.

Ein unterirdischer Gang führte zu einem Gewölbe, das unter dem Wachtturm lag. Hier wurde es dunkel und kalt. Fröstelnd tastete ich mich den nackten, feuchten Stein entlang. Es roch nach Moder und fauligem Wasser. Dann leuchtete schwach ein Licht auf: Vor dem verriegelten Kerker standen zwei Wachtposten; ihre Speere leuchteten im rauchigen Fackelschein. Die beiden Männer hatten ebenfalls reichlich Reiswein genossen, waren aber nicht betrunken. Sie verbeugten sich stumm. Eine Geste von mir genügte. Rostige Scharniere quietschten, als der Riegel zurückgeschoben wurde. Die Tür öffnete sich ins Dunkel. Einer der Wächter trat ein, steckte die Fackel in einen Ring an der Wand. Der Luftzug bewegte die Flamme. Der Mann, der in einer Ecke kauerte, hob den Arm, um seine geblendeten Augen zu schützen. Die Ketten, die an eisernen Ringen um seinen Hals, seine Hand- und Fußgelenke lagen, rasselten gegen die Steine. Ein Schauer überlief mich.

Ich befahl: »Nehmt ihm die Ketten ab!«

Die Schildwachen gehorchten.

»Hinaus!«, sagte ich.

Die Tür schloss sich wieder. Für eine Weile war die Zelle nur von dem Geräusch unserer Atemzüge angefüllt. Dann richtete Susanoo sich, an die Wand gestützt, schwankend auf. Seine Kleider waren zerfetzt und starr vor Schmutz. Die schweren Ketten hatten seine Haut wund gescheuert und aufgerissen. Ich sah das Blut, das ihm über Brust und Hände rann, und spürte seine Schmerzen in meinem Körper.

Schwerfällig löste er sich von der Wand. Die Fackel beleuchtete sein verhärmtes Gesicht; es spiegelte einen Stolz wider, den weder Schande, Leid noch Gefangenschaft zu brechen vermochte. Ich befeuchtete meine trockenen Lippen. »Du bist frei«, sagte ich tonlos.

Er rührte sich nicht, doch seine Augen bohrten sich in meine. »Warum?«

Ich schlug die Augen nieder. »Ich bin dir keine Erklärung schuldig.«

Er nahm den Kopf zwischen die Hände und fing an zu lachen, die blutigen Finger an die Schläfen gepresst. Reglos stand ich da. Mein Herz klopfte so stark, dass mein ganzer Körper bebte. Dann hob er den Kopf. Ich sah, dass sein Gesicht von Tränen überströmt war. »So weißt du es also«, stieß er heiser hervor.

Ich starrte zu Boden: »Was geht es dich an?«

Er holte tief Luft. Sein Lachen erstickte in Schluchzen. »Willst du wissen, wie mich das belustigt? Du bist jetzt Königin. Du wirst Seine sehr eingebildete Hoheit Iri heiraten und über zwei vereinte Königreiche herrschen. Das ist es, was *sie* wollte, nicht wahr?«

»Schweig«, flüsterte ich.

Er wischte sich die Augen mit der Hand. »Wer in blinder Leidenschaft eine Ungerechtigkeit begeht, und mag sie noch so entsetzlich sein, der darf sich erhobenen Hauptes daran erinnern, wenn er sich vor der Göttin und sich selbst freimütig dazu bekennt. Ich fürchtete den Tod nicht, doch *sie* hat sich gescheut, den Richterspruch zu fällen, und stattdessen dir diese Aufgabe übertragen. Du hattest mich mit dem Heiligen Bannfluch belegt. Bis ans Ende meiner Tage wird mein Gesicht die Zeichen der Schande tragen. Aus Rache schwor ich den Untergang von Yamatai und schmiedete die Heilige Waffe.«

»Warum«, flüsterte ich, »warum hast du so lange das Geheimnis gehütet?«

»Ich war durch einen Eid gebunden«, sagte er heiser und wandte sich ab. »Sie musste eine Tochter von gleichem königlichem Blut empfangen, um die Dynastie fortzusetzen. Sie . . . sie hat sich meiner bedient. Es geschah vor fünfzehn Jahren, im heiligen Eichenwald, als ich am Ufer des Wildbaches auf der Hirschjagd war.«

Sein Gesicht lag im Schatten. Ich sah auf seinen Handgelenken die Spuren seines Blutes.

»Jahrelang konnte ich an nichts anderes mehr denken. Ihr Name klang unentwegt in meinem Gedächtnis, drängte sich auf meine Lippen. Ich habe alles ertragen: Ungewissheit, Qualen, Einsamkeit. Sie, sie war mit eisernem Willen entschlossen, nicht dem Ruf ihres Herzens zu folgen, sich nicht in eine Bindung einzulassen, die für das Königreich Nachteile hätte bringen können. Von Tag zu Tag, von Jahr zu Jahr wartete ich auf den Augenblick, wo sie mit gebrochener Kraft die selbst angelegten Fesseln sprengen würde. Doch ich wartete vergeblich . . .«

Ich schwieg. Er sprach weiter, den Blick ins Leere gerichtet: »Seit Anbeginn war ich zur Niederlage verurteilt! Hundertmal hätte ich vorgezogen, im Kampf zu sterben, zwischen Steinen und Dornen zu verwesen. Und als ich mich eines Tages nicht mehr in der Gewalt hatte, als mein Verstand mich verließ, da habe ich das Schicksal herausgefordert . . .«

Seine Stimme versagte. Ich rührte mich nicht. Plötzlich ließ er ein leises, raues Lachen hören. »Und nun, Priesterin, sage mir, wo liegt der Sinn des Ganzen? Wohin führt er? War nicht alles Selbsttäuschung und Hohn? Oder muss ich glauben, dass göttlicher Wille meine Leidenschaft entfachte und meinen Hass lenkte?«

Ich spürte ein Würgen in der Kehle. Nur stockend brachte ich die Worte über die Lippen. »Wir alle sind dazu bestimmt, Unausweichliches hinzunehmen. Das Schicksal schenkte dir die Kraft den Weg der Zukunft zu bereiten. Wenngleich du dein Volk zu vernichten versuchtest, hast du es in Wirklichkeit unterstützt, denn durch dein Eingreifen wurde der von unseren Ahnen vorgesehene Bund geschlossen und gefestigt. Deine Aufgabe ist jetzt erfüllt.«

»Und ich?«, sagte er bitter. »Was bleibt mir? Ein Schluck Wasser, ein Schluck Wind . . . die Einsamkeit und das Nichts . . .«

»Dir«, erwiderte ich leise, »dir bleibt die Ewigkeit . . .«

Wir sahen uns an. Das Schweigen zwischen uns war wie ein leuchtendes, vibrierendes Netz, das uns enger verband als jede Berührung.

Doch auf einmal erstarrte ich: In der Tiefe rollte und dröhnte der Fels. Es war, als ob ein gefangener Drache im Herzen der Erde seinen Rücken spannte und die Flügel ausbreitete, um sich gewaltsam zu befreien.

Wir hielten den Atem an. Das Beben klang ab. Die gelassene Stimme Susanoos erhob sich in der wieder eingekehrten Stille. »Seit ihrem Tod hat die Erde nicht aufgehört zu beben . . .«

»Ja«, sagte ich. »Die unterirdischen Kräfte sind erwacht . . .«

Ich war wieder bei Sinnen. Ich wusste, was mir zu tun blieb. »Hör zu«, sprach ich. »Der Rat hat deine Hinrichtung beschlossen. Nach den Trauertagen sollst du enthauptet werden. Du musst fort von hier. Unverzüglich!«

Sein stolzes Gesicht wurde abweisend. »Fliehen?«, meinte er verächtlich. »Sollte ich auch noch feige geworden sein?«

Ich erwiderte seinen Blick; ich wollte, dass meine Stimme fest blieb. Und niemals war ich von größerem Stolz erfüllt als in diesem Augenblick, da ich zum zweiten Mal sein Leben in meinen Händen hielt. »Es ist nicht dein Schicksal, in Yamatai zu sterben. Geh nach Izumo, in das ›Land-des-staubigen-Eisens‹, und gründe dort ein Königreich. Deinen Nachkommen wird deine Schuld verziehen werden. Und unsere Geschlechter werden sich im Laufe der kommenden Zeiten vereinen.« Er senkte den Kopf und schwieg. Ich stampfte mit dem Fuß und schrie: »Geh!« Und dieser Schrei brach wie ein Schluchzen aus der Tiefe meiner Seele.

Er blickte auf. »Ich werde gehorchen«, sprach er. »Du bist die Königin.«

Seine Stimme hatte ihren warmen, festen Klang zurückgewonnen, seine Augen glitzerten wie ehedem. Er streckte sich, um die in der Gefangenschaft steif gewordenen Muskeln zu lockern. Dann warf er sein langes Haar zurück, durchquerte die Zelle und riss die Tür auf. Die Wachen standen mit erhobenem Speer. Er sah sie nur an. Die Männer senkten die Waffen. Er ging an ihnen vorbei in das Halbdunkel mit leichten, federnden Schritten. Ich folgte ihm. Die Tür des Wachtturmes stand offen. Helle schlug uns entgegen. Susanoo erklomm die Stufen und blieb auf der Schwelle stehen. Am Saum des Horizontes, wo der Himmel mit dem Meer zusammenfloss, schwebte wie ein Traumbild die klare, purpurne Sonne. Ein tiefer Seufzer hob Susanoos Brust. Die Sonne leuchtete auf seinem Gesicht, spiegelte sich in seinen Augen. Er wandte sich mir zu. Verneigte sich. Ich konnte seinen Anblick kaum ertragen. Ich fühlte mich tot und leer; leer wie eine hohle Muschel, die die Brandung an den Strand spült . . .

Mit letzter Kraft erwiderte ich seine Verbeugung. Schon entfernte er sich mit raschen Schritten und ließ mich für immer allein. Der Weg flimmerte unter einem Spiegel aus Hitze und seine hohe Gestalt hob sich dunkel von der Sonnenscheibe ab. Dann verwischte sie das gleißende Leuchten: Es schien, als dringe er ein in die blutrote Sphäre.

Und wieder bebte die Erde ...

## 24

Langsam und schwerfällig erklomm die Menschenmenge den Gebirgspfad. Die Tungusen ritten an der Spitze. Dann folgte die Königliche Leibgarde, die die Sänften begleitete. Die Diener trugen ihre Lasten auf dem Rücken oder zogen schwer beladene Karren. Hinter ihnen drängte sich der endlose Strom der Flüchtenden. Der Staub, von unzähligen Füßen, Rädern, Hufen aufgewirbelt, staute sich wie flimmernder, rötlicher Nebel. Der Mond stand noch hoch am Himmel, als das Beben die Stadt erschüttert hatte. Der erste Stoß hatte den Wachtturm gespalten und die Befestigungsmauern mit tiefen Rissen durchzogen. Die Säulen des Mittelpalastes waren eingestürzt. In ganz Amoda waren die mit Reisstroh bedeckten Holzhäuser zusammengefallen und hatten die im Schlaf überraschten Bewohner unter den Trümmern begraben. Das Heiligtum von Sugati hatte sich zur Seite geneigt: Ein Teil der Querbalken war abgerutscht, die Steinstufen hingen ins Leere.

Bei Tagesanbruch hatten die Muschelhörner zum Aufbruch geblasen. Die Leute hatten in aller Eile, jedoch ohne Panik, ihren Auszug vorbereitet. Viele zögerten die Stadt zu verlassen. Die Reisfelder hatten keinen Schaden erlitten. Hafen und Dämme waren unversehrt. Die leichten Holzhäuser würden rasch wieder aufgebaut sein. Doch ich wusste, dass das Beben nur ein schwaches Vorzeichen des heraufziehenden Unheils war, und hatte dafür gesorgt, dass dem Befehl zum allgemeinen Aufbruch Folge geleistet wurde. Jeder hatte mitgenommen, was er tragen konnte. Vorräte, Stroh und Holz waren auf Karren geladen worden. Die Priesterinnen hatten die Kultgegenstände aus den Trümmern des Heiligtums bergen können. Das Heilige Schwert, in weiße Seide gehüllt, ruhte in einer Truhe aus kostbarem Holz. Mithilfe von Bambusstangen wurde sie von zwei Priesterinnen auf den Schultern getragen. Von einer Gruppe bewaffneter Offiziere umgeben, ritt ich auf Wa-Uma an Iris Seite. Mein Onkel, Majestät-Wächter-des-Mondes, folgte in einer von sechs Männern getragenen Sänfte. Der Pfad stieg unaufhaltsam höher. Mit wachsender Unruhe betrachtete ich den gelblich-bleiernen Ozean.

Unter dem breitrandigen Strohhut, der mich vor der Sonne schützte, war mein Gesicht staub- und schweißverklebt. Die stickige Luft flirrte. Ich spürte die drohende Gefahr. Ein einziger Gedanke erfüllte mich: das Volk rechtzeitig in Sicherheit zu bringen.

Ich lenkte mein Pferd an die Seite der Sänfte des Regenten. »Die Zeit drängt!«, keuchte ich. »Wir müssen vor Nachteinbruch die Hochebene erreichen.«

Tsuki-Yomi beugte sich über die geflochtene Lehne und sah den Weg hinauf. »Wir können die Leute nicht schneller vorantreiben. Der Aufstieg ist zu steil!«

Mühsam schleppte sich die Menschenkolonne den mit Geröll bedeckten Abhang hinauf. Der Boden brannte wie glühende Asche. Je weiter der Morgen fortschritt und die Sonne stieg, umso unerträglicher brannte ihr Widerschein auf dem Meer. Die Heilige Insel inmitten der Bucht schien sich wie ein schwarzer Kegel aus flüssigem Feuer zu erheben.

Plötzlich rieselte ein feiner Staubregen von einem Felsvorsprung. Einige Kiesel lösten sich, sprangen sirrend und prasselnd über den Hang. Der Schrei, den ich ausstoßen wollte, blieb mir in der Kehle stecken. Tosend brach die Geröllwand über einer Schar Offiziere zusammen. Felsblöcke und rote

Erdbrocken begruben schreiende Männer und wiehernde Pferde. Man zog zwei schwer verletzte Reiter aus dem Geröll, als ein heißer Luftzug über die Bergflanke fegte. Aus jedem Baum, jedem Strauch, jeder Felsspalte, schwirrten große und kleine Vögel auf, flatterten wirr im gleißenden Licht, taumelten gegen die Felswände. Ein einziges Flattern, Kreisen und Beben erfüllte die Luft. Fast gleichzeitig stieg aus den Tiefen der Erde ein unheimliches, brausendes Grollen. Ein Schrei gellte, den tausend entsetzte Kehlen wiederholten: »Der Ozean! Seht den Ozean!«

Unten am Strand ging das Wasser mit einer Geschwindigkeit zurück, wie man es niemals zuvor erlebt hatte. Brodelnder Schlamm und nacktes, schwarzes Gestein wurden freigelegt. Die im Hafen liegenden Schiffe schwankten, schaukelten und drehten sich im gewaltigen Sog, der sie gegen Klippen schleuderte, auf Sandbänke warf und die Segel in blutrote Fetzen zerriss. Das gurgelnde Geräusch der zurückströmenden Wassermassen hallte unheimlich von den Bergen wider.

Panik brach aus. Die Leute schrien, rannten wild durcheinander. Die Pferde wieherten, schlugen aus und versuchten in wilder Angst ihre Reiter abzuwerfen. Vergeblich bemühten sich Kuchiko und seine Wachen, die in blindem Schrecken talabwärts fliehende Menge aufzuhalten. Von ungeheurer Kraft angezogen, wichen die Wellen immer weiter zurück, dem Horizont entgegen. Das Gleichgewicht, das das flüssige Element beherrschte, war gestört. Die schäumende Wassergrenze erreichte die Heilige Insel; es war, als ob die Wogen sich teilten und mit einem Mal erhob sich der Felssockel wie ein riesenhaftes schwarzes Gewächs aus dem weißen Boden des Meeresgrundes.

Die Erde zitterte und rollte. Die ganze Bergkette schien zu schwanken. Wa-Uma wieherte schrill und schnellte ungestüm vorwärts.

Ich verlor das Gleichgewicht, wurde aus dem Sattel geschleudert und stürzte zu Boden. Schon war Iri vom Pferd gesprungen. Ich spürte halb besinnungslos, wie er mich in die Arme schloss. Steine prasselten auf uns nieder, sprangen von Absatz zu Absatz in die Tiefe, schlugen polternd auf.

Stille trat ein. Die Erde schien den Atem anzuhalten. Iri presste mich an sich. Ich hörte ihn keuchen. Die Erde begann erneut zu beben. Der Boden bäumte sich auf. Ein riesiger Felsblock löste sich und rollte bergabwärts. Das Getöse musste ohrenbetäubend sein, doch ich hörte nichts. Eine mächtige Fichte schwankte hin und her. Die Wurzeln rissen sich aus dem Erdreich.

Und mit einem Mal klaffte die Bergflanke auf: Ein gähnender Riss bewegte sich mit rasender Geschwindigkeit auf uns zu, wurde breiter, immer tiefer, zog Bäume, Menschen und Tiere in den Abgrund. Die Sänfte meines Onkels kippte um; Tsuki-Yomi wurde hinausgeschleudert. Verzweifelt klammerte er sich an einen Vorsprung am Rand des Abgrundes. Iri kroch zu ihm hin und streckte die Hand aus. Tsuki-Yomi ergriff sie mit verzerrtem Gesicht. Schweißüberströmt zog Iri ihn von der Spalte weg, gerade in dem Augenblick, als die Wände wieder aufeinander rückten und die Kluft sich schloss. Ein Gewirr von entwurzelten Bäumen und Sträuchern, von Erdbrocken und gespaltenen Felsblöcken zog sich wie eine ungeheure rote Narbe unter die Bergflanke.

Das Beben erstarb. Die Erde war wieder ruhig. Wir rangen nach Luft. Zerschunden und staubbedeckt, auf Händen und Knien gestützt, rafften wir uns auf. Ich wischte mir den Schweiß aus den Augen; Iris Gesicht war grau, eine tiefe Schramme zog sich über seine Schläfe. Die Kleider meines Onkels hingen in Fetzen.

Das Entsetzen immer noch in den Gliedern, setzten wir uns, um unsere Kräfte zu sammeln, als sich aus der Ferne ein schriller Pfeifton erhob. Er schien gleichzeitig aus der Erde und aus dem Himmel zu kommen, schwoll an, erfüllte die Luft, wurde zum gellenden Zischen. Iri schrie etwas und streckte den Arm aus. Ich folgte seinem Blick. Da sah ich, dass der Ozean zurückkehrte. Ungeheure Schaumkronen überzogen den Horizont, wuchsen zu einer Wogenkette, die sich wild aufbrausend in rasender Geschwindigkeit dem Festland näherte. Ich spürte, wie sich mir der Magen umkehren wollte, und eine innere Stimme sagte mir, dass dies hier das Ende sei. Die Wassermassen türmten sich zu einem Gebirge auf, schlugen über der Heiligen Insel zusammen und begruben die Bucht unter sich. Felsblöcke, Bäume, Trümmer, Körper wurden von den Wellen mitgerissen und in unvorstellbare Höhe geschleudert. Die Riesenwellen wälzten sich der Küste entgegen, stiegen weiter bis an die Ausläufer der Berge: Unter dem ungeheuren Druck des Ozeans schien die Erde zu bersten. Amoda versank für immer in schäumende, finstere Tiefe.

Später, sehr viel später, zog sich das Wasser zurück. Langsam trocknete der Boden. Der Schlamm wurde zu grauer, bröckelnder Erde, dann zu weißlichem Staub, den der salzige Wind aufwirbelte. Tiefblauer Himmel leuchtete über ein fremdes Meer, einer unbekannten Bucht. Der Ozean stieg und fiel in wieder gewonnenem Gleichgewicht, doch die Heilige Insel war für alle Ewigkeit in den Abgrund der Vergangenheit gesunken . . .

## 25

Die Zeit verging. Die Flüsse nahmen ihren Lauf zum Ozean wieder auf. Der Wind brachte Körner, Pollen, Insekten. Die Tiere kehrten zurück. Zuerst die Vögel, dann die Reptilien, zuletzt die Warmblüter, die in den Wäldern zu Hause waren. Das Schilf wuchs. Die Ebene grünte.

Die Menschen wagten zur Bucht hinunterzusteigen; es wurde beschlossen, eine neue Stadt höher am Hang aufzubauen, um sie vor einer zukünftigen Flutkatastrophe zu schützen. Die Arbeiten erwiesen sich als langwierig und beschwerlich, denn die Baustoffe mussten aus großer Entfernung herbeigeschafft werden. Die Straßen wurden gepflastert, die Mauern einer neuen, größeren Festung errichtet. Die Fischer knoteten Netze, die Bauern pflanzten Reis und Getreide an.

Tag und Nacht war das Klopfen der Handwerker, das Hämmern in den Schmieden zu hören. Wie eine verdörrte Pflanze, die sich nach dem Regen mit Saft gefüllt wieder aufrichtete, erwachte Amoda aus Schlamm zu neuem Leben . . .

Am Ende des Sommers waren die ersten Schiffe bereit, ins Meer zu stechen. Nach den langen Monaten seines Zwangsaufenthaltes in Yamatai hatte Iri es eilig, nach Nimana zurückzukehren. Doch er würde wieder kommen.

Am Tag vor seiner Abreise, in dem Zelt, das uns als Unterschlupf diente, sprach er zu mir: »Die Zeit ist nun gekommen, den Bund des Pfirsichbaumes zu besiegeln. Werde meine Frau und herrsche an meiner Seite über unserem vereinten Königreich.«

Ein Schauder ließ mich erbeben. »Du bist ein Feldherr«, erwiderte ich.

Er lachte. »Und du eine stählerne Klinge. Du biegst dich, doch brichst du nicht. Aber was ist die beste und härteste Klinge wert ohne den Arm des Mannes, der sie führt? Brauchst du nicht einen Krieger, der dir zur Seite steht?«

Ich senkte die Augen. »Es ist nicht gut«, sprach ich leise, »wenn eine Priesterin vergisst, dass sie die Stimme des Orakels ist . . .«

Er streichelte lächelnd mein Haar. »Das Orakel wird unseren Bund gutheißen!«

Ich antwortete nicht gleich. Schließlich seufzte ich. »Morgen werde ich in der Heiligen Grotte den Geist meiner Mutter befragen.«

Bei Tagesanbruch ritten wir in Begleitung einiger Offiziere und Diener zum Berg Shikajima. Über dem korallenfarbenen Meer glänzte eisig blau der Himmel. Kormorane tauchten vor den Klippen in die leuchtenden Wellen. Am Berghang waren noch die Wunden zu erkennen, die das Erdbeben hinterlassen hatte. Doch zwischen den entwurzelten Baumstämmen und den verdorrten Sträuchern sprossen junge Pflanzen aus dem aufgewühlten Erdreich. Falter und Bienen summten.

Am Fuß der Basaltwand ließen wir die Pferde grasen. Ich verneigte mich vor dem geheiligten, immergrünen »Sakaki-Busch«. Ich hatte alles bei mir, was ich für das Ritual benötigte: ein kleines Kohlenbecken, ein Bündel Holz und Feuersteine. Iri begleitete mich bis zum Eingang der Höhle. Dort wandte ich mich ihm zu.

»Weiter darfst du nicht mitgehen.«

Er verneigte sich: »Ich warte auf dich.«

Ich betrat die Höhle und verweilte einen Augenblick, um meine Augen an das Halbdunkel zu gewöhnen. Fauliges Moos wuchs an den Wänden, Muschelsplitter füllten die Spalten des Gesteins. Das Tosen der Brandung, das Aufklatschen der Wogen an die Riffe war deutlich zu vernehmen. Vorsichtig ging ich weiter; auf den Steinen hatten sich glänzende Pfützen gebildet. Der Stollen erweiterte sich mit einem Mal, führte in düstere, Schwindel erregende Höhen empor. Grünliche Tropfsteingebilde hingen von dem hohen Gewölbe herunter. Ein Lichtstrahl fiel in das Halbdunkel. Eine Felsöffnung gab den Blick auf jene Stelle frei, wo einst die Heilige Insel aus den Fluten geragt hatte. Ich betrachtete den blau glitzernden, endlosen Ozean, bevor ich voller Wehmut die Augen abwandte. In der Mitte des Raumes erhob sich wie ein Altar ein mächtiger, schwarz glänzender Basaltblock. Über ihm hing ein »Shimenawa«, eine »Schnur der Läuterung«, dessen Votivbänder von Feuchtigkeit verblichen waren. Mir war, als schwebe der Geist meiner Mutter wie ein schwach schimmernder Nebel in der Höhle.

»Ich begrüße Euch, Mutter«, sprach ich halblaut. »Ich bin gekommen, Euren Rat zu erbitten . . .«

Vor dem Altar kniend schichtete ich Holz in das Kohlenbecken und schlug dann die Feuersteine. Es dauerte lange, bis der erste Funke glühte und das Holz sich entzündete. Ich stäubte Weihrauchpulver in die Flammen. Dann wickelte ich aus einem weißen Tuch das Schulterblatt eines Damhirsches und legte es auf die Glut. Das Blut rauschte in meinen Schläfen. Ich spürte, wie sich Leere in meinem Kopf ausbreitete.

»Ich bin bei dir . . . befrage mich!«

Hatte ich die Stimme wirklich vernommen? Die rötlichgelben Flammen lösten sich auf im milchigen Licht. Die Wände schienen sich wie Nebelschwaden zu teilen. Ein dunkel glühendes Loch tat sich auf, das feurige Licht der Sonne traf meine Augen mit voller Kraft! Funkengarben und Blitz schossen in wirbelnden Kreisen um mich herum. Ich schwankte, betäubt und geblendet.

»Mutter!«, hörte ich mich stöhnen. »Was wird mein Schicksal sein?«

Der Knochen auf dem Dreifuß glühte. Das trockene Knistern der splitternden Oberfläche schreckte mich auf. Hastig schüttete ich Wasser auf die Glut. Zischend erloschen die Flammen. Ich nahm den Knochen in meine Hand, ohne die Hitze zu spüren. Fieberhaft folgten meine Finger den Linien, den Kerben, tasteten an den Rissen entlang. Was für eine Form hatten die Spalten? Ein Kreis? Ja . . . die Sonne! Und dann ein Dreieck. Die Heilige Insel! Die beiden Zeichen verschmolzen zu einer Figur, die einem Schlüsselloch ähnelte und sich vervielfältigte. Ich erblickte drei, vier, zehn solcher Figuren. Sie wurden immer größer, riesengroß, wurden zu Felsen, Wäldern, Hügeln ... Und ich begriff: Es waren Grabstätten! Unzählige, ungeheure Grabstätten! Sie erhoben sich am Rande unbekannter Städte, ragten aus dem Dunst der Reisfelder, schlummerten in verborgenen Waldlichtungen.

Das Echo einer Stimme klang in meinen Ohren: »Sei stark! Du trägst in dir die Krone der Zukunft. Unsere Linie wird bestehen, solange das Moos auf den Felsen wächst ...«

Ich stöhnte. Um mich herum drehte sich das Licht, konzentrierte sich auf einen Punkt, nahm Gestalt an. Es war ein Mensch – ein Mann! Ein hoch gewachsener Mann. Um seinen Oberkörper schmiegte sich eng ein silberner Harnisch. Er trug einen Helm mit einem Hirschgeweih. Iri! Seine schwarzen Augen funkelten, sein Helm, sein Harnisch glitzerten. So viel Licht, so viel Glanz! Und dann: Dieser Glanz begann sich zu beleben, wurde zu kupfernen, jadefarbenen, ebenholzschwarzen Schuppen! Und ... da: Zusammengekrümmte, feucht schillernde Ringe entrollten sich mit geschmeidigen Zuckungen, schlichen mir entgegen, krochen an mir hoch ... Eine Natter!

Ich schrie auf, stürzte rücklings zu Boden. Mein Kopf schlug hart gegen die Steine. Ein Funkenregen sprühte vor meinen Augen. Die Vision erlosch. Eine Weile lang blieb ich kraftlos liegen. Mein Kopf schmerzte. Brandwunden bedeckten meine Handflächen. Das erste Aufschluchzen war so schwer, dass es einem Röcheln glich. Weitere Schluchzer folgten, leichtere, als wäre ein Bann gebrochen. Die Tränen liefen mir über die Wangen. Ich wusste, dass Iri mich eines Tages verraten würde.

Nach einer Weile erhob ich mich, trocknete mein Gesicht. Ich verneigte mich vor dem Altar, verabschiedete mich von dem Geist meiner Mutter. Verließ die Höhle. Blendende Helligkeit schlug mir entgegen. Eine hoch aufgerichtete Gestalt zeichnete sich im Gegenlicht ab. Ich suchte verzweifelt nach einem Gesicht; ich sah nur das Glitzern der Augen, das Glänzen des Harnischs, den blendenden Schimmer des gehörnten Helms.

»Ich habe Durst«, stieß ich hervor.

Iri gab ein Zeichen. Ein Diener eilte herbei, brachte einen Wasserkrug und einen Becher. Iri stand breitbeinig da, mit beiden Händen am Griff seines Säbels und blickte mich neugierig an.

»Du bist verletzt . . .«, stellte er überrascht fest.

Ich senkte die Augen auf meine verbrannten Handflächen. Der Schmerz, den ich zu spüren begann, ließ mich aufstöhnen.

Mit einer Stimme, die nur schlecht seine Ungeduld verbarg, fragte Iri: »Nun, was hat das Orakel verheißen?«

Kühl und ruhig gab ich zur Antwort: »Ich werde deine Frau sein.«

Mir war, als ob seine Augen, sein Harnisch, sein Helm gleichzeitig triumphierend aufblitzten. Ein stolzes Siegerlächeln erschien auf seinem Gesicht. »Unsere Schiffe werden zu Neumond in Amoda einlaufen. Die Hochzeit soll nach meiner Rückkehr unverzüglich gefeiert werden.«

Er hatte für mich entschieden, ich musste mich fügen.

Ich dachte: Der Mann wird die Frau verraten. Er wird ihr die Macht entreißen und die Frau wird ihm untertan sein, zweimal tausend Jahre lang. Es wird das Zeitalter der Gewalt beginnen, der Eroberung, der Zerstörung. Das Zeitalter der Waffen, nicht das des Lebens. Denn das Leben ist die Sonne und die Sonne ist die Frau. Die Großen Vorfahren wussten dies, aber die Menschen werden es vergessen . . .

Doch die Himmelskönigin, die Ewige, wacht. Und wenn die Epoche gekommen ist, da die Sterne im Zeichen der Quellen stehen, wird sie sich den Wissenden offenbaren. Dann . . . aber erst dann wird das Goldene Zeitalter anbrechen.

Ich fühlte mich sehr schwach. Der Boden gab unter meinen

Beinen nach. Ich spürte, wie Iri mich in seinen Armen auffing. Einen Augenblick hatte ich das Bild eines hoch gewachsenen jungen Mannes vor Augen, der in seinen Armen eine weiß gekleidete Frau trug. Ich lächelte ihm im Fieberrausch zu, ich lächelte diesen Mann an, bevor ich ins Nichts versank.

# 2. Teil

## 1

Die Fänge des Adlers umklammerten die Querstange der Standarte, an der er mit einer Eisenkette gefesselt war. Der Adler war so schwer, dass der Mann, der dicht hinter dem König ritt, regelmäßig abgelöst werden musste. Es war eine besondere Ehre, die königliche Standarte zu tragen; nur verdienstvolle Krieger wurden für dieses Amt ausgewählt. Der Adler hieß Kana, der »Golden Bote«. Er war gut abgerichtet, aber trotzdem noch gefährlich. Sein Flügelschlag konnte einen Menschen zu Boden reißen. Der Adler galt als Sinnbild der königlichen Macht und die Tungusen benutzten ihn, um im Krieg den Feind aufzuspüren.

Kana war seinem Wärter treu ergeben: Stets kehrte er von seinen Erkundungsflügen zu den Menschen, die ihn mit frischem Fleisch versorgten, zurück. Ich hatte mich an seine Anwesenheit gewöhnt, doch hütete ich mich, in seine Nähe zu geraten.

Das dichte, federnde Moos dämpfte das Geräusch der unzähligen Hufe. Man vernahm nur das Klirren der Harnische, das Knicken der Zweige, wenn sich die Pferde durch das Dickicht kämpften. Die Männer blickten hochmütig ins silbrige Sonnenlicht. Ihre Bronzehelme und Schuppenrüstungen leuchteten, die quastenbesetzten Lanzen federten und glitzerten.

Ich ritt neben König Iri, meinem Gemahl. Es war sein Wunsch gewesen, dass ich ihn auf diesem Feldzug begleitete. Als Tochter der Sonnenkönigin von Yamatai fiel es mir leicht, das Vertrauen unserer Lehnsherren zu gewinnen, die uns ihre Krieger zur Verfügung stellten.

Fünf Jahre waren verstrichen, seit die Heilige Insel im Ozean versunken war und ich den Tungusenkönig Iri als Gatten erwählt hatte. Dieser hatte seine Heimat Kara verlassen und seinen Herrschersitz nach Amoda verlegt, wo er unter dem Titel »Sujin« (Allerhöchste Majestät) über unsere vereinigten Reiche regierte.

Die tragischen Ereignisse, die den Tod meiner Mutter herbeigeführt hatten, waren noch hellwach in mir.

Als Sonnenpriesterin hatte ich mich dem Dienst der Göttin Amaterasu verschrieben. Ich verbrachte viel Zeit im Heiligtum von Sugati, wo ich die heiligen Stoffe webte und mich den Wissenschaften der Pflanzen, Gestirne und Metalle widmete; auch die Geschäfte des Königreiches erledigte ich. Die Leute suchten mich auf bei Streitigkeiten über Grundbesitz oder Tribute. Aber wenn ich auch Gesetze anordnete, an den Ratsversammlungen teilnahm und Gesandtschaften empfing, so überließ ich den größten Teil der Staatsführung dem König. Das entsprach nicht unserer Tradition und viele Leute murrten deswegen bei Hof: Sie stellten Vergleiche an zwischen mir und meiner Mutter. Es hieß, ich sei ihrer nicht würdig, denn ich hätte einem Fremden die Macht zugespielt.

Die Jahre vergingen. Kinder hatte ich nicht geboren. Iri ließ die Hafenanlage ausbauen, die Dämme verstärken und Festungen errichten. Unsere Schiffe mit den roten Segeln und den goldbemalten Flanken beherrschten das Meer und hielten die Piraten fern.

Doch Iri wollte mehr: Der Eroberungsdrang lag ihm im Blut. Er hatte sich zum Ziel gesetzt, die Handelswege in alle vier Himmelsrichtungen unter seine Kontrolle zu bringen. Der größte Teil des östlichen Archipels war noch unerforscht. Iri hatte bereits Stoßtrupps ausgesandt, die an strategischen Punkten Festungen errichten sollten. Sie waren bei ihrem Vormarsch in die Gebiete der Ainu eingedrungen, der Ureinwohner des Landes. Die Ainu hatten die Fremden gastfreundlich empfangen, sie mit Trinkwasser und Nahrungsmitteln versorgt. Doch als sie den Eroberungswillen der Eindringlinge bemerkten, setzten sich die Stämme zur Wehr. Bald überstürzten sich die Berichte von Überfällen und grausamen Gemetzeln, denen unsere Krieger zum Opfer fielen.

Iri musste einsehen, dass er es mit einem Volk zu tun hatte, das bereit war, seine Freiheit teuer zu erkaufen. Dies bestärkte ihn in seinem Entschluss, die Ainu zur Übergabe zu zwingen. Es dauerte jedoch volle zwei Jahre, bis ein Geschwader von hundert Schiffen bereit war, um das Heer über die Meeresenge nach Kawachi, unserer östlichen Provinz, zu befördern.

Ich hatte vergeblich versucht, Iri von diesem Vorhaben abzubringen. Meine Gedanken flogen zurück zu jenem Abend in Amoda, als wir in der Dämmerung vor den Schiebetüren unseres Gemaches saßen. Ich erinnerte mich an den Duft der Sommerblumen, an den lauen Wind und an das goldene Sonnenlicht, das über den geschweiften Strohdächern lag. Iri saß damals vor mir in einem bauschigen gelben Seidengewand. Ein Stirnband war um sein geflochtenes, lackschwarzes Haar geschlungen. Seine Augen schimmerten dunkel und ließen die hochmütigen Lippen, das harte Kinn vergessen. Er hatte in der vertrauten Sprache mit mir geredet, die wir bevorzugten, wenn wir allein waren.

»Wir haben bereits Stützpunkte auf dem östlichen Archipel errichtet und Festungen entlang der Küste gebaut. Der Fluss Yodo ist breit und gut schiffbar. Wir könnten mit den Schiffen bis nach Shirakata gelangen, dann von dort aus auf dem Landweg zum Berg Ikoma vordringen und die aufständischen Stämme zur Unterwerfung zwingen.«

Doch ich erwiderte: »Wir in Yamatai glauben, dass es Unheil bringt, die Ainu zu bekämpfen. Ihre Rache kann sich auf Saat und Ernte auswirken. Sie könnten die Gewässer vergiften und die Tiere im Wald gegen uns aufhetzen.«

Iris Augen funkelten belustigt. »Und du, was denkst du darüber?«

Ich wich der Frage aus. »Über die Ainu wird Seltsames berichtet. Es heißt, dass sie wie Eidechsen an senkrechten Mauern hochklettern, wie Fische unter Wasser schwimmen und schneller als Damhirsche laufen. Man sagt auch, dass sie die Sprache der Tiere verstehen.«

Iri lachte. »Das ist kein Grund, um auf ein strategisch und wirtschaftlich bedeutungsvolles Gebiet zu verzichten.«

»Wir könnten versuchen«, sagte ich, »mit den Ainu zu verhandeln.«

Iri verzog verächtlich den Mund. »Ich verhandle nicht mit einer Horde Wilder!«

»Hör zu«, sagte ich besänftigend, »zur Zeit, als ich noch ein Kind war, beauftragte meine Mutter ihren Vetter Nagasume Tomi mit der Verwaltung der Provinz Kawachi. Als Befehlshaber der Provinz kämpfte er gegen die Ainu und errang zahlreiche Siege. Dann geschah es, dass er in einer Schlacht schwer verwundet wurde und von einem ›Ottena‹, einem Stammeshäuptling der Ainu, aufgenommen und gepflegt wurde. Bei den Ainu ist es Brauch, besonders tapfere Krieger, die in ihre Hände fallen, zu umsorgen und sie wie Gäste zu behandeln. Nagasume Tomi lernte ihre Sitten und ihre Verhaltensweisen kennen. Nach seiner Genesung blieb er bei ihnen. Später wurde uns bekannt, dass er als Häuptling über zahlreiche ›Kotan‹ – das sind Stammesverbände – herrscht.«

Iri ließ ein Kichern hören. »Abtrünnige scheinen in eurer Familie häufig vorzukommen.«

Das Blut schoss mir ins Gesicht, doch ich schwieg. Iri zog einen Fächer aus dem Ärmel und bewegte ihn hin und her, um eine Mücke zu verscheuchen. Ich spürte, dass er nachdachte.

»Ich will mich da nicht einmischen. Ihr in Yamatai tragt den Kopf sehr hoch. Wenn sich dein ehrwürdiger Verwandter auf die Seite der Eingeborenen schlägt, könnte es unangenehm für uns werden. Wenn er jedoch gewillt ist, unsere Herrschaft anzuerkennen, wären wir bereit, ihm Garantien zuzusichern und die Verteidigung der Grenzgebiete seinen Schützlingen anzuvertrauen.« Während er sprach, beobachtete er mich aufmerksam. »Du stehst ihm am nächsten. Würdest du die Verhandlungen übernehmen, wenn der Augenblick gekommen ist?«

Ich erwiderte seinen Blick und sagte: »Er ist von meinem Blut, doch seine Seele ist mir fremd geworden. Ich werde mit ihm sprechen, aber mehr vermag ich nicht zu tun. Er wird nach dem Rat seines Herzens handeln.«

»Wenn es mir gelingt, das Ostmeer zu erreichen«, fuhr Iri feierlich fort, »werde ich an der äußersten Grenze des Landes ein Heiligtum zu Ehren der Göttin errichten. Es wird höher sein als der höchste Festungsturm und Jahrhunderte überdauern . . .«

Seine Augen funkelten. Ich spürte seine Willenskraft, seine Macht. Ja, dachte ich, er wird sein Ziel erreichen. Einen Augenblick lang rieselte es mir kalt über den Rücken, doch ich zog die Hand nicht zurück, als er sie ergriff und streichelte . . .

Ende des Kirschblütenmonats (März) verließ das Geschwader den Hafen von Amoda. Jede Galeere hatte fünfzig Krieger und zehn Pferde an Bord. Iri hatte die Regentschaft meinem Onkel Tsuki-Yomi, »Majestät-Wächter-des-Mondes«, übertragen. Iri hatte eine kluge Wahl getroffen, denn er wusste, dass sich seine Abwesenheit über Jahre hinziehen konnte.

Wir überquerten die Meerenge und gingen bei Takeri, einer unserer ersten Niederlassungen, an Land. Die Ankunft des

Riesenheeres brachte unzählige Versorgungs- und Unterkunftsschwierigkeiten mit sich. Es war bereits Sommer, als wir mit tausend Reitern aufbrachen, um auf dem Landweg die Festung von Takashima zu erreichen. Dort sollten unsere Schiffe uns erwarten.

Da erreichte uns eine folgenschwere Nachricht aus Takeri. Die Tungusen benutzten von jeher Brieftauben, um Botschaften zu übermitteln, und wir hatten diesen Brauch auch in Yamatai eingeführt. Die Taube war am Vorabend in unserem Lager eingetroffen und einer der Offiziere hatte sie behutsam dem König überbracht. Ein winziger Zylinder aus gehämmertem Silber war an einem ihrer Beine befestigt. Vorsichtig hatte Iri den Zylinder gelöst und das Siegel aufgebrochen. Die Botschaft war von seinem Vetter Yi-Am, dem Oberbefehlshaber der Flotte. Er teilte Iri mit, dass Nagasume Tomi mit einem Heer von über zweitausend Ainu an der Mündung des Yodo-Flusses lagerte.

Die Zeit drängte: Noch am gleichen Abend wurde beschlossen den Rückzug nach Takari unverzüglich anzutreten. Vier Tage waren wir bereits unterwegs und ritten ohne Ruhepausen. Die Zähigkeit und Ausdauer der Tungusen war bewundernswert: Sie konnten zehn Stunden und mehr im Sattel verbringen und dabei ihre Pferde schonen, sodass die Tiere bis zum Abend durchhielten.

Mein Reittier hieß Shiro-Uma, »Weißes Pferd«. Es war ein feingliedriger Schimmel mit braunen Augen und Hufen, die wie polierte Muscheln glänzten. Sein Zaumzeug war aus feinstem Leder; die silberne Mähne war nach Tungusenart geflochten und mit Amuletten geschmückt. Sein leichter Harnisch aus Kupferplättchen klirrte bei jedem Schritt: Es klang hell und zart wie Glöckchen. Ich trug weite Hosen wie ein Mann, lederne Beinschützer und darüber einen gegürteten Überwurf aus dunkelblauer Baumwolle. Ein breitrandiger Strohhut, mit einem durchsichtigen Schleier versehen, schützte mich vor der Sonne. Als Waffe führte ich meinen Bogen mit, der Köcher mit Pfeilen hing über meinem Rücken.

Hinter mir ritten die zehn Männer meiner Leibgarde. Ihrem Befehlshaber, Kuchiko, der mir das Waffenhandwerk als Kind beigebracht hatte, verdankte ich meine Kunstfertigkeit im Bogenschießen. Iri hatte gemeint, er sei zu alt, aber ich bestand darauf, ihn an meiner Seite zu wissen. Er hielt sich gerade wie ein Speer und nichts entging seinen wachsamen Augen.

Meine fünfzehnjährige Zofe Maki war die Tochter meiner Amme Miwa. Ich hatte sie ausgewählt, weil sie verschwiegen und anpassungsfähig war und sich nicht vor den Pferden fürchtete.

Der Weg nach Takeri führte an der Küste entlang. Es war eine felsige Gegend mit Wäldern, die selten den Blick aufs Meer freigaben. In regelmäßigen Abständen wurden die Pferde getränkt und gefüttert, bevor ihnen die Tungusen die Mäuler wieder zubanden und im raschen Trab weiterritten. Wir hofften, Takeri noch vor der Dämmerung zu erreichen. Boten waren mit den nötigen Anordnungen vorausgeschickt worden, damit wir die Schiffe bei unserem Eintreffen seeklar vorfanden.

Die Sonne sank, als die Vorhut des Heeres die Passhöhe erreichte und den Abstieg zur Küste begann. Die Reiter jubelten und schwangen ihre Speere. Sie spornten die Pferde mit schrillen Pfiffen an und jagten die erschöpften Tiere den Abhang hinunter. Den Hafen bildete eine halbmondförmige Bucht und die Festung mit ihren steilen Mauern und hohen Zinnen glich einer Bienenwabe am flachen Hang des Berges.

Hundert Kriegsgaleeren lagen ringsum an den Hafenmauern. In der Sonne leuchteten sie golden und die schrägen Schatten zeichneten sich auf dem tiefblauen Wasser ab.

Der Pfad führte durch terrassenförmige Reisfelder und endete in einem großen Steintor mit geschweiftem Strohdach, das den Eingang zum Hafen freigab. Bauern liefen herbei und warfen sich zu Boden. Sie drückten die Stirn in den Staub und verharrten regungslos, während der König mit seinem Gefolge vorbeiritt.

Iris Gesichtsausdruck war finster. Seit einigen Stunden war der Schritt seines neu zugerittenen Hengstes Aka-Uma unregelmäßig und zögernd. Iri scheute nicht davor zurück, seine Leute bis zur äußeren Erschöpfung anzutreiben, doch wenn es um das Wohlergehen seines Pferdes ging, war er sehr besorgt. Aka-Uma, das »Rote Pferd«, war ein prächtiger Fuchs mit klugen, leuchtenden Augen, dessen Fell glänzte wie karminrote Seide.

Ein gewundener Pfad führte hinauf zur Festung. Das Fallgitter war hochgezogen; zahlreiche Soldaten, mit Lanzen und Schwertern bewaffnet, blickten von den Böschungen, Wällen, Zinnen und Bastionen dem Reiterheer entgegen. Die Hufe donnerten auf der Holzbrücke, die über eine enge Schlucht führte. Wir durchquerten das hohe, eisenbeschlagene Tor und gelangten in den ersten Innenhof.

Die Offiziere stellten sich in einer Reihe auf und Stallknechte hasteten herbei, um die Pferde in Empfang zu nehmen. Iris Bruder Itzuse, dem die Festung in Abwesenheit des Königs anvertraut war, eilte die Stufen herunter. Drei Schritte vor dem Herrscher blieb er stehen und verneigte sich. Itzuse war fünf Jahre jünger als Iri und bewunderte ihn grenzenlos. Er hatte elfenbeinfarbene Haut, fein geschnittene Züge und ein vornehmes, zurückhaltendes Auftreten. Er trug ein Gewand aus goldgelber Seide und einen leichten Harnisch aus Bambus und Silberplättchen. Eine Silberspange schmückte sein hochgebundenes Haar. Er war außer Atem vor Aufregung. »Ich heiße Euch willkommen, Majestät. Habt Ihr eine angenehme Reise gehabt?«

»Danke«, erwiderte Iri zerstreut. Er nahm seinen Helm ab und reichte ihn einem Diener. Dann bückte er sich, um Aka-Umas Fuß zu untersuchen, und rief den Stallaufseher herbei.

»Ein Schilfsplitter scheint in den Huf eingedrungen zu sein und die Wunde hat sich entzündet. Sieh zu, dass du den Splitter entfernst, ohne dem Tier Schmerzen zu bereiten. Wasch dann die Wunde mit kaltem Wasser aus und mach einen Umschlag aus heilenden Kräutern. Ich will das Pferd morgen bei frischen Kräften vorfinden.«

Er warf dem Aufseher die Zügel zu. Dieser verneigte sich stumm, während ihm Iri den Rücken zukehrte und sich an seinen Bruder wandte. »Sind die Schiffe bereit?«

»Jawohl, Herr.« Itzuses Stimme klang atemlos und glücklich. »Ich habe persönlich darüber gewacht, dass Eure Anordnungen befolgt wurden . . .«

»Gut.«

Iri stieg die Stufen hinauf und betrat mit ausholenden Schritten die Festung, Itzuse folgte ihm in respektvollem Abstand. »Mit Eurer Erlaubnis, Herr, dürfte ich eine Bitte aussprechen?«

»Nun?« Iri verlangsamte kaum seinen Schritt.

Ich sah, wie eine flüchtige Röte Itzuses Wangen überzog. »Ich möchte Euch auf Eurem Feldzug begleiten! Wir haben genug fähige Männer, die die Festung halten können. Schließlich befinden sich fünfhundert Krieger hier und sie können jederzeit die Bevölkerung mobilisieren.« Die Worte sprudelten aus ihm hervor: »Ich verschwende meine Zeit hinter Festungsmauern, während Ihr Eure Feinde auf der ganzen Welt vernichtet! Gestattet mir an Eurer Seite auf dem Schlachtfeld Erfahrungen zu sammeln!«

Iri blieb stehen und legte ihm die Hand auf die Schulter.

»Wir wollen Eure Ungeduld nicht länger im Zaum halten. Ihr habt Zeit bis zum Morgen, um Euer Schwert zu schärfen!«

Die Männer arbeiteten die ganze Nacht, um die Pferde, Waffen, Vorräte und das Gepäck an Bord zu schaffen. Das Morgenrot war bereits verblasst und das klare Sonnenlicht flutete über die Berge, als das Geschwader aus dem Hafen auslief.

Bald lag die Küste weit hinter uns und wir steuerten auf die offene See hinaus. Ich hörte das Flattern der Segel, das Knirschen der Taue, das gleichmäßige Rauschen der Wellen. Der Taktmeister gab den Rhythmus mit dem Hammer an, während der Aufseher die Ruderer mit der Peitsche anspornte.

Auf der Schiffsbrücke war ein Baldachin für den König und sein Gefolge errichtet worden.

Yi-Am, der Oberbefehlshaber der Flotte, wich nicht von der Seite des Kapitäns.

Ich hatte Yi-Am am Hof von Nimana kennen gelernt und ihn nie gemocht. Er hatte ein glattes Gesicht mit hohen Wangenknochen, in dem Eigensinn und Grausamkeit lagen. Sein Haar war unter dem Bronzehelm festgesteckt. Unter dem stählernen Brustharnisch trug er ein Wams mit gestärkten Flügelärmeln. Zwei Schwerter steckten in seiner breiten, seidenen Schärpe.

Gegen Mittag spürte ich am Rollen des Schiffes, dass der Wind sich drehte. Ich hörte den Kapitän und Yi-Am lebhaft miteinander reden. Yi-Am befehligte das Geschwader, aber Noburu war ein Seemann aus Yamatai, der sein Schiff und die Gewässer kannte. Der Wind trug ihre Stimmen zu mir herüber. Noburu versuchte Yi-Am von der Notwendigkeit zu überzeugen, den Kurs zu ändern und in südlicher Richtung zu segeln.

»Der Wind wird in der Nacht umschlagen. Wenn die Nord- und Oströmungen aufeinander stoßen, bilden sich gewaltige Strudel, die den Schiffen zum Verhängnis werden können.«

»Wie viele Tage würden wir dabei verlieren?« Yi-Ams Stimme klang schroff.

»Einen Tag, Herr. Vielleicht zwei, wenn wir die Halbinsel Kii umsegeln.«

Yi-Am musterte ihn kühl. »Das ist ein großer Umweg.«

»Jawohl, Herr.« Noburu verbeugte sich entschuldigend.

»Aber der Sog der Strömung kann die Schiffe abtreiben und in die Tiefe ziehen.«

»Behalte den Kurs. Ich übernehme die Verantwortung.«

»Aber, Herr, der Wind . . .«

Yi-Am fauchte: »Halte deine Zunge im Zaum!«

»Jawohl, Herr.« Noburu schluckte, nach außen Würde bewahrend, im Innern jedoch zitternd. »Wie Ihr befehlt, Herr.«

Yi-Am grüßte ehrerbietig, als er an mir vorbeischritt. Ich grüßte zurück mit unbeweglicher Miene. Seine Arroganz war mir zuwider. Auch konnte ich nicht vergessen, dass er mich einst gedemütigt hatte . . .

Gegen Abend erhob sich der Wind. Die See schäumte. Aus dem sanften Wiegen des Schiffes wurde ein Schaukeln und die Ruderer stemmten sich mit aller Kraft in die Riemen. Ich stand an Deck und beobachtete das Einziehen der Segel, als Noburu sich vor mir verneigte. Ich spürte sofort, dass er eine schlechte Nachricht brachte.

»Majestät, der Wind frischt zu heftig auf. Es wird uns nur schwer gelingen, die Schiffe unversehrt durch die Strömung zu steuern.«

»Wie könnten wir der Gefahr entgehen?«, fragte ich.

»Es gibt zwei Möglichkeiten, Majestät. Die erste und sicherste wäre, die Schiffe treiben zu lassen und günstigen Wind abzuwarten.«

»Und die zweite wäre?«, fragte ich.

»Dass der Rudermeister die Sklaven zu äußerster Anstrengung zwingt. Wir müssen die Schiffe so schnell wie möglich aus den gefährlichen Gewässern bringen.«

»Gebt die nötigen Anweisungen.« Ich seufzte. »Ich werde es den König wissen lassen.«

Noburu befahl die Segel zu hissen. Bald darauf ertönte das Dröhnen des »Dora«, des Bronzegongs, der uns dazu diente, Signale von Schiff zu Schiff zu übermitteln. Zwei Männer schlugen mit einem stoffumwickelten Hammer im Takt darauf. Der gewaltige, summende Schwington hallte weithin über das Meer.

Der Rudermeister gab ein schnelleres Tempo an, die Männer legten sich mit aller Kraft in die Riemen. Das Vibrieren der Segel steigerte sich zu einem einzigen wirren Flattern.

Noburu schaute zu den Galeeren hinüber, die wir mit vollen Segeln überholten, und heftete dann seinen Blick auf das Wasser, um die Richtung abzuschätzen, in die wir steuern mussten. Er brüllte Befehl auf Befehl. Weil jedes Schiff auf den Wind angewiesen war, blieb nur wenig Raum, um zu manövrieren, und die Gefahr, sich gegenseitig zu rammen, vergrößerte sich zusehends.

Plötzlich schleuderte die Strömung unsere Galeere seitwärts. Das Schiff erbebte und neigte sich nach Steuerbord. Starr vor Schreck sah ich, wie der Sog des Wassers uns mit rasender Geschwindigkeit auf das Nachbarschiff zutrieb.

Der Steuermann warf die Pinne herum. Der Taktmeister wechselte den Rhythmus. Unendlich langsam wendete das Schiff. Dann, als der Wind plötzlich mit voller Kraft die Segel blähte, begann sich der Bug immer schneller zu drehen, bis die Galeere mit einem gewaltigen Satz vorschnellte, während das andere Schiff dröhnend und knarrend an uns vorbeiflog.

Die Ruderer atmeten schwer. Schweiß lief ihnen über Hals und Rücken. Einige brachen zusammen und mussten ausgewechselt werden. Doch das war erst der Anfang. Immer wieder brachte die Strömung die Schiffe vom Kurs ab, schleuderte sie hin und her. Die Brecher schienen aus allen Windrichtungen zusammenzuströmen und sich untereinander zu bekämpfen.

Ein ohrenbetäubendes Krachen: Eine Galeere, nicht weit von uns, hatte eine andere gerammt. Ich sah die Eichenbohlen und die Planken auseinander bersten. Die Takelage wurde über Bord gefegt, die Masten neigten sich und barsten, die

Segel begruben die Mannschaft unter sich. Männer und Pferde stürzten ins aufgewühlte Meer. Die Seeleute klammerten sich verzweifelt an die Balken, die in den Wellentälern trieben. Es war unmöglich, ihnen zu Hilfe zu kommen. Jeder Kapitän konnte nur auf das Heil seines eigenen Schiffes bedacht sein.

Wenig später prallten zwei andere Galeeren aufeinander: Sie rammten sich mit solcher Wucht, dass sie fast augenblicklich sanken.

Die Nacht brach an. Auf den Schiffen wurden Fackeln angezündet. Stunde um Stunde verging. Mir war elend zu Mute, und die Kälte durchdrang meinen Körper. Manchmal fielen mir die Augen zu, doch ein plötzliches Knarren der Masten, ein wütendes Zerren der Segel riss mich immer wieder aus meinem Erschöpfungsschlaf.

Die Rudermannschaft war bereits dreimal abgelöst worden, als von Osten her ein schmaler Lichtstreifen den Horizont erhellte: Der Himmel schimmerte grau, während die See noch in Dunkelheit getaucht war. Doch mir schien, dass das Tosen der Brandung, das wilde Schaukeln der Wellen allmählich nachließ.

Ich trat mit Iri an die Reling. Soweit das Auge reichte, war die See mit Segelfetzen, Tauen, Planken und Fässern übersät. Überlebende sahen wir nicht, denn auch der beste Schwimmer hätte nicht gegen die Strudel ankämpfen können.

Es erwies sich, dass sieben Schiffe der Strömung zum Opfer gefallen waren. Das bedeutete einen Verlust von wenigstens zweihundert Mann und dreißig Pferden.

Iri erbleichte, als man ihm die Nachricht überbrachte. Zum ersten Mal las ich Zweifel, ja Furcht in seinen Augen. Er sprach mit rauer Stimme: »Priesterin, sagt, hat mich mein Glück verlassen?«

Bei seinen Worten spürte ich ein seltsames Erschauern. Ich dachte: Es ist nicht gut, wenn ein König an sich selbst zweifelt.

Mit leiser Stimme hörte ich mich sagen: »Sorgt Euch nicht, Fürst. Das Sternenschwert beschützt uns.«

Er starrte mich an und in seinem schmalen Gesicht zuckte es. Aber der verstörte Ausdruck war von ihm gewichen. Etwas Kaltes, Lauerndes stieg in seinen Augen auf. Ich sann den Worten nach, die ich selber ausgesprochen hatte, und wünschte sie niemals gesagt zu haben.

Das Schwert war der Sonnengöttin geweiht worden und meiner besonderen Obhut anvertraut. In Friedenszeiten wurde es im Heiligtum aufbewahrt, doch es begleitete stets den König auf seinen Feldzügen: Es war das Wahrzeichen unserer Einheit. In weiße Seide gehüllt, ruhte es in einer Truhe aus Ebenholz. Zwei Priesterinnen bewachten es Tag und Nacht. Eine Sänfte und eine besondere Leibgarde standen ihnen zur Verfügung.

An jenem Tag jedoch wurde nicht mehr darüber gesprochen. Iri erhob sich, um nach den Pferden zu sehen, und ich stieg hinunter in die Unterkunft, die mir zur Verfügung stand. Maki lag stöhnend auf der Matte. Sie war grün im Gesicht und hatte kaum die Kraft, mir die feuchten Kleider vom Körper zu ziehen. Im Halbdunkel sah ich Hana und Etsu, die beiden Priesterinnen, unbeweglich vor der Truhe knien. Ihre weißen Gewänder mit dem roten Überwurf lagen in geordneten Falten um ihre Knie. Ihre Haut war von kühler, durchscheinender Blässe, ihre ruhigen Hände wie aus Elfenbein geschnitzt.

Ich grüßte und sie erwiderten stumm meine Verbeugung. Ein Lichtstrahl fiel auf die schimmernde Oberfläche der Truhe. Ich wandte den Blick ab.

Der Tag verging ohne Zwischenfall und auch die Nacht verlief ruhig. Vom beständigen Westwind getrieben, glitten die Schiffe durch die Wellen. Der Morgenhimmel färbte sich rosa und violett, als die Küste von Kawachi in Sicht kam. Soweit der Blick reichte, war die Ebene mit Schilf bewachsen. Die Berge waren nur als unbestimmte blaue Schatten am Horizont zu erkennen.

Langsam und regelmäßig schlugen die Ruder ins Wasser. Bald kam die Flussmündung in Sicht; die Wellen, die sich über eine weite Strecke landeinwärts verliefen, schäumten und färbten das Meer gelblich. Wir standen unter dem Baldachin und beobachteten die Küste. Die Sonne stieg und verbreitete glühende Hitze, doch Iri schien sie nicht zu empfinden. Sein Ausdruck war argwöhnisch und gereizt.

»Uns wurde berichtet, dass Nagasume Tomi sein Lager an der Flussmündung aufgeschlagen hat. Wir waren überzeugt, dass er kämpfen oder verhandeln wollte. Warum sollte er sich im letzten Augenblick zurückgezogen haben? Mir gefällt das nicht . . .«

Yi-Am stand regungslos an seiner Seite. »Auch mir nicht, Majestät. Sie müssten das Geschwader schon längst gesichtet haben. Ich habe den Eindruck, sie wollen uns in einen Hinterhalt locken oder uns einen eindrucksvollen Empfang bereiten.«

Ein Warnschrei tönte von der Wache herüber. Der Kapitän, der hinter den Offizieren stand, drängte sich vor. Sein scharfer Blick suchte den Küstenstreifen ab. Er streckte den Arm aus: »Majestät, da sind sie . . .!«

Aller Augen wandten sich in die Richtung. Ein Raunen verbreitete sich an Deck. Dort, wo die schäumenden Wellen ins Landesinnere schlugen, waren plötzlich unzählige wendige Boote aufgetaucht, die wie Wasserschlangen durch die spiegelnde Brandung glitten. Es mussten hunderte und aberhunderte sein.

Ich hob die Hand über die Augen, um besser sehen zu können. Die Boote waren aus ausgehöhlten Baumstämmen angefertigt, deren Bug und Heck spitz aufragten. Jedes von ihnen war mit acht Ruderern besetzt.

Iri gab ein Zeichen.

Itzuse trat vor. Er zwang sich zur Beherrschung, doch seine Augen leuchteten vor Aufregung. »Majestät?«

»Gib dem Geschwader bekannt, dass es auf offener See warten soll.«

»Zu Befehl, Majestät.«

Er eilte von Deck, um die Anordnung weiterzuleiten. Am Bug begann die Bronzescheibe schwer und dumpf zu dröhnen. Die Ruder peitschten Gischt auf. Die Fahrtgeschwindigkeit der Schiffe verlangsamte sich, während wir uns der dichten, schaukelnden Bootsfront näherten. Die Boote wurden vom Wellengang auf und nieder geworfen, doch keines bewegte sich von der Stelle.

Erst als wir nur noch einige Ruderlängen von der Bootsfront entfernt waren, tat sie sich auf: Mit kleinen, geschickten Stößen trieben die Ruderer die Boote zur Seite, sodass sich ein offener Weg bildete, durch den unsere Galeere hindurchglitt. Ich sah deutlich die Männer, die in den Booten standen. Ihre Kleidung war aus Pflanzenfasern hergestellt: Sie bestand aus einer Art kurzer Hose, die die Schenkel freiließ, und einem Überwurf mit weiten Ärmeln. Die Haare der Männer waren lang und struppig, die Gesichter bärtig, wie es bei den Ainu Sitte ist. Einige von ihnen trugen seltsam geformte Kopfbedeckungen aus Schilfgeflecht.

Immer langsamer glitt das Schiff durch das bräunliche Wasser, während die unzähligen Boote einen glitzernden, schuppenähnlichen Ring bildeten, der sich immer mehr der Galeere näherte und sich schließlich in gewaltigem Kreis um sie schloss.

## 2

Der Kapitän gab einen Befehl. Die Riemen hoben sich knarrend, der Anker senkte sich ins aufspritzende Wasser. Die Galeere ragte im gleißenden Licht auf, umgeben vom Gewirr schaukelnder Boote. Nur das Plätschern des Wassers und das Knirschen der Takelage waren zu vernehmen. Dann löste sich ein Boot aus der Masse und näherte sich der Galeere. Ein Mann stand aufrecht am Bug. Er trug eine glänzend polierte Rüstung mit stählernem Armschutz. Obgleich die Entfernung noch zu groß war, um sein Gesicht zu erkennen, wusste ich, wer er war.

Auf Iris Befehl wurde das Fallreep heruntergelassen. Die Ruderer brachten das Boot nahe an die Galeere. Die Offiziere versammelten sich auf dem Achterdeck und beobachteten, wie sich Nagasume Tomi an den Sprossen heraufzog und an Deck schwang. Seine Bewegungen waren geschmeidig wie die eines Jünglings, aber als ich ihn aus der Nähe betrachtete, erinnerte ich mich, dass er Amoda bereits als reifer Mann verlassen hatte. Sein Haar, das unter dem Bronzehelm hervorsah, war schiefergrau. Nach Art der Ainu hatte er sich einen Bart wachsen lassen und die Brauen, die seine tief liegenden Augen beschatteten, waren buschig. Zwei Schwerter steckten in seiner Schärpe. Er hielt einen Bogen in der Hand und der Köcher mit Pfeilen hing über seinem Rücken. Ein weiterer Mann war hinter ihm an Deck getreten. Es war ein Jüngling, offensichtlich ein Ainu. Die Augen waren dunkel und schimmernd, sein Bart nur ein Flaum. Lockiges, dunkelbraunes Haar umrahmte sein Gesicht. Er trug die kurze Hose aus Pflanzenfasern und einen Wickelüberwurf mit weißen und karminroten Mustern. Sein Gesicht war stolz, abweisend und ein wenig verlegen. Auch er war mit Pfeil und Bogen ausgerüstet.

Iri stand regungslos unter dem Baldachin. Er hatte die rechte

Hand am Schwertgriff und beobachtete die Ankömmlinge mit steinernem Gesicht. Nagasume Tomi legte weder seine Waffen ab, noch warf er sich auf die Knie, sondern verneigte sich mit gelassener Höflichkeit.

»Verzeiht, Majestät, das beschwerliche Zustandekommen unserer Begegnung und nehmt unseren Dank entgegen für den gewährten Empfang.«

Iris Gesicht blieb unbewegt, während die üblichen Begrüßungsworte huldvoll und distanziert über seine Lippen kamen.

Nagasume Tomi verneigte sich von neuem und wandte sich mir zu. Sein Blick aus den tiefen Augenhöhlen schien aus weiter Ferne zu kommen.

»Vergebt mir, Toyo Hime no Mikoto, dass ich Euch nicht mit allen Ehren, die der Tochter der Sonnengöttin gebühren, in meinem Haus empfange, aber die Umstände hindern mich daran. Wenngleich sich unsere Wege auch trennen, so könnt Ihr doch allzeit gewiss sein, dass ich die Bande des Blutes weder vergessen noch verleugnen werde . . .«

Bei diesen Worten schmerzte mir das Herz, denn ich spürte, dass er seine Wahl bereits getroffen hatte. Doch ich zwang meine Augen fest zu blicken, während ich mich verneigte und sprach: »Habt Dank für Euer Vertrauen.«

Man brachte Kissen und heißen Tee. Nagasume Tomi nahm unter dem Baldachin Platz, während sich der Jüngling abseits mit untergeschlagenen Beinen niederließ. Es war drückend heiß und windstill. Kein Geräusch, außer dem leichten Plätschern des Wassers, verriet die Anwesenheit der unzähligen Boote, die das Schiff umringten.

Iri ließ absichtlich die üblichen Höflichkeitsformen beiseite und kam sofort zur Sache.

»Wir unternehmen diesen Feldzug zu Ehren der Großen Göttin Amaterasu, Herrscherin des Lichtes und Quell allen Lebens. Unser Ziel wird sein, ihr am Ufer des Ostmeeres ein Heiligtum zu errichten. Wäret Ihr bereit, uns im Namen der Göttin als treuer Vasall zur Seite zu stehen?«

Nagasume Tomi wies den Teebecher zurück, den ihm ein Offizier mit gesenktem Kopf anbot, und sprach: »Der Mensch ehrt die Götter auf seine Weise. Wie aber kann er darüber entscheiden, nach welcher Ehre die Gottheit verlangt?«

Iris Augen funkelten hochmütig. »Soll das bedeuten, dass Ihr unserer Bitte nicht entgegenkommt?«

Nagasume Tomis Gesicht wurde finster und kalt. Er verneigte sich und sprach: »Verzeiht, Majestät, wenn mein Gewissen mich zwingt sie abzulehnen.«

Iris Faust ballte sich um den Schwertgriff. »Überlegt Euch Eure Worte reichlich, bevor der Zorn der Göttin über Euch hereinbricht. Wir sind im Besitz der heiligen Waffe, des Symbols des Sieges.«

Nagasume Tomi erwiderte fest und hart seinen Blick. »Hattet Ihr nicht einst in Namen der Gottheit geschworen, sie niemals für unehrenhafte Zwecke zu verwenden?«

Totenstille. Itzuses Hand griff zum Schwert. Yi-Am hatte das seine bereits umfasst. Ich senkte den Fächer. Das Blut pochte ungestüm in meinen Adern. Ich sah den gelben Baldachin über mir leuchten und die blendende Sonne schmerzte in meinen Augen, bevor die Helle erlosch und sich Dunkelheit auf mich herabsenkte. Aus der Finsternis, die um mich kreiste, stieg unklar ein Bild auf. Ich sah meine Mutter im Fackelschein auf der Matte liegen. Sie war bleich wie Wachs und ihre Augen lagen in pflaumenblauen Höhlen. Ich vermeinte ihre Stimme zu hören. Sie war leise, stockend und dennoch klar: »Schwört bei der heiligen Waffe ... Euch nicht von Zorn oder Rache leiten zu lassen ... Euch nicht im Streit gegeneinander zu erheben ...« Jemand vor ihr hielt mit beiden Händen das Schwert, das im Schein der Fackel glänzte. Eine Stimme sagte: »Ich schwöre es ...« Es war nicht Iris Stimme, es war ...

Irgendwo schrie eine Möwe, schrill, unaufhörlich, ohrenbetäubend. Die dunkle Wolke um mich herum löste sich auf: Ich fand mich schweißgebadet an Deck des Schiffes unter dem gelben Baldachin wieder, hörte die Möwe kreischen und den König mit schneidender Stimme sagen: »Niemand wird als Verräter geboren. Wer sich jedoch zum Treuebruch bekennt, muss sich vor der Welt und der Gottheit verantworten.«

Ich sah Nagasume Tomis Augen sich zu leuchtenden Schlitzen verengen. Er erhob sich als Erster und zwang dadurch den König sich ebenfalls zu erheben. Iri war weiß vor Zorn. Seine angespannten Halsmuskeln zitterten. Nagasume Tomis Gesicht glich einer Maske. Ohne sich umzusehen, gab er ein Zeichen und der Ainu-Jüngling trat an ihn heran. Nagasume Tomi legte ihm die Hand auf die Schulter. Seine Stimme klang gedämpft in der unnatürlichen Stille.

»Dies ist mein Adoptivsohn Attero. Sein Volk, die Aiu-Utari, lebt sein Menschengedenken im Delta des Yodo-Flusses. Ihnen sind das Land und die Gewässer heilig. Sie gründen keine Städte und streben nicht nach Macht oder Ruhm, sondern leben von dem, was Wald und Meer ihnen schenken. Ihr aber erbaut Festungen und Straßen, erbeutet Reichtümer und haltet Sklaven. Ihr wühlt den Boden auf, fällt die Bäume, vertreibt die Tiere aus ihren Schlupfwinkeln. Die Aiu-Utari glauben nicht, dass sie mehr sind als eine Pflanze, ein Tier oder ein Baum. Sie leben im Einklang mit der Erde und den Gestirnen, ihr aber erobert das Land mit der Anmaßung der Mächtigen . . .« Er schleuderte dem König die Worte entgegen. »Die Aiu-Utari ehrten mich, indem sie mich zum ›Ottena‹ machten. Sie sind bereit zu kämpfen und ich werde sie führen.«

Iri starrte ihn an, als sähe er einen Wahnsinnigen vor sich.

»Ich könnte Euch auf der Stelle festnehmen und als Verräter aburteilen lassen!«

»Das würde Euch, Majestät, nicht zur Ehre gereichen«, erwiderte gleichmütig Nagasume Tomi. »Bin ich nicht Euer Gast an Bord? Außerdem befinden sich dreitausend Krieger in den Booten rund um die Galeere. Weitere dreitausend warten im Schiff auf meinen Befehl . . .«

Itzuse konnte sich nicht länger beherrschen. Ungestüm riss er sein Schwert aus der Scheide und stürzte sich auf Nagasume Tomi, bereit, mit beiden Händen den tödlichen Schlag zu führen. Der alte Mann machte keine Anstalten, den Stoß abzuwehren. Sein Gesicht blieb maskenhaft starr und ruhig; doch Attero hatte blitzschnell einen Pfeil an die Bogensehne gelegt. Die Pfeilspitze wies auf Itzuse, die Sehne war bis aufs Äußerste gespannt. Mit einer knappen Handbewegung hielt Iri seinen jüngeren Bruder zurück. Itzuse steckte bebend das Schwert wieder in die Scheide. Dann verneigte er sich entschuldigend und trat zurück. Auch Attero ließ schwer atmend die Bogensehne sinken. Sein Gesicht glänzte vor Schweiß. Die Spannung löste sich und wieder hörte ich schrill und deutlich die Möwen kreischen.

»Junges Blut wird leicht ungeduldig«, sagte Nagasume Tomi. Er maß den König mit kühlem Blick. »Es sei Euch gestattet, die Nacht im Küstenbereich zu verbringen und Trinkwasser für die Mannschaft an Bord zu schaffen. Jedoch ersuche ich Euch, die Flussmündung vor Sonnenaufgang zu verlassen.«

Er verneigte sich vor dem König, bevor er sich mir zuwandte. Unsere Blicke trafen sich; ich sah den feuchten Glanz in seinen Augen.

»So lebt wohl, Majestät«, sagte er leise und eindringlich. »Sprecht von mir zu der Göttin, wenn sie Euch jenseits des Lichtes begegnet.«

Ich senkte den Kopf und verneigte mich tiefer als er, tiefer als mein Rang es erforderte. Stockend kamen die Worte über meine Lippen. »Seid unbesorgt, Nagasume Tomi. Die Göttin weiß die Ihrigen zu erkennen.«

Ich sah nicht sein Gesicht; spürte nur seine Bewegung, als er mit einer letzten Verbeugung Abschied nahm. Er wandte sich ab, verließ mit ruhigen Schritten das Deck und kletterte das Fallreep hinunter. Attero folgte ihm. Sie stiegen in das wartende Boot und Nagasume Tomi hob den Arm. Alle Ruder tauchten gleichzeitig ins glitzernde Wasser. Der dichte Bootskreis dehnte sich aus wie eine Riesenschlange, die feucht-schillernd ihre Ringe entrollt. Die Boote entfernten sich vom Schiff und trieben den Ufern entgegen.

Die Stimmen der Möwen gellten, als Iri seine Feldherren um sich versammelte und seine Befehle erteilte.

»Man lasse den ›Dora‹ schlagen. Das Geschwader soll auf die Küste zusteuern und an der Flussmündung vor Anker gehen. Vervierfacht die Wachen. Die Krieger sollen sich bereithalten. Vor Sonnenaufgang fahren wir den Fluss hinunter. Yi-Am, Ihr übernehmt das Kommando.«

Gegen Abend setzte die Flut ein und der Wasserspiegel hob sich. Die Galeere schwankte auf den leichten Flusswellen und die Takelage knarrte. Das Tönen des »Dora« war längst verstummt. Alle Schiffe hatten sich der Flussmündung genähert. Soweit das Auge reichte, schaukelten Segel über dem Blau des offenen Meeres. Dem geschäftigen Hin und Her an Bord war eine abwartende, bedrückende Stille gefolgt. Ich saß in Gedanken versunken auf einer Matte und spürte die Angst, die auf den Männern lastete. Neben mir stand ein kleines Holzkohlebecken, in dem wohlriechende Holzstücke brannten. Meine Augen waren auf den König gerichtet, der sich auf dem Achterdeck mit seinen Generälen beriet. Itzuse stand an seiner Seite und lauschte aufmerksam seinen Worten. Iri trug den Bronzehelm mit dem Hirschgeweih. Sein goldbestickter Umhang, der mit Jadespangen an den Schultern gehalten wurde, wogte wie ein prächtiges Gefieder.

Auch du, Iri, spürst die Angst der Männer, dachte ich, und vielleicht empfindest du sie sogar selbst. Aber du erkennst auch die Vorteile, die dir daraus entstehen, und hast sie vielleicht sogar eingeplant. Jeder – vom Rudersklaven angefangen bis zum Befehlshaber – wird so dazu getrieben werden, seine Kräfte voll einzusetzen.

Die Sonne sank feuerrot. Die Schilffläche funkelte wie Gold. Bald brach die Dämmerung herein; man brachte die ersten Fackeln. Nach und nach spürte ich, wie eine seltsame Unruhe mich erfasste. Ich fror trotz der Hitze und rückte näher an das Kohlenbecken. Der duftende Rauch der Holzkohle drang mir in die Lungen. Formen und Farben vermischten sich. Die Gesichter schwankten vor meinen Augen. Schweiß brach mir aus allen Poren. Ich kannte dieses Gefühl von früher her ... Und plötzlich wusste ich: Die Gottheit schickte mir ein Zeichen! Mein verstörter Blick hastete suchend in alle Richtungen. Da! Ein wild flatternder Schatten huschte über das Deck. Es war ein Vogel, eine Eule vermutlich, die das Licht angezogen hatte. Das verirrte Tier stieß gegen die Segelbahnen, verfing sich in den Tauen. Ein Seemann trat hinzu, um es zu verscheuchen. Plötzlich schwang sich der Vogel mit kräftigem Flügelschlag zum Achterdeck hinüber und schwebte auf die versammelten Offiziere zu. Im Fackellicht schien mir sein Schatten zu riesenhafter Größe anzuwachsen, und da wusste ich, dass es der Schatten des Todes war. Mit ausgebreiteten Schwingen verharrte der Vogel eine Weile über den Männern und ich sah, wen der Schatten bedeckte. Ein Aufschrei entfuhr mir. Schon glitt der Vogel davon und tauchte in die glühende Nacht.

Das Schiffsdeck begann zu kreisen. Der Himmel wurde schwarz: Ich verlor das Bewusstsein.

Jemand hob behutsam meinen Kopf, setzte eine Schale an meine Lippen. Ich schlürfte den dampfenden, leicht bitteren Tee. Mühsam schlug ich die Lider auf. Ein Gesicht kam und ging über mir – ich erkannte meine Dienerin Maki. Von irgendwoher drang die Stimme des Herrschers an meine Ohren: »Ihre Majestät, die Königin, fühlt sich nicht wohl. Man trage sie behutsam in ihr Gemach.«

Ich bewegte mühsam die Lippen. »Nein! Wartet noch ...«

Maki trocknete mir Gesicht und Hände mit einem heißen Tuch, danach fühlte ich mich besser. Mit größter Anstrengung setzte ich mich auf. Der König saß vor mir mit starrem Gesicht. Das Hirschgeweih auf seinem Helm hob sich dunkel vor dem rötlichen Fackellicht ab.

»Lass uns allein!«, befahl ich Maki. Als sie sich entfernt hatte, verbeugte ich mich und sprach: »Verzeiht, Herr, wenn ich die Ratsversammlung störte. Die Göttin hat mir eine Warnung geschickt.«

Er erwiderte die Verbeugung und blickte mich erwartungsvoll an. Ich war eine Priesterin; eine Priesterin befragt man nicht, wie sie zur Kenntnis der Dinge gelangt, und man übergeht auch nicht ihren Rat.

»Ich flehe Euch an, Herr, bleibt dieser Schlacht fern. Zieht Eure Schiffe auf die offene See zurück und segelt in südlicher Richtung . . .«

Ich sah, wie das Blut aus Iris Gesicht wich. Seine Augen funkelten mich an.

»Soll ich die Schmach hinnehmen, meine eigenen Befehle zu widerrufen?«

Leise erwiderte ich: »Ich erkannte den Schatten des Todes . . .«

»Der Tod wartet stets in der Nähe, wenn eine Schlacht bevorsteht.« Iris Stimme wurde vorsichtig und irgendwie lauernd. »Ist ein König nicht dazu berufen, zu herrschen und sein Gebiet zu erweitern, damit das Volk ihm gehorcht und die Feinde ihm Achtung entgegenbringen? Ich ermahnte Euren verehrungswürdigen Verwandten zur Königstreue. Er jedoch redete von Bäumen und Tieren. Er hat den Verstand verloren und mich vor aller Augen lächerlich gemacht. Dafür wird er seinen Kopf lassen!«

»Glaubt Ihr, es ist das Opfer wert?«, fragte ich.

Die Zähne schimmerten zwischen seinen Lippen. »Mein Weg ist gerade und führt nach Osten.«

»Dann fürchtet den Zorn der Göttin«, sprach ich bebend. »Jemand, der Euch teuer ist, wird diese Schuld sühnen.«

Seine Augen flackerten. Ich spürte, dass er betroffen war.

»Ich ehre die Gottheit, bringe ihr Gaben und Opfer dar und verlange dafür, dass sie mich siegreich geleitet.«

Ich starrte ihn an, entsetzt, dass er es wagte, die Göttin herauszufordern.

Er jedoch fuhr unbeirrt fort: »Das Schwert mit den sieben Klingen soll mir als Wegweiser dienen. Befehlt den Priesterinnen, die heilige Truhe an Deck zu bringen!«

Lähmende Schwäche überfiel mich. Rau, kaum hörbar, brachte ich über die Lippen: »Das Schwert ist Eigentum der Göttin.«

»Einst wurde es gegen sie gewandt.« Iris dünne Lippen verhärteten sich. »Habt Ihr das bereits aus Eurem Gedächtnis gelöscht?«

Ich fühlte, wie Hitze in mir aufstieg. Mein ganzer Körper glühte. Ich sah auf den König, meinen Gemahl, wie auf einen Fremden, einen Feind, der mir vor aller Blicke ins Gesicht geschlagen hatte. Oder spürte ich noch etwas anderes? Etwas, das ich nicht wahrnehmen wollte? Ich beugte meinen Kopf so tief, dass mein Haar den Boden streifte. Dann richtete ich mich auf und klatschte in die Hände. Maki erschien, verneigte sich mit scheuen Augen. Ich befahl: »Teile den Ehrwürdigen Priesterinnen mit, dass sie die heilige Truhe an Deck bringen möchten.«

In wenigen Augenblicken übertrug sich die Spannung auf das ganze Schiff. Die Wachen standen regungslos und ihre Schilde leuchteten wie goldene Spiegel. Die Mannschaft drängte sich flüsternd und verlegen im Hintergrund, während sich die Edelleute um den König versammelten. Mein Blick blieb auf Itzuse haften, der wie gebannt auf den König starrte. Etwas regte sich in meinem Gedächtnis; ein Schauder überlief mich. Ich wandte den Blick von ihm ab.

Als Hana und Etsu an Deck erschienen, ging ein Raunen

durch die Menge; dann verstummte jedes Geräusch. Die Priesterinnen schritten in ihren weißen Gewändern mit gesenkten Blicken an den Männern vorbei, während ihre scharlachroten Überwürfe über den Boden schleiften. Ihre Gesichter waren weiß gepudert. Ihre lackschwarzen Haare waren im Nacken mit Reisstrohbändern zusammengebunden. Sie knieten vor mir nieder.

Maki brachte ein kleines, mit frischem Wasser gefülltes Becken. Ich tauchte meine Hände hinein und trocknete sie mit einem weißen Tuch. Es herrschte vollkommene Stille, als ich die Ärmel meines Gewandes zurückschlug, mich über die Truhe beugte. Ich löste die beiden goldenen Schlösser und schlug den Deckel zurück.

Das Sternenschwert lag vor mir, in makellose Seide gehüllt. Ein prickelndes Gefühl überlief meine Haut. Ich hob die Lider, richtete den Blick auf den König. Sein Gesicht war ausdruckslos, doch seine Augen glühten. Beeil dich!, gebot sein Blick. Ich verneigte mich und hob das Schwert mit beiden Händen. Ich war überrascht, wie leicht es war. Behutsam legte ich es auf die Matte. Die Krieger um uns herum hielten den Atem an. Ehrfurchtsvoll wickelte ich das Schwert aus der Seide, indem ich vermied das Metall zu berühren, damit auch nicht der kleinste Fingerabdruck seine Vollkommenheit störte. Und dann lag die Waffe vor mir. Wie ein stählernes Gewächs traten sieben flammengleich gebogene Klingen aus seinem Schaft. Der Griff aus massivem Silber funkelte. Ich starrte auf die in den Stahl eingravierte Inschrift. Es schien gleichsam, als wäre sie in mein Herz geprägt, während meine Lippen geräuschlos die Geheimworte formten:

»Zur Mittagszeit, am elften Tag des fünften Monats des vierten Jahres von Taiho wurde das Schwert mit den sieben Klingen vollendet, aus mehr als hundertmal gehärtetem Eisen. Es wehrt die Gefahr ab in der Schlacht, es ist Prinzen und Königen würdig. Es wurde geschmiedet von . . .«

Ein Schatten verdunkelte den bläulich glitzernden Stahl: Der Name schien zugleich auf der Klinge wie auch in meinem Gedächtnis verblasst. Ich sah Iris Hand ungeduldig nach der Waffe greifen. Er riss das Schwert an sich und schwang es gegen das Licht. Hoch aufgerichtet stand er vor den Kriegern. Rote Funken tanzten in seinen Augen. Seine raue, triumphierende Stimme hallte über das Schiff: »Ich streckte die Hand nach dem Sieg aus und die Göttin selbst überreichte mir das Sternenschwert. Mein Wille hier auf Erden ist einziges Gesetz. Rüstet euch zum Kampf! Wir werden die Schlacht gewinnen!«

Seine Worte gingen im Jubel unter. Die Männer riefen den Namen des Herrschers und ihre Stimmen hallten wie Kriegsgeschrei. Die Muschelhörner dröhnten. Die Wachen begannen mit den flachen Schwertern im Takt gegen die Schilde zu schlagen. Das klingende Hämmern drang durch die Nacht, verbreitete sich von einem Schiff zum anderen, vereinigte sich mit dem fernen Rauschen der Brandung. Das Schwert, das Iri mit beiden Händen hoch hielt, schimmerte jetzt blutrot und feindselig. Der Mann, der sich der Waffe bemächtigt hatte, war nicht ihr Herr. Der König jedoch, von Genugtuung erfüllt, berauscht von der Machtgier, die in seinen Adern pochte, merkte von alledem nichts. Er befahl Reiswein zu bringen und die Männer tobten vor Begeisterung.

Der steigende Lärm zerrte an meinen überreizten Nerven. Die Fackeln flackerten. Das Stampfen, das Geschrei, das Klirren der Schwerter gegen die Schilde, steigerte sich ins Unerträgliche. Es war die Stimme des Todes, aber keiner verstand sie und ich betete verzweifelt zur Gottheit: »Ein Frevel ist hier geschehen, aber verlasse uns nicht! Beschütze jene, die ihn nicht begangen haben, denn wir alle leben in deiner Hand ...«

# 3

In der Nacht bezog sich der Himmel. Der Fluss war finster und glatt wie ein See; es roch nach Salz, Tang und modriger Erde. Kurz vor Tagesanbruch begann es zu regnen. Ein gleichmäßiges Rauschen erfüllte die Luft. Das Deck wurde glitschig. Die nassen Segel hingen schlaff und schwer herunter. Das erste trübe Licht verbreitete sich über dem Horizont, als Iri den Befehl gab flussaufwärts zu steuern.

Von meiner Leibwache umgeben, stand ich auf dem Oberdeck und blickte auf die Schiffe, die uns folgten. Ihre dunklen Umrisse verloren sich im Dunst. Durch den Regenschleier waren die Fackeln, die als Signale dienten, kaum zu erkennen. Ich hatte meinen Harnisch und die ledernen Beinschützer angelegt. Mein Haar war nach Männerart an den Schläfen hochgebunden und ich trug meinen Köcher über der Schulter. Den Bogen hielt ich in der Hand. Ich fror und mein Atem ging stockend. Mir war, als steuerten wir unaufhaltsam einer grauenvollen, unbekannten Bedrohung entgegen. Auch die Offiziere auf dem Gefechtsstand waren nervös: Der Regen nahm ihnen die Sicht.

Die Banner waren aufgepflanzt. Kana, der Adler, bewegte sich auf der Stange hin und her. Sein Gefieder schillerte im Regen und seine Halsfedern sträubten sich. Manchmal schüttelte er die nassen Schwingen und fauchte.

Unter dem Baldachin, der ihn vor dem Regen schützte, stützte sich der König auf das Sternenschwert und beobachtete argwöhnisch den Fluss. Neben ihm fingerte Itzuse aufgeregt an seinem Bogen. Seine Augen blitzten vor jugendlicher Streitlust.

»In einer Stunde ist es hell!«, stieß er hervor. »Warum greifen sie denn nicht an?«

Iris Mundwinkel verzogen sich ärgerlich. »Sie sind dabei,

uns eine Falle zu stellen. Bald schlägt sie zu. Und wie meistens bei guten Fallen, werden die Eisen blutig werden . . .«

Fahl und grau brach der Morgen an. Der Flusslauf verengte sich; die Strömung wurde reißender. Der Trommelschlag wechselte den Rhythmus. Verschwommen tauchten die schilfbewachsenen Ufer an beiden Seiten auf, als der Warnruf der Wache auf dem Ausguck über Deck hallte. Aller Augen richteten sich über die Galionsfigur hinweg auf die dunkle Regenwand, die sich über das Wasser auf uns zu bewegte. Der Rauch ging von einer Anzahl pechbeschmierter, brennender Strohbündel aus, die rasch näher kamen. Durch den Regen, der auf die Flammen fiel, bildete sich dichter Qualm. Ein undurchdringliches Grau senkte sich über das Schiff. Der Rauch brannte in den Augen und drang in die Lungen. Wir husteten, hielten den Atem an, erstickten fast, während der rötliche Feuerschein der vorbeigleitenden Strohflöße unterhalb der Rauchdecke flackerte. Plötzlich erschütterte ein gewaltiger Stoß die Galeere. Das Schiff schwankte und neigte sich nach Steuerbord. Die Segel klatschten hin und her. Die Trommelschläge brachen ab. Die Ruderer gerieten vorübergehend aus dem Takt; Riemen krachte gegen Riemen. Ein Tuch vor Mund und Nase gedrückt, sah ich, wie ein riesiger schwarzer Gegenstand an der Schiffsflanke vorbeischoss und von den Fluten mitgerissen wurde.

»Das sind Baumstämme, die sie die Stromschnellen hinunterschicken!« Kuchikos Stimme neben mir klang atemlos.

»Mit voller Kraft voraus!« Die Stimme des Kapitäns, der den Befehl brüllte, erstickte in einem Hustenanfall. Der »Dora« ertönte; dröhnend und regelmäßig. Die Trommel, auf die der Taktmeister hämmerte, klang wie das Pochen eines erregten Herzens. Die Ruder wühlten das Wasser auf. Wieder ein dumpfer, wuchtiger Aufprall; Holz zersplitterte. Ein zweiter Baumstamm glitt schrammend und knirschend die Schiffsflanke entlang. Der Kiel hob sich. Ich verlor das Gleichgewicht, stürzte gegen die Reling. Kuchiko half mir mich aufzurichten. Ich rang nach Luft. Einige der Wachen auf dem Unterdeck waren der Länge nach hingeschlagen. Sie kamen nur mühsam wieder auf die Füße.

Schon sirrten die ersten Pfeile durch den Dunstschleier. Einer bohrte sich in die Reling, wo ich mich soeben angelehnt hatte. Kuchiko sprang vor und deckte mich mit seinem Schild. Im selben Augenblick drangen die Boote der Ainu aus dem Schilfdickicht hervor. Mit unglaublicher Geschwindigkeit glitten sie den schwerfälligen, hoch aufragenden Galeeren entgegen, verteilten sich und griffen von allen Seiten zugleich an. In jedem Boot befanden sich sechs Ruderer und ebenso viele Bogenschützen, Männer und Frauen. Fast alle führten Hanfseile mit sich, die mit Widerhaken versehen waren. Geschickt und blitzschnell wurden diese Seile an Bug und Heck in die Höhe geworfen, wo die Haken an der Reling hängen blieben. Die Ainu zogen sich mit großer Behändigkeit an ihnen empor. Die stickige Luft war von Kampfgeschrei, Jammern und Stöhnen erfüllt. Yi-Am, kühl wie immer, stand neben den beiden schweißtriefenden Männern, die mit weit ausholenden, kraftvollen Bewegungen den »Dora« schlugen. Jeden Augenblick musste ich damit rechnen, dass mich ein Pfeil traf oder mir ein Speer in den Rücken gestoßen wurde; dennoch hatte ich von meiner Waffe noch keinen Gebrauch gemacht. Ich dachte an Nagasume Tomi, an seinen Mut, an seine Verzweiflung. Ich fühlte mich ihm sehr nahe.

Die Ainu, denen es gelungen war, sich an der Galeere hochzuziehen, stürmten jetzt mit wildem Geschrei auf das Deck. Sie stießen auf die ersten Reihen der Tungusen, die in geschlossener Formation ihren Ansturm erwarteten. Die Ainu kämpften mit kurzen, stumpfen Schwertern, mit sichelförmigen Wurfdolchen und mit Pfeil und Bogen. Keiner von ihnen besaß einen Schild und nur wenige waren durch einen Bambusharnisch geschützt. Um Raum zum Fechten zu haben, mussten die Tungusen ihre Reihen lockern. Flink wie Wiesel drangen die Angreifer in die kleinste Bresche. Ein erneuter Pfeilregen sirrte über das Schiff. Die stählernen Spitzen prasselten wie Hagelschläge gegen die Schilde.

Erhobenen Hauptes, das Schwert in der Hand, überwachte Iri das Kampfgetümmel. Seine Augen waren genauso starr wie jene des Adlers, der aufgeregt krächzend mit den Flügeln schlug. Yi-Am erteilte seine Befehle an die Männer, die den »Dora« schlugen. Zwei Pfeile steckten in seinem Harnisch, doch er schenkte ihnen keine Beachtung. Seine Aufmerksamkeit richtete sich auf die im Kielwasser segelnde, von einem Baumstamm beschädigte Galeere. Ein riesiges Loch klaffte im Bug. Das Schiff lag schräg, drohte zu sinken und wurde von einer zweiten Galeere in voller Fahrt unter Splittern und dumpfem Krachen gerammt. Panik brach aus, Schreie, aufgeregtes Stampfen und Wiehern der Pferde erfüllten die Luft. Immer dichter umkreisten die Boote der Ainu die Schiffe. Flammende Pfeile flogen durch den Dunst und steckten die Takelage in Brand. Auch die Segel des lecken Schiffes fingen Feuer. Plötzlich stürzte das brennende Segel des Hauptmastes aufs Deck. Schon bald schlug eine Feuersäule aus dem Inneren der Galeere empor. Das schrille Wiehern der Pferde vermischte sich mit dem Prasseln der Flammen, den Schreien und Hilferufen, dem Splittern der Maste und Bersten der Planken. Auf der königlichen Galeere war es unterdessen den Kriegern gelungen, die Angreifer zurückzuschlagen. Onoshi, der Schiffsarzt, ein älterer Mann mit Adlernase und hohem kahlem Schädel, kümmerte sich um die verletzten Tungusen.

Der Regen hatte aufgehört: Flimmerndes Sonnenlicht sickerte durch den Dunst. Meine Kleider waren nass und der Wind ließ mich frösteln. Das Dröhnen des »Dora« war verstummt und man hörte das Rauschen der Stromschnellen. Iris Gesicht triefte vor Nässe; ich wusste nicht, ob es Schweiß- oder Wassertropfen waren. Ohne den Blick von den zerstörten Galeeren zu wenden, sagte er höhnisch: »Euer großherziger Verwandter hat seine besten Krieger ins Gefecht geschickt; er selbst scheint es vorzuziehen, dem Kampf fern zu bleiben. Er irrt sich jedoch, wenn er glaubt unserem Vorstoß auf diese Weise Einhalt gebieten zu können. Der Verlust einiger Schiffe wird uns nicht daran hindern, weiter flussaufwärts zu segeln . . .«

Er unterbrach sich: Wieder gellte der Warnruf der Schiffswache über Deck. Iri wandte sich in Fahrtrichtung. Ich folgte seinem Blick. Mir stockte der Atem. Vor uns, an der schmalsten Stelle des Flusses, schaukelten Boote in dicht gedrängten Reihen. Tausende mussten es sein. Die Sonnenstrahlen, die die Luft mit ständig wachsendem Glanz erfüllten, spiegelten sich in unzähligen Speerspitzen, Messern, Schwertern und Streitäxten. Die seltsam geformten Kopfbedeckungen der Ainu und, die bunten Muster und Stickereien ihrer Kleidung hoben sich von dem blassblauen Himmel ab und boten ein Bild von überwältigender, bedrohender Schönheit. Iri schwieg: Es war, als ob das Schweigen des Herrschers alle Geräusche an Bord verstummen ließe. Sein Gesicht war bleich geworden. Er umklammerte das Schwert, als wollte er es zu einem Teil seiner Selbst machen. Doch seine Betroffenheit währte nur einige Atemzüge lang.

Ungeduldig richtete er das Wort an Yi-Am. Der Oberbefehlshaber, dem ein Offizier die Pfeile aus der Rüstung gezogen hatte, verneigte sich.

»Seid ihr überzeugt, dass es unserer Streitmacht gelingen wird, sich da hindurchzukämpfen?«

Yi-Am ließ seinen kühlen Blick über die Boote schweifen.

»Verzeiht, Majestät, ich erachte es als ein Wagnis von größter Kühnheit.«

Doch Iri hatte sich schon wieder ganz in der Gewalt und die Antwort entlockte ihm nur sein übliches Wolfsgrinsen. Er wandte sich an den Kapitän.

»Bringt uns auf Hörweite an die Boote heran!«

Noburu verneigte sich und trat mit fahlem Gesicht zurück, um den Befehl auszuführen. Der Rhythmus der Trommel wurde langsamer und setzte dann plötzlich ganz aus. Das Kielwasser schäumte, während die Galeere mit eingezogenen Rudern den Kanus entgegenglitt. Der Abstand verringerte sich zusehends. Als wir nur noch wenige Längen von der Bootsfront entfernt waren, legten unsere Bogenschützen ebenso wie die der Ainu ihre Pfeile an die Sehne.

Plötzlich löste sich eines der Boote aus den dichten Reihen und kam uns mit schnellen Ruderschlägen entgegen. Ich sah Nagasume Tomi am Bug stehen. Er trug seine Rüstung und den Bronzehelm. Außer mit den beiden Schwertern, die in seiner Schärpe steckten, dem Köcher und dem Bogen über seiner Schulter, war er mit einem langen Wurfspieß bewaffnet. Attero, der hinter ihm stand, war ebenfalls mit Pfeil und Bogen ausgerüstet. Ein ledernes Stirnband hielt sein dichtes, lockiges Haar zusammen.

Iri trat dicht an das Schanzkleid heran. Sein hochmütiges Profil leuchtete wie aus Kupfer gestochen. Die Leibwache stand rechts und links, Schild an Schild, an seiner Seite.

»Nagasume Tomi«, rief er, »gebt Euren Leuten den Befehl, den Weg freizumachen, sonst sehen wir uns gezwungen Eure Boote zu rammen.«

»Verzeiht, Majestät, ein weiteres Vordringen ist Euch nicht gestattet.« Nagasume Tomis gedämpfte und doch klare Stimme klang deutlich zu uns herüber.

Iri entblößte seine Zähne. »Ich bedaure, aber mein Geschwader wird seinen Kurs beibehalten.«

»Verzeiht, Majestät, die Entscheidung, die Ihr zu treffen gedenkt, bleibt Eurem Ermessen überlassen. Meine Krieger haben den Befehl, Eure Schiffe aufzuhalten.«

»Dann sind sie dem Tod geweiht, denn wir besitzen das Sternenschwert.«

Er hob den Arm. Das Schwert mit den sieben Klingen funkelte in seiner Hand. Ein furchtbares Raunen ging durch die Scharen der Ainu. Einige wandten das Gesicht ab und bedeckten die Augen mit den Händen.

Der Wind trug Nagasume Tomis gelassene Antwort herüber.

»Die Waffe wird Euch kein Glück bringen, Majestät. Euch stand das Recht nicht zu, sich ihrer zu bemächtigen.«

Iris Halsmuskeln schwollen an. Seine Augen funkelten gefährlich. Er starrte an der Gallionsfigur vorbei auf das Boot. Ich sah, wie seine Hand sich so fest um den Schwertgriff schloss, dass der Schaft beschlug.

»Aus dem Weg mit ihnen!«, schrie er.

Noburus Befehl schallte über das Deck. »Vorwärts! Mit voller Geschwindigkeit!«

Die Trommel setzte ein. Das dumpfe, machtvolle Vibrieren schien in meinem Herzen widerzuhallen. Die Ruder senkten sich und ließen die Wasser aufsprühen. Die Galeere schoss vorwärts. Ich sah Nagasume Tomi aufrecht in seinem Boot stehen; die Strömung hob und senkte es und warf es der Galeere entgegen. In dem Augenblick, als der Schatten des Schiffes auf ihn zuschoss, hob er den Arm mit kraftvoller Gebärde. Der lange Speer mit der blinkenden Spitze nahm seinen Flug. Ich sah Iri das Sternenschwert durch die Luft schwingen: Die Funken sprühenden Klingen fingen den Speer auf und schleuderten ihn klirrend zur Seite. Er traf mit voller Wucht Itzuses Knie. Im gleichen Augenblick, als der junge Mann aufschrie, hörte ich das krachende Splittern. Der mächtige Schiffsbug war gegen das Kanu geprallt und hatte es mitsamt seiner Besatzung hochgeschleudert. Das Boot barst auseinander; die schäumenden Wellen rissen Holzstücke, zerbrochene Ruder und verstümmelte Körper in die Tiefe.

Itzuse krümmte sich vor Schmerzen. Der Speer, der ihm die Kniescheibe gespalten hatte, war durch das Bein in die Holzplanken gedrungen. Iri starrte abwechselnd auf seinen Bruder und auf das Schwert: Er hielt es wie eine giftige Natter von sich und plötzlich schleuderte er es in weitem Bogen über das Deck. Ich sprang hinzu und hob das Schwert auf. Hastig wickelte ich es in meine Schärpe und überreichte es Kuchiko, der sich verneigend die Waffe in Empfang nahm.

»Onoshi! Er soll kommen! Sofort!«, keuchte Iri.

Ich kniete neben Itzuse, während die Leibgarde mit erhobenem Schild einen schützenden Wall um uns bildete. Der junge Mann war bei vollem Bewusstsein. Sein Gesicht war schweißüberströmt und er biss die Zähne aufeinander. Die Trommeln schlugen dumpf den Rhythmus. Mit flatternden Segeln bahnten sich die Galeeren einen Weg durch das Gewimmel der Boote. Die Ainu umdrängten sie von allen Seiten, jagten ihre Kanus mit Todesverachtung an die Schiffsflanken heran. Sie ließen ihre mit Widerhaken versehenen Seile kreisen und kletterten in Scharen an Bord. Die Tungusen drängten sie zurück. Doch so viele Männer der Tod auch dahinraffte, ebenso viele zogen sich an den Schiffsflanken wieder hoch und warfen sich in den Kampf.

Inzwischen hielt ich Itzuses Kopf auf meinem Schoß. Sein Gesicht war weiß wie Wachs, seine Augen feucht, und er atmete stoßweise.

»Wo bleibt Onoshi?« Iris Stimme überschlug sich.

Atemlos und erschöpft kam der Arzt an Deck. Er warf seinen Blick auf den Speer und rief zwei Offiziere zu sich. Dann verneigte er sich vor Itzuse und sprach: »Verzeiht, Hoheit, aber ich werde Euch Schmerzen bereiten müssen.«

»Wartet«, keuchte Itzuse.

Er knotete mit zitternden Händen seine Schärpe auf und steckte sie sich als Knebel in den Mund. Dann gab er dem Arzt ein Zeichen, dass er bereit sei. Mithilfe der Offiziere ergriff Onoshi den Schaft des Speeres, zog ihn mit aller Kraft aus der Wunde. Ein Zittern schüttelte den Verwundeten. Dann erschlaffte sein Körper und sein Kopf fiel schwer auf meinen

Schoß zurück: Er hatte das Bewusstsein verloren. Ich beugte mich über ihn und nahm ihm den Knebel aus dem Mund, während der Arzt sich anschickte die Wunde zu behandeln.

Iri erhob sich wie benommen. Sein Gesicht verriet den Aufruhr, der in ihm tobte.

Mir war nicht bewusst, in welchem Augenblick der Kampf seine entscheidende Wendung genommen hatte. Waren die Ainu durch Nagasume Tomis Tod entmutigt? Zwangen sie ihre Verluste dazu, den Kampf aufzugeben? Oder sahen sie ein, dass ihr Sterben sinnlos war, dass weder Heldenmut noch Todesverachtung das Geschwader aufhalten konnte? Von irgendwoher wurden Hörner geblasen. Der Ton zerriss die Luft und das Echo hallte von den Ufern wider. Es war das Zeichen zum Rückzug. Die Ainu, die noch auf den Schiffen kämpften, kletterten über Bord, schleppten ihre Verwundeten mit sich und sprangen in die Wellen. Viele wurden von den Pfeilen, die ihnen die Tungusen nachschickten, getroffen und ertranken; andere entkamen, weil sie unter Wasser schwammen. Zahlreiche Boote kenterten, bevor sie das schützende Schilf erreichen konnten.

Den Männern war es inzwischen gelungen, die Brände zu löschen. Ein auffrischender Wind vertrieb den Rauch, die Sonne war blass, hob sich aber klar vom Himmel ab. Die erschöpften Krieger hatten ihre Helme abgenommen und die Harnische aufgeschnürt. Sie hockten oder saßen mit untergeschlagenen Beinen im Halbkreis. Diener sorgten für Wasser und Verpflegung.

Ich ließ Maki kommen und gab ihr meine Waffen. Dann reichte mir Kuchiko das Schwert mit den sieben Klingen und ich trug es die Stufen hinunter, die zum Unterdeck führten. Die Männer verneigten sich vor mir und ich las Ehrfurcht in ihren Augen.

Im Halbdunkel knieten Etsu und Hana vor dem hölzernen Schrein der Göttin. Opferstäbchen brannten. Die Priesterinnen verneigten sich vor mir und ich erwiderte ihre Verbeugung. Behutsam wickelte ich das Schwert aus der Schärpe. Etsu reichte mir ein weißes Leinentuch und ich säuberte sorgfältig jede Klinge. Dann hüllte ich es wieder in die makellose Seide, legte es in die Truhe zurück. Nachdem ich die goldenen Schlösser zugeschoben hatte, sprach ich: »Ich will der Göttin ein Opfer bringen, denn heute wurde das heilige Schwert entweiht.«

Ich löste die Bänder aus meinem Haar. In schweren, blauschwarzen Wellen fluteten die Haare über meine Ärmel und bildeten vor meinen Knien eine schimmernde Fläche. Ich zog den Dolch heraus, den ich stets bei mir trug, schnitt mein Haar Strähne für Strähne in Schulterhöhe ab und legte es vor dem Schrein nieder.

## 4

**B**ei Einbruch der Nacht steuerten wir in einen stillen Flussarm und gingen an Land. Hier wuchs kein Schilf mehr. Die Hügel waren grün von Farnkraut und das Laub der Bäume spiegelte sich im dunklen Wasser. Taue wurden an Land gerudert und von den Seeleuten an Stämmen befestigt. Man legte die Laufplanken aus und ließ zuerst die Pferde von Bord, damit sie weiden konnten. Diener luden das Gepäck aus und begannen die Zelte aufzustellen. Obwohl die Kundschafter meldeten, die Gegend sei unbewohnt und anscheinend sicher, ließ Yi-Am einen breiten Graben um das Lager schaufeln und stellte verdoppelte Wachtposten auf.

Tage vergingen. Die Stimmung war bedrückt. Wir hatten starke Verluste erlitten. Viele Schiffe waren beschädigt worden und die Handwerker erklärten am nächsten Morgen, dass es Zeit brauchte, bis alles ausgebessert und neue Segel genäht seien. Iri war sehr aufgebracht. Bald würde es Herbst werden und während der schlechten Jahreszeit musste das Heer im Lager bleiben. In den folgenden Tagen spornte er die Zimmerleute zu höchster Eile an. Er spürte das Unbehagen, das unter den Männern herrschte. Als Feldherr wusste er, dass untätige Krieger leicht zum Aufruhr neigen. Zudem war es unehrenhaft, wenn sie an der Fähigkeit des Heerführers Zweifel hegten. Ging nicht das Gerücht um, der König habe die Göttin derart erzürnt, dass sie seinem jüngeren Bruder bei lebendigem Leib das Mark aus den Knochen saugte?

Es war kein Geheimnis im Lager, dass sich Itzuses Gesundheitszustand von Tag zu Tag verschlimmerte. Die Wunde eiterte und das Knie war erschreckend angeschwollen. Er glühte vor Fieber. Jede Nahrung war ihm zuwider. Einzig Onoshis Kräuterabsude linderten seine Schmerzen und ließen ihn in eine Art Dämmerschlaf versinken, aus dem er nur erwachte, um teilnahmslos ins Leere zu blicken.

Dann kam der Abend, an dem der Arzt eine Unterredung im königlichen Zelt erbat. Er warf sich vor dem Herrscher auf die Knie und sprach: »Verzeiht, Majestät, wenn ich den Frieden Eures Herzens störe. Ich bin Euch jedoch eine Mitteilung schuldig: Euer Verehrungswürdiger Bruder, Itzuse, befindet sich in Lebensgefahr. Die Wunde hat sich weiter entzündet und das Gift ist ins Blut gedrungen. Es besteht nur noch eine einzige Hoffnung ihn zu retten . . .«

Er stockte. Ich spürte, wie Iri geräuschvoll den Atem einsog. »Nun? Sprich weiter!«, stieß er heftig hervor.

Der alte Mann hielt ruhig dem erregten Blick des Königs stand.

»Wenn es Eurem Verehrungswürdigen Bruder vergönnt sein soll, morgen noch das Tageslicht zu erblicken, muss er sich heute Nacht noch von seinem Bein trennen . . .«

Ich erstarrte. Der Kummer verschleierte mir die Augen. Ich

erinnerte mich an den Schatten des Todes, den ich am Vorabend des Kampfes über Itzuses Haupt hatte schweben sehen ...

Iri erhob sich und sah auf den Arzt, der vor ihm auf den Knien lag. Seine Stimme war nur noch ein heiseres Flüstern.

»Es liegt an Itzuse, eine Entscheidung zu treffen.«

Wir begaben uns in Itzuses Zelt. Nur das Knistern einer Pechfackel, die in einem Eisenring an dem Mittelpfahl befestigt war, unterbrach die Stille. Der Flammenschein glitt über die Zeltwände und flackerte unruhig über die Gestalt, die auf weichen seidenen Daunenkissen gebettet lag. Ein halbwüchsiger Diener kauerte neben einem bronzenen Dreifuß, auf dem kleine Holzstücke schwelten. Doch der wohlriechende Rauch vermochte nicht den ekelhaft süßlichen Geruch im Zelt zu vertreiben.

Itzuse war bei Bewusstsein, denn er schlug die Augen auf. Im rötlichen Halbdunkel erschien sein Gesicht aufgequollen und fleckig. Er deutete eine Verbeugung an; wir erwiderten seinen Gruß und knieten neben dem Lager nieder. Onoshi ließ sich mit untergeschlagenen Beinen im Hintergrund nieder und kehrte, wie es sich gehörte, sein Gesicht der Zeltwand zu.

Iri gab dem Diener ein Zeichen, uns allein zu lassen. Er überbrachte Itzuse die Nachricht des Arztes und fügte dann bedrückt hinzu: »Ihr seid Herr über Euer Leben. An Euch liegt es, zu entscheiden.«

Itzuse schwieg lange. Sein Atem ging stoßweise und seine Augen glitzerten eigentümlich. Dann, kaum hörbar, rief er: »Onoshi!«

»Ja, Herr?« Der Arzt kam näher, legte die Handflächen auf den Boden und verneigte sich vor dem Verwundeten.

»Wenn ich zu diesem Eingriff bereit bin«, fragte Itzuse mit leiser, rauer Stimme, »werde ich dann noch in der Lage sein, ein Pferd zu beherrschen?«

Onoshi hob die Lider und hielt Itzuses forschendem Blick stand. »Verzeiht Herr, aber der Entzündungsherd hat so weit um sich gegriffen, dass es mir nicht zusteht, Euch Hoffnung zu machen.«

Itzuse ließ sich in die Kissen zurückfallen. Der Anflug eines Lächelns glitt über sein entstelltes Gesicht. »Ich danke dir. Du kannst gehen.«

Onoshi verbeugte sich und verließ das Zelt. Ich sah, wie Iri sich vergeblich bemühte, das Zittern seines Kinns zu unterdrücken. Itzuses abgezehrte Finger verkrampften sich auf der Decke. Als er sprach, klang seine Stimme friedlich und klar: »Was ist ein Mann noch wert, dem es versagt ist, ein Streitross zu führen? Wir haben den Zorn der Göttin heraufbeschworen und sind in ihrer Hand.« In seinen Worten schwang Stolz und Verachtung mit. Ein Krüppel, der sich nicht mehr im Sattel halten konnte, musste sich vor den Kriegern schämen.

Iri presste den Mund fest zusammen. Unsere Blicke begegneten sich und ich las Hass in seinen Augen. »Das Schwert ist mit Unheil beladen!«, zischte er. »Ich werde es im Ozean versenken lassen!«

Itzuse hob matt die Hand. Er atmete gepresst und seine Worte waren kaum verständlich. »Nicht das Schwert . . . ist mit Unheil beladen. Ihr habt . . . die Warnung übersehen . . . die Riten missachtet . . .«

Der König starrte ihn an. Seine Hände ballten sich zu Fäusten. Dann senkte er den Kopf. Schweißtropfen perlten auf seiner Stirn und ein tiefer Atemzug hob seine Brust. »Wahrscheinlich«, stieß er hervor. »Ich habe Unseliges getan und der Göttin missfallen. Wie kann ich ihr Wohlwollen wieder gewinnen?«

Itzuses aufflackernder Blick wanderte zu mir herüber. »Toyo no Mikoto . . . wenn ich nicht mehr bin . . . befragt das Orakel. Die Göttin wird Euch . . . durch mich . . . ihre Botschaft verkünden . . .«

Ein kühler Hauch schien durch das Zelt zu wehen und ließ mich erschauern. Ich verneigte mich, von Ehrfurcht erfüllt, und spürte auf meiner Wange die Berührung meines kurz geschnittenen Haares. »Habt Dank. Ich werde Euer Wort befolgen.«

Der Bruder des Königs starb bei Tagesanbruch, ohne das Bewusstsein wiedererlangt zu haben.

Iri ordnete neun Tage Trauer an und ließ Itzuse mit den größten Ehren bestatten. Man legte den Verstorbenen mit seinen Waffen, seinem Schild und seinem Schmuck in ein prunkvoll ausgestattetes Grab, dessen Öffnung mit einem mächtigen Felsblock verschlossen wurde. Dann häufte man schwere Steine auf die Grabstätte und schaufelte Erde darüber. Schon im nächsten Frühling würden Moos und Gräser darauf wachsen. Im Laufe der Zeit würde sich der grüne Hügel kaum noch von seiner Umgebung abheben ...

Als der neunte Trauertag verstrichen war, ließ ich abseits des Lagers ein Zelt errichten. Etsu und Hana stellten in der Mitte des Zeltes ein Strohgeflecht auf, dessen strahlenförmiger oberer Teil das Sonnenrad darstellte. Rundherum steckten die Priesterinnen zwölf grüne Bambusstäbe in den Boden, an denen weiße Tücher hingen. Oberhalb der Stäbe wurden zwölf Seile befestigt. Matten aus weichem Steppengras wurden auf dem Boden ausgebreitet. Auf einem Holzkohlenbecken kochte ich Reis und füllte ihn dann in vier kleine Schalen.

All diese Vorbereitungen nahmen viel Zeit in Anspruch; wir sprachen kein Wort, um den Geist, den ich anrufen würde, nicht zu erschrecken.

Mitternacht war bereits vorüber, als mich Etsu und Hana in ein weißes Gewand kleideten. Mein Gesicht wurde weiß gepudert; ein Band aus Reisstroh hielt mein kurzes Haar im Nacken zusammen. Etsu reichte mir eine Rute aus Weißholz und Hana eine mit Wasser gefüllte Schale. Ich tauchte die Rute in das Wasser und besprengte das Zelt in den vier Himmelsrichtungen. Dann kniete ich mich unter dem Strohgeflecht vor einem bronzenen Dreifuß nieder und zündete mit einem Holzscheit die Kohle an. Etsu und Hana knieten still mit gesenkten Köpfen, während ich mir Schläfen und Handgelenke mit einer stark duftenden Salbe einrieb. Der würzige, schwere Duft, der sich mit dem Geruch des Rauches vermischte, berauschte mich. Ich warf Kirschbaumrinde in das Feuer. Ein leises Zischen war zu hören. Der Geruch wurde süßlich herb und nahm mir fast den Atem. Ein rötlicher Schleier senkte sich vor meine Augen. Mir schien, dass die Zeltwände sich in Nebel auflösten. Ein Luftzug, der den Geruch modriger Erde mit sich trug, wehte durch den leeren Raum. Von weit her hallte eine Stimme zu mir herüber. Es war nicht die Stimme eines Lebenden. Sie drang auch nicht an mein Gehör. Einzig mein Geist verstand, was sie sagte.

»Ich bin es . . . Itzuse! Befrage mich!«

Meine Lippen öffneten sich.

»Wo . . . wo befindest du dich?«

»Ich bin dir nahe. Die Kraft in dir hat mich herbeigerufen. Doch eile! Ich kann nur kurze Zeit bei dir verweilen . . .«

Die eiskalte Finsternis fegte durch mich hindurch. »Warum bist du gestorben?«

»Die Göttin lenkte den Speer auf mich, um den König zu strafen. Mir jedoch gewährte sie die Gnade, zwischen Leben und Tod zu wählen. Ich wählte den Tod . . . !!«

»Was wird jetzt geschehen?«

»Das Sternenschwert wird euch den Sieg bescheren. Doch lasset den König wissen, dass er nicht dazu berufen ist, die heilige Waffe zu führen.«

Die Worte hallten in meinem Kopf. Ich stöhnte: »Wer ist denn dazu berufen, sie zu führen?«

»Jener, der sie einst geschmiedet hat.«

»Das kann niemals sein!«, keuchte ich. »Er wurde mit dem heiligen Bannfluch belegt . . .«

Unerbittlich fuhr die Stimme fort. »Er war dazu auserwählt, unsere Einigung herbeizuführen und das Königreich zu festigen . . .«

»Er trägt das Zeichen der Schande!«, schrie ich.

»Er hat seine Schuld abgetragen. Die Göttin sprach ihn frei . . .«

Ein eisiger Windstoß fuhr über mich hinweg. Die Stimme klang wie das Echo einer fernen, immer leiser werdenden Tempelglocke. In meinen Ohren pochte und rauschte das Blut. Ich verlor die Besinnung.

Dämmerung. Leises Stimmengewirr. Huschende Schatten. Ich stöhnte: »Zu trinken!«

Jemand hob mir den Kopf, führte eine Schale heißen Tee an meine Lippen. Gierig trank ich. Nach und nach kehrte mir das Bewusstsein zurück. Ich lag auf einer weichen Matte in meinem Zelt. Maki hatte mir die nass geschwitzten Kleider ausgezogen, mich gewaschen und gekämmt. Der Tag brach an: Ich hörte das Zwitschern der Vögel. Mir kam in den Sinn, dass Etsu und Hana die heiligen Geräte gesäubert und das Strohgeflecht entfernt haben mussten.

Erschöpft starrte ich in das Halbdunkel. Wahrhaftig, dachte ich, es ist grauenvoll für einen Menschen, die Stimmen des Jenseits zu empfangen und dem Schicksal als Werkzeug zu dienen . . .

Ich presste die Handflächen auf die Augen, bis rote und gelbe Flecken sich hinter meinen Lidern zu drehen begannen. Ein Bild löste sich aus dem flackernden Wirbel: Das Gesicht eines Mannes, goldbraun und schön, mit Augen, glühend wie rötliches Holz bei Nacht. Ein Stöhnen entfuhr mir. Ich dachte: Wie kann ich es wagen, dir wieder ins Antlitz zu schauen?

»Herrin, seid Ihr erwacht?«

Makis besorgte Stimme riss mich aus meiner Benommenheit. Ich nahm die Hände von den Augen und starrte auf die

Zeltbahnen, durch die das goldene Licht der Morgensonne drang. Langsam richtete ich mich auf.

»Kleide mich an. Man lasse den König wissen, dass ich die Botschaft des Orakels empfangen habe.«

Purpurne Sonnenpfeile brachen durch das Laub und der Tau funkelte auf den Grashalmen, als ich mich unter dem Zeltvordach auf einem Kissen niederließ. Mein Gesicht war frisch gepudert, die Lippen rot geschminkt. Über meinem weißen Seidengewand trug ich einen purpurnen Überwurf mit weiten Flügelärmeln. Über meiner Stirn war der breite Bambuskamm befestigt. Es war der Kamm, der mir einst auf der Heiligen Insel von der »Hüterin des Tempels« als Zeichen meiner Unterweisung überreicht worden war. Ich trug ihn, um dem König zu bedeuten, dass ich ihn nicht als Gattin, sondern als oberste Sonnenpriesterin empfing. Er sank vor mir auf die Knie und berührte mit der Stirn den Boden. Dann setzte er sich auf die Fersen zurück und sah mir gespannt ins Gesicht, doch er wartete, bis ich als Erste das Wort ergriff.

»Heute Nacht vollzog ich die Riten. Der Geist Eures Verehrungswürdigen Bruders ließ mir eine Mitteilung zukommen.«

Iri deutete eine Verbeugung an. »Ist seine Seele besänftigt?«

»Ja. Die Opfer wurden zu seiner Zufriedenheit vollzogen.«

Iri verbeugte sich abermals und ich spürte wieder seine Ungeduld.

»Folgendes«, fuhr ich fort, »hat mir das Orakel offenbart: Das Sternenschwert wird uns den Sieg schenken. Doch einzig Susanoo no Mikoto, König des Landes Izumo, ist es erlaubt, die heilige Waffe zu führen.«

Iri starrte mich an, als würde sich die Erde vor ihm spalten. Alles Blut war aus seinem Gesicht gewichen. »Seid Ihr von Sinnen? Oder habt Ihr die Zeichen missdeutet?«

»Wir Menschen«, sagte ich, »sind in den Händen der Götter. Unserem Begreifen sind Grenzen gesetzt und darüber hinaus sollten wir nicht forschen.«

Iri hörte mir kaum zu. »Ein Abtrünniger, der die Waffen gegen sein eigenes Volk erhob!« Er erstickte fast an seinen Worten.

Ich rührte mich nicht und senkte auch nicht den Blick. »Er befolgte den Ruf des Schicksals.«

Iri beugte sich vor, weiß vor Wut, und hämmerte mit den Fäusten auf den Boden. »Sein Todesurteil war bereits beschlossen! Ihr habt ihn aus dem Gefängnis befreit und ihm zur Flucht verholfen!«

Trotz aller Beherrschung spürte ich meine Stimme beben. »Er hat nicht die Flucht ergriffen! Er ging ins Exil, weil ich es anordnete!«

»Wenn er sich göttlichen Wohlwollens erfreut, so ist das eine Angelegenheit zwischen ihm und der Göttin«, zischte Iri. »Er ist mein erklärter Feind und nicht mein Verbündeter. Er hat meine Ehre verletzt und mich um meine legitime Rache gebracht . . .«

Scheinbar gelassen erwiderte ich: »Meine Aufgabe bestand darin, Euch die Botschaft des Orakels zu übermitteln, nicht aber Euch einen Rat zu erteilen. Die Entscheidung liegt in Eurem Ermessen.«

Ich verbeugte mich, zum Zeichen, dass ich nichts mehr hinzuzufügen hatte. Iris Zorn schien mit einem Mal wie verflogen. Ich sah, wie das lauernde Wolfsgrinsen auf seinen dünnen Lippen erschien.

»Da der Herrscher von Izumo es bis heute versäumt hat, mich als seinen Lehnsfürsten anzuerkennen, wäre es an der Zeit, ihn an seine Vasallenpflicht zu erinnern.«

Der Botschafter, den Iri nach Izumo entsandte, war mein Vetter Koyane. Er war ein ruhiger, besonnener Mann, der jedem Streit aus dem Weg ging. Ich hatte dem König zu dieser Wahl geraten, denn ich wusste, dass Susanoo Koyane mit Rücksicht behandeln würde.

Der Weg zur Küste von Izumo führte durch die Wälder und

abgelegte Täler. Koyane machte sich mit einer Begleitung von fünfzig Kriegern, die ihn vor Überfällen schützen sollten, auf den Weg. Er gab dem König die Zusicherung, noch vor Neumond wieder ins Lager zurückzukehren.

Noch war es Sommer; die Pinienzweige schaukelten vor dem blauen Himmel und das Farnkraut war grün, doch abends wehte der Wind kühl. Es war bereits zunehmender Mond, als ich eines Abends im königlichen Zelt saß und mit Iri Reiswein trank. Zu vorgerückter Stunde wurden die Rufe der Wachen laut. Hufstampfen und Klirren von Zaunzeug waren zu vernehmen. Mein Herz begann wild zu hämmern. Das Stimmengewirr näherte sich dem Zelt. Ein Hauptmann meldete, dass Koyane und seine Begleitmannschaft soeben aus Izumo eingetroffen seien.

»Bittet ihn zu uns ins Zelt«, befahl Iri.

Er schaute zu mir herüber, doch ich sah zu Boden. Schatten bewegten sich vor dem Zelteingang: Koyane trat ein und verbeugte sich. Seine Kleider waren verschwitzt und staubbedeckt.

Wir erwiderten seinen Gruß. Koyane richtete sich auf und ich sah sein Gesicht, das vor Erschöpfung wie dunkles Holz glänzte. Er nahm mit einer Verbeugung den Reiswein entgegen, den ich ihm einschenkte. Als er das Schälchen geleert hatte, ließ er sich auf seine Fersen nieder und sprach: »So lautet die Botschaft, die mir für Eure Majestät aufgetragen wurde: Der Herrscher von Izumo dankt Eurer Majestät für die ihm gewährte Gunstbezeigung, bittet Euch jedoch, ihn zu entschuldigen: Es zieme sich nicht für einen Verbannten, an dem Feldzug Eurer siegreichen Majestät als Verbündeter teilzunehmen.«

Stille. Die Fackeln knisterten. Iri saß da wie erstarrt, die Schatten spielten auf seinem regungslosen Gesicht. »Und weiter nichts?«, fragte er schließlich.

»Verzeiht, Majestät, weiter nichts.«

Koyane verbeugte sich. Ich sah, dass seine Haut von einem leichten Schweißfilm überzogen war. Wieder Schweigen. Dann hob Iri die Hand und das Gold seines Flügelärmels leuchtete im Halbdunkel.

»Ich danke Euch. Geht und ruht Euch aus. Ihr werdet von der Reise müde sein.«

Als Koyane das Zelt verlassen hatte, hob Iri langsam den Blick. Unsere Augen begegneten sich. Zwei rote Flecken waren deutlich auf seinem bleichen Gesicht zu erkennen. Seine Worte klangen leise und zischend: »Er wagt es, seinen Lehnsfürsten zu verhöhnen! Ich bin Sujin, die Allerhöchste Majestät! Was könnte mich hindern, morgen mein Heer nach Izumo zu schicken, das Land zu verwüsten und ihn wie einen Verbrecher kreuzigen zu lassen!«

Ich sah ihn an und sprach: »Nichts, Majestät, nichts könnte Euch daran hindern. Aber die Seele Eures Verehrungswürdigen Bruders würde keinen Frieden finden und die Geister mit den verhüllten Gesichtern würden Euch über Land und Meer verfolgen . . .«

Meine Worte schienen ihn zur Besinnung zu bringen. Doch noch immer wallte der Zorn in ihm; ich sah an seiner Stirn eine geschwollene Ader pochen.

»Ich beuge mich nicht den Launen eines Gesetzlosen!«

Ich atmete tief und entgegnete sanft: »Er war es, der das Sternenschwert schmiedete.«

Er starrte mich an. Das Licht glitzerte in seinen Pupillen. Mir war seine plötzliche Veränderung nicht entgangen. Ich spürte, dass er nachdachte: Es stand für ihn zu viel auf dem Spiel. Plötzlich erschien ein ironisches Lächeln auf seinen Lippen.

»Nun gut«, sagte er gelassen. »Da Euer starrköpfiger Verwandter wie Wachs in Euren Händen zu sein scheint, erlaubt mir Eure Hilfe in Anspruch zu nehmen. Ich bitte Euch nach Izumo zu reisen und ihn persönlich von der Notwendigkeit eines Bündnisses zu überzeugen.«

Ich senkte den Blick auf meine regungslosen Hände. Kaum hörbar brachte ich über die Lippen: »Ich bitte Euch, verlangt nicht das von mir . . .«

Er lachte leise und höhnisch; er hatte sich wieder vollkommen in der Gewalt. »Was nützt es, ihm weitere Botschaften zu übermitteln? Kostbare Zeit würde verloren gehen und seinen Entschluss nicht ändern. Dich aber kenne ich: Du bist zart nach außen wie eine sanfte Blume im Frühling. Aber im Inneren gleichst du einem Pfeil, der unbeirrt dem Ziel zufliegt . . .« Er beugte sich leicht vor. Seine glänzenden Pupillen hefteten sich auf mich wie die Augen einer Schlange, die ihre Beute zu betören sucht. »Es gibt zwischen dir und ihm etwas, das du mir verheimlichst. Eines Tages werde ich herausfinden, was es ist. Für heute genügt es mir, zu wissen, dass es nur einen einzigen Menschen gibt, der ihn von seinem verfluchten Hochmut abbringen und ihn als ergebenen Vasall zu mir führen kann. Dieser Mensch bist du!«

## 5

**S**o trat ich die Reise nach Izumo an. Die Begleitmannschaft von hundert Kriegern bestand ausschließlich aus Leuten von Yamatai. Viele von ihnen hatten meiner Mutter als Leibwächter gedient. Alle Banner und Standarten an den Lanzen trugen die Wappen unseres Königshauses. Eine Anzahl Diener und mit Gepäck beladene Pferde bildeten den Schluss des Zuges.

Ich ritt Shiro-Uma, meine schöne weiße Stute, deren Mähne mit Silber- und Hornamuletten durchflochten war. Nach Männerart trug ich weite, dunkelblaue Hosen, die unter den Knien mit Bändern umwickelt waren, und ein bunt besticktes Lederwams. Der lange Gazeschleier, der an meinem Strohhut befestigt war, schützte mein Gesicht vor den grellen Sonnenstrahlen. Maki ritt hinter mir auf einem sanften Pferd, das ich ihr geschenkt hatte.

Wir waren auf unangenehme Zwischenfälle gefasst, doch die Reise verlief ruhig. Kuchiko ließ jeden Morgen einen Kundschafter vorausreiten. Nachts, wenn ich auf einer Satteldecke unter den Sternen schlief, umstanden die wachsamen, schwer bewaffneten Männer wie ein eherner Wall mein Lager ...

Wild und schön ist mir die Gegend in Erinnerung geblieben: Über uns ein hoher, klarer Himmel; in der Ferne Berge, lila wie Saphirkuppen; schwarze Pinien und Bambushaine. Am Morgen des vierten Reisetages erblickten wir die Küste. Zwischen Wald und Meeresufer zog sich der Strand dahin. Gischt sprühte auf, wenn sich die Brandung an den schwarzen Felsen brach.

Wir kamen durch Dörfer, deren Häuser auf Holzpfählen standen. Die strohbedeckten Dächer hatten eigentümliche, nach oben geschwungene Formen. Als die Bewohner unsere Wappen erkannten, warfen sie sich auf die Knie und berührten mit der Stirn den Boden. Ihr Gruß war ehrerbietig, aber nicht unterwürfig; sie lachten und winkten und die Frauen riefen den Kriegern Scherzworte zu.

Koyane hatte mich über manches vor meiner Abreise unterrichtet. Mir kamen seine Schilderungen wieder in den Sinn. »Izumo hat sich zum mächtigsten Reich der östlichen Inselgruppe entwickelt. Der König sagte mir, dass das Land seinen Wohlstand nicht nur den Erz- und Eisenminen verdanke, sondern vor allem der Landwirtschaft. Er führte mich zu den Bauern und zeigte mir, wie die Reisfelder durch ein Netz künstlicher Kanäle unter Wasser gesetzt werden, sodass jedes Jahr eine ausreichende Ernte gesichert ist. »Koyane erzählte mir auch von der Festung, die Susanoo auf einem Hochmoor am Strand von Suga hatte errichten lassen.

»Auf drei Seiten sieht man das Meer und in jedem Raum hört man es wie den Widerhall in einer Muschel rauschen. Die Dächer sind geschweift wie der Bug eines Schiffes. Im Winter werden die Zimmer geheizt, indem man heißes Wasser durch Röhren leitet, die unter dem Fußboden verlaufen. »Eine höchst bemerkenswerte Erfindung«, hatte Koyane kopfschüttelnd hinzugefügt.

Ich hatte lange gezögert, ihm die Frage, die mir auf dem Herzen lag, zu stellen. »Und er . . . hat er sich sehr verändert?«

Koyane hatte nachdenklich seinen Fächer bewegt. »Er ist ein weiser Mann . . . weiser, als wir alle es jemals für möglich gehalten hätten . . .«

Diese Worte hallten in meinem Gedächtnis wider, als wir durch den Wald der Küste entgegenritten.

Ein frischer Wind wehte vom Meer und bald setzte die Flut ein. Trotz der Entfernung hörten wir die Brandung tosen.

Später begegneten uns Fischer, die auf dem Weg zum Strand waren, um in der Nacht ihre Netze auszulegen. Die Mädchen trugen Muschelketten und lachten uns zu.

Gegen Abend schlugen wir an einem Hang unser Lager auf. Die sinkende Sonne färbte sich rot; ich hatte sie noch nie so groß gesehen. Der Himmel glänzte wie Bernstein und die Berge warfen lange Schatten. Dann brach die Dunkelheit herein und die kupferne Mondscheibe tauchte hinter den Hügeln auf.

Ich lauschte in mich hinein, um ein Zeichen der Gottheit zu vernehmen, doch sie sandte mir keine Botschaft. Ich bemerkte, wie der Nebel aufstieg, dann schlief ich ein.

Als ich erwachte, war mein Gesicht kalt vor Nässe und mein ganzer Körper erstarrt. Das Lager war in dichten Nebel gehüllt. Der rote Schein eines Feuers drang durch den Dunst. Die Diener kauerten um die Glut und bereiteten den Tee, während die Krieger die Pferde sattelten; ich hörte das Klirren des Zaumzeugs, das Stampfen der Hufe.

Kuchiko trat aus dem Dunst. Sein schwarzer Umhang war von winzigen Tropfen bedeckt. »Der Nebel steigt aus dem Meer hoch«, sagte er.

Wir brachen auf, ritten durch eine Wolkenwand, die jedes Geräusch verschluckte. Doch bald war mir, als ob die Nebelmassen sich zu lichten begannen: Reisfelder und Maulbeerhaine schimmerten durch den Dunst. Plötzlich richteten die Pferde die Ohren nach vorn und die Männer griffen nach ihren Waffen: Ein seltsames, rhythmisches Stampfen drang durch den Nebel.

Kuchiko ließ den Zug anhalten und schickte einige Krieger voraus. Bald tauchten sie schemenhaft wieder zwischen den Bäumen auf und meldeten: »Es sind nur Bauern, die ein Fest feiern.«

Immer deutlicher hörten wir den Lärm. Gesang und Pfeifen mischte sich mit Händeklatschen und dumpfem Trommeldröhnen.

Als wir einen Hügel hinunterritten, brachen die Dunstschleier auf und der Festzug zeigte sich in all seiner Farbenpracht. An die hundert Bauern mussten es sein, die auf ihren Schultern ein riesiges, säulenförmiges Gebinde trugen. Es war aus Bambushalmen und Reisstroh und mit dicht verknoteten Seilringen zusammengehalten. Alle Männer waren bis auf einen Lendenschurz nackt. Ein breites, weißes Stirnband hielt ihr Haar zusammen. Die Frauen, die sie singend und tanzend begleiteten, trugen kurze Gewänder und Schärpen in grellen Farben. Ihr Haar war rot gepudert, die Augen schwarz umrandet, die Brauen nachgezogen. Sie waren mit Blumen und grünen Reishalmen bekränzt. Hinter dem singenden Zug holperte ein Wagen, der von zwei schwarzen Stieren gezogen wurde. Ihre Hörner waren rot gefärbt und die hölzernen Joche mit Blumen geschmückt. Bunte Schnüre flatterten von ihrem Geschirr herunter. Zwei lange Taue, aus weißem und rotem Stoff gedreht, waren an der Deichsel befestigt und wurden von den

Händen vieler Frauen, Mädchen und Knaben gehalten. Auf dem Wagen befand sich die Trommel, die größte, die ich je gesehen hatte. Zwei Männer schlugen sie in wechselndem Takt.

Wir ritten näher an den Zug heran. Einige der Bauern verneigten sich höflich, doch die meisten waren bereits angetrunken, schwenkten Reisweinkrüge und riefen uns Scherze zu.

Kuchiko fragte einen älteren Mann, was für ein Fest gefeiert würde.

Der verbeugte sich und sprach: »Wir begehen das Feuerfest zu Ehren der Erdmutter. Die Kultfackel wird zur Festung von Suga getragen und heute Abend in Anwesenheit unseres Königs verbrannt.«

Ich machte ein Zeichen. Wir trieben die Pferde an und überholten den Festzug, der bald hinter uns im Nebel verschwunden war.

Ein leichter Wind kam auf. Die Luft schmeckte nach Tang und Salz. Wir konnten nicht mehr allzu weit vom Meer entfernt sein. Nach und nach durchdrang ein Flimmern die Nebeldecke, Wind und Sonne lösten die Dunstschwaden auf. Vor uns lag das Hochmoor von Suga; eine unendlich weite Fläche, dicht bedeckt mit Gräsern, die sich wie grüne Wiesen unter den Windstößen bogen. Dahinter erstreckte sich das Meer, so dunkelblau, dass es fast schwarz glänzte. Und auf der anderen Seite der Bucht, wo die roten Klippen steil emporstiegen, erhob sich auf einer Plattform eine gewaltige Festung. Die klotzigen Ecktürme waren mit Stroh gedeckt und von rot und blau bemalten Säulen gekrönt. Als wir näher kamen, bemerkte ich, dass die Festung von doppeltem Mauerwerk umgeben war. Die Basaltblöcke waren so aneinander gefügt, dass sie eine glatte Fläche zu bilden schienen. Alle Mauern waren mit Bogenschützen besetzt.

Bald erreichten wir das große steinerne Tor. Das schmiedeeiserne Fallgitter war hochgezogen. Die eisenbeschlagenen Torflügel standen offen. Nachdem wir das Tor passiert hatten, kamen wir auf eine Steinbrücke. Sie führte zu einem anderen, ebenso gewaltigen Tor, das in die zweite Ringmauer eingelassen war. Überall standen Wachen. Sie trugen schwarze, eng anliegende Harnische und Helme, die ihnen die Augen beschatteten. Ihr langes Haar war zu Zöpfen geflochten und ich erkannte mit einem Blick, dass ihre Schwerter die besten im ganzen Inselreich waren. Das zweite Tor war geschlossen, doch als wir darauf zuritten, öffnete es sich wie von selbst. Der gewaltige Oberbalken bestand aus einem Baumstamm. Darauf war das Wappen mit der heiligen Sonnenscheibe über einer fächerförmigen Blume gemalt.

Die Hufe klapperten auf den Steinen. Wir ritten durch den Torbogen in einen riesigen Innenhof, dessen Sandboden die Sonnenstrahlen zurückwarf. Eine steinerne Treppe führte zu einer Terrasse, und darüber ragte mit hoch geschweiften, strohbedeckten Dächern der Palast.

Mein Atem flog, als hätte ich einen Berg bestiegen. Das Gebäude vor mir glich einer gigantischen Galeere, die sich mit aufgeblähten Segeln in den Himmel schwang.

Stallburschen kamen herbei, um die Pferde in Empfang zu nehmen. Ich gab den Männern ein Zeichen abzusitzen. Kuchiko warf mir einen fragenden Blick zu und ich sagte: »Bitte, wartet hier. Ich möchte ihm allein begegnen!«

Er verneigte sich und trat zurück.

Langsam erklomm ich die Steinstufen. Ein zarter Nebelflaum kräuselte sich um die Ecktürme und das Sonnenlicht blendete mich, sodass ich die Lider senkte. Als ich sie wieder hob, sah ich oben auf der Treppe einen Mann stehen. Er kam mir nicht eine Stufe entgegen. Hoch gewachsen und regungslos stand er in der Helligkeit, einer schwarzen Säule gleich. Und dann stand ich vor ihm und sah sein Gesicht, unbeweglich und golden, mit Augen, die wie dunkler Karneol glühten. Die Zeit hatte das Blau der Tätowierungen, die Stirn, Kinn und

Wangen bedeckten, verblassen lassen. Und genau wie einst schimmerte sein Haar auf den Schuppen seiner Bronzerüstung, fiel in ungestümer, dunkel glänzender Fülle bis zu seinen Hüften herab. Er war unbewaffnet. Doch hinter ihm zwischen den roten Pfosten stand stumm und wachsam eine Reihe von Kriegern. Sie hielten die rechte Hand am Griff der halb gezogenen Schwerter.

Ich senkte den Kopf; verneigte mich stumm. Ich spürte ihn vor mir, so unendlich vertraut und doch so unglaublich fremd. Plötzlich vernahm ich ein unerwartetes Geräusch, und als ich den Kopf hob, sah ich, dass er lachte. Es war das leise, spöttische Lachen, das ich so gut kannte.

»Seid willkommen, Majestät, in Izumo. Es ist lange her, dass unsere Wege sich kreuzten . . .«

Das Licht vor meinen Augen klärte sich. Ich konnte sprechen und erwiderte: »Das Schicksal hat es so bestimmt, dass wir uns wieder begegnen . . .«

»Das Schicksal?« Er kicherte. »Oder Seine Allerhöchste Majestät?«

Röte überflog mein Gesicht. Ihm konnte ich nichts vortäuschen. Doch ich spürte, dass er genauso aufgewühlt war wie ich.

Er verneigte sich höflich und sprach: »Gestattet mir zuerst, Euch meine Gastfreundschaft anzubieten. Nachher werden wir reden . . .«

Er gab ein Zeichen. Eine junge Frau mit einem blauen Tuch um den Kopf löste sich aus der Dienerschar. Sie verneigte sich vor mir und geleitete mich in den Palast. Säulengänge, die mit Schilfmatten ausgelegt waren, führten in einen Raum, der durch Schiebetüren in verschiedene kleine Zimmer aufgeteilt war. Die Decke war aus matt poliertem Holz und in einer Wandnische stand eine mit goldgelben Dahlien gefüllte Tonvase. Die Frau brachte mir Tee, verschiedene gekochte Gemüse und heiße Tücher, um Gesicht und Hände zu erfrischen.

Maki hatte zwei Diener beauftragt die Truhe, die meine Kleider enthielt, herzubringen. Sie schnürte mir Harnisch und Beinschützer ab und half mir mich meiner Männerkleidung zu entledigen. Ich wählte ein Gewand aus kühler, violetter Seide. Untergewand und Schärpe waren grün. Sorgfältig puderte ich mein Gesicht und schminkte mir die Lider zinnoberrot. Dann ließ ich mich auf ein Kissen nieder, die Hände im Schoß verschränkt, und wartete. In seltsam gelöster Ruhe lauschte ich dem Rauschen des Meeres, das wie ein Echo durch die hellen, friedlichen Räume klang . . .

Die Sonne stand schon hoch, als ein Diener erschien. Er führte mich durch weitere Säulengänge zu einer Treppe, auf der ich zur Ostterrasse gelangte. Der Diener kniete nieder und öffnete eine Schiebetür. Ich trat in einen großen Raum, der mit weichen, schwarz geränderten Matten ausgelegt war. Das Sonnenlicht fiel verschwenderisch durch die rot und blau bemalten Säulen und die mächtigen Deckenbalken schimmerten wie Bernstein. Kostbare Hölzer glühten in kleinen Kohlebecken und verbreiteten ihren Duft. In schön geformten Vasen standen Kiefern- und Bambuszweige.

Susanoo saß mit untergeschlagenen Beinen auf einem Kissen. Er hatte seine Rüstung abgelegt; seine Kleider und sein Umhang waren aus schwarzblauem Leinen. Bergkristalle verzierten seinen breiten, ledernen Gürtel. Es saßen einige Männer, vermutlich Wachoffiziere, in seiner Nähe. Ihre Schwerter ruhten auf ihren Knien. Sie verneigten sich und ich erwiderte ihren Gruß. Eine Handbewegung des Königs entließ sie. Der Diener schloss die Schiebetüren. Wir waren allein.

»Du hast dein Haar der Göttin geweiht?«, fragte er nach kurzem Schweigen.

»Ja.«

»Wie kommt es«, fragte er, »dass mein Dasein mir nie etwas bedeutete, wenn ich nicht über alles und alle anderen den

Sieg davontrug? Heute weiß ich, dass der größte Sieg der ist, den der Mensch über sich selbst erringt.«

»Es ist kein leichter Sieg«, sagte ich leise.

Er nickte. »Als ich Amoda verließ, wünschte ich mir den Tod. Nicht weil ich den Krieg verloren hatte, sondern weil es für mich nichts mehr zu verlieren gab. Doch du hattest mir den Auftrag erteilt, mich nach Izumo zu begeben, und es war meine Pflicht zu gehorchen.

In dieser Zeit lebten die Küstenbewohner in ständiger Furcht, denn das Gebiet befand sich in den Händen der Weii-Fürsten des chinesischen Festlandes, die sich den Zugang zu den Erz- und Eisenminen gewaltsam verschafft hatten. Die Weii plünderten die Dörfer, verschleppten Frauen und Jünglinge als Sklaven.

Ich berief den Rat der Stammesoberhäupter ein und konnte sie von der Notwendigkeit einer Einigung überzeugen. Die Männer lehrte ich die Kunst des Waffenschmiedens und das Kriegshandwerk. Es dauerte volle drei Jahre, bis es uns gelang, die Weii endgültig aus Izumo zu vertreiben. Doch bevor wir ihrer Schreckensherrschaft ein Ende bereiteten, habe ich viel von ihnen gelernt. Einige ihrer Erfindungen waren von großem Wert und ich übernahm sie; zum Beispiel die künstliche Bewässerung der Reisfelder, die Bodenheizung und die Keramikglasur.

Weil ich sie von ihrem Feind befreit hatte, ihnen zu Sicherheit und Reichtum verholfen hatte, ernannten mich die Küstenbewohner zu ihrem König. Und weil man vom Hochmoor von Suga aus die Sonne über das Meer steigen und wieder sinken sieht, wählte ich diesen Ort, um eine Festung zu erbauen . . .

»Du gabst ihr die Form eines Schiffes«, sagte ich.

Er erwiderte: »Sind es nicht Schiffe, die uns hinführen, wo Meer und Himmel sich vereinigen?« Seine Stimme wurde plötzlich hart. »So hat sich also Seine Allerhöchste Majestät in den Kopf gesetzt, sein Reich bis zur Ostküste auszudehnen! Ist ihm Yamatai nicht groß genug? Muss er in seiner Habgier auch noch fremde Grenzen überschreiten? Als die Macht den Frauen vorbehalten war, lebten die Menschen in Frieden mit sich selbst und der Gottheit. Du aber hast die Bräuche geändert und einem Krieger die Macht in die Hände gespielt . . .«

Ich spürte die Tränen hochsteigen. Er holte tief Atem.

»Verzeih mir«, sagte er bitter. »Welches Recht habe ich, dir Vorwürfe zu machen? Sollte ich vergessen haben, dass Blutschuld auf mir lastet?«

Stumm zog ich ein kleines, seidenes Bündel aus meiner Schärpe und legte es ehrfürchtig vor ihm hin. Er rührte sich nicht, doch ich sah die Anspannung in seinem Gesicht. Behutsam schlug ich das Tuch auseinander. Zwei Lederarmbänder kamen zum Vorschein, an denen grüne Achatsteine in Form von Bärenkrallen hingen. Es waren die heiligen »Tama«-Steine, das Symbol des uralten Bundes mit dem Tierreich, die man ihm bei seiner Verbannung abgenommen hatte.

»Trage sie«, sagte ich leise. »Einst gehörten sie dir.«

Er löste die Augen von den schillernden Steinen und senkte den Blick tief in meinen. Schweigend streckte er mir die Hände entgegen. Mit zitternden Fingern streifte ich die Armbänder über seine Handgelenke. Ich sah die Schwielen und Narben auf seiner Haut und erinnerte mich, dass ich es war, die ihm diese Wunden zugefügt hatte.

Endlich riss er den Blick von den Steinen los und sah mich an. »Hab Dank«, sagte er mit rauer Stimme. »Neben dem Sternenschwert stellen die ›Tamas‹ den einzigen Besitz dar, der mir im Leben etwas bedeutete . . .«

Die Tränen liefen mir über die Wangen. Eine Weile lang weinte ich still, ohne mich zu rühren. Ich schämte mich nicht, denn ich entsann mich des Tages, da er es war, der geweint hatte.

Nach einer Weile ergriff er wieder das Wort, doch er sprach

von etwas anderem. »Als Kundschafter mir deine Ankunft meldeten, da war mir sofort klar, dass Seine sehr nervöse Majestät dich sandte. Ich war fest entschlossen hart zu bleiben. Doch in der vergangenen Nacht hatte ich einen Traum.«

Etwas in seiner Stimme ließ mich den Kopf heben.

»Was für einen Traum?«

»Ich ging durch den Wald, als plötzlich ein Bär aus dem Dickicht trat. Er war schwarz und riesengroß und trug auf der Brust das weiße Zeichen der Mondsichel. Er griff mich an, doch ich drang auf ihn ein und enthauptete ihn mit einem einzigen Hieb meines Sternenschwertes. Aus seinem Blut entsprang eine Quelle. Als ich mich über das Wasser neigte, um meine blutigen Hände zu waschen, sah ich eine Muschel in allen Farben des Regenbogens schillern. Ich hob sie behutsam auf, doch sie zerbrach und zwischen den Scherben schimmerte eine vollkommene, glänzende Perle. Diese Vision war so deutlich, dass ich beim Erwachen das Leuchten auf meiner Handfläche zu sehen glaubte . . .«

»Ich kann die Zeichen nur teilweise deuten«, sagte ich verwirrt. »Aber mir scheint, dass dir die Göttin etwas versprochen hat . . .«

Plötzlich wandte ich den Kopf und lauschte: Stimmen und Gelächter schallten durch die Stille, vom dumpfen Dröhnen der Trommel begleitet.

Susanoo lächelte mich an. »Heute Nacht, wenn der Erntemond scheint, werden die Bauern die ›Taimatsu‹, die Fackel zu Ehren der Erdmutter, verbrennen. Komm, sieh dir das Fest an.«

Ich folgte ihm auf die Terrasse. Die Sonne sank. Aus den Büschen erklang das Zwitschern, mit dem Vögel das Nahen des Abends verkünden. Himmel und Meer waren tiefblau. Bald würde sie die Sonne in glühendes Purpur tauchen . . .

Die Trommelschläge wurden lauter. Wachsoldaten beugten sich über die Mauern, als der Zug der Bauern die Wallbrücke überschritt. Die Männer, die die riesige Fackel schleppten, waren völlig erschöpft. Sie schwankten und stolperten. Die Frauen spornten sie durch Gelächter und Zurufe an.

Im Innenhof wurde die Kultfackel abgeladen. Die Männer ließen sich stöhnend und schweißtriefend zu Boden sinken und Dienerinnen brachten ihnen heiße Tücher zur Erfrischung. Die Mädchen flüsterten und kicherten. Sie kämmten sich gegenseitig das Haar, flochten ihre Blumenkränze neu.

Nachdem sich die Männer ausgeruht hatten, begannen sie die »Taimatsu« aufzurichten. Zuerst rammten sie ein Bambusgestell in den Boden, hoben unter großer Anstrengung den oberen Teil der Kultfackel an und stützten ihn darauf.

Dann befestigten sie vier armdicke Hanftaue und zogen, während andere Männer auf der gegenüberliegenden Seite die Kultfackel mit Bambusstangen hochstemmten.

»Die Kultfackel stellt die Verbindung zwischen Himmel und Erde dar«, erklärte mir Susanoo, während die Männer die Taue im Boden verankerten. »Gleich wird das Feueropfer beginnen. Der Rauch, der in die Luft aufsteigt, wird sich mit dem Regenwasser wieder auf die Felder senken und die Ernte begünstigen.«

Während sich die Sonne wie glühendes Gold im Meer spiegelte, stieg langsam und riesengroß die Mondscheibe über den Hügeln auf. Und so kam der Augenblick, wo beide, nur für kurze Zeit, auf gleicher Höhe im völligen Gleichgewicht verharrten.

Da erhob sich Susanoo und gab ein Zeichen. Eine alte Bäuerin, vermutlich das Dorfoberhaupt, trat auf ihn zu und verneigte sich. Sie war ganz in Weiß gekleidet, und ihr ebenfalls weißes Stirnband war mit Eichenlaub bekränzt. Sie hielt eine Pechfackel in der Hand. Ein kleines Mädchen folgte ihr. Sie hatte langes Haar, das ihr bis auf die Fersen fiel, und ein weiß geschminktes Gesicht. Das Kind schlug einen Feuerstein. Funken sprühten wie Leuchtkäfer auf. Die Fackel entzündete sich. Und in dem Augenblick, als die alte Frau sie feierlich dem König überreichte, glühten Fackeln wie tausend feurige Blumen in der Dämmerung auf. Sie fluteten über die Treppen, strömten die Mauern entlang, glänzten auf Waffen und Harnischen, huschten und wogten auf dem rotgoldenen Sand.

Die alte Frau geleitete ihren König durch die schweigende Menschenmenge, die um die »Taimatsu« einen dichten Kreis bildete. Dann verneigte sie sich und trat zurück. In tiefer Stille hielt Susanoo die Fackel an die »Taimatsu«. Zuerst stieg nur ein Rauchfaden hoch, wurde dichter, und ein Flämmchen züngelte empor. Das Feuer erfasste das Stroh, wuchs und loderte auf wie eine gelbe Fahne im Wind. Jubel stieg aus der Menge. Alle, die eine Fackel trugen, warfen sie in die Feuergarben. Die Flamme schlug in die Höhe und warf flackernde Schatten; knackend und zischend barst das Schilf. Rund um die »Taimatsu« stand die Hitze wie eine Wand und der Wind, der vom Meer kam, zog eine Funkenschlange mit sich. Die Trommel dröhnte. Die Mauern warfen das Echo zurück, der Boden bebte. Tausende Stimmen kreischten, lachten, jubelten. Die Sonne leuchtete ein letztes Mal auf, dann senkte sich Dunkelheit über das Meer und der Mond stieg in goldener Pracht über den Himmel . . .

Diener hatten Matten und Kissen auf dem Boden ausgebreitet. Die Bauern hatten Süßkartoffeln, Reiskugeln und schwarzen Zucker mitgebracht. Wie es der Brauch verlangte, nahmen wir an ihrem Mahl teil. Krüge mit Reiswein gingen von Hand zu Hand, die Bauern hatten den besten für diesen Abend aufgehoben. Ich saß neben dem König und wunderte mich nicht, dass er mit seinen Lehnsleuten lachte und trank. Die »Taimatsu« loderte hell und brausend: eine Feuersäule, die Erde und Himmel vereinte . . .

Ich erwachte bei Tagesanbruch und glaubte mich auf hoher See. Ein gewaltiges, gleichmäßiges Rauschen erfüllte meine Ohren. Ich spürte das mächtige Heben und Senken des Ozeans, das schwellende Anrollen der hohen Meereswogen. Ich lag auf einer Matte in einem Raum, der nach Tang und Nebel roch.

Nach einer Weile richtete ich mich auf, zog mein Kleid über die Schultern und strich mir das wirre Haar aus dem Gesicht. Behutsam ließ ich die Schiebetür zur Seite gleiten. Maki, die auf einer Matte im Nebenzimmer schlief, rührte sich nicht, als ich an ihr vorbeiging. Nebelschwaden hüllten die Säulen ein, stauten sich unter den Strohdächern. Es war entsetzlich kalt. Ich ging durch das Tor und trat auf die Terrasse hinaus. Ich hörte die Brandung sehr nahe. Woge um Woge erschütterte den Erdboden. Das Einzige, was ich im dichten Nebel erkennen konnte, war, genau mir gegenüber, ein Teil des östlichen Wachturmes. Fröstelnd zog ich mein Gewand zusammen. Tief atmete ich die salzige, feuchte Morgenluft ein. Vor mir, im weißen Dunst, stand regungslos ein Mann. Die Falten seines schwarzen Umhangs waren wie Schwingen um die breiten Schultern gelegt. Langsam trat ich näher. Er wandte leicht den Kopf. Ich senkte die Stirn und berührte flüchtig seinen Arm. Eine Zeit lang sahen wir schweigend in den Nebel: Mir schien, als schwebte ich hoch oben in den Wolken.

Plötzlich löste er sich aus seiner Versunkenheit, sah mich an und sagte verwundert: »Aber du frierst ja!«

Er nahm seinen Umhang ab und legte ihn mir um die Schultern. Dankbar hüllte ich mich in die warmen Falten ein und lächelte ihn an. »Es ist schön hier.«

Er nickte. »Ich liebe den Nebel. Jeden Morgen, bei Tagesanbruch komme ich hierher, um dem Sonnenaufgang zuzusehen. Einst habe ich ein Gedicht verfasst:

*Acht Wolkenschichten ziehen herauf,*
*Auf dass ich meine Geliebte darin verberge.*
*Der achtfältige Zaun des Landes Izumo*
*Umschließt den achtfältigen Wolkenzaun . . .«*

Die Wellen rauschten und er hatte leise gesprochen; dennoch verstand ich seine Worte. Und in dem Augenblick, als seine Stimme erlosch, drang ein Lichtstreifen durch die Nebelmasse. Das helle Sonnenlicht durchbrach mit einem Schlag die weißen Schatten. Alles ringsum war in blitzendes, eisklares Feuer getaucht. Nebel und Dämpfe wurden vom Sonnenglanz aufgelöst, fortgedrängt; sie hoben sich, um das grün schillernde, schäumende Meer in strahlender Weite freizugeben . . .

Das Gesicht in Licht getaucht, schloss ich geblendet die Augen. Wind war aufgekommen. Die Falten des schwarzen Umhangs schienen zu atmen, ich spürte auf meiner Haut ihr streichelndes Wallen. Nach einer Weile fragte ich leise: »Was soll ich dem König berichten?«

Ein Schwarm Seeschwalben schoss über die Klippen. Kreischend schwangen sich die Vögel in den Himmel. Er verfolgte sie mit den Augen und ein tiefer Atemzug hob seine Brust. »Teile ihm mit, ich habe die Stimme meines Schwertes vernommen. Bei Neumond soll das Heer sich zum Aufbruch bereithalten.«

## 6

Die Vorbereitungen zum Aufbruch waren in vollem Gang. Die Schiffe sollten mit einem Teil der Streitkräfte flussaufwärts nach Shirakata segeln, wo das Heer überwintern würde. Der Herrscher indessen wollte das günstige Herbstwetter nutzen, um mit seinen Reitern bis zum Berg Ikoma vorzudringen; in jenes berüchtigte Gebiet, das von den Wald-Ainu bewohnt wurde und schon manchem Stoßtrupp zum Verhängnis geworden war.

Iri war sehr ungeduldig: Ich war schon seit zehn Tagen zurück und der König von Izumo ließ immer noch auf sich warten. Schließlich hatte Iri die Ratsversammlung einberufen, um den Befehlshabern neue Anordnungen zu erteilen.

Wir saßen unter dem Baldachin, der in der Herbstsonne wie ein goldenes Segel leuchtete. Kana, der Adler, saß auf seiner Stange und zischelte leise. Es war drückend heiß. Ich kniete an Iris Seite, in einem luftigen gelben Seidengewand und purpurner Schärpe. Mit einem Fächer verscheuchte ich die Moskitos, die in der flimmernden Luft summten.

Das schlanke Schiff aus Mahagoni und Rohrgeflecht erschien an der Flussbiegung. Es durchschnitt die Wasserfläche mit leisem Rauschen und hinterließ eine glitzernde Spur. Das weiße Segel mit dem roten Sonnenzeichen spannte sich wie eine vibrierende Flügelhaut.

Die Wachtposten am Ufer hatten es schon eine Zeit lang beobachtet. Die Nachricht, von Mann zu Mann weitergegeben, erreichte das Lager und ließ uns aufhorchen. Ich sah, wie sich die Krieger am Flussufer versammelten.

Ein Offizier eilte herbei, kniete vor dem König nieder und sprach: »Majestät, das Schiff des Herrschers von Izumo wurde soeben gesichtet.«

»Wie groß ist sein Geschwader?«, fragte der König. Der Offizier errötete: »Verzeiht, Majestät, die Wachen meldeten nur einen einzigen Küstensegler.«

Iri stieß hörbar die Luft aus und lehnte sich zurück. Er war überzeugt gewesen, dass Susanoo mit einem ganzen Heer als Verstärkung eintreffen würde, und war wie vor den Kopf geschlagen.

Immer mehr Männer drängten sich jetzt ans Ufer. Die Seeleute lehnten an der Reling. Um die Zelte war eine Palisade aus Bambus und Pfählen errichtet worden; alle, die keinen Platz am Ufer fanden, kletterten dort hinauf, um das Schauspiel nicht zu versäumen.

»Warum stehen sie da und gaffen?«, zischte Iri. »Fürwahr, ein mächtiger König, der mit einem einzigen Schiff in den Kampf zieht!«

Niemand rührte sich. Der Wind trug uns das Flüstern der Männer herüber; dann wurde es still. Über die Köpfe der Krieger hinweg sah ich das Schiff herangleiten. Das rote Sonnenemblem schien über den Schilfhalmen zu schweben. Eine Schweißperle rann mir die Schläfe herunter und ich verbarg das Gesicht hinter dem Fächer.

Das Schiff legte an. Zwei Männer im Lendenschurz, mit dem weißen Stirnband der Küstenbewohner, zogen das Segel ein. Susanoo, der das Steuer gehalten hatte, half ihnen das Tau zu befestigen und erteilte einige Befehle; erst dann stieg er an Land und bahnte sich einen Weg durch die Schaulustigen. Er trug Beinkleider und eine Tunika mit weiten Ärmeln, beide aus schlichtem, indigoblauem Leinen. Doch seine seidenverschnürte Bronzerüstung war mit Amethysten besetzt und hatte goldene Ketten. Sein weiter, schwarzer Mantel, den er über die rechte Schulter geworfen hatte, schleifte über den Boden. Eine goldene Spange, in Form einer Schlange, hielt ihn zusammen. Lederne Beinschützer vervollständigten seine Ausrüstung. Über der linken Schulter trug er einen Köcher mit Pfeilen und in der Hand hielt er einen Bogen. Seiner Gewohnheit entsprechend trug er keinen Helm. Ein schlichtes Lederband hielt sein hüftlanges Haar auf dem Rücken zusammen.

Ich spürte, wie Iri die Muskeln straffte. Sein kalter Blick schien sich ins Leere zu verlieren, während der Schatten des angeketteten Adlers über seinen bronzenen Schultern hin und her glitt.

Susanoo schritt gelassen die Reihen der Leibwache entlang und trat vor das königliche Zelt. Er begrüßte Iri mit kühler, vollendeter Höflichkeit. Vor mir jedoch beugte er das Knie, denn als Sonnenpriesterin stand ich höher als jede weltliche

Macht. Ich erwiderte mit gesenkten Augen seinen Gruß. Mein Herz schlug so heftig, dass ich glaubte, alle müssten es hören.

Iris Begrüßungsworte kamen förmlich und ausdruckslos über seine Lippen. »Habt Dank, Majestät, dass Ihr meinem Wunsch entgegengekommen seid. Es ist uns eine große Ehre, den Herrscher von Izumo unter uns zu wissen.«

»Ich kam auf Geheiß des Orakels«, entgegnete Susanoo mit seiner dunklen, ruhigen Stimme. »Kein Sterblicher ist berechtigt sich dem Ruf der Göttin zu entziehen.«

Diese Antwort ließ keinen Zweifel aufkommen: Er hatte nicht den königlichen Befehl, sondern einzig den Willen der Gottheit befolgt.

Iri verstand ihn nur zu gut. Die Haut schien sich über seine Backenknochen zu spannen. Ich spürte seinen glühenden Zorn, als er auf das Kissen an seiner linken Seite wies. »Geruht dort Platz zu nehmen, Majestät, damit Ihr es bequem habt.«

Susanoo ließ sich auf dem Kissen nieder und legte den Bogen auf seine Knie. Iri stellte ihm die Offiziere vor. Die Gesichter der Tungusen waren undurchdringlich, doch Wachsamkeit und Misstrauen glitzerten in ihren Augen. Der Mann, der mit hochmütiger Gelassenheit ihre Huldigung entgegennahm, hatte einst seine Heimatstadt belagert, den Tod der Sonnenkönigin Himiko verschuldet und den Tungusenherrscher im Zweikampf gedemütigt. Seine Handgelenke trugen noch die Narben der Ketten, mit denen man ihn an die Mauer geschmiedet hatte, und die blauen Merkmale des Bannfluchs zeichneten sich noch immer auf seinem Gesicht ab.

Iri unterrichtete ihn über den geplanten Vormarsch nach Ikoma. »Kein einziger Krieger unserer Erkundungstruppen ist mit heiler Haut davongekommen; das rechtfertigt einen Vergeltungsschlag. Sobald wir das Gebiet unter Kontrolle gebracht haben, werden wir eine Festung anlegen und die Pässe überwachen.«

»Den Nachrichten zufolge, die ich erhielt«, sagte Susanoo,

»haben sich die ›Kotan‹ unter der Führung ihres Königs Azamaro verbündet.«

Die Männer starrten ihn finster an. Wenn das der Wahrheit entsprach, konnte das schlimme Folgen haben.

Doch Yi-Am bewegte gelassen seinen eisernen Kriegsfächer. In seinem Gesicht stand Verachtung. »Die Ainu sind zweifellos tapfer. Aber sie kämpfen wie Wilde, ohne jegliche Disziplin. Der Anblick unseres Reiterheeres wird sie in Panik versetzen.«

Der König von Izumo nickte. »Der Meinung bin ich auch. Aber die Ainu werden in den Wäldern angreifen, wo sie jedem Reiter überlegen sind.«

Oba, einer der Befehlshaber, ein Mann mit breitem, pockennarbigem Gesicht, entgegnete grimmig: »Ich halte es für völlig ausgeschlossen, dass eine Horde Eingeborener mit primitiven Waffen ein gut ausgerüstetes Reiterheer aufzuhalten vermag; sei es in der Ebene oder in den Wäldern.«

Susanoo betrachtete ihn ausdruckslos. »Die Ainu glauben, dass die Himmelsgötter das Land, das sie besiedeln, ihren Vorfahren einst zum Geschenk gemacht haben. Für die Verteidigung dieses Landes sind sie bereit zu sterben.«

»Die Sitten der Ainu scheinen euch wohl vertraut«, sprach Iri eisig. »Umso mehr sind wir verwundert über das Fernbleiben Eures Heeres. Verstärkungstruppen wären uns sehr willkommen gewesen.«

Susanoo blieb kühl. »Das Orakel betraf mich, nicht meine Krieger. Die beiden da« – er wies auf die Seeleute, die am Flussufer kauerten – »haben den Befehl, das Schiff noch heute nach Izumo zurückzubringen.«

Iri sah ihn an, als würde er ihn am liebsten erschlagen. »Eure Kühnheit ehrt Euch«, sagte er höhnisch.

Susanoo erwiderte seinen Blick: Es war wie das erste Aufflackern zweier blank gezogener Klingen. Dann – ohne die Augen abzuwenden – öffnete Susanoo die Lippen. Er lächelte. »Die

Vorzeichen besagen, dass Ihr den Sieg davontragen werdet, doch manchmal ist ihre Sprache doppeldeutig. Wenn es der Göttin heute gefällt, mich von meinem Eid zu entbinden, so frage ich nicht lange, warum.« Er wandte sich mir zu und verneigte sich ehrfurchtsvoll. »Erlaubt mir, Priesterin, dass ich jetzt mein Eigentum wieder in Besitz nehme.«

Stumm erwiderte ich seine Verbeugung. Ich gab Etsu und Hana ein Zeichen. Die Priesterinnen holten die Truhe mit dem Sternenschwert, stellten sie ehrfurchtsvoll auf ein weißes Leinentuch und glitten auf den Knien zurück.

Nachdem ich meine Hände mit frischem Wasser gereinigt hatte, löste ich die goldenen Schlösser und ließ den Deckel zurückgleiten. Die weiße, kühle Seidenhülle schimmerte mir entgegen. Ich hob das Schwert mit beiden Händen auf und schlug vorsichtig den Stoff auseinander. Das glänzende Metall blendete mich: Ich spürte, wie seine Kraft erwachte.

Ich konnte die Waffe kaum halten, meine Arme schmerzten unter dem drückenden Gewicht. Ich grub die Zähne in die Unterlippe, wandte mich Susanoo zu und reichte ihm das Schwert. Stumm blickten wir uns an. In den tiefschwarzen Augen, die ohne zu blinzeln das Sonnenlicht auffingen, leuchtete mein Spiegelbild wie ein kleiner, heller Funke.

Erst als ich langsam zurück auf die Fersen glitt, löste er den Blick von mir und betrachtete das Sternenschwert. Die sieben Klingen blinkten wie kalte, blaue Flammen, und doch war Wärme, war Leben in ihnen: Die Waffe hatte ihren Herrn erkannt!

Langsam richtete Susanoo sich auf und sah über die Köpfe der Männer hinweg. In der atemlosen Stille hob er das Schwert, damit alle es sehen konnten. Ein Raunen ging durch die Menge: Wie in einer einzigen Bewegung warfen sich die Männer zu Boden, verharrten regungslos, die Gesichter im Staub. Die Leibwächter standen wie erstarrt und wie aus einem inneren Zwang heraus beugten die Offiziere die Köpfe.

Nur der König saß aufrecht. Hochmütig, schön und fast regungslos; doch seine zuckende Hand packte den Säbelgriff. Der Adler über ihm stieß ein Krächzen aus; er schüttelte die aufgeplusterten Halsfedern und schlug erregt mit den Flügeln. Seine Krallen scharrten an der Stange. Unablässig, unbewusst bewegten sich auch Iris Finger: Seine Nägel streiften das Metall mit dem gleichen kratzenden Geräusch. Ich sah den Hass in seinen Augen und schauderte.

## 7

Der Adler schwang sich in die Höhe, schraubte sich in immer größeren Kreisen dem Sonnenlicht entgegen. Eine Weile ließ er sich von der Luftströmung tragen, dann schwebte er unbeweglich wie ein dunkler Punkt im kalten, unendlichen Blau.

Die Krieger flüsterten miteinander. Ich vernahm Iris amüsiertes Glucksen. »Sie halten sich da unten in der Schlucht verborgen. Mit meinem geflügelten Kundschafter haben sie allerdings nicht gerechnet . . .«

Susanoo schaute zu den steilen, moosbedeckten Felsen hinauf und sagte leise und spöttisch: »Um dieser Falle zu entkommen, könnten auch uns Flügel von Nutzen sein!«

Er ritt einen riesigen, schwarzen Hengst, dessen Nüstern sich wie die eines Drachen blähten. Das Tier hieß Kuro-Uma, »Schwarzes Pferd«. Es trug einen versilberten Schuppenharnisch, Bernsteinamulette schmückten seine Mähne. Sein Schweif war hochgebunden, um dem Tier volle Bewegungsfreiheit zu geben.

Iri reagierte auf Susanoos Bemerkung mit seinem üblichen Wolfsgrinsen. »Sie werden diese Falle so klug und geschickt angelegt haben, dass sie ihr eigenes Grab wird . . .«

Er riss sein Pferd herum und rief einen Befehl, den die Offiziere weitergaben. Iri hatte das Heer in Sichelform aufgestellt, damit sie den Feind einkreisen konnten. Die Reiter schlossen sich enger zusammen, stürmten zwischen den Bäumen hindurch, der Schlucht entgegen. Iri ritt mit seinen Offizieren in der Mitte, Susanoo führte den rechten Flügel des Heeres an, Yi-Am den linken. Ich ritt neben Kuchiko an der Spitze meiner Leibwache.

Der Tag war klar, die Sonnenstrahlen schimmerten durch das goldene Laub. Die Tungusen jagten an mir vorbei, Welle auf Welle. Nur mit einem Fuß im Steigbügel, schmiegten sie den Körper eng an die Flanken der Pferde und spornten sie mit dem wilden, gellenden Schrei an, mit dem die Steppenreiter schon seit Jahrhunderten ihre Streitrösser antrieben. Dort, wo die Schlucht in einen Talkessel mündete, stürzte ein Wasserfall aus dem Gestein.

Die Männer stürmten an den schillernden Kaskaden vorbei, als mit einem Mal ein Donnergrollen wie bei einem aufziehenden Gewitter zu hören war. Es rauschte in der Luft und plötzlich schien sich der ganze Berg in Bewegung zu setzen. Mit ohrenbetäubendem Tosen wälzte sich eine Steinlawine den Hang hinab. Riesige Steinbrocken wälzten sich von Absatz zu Absatz. Wurzeln wurden aus der Erde gerissen. Bäume knickten wie Strohhalme und stürzten in die Tiefe.

In panischer Verwirrung flutete das Heer zurück. Die Reiter rissen ihre Pferde im vollen Galopp herum, drängten und schoben sich, um der Steinlawine zu entrinnen. Ich sah Iri mit verzerrtem Gesicht Befehle brüllen. Doch für eine große Anzahl von Kriegern war es schon zu spät:

Sie waren in der Schlucht gefangen und konnten nicht mehr entkommen.

Ich hielt mit aller Kraft mein Reittier zurück. Shiro-Uma stampfte und schlug aus. Nur unter Aufbietung aller Kräfte gelang es mir, das ängstliche Tier zu bändigen. Steine prasselten immer noch den Hang hinab. Zweige und Blätter regneten auf uns nieder.

Dann Stille. Eine Stille, die nur vom Wiehern der Pferde, vom Schreien und Stöhnen der Verwundeten durchbrochen wurde.

Plötzlich ertönte ein gespenstisches, lang gezogenes Geheul, wild wie der Nordwind, wenn er über die Wälder jagt, klagend wie das Jammern von Wölfen bei Vollmond. Und als das Heulen erstarb, brachen die Ainu, die am Berghang die Steinlawine ausgelöst hatten, hinter jedem Felsen, hinter jedem Baum, hinter jedem Busch hervor. An die tausend mussten es sein, mit Pfeil und Bogen, Wurfspießen, Kurzschwertern und sichelförmigen Dolchen bewaffnet.

Schon reckte Iri sein Schwert in die Höhe und stieß den gellenden Schlachtruf der Tungusen aus. Tausendfach kam die Antwort. Der Waldboden erzitterte: Die Steppenreiter brausten durch die Schlucht, jagten über Schutt und Steine hinweg und durchbrachen die feindliche Linie. Inzwischen ließen die Ainu mit Steinen beschwerte Seile kreisen, in denen sich die Hufe der Streitrösser verfingen. Während die Pferde wiehernd und um sich tretend zu Boden stürzten, sprengten andere Reiter unaufhaltsam über sie hinweg. Iri bohrte seinem Fuchs die Sporen in die Flanken. Von Reitern mit roten und gelben Standarten flankiert, führte der König das Heer zum Angriff.

Die Ainu spannten ihre kurzen Bogen mit großer Behändigkeit. Kaum hatten sie einen Pfeil abgeschossen, waren sie schon wieder im Dickicht untergetaucht. Dahin konnten ihnen die Reiter nicht folgen.

Susanoo hatte seinen Stoßtrupp weit über den Berghang ausschwärmen lassen. Auf der gegenüberliegenden Seite bog Yi-Am mit seinen Kriegern im weiten Halbkreis ab und dehnte seine Angriffslinie taleinwärts nach Osten aus.

Gefolgt von meiner Leibwache, jagte ich mein Pferd durch

den Wildbach. Das Wasser spritzte unter den Hufen auf, als dicht vor mir fünfzig oder sechzig Ainu aus dem Unterholz brachen.

Ein Sirren, ein klirrendes Geräusch. Ein Pfeil war durch den Harnisch in Shiro-Umas Flanke gedrungen. Das Tier wich zur Seite, schüttelte wie wild seinen Panzer. Wiehernd bäumte es sich auf. Ich wurde aus dem Sattel geschleudert; die Erde kam mir entgegen. Der Bogen fiel mir aus der Hand, die Kinnkette meines Helmes zerriss und mein Kopf schlug gegen einen Stein. Halb betäubt lag ich da, als ein Schatten über mir den Himmel verdunkelte. Ich sah ein bärtiges, hassverzerrtes Gesicht, flackernde Augen. Ein Speer blitzte auf. Dann, ein dumpfer Stoß, ein Schrei. Ich fühlte, wie Hände mich packten, mich aufrichteten. Schmerz spürte ich nicht, nur eine seltsame Leere im Kopf. Benommen starrte ich auf den Ainu, der die Reihen meiner Leibwächter durchbrochen hatte. Blut sickerte aus seiner klaffenden Wunde an der Schulter. Neben ihm lag, die Augen weit geöffnet und schwer atmend, Kuchiko. Der Wurfspieß, den er mit seinem Körper aufgefangen hatte, war ihm zwischen der Verschnürung seines Harnischs tief in die Brust gedrungen.

Ich stand auf schwankenden Füßen und blickte auf ihn herunter. Worte kreisten in meinem Kopf, aber ich brachte keinen Ton über die Lippen. Ich konnte nicht glauben, dass er sterben würde. Ich kannte ihn schon so lange. Er atmete stoßweise. Sein dunkles Gesicht mit den tiefen Falten war merkwürdig eingefallen. Ich wusste, dass man den Speer herausziehen musste, um einen raschen Tod herbeizuführen, aber ich konnte mich nicht entschließen den Befehl zu geben. Endlich vermochte ich zu sprechen. Ich stammelte: »Euch verdanke ich mein Leben.«

Er erwiderte stolz: »War es nicht meine Pflicht?«

Der Boden vibrierte: Susanoos Truppen stürmten von der Ostseite auf die Schlucht zu. Ich sah Kuro-Uma durch das Unterholz brechen. Seine Nüstern waren schaumweiß und die schweißbedeckten Flanken bebten unter dem Harnisch. Susanoo riss die Zügel zurück und glitt aus dem Sattel. Mit einem Blick vergewisserte er sich, dass ich unverletzt war, und beugte sich dann über Kuchiko. Die beiden Männer blickten sich an.

Kuchiko betastete den Speer, der aus seiner Wunde ragte. Kaum hörbar kamen die Worte über seine Lippen: »Majestät ... ich bitte Euch ... zieht den Speer jetzt heraus!«

Er schloss die Augen und rief leise den Namen der Göttin.

Susanoo presste die Kiefer zusammen. Dann packte er den Speer und zog mit aller Kraft. Kuchiko zuckte zusammen und sein Kopf fiel zur Seite. Er war sofort tot.

Susanoos Gesicht war starr, seine Augen blickten ins Leere. Dann sah er mich an, sah die Tränen, die mir über die Wangen liefen, und seine Stimme klang seltsam rau. »Weine nicht. Der Tod ist nur eine vorüberziehende Wolke, die wir auf unserer Reise zu der Sonnengöttin durchschreiten müssen.«

Wir standen schweigend, als abermals das gespenstische, unglaublich traurige Heulen aus den Tiefen der Wälder laut wurde.

»Sie greifen erneut an ...«, sagte ich erschauernd.

»Ja«, sagte er und sah an mir vorbei in das Blau des Himmels.

Ich folgte seinem Blick. Oben auf dem Felsgrat, in Schwindel erregender Höhe, stand im Gegenlicht eine einzelne, riesenhafte Gestalt. Ihre Umrisse verschwammen im regenbogenfarbigen Schillern der Sonne. Sie hob den Arm und gab ein Signal. Das Heulen verstummte. Einige Atemzüge lang war es grabesstill, dann brach der zweite Angriff der Ainu los. Die halb nackten Körper glitten blitzschnell und geschmeidig die Felsen hinunter, verschwanden im Unterholz und im tiefen Gras, das stellenweise den Talboden bedeckte.

Der erste Ansturm traf die Reiterflanke unter Yi-Ams Befehl. In der Ebene wären die Tungusen mühelos Herr der Lage geworden, doch in dem engen Tal konnte sich die Schlagkraft des Heeres nur schlecht entfalten. Die Pferde rutschten auf den moosbedeckten Steinen aus, die Sträucher versperrten die Sicht und die Soldaten behinderten sich gegenseitig.

Von der anderen Talseite her hatte Iri den verzweifelten Kampf der linken Flanke beobachtet und sandte eine Einheit zur Verstärkung. Die Abteilung brauste an der Felswand vorbei, Yi-Am zu Hilfe. Alles hatte sich in wenigen Augenblicken abgespielt, doch schon fanden sie die ganze Strecke mit Toten und Verwundeten besät – Reiter und Pferde.

Susanoo stieß zischend den Atem aus. Seine Augen begannen so heiß zu leuchten, dass es mir den Atem verschlug. Er gab einen Befehl. Mit erhobenem Schild bildete die Leibgarde um mich und den Toten einen stählernen Wall. Zwischen uns und Yi-Ams Kriegern lag ein offenes Gelände von etwa zweihundert Schritten. Susanoo umfasste mit beiden Händen den Griff des Sternenschwertes und bahnte sich einen Weg durch das hüfthohe Gras. Die Ainu glitten geduckt auf ihn zu und versuchten ihn zu umkreisen. Sie kämpften mit ihren Kurzschwertern, Dolchen, Streitäxten. Susanoo hieb auf sie ein, machte Ausfälle, schwächte mit seiner Taktik ihre Kräfte und setzte unerbittlich seinen Weg fort. Das Sternenschwert schwang hin und her, blinkte hell auf in der Sonne. Pfeile kamen von allen Seiten, doch sie schienen ihm nichts anhaben zu können. Einer bohrte sich in seinen Harnisch; er riss ihn heraus, schleuderte ihn wütend von sich. Sein Haar wogte um seine Hüften; der Wind, der durch das Tal wehte, blähte die Falten seines Mantels wie Riesenschwingen.

Dann spürte ich unvermittelt, wie der feindliche Ansturm nachließ. Das Kampfgeschrei erstarb. In kürzester Zeit hatte Susanoo mit dem Sternenschwert das erreicht, was einem ganzen Reiterheer nicht gelungen war: Die Ainu gaben den Kampf auf und stürmten in wildem Durcheinander ins Dickicht. Sie stützten ihre Verwundeten und schleppten die Toten mit sich. Sie ließen ihre Verstorbenen nie auf dem Schlachtfeld liegen. Diese Gewohnheit musste mit ihren Bestattungsriten zusammenhängen. Genaueres darüber wusste man nicht, außer dass es sich um etwas besonders Abstoßendes handelte.

Schrilles, angsterfülltes Wiehern zerriss plötzlich die lastende Stille. Ich sah Shiro-Uma am ganzen Körper zittern. Die Stute war nur leicht verwundet worden. Mithilfe eines Stallburschen hatte ich sie eingefangen und ihr den Pfeil aus dem Harnisch gezogen. Ich legte meine linke Hand über ihre Augen und strich mit der rechten über ihre Nüstern, doch das Tier beruhigte sich nicht, sondern bebte noch stärker.

Die Unruhe übertrug sich in Windeseile auf alle anderen Pferde. Sie warfen den Kopf hin und her, blähten die Nüstern und sogen keuchend die Luft ein. Kuro-Uma, Susanoos schwarzer Hengst, schlug wie besessen aus. Sein Fell dampfte und gelber Speichel tropfte aus seinem Lefzen.

Keinem Tungusen war diese Warnung entgangen: Die Tiere witterten Gefahr! Und mit einem Mal wusste ich, woher die Bedrohung kam. Aus dem dichten Tannenwald jenseits der Grasebene löste sich langsam eine Gestalt.

Das Blut stockte mir in den Adern: Ich erkannte die riesenhafte, schwarze Erscheinung wieder, die nicht lange zuvor auf dem Felsen das Zeichen zum Angriff gegeben hatte. Jetzt konnte ich auch den scharfen, beißenden Geruch wahrnehmen, der die Pferde so beunruhigt hatte. Das war kein Mensch, der so roch: Es war ein Bär! Hoch aufgerichtet und schwerfällig kam er näher. Am Hals hatte er einen sichelförmigen Kranz von weißem Fell. Und er hielt ein Schwert in der Tatze . . .

Entsetzen spiegelte sich auf den Gesichtern der Tungusen. Sie rissen an den Zügeln, gruben ihre Knie in die Flanken der scheuenden Tiere. Ihre Kühnheit und Angriffslust hatte sich beim Anblick dieses Ungeheuers in panische Angst verwandelt, deren Ursprung in grauen Vorzeiten zu suchen war. Auch ich spürte, wie mir der Schweiß aus allen Poren brach. Mit zitternden Händen umklammerte ich den Bogen und ich wünschte mir verzweifelt, Kuchiko wäre noch am Leben ...

Susanoo war stehen geblieben. Einige Atemzüge lang beobachtete er den Bären mit eigentümlicher Schärfe. Plötzlich zuckte ein Lächeln über sein Gesicht. Er setzte sich in Bewegung, schritt langsam und mit erhobenem Schwert auf das Ungeheuer zu ...

Etwas Unfassbares geschah: Das aufgerichtete Tier griff nach seinem eigenen Kopf, schleuderte ihn mit heftiger Bewegung von sich. Und wir alle sahen, dass es in Wirklichkeit ein Mann war, der eingehüllt in das Fell eines schwarzen Bären, im Schatten der Bäume stand.

## 8

Der Mann kam langsam näher; wir sahen ihn deutlicher. Er war hoch gewachsen, kräftig. Seine Haut war hell wie Elfenbein. Sein Haar, das in üppigen Wellen über seine Schultern fiel, war von wunderbarem Silbergrau. Ein gelockter Bart verdeckte Kinn und Hals. Er trug eine rote, grob gewobene Tunika und weiße Beinkleider. Die Waffe in seiner Hand war ein »Tanneku«, ein Langschwert. Von der Kette aus Bärenkrallen um seinen Hals bis zu den bestickten Beinschützern aus weichem Hirschleder strahlte seine ganze Gestalt die Erhabenheit eines Fürsten der Wildnis aus.

Der scharfe Geruch des Bärenfells, das noch immer über seinen Schultern hing, machte die Pferde fast wild vor Angst. Wir konnten sie kaum halten.

Jetzt blieb der Mann unter einem Baum stehen. Mit unbewegtem Gesicht sah er Iri auf sich zureiten. Von Offizieren umgeben, trieb der Herrscher seinen fuchsroten Hengst bis an den Saum des Grasmeeres.

»Wer bist du?« Vom Wind getragen hallte seine schallende Stimme durch die Stille.

»Und wer bist du?«, erwiderte unerschüttert der Mann.

Dem äußeren Eindruck nach hätte man eine ganz andere Stimme erwartet als die, die wir jetzt hörten: Sie war sanft wie die Stimme einer Frau.

Eine drohende Bewegung lief durch die Reihen der Offiziere. Ihre Schilde blitzten blutrot in der Sonne. Iris Augen ruhten auf dem Antlitz des Mannes. Es war ein eckiges Gesicht, mit ungewöhnlich buschigen Brauen, vorstehenden Backenknochen und hoher, stolzer Stirn. Die Lippen waren leicht vorgewölbt und die großen Augen waren von Ringen umgeben, dunkel wie Rauch.

Die Standarten über Iris Haupt flatterten, bunten Segeln gleich. Die Schuppen seiner Rüstung glitzerten, als er Atem holte und seine Stimme sich feierlich erhob. »Ich bin Sujin, der allmächtigste Herrscher, Nachkomme der Göttin Amaterasu. Ich schieße meinen Pfeil nach Osten, der aufgehenden Sonne entgegen, und lösche die Schatten aus, die meinen Weg verdunkeln.«

Der Mann rührte sich nicht. Die Blätter über ihm bewegten sich im Wind und das schwarze Bärenfell schien mit dem Baumstamm verwachsen, an dem er lehnte. »Ich bin Azamaro, König der Aiu-Utari, der Kinder des ›himmlischen Bären‹«, sagte er mit einer klaren, ruhigen Stimme. Er trat aus dem Schatten. Seine rauchgrauen Augen waren auf Susanoo gerichtet und ließen von ihm nicht ab.

»Wir fürchten uns nicht vor euren schwimmenden Häusern, die das Meer überqueren, noch vor euren geharnischten Hirschen. Doch wir fürchten uns vor dem Schwert mit den sieben Klingen, denn es birgt die Kräfte des Himmels in sich.«

»Ich schmiedete es einst im Sternenfeuer«, antwortete Susanoo. Seine Worte klangen ebenso gelassen wie die des Ainu-Königs und nicht minder sanft.

Azamaro trat näher an ihn heran. »Ich bin gekommen, um seinen Zauber zu brechen. Ich werde mit dir kämpfen.«

»Das wird dein Tod sein«, erwiderte Susanoo.

Aller Augen waren auf die beiden Männer gerichtet. Doch die sahen sich an, als hätten sie die Gegenwart der anderen vergessen.

»Ich erblickte das magische Schwert im Traum«, fuhr Azamaro fort. »Es drang in meine Lungen und ich spürte das warme Blut aus meinem Körper strömen. Doch ich erlag nicht dieser Wunde, wenngleich die heiligen Vögel meinen Leichnam in den Schoß der Götter zurückbrachten. Ich erlangte durch dich Unsterblichkeit auf Erden. Ich kann diesen Traum nicht erklären, dennoch muss er einen Sinn haben. So lass uns kämpfen. Ich fürchte dein Schwert nicht.«

»Du kennst unsere Riten, doch wir kennen nicht die deinen«, sagte Susanoo. »Solltest du sterben, wie können wir deinen Leichnam ehren?«

»Gib mir dein Wort, dass du meinen Leichnam jenen übergeben wirst, die kommen werden, ihn zu holen.«

Durch die Reihen der Krieger ging ein Raunen. Mir kamen die Gerüchte über die unheimlichen Bestattungsriten der Ainu in den Sinn und ich fühlte, wie mir eine Gänsehaut über den Rücken lief.

Susanoo nickte. »Ich gebe dir mein Wort.«

Mit einer Handbewegung gebot er seinen Kriegern zurückzutreten. Ein Teil der Reiter formierte sich im Halbkreis um die beiden Gegner, die anderen zogen sich zum Waldrand zurück. Die Ainu hielten sich im Unterholz verborgen – sehr viele und sehr nahe –, doch kein einziger kam zum Vorschein.

Langsam schritt Susanoo dem König entgegen. Sein nachtschwarzes Haar flatterte im Wind.

»Unser Kampf soll ehrenhaft sein«, sagte Azamaro. Er deutete auf sein Langschwert. »Wisse, dass die Klinge mit Gift getränkt ist.«

»Hab Dank für deinen Freimut.« In Susanoos Stimme klang sowohl Gelassenheit mit als auch jenes Verständnis, das die Haltung der beiden Männer von Anfang an gekennzeichnet hatte.

Mein Blick schweifte zu Iri hinüber; ich sah, dass er lächelte. Die Geschehnisse entwickelten sich zu seinen Gunsten. Wenn es Susanoo gelang, den Ainu-König zu töten, war die Schlacht entschieden. Siegte Azamaro, war Iri einen allzu eigenwilligen Verbündeten los, und die Zauberkraft des Schwertes war für immer gebrochen . . .

Die goldene Sonnenscheibe funkelte hinter den Bäumen, während sich die Gegner mit vorsichtigen Schritten im Kreis bewegten. Jeder versuchte den anderen dorthin zu drängen, wo ihm die Sonne ins Gesicht fiel. Die beiden Männer waren von fast gleicher Größe. Trotz seines weißen Haares war Azamaro flink und geschmeidig wie eine Wildkatze. Er hielt sein Langschwert in einer Art, die uns fremd war: Er benutzte die Spitze zum Angriff, so wie wir einen Dolch handhaben würden.

Susanoo hatte diese Eigenart sofort erkannt. Jetzt schnellte er vor und schlug zu; die sieben Klingen blitzten. Azamaro fing den Stoß mit seinem Schild auf und brachte sich geschickt in Deckung. Wieder umkreisten sich die beiden Männer. Susanoos Blick ließ die Augen seines Gegners nicht los. Er bot ihm die Flanke, sah, wie die Pupillen des anderen sich weiteten, und machte eine blitzschnelle Seitendrehung. Das Langschwert sauste haarscharf an seinem Kopf vorbei. Susanoo schlug mit voller Wucht zurück, doch Azamaro hielt ihm seinen Schild entgegen. Mit dumpfem Beben durchdrang die Klinge das Leder. Der Aufprall drehte Azamaro fast den Arm aus dem Gelenk. Als Susanoo die Waffe mit aller Kraft herauszog, riss er den Schild mit, der in hohem Bogen ins Gras fiel.

Susanoo trat drei Schritte zurück. Mit knapper Schwertbewegung forderte er seinen Gegner auf, den Schild wieder an sich zu nehmen. Azamaro griff ihn mit einem Sprung und ging erneut zum Angriff über.

Die Sonne hatte den Rand der Berge erreicht, glühte wie eine Feuersichel über dunklen Felsen.

Wieder bewegten sich die beiden Männer im Kreis. Abermals ein blitzschnelles Klingenkreuzen. Hart und schnell schlug Stahl gegen Stahl: Es klang wie das Hämmern auf einem Amboss. Susanoo parierte jeden Angriff, zwang seinen Gegner, Schritt für Schritt zurückzuweichen. Ich spürte, wie Azamaros Kräfte nachließen. Seine Brust hob und senkte sich keuchend. Schweiß lief ihm übers Gesicht. Ein seltsames Stöhnen, dem Schmerzenslaut eines Tieres ähnlich, drang aus dem Unterholz, als Susanoo immer schneller, immer erbarmungsloser angriff. Tiefschwarz und mächtig ragte seine Gestalt im rötlichen Halbdunkel auf. Azamaro verlor ständig an Boden. Sein Atem ging stoßweise. Der hin und her zuckende Widerschein des Sternenschwertes schimmerte blutrot auf seinem silberhellen Haar. Und mit einem Mal blitzte die Waffe wie eine Funkengrube auf, schoss an dem Lederschild vorbei und bohrte sich tief in Azamaros Brust.

Ein vielstimmiger Schrei – halb Seufzer, halb Triumph – stieg aus den Reihen der Tungusen. Einige Atemzüge lang stand der Ainu-König schwankend inmitten der Gräser. Seine Augen blickten jetzt gläsern, und das Schwert entglitt seiner Hand. Dann zog Susanoo seine Waffe zurück. Azamaro erschauerte, sank langsam in die Knie. Er fiel nach vorn und rollte herum und blieb still in den Gräsern, die sich rot färbten, liegen.

Das Stöhnen, das vom Waldrand zu uns herüberdrang, steigerte sich zu einem Klagen, das nicht nur aus der Luft, sondern aus dem Innern der Erde, aus den Tiefen der Felsen emporzudringen schien. Ich spürte, wie mein Blut erstarrte, wie mich das Grauen erfasste. Die Tungusen hoben die Speere, umklammerten die Säbelgriffe. Ihre unruhigen Blicke richteten sich aufs Gebüsch, glitten über die düsteren Umrisse der Felswände.

Susanoo schenkte dem allem keine Beachtung. Anstrengung, Schweiß und Staub hatten seine Züge zu einer düsteren Maske erstarren lassen und die Falten um seinen Mund waren tief wie die Einschnitte eines Messers. Er hob das »Tanneku«, das Langschwert, auf und betrachtete es eine Weile nachdenklich. Dann bückte er sich und schob es wieder in die Lederscheide, die am Schwertgurt des Toten hing. Schließlich befahl er zwei Soldaten, den Leichnam zu bewachen, ihn vor Plünderern und Raubtieren zu schützen.

Unvermittelt brach das Wehklagen ab. Noch unheimlicher als das gespenstische Jammern war die völlige Stille. Eben noch war die Dämmerung klar und durchsichtig gewesen, jetzt hatte sich die Nacht unmerklich herabgesenkt und den Wald wie unter einer riesigen schwarzen Decke begraben.

Obwohl es Iri widerstrebte, die Nacht in dem engen Talkessel zu verbringen, sah er sich gezwungen hier das Lager aufschlagen zu lassen. Instinkt und Erfahrung sagten ihm, dass die Ainu nach dem Tod ihres Königs in den nächsten Stunden nicht angreifen würden.

Bald flackerten die ersten Feuer auf. Für den König und sein Gefolge wurden Zelte aufgeschlagen. Matten bedeckten den Boden; Brokatdecken und seidene Kissen wurden darauf gehäuft.

Während Onoshi, der Feldarzt, mit seinen Helfern die Verwundeten pflegte, kümmerten sich die Stallburschen um die Pferde, nahmen ihnen die Harnische ab und rieben ihnen das nasse Fell trocken. Die erschöpften Krieger drängten sich um die Lagerfeuer. Quellwasser, Reis und Gerstenbrei waren ihre einzige Nahrung. Das Fleisch der umgekommenen Pferde wurde nie angerührt.

Mir war elend zu Mute. Kuchikos Tod bewegte mich zutiefst. Auch dachte ich an den Ainu-König. Er hatte gegen das Sternenschwert gekämpft, obgleich er sein Schicksal vorausahnte. Seine rätselhaften Worte hallten noch in mir wider und ich entsann mich auch Susanoos Traum. Doch ich vermochte die Zeichen immer noch nicht zu deuten . . .

Aufgeregtes Schnauben und das Klirren von Zaumzeug riss mich aus meinen Gedanken. Fast gleichzeitig erschallten die Warnrufe der Wachtposten. Die Krieger sprangen auf, schnallten ihre Harnische um und griffen zu den Waffen.

Yaga, einer der Offiziere, bahnte sich einen Weg durch das Gedränge und verneigte sich vor dem König, der vor seinem Zelt am Lagerfeuer saß.

»Majestät, es haben sich drei Ainu bei den Wachtposten gemeldet. Sie bitten darum, vorgelassen zu werden.«

Yi-Ams Hand lag an seinem Schwertgriff. »Sollen die Feuer gelöscht werden?«

Iri dachte nach. »Nein, wenn es nur drei sind . . .« Dann wandte er sich an den Offizier: »Fragt sie zuerst, was sie wollen . . . vorausgesetzt, dass sie sich in einer zivilisierten Sprache bedienen!«, fügte er verächtlich hinzu.

Yaga verbeugte sich und tauchte in der Finsternis unter. Ein Wortwechsel wurde laut. Nach einer Weile kam der Offizier zurück und meldete: »Sie sind gekommen, um den Leichnam ihres Königs zu holen.«

Wieder umspielte das höhnische Grinsen die Lippen des Herrschers. Mit einer Handbewegung hieß er seine Leibwächter zur Seite treten. »Lasst sie vor. Aber sorgt dafür, dass der Geruch ihrer verdammten Bärenfelle die Pferde nicht verrückt macht!«

Susanoo hatte sich nicht gerührt. Er saß mit untergeschlagenen Beinen auf der anderen Seite des Feuers. Das Sternenschwert lag auf seinen Knien. Ich suchte seinen Blick, doch seine Augen waren auf drei Gestalten gerichtet, die langsam aus dem Halbdunkel traten.

Trotz der schwarzen Bärenfelle, die sie von Kopf bis Fuß einhüllten, waren ihre Bewegungen geschmeidig und leicht. In ihrer Haltung lag weder Herausforderung noch Furcht. Vor der Feuerstelle blieben sie stehen und ließen die Bärenköpfe auf die Schultern gleiten. Zwei der Männer waren klein und gedrungen. Ihre Augen schimmerten wie schwarze Perlen über den struppigen Bärten, die mit dem dichten Haar ein krauses Gewirr bildeten. Der dritte Mann war hoch gewachsen und jung. Ein zinnoberrotes Stirnband hielt seine pechschwarzen Flechten zurück. Sein Gesicht war schmal, mit hoher Stirn, eindrucksvollem Mund und weit auseinander stehenden Augen. Ein lockiger Bart fiel über sein fein gemeißeltes Kinn.

Die Ankömmlinge verneigten sich nicht, sondern grüßten, indem sie die geballte rechte Hand kurz an die Stirn, dann an die Brust hoben.

Der jüngere Mann trat einen Schritt vor und begann zu sprechen. Die leise, vibrierende Stimme erweckte eine Erinnerung in mir, die sich gleich darauf durch seine Worte bestätigte: »Meine Name ist Karas. Ich bin Azamaros Sohn.«

Iris Blick war ebenso herausfordernd wie seine Frage. »Wirst du jetzt seine Nachfolge antreten?«

»Dazu bin ich nicht berufen«, erwiderte schlicht der junge Mann.

Iri lächelte ironisch. »Und wer wird das Volk der Aiu-Utari anführen, jetzt, wo sein Herrscher den Tod gefunden hat?«

Die beiden älteren Männer starrten ihm unbewegt ins Gesicht: Offensichtlich verstanden sie den Wortwechsel nicht. Doch ich sah, wie Karas Iris Hohn mit einem langen, kühlen Blick beantwortete. Er sagte nur ein einziges Wort, einen Namen: »Kubichi.«

»Und wer ist Kubichi?«, fragte der König.

»Kubichi führt die heiligen Bären.«

Iri runzelte ungeduldig die Brauen. »Ihr wollt also weiterkämpfen?«

»Wir werden weiterkämpfen.« Die sanfte Stimme bekam plötzlich etwas Drohendes. Ich, Karas, sage Euch, dass die Sisamu* nicht durch das Land der Aiu-Utari reiten werden. Ich, Karas, sage Euch, wenn die Sisamu jetzt umkehren, sollen sie in Frieden ziehen. Doch wenn sie tiefer in unsere Wälder eindringen, werden die heiligen Bären sie vernichten.«

Iri erwiderte verächtlich: »Wie könnte uns deine Drohung beeindrucken? Hat das Bärenfell denn euren Herrscher geschützt, als er gegen das Sternenschwert kämpfte?« Er wies auf Susanoo, der seine unergründlichen Augen über das Feuer hinweg auf die Fremden gerichtet hielt.

Langsam wandte Karas sich ihm zu. Die Flammen knisterten. In Karas' Blick lag weder Rachsucht noch Hass; es war eher ein kurzes, aufmerksames Abschätzen. Dann schweiften seine Augen wieder zurück zu dem Tungusenkönig. »Die Bären werden seinen Tod rächen«, sagte er gleichmütig.

Yi-Am, der den Wortwechsel mit wachsender Gereiztheit verfolgt hatte, fuhr plötzlich dazwischen. »Seid Ihr gekommen, Seiner Allerhöchsten Majestät zu huldigen, oder sollen wir Eure Worte als Beleidigung verstehen?«

Karas beachtete ihn kaum. Seine ruhigen Augen ließen nicht vom Gesicht des Königs. An ihn richtete er jetzt seine Antwort. »Wir sind gekommen, um die sterbliche Hülle meines Vaters in den Himmel zu geleiten.«

»Wie ihr das fertig bringen wollt, kann ich mir nicht vorstellen«, antwortete spöttisch der König. Seine Stimme wurde schneidend. »Der Leichnam wird euch erst dann zurückgegeben, wenn ihr euch durch einen Eid verpflichtet, uns eure stinkenden Horden aus dem Weg zu schaffen!«

---

* ›Die Menschen aus dem Westen‹ – so wurden wir genannt.

In Karas' Augen glomm ein Funke auf. Er zischte seinen Begleitern etwas zu. Die Hände der beiden Männer flogen an ihre Langschwerter. Im gleichen Augenblick schloss sich die Leibgarde enger um das Feuer.

Da fiel ein langer Schatten auf den Boden: Langsam trat der Herrscher von Izumo in den Lichtkreis.

Iri starrte ihn an. Seine dünnen Lippen zeigten einen Ausdruck von Missfallen. Doch er war klug genug sich zu beherrschen, und nickte ihm wohlwollend zu. »Euch, Hoheit, und Eurem Schwert gebührte die Ehre den Feind zu besiegen. Geruht Eure Meinung zu äußern.«

Nachlässig, fast gelangweilt, stützte sich Susanoo auf seine Waffe. Doch sein Blick senkte sich wie ein Speer in die Augen des Königs. »Ich gab Azamaro mein Wort, dass ich seine sterblichen Überreste dem Volk der Aiu-Utari übergeben werde.«

Iri entblößte seine Zähne, doch es war kein Lächeln in seinem Gesicht. »Ihr habt Euer Wort an einen Wilden verschwendet.«

Susanoo blieb regungslos. Nur die Spitze seines Schwertes grub sich tiefer in den Boden. »Ich pflege mein Versprechen zu halten, ganz gleich, wem ich es gebe, einem Wilden oder einem Gott. Der Mann, dem ich das Leben nahm, war ein König.«

Im Schweigen, das folgte, gab Susanoo ein Zeichen. Einige Männer entfernten sich und kamen mit einer Bahre zurück, auf der der getötete Ainu-König lag. Man hatte in aller Eile den Leichnam in ein weißes Tuch gehüllt. Die beiden Bärtigen ergriffen die Bahre. Mit langsamer Bewegung schob Karas den Bärenkopf über sein Haupt und drehte dem König grußlos den Rücken zu. Gefolgt von seinen Leuten, durchquerte er den Lichtkreis. Vor Susanoo blieb er stehen. Seine Augen glitzerten unter dem Bärenfell. »Hab Dank«, sagte er mit seiner weichen Stimme, »ich werde dafür beten, dass die heiligen Bären dich verschonen.«

Er wandte sich ab. Die Wachtposten, die mit erhobenen Speeren dastanden, senkten die Waffen. Lautlos verschwanden die Ainu in der Nacht.

Yi-Am lachte boshaft. »Glauben die Wilden allen Ernstes, dass sie durch ihre stinkenden Bärenfelle gegen unsere Angriffe geschützt sind?«

Susanoo warf ihm einen kurzen, sarkastischen Blick zu. »Das wäre gewiss sehr töricht. Doch wird Eurem Scharfsinn nicht entgangen sein, dass von lebenden Bären die Rede war . . .«

## 9

**A**m Morgen räumte das Heer in bedrückter Stimmung das Lager. Die Ainu waren nicht mehr zu sehen. Die Kundschafter, die Tannenwälder und Dickicht durchstreift hatten, kamen mit der Meldung zurück, dass alle Spuren nach Süden führten. Kana flog über uns mit weit ausholenden, regelmäßigen Flügelschlägen. Ihm als Einzigem entging keine Bewegung. Menschenaugen können durch die List anderer Menschen getäuscht werden. Kana sah alles.

Die aufgehende Sonne tauchte Wälder und Täler in schimmerndes Gold. Die Blätter der Eichen hatten sich schon bunt gefärbt und dazwischen leuchtete wie Kupfer der nackte Fels. Der gewaltige Heereszug bedeckte die ganze Ebene. Das Königswappen glänzte; die Standarten der Gefechtskommandanten wehten im Wind. Die Pferde schritten mit wippender Mähne. Schwer bepackte Lastpferde und die Dienerschaft bildeten den Schluss des Zuges.

Wir ritten durch feindliches Land und waren ständig auf der Hut, doch der Tag verlief ohne Zwischenfälle. Die Landschaft veränderte sich. Der Boden war mit federndem Moos bedeckt, in das die Pferdehufe mit schmatzendem Geräusch einsanken. Ein dunkler Hügel reihte sich an den anderen.

Der Sonnenuntergang setzte ein, eindrucksvoll und Furcht einflößend. Mächtige violette Wolkenbänke türmten sich am Himmel auf. Susanoo, der an meiner Seite ritt, wies auf einen allein stehenden Kegel, den die sinkende Sonne mit Purpur überzog: »Der Berg Ikoma.«

Ein kalter Luftzug kam auf; er berührte meine Bogensehne und ließ sie summen wie eine Biene. Ich fühlte, wie eine dunkle Vorahnung sich meiner Seele bemächtigte, und flüsterte: »Wir dringen in geheiligtes Land vor.«

Er schwieg; wir ritten weiter, die Pferde im Gleichschritt. Beide empfanden wir die Fremdartigkeit dieser Gegend, ihren Zauber und ihre Macht.

In dieser Nacht fand ich keinen Schlaf, sondern starrte mit offenen Augen ins Leere, bis die Schatten verblassten und Tau den Waldboden benetzte ...

Der neue Tag erwachte in Dunstschleiern. Die aufgehende Sonne schimmerte wie stumpfes Silber hinter der Wolkendecke. Kein Lufthauch regte sich; es war drückend heiß. Die Standarten hingen schlaff am Eisen der Lanze. Männer und Pferde schwitzten unter den Harnischen. Von einer Anhöhe aus betrachteten wir das Gelände. Die schwarzen Tannen gaben den Hügeln das unnatürliche, gespenstische Aussehen geduckter Riesentiere. Es war unheimlich still. Kein Vogel sang. Kein Zweig, kein Blatt regte sich an den Bäumen. Es war ein lähmendes, geheimnisvolles Schweigen, als ob Himmel und Erde gleichsam den Atem anhielten. Das gedämpfte Aufschlagen der Hufe, das Klirren des Zaumzeugs hallte in meinem Kopf. Das Blut pochte in meinen Schläfen; das kleinste Geräusch ließ mich zusammenschrecken.

Susanoo, der neben mir ritt, war meine Unruhe nicht entgangen.

»Was hast du?«, fragte er leise.

»Eine Warnung!«, flüsterte ich. »Ich spüre eine Warnung in mir.«

»Ja«, erwiderte er düster, »sie hängt über uns wie der Schatten eines Berges . . .«

Die Vorhut sprengte einen Hügel hinauf. Oben angekommen schwenkten sie ihre Lanzen und jagten über den Hang zurück: Sie hatten nichts Verdächtiges gesichtet. Das Heer zog weiter.

Iri gab einen Befehl: »Man lasse den Adler frei!«

Der Wärter löste die Kette. Mit mächtigen Flügelschlag schwang sich der Raubvogel über die Truppen hinweg in die Höhe. Eine Luftströmung erfasste ihn und er begann über den Hügeln zu kreisen. Bald war er nur noch ein schwarzer Punkt am Himmel. Eine Weile verharrte er unbeweglich. Und plötzlich – völlig unerwartet – faltete er die Schwingen, stürzte wie ein Pfeil aus schwindelnder Höhe auf die Tannen nieder.

Iri wandte sich an den Wärter mit ärgerlichem Stirnrunzeln. »Er hat Beute geschlagen! Hast du ihm nicht genügend Nahrung gegeben?«

Der Wärter erbleichte. Er hatte dem Adler Überreste des Wildbrets vorgeworfen, bis der Vogel satt war. Der Adler kreiste nun wild um die Baumwipfel. Dann flog er aufgeregt am Waldrand hin und her und erhob sich wieder in den Himmel.

Ich spürte, wie Susanoo erstarrte. »Jetzt, wo Kuchiko nicht mehr ist«, sagte er halblaut, »weiche nicht von meiner Seite.«

Wir ritten weiter. Die Warnung wurde deutlicher: Ich spürte sie im Vibrieren der Luft, im unmerklichen Beben der Erde.

Eine Wolkenfront zog auf. In der Ferne donnerte es, aber kein Luftzug zeigte sich. Die Vorhut tauchte auf, galoppierte über einen Hügelkamm und entschwand dann wieder unseren Blicken.

Der Geruch der schwitzenden Pferde wurde unerträglich. Plötzlich wurden sie unruhig: Ihre wippenden Ohren richteten sich auf. Die Augen leuchteten, die Nüstern bebten. Es war wie ein geheimnisvolles Signal, das sich unter den Tieren ausbreitete. Die Gesichter der Männer waren schweißüberströmt, ihre Augen lauernd. Die Reaktionen ihrer Tiere hatten die Reiter darauf aufmerksam gemacht, dass etwas Ungewöhnliches nahte.

Die Wolkenfront stieg höher. Wieder grollte der Donner und der Himmel leuchtete schwefelgelb auf. Das Herz hämmerte mir bis zum Hals. Susanoos Gesicht war ungewöhnlich angespannt.

Immer noch kein Windhauch. Der Wolkenstrudel kreiste langsam über unseren Köpfen.

Iri hielt sein Pferd an und beobachtete die Reiterabteilungen, die bis an den Waldrand auf beiden Seiten ausschwärmten. Susanoo brachte seinen Hengst neben ihm zum Stehen.

»Wo bleibt die Vorhut?«, fragte grimmig der König.

Susanoo verzog keine Miene. »Ich glaube kaum, dass wir sie jemals wieder zu Gesicht bekommen.«

Iris Augen blitzten ihn an. »Diesmal werden uns die Ainu nicht davonlaufen!«

»Das werden sie sicher nicht. Sie warten auf uns.«

Iris Augen blitzten ihn an. »Und was wäre Euer Rat, Hoheit?«

»Umkehren, Majestät.« Susanoos Stimme klang gleichmütig. »Die Toten kann niemand mehr aufwecken.«

Iri streichelte zärtlich das Fell seines Fuchses. »Die Ainu haben uns drei Monde lang schwere Verluste beigebracht. Bei allen Geistern, jetzt werden wir es ihnen heimzahlen! In der Ebene können unsere Reiter mit voller Kraft zuschlagen.«

»Und auch sehr schnell davongaloppieren, um die eigene Haut zu retten. Manchmal allerdings nicht schnell genug.«

Ein Lichtschein zuckte auf. Die Luft knisterte. Eine violette Flamme zuckte über die Hügel und tauchte die Landschaft in gespenstische Helle. Der Himmel schien zu bersten. Eine blendende Zickzacklinie teilte die Wolken und schoss auf die

Erde herunter: Mit scharfem Knall schlug der Blitz in eine Tanne ein. Die Pferde wieherten vor Angst. Shiro-Uma zitterte am ganzen Leib. Ich streichelte das Pferd, um es zu beruhigen. Der getroffene Baum brannte wie eine Fackel. Das trockene Holz knisterte und ächzte. Funkengarben sprühten auf. Unter der dunklen Rauchdecke griff das Feuer auf den Wald über und begann dort zu nagen.

Wieder leuchtete ein blauweißer Blitz. Der Donner dröhnte. Die Reiter rissen die erschreckten Pferde abwechselnd nach rechts und links und versuchten die Reihen neu zu ordnen. Der Waldrand stand jetzt in Flammen. Das Prasseln des Feuers ging in dumpfes Trommeln über: Der ganze Hügel schien zu zittern.

Plötzlich packte Susanoos Hand fest meine Schulter. Er schaute zu dem Berg, der dem brennenden Wald gegenüberlag. Ich folgte seinem Blick. Ein Erdrutsch schien sich vom Hang zu lösen, wälzte sich wie eine riesige braune Masse der Ebene entgegen. Doch kein Krachen, kein Dröhnen, kein Poltern war zu hören. Vollkommen lautlos rollte die Bergflanke ins Tal. Dann begriff ich, was ich sah, und das Blut stockte mir in den Adern: Es war kein Erdrutsch – es war eine Bärenherde!

Einen Augenblick lang herrschte Stille. Es war, als ob alles – die Luft, die Erde, die Menschen und die Tiere – den Atem anhielte. Dann hallte ein Donner wie der Schlag einer Riesenpeitsche und der Tumult brach los. Aus den geordneten Reihen der Tungusen wurde ein wildes, unübersichtliches Chaos. Die Pferde bäumten sich auf vor Angst, schlugen aus, drehten sich wie rasend im Kreis und warfen ihre Reiter in panischem Entsetzen ab. Die Krieger riefen zu ihren Göttern, umklammerten die Waffen. Der Wald brannte. Der Rauch lag wie eine erstickende Dunstglocke über dem Tal und die Hitze schlug uns wie eine Wand entgegen.

Mit zunehmender Geschwindigkeit näherte sich die Bärenherde dem Tal. Susanoos Finger gruben sich in meinen Arm, doch ich spürte den Schmerz erst, als fünf- bis sechshundert jaulende Ainu hinter uns aus dem Unterholz brachen und er mich losgelassen hatte. Wir waren eingekreist!

Iris Gesicht war grau und mit Angstschweiß bedeckt, doch er versuchte Herr der Lage zu bleiben. Er befahl Oba, mit zwei Einheiten die Nachhut zu verstärken, während die übrigen Streitkräfte zum Frontalangriff Aufstellung nehmen sollten.

Alles spielte sich jetzt in rasender Schnelligkeit ab. Susanoo sprang vom Pferd, warf die Zügel einem zitterndem Stallburschen zu. »Alle Mann aus den Sätteln!«, schrie er.

Sein scharfer Verstand hatte bereits erkannt, was Iri nur zögernd wahrhaben wollte: Das Heer befand sich in äußerst gefährlicher Lage. Die Pferde gebärdeten sich wie besessen und machten jeden geordneten Vorstoß unmöglich. Die Krieger gehorchten seinem Befehl und sammelten sich um ihn.

»Bringt die Pferde in Sicherheit!« Susanoos Stimme überschlug sich fast. »Wenn die Bären die Reittiere angreifen, sind wir verloren!«

Atemlos erteilte er weitere Befehle, stellte seine Krieger in drei geballten Formationen auf. Ein Knie auf den Boden gestützt, duckten sich die Männer mit angstverzerrten Gesichtern hinter ihre Schilde und setzten die Pfeile an die Bogensehnen.

Auch ich war aus dem Sattel gesprungen und hatte Shiro-Uma der Obhut eines Stallburschen anvertraut. Ich kauerte neben Susanoo hinter meinem Schild und ließ den ersten Pfeil aus dem Köcher gleiten. Mein Atem flog; ich wischte mir mit dem Ellbogen den Schweiß vom Gesicht. Das Feuer jagte wie eine rote Flutwelle durch den Wald. Beißender Rauch drang uns in die Lungen; wir husteten und keuchten. Ein Blitz zuckte wie eine blauweiße Narbe durch die Wolken. Der darauf folgende Donnerschlag schien die ganze Welt in Stücke zu reißen. Unter dem Moos begann der Boden immer stärker zu vibrieren.

Etwa fünfhundert Schritte vor uns knackte und splitterte das Unterholz: Die Bärenfront tauchte aus dem Dickicht auf! Beißender Geruch schlug uns entgegen, als die Herde in lautlosem, fast spielerischem Galopp zum Angriff stürmte: eine kompakte Masse wogender Rücken. Fast alle Tiere waren von brauner Farbe, mit einem weißen Fellkranz um den Hals. Ein einzelner pechschwarzer, mächtiger Bär lief an der Spitze des Rudels. Und auf seinem wogenden, federnden Rücken ritt mit wehenden Haaren ein Kind.

Der Schreck nahm mir jedes Gefühl, jeden Gedanken. Gelähmt sah ich, wie sich die Bären einer nach dem anderen aufrichteten. Sie kamen auf uns zu wie Menschen, die tastend ihren Weg suchten. Ihre Tatzen bewegten sich auf und nieder. Ich sah ihre langen, scharfen Krallen, ihre rötlich funkelnden Augen, die glänzenden Reißzähne. Speichel rann aus ihren hechelnden, weit geöffneten Mäulern.

»Warten!«, keuchte Susanoo.

Jetzt richtete sich auch der Bär, der das Rudel anführte, mit einem einzigen Muskelwogen zu voller Größe auf. Wie ein schwarzer Koloss kam er schneller, immer schneller auf uns zu. Ich sah das Gesicht des Kindes, das sich an seine Schultern klammerte. Nein, es war kein Kind: Es war eine junge Frau. Und sie hielt einen Speer in der Hand . . .

»Jetzt!«, brüllte Susanoo.

Die Pfeilwolke schwirrte los. Ein Brüllen, das einem das Blut zu Eis erstarren ließ, erhob sich aus dem Bärenrudel. Einige Tiere stürzten zu Boden. Andere, an Schulter oder Brust getroffen, krümmten sich, schlugen ihre Zähne in die Stelle des Körpers, wo die Pfeile eingedrungen waren, und rissen sich die Waffe mit dem Fleisch heraus.

Über das Brummen, Fauchen und Knurren hinweg ertönte plötzlich ein lang anhaltender, schriller Ruf, der Stimme eines Vogels ähnlich. Der Ruf brach ab, erhob sich wieder, dehnte sich endlos. Und ehe ich begriff, dass diese aufreizenden Laute aus der Kehle der jungen Frau kamen, stürmten die übrig gebliebenen Tiere mit unheimlichem Brüllen weiter.

Und wieder richtete sich der Schwarzbär auf, bewegte sich wie ein Ungeheuer aus vergangenen Zeiten auf uns zu. Dumpfes Grollen erschütterte seine Brust. Er hielt die Tatzen mit den weit geöffneten Krallen wie Hände erhoben und die über den schrecklichen Reißzähnen aufgestülpten Lefzen waren weiß vor Schaum. Die Frau auf seinem Rücken hielt mit dem linken Arm den mächtigen Hals umschlungen. Mit dem rechten hob sie den Speer. Sie bohrte dem Bären die Fersen in die Flanken, wie eine Reiterin es tun würde, um ihr Pferd anzuspornen. Ich sah ihr dichtes, lockiges Haar, ihr hassentstelltes Gesicht.

Das alles nahm ich wie im Trancezustand wahr, während ich hochschnellte, den Pfeil auf sie richtete, die Sehne in Augenhöhe spannte und losließ. Das Sirren des Bogens schien in meinem Blut widerzuhallen. Der Pfeil streifte das Gesicht der jungen Frau. Ich, die nie danebenschoss, hatte mein Ziel verfehlt! Ich sah die Frau kraftvoll und behände den rechten Arm heben. Der Speer nahm seinen Flug. Im Bruchteil eines Atemzuges, bevor das kalte Eisen in mein Herz dringen konnte, warf sich Susanoo mit erhobenem Schild vor mich. Das Sternenschwert beschrieb einen silbernen Bogen und schleuderte den Speer zur Seite. Und im selben Augenblick trieb die Frau den Bären voran, hetzte ihn auf den Herrscher von Izumo.

Der gesträubte, brüllende Koloss fiel mit gewaltigem Satz über Susanoo her. Beide – der Mann und das Tier – stürzten zu Boden. Susanoo lag begraben unter der Brust des Bären, wurde aber von seinem Schild gedeckt. Unempfindlich gegen das drückende Gewicht, gegen die Krallen, die sich in seine Schultern bohrten, schlug er mit voller Kraft zu. Und während sich das tödlich verwundete Tier wild brüllend aufbäumte, schrie die Frau auf, als ob ihr eigenes Fleisch und Blut getroffen wäre. Im Fallen schleuderte sie der Bär von seinem Rücken. Sie stürzte zu Boden, schlug mit der Stirn gegen eine Steinkante und blieb benommen liegen. Der Bär sackte zu Boden, zuckte noch einige Male und regte sich nicht mehr. Susanoo rang nach Atem. Der Schweiß floss in klebrigen Rinnen über sein blut- und staubverschmiertes Gesicht. Die Rüstung und der Schild hatten ihn vor den mörderischen Krallen geschützt, doch seine Kleider hingen ihm in Fetzen am Leib und tiefe Kratzwunden bluteten auf Armen und Schultern.

Ich stand wie erstarrt. Ich konnte nicht denken und nicht sprechen. Dann machte Susanoo einen taumelnden Schritt vorwärts und betrachtete die Frau, die mit blutigem Gesicht im Gras lag. Als er sich über sie beugte, zuckten ihre Lider und öffneten sich. Sie warf ihm einen kurzen, hasserfüllten Blick zu. Ihre Zähne blitzten. Dann fiel ihr Kopf kraftlos zur Seite.

Susanoo hatte sich wieder gefasst. Er winkte zwei Männer der Leibgarde herbei und wies auf die Frau. »Lasst sie nicht aus den Augen!«

Mit erhobener Waffe wandte er sich seinen Kriegern zu, schrie seine Befehle über das Getümmel hinweg. Seine Stimme verhinderte eine Panik: Die aufgelösten Reihen schlossen sich wieder keilförmig. Die Krieger deckten sich mit ihren Schilden, wenn die Bären sie anfielen, verteidigten sie sich mit Säbeln und Speeren. Doch der Verlust ihrer Führerin und das geschickte Abschießen der Pfeile brachte ihren Ansturm allmählich zum Stillstand. Die Bären wiegten sich zähnefletschend und unschlüssig fauchend hin und her, bevor sie sich in das Dickicht zurückzogen.

Wieder jagte ein weiß glühender Blitzstrahl über den Horizont. Der folgende Donnerschlag zerriss mir fast das Trommelfell. Ein warmer Tropfen, dann noch einer, trafen meine schweißverklebten Wangen. Mit trockener Kehle atmete ich gierig die Feuchtigkeit ein.

Immer dichter fielen die Tropfen. Die Regenmassen prasselten auf die Hügel, rissen Blätter und Zweige von den Bäumen, ergossen sich auf Menschen und Tiere.

Plötzlich wie auf ein geheimnisvolles Signal hin – zogen sich die Ainu in die Wälder zurück. Sie schleppten ihre Toten und Verwundeten mit sich, was ihre Flucht verzögerte und den Tungusen ermöglichte sie im rasenden Galopp zu verfolgen.

Die Ainu-Frau, die im Gras lag, stöhnte leise auf. Die Schwerter der Leibwächter blinkten. Ich trat mit gespanntem Bogen auf sie zu und sah auf sie herab wie auf ein Wesen aus einer fremden Welt. Ihr lockiges Haar klebte schlamm- und blutverkrustet auf ihren Schultern. Eine leichte blaue Tätowierung verlief vom äußeren Augenwinkel bis zu den Schläfen und gab ihren Lidern eine merkwürdige Form von Schmetterlingsflügeln. Die schwarzen Wimpern schimmerten wie Holzkohle. Nase und Kinn waren zart, wie gemeißelt. Ihre vollen, leicht aufgeworfenen Lippen verzogen sich schmerzlich. Ich sah, dass sie sehr jung war, jünger noch als ich. Ihre Gelenke waren sehr schmal, ihre Hände und Füße auffallend klein. Dennoch hatte diese Frau – dieses Mädchen – ein Bärenrudel gegen uns angeführt und das Herz tapferer Männer mit Todesangst erfüllt. Ihre Kleidung bestand aus einer kniekurzen, blauvioletten Hose, aus einem Mieder, das über der nackten Brust mit Lederbändern verschnürt war, und aus bestickten ledernen Beinschützern. Ein weiß und rot gemusterter Gürtel, an dem kleine Muscheln baumelten, war um ihre zerbrechliche Taille geschlungen. Um den Hals trug sie einen seltsamen Schmuck: eine breite, polierte Knochensichel, deren Form dem weißen Fellkragen der Bären ähnelte.

Der Regen auf ihrem Gesicht schien sie langsam zur Besinnung zu bringen. Ihre Wimpern zitterten. Sie versuchte den Kopf zu bewegen.

»Kubichi«, flüsterte ich.

Als ob sie den Namen verstanden hätte, öffnete sie die Lider. Ihre großen Augen waren mandelförmig und rauchgrau; ich kannte diese Augen, die mich jetzt fiebrig glänzend und voller Hass anstarrten.

»Ist sie schwer verletzt?«

Ich sah auf und blickte Susanoo ins Gesicht. Er stand vor mir, groß und düster. Der Regen hatte das Blut aus seinen Wunden gewaschen und das nasse Haar klebte ihm auf dem Rücken.

»Sie wird gleich wieder zu sich kommen«, antwortete ich.

Hufe hämmerten auf dem aufgeweichten Boden. Der Tungusenkönig und sein Gefolge ritten auf uns zu. Er sah von seinem Pferd auf die Gefangene herunter und fragte: »Wer ist sie?«

»Kubichi«, erwiderte ich matt.

Iri runzelte die Stirn. Dann kamen ihm Karas' Worte in den Sinn. Er lächelte kalt und grausam. »Die Bärenpriesterin! Jetzt verstehe ich, warum der Kampfgeist der Ainu so schnell nachließ!«

Kubichis Augen funkelten ihn an. Doch nichts deutete darauf hin, dass sie seine Worte verstanden hatte.

Iri lächelte noch breiter. »Wir werden diese Frau als Geisel mitnehmen. Mit ihr können wir die Ainu so leicht fangen wie Lachse im seichten Wasser. Wenn sie ihre Hohepriesterin lebend wieder sehen wollen, dann nur um den Preis ihrer Unterwerfung!«

Er wandte seinen Fuchs und ritt mit klirrendem Zaumzeug davon.

Susanoos Blick wanderte zu Kubichi zurück. Er löste die feuchten Lederriemen seines Harnisches und warf ihn seiner Ordonanz zu.

Die Augen der Ainu-Frau, die wie im Fieber glänzten, ließen nicht von ihm ab. Endlich sprach sie und ihre Stimme war kühl und klar wie ein Gebirgsbach zwischen Farnkräuter und glatten Steinen. Sie sagte: »Du bist der Mörder meines Vaters!«

Und dann hob sie den Kopf, behände wie eine Schlange, die zubeißt, und spuckte ihm vor die Füße.

## 10

Nach dem Sieg über die Ainu und der Gefangenschaft der Bärenführerin hatte Iri beschlossen, in der Festung von Tatsuda einige Wochen lang Quartier zu nehmen. Diese Festung hatte er unmittelbar am Grenzgebiet der Ainu errichten lassen und sie war vom Berg Ikoma aus in dreitägigem Ritt zu erreichen.

Wir hatten starke Verluste gehabt. Die Krieger waren am Ende ihrer Kräfte. Außerdem war Iri der Meinung, dass Karas nach der Gefangennahme seiner Schwester zu baldigen Verhandlungen bereit sein würde.

Die Hügel verschwanden im Nebel. Der Regen rieselte durch die Bäume, durch das Unterholz. Der Boden war aufgeweicht; Wasser spritzte unter den Pferdehufen. Reis und Getreide schimmelten in den Säcken. Die Krieger ritten mit stumpfen, ausdruckslosen Gesichtern und drängten sich nachts in der feuchten Dunkelheit zusammen.

Man hatte Kubichi die Hände auf den Rücken gebunden und die Offiziere nahmen sie abwechselnd auf ihr Pferd. Nachts wurden ihr auch die Fußgelenke gefesselt und sie war stets von Wachen umgeben. Das Ainu-Mädchen erduldete die Demütigungen mit scheinbarer Gelassenheit. Sie wies auch nicht die Nahrung zurück, die wir ihr reichten. Ich hatte das Gefühl, dass sie Kräfte sammeln wollte. Nur ein Bluterguss an der Stirn zeugte von ihrer Verletzung. Da sie unsere Sprache beherrschte, versuchte ich manchmal mit ihr ins Gespräch zu kommen. Doch sie musterte mich nur mit eiskalter, stummer Verachtung.

Susanoo vermied ganz offensichtlich ihre Nähe. Doch manchmal bemerkte ich seinen Blick, der verhalten und eindringlich zugleich auf ihr ruhte ...

Drei Tage später erreichten wir die Festung. Die dunklen Wolken hatten sich verzogen; der Himmel glitzerte eisig blau wie Jade. Tatsuda war ein mächtiger Bau aus Steinen und Mörtel, der von einem außergewöhnlich hohen Wachtturm überragt wurde. Der Wallgraben, der die Festungsmauern umschloss, war eigenartig und so tief, dass ihn die Soldaten den »Bodenlosen« nannten.

Kamata, der Festungskommandant, kam uns mit seinen Offizieren entgegen. Er war ein stämmiger, breitschultriger Mann mit hochmütigem Gesicht. Dünne, glatte Barthaare hingen ihm zu beiden Seiten der Oberlippe bis aufs Knie herab. Er trug ein dunkelblaues Gewand mit Flügelärmeln, eine bronzene Rüstung und einen Helm mit weit geschwungenen Hörnern. Er verneigte sich tief und geleitete uns ins Innere.

Es war ein Gewirr von Gängen, Holztreppen und Höfen. Ein gewundener Weg, dessen Mauern von mehreren kleineren Wachttürmen überragt wurden, führte durch ein hochgezogenes Fallgitter in einen sandbestreuten Innenhof. Wir übergaben die Pferde den Stallburschen und traten in einen großen, düsteren Empfangsraum mit vergitterten Fensterschlitzen. Die dicken Mauern, die Deckenbalken aus rohem Holz hatten etwas Erdrückendes und es überfiel mich eine eigenartige Beklemmung.

Ich nahm an der Seite des Königs auf einem Brokatkissen Platz. Susanoo ließ sich abseits nieder mit der nachlässigen fast gelangweilten Haltung, die ihm eigen war. Erst als das gefangene Ainu-Mädchen hereingeführt wurde, schien sich etwas in seinen Augen zu beleben. Ich sah, wie sein Atem schneller ging.

Kubichi hielt sich sehr gerade. Das Licht, das durch die Fenstergitter sickerte, schimmerte auf der Knochensichel an ihrem Hals. Ihr schmutziges Gesicht war abgezehrt, das Haar hing verfilzt und glanzlos herunter. Die Kleider waren zerrissen, Arme und Schultern von Dornen zerkratzt. Ihre Hände waren immer noch auf den Rücken gefesselt. Doch ihr Ausdruck, ihre Haltung spiegelten einen Stolz wider, den weder Niederlage noch Gefangenschaft zu brechen vermocht hatten.

Einen Augenblick herrschte Stille; dann ergriff Iri das Wort: »Dein Volk versperrte uns den Weg nach Osten und fügte uns schwere Verluste zu. Viele tapfere Männer fanden den Tod. Wisse jedoch, dass die Sonnengöttin unseren Arm lenkt und unseren Weg ebnet. Kein Greis, kein Säugling wird unseren Zorn überleben. Es sei denn, ihr würdet unserem Königshaus Vasallentreue und unbedingten Gehorsam schwören. Unter diesen Voraussetzungen würde Wohlwollen unseren Groll mildern . . .«

Kubichis graue Augen waren starr auf den König gerichtet. Ihre eigenartig geschwungenen Lider bebten. Sie hatte viele Tage geschwiegen, sodass mir beim Klang ihrer klaren, kühlen Stimme ein Schauer über den Nacken rieselte. »Was würde uns Euer Wohlwollen nützen? Die ›Sisamu‹ werden den Aiu-Utari den Tod bringen, selbst wenn sie Gnade üben. Es steht in ihren Herzen geschrieben, dass sie unser Land besitzen wollen, um es auszuplündern und zu beherrschen. Bevor nicht der Letzte unseres Volkes gestorben ist, wird es keinen Frieden geben.«

Iri hatte sich nicht gerührt. Doch Yi-Am beugte sich vor und zischte: »Wie kannst du es wagen, Ihrer Allerhöchsten Majestät in dieser Weise zu antworten?«

Sie hob herausfordernd den Kopf. »Was könntet ihr mir antun? Mich töten lassen? Ich fürchte den Tod nicht. Mich in einen Kerker werfen? Mein Herz ist frei wie ein Vogel: Es wird die Kerkermauern durchbrechen und singen in der Sonne. Du aber, König, und all die Deinen, ihr habt den Zorn der Götter zu fürchten, die uns einst dieses Land zum Geschenk machten. Das Feuer des Himmels wird euch verbrennen und eure Knochen in Staub verwandeln! Das ist mein letztes Wort. Mein Herz ist schweigsam und meine Stimme tot.«

Sie presste die Lippen zusammen und richtete die Augen ins Leere.

Iri gelang es nicht, noch eine einzige Silbe aus ihr herauszulocken. Seine Geduld war zu Ende. Ärgerlich gab er ein Zeichen. Die Wachtoffiziere traten vor. »Wir werden ihren Starrsinn schon brechen. Man lege sie in Ketten und sperre sie ins Turmverlies!«

Kubichis Handfesseln wurden gelöst und die Männer brachten die Ketten. Sie streckte ihnen hochmütig die Hände entgegen. Ich beobachtete, wie sie ihre kleinen, harten Fäuste ballte. Die Männer befestigten die Eisen um Hand- und Fußgelenke und während der ganzen Zeit ließ Susanoo sie nicht aus den Augen. Dann packten die Wachen die Gefangene und zerrten sie aus dem Raum.

In der Nacht hatte ich einen Traum: Ich kauerte in einem finsteren, feuchten Kerker. Die Decke war so niedrig, dass ich nicht aufrecht darin stehen konnte. Ein Wachtposten stand draußen vor der eisenbeschlagenen Tür. Ich kauerte mit dem Rücken zur Wand und wartete. Es war eisig kalt. Eine Schale voll Reis hatte der Wächter mir durch die niedrige Türöffnung hereingeschoben. Eine Holzritze ließ fahles Dämmerlicht in den Kerker sickern: Bald würde der Tag anbrechen. Ich bewegte mich und die Ketten schleiften mit leisem Klirren über den Steinboden ...

Es war ein merkwürdiger Traum: Ich war nicht mehr Toyo, die Königin. Ich war das Ainu-Mädchen im Turmverlies. Ich wusste, dass ich entfliehen konnte, und ich wusste auch, wie ich es anstellen würde.

Das Licht wurde heller; Stimmen und Schritte hallten im

Hof. Bald würde der Wächter kommen, um die Schale zu holen und mir eine neue hinzustellen. Ich straffte die Armmuskeln und lockerte sie dann. Meine Handgelenke dehnten sich: Fast mühelos streifte ich die Eisen von meinen Händen. Ich wiederholte die gleiche Bewegung mit den Fußknöcheln und legte die Ketten behutsam auf den Boden. Ich war frei . . . Geräuschlos durchquerte ich den Kerker und kauerte mich an die Wand neben der Türöffnung. Ich nahm den Schmuck aus Walfischknochen von meinem Hals und hielt ihn in der Hand wie einen Dolch. Dann wartete ich; mein Daumen glitt langsam auf und ab an der messerscharfen Schneide . . .

Die Zeit verging; das Licht wurde heller. Ich kauerte in der Dunkelheit und atmete geräuschlos. Plötzlich erstarrte ich: Schritte polterten auf der Holztreppe. Ein Schatten bewegte sich hinter der Türritze. Der Riegel wurde zurückgeschoben. Ich verhielt mich völlig regungslos, jeden Muskel angespannt wie eine zum Sprung geduckte Katze . . . Die Scharniere quietschten; die Tür öffnete sich einen Spaltbreit. Der Wachtposten bückte sich, um die Schale zu nehmen. Ich konnte die Umrisse seines Kopfes, seiner Schulter erkennen und spürte seinen schweren Atem. Meine Hand zuckte blitzschnell empor. Der Mann fuhr zurück, warf schützend die Arme hoch, doch er war bereits tot, als ich ihn unter den Armen packte und in das Verlies zerrte. Rasch untersuchte ich seine Waffen: Speer und Langschwert waren zu unhandlich. Den Dolch? Ja . . . den konnte ich gebrauchen.

Vorsichtig trat ich aus dem Verlies und zog die Tür hinter mir zu. Ich lief geräuschlos durch den niedrigen Gang, dann die Holztreppe hinauf. Oben war eine Tür, die nach draußen führte. Ich drückte mich gegen die Wand und spähte um die Ecke. An der Brustwehr standen zwei Wachen, doch sie bemerkten mich nicht. Lautlos trat ich auf den Wehrgang. Als die Wachen wieder zum Turm blickten, duckte ich mich bereits zwischen den Zinnen. Ich kauerte auf der Mauer und sah nach unten. Auf der einen Seite lag ein Hof. Eine Wache saß da mit untergeschlagenen Beinen und gähnte. Auf der anderen Seite, tief unten, lag der Wallgraben. Ich band den Schmuck wieder um meinen Hals, füllte meine Lungen mit Luft und sprang. Die schillernde Wasserfläche schien mir entgegenzufliegen. Die Luft sauste um meine Ohren. Dann schlug mir die Kälte wie ein Peitschenhieb ins Gesicht. Finsternis umspülte mich. Grüne Gesteine flackerten vor meinen Augen; mir war, als würden meine Lungen zerreißen.

Ich schrie auf, ich glaubte zu sterben ... und dann wurde ich wach. Ich lag auf der Matte und blinzelte benommen ins Morgenlicht, das hell und warm durch die Schiebetüren fiel. Mit zitternden Händen strich ich mir das wirre Haar aus dem Gesicht. Ein Traum ... es war nur ein Traum gewesen!

Die Schiebewand glitt zur Seite. Meine Zofe Maki verbeugte sich auf der Zimmerschwelle. Ihre Augen blickten fragend und besorgt. Sie musste den Aufschrei gehört haben.

»Kleide mich an!«, befahl ich. »Schnell!«

Maki war dabei, meine Schärpe zu knoten, als Lärm zu uns drang. Ich hörte aufgeregte Schritte und die Stimmen der Wachtposten, die sich etwas zuriefen. Ich schob Maki zurück. »Geh und erkundige dich, was vorgefallen ist!«

Maki verneigte sich und glitt hinaus. Ich holte tief Atem. Die Meldung, die sie mir überbringen würde, kannte ich bereits: Das Ainu-Mädchen war entflohen! Ich hatte Iri noch nie so aufgebracht gesehen wie kurz darauf, als er im Innenhof erschien. Befehlshaber und Offiziere starrten finster ins Leere, während der König mit großen Schritten im Schatten der Terrasse auf und ab ging. Die Krieger ließen die Köpfe hängen und wagten kaum zu atmen. Die Wachtposten, die die Flucht der Gefangenen nicht bemerkt hatten, lagen auf den Knien, das Gesicht im Staub.

Iris zornbebende Stimme brach das Schweigen. »Kann mir

jemand erklären, wie sich die Ainu-Frau von ihren Ketten befreit hat und woher sie die Waffe nahm, mit der sie den Wachtposten tötete?«

Onaki, der Wachthauptmann, ein schwitzender Mann mit groben Gesichtszügen, fiel auf die Knie: »Majestät, wir haben keine Erklärung dafür. Die Eisen sind nicht aufgebrochen. Und . . . und ich kann persönlich dafür einstehen, dass die Gefangene keine Waffe bei sich trug!«

Iri hob höhnisch die Brauen. »Dann ist sie vermutlich dem Wächter wie ein Fuchs an die Kehle gesprungen?«

Drückende Stille. Der Schweiß strömte über Onakis Gesicht und er senkte den Kopf noch tiefer.

Iri hatte einen Fächer aus seinem Ärmel gezogen und bewegte ihn nervös hin und her. »Hauptmann Onaki, nehmt zwanzig Reiter und verfolgt die Spur der Entflohenen. Ich gebe euch drei Tage Zeit, um sie lebend wieder einzufangen. Entkommt sie, werden eure Köpfe in den Sand rollen.«

»Zu Befehl, Majestät.«

Der Hauptmann verneigte sich tief und richtete sich auf, sichtlich erleichtert darüber, dass ihm der königliche Zorn eine Frist eingeräumt hatte.

Er wollte zurücktreten, als eine ruhige Stimme ihn anrief: »Wartet, Hauptmann Onaki.«

Der Mann blieb stehen und verneigte sich. Iri wandte unwillig den Kopf, als die hoch gewachsene Gestalt des Herrschers von Izumo aus dem Schatten der Säulen trat. Sein schwarzer Mantel schleifte über den Boden. Außer dem Sternenschwert trug er seinen Bogen und der Köcher hing ihm über seine Schulter. Er verneigte sich förmlich vor dem König und sprach: »Majestät, wenn Euch noch daran liegt, das Ostmeer zu erreichen, dürften Euch Hingerichtete kaum von Nutzen sein. Gestattet mir, an Stelle von Hauptmann Onaki die Entflohene zu verfolgen.«

Ich hörte Iri leise und ironisch auflachen. Ich erkannte den gefährlichen weichen Klang wieder, den er seiner Stimme immer dann gab, wenn er sich am stärksten fühlte. »Unzuverlässigkeit verlangt nach gerechter Strafe. Doch will ich Euch an Wohlwollen nicht nachstehen. Sollte es Euch gelingen, die Ainu-Frau zu ergreifen, wird Hauptmann Onaki und seinen Männern die Strafe erlassen. Andernfalls wird das Urteil zur gegebenen Zeit vollstreckt.«

»Wie Ihr befehlt, Majestät.«

Susanoo verneigte sich höflich. Dann wandte er sich mir zu, während er mit langsamen Bewegungen das Sternenschwert aus seiner Schärpe löste und es mir überreichte.

»Bewahrt es sorgfältig auf, Priesterin. Ich brauche es jetzt nicht mehr.«

Steif beugte ich mich vor und er legte die eiskalten Klingen in meine Hände. »Seid unbesorgt«, sprach ich. »Es ruht in der Obhut der Göttin.«

Wir verneigten uns. Man hatte Kuro-Uma gebracht. Das geharnischte Pferd tänzelte in der Sonne und seine Mähne flatterte im Wind. Es hatte Zeit gehabt, sich auszuruhen; seine Hufe scharrten ungeduldig den Sand, während ein Stallbursche es am Zügel hielt.

Susanoo verbeugte sich vor dem König. Iri grüßte huldvoll zurück. Sein Wutanfall schien wie verflogen und seine Augen blitzten amüsiert. Gelassen fächelte er sich Luft zu und beobachtete, wie Susanoo den Platz überquerte und sich in den Sattel schwang. Dann wendete er das Pferd und ritt zwischen den Kriegern hindurch auf das Tor zu. Erst als das Geräusch der Hufe verklungen war, wurde mir bewusst, dass Susanoo sich kein einziges Mal umgeblickt hatte . . .

Ein volles Jahr würde vergehen, bis wir uns wieder begegneten. Was in der Zwischenzeit geschehen sollte, ahnte ich in meinem Herzen oder sah es im Traum. Einiges davon erzählte er mir und so konnte ich alles miterleben, mitfühlen und begreifen. Ich wusste auch, dass er eines Tages sein Schwert wieder gebrauchen würde. Und ein eigenartiges Gefühl des Friedens erfüllte mich bei dem Gedanken, dass ich da sein würde, um es ihm zu überreichen . . .

## 11

Die Sonne stand schon hoch, als Susanoo sein erschöpftes Pferd zügelte. Die Gegend, die sich von Tatsuda nach Süden ausdehnte, war ein dicht mit Schilf und Buschwerk bewachsenes Sumpfgebiet. Susanoo hatte seinen Hengst lange galoppieren lassen. Er wusste von der seltenen Fähigkeit der Ainu, rasch und ausdauernd wie Tiere zu laufen. Auf diese Weise musste Kubichi einen großen Vorsprung gewonnen haben. Spuren hatte Susanoo um die Festung herum nicht bemerkt, doch sein Instinkt sagte ihm, dass sie in Richtung der Wälder geflohen war.

Er führte Kuro-Uma an einen seichten Wasserlauf, stieg ab, um das Tier zu tränken. Kuro-Umas Flanken dampften. Susanoo pflückte eine Hand voll nasses Gras und rieb damit das verschwitzte Fell unter dem Harnisch ab. Die Erfrischung beruhigte das Pferd und gleich darauf schwang sich Susanoo erneut in den Sattel. Die Sonne stieg höher; der Himmel war türkisblau, die Luft klar und kühl. Windstöße fegten wie Wellen über das Schiff.

Das Pferd trabte einen feuchten Hügelhang hinauf, als Susanoo plötzlich die Zügel anzog. Er glitt aus dem Sattel und untersuchte aufmerksam den Boden. Zwischen den Grashalmen fand er, was er suchte: den kaum sichtbaren Abdruck eines Fußes mit leicht einwärts gekrümmten Zehen. Ein Lächeln huschte über Susanoos Gesicht. Die Spur war noch frisch. Das Ainu-Mädchen musste vor nicht allzu langer Zeit hier vorbeigekommen sein. Susanoo griff die Zügel und stieg wieder in den Sattel. Er hoffte Kubichi einzuholen, bevor der Nachtfrost den Boden verhärtete und jede Spur verwischte.

Bald fand er eine neue Spur: Es waren nur ein paar geknickte Halme; eine kaum sichtbare Fährte, die sich durch das Schilf schlängelte. Susanoos Augen suchten aufmerksam den Boden ab. Das trockene Rohr raschelte, während er hindurchritt. Dann tat sich vor ihm eine Lichtung auf. Er spürte, wie Kuro-Uma erbebte, und hielt sofort an. Der Hengst ließ nervös die Ohren spielen. Seine samtweichen Nüstern sogen die Luft ein. Susanoo drehte den Kopf in Windrichtung, bis auch er einen kaum spürbaren Geruch nach Holzkohle und Leder wahrnahm. Der Geruch kam aus einem Dickicht auf der anderen Seite der Lichtung. Einige Atemzüge lang verharrte der Reiter regungslos und hielt den Blick auf die Büsche gerichtet; die Sonne schien ihm voll ins Gesicht. Dann drückte er dem widerstrebenden Hengst die Fersen in die Flanken und überquerte langsam die Lichtung.

Das Ainu-Mädchen hatte sich im Unterholz versteckt. Sie lag auf den Knien und hatte das rechte Ohr flach an den Boden gepresst. Das vibrierende Pochen hatte sie schon seit geraumer Zeit bemerkt. Sie wusste: Ihre Fährte war entdeckt worden!

Nach einer Weile hob Kubichi ihren Kopf und lauschte: Das Klopfen von Hufen war deutlich zu vernehmen. Das Mädchen fuhr nervös mit der Zunge über die Lippen. Ein einzelner Reiter! Was hatte das zu bedeuten? Hinter Büschen und Bambus verborgen, konnte sie ihren Verfolger nicht sehen, doch er kam immer näher. Vorsichtig kroch sie noch weiter zurück und dann rannte sie. Sie lief lautlos und unglaublich schnell, ohne die geringste Erschöpfung zu zeigen.

Nach einer Weile blieb sie stehen: Es roch nach Feuchtigkeit und leises Plätschern drang an ihr Ohr. Sie folgte dem Geräusch. Ein Bach schlängelte sich durch Bambusstauden und herbstgoldenes Buschwerk. Wieder lauschte Kubichi. Sie vernahm das Hämmern der Hufe, das Knacken der Zweige. Lautlos bewegte sie sich am Ufer entlang. In der tief abfallenden Böschung war eine mit Wasser gefüllte Höhle, wo winzige Fische hin und her schossen. Hier war der Bach so tief, dass seine Farbe in dunkles Grün hinüberspielte.

Kubichi brach ein langes Schilfrohr ab und ließ sich geräuschlos ins Wasser gleiten. Sie schwamm dicht unter der Oberfläche, tauchte in die Höhle ein und tastete sich an der glitschigen Erdwand entlang. Mit den Zehen umklammerte sie die Schlingpflanzen. Sie führte das Rohr, das sie mit den Fingern zusammengedrückt hatte, an ihre Lippen und sog völlig entspannt die Luft ein. Tief atmen konnte sie nicht, aber es genügte. Ihr Körper wurde aufgehoben und stieß gegen die Wölbung. Sie ergriff die herabhängenden Wurzeln und hielt sich daran fest. So lag sie, still wie ein ruhender Fisch, mit weit geöffneten Augen.

Nach einer Weile fühlte sie an den Schwingungen des Wassers, dass der Reiter den Bach erreicht hatte und ihn durchquerte. Kubichi wurde leicht hin und her geschaukelt. Sie umklammerte die Wurzel fester und rührte sich nicht, bis die Bewegungen des Wassers völlig abgeklungen waren. Erst als ein Fisch wie eine Silbernadel an ihr vorbeischoss, stieß sie sich ganz leicht mit den Fingern ab und tauchte ohne ein Plätschern an die Oberfläche. Ihre Augen überschauten blitzschnell die Umgebung. Das Wasser war trübe, dort wo der Reiter es durchschritten hatte, und die Spuren waren tief in den weichen Boden gegraben. Kubichi vernahm das Knacken des Schilfs, das Aufschlagen der Hufe. Sie zog sich am Ufer hoch und spähte vorsichtig durch das Unterholz. Im flimmernden Licht sah sie die schwarze Gestalt des sich entfernenden Reiters. Sie erkannte ihn sofort. Ihr Atem stockte; sie spürte plötzlich die Kälte ihrer nassen Kleider. Doch ihre Verwirrung währte nur einen Augenblick. Schon hatte sie sich wieder in der Gewalt und suchte aufmerksam die Böschung ab. Ein Gewirr von Schlingpflanzen breitete sich am Bachrand aus.

Kubichi nahm ihren Dolch und schnitt eine Anzahl der elastischen Stränge ab. Sie zog die Lederschnüre, die ihr Mieder verschlossen, aus den Ösen und verknotete sie rasch und geschickt mit den Pflanzen. Bald hatte sie eine Art Seil angefertigt, das sie zusammenrollte und über ihre Schulter warf. Sie verwischte sorgfältig alle Spuren am Ufer und rannte behände und schnell wie ein Reh in entgegengesetzter Richtung davon. Die Büsche verschluckten sie.

Ein aufgescheuchter Fasan flatterte wild gackernd vor Kuro-Umas Hufen auf. Susanoo zog die Zügel an und blickte sich um. Er hörte Frösche quaken und ein Reiher stolzierte gemächlich im Sumpf. Susanoo stieß einen Fluch zwischen den Zähnen hervor. Er hatte die Fährte verloren! Er riss sein Pferd herum und kehrte an den Flusslauf zurück. Es wurde auf einmal kühl, die Sonne sank schnell. Susanoo ritt die Böschung hinunter und trieb Kuro-Uma durch das Wasser. An der gegenüberliegenden Seite glitt er aus dem Sattel und untersuchte den Boden. Plötzlich sah er in der Nähe der Schlingpflanzen den Abdruck eines kleinen Fußes. Aufmerksam betrachtete er das grüne Gewirr und zog es auseinander. Er lächelte, als er die abgeschnittenen Ranken sah. Dann ging er zu seinem Pferd zurück, nahm dem Tier Sattel und Harnisch ab und schwang sich auf den nackten Pferderücken. »So, jetzt kannst du dir das Herz aus dem Leib rennen!«

Er ließ die Zügel des Hengstes locker und verstärkte zugleich den Druck der Schenkel. Die Sonne schimmerte golden; perlmutterfarbene Schatten huschten über das Schilf. In regelmäßigen Abständen hielt Susanoo an und lauschte. Die Vögel schwiegen. Das Rauschen des Windes klang leiser als das Pulsieren seines Blutes.

Auf einmal spitzte Kuro-Uma die Ohren. In einiger Entfernung bewegte sich das Gras. Susanoo spürte ein Prickeln auf der Haut. Er beugte sich über den ausgestreckten Hals des Pferdes und zischte: »Pass gut auf, Kuro-Uma! Gleich geht es los!«

Das Mädchen tauchte so plötzlich aus dem Schilf auf, dass der schwere Hengst zur Seite sprang. Sie hielt ein Seil in der Hand, an dessen Ende ein dicker, runder Stein befestigt war. Mit unglaublicher Geschicklichkeit ließ sie das Seil über ihrem Kopf kreisen und zielte auf die Füße des Pferdes.

Susanoo drückte sich an die schweißnasse Flanke und warf das Tier zur Seite. Der Stein schlug hart auf den Boden. Im vollen Galopp wendete der König von Izumo sein Reittier und jagte geradewegs auf das Mädchen zu, doch ohne seinen Bogen zur Hand zu nehmen. Kubichi schlug einen Haken. Susanoo sah ihre weißen Zähne blitzen, als sie erneut kraftvoll das Seil schwang. Der Stein sauste haarscharf an den Vorderfüßen des Hengstes vorbei. Das Schnaufen des Pferdes, das Knacken von zerstampftem Schilf erfüllten die Lichtung.

Wieder ging das Mädchen zum Angriff über. Der kreisende Stein traf mit dumpfem Aufschlag die Brust des Pferdes. Kuro-Uma wieherte vor Schmerz. Er bäumte sich hoch auf. Die Hufe schlugen ins Leere. Kubichi federte zurück und brachte sich mit einem behänden Satz in Sicherheit.

Susanoo riss an den Zügeln. Das Pferd fiel auf die Vorderhufe zurück, dass die Erde bebte, und stürmte in hämmerndem Galopp auf das Mädchen zu. Das Seil kreiste; der Stein flog durch die Luft.

Diesmal glückte der Wurf; zischend wickelte sich das Seil um die Gelenke des Pferdes. Im vollen Lauf gebremst, stürzte der Hengst mit solcher Wucht zu Boden, dass er sich überschlug.

Noch während das Tier stürzte, ließ sich Susanoo zur Seite fallen. Mit der Schulter prallte er auf den Boden, rollte blitzschnell auf einen entwurzelten Baum zu. Er hörte einen dumpfen Aufschlag und sah knapp über sich einen Dolch in der Rinde stecken. Das Pferd wälzte sich mit gefesselten Beinen verzweifelt hin und her.

Susanoo war aufgesprungen. Seine Hand flog an den Köcher; schon lag der Pfeil an der Bogensehne und richtete sich auf das Mädchen. Sie hielt mitten im Lauf an, starrte abwechselnd auf den Pfeil und auf ihren Dolch, der im Baumstamm steckte. Ihre bläulichen Augenlider zuckten; ihr Atem flog. Plötzlich sah Susanoo, wie ihre Pupillen sich verengten. Sie bückte sich mit katzenhafter Geschmeidigkeit und schleuderte ihm eine Hand voll Sand ins Gesicht. Er blinzelte, senkte überrascht den Bogen, während sie an ihm vorbeirannte und wie ein Schatten ins Dickicht tauchte.

Er streifte den Bogen über die Schulter, zwängte sich hinter ihr durch das Unterholz. In drei Sprüngen hatte er sie eingeholt. Sie schlug einen Haken wie ein Hase, doch er packte sie am Arm und hielt sie fest. Sie griff sofort an, versuchte ihm ihre Daumen in die Augen zu rammen. Er musste seine ganze Kraft aufbieten, um sie von sich zu halten. Doch während sie kämpften, spürte er, dass ihre Kräfte langsam nachließen. Es gelang ihm, sie auf den Rücken zu werfen und an den Handgelenken festzuhalten. Zum ersten Mal begegnete er ihrem Blick. Ihre grauen Augen waren feucht wie die eines gefangenen Tieres und er fühlte, wie sie am ganzen Körper zitterte. Hinter dem Staub, der ihr Gesicht bedeckte, sah er den zarten Flaum ihrer Brauen.

Sie bewegte sich nicht, als er ihre Gelenke freigab. Er griff in das Haar, streichelte die weichen Locken. Sie starrte ihn an, regungslos und mit angehaltenem Atem. Während er sie küsste, fühlte er, wie sie ihn mit beiden Armen umfasste. Und dann spürte er zwischen den Schulterblättern eine harte, messerscharfe Spitze und wusste mit einem Mal, wie der Wachtposten gestorben war . . .

Er rührte sich nicht, sondern sagte halblaut: »Stich zu! Es ist ein guter Augenblick zu sterben . . .«

Er sah ihr Gesicht, ihre Lider, die wie Schmetterlingsflügel bebten. Plötzlich stieß sie keuchend den Atem aus: Es klang wie ein unterdrücktes Schluchzen. Ihre Hand öffnete sich. Die Knochensichel fiel zu Boden, während sie die Arme hob, ihr ganzes Gewicht an seinen Hals hängte und ihn zu sich herunterzog.

## 12

Die Nacht kam schnell. Der Himmel glühte wie Holzkohle und die dunklen Schatten der Fledermäuse huschten über das Schilf. Susanoo hatte das Pferd befreit und sich vergewissert, dass das verschreckte Tier nicht verletzt war.

Kubichi kauerte stumm im hohen Gras. »Was nun?«, stieß sie plötzlich hervor. »Bin ich jetzt deine Sklavin?«

Er saß vor ihr auf den Fersen und betrachtete sie. »Habe ich dich wie eine Sklavin behandelt?«

Sie senkte den Kopf. »Ich hätte dich töten sollen.«

»Was hindert dich daran?«

Sie schwieg. Die Dunkelheit vertiefte sich. Er stand auf und begann trockene Zweige zu sammeln. Kubichis Blick ließ nicht von ihm ab, während er die Feuersteine schlug und die Glut entfachte.

Plötzlich zerriss lautes Flügelschlagen die Stille. Das Mädchen hob den Kopf. Ein Geier erhob sich vom Ast eines verdorrten Baumes. Er schlug kräftig mit den Schwingen, bis er in einer aufsteigenden Luftsäule in mächtigen Kreisen aufwärts segelte.

»Dort oben«, flüsterte Kubichi, »fliegt ein Bote des Himmels.«

Susanoos Blick wanderte zu ihr zurück. Ihr Gesicht drückte Frieden und Ehrfurcht aus. Eine Frage brannte ihm auf den Lippen, doch er sprach sie nicht aus.

Das Mädchen hatte den Kopf wieder gesenkt. Schwermut verdunkelte ihre Stimme. »Die Boten des Himmels bringen die Menschen zu den Göttern und schenken ihnen das ewige Leben. Dies ist ihr Land. Es ist auch mein Land. Und solange die Boten des Himmels dort oben kreisen, werden wir hier unten dafür kämpfen.«

Der Geier war nur noch ein schwarzer Punkt am purpurroten Himmel. Susanoo spürte, wie er fröstelte: Es musste der Wind sein. Die Nacht würde sehr kalt werden. Er schürte die Glut.

Kubichis Stimme klang verzweifelt. »Du hast meinen Vater mit dem Zauberschwert getötet. Er opferte sein Leben, um den Mut unseres Volkes zu stärken. Mein Bruder leitet den Widerstand der ›Kotan‹. Ich jedoch habe Verrat begangen . . .«

»Auch ich habe einmal Verrat begangen«, sagte Susanoo in ruhigem Tonfall. Sie starrte ihn an.

»Dem König gegenüber?«

Er lachte spöttisch auf. Dann wurde sein Gesicht wieder ernst. »Nicht dem König gegenüber. Es war mein Volk und mein eigenes Blut, das ich verriet. Ich wurde bestraft und verbannt. Es ist eine alte Geschichte.«

Sie beobachtete unablässig seine Augen. Er wusste, dass die Ainu die Fähigkeit besaßen, das Wesen eines Menschen oder eines Tieres schnell und unfehlbar zu beurteilen.

Dann sagte sie: »Du bist anders als die anderen. Warum kämpfst du mit den ›Sisamu‹ gegen unser Volk?«

Er wandte den Blick zurück in die Flammen. »Ich hatte einen Traum . . .«

»Was für einen Traum?«

Er erzählte ihn ihr.

Sie senkte den Blick. Er spürte, wie ihr Atem sich beschleunigte. »War dieser Traum der Anlass zu kämpfen?«

»Nicht allein. Die Stimme des Orakels forderte mich auf.«

Ihre Schultern bebten. »Der Zwang muss sehr mächtig gewesen sein. Wer ist die Frau, die dir das Orakel offenbarte?«

Er sah ihr voll ins Gesicht. »Toyo Hime no Mikoto. Meine Tochter.«

Sie erbebte und rückte vom Feuer ab. Doch er rührte sich nicht. Dann sah er ihre Augen im rötlichen Flammenlicht schimmern und merkte, dass sie weinte. Langsam erhob er sich, ging um die Feuerstelle und trat zu ihr hin. Eine Weile stand er neben ihr, blickte stumm auf sie herab. Sie verharrte regungslos, während er sich vor ihr auf die Fersen niederließ. Eine einzelne Träne hinterließ auf ihrer Wange eine glitzernde Spur. Er hob zärtlich die Hand und fing die Träne auf; sie rollte in seiner Handfläche wie eine goldrosa Perle und er erinnerte sich an seinem Traum. Dann fuhr ein Windstoß über die Flammen: Der winzige Tropfen zuckte in tausend Farben und erlosch. Sie neigte den Kopf, sodass ihr Haar fast seine Lippen streifte. Er spürte, wie sie fröstelte, öffnete seinen Mantel und hüllte sie darin ein. Nach einer Weile fragte sie: »Was hast du vor? Mich nach Tatsuda zurückzubringen?«

Er lachte leise und spöttisch: »Ja . . .«, sagte er. »Er erwartet, dass ich das tun werde . . .«

Der Nachtwind fegte über das Schilf. Er zog den Mantel enger um ihre beiden Körper und streichelte ihr Gesicht.

». . . doch wenn er das von mir glaubt, dann kennt er mich schlecht!«

Die Sonne ging auf. Leichter Raureif bedeckte die Halme. Alles war in schimmerndes, blitzendes, eisklares Licht getaucht. Susanoo hatte seine Satteltasche mit Kochgeschirr und Proviant geholt, während Kubichi Reisig sammelte. Bald brannte und knisterte das Feuer. Susanoo bereitete den Tee und sie aßen Reisklöße. Kubichi hatte im Dickicht einen Kakibaum gefunden, dessen goldrote, überreife Früchte wie Waldhonig auf der Zunge schmolzen. Susanoo ließ das Mädchen nicht aus den Augen. Ihre kleinen Zähne blitzten, wenn sie lachte. Ihr Haar trocknete in der Sonne und fiel in einer ungezähmten Flut weicher Locken herab; ein rötlicher Schimmer glomm auf dem Schwarz. In ihrem ganzen Wesen lag ein Ausdruck von Sanftheit, doch waren ihre geschmeidigen Bewegungen, ihre wachsamen Augen von verhaltener, geheimnisvoller Wildheit.

Leise sagte er: »Ich liebe dich.«

Ihr Lachen erlosch. Ihr Blick flog über sein Gesicht und sie seufzte. »Als ich merkte, dass du es warst, der mich verfolgte, habe ich alles getan, um meine Fährte zu verwischen. Mein Herz flatterte wie ein verwirrter Vogel in meiner Brust und ich konnte mir dieses Gefühl nicht erklären. Jetzt weiß ich, dass ich mich nicht vor dir, sondern vor mir selbst fürchtete . . .«

Ihre Stimme versagte; sie bedeckte ihr Gesicht mit beiden Händen.

Er sah sie lange schweigend an. Dann hob ein tiefer Atemzug seine Brust. Er sagte: »Ich bitte dich, mit mir nach Izumo zu kommen und an meiner Seite zu herrschen.«

Ihre Hände sanken herab. Jetzt war Entsetzen in ihrem Blick zu lesen. »Du willst, dass ich deine Gemahlin werde?«

»Warum denn nicht?«, fragte er.

»Das ist unmöglich!«, rief sie erregt. »Mir ist versagt, einem Mann, der nicht unserem Volk angehört, als Gattin zu folgen.«

»Erkläre mir den Grund«, sagte er.

»Du kennst unsere Sitten nicht«, flüsterte sie. »Du weißt nichts von unseren Göttern. Du würdest dich durch einen Eid binden müssen und kein Mensch eines anderen Volkes hat je den Mut dazu aufgebracht . . .«

Susanoo dachte an Nagasume Tomi. Er hatte zwar das Leben der Ainu geteilt, aber keine ihrer Frauen geheiratet. Warum wohl nicht?

Er versuchte sein Unbehagen abzuschütteln und sagte ruhig: »Einiges ist mir schon über dein Volk bekannt, aber es ist nicht ausreichend. Würdest du bereit sein, mich zu unterweisen?«

Sie holte tief Atem. Ihr Gesicht entspannte sich; der befangene Ausdruck verschwand aus ihren Augen. »Ich bin Priesterin der Bären«, begann sie. »Die Dinge, die ich dir jetzt mitteilen werde, sind geheim.«

Er spürte bei ihren Worten einen kalten Schauer auf seiner Haut. Doch er presste die Lippen zusammen und schwieg. Ihr Gesicht hatte jetzt einen stolzen, fast abweisenden Ausdruck, während ihre Stimme unverändert sanft und klar tönte.

»Unsere Ahnen stammen vom großen Stern des Nordens, in der Achse des Himmlischen Bären. Eines Tages sahen die Götter auf die Welt herunter und erblickten ein Mädchen, das zwischen zwei Strohhütten stand. Sie kämmte ihr Haar und alle Götter waren von ihrer Schönheit entzückt. Einer der Götter, Kana-Kamu, der ›Herr des Donners‹, beugte sich so weit nach vorn, dass er auf die Erde fiel. Er stürzte auf die Hütten, die beide verbrannten. Nur zwei Bäume blieben übrig, die sich in zwei Prinzessinnen verwandelten. Sie wurden beide schwanger und schenkten zwei Knaben das Leben: der erste hieß Oina-Kamui, der zweite Ponyambe.

Einst lebte eine Prinzessin in diesem Land. Ihr Name war Yoichi und sie war von überragender Schönheit. Und Ponyambe sprach: ›Ich will diese Prinzessin zur Frau gewinnen.‹ Er stieg als Feuersäule aus den Wolken und nahm die Gestalt eines Mannes an. Sie wurde seine Frau und gebar ihm zehn Kinder, fünf Mädchen und fünf Knaben, die Ahnen der Aiu-Utari.

Als Ponyambe im Sterben lag, sprach er: ›Als ich menschliche Gestalt annahm, verlor ich die Kraft, in den Himmel zurückzukehren, wo meine Brüder und Schwestern, die Götter des Nordsterns auf mich warten.‹

Yoichi sprach: ›Gräme dich nicht, mein Gatte! Ich werde die heiligen Vögel rufen und sie werden dich im hohen Flug in den Himmel geleiten.‹

Ponyambe schloss friedlich die Augen. Und als er gestorben war, rief Yoichi die Boten des Himmels und befahl ihnen, den Leichnam ihres Gatten zu den Göttern zu tragen. Die Vögel gehorchten. Und Yoichi sprach: ›Fürwahr, es ist ein Glück, dass mein geliebter Gatte wieder zu seinen Ahnen zurückfand. So sollen alle meine Kinder nach ihrem Tod in ihre himmlische Heimat zurückkehren.‹

Sie rief die heiligen Vögel und sprach: ›Wo immer ein Kind der Aiu-Utari sein irdisches Dasein beendet, versammelt euch um sein Lager und tragt seinen Leichnam zu den Göttern.‹ Die Vögel versprachen es.

Dann kam die Zeit, wo auch Yoichi im Sterben lag. Sie rief die heiligen Bären zu sich, die das Zeichen des Mondes trugen, und sprach zu ihnen: ›Ihr Bären, schützt die Aiu-Utari, wenn sie von Feinden bedroht werden.‹ Die Bären versprachen es.

Dann rief sie die heiligen Vögel zu sich und sprach zu ihnen: ›Ihr Boten des Himmels, wenn ich gestorben bin, tragt meinen Leichnam zum Nordstern hinauf, wo mein lieber Gatte mich erwartet. Er wird mir einen Kamm aus Mondschein und ein Kleid aus Sternenstaub schenken.‹

Yoichi starb und die Vögel trugen sie in den Himmel. Zehnmal tausend Jahre sind seit ihrem Tod vergangen, aber die Kinder der Aiu-Utari haben sich ihre heiligen Vorrechte bis zum heutigen Tag bewahrt . . .«

Kubichi verstummte. Susanoo starrte sie an. Langsam kam ihm die Bedeutung ihrer Worte zu Bewusstsein. »Willst du damit sagen, dass die Aiu-Utari ihre Verstorbenen den Geiern ausliefern?«

Sie nickte. »Ja. Wir lassen es nicht zu, dass unsere Toten begraben werden. Wir tragen sie, in ein weißes Leinentuch gehüllt, auf den Nordhang des ›Kunne-Iomante‹, den Berg der Bären. Dort betten wir sie auf ein Lager aus Zweiggeflecht und überlassen sie den Boten des Himmels. Die Angehörigen bleiben bei den Toten, bis die heiligen Vögel ihr Werk vollendet haben.«

Seine Hände wurden kalt und er empfand wider Willen ein Grauen. An ihren flackernden Augen merkte er, dass ihr seine Gefühle nicht verborgen blieben.

Ihre Stimme ging in hastiges Flüstern über. »Hör mir gut zu. Wenn du mich zu deiner Gattin erwählst, müssen wir unser Blut mischen. Nur in einer mondlosen Nacht, wenn der Stern des Nordens leuchtet, kann eine Priesterin die heiligen Worte sprechen, die aus uns ein einziges Wesen machen. Ein jeder von uns muss den Eid ablegen, seinen zuerst gestorbenen Gatten den Vögeln des Himmels zu übergeben . . .«

Sein Herz schlug heftig. Die Wahl war schwer, die er zu treffen hatte. Aber es war nicht die erste Wahl in seinem Leben. »Und wenn ich mich weigern würde?«

Sie lächelte traurig. »Dann würdest du mir das Glück verwehren, nach dem Tod in meine himmlische Heimat zurückzukehren . . .«

Er schwieg.

Ihre Stimme klang gepresst. »Diese Riten sind Bestandteil unseres Lebens. Auch war ich schon bei meiner Geburt dazu auserwählt, die Bären anzuführen. Es ist immer das Vorrecht der erstgeborenen Tochter des ›Porunnesipa‹, des Häuptlings aller Häuptlinge, gewesen, diese Aufgabe zu erfüllen. Gleich nach meiner Geburt brachte mich meine Mutter auf den Kunne-Iomante, den Heiligen Berg, wo Emekka, die Bärenpriesterin, mich in ihre Obhut nahm. Ich wurde von einer Bärin zusammen mit ihren Jungen gesäugt. Ich vermag alles über diese Tiere, denn sie kennen den Geruch meiner Haut und betrachten mich als eine der Ihren.«

Er blieb weiterhin stumm.

Ihre Lippen wurden weiß und der flackernde Ausdruck erschien wieder in ihren Augen. »Außer dir hat noch niemals ein Fremder davon Kenntnis erhalten. Ich weiß, dass ich dich jetzt verlieren werde, denn kein Mensch einer anderen Rasse kann unsere Gefühle verstehen und unsere Riten achten. Doch ich weiß auch, dass ich mit keinem anderen außer dir den heiligen Eid teilen möchte. Du aber wirst mich mit Abscheu von dir stoßen . . .«

Susanoo erhob sich, ging um die Feuerstelle und nahm ihre Hand: »Ich sage dir, dass ich dich liebe und dich zur Gemahlin wünsche. Bestimme, was jetzt geschehen soll. Ich bin bereit den Eid mit dir abzulegen.«

Sie kniete aufrecht und regungslos vor ihm, doch ihre Augen waren ungeheuer groß geworden. Dann sagte sie mit leiser, bebender Stimme: »Wir müssen uns auf den Weg machen und den Kunne-Iomante besteigen, um Emekka, die Bärenpriesterin, aufzusuchen. Sie ist meine Großmutter. Sie wird die Riten an uns vollziehen.«

Er hielt sie schweigend in den Armen. Plötzlich fiel sein Blick auf die Knochensichel an ihren Hals, und er lachte kurz auf. »Beinahe hätte ich etwas vergessen! Überlasse mir deinen Schmuck! Ich brauche ihn . . .« Er näherte sich dem angepflockten Pferd und band es los.

Erstaunt sah Kubichi zu, wie er die Sichel mithilfe der Lederbänder an die Mähne des Hengstes knotete. »Und was bedeutet das?«, fragte sie verwundert.

»Ich muss Seiner sehr nervösen Majestät eine Nachricht zukommen lassen, sonst verlieren morgen bei Tagesanbruch zwanzig Männer ihre Köpfe.«

Er gab dem Pferd einen Schlag auf die Hinterhand. Kuro-Uma schnaubte erregt und sprang zur Seite. Susanoo nahm einige Steine auf und warf sie nach dem Tier. »Vorwärts!«, befahl er. »Lauf zurück nach Tatsuda!«

Kuro-Uma blähte die Nüstern. Er überquerte die Lichtung mit dumpfen Hufschlägen. Susanoo schleuderte ihm noch einen Stein nach. Kuro-Uma wurde schneller. Einen Augenblick noch lief er unschlüssig im Kreis. Dann verfiel er in Galopp;

mit wehender Mähne bog er in das Schilfmeer ein, das sich knackend vor ihm teilte, und war bald im Dickicht verschwunden.

Als das Schlagen der Hufe verklungen war, legte Susanoo den Arm um die Schultern seiner Gefährtin und brach in ungestümes Lachen aus. »Seine Allerhöchste Majestät wird die Botschaft verstehen! Komm, lass uns ein Floß bauen und den Wasserlauf hinunterfahren!«

## 13

Sie hatten das Floß aus geflochtenem Schilf sorgfältig mit Lehm abgedichtet. Zwei geschnitzte Äste dienten ihnen als Paddel. Die Strömung war gleichmäßig und sie kamen schnell vorwärts. Allmählich veränderte sich die Landschaft. Das Schilf ging in Laub- und Nadelwälder über. Die Gegend wurde felsig. Dicht bewachsene Klippen, Überreste erloschener Vulkane, dehnten ihre Schatten über die Lichtungen.

»Nicht alle Vulkane sind tot«, sagte Kubichi. Auf den Händen des Kunne-Iomante spürt man noch deutlich den Atem des unterirdischen Feuers. Eines Tages wird der Berg aus tausendjährigem Schlaf erwachen und seine Glutströme in den Himmel schleudern. Das wird das Ende der Aiu-Utari sein.«

»Warum ist euch dieser Berg heilig?«, fragte Susanoo.

»Auf ihm stand das Haus, in dem die Prinzessin Yoichi wohnte. Von seinem Gipfel aus steigen die Boten des Himmels in einer Luftsäule geradewegs zum Nordstern empor.«

Die Zeit verstrich; schon versank die Sonne hinter den Bäumen. Ihre Stämme leuchteten korallenrot und das Laub warf goldene Funken. Plötzlich, an einer Flussbiegung, hob Kubichi ihr Paddel aus dem Wasser und wies auf einen schlanken, fast unwirklich ebenmäßigen Kegel, der sich inmitten der Wälder zum Himmel aufschwang. »Der Kunne-Iomante!«

Die Hänge des Berges waren schon in Schatten getaucht und eine rötliche Dunstkrone verhüllte den Gipfel. Trotz seiner scharfen Augen vermochte Susanoo nicht zu erkennen, ob es Rauch oder Gewölk war.

»Wir werden den Berg noch in dieser Nacht erreichen«, sagte Kubichi. Ihre Augen schweiften über den Himmel. »Die Nacht wird klar. Der Mond geht gleich unter und die Sterne scheinen hell.«

Sie paddelten weiter. Die Dunkelheit brach schnell herein. Nur auf dem Gipfel des Kunne-Iomante strömte wie aus einer geheimnisvollen Quelle das rötliche Licht.

»Bald verengt sich der Flusslauf«, sagte Kubichi. »Wir müssen hier an Land gehen.«

Sie befestigten das Floß an einem Stein und machten sich auf den Weg durch den Wald. Kubichi ging mit ihren geschmeidigen, lautlosen Schritten vor ihm her. Der grasbewachsene Boden federte unter ihren Füßen und auf den Ästen saßen wie schwarze Kugeln schlafende Vögel. Ein Fuchs glitt wie ein kupferner Schatten über das Moos. Später jagte ein Reh mit weichen, geräuschlosen Sprüngen den Hang hinauf und eine Eule schwang sich lautlos aus dem Dickicht empor.

Plötzlich blieb Kubichi stehen. Er konnte ihr Gesicht nicht sehen, aber ihre Stimme klang ernst. »Es ist besser, wenn du dich deiner Waffen entledigst.«

Er ließ Bogen und Köcher von seiner Schulter gleiten und hängte sie an einem Baum. Nachdem er sich die Stelle eingeprägt hatte, folgte er wieder dem Ainu-Mädchen. Der Pfad stieg ständig an und es wurde immer dunkler. Susanoo hatte das Gefühl durch einen schwarzen Abgrund zu wandern. Kubichi schritt, ohne zu zögern und behände wie am helllichten Tag.

Sie musste spüren, dass er ihr kaum folgen konnte, denn sie wandte sich um und nahm seine Hand. Sie führte ihn an einer Schlucht vorbei, die wie ein stockfinsterer Spalt im Erdboden klaffte, bahnte ihm einen Weg durch ein Dickicht, das undurchdringlich schien. Hier und da hielt sie an, sog die Luft ein und lauschte. Unerwartet blieb sie stehen. Sie horchte aufmerksam einige Atemzüge lang, stellte die Windrichtung fest und flüsterte ihm zu: »Warte hier, aber rühr dich nicht! Geh erst weiter, wenn ich dich rufe!«

Sie ließ seine Hand los, tauchte in den Schatten der Tannen und wurde augenblicklich von der Finsternis verschluckt. Einige Augenblicke vergingen. Mit einem Mal knackte vor ihm das Unterholz. Eine gewaltige Masse, schwärzer als die Nacht, kam aus dem Dickicht hervor. Scharfer, beißender Geruch schlug ihm entgegen. Unwillkürlich wich er zurück. Seine Hand wollte nach Pfeil und Bogen greifen, doch er erinnerte sich zugleich, dass er unbewaffnet war ...

Der Bär wiegte sich schwerfällig hin und her und knurrte drohend. Susanoo stand wie versteinert. Eine seltsame Erstarrung lähmte seine Gedanken ... und mit einem Mal sah er Kubichi. Sie lehnte sich gegen die breite Schulter des Tieres. Eine ihrer Hände wühlte in seinem struppigen Fell. Lautlos, geschmeidig, richtete der Bär sich auf. Er öffnete den Rachen; die Reißzähne blitzten wie scharfe Klingen. Kubichi glitt blitzschnell unter der Vordertatze hindurch, stemmte sich gegen die Brust des Tieres. Leise sprach sie zu ihm in einem liebevollen Singsang. Das Knurren verstummte nach und nach. Die Vordertatzen des Bären senkten sich langsam wieder auf den Boden. Kubichi umfasste seine Schultern. Sie griff in sein dickes Fell und zauste ihn. Dann strich sie ihm mit der Fingerspitze leicht und zärtlich über die Stirn zwischen den Augen. Der Bär senkte den Kopf.

»Komm jetzt näher«, sagte Kubichi mit heller, sorgloser Stimme.

Susanoo presste die Kiefer zusammen und machte ein paar Schritte vorwärts. Der Bär krümmte misstrauisch den Rücken; seine Tatzen scharrten angriffslustig den Boden. Seine Nase war feucht und die perlschwarzen Augen funkelten im Sternenlicht. Ein ätzender Gestank ging von ihm aus.

»Gib mir deine Hand«, sagte Kubichi.

Er streckte sie ihr hin. Sie legte sie an den Hals des Bären, genau auf den weißen Fellkranz. Und während er seine Finger in das warme, stinkende Fell grub, redete Kubichi unentwegt mit der gleichen ruhigen und singenden Stimme in einer unbekannten Sprache auf das Tier ein.

Der Bär bewegte den Kopf hin und her: Die Liebkosung schien ihm zu gefallen. Mit einem Mal richtete er sich auf, setzte sich auf die Hinterbeine wie ein zutraulicher Hund. Er schien gutmütig zu blinzeln. Susanoo blickte auf die gewaltigen Vordertatzen, die spielerisch ihre Krallen ausstreckten und einzogen. Das Angstgefühl wich langsam; irgendwie spürte er, dass seine wieder gewonnene Ruhe sich auf das behaglich brummende Tier übertrug.

Kubichi ließ ein zufriedenes Lachen hören. »Jetzt kennt er dich . . . und er wird es den anderen mitteilen!«

Sie stieß einen kleinen, schrillen Pfiff aus. Augenblicklich fiel der Bär auf seine Tatzen zurück und verschwand lautlos in der Nacht. Kubichis silberhelles Lachen ertönte in der Dunkelheit. »Komm . . . jetzt hast du nichts mehr zu befürchten!«

Sie ergriff seine Hand; er folgte ihr, schweigend und aufgewühlt.

Bald lichteten sich die Tannen; das Moos verlor sich fast unter ihren Füßen. Sie stiegen über schwarze, spiegelglatte Basaltblöcke. Plötzlich flackerte rötliches Licht durch die Finsternis. Es kam von einem Feuer, das unter einem Felsvorsprung brannte. Hinter dem Feuer kauerte eine Gestalt, die sich jetzt langsam aufrichtete. Es war eine alte Frau; sie trug ein grob gewebtes weißes Gewand. Der Wind spielte in ihrem grauen

Haar, das über ihre Schultern herabfiel. Das abgezehrte, blutleere Gesicht schien kaum noch fähig, eine Gefühlsregung auszudrücken, dennoch war es eigenartig schön: Die rissige Haut spannte sich wie eine Ledermaske über die edel geformten Knochen. Die gleiche Tätowierung, die auch Kubichi trug, verlängerte die Augen bis zu den Schläfen, doch die Lider hatten den schillernden Glanz verloren und glichen den verblichenen Flügeln eines Nachtfalters.

Kubichi grüßte ehrfurchtsvoll, indem sie ihre Hand zuerst an die Stirn, dann an ihr Herz legte. Die Frau erwiderte den Gruß. Dann richtete sie die Augen auf Susanoo.

»Ich bin Emekka, die Hüterin dieses Berges«, sagte sie mit dunkler, rauer Stimme. »Friede sei mit dir, König von Izumo. Tritt näher an das Feuer heran, denn die Nacht ist kalt.«

Susanoo verbarg sein Erstaunen. Er dankte der Frau, ließ sich an der Feuerstelle nieder und hielt die Hände über die wärmende Holzkohle. Emekka zog ein Tuch über ihre knochigen Arme und hustete. Sie hockte sich auf die Steine, warf eine Hand voll Reisig in das Feuer und schürte die Glut.

Plötzlich trug der Wind Susanoo wieder die scharfe Ausdünstung zu. Er zwang sich unbeweglich sitzen zu bleiben und heftete den Blick auf den Bären, der langsam aus der Finsternis kam. Das Tier hatte noch nicht seine volle Größe erreicht und brummte leise. Sein Fell schimmerte rötlich im Feuerschein, und seine Tatzen federten auf dem Boden. Emekka stieß einen zischenden Laut aus. Der Bär wich Schritt für Schritt zurück und verschwand hinter einem Felsen.

»Sie haben ihre Schlupfwinkel«, sagte Emekka gleichmütig. »Bald werden sie ihren Winterschlaf antreten.«

Susanoo holte tief Atem. »Woher weißt du, wer ich bin?«

Die Frau hantierte gelassen mit einigen Geräten. »Heute Nacht, als der Nordstern über dem Gipfel stand, befragte ich Kubichis Geist. Und Kubichi gab mir Antwort. Ich weiß auch, mit welcher Absicht du gekommen bist.«

»Ich nehme die Verpflichtung auf mich«, sagte Susanoo, »und stehe mit ganzem Herzen für sie ein.«

Die Priesterin sah ihm voll ins Gesicht. »Ich glaube dir. Dein Wille und deine Seele sind stark. Aber es gibt Dinge, die schwer zu begreifen sind für Menschen, die nicht in diesem Glauben geboren wurden. Wirst du die Kraft haben, den Göttern ins Angesicht zu schauen?«

»Ja«, sagte Susanoo schlicht.

Die dunklen, glanzlosen Pupillen ließen nicht von ihm ab. »Wir sind ein altes Volk«, sagte sie. »Vielleicht das älteste Volk der Erde. Wir leben nach der Schöpfungsordnung einer versunkenen Welt, von der sich der Mensch in den Jahrtausenden seiner Entwicklung gelöst hat. Würdest du bereit sein, dich dieser Ordnung zu unterwerfen?«

»Ja«, wiederholte er.

»Wir werden ja sehen«, sagte die Priesterin.

Sie füllte dampfenden Gerstenbrei in zwei Kürbisschalen und reichte sie ihren Gästen. Sie aßen schweigend und tranken Quellwasser dazu. Dann nahm Emekka die Gefäße wieder zurück und spülte sie mit klarem Wasser. Als sie fertig war, erhob sie sich mit leichter, federnder Bewegung. »Bist du bereit?«, fragte sie Susanoo.

»Ja.«

»Dann komm!«

Er folgte der Alten und fühlte die Kälte auf seiner Haut, als sie die Feuerstelle verließen. Er sah einen anderen Bären, der zusammengerollt in einer Felsnische lag, doch es gelang ihm, ohne zu zögern daran vorbeizugehen. Sie schritten über den Basalthang, der in sanfter Wölbung zum Gipfel führte.

Plötzlich blieb er überrascht stehen: Unter seinen Füßen fühlten sich die Steine warm an. Er suchte Kubichis Blick.

»Das Feuer der Erde«, flüsterte sie.

Der Wind, der heulend über die Bergflanke fegte, trug ihm einen seltsamen Geruch von Fäulnis entgegen. Schwefel, dachte er. Der Boden wurde immer wärmer; er spürte eine leichte Erschütterung und blieb abermals stehen.

»Es ist der Pulsschlag des Berges«, sagte Kubichi. Sie lächelte, aber ihre Augen flackerten unruhig. Wortlos schritt er weiter.

Plötzlich hielt Emekka an. Sie stand vor ihm in der Finsternis und deutete auf etwas, das er nicht sehen konnte.

»Geh weiter voran und blicke dich um«, sprach sie. »Und dann befrage dein Herz.«

Er warf einen Blick auf Kubichi, doch sie sah zu Boden. Ihre Zähne gruben sich in die Unterlippe. Sie hat Angst, dachte er. Aber warum? Und er begriff, dass sie sich nicht vor dem fürchtete, was ihn oben auf dem Berg erwartete, sondern vor seiner Entscheidung.

Mit diesem Gedanken wandte er sich ab und schritt den Hang hinauf. Aus dem Boden, der glatt und schmiegsam unter seinen Füßen lag, stieg ein kaum merkbares Pochen und Vibrieren. Er hatte das Gefühl, über einen warmen, lebendigen Körper zu wandern. Der Vulkan schlief, aber er atmete und regte sich wie ein schlummernder Gigant im Schlaf. Und eines Tages würde er erwachen ...« Das wird das Ende der Aiu-Utari sein«, hatte Kubichi gesagt.

Mit einem Mal blieb sein Blick an einem merkwürdigen Gerüst haften, das sich vor ihm in der Dunkelheit erhob. Er trat langsam darauf zu. Als er näher kam, sah er ein zweites Gerüst, dann ein drittes. Sie waren über den ganzen Vulkanhang verstreut bis zu dem senkrecht abfallenden, dunklen Kraterschlund. Alle hatten dieselbe merkwürdige Form, die zugleich an eine Bahre und an einen Nachen erinnerte.

Susanoo zog sich langsam an den Steinen hoch. Eine nie gekannte Beklommenheit schnürte ihm die Kehle zu. Die Gerüste waren in kurzen Abständen voneinander aufgestellt. Vor jedem stand eine kleine Urne aus Ton. Ein fader, süßlicher Geruch mischte sich jetzt in die Schwefelausdünstung. Unter Aufbietung seiner ganzen Willenskraft setzte Susanoo seinen Aufstieg fort. Jetzt war er nur noch wenige Schritte von dem ersten Gerüst entfernt. Er spürte, wie sein Herz hämmerte. Noch einen Schritt . . . dann noch einen . . . Ein Tuchfetzen hing aus dem Holzgeflecht. Er nahm seinen ganzen Mut zusammen, beugte sich über das Gerüst und blickte hinein. Fast im gleichen Atemzug wandte er sich ab, schweißüberströmt und schaudernd und Tränen flossen aus seinen Augen. Er wusste nicht, wie lange er so dastand, unfähig sich zu rühren. Dann hob er den Blick; genau über dem Krater stand das Sternbild des »himmlischen Bären« und in seiner Achse glühte wie eine weiße Fackel der Nordstern.

Er wischte sich mit dem Handrücken den Schweiß von der Stirn. Wenn er sich dem Ritual unterzog, wurde er Ainu. Dieser Schritt war nicht rückgängig zu machen. Nachdem er die Weihe empfangen und sein Blut mit dem einer Ainu-Frau vermischt hatte, würde er sich einem Gesetz beugen müssen, das in den ersten Zeiten der Menschheit seinen Ursprung nahm. Er erforschte sich; befragte Herz und Verstand, ob sie dazu willig waren, und beide gaben ihm die Antwort. Ein Seufzer hob seine Brust. Es gibt viele Wege, dachte er, die zu den Göttern führen . . . Er verließ die Totenstätte und stieg den Hang hinunter. Der eiskalte Herbstwind trocknete den Schweiß an seinem Körper, doch der Boden war warm unter seinen Füßen und er spürte die Atemzüge des schlafenden Vulkans . . .

# 14

Die schwarzen Gestalten der beiden Frauen kauerten so regungslos in der Dunkelheit, dass sie ein Teil des Gesteins zu sein schienen, an dem sie lehnten. Als er zu ihnen trat, erhoben sie sich. Einen Augenblick lang standen sie sich stumm gegenüber. Kubichis Gesicht lag im Schatten; er sah den bläulichen Schimmer ihrer Augen und spürte ihre Erregung, doch sie sagte kein Wort. Endlich brach er den Bann des Schweigens.

»Ich bin bereit«, sagte er ruhig und hörte, wie ein tiefer, befreiender Atemzug über Kubichis Lippen kam.

Die alte Frau hob langsam und feierlich beide Hände; sie legte die Fingerspitzen an sein Herz, um das Klopfen zu verspüren. Er rührte sich nicht. Emekkas Gesichtszüge waren starr, ihre Augen halb geschlossen. Dann ließ sie die Arme sinken und wandte sich ab. »Folgt mir«, sprach sie. »Es ist Zeit.«

Sie wanderten den Berghang entlang. Beide Frauen schienen mühelos ihren Weg in der Dunkelheit zu finden. Nach einer Weile blieb Emekka stehen. Vor ihren Füßen fiel der Boden fast senkrecht ab. Sie standen vor einem Kraterkessel, der von Basaltwänden umschlossen war. Die Felsen glänzten in der Nacht wie hohe, schwarze Spiegel.

Emekka wandte Susanoo ihr ausdrucksloses Gesicht zu. »Hier ist die Stelle, wo Kamui-Huchi, der Feuergott, einst die Erde betrat. Vor vielen Menschenaltern waren unsere Vorfahren Zeugen, wie der Gott mit großem Getöse die Wolkendecke durchbrach, den Himmel erleuchtete und den Berg in Brand setzte.«

Emekka gab ihm ein Zeichen, ihr zu folgen. Ein kaum sichtbarer Pfad führte in die Tiefe. Der Abstieg war sehr steil. Der Grund des Kraters war mit grobkörniger, glitzernder Asche bedeckt. Als Susanoo den Kopf hob, sah er hoch über sich das Sternbild.

Die Beklemmung fiel von ihm ab. Zweifel und Furcht waren von ihm gewichen; tiefer Friede strömte in sein Herz.

Sein Blick schweifte auf Kubichi zurück, die regungslos vor ihm auf den Fersen kniete. Ihr Gesicht leuchtete wie Perlmutter. Ihre Augen hatten einen fast fiebrigen Glanz, ein glückliches Lächeln umspielte ihre Lippen.

Emekka hatte in die Mitte des Kraters drei große Steine gelegt und mit getrocknetem Salbei ein Feuer entfacht. »Die drei Steine«, sprach sie, »stellen die Erde dar. Das Feuer ist das Symbol des Gottes Kamui-Huchi.«

Die alte Frau zog einen kleinen, sichelförmigen Dolch aus ihrem Gürtel. Dann ergriff sie Susanoos linke und Kubichis rechte Hand und ritzte unter dem ersten Gelenk des Ringfingers die Haut leicht an. Sie presste die Wunden aufeinander und band die beiden Finger mit einem Reisstrohband zusammen. Wort für Wort betonend, sprach sie das Ritual: »Jetzt gibt es für euch keinen Regen mehr, denn ihr seid füreinander ein Obdach; es gibt keinen Winter mehr, denn ihr seid füreinander der Frühling; es gibt keine Dunkelheit mehr, denn ihr seid füreinander das Licht; es gibt keine Kälte mehr, denn ihr seid füreinander die Wärme; es gibt keinen Schmerz mehr, denn ihr seid füreinander der Trost . . .«

Sie schwieg; ihr Atem ging gepresst. Dann mit dumpfer, tiefer Stimme, sprach sie ihnen die heilige Eidesformel vor: »Schwört, dass ihr euren erstgestorbenen Gatten den heiligen Vögeln übergeben werdet, auf dass sie ihn zu den Göttern geleiten. Schwört, dass ihr eure Kinder und Kindeskinder in diesem Eid unterweisen werdet, auf dass jeder eurer Nachkommen, solange euer Geschlecht besteht, zur Todesstunde seine himmlische Heimat erblicken kann . . .«

Leise und fest sagte Kubichi: »Ich schwöre es.«

Sie spürte, wie ein leichter Schauer die Haut des Mannes neben ihr überzog, doch er sprach mit ruhiger Stimme: »Ich schwöre es.«

Die Priesterin nahm Kubichi ihren mit Muscheln verzierten Gürtel ab, der unverheirateten Mädchen vorbehalten war, und ersetzte ihn durch eine schwarze Schärpe. Dann zog sie Blütenstaub aus einem kleinen Lederbeutel, streute ihn auf die gesenkten Köpfe und sprach: »Ihr habt zwei Körper, aber nun fließt in euren Adern das gleiche Blut und ihr seid ein einziges Wesen.«

Sie löste das Reisstrohband von ihren Fingern und wandte sich ab.

»Und nun geht!«

Kubichi erhob sich und berührte Susanoos Arm.

»Komm!«

Sie stiegen zum Kraterrand hinauf, ohne dass Emekka sich rührte oder ihnen einen Blick nachwarf. Ein Bär bewegte sich unter einem Felsvorsprung, aber Susanoo begann sich an die Tiere zu gewöhnen und beachtete ihn kaum. Wieder ergriff Kubichi seine Hand, um ihn in der Dunkelheit zu führen. Sie stiegen den Berg hinab. Der eiskalte Wind fegte über die Tannen, doch im Unterholz war es geschützt und warm. Susanoo breitete seinen Mantel auf dem Moos aus. Schweigend sanken sie nieder und hielten sich in den Armen. Der Wind rauschte wie die Brandung, und die Bäume bewegten sich knarrend wie Schiffsmasten auf hoher See.

Kubichi schmiegte das Gesicht an seinen Hals. Er fühlte den Duft ihres warmen, pulsierenden Lebens. Sie war zugleich Traum und Wirklichkeit, Quelle, Erde und Glut. Sie wird nicht sterben wie jene, die ich da oben sah, dachte er, sie wird dahinschweben wie der Morgennebel, erlöschen wie ein Stern . . .

Und plötzlich senkte sich die Vorahnung über ihn wie eine schwarze, eisige Winterwolke. Er wusste nicht, was ihn so bedrückte, doch die Furcht, sie zu verlieren, durchzuckte ihn wie ein Dolchstoß. »Verlass mich nie«, flüsterte er mit rauer Stimme. Er fühlte, wie sie lächelte.

»Wie kannst du daran denken? Hast du Emekkas Worte schon vergessen?« Ihre Stimme war heiter und sanfter als das Wispern des Windes in den Gräsern. »Von nun an sind wir nur ein einziges Wesen. Spürst du denn nicht, wie unsere Herzen gemeinsam schlagen?«

## 15

Der schwarze Hengst kam bei Sonnenuntergang an. Er galoppierte den südlichen Festungswall entlang, raste an den Wachtposten vorbei durch den Torbogen und stürmte in den Innenhof. Das Fell des Tieres dampfte. Die Ohren lagen flach am Kopf, seine Augen funkelten wie purpurrote Blumen. Er raste im Kreis herum. Er herrschte seltsame Stille. Nur die Hufe prasselten wie Steinschläge auf dem rötlichen Sand. Ein Krieger versuchte ihm den Weg abzuschneiden. Das Pferd schwenkte ab; Staub quoll unter seinen Hufen auf, seine Mähne loderte wie schwarze Flammen.

Ein zweiter Mann näherte sich von der anderen Seite. Der Hengst wirbelte herum. Gelber Speichel floss aus seinen Lefzen. Sein Rücken spannte sich; er schlug aus: Wie von einem Keulenschlag getroffen, stürzte der Mann zu Boden.

Aufgeregte Stimmen wurden laut. Immer mehr Soldaten drangen in den Hof. Ich hörte das Gleiten der Schiebetüren, das Klirren der Waffen. Die erregt tuschelnde Dienerschar drängte sich im Hintergrund.

Die Sonne sank hinter den Wällen. Man hatte den bewusstlosen Mann auf die Seite getragen. Die Tungusen mussten einen harten Schädel haben, denn ich sah, wie er wieder zu sich kam. Aber kein anderer Krieger wagte sich an das rasende Tier heran.

»Was geht hier vor?«

Iris schneidende Stimme übertönte den Tumult. Die Krieger verneigten sich und die Diener warfen sich auf die Knie. Iri betrachtete das schwarze Pferd, das im funkelnden Dunst wie durch verschwommen-rötliches Wasser zu gleiten schien.

»Das Tier scheint von bösen Geistern besessen. Man töte es auf der Stelle!«

Er winkte einen Bogenschützen heran.

Ich trat dazwischen. »Majestät, es ist Kuro-Uma, das Pferd des Herrschers von Izumo. Erlaubt, dass ich den Hengst beruhige.«

In Iris schmalen Augen glühte ein lauernder Funke. »Versucht Euch dem Tier zu nähern. Aber begebt Euch nicht in Gefahr . . .«

Ich befahl den Kriegern, zur Seite zu gehen, und schritt langsam über den Hof. Mein purpurnes Gewand schleifte über den Boden. Ich fürchtete mich nicht; ich wusste, dass uns das Pferd eine Botschaft brachte. Der Hengst hatte mich gesehen und verfiel in Trab. Seine Mähne flatterte, der lange, dichte Schweif schlug hin und her. Ein dumpfes Schnauben ließ seine Kehle und seine Flanken bebten. Ich trat näher an ihn heran; pfiff leise und sanft durch die Zähne. Das Tier spitzte aufmerksam die Ohren. Ich pfiff weiter in leichtem, melodischem Rhythmus. Der Hengst blieb stehen und ließ mich herankommen. Kuro-Uma senkte den Hals. Sein Kopf war jetzt mit meinem auf gleicher Höhe. Er wieherte rau und tief; es klang wie ein Seufzer. Ich hob die Hand und legte sie auf seine Stirn. Er zuckte zusammen, doch er rührte sich nicht. Ich streichelte die nasse Stirn, fasste in die zerzauste, schweißgetränkte Mähne. Ich spürte einen Gegenstand unter meinen Fingern, und als ich die Mähne zurückwarf, sah ich die messerscharfe Knochensichel auf dem schwarzen Fell leuchten.

Jubel brandete über den Hof. Die Krieger hämmerten mit den Speeren auf die Schilde. Ich hörte sie kaum. Das Blut dröhnte in meinen Ohren. Mit zitternden Fingern löste ich den Schmuck und schritt auf den Herrscher zu. Wortlos hielt ich ihm die Sichel entgegen.

Iri erbleichte auf eine Art, wie ich es noch nie bei einem Menschen gesehen hatte. Sein Gesicht wurde wie das eines Toten: ohne Farbe, mit weißen Lippen und die Augen in dunklen Höhlen. Keuchend, fast unhörbar, stieß er hervor: »Ich werde ihm bei lebendigem Leib das Herz aus der Brust reißen!«

Er wandte sich ab; sein Schatten glitt über die Bodenplatten, verschwand zwischen den Säulen. Eine Weile stand ich wie erstarrt. Dann hob ich die Arme, legte den Schmuck um meinen Hals. Meine tastenden Finger verknoteten die Lederbänder. Der Schmuck leuchtete auf meiner Haut wie die kalte Sichel des Wintermondes, während ich gelassen über den Hof schritt und mich in meine Gemächer zurückzog.

# 3. Teil

## 1

Ich schreckte aus tiefem Schlaf auf. Irgendetwas hatte mich geweckt. Einen Augenblick lang lag ich wie erstarrt und lauschte. Alles war still. Und dennoch . . .

Der Tag brach an; schon war die Decke aus Zedernholz zu erkennen. Der Raum war durch Schiebetüren in verschiedene kleine Zimmer aufgeteilt. Die schwarz geränderten Binsenmatten, die den Boden bedeckten, waren seidenweich. Zum Schlafen wurden Decken darüber ausgebreitet. Mein Gemach führte auf eine Veranda, die durch eine Holztreppe mit dem Wehrgang verbunden war.

Ich schlief allein: Immer seltener teilte ich das Lager des Königs. Er nahm das hin von mir; doch ich spürte, dass er sich insgeheim vor mir fürchtete. Bewegungslos starrte ich in die Schatten der Dämmerung und in meinen Gedanken stieg das Bild des Sternenschwertes auf.

Die mir anvertraute Waffe wurde im Heiligtum aufbewahrt. Die Priesterinnen Etsu und Hana bewachten sie abwechselnd Tag und Nacht. Jetzt fühlte ich, dass mir die Gottheit eine Warnung schickte. Etwas hatte sich ereignet. Etwas, das mit dem Schwert zusammenhing . . .

Ich warf meine Decke zurück und stand auf. Rasch ordnete ich mein Gewand und strich mir das wirre Haar aus dem Gesicht. Meine bloßen Füße glitten lautlos über die weichen, elastischen Bodenmatten. Behutsam ließ ich die Schiebetür zur Seite gleiten. Meine Dienerin Maki schlief auf einer Matte vor meinem Gemach. Ich wollte sie nicht wecken und stieg vorsichtig über sie hinweg.

Tatsuda war eine Kriegsfestung. Der Kaiser hatte sie prunkvoll ausstatten lassen, aber ihre besondere Bestimmung ließ es nicht zu, dass das Heiligtum abseits der Wohnräume auf Pfählen errichtet wurde. So bewahrte man die Kultgegenstände in einem Raum auf, der mit meinen Gemächern durch einen Korridor verbunden war. Leise schritt ich den Gang entlang. Ich hatte die Lederbänder aufgeknotet und Kubichis Sichel von meinem Hals genommen. Instinktiv hielt ich sie nicht wie ein Schmuckstück in der Hand, sondern wie eine Waffe, die sie eigentlich war. Vor dem Heiligtum kniete ich nieder und klopfte leise mit den Fingerspitzen an die Schiebetür, in der Annahme, dass die wachende Priesterin mich hören würde. Doch nichts rührte sich. Als ich die Tür zur Seite schob, sah ich im Halbdunkel den Tragaltar aus Pappelholz zwischen den rot lackierten Säulen. Über dem Altar hing eine armdicke »Shimenawa«, die »Schnur der Läuterung«, aus geflochtenem Reisstroh. Dünne Streifen aus geweihter Seide, die ich selbst gewebt hatte, waren daran befestigt. Vor dem Altar stand die Truhe aus Ebenholz und davor sah ich die beiden Priesterinnen regungslos am Boden liegen. Hastig trat ich näher und beugte mich über Etsu, die ältere. Ich berührte ihre ausgestreckte Hand: Sie war schlaff und warm. Zwischen ihren halb geschlossenen Lidern schimmerte das Weiße der Augen. Hana lag neben ihr und atmete mühsam. Ihre Schultern hoben und senkten sich bei jedem Atemzug. Das aufgelöste Haar klebte an ihrem schweißnassen Gesicht. Mit einem Mal begriff ich: Den Frauen war ein Schlaftrunk eingegeben worden! Meine Augen richteten sich auf die Truhe vor dem Altar. Da sah ich, dass sie leer war. Das Sternenschwert war verschwunden! Einige Atemzüge lang stand ich wie versteinert. Meine Ahnung hatte mich nicht getäuscht! Dann flammte Wut in mir auf; sie brauste in meinem Kopf, schüttelte meinen Körper, bis ich fast toll wurde. Ich wusste, wer den Befehl gegeben hatte, das Sternenschwert aus dem Heiligtum zu entfernen.

Ich wandte mich ab. Verließ das Heiligtum. Maki war inzwischen erwacht. Sie kniete auf der Matte, ordnete hastig und verstört ihr Gewand. Mit ruhiger Stimme sagte ich: »Kleide mich an. Und lasse den König wissen, dass ich ihn zu sprechen wünsche.«

## 2

Ich befahl Maki mir mein Priesterinnengewand anzulegen. Zuerst ein Untergewand aus kühler, weißer Seide, dann ein scharlachfarbener Umhang, dessen Ärmel bis zum Boden reichten. Wie es der Brauch verlangte, band mir Maki mein schulterlanges Haar mit einem Reisstrohband zusammen. Mein Gesicht wurde weiß gepudert, die Lippen rot geschminkt. Ich war sehr ruhig. Ich wusste, der Kampf hatte begonnen, und ich war bereit.

Der Page, den Maki geschickt hatte, kam zurück. Er warf sich vor mir auf die Knie und sprach: »Majestät, der König hat soeben die Ratssitzung einberufen. Doch er bittet Euch um die Ehre, ihn nach Beendigung der Sitzung in Euren Gemächern zu empfangen.«

Ich spürte, wie mir unter der weißen Schminke die Röte ins Gesicht schoss. Zwar wusste ich, dass Iri die Gewohnheit hatte, seine Ratssitzungen in der ersten Stunde nach Sonnenaufgang abzuhalten, doch der Sinn seiner Botschaft war klar: Er ließ mich wissen, dass er mein Anliegen als unbedeutend von sich wies. Das war nicht allein eine Kränkung, sondern auch eine Herausforderung.

Wortlos entließ ich den Pagen. Maki hielt mir meinen Bronzespiegel entgegen. Ich prüfte mein Gesicht, bevor ich mich erhob und Maki die Falten meines Gewandes ordnete. Sie schob kniend die Schiebetür auf. Ich verließ das Gemach, schritt langsam durch die Gänge, vorbei an den Wachen, die in Abständen von zwanzig Schritt Aufstellung genommen hatten und von den schrägen Sonnenstrahlen grell beleuchtet wurden. Meine Schleppe glitt über die Matten wie purpurroter, knisternder Schaum ...

Vor dem Sitzungssaal, zu beiden Seiten des Tores, standen regungslos, Schulter an Schulter, andere Wachen. Die königliche Standarte war vor den Torflügeln aufgepflanzt: Kana, der Adler, saß auf der Querstange der Standarte, an die er mit einer Eisenkette gefesselt war. Als ich mich ihm näherte, wippte er gereizt auf seinen Fängen. Er ließ ein scharfes Zischeln hören und plusterte die Federn auf. Der Wärter, der am Boden kauerte, zog an der Kette und pfiff beruhigend zwischen den Zähnen. Den Blick geradeaus gerichtet, ging ich an ihm vorbei. Ein Offizier salutierte und öffnete mir den Torflügel. Ich trat in den von Fackeln erhellten Sitzungssaal. Die mächtigen Deckenbalken glänzten wie Bernstein. Wohlriechende Hölzer glommen in kunstvoll verzierten Bronzegefäßen. Die Ratsmitglieder saßen mit untergeschlagenen Beinen vor der Estrade, auf der der König Platz genommen hatte. Generäle und Offiziere hatten ihre Schwerter vor sich auf den Boden gelegt. Die Brustpanzer funkelten und bunte Seidengewänder schillerten bei jeder Bewegung im wechselnden Spiel der Flammen.

Iri saß auf einem Brokatkissen in der Mitte der Estrade. Er trug ein bronzefarbenes Gewand mit Flügelärmeln, darüber einen leichten Harnisch aus Bambus und Silberplättchen. Sein Gesicht mit den hohen Backenknochen wirkte kühn und hart, seine schrägen Augen blitzten mit kühler Arroganz, während er die Worte seines Vetters Yi-Am sinnend zur Kenntnis nahm.

»Majestät«, sagte Yi-Am, »die Ainu haben eine schwere Niederlage erlitten. Außerdem sind im Winter die Flüsse mit Packeis bedeckt und nicht schiffbar. Wir sollten den Frühling abwarten. Sobald das Eis geschmolzen ist, können wir mit einem einzigen raschen Vorstoß über die Insel gelangen und das Ostmeer erreichen.« Er verbeugte sich steif und schien auf eine Antwort zu warten. Doch Iri strich nur schweigend über den feinen schwarzen Bart, der seine schön geschwungenen Lippen umrahmte. Oba, einer der Befehlshaber, ein pockennarbiger Mann mit groben Gesichtszügen, verneigte sich und ergriff das Wort. »Majestät, der Herrscher von Izumo ging zum Feind über und es besteht die Gefahr, dass er Euch in den Rücken fällt. Wenn ihr den Vorstoß nach Osten wagt, würdet Ihr Eure Provinzen schutzlos zurücklassen. Eure Flanken wären nicht gedeckt und ein Rückzug nicht gesichert . . .«

Ich hörte Iri kurz und leise auflachen und spürte, wie mein Atem schneller ging.

»Der Herrscher von Izumo beging Verrat an meiner Ehre, an der Ehre seines Volkes und an der Ehre seiner Vasallen. Seine eigenen Verbündeten werden ihn meiden wie die chinesische Krankheit. Nur sehr wenige – außer seinen eigenen Landsleuten – werden seinen Befehlen Folge leisten. Was die Ainu betrifft . . . sie sind Tiere«, fügte er verächtlich hinzu. »Nichts anderes als Tiere . . .«

»Jawohl, Majestät, aber gefährliche!«, sagte Yi-Am, der genau wusste, wann er sich einen Scherz erlauben konnte. Der Erfolg blieb nicht aus: Iri schlug sich auf die Schenkel und schüttelte sich vor Lachen und alle anderen lachten beflissen mit. Doch plötzlich verstummte Iri. Über Yi-Ams Schultern hinweg richtete sich sein Blick auf mich, als ich aus dem hellen Torbogen trat. Stille breitete sich aus. Die Männer berührten mit den Handflächen den Boden und verneigten sich. Langsam schritt ich durch den Saal und warf einen langen Schatten vor mich auf die Fliesen. Es war nichts Ungewöhnliches, dass ich an der Ratssitzung erschien, aber Iris Leute konnten sich nur schlecht daran gewöhnen: Sie kamen aus einem Land, in dem Frauen den Geschäften der Krieger fern blieben. Mein karminroter Überwurf glänzte wie Kupfer im Fackelschein und ich spürte, wie der Atem der Männer sich beschleunigte. Ich kam zu ihnen nicht als Königin, sondern als Sonnenpriesterin, und jeder wusste, dass dies etwas zu bedeuten hatte. Iri begrüßte mich förmlich, aber seine Augen flackerten nervös: Ich merkte, dass er auf der Hut war.

»Im Namen aller Anwesenden heiße ich Euch willkommen, Toyo no Mikoto«, sagte er im verbindlichen Ton. »Es ist uns eine Ehre, Euch an der heutigen Sitzung begrüßen zu dürfen. Wir haben Dringendes zu besprechen und Euer Rat ist uns sehr willkommen.«

Er winkte einem Diener, der in aller Eile ein Kissen herbeischaffte. »Geruht, Majestät, an meiner Seite Platz zu nehmen.« Ich rührte mich nicht und antwortete auch nicht mit den üblichen Höflichkeitsfloskeln. Iri wartete, anscheinend gleichmütig. Die Männer verharrten regungslos, mit steinernen Gesichtern und wachsamen Augen.

Ich holte tief Atem. Die Hände in den Ärmeln meines Gewandes verborgen, sprach ich ruhig: »Eure Majestät möge zur Kenntnis nehmen, dass in dieser Nacht das Sternenschwert aus dem Heiligtum geraubt wurde. Der Anstifter dieser Tat soll von Schreckgespenstern verfolgt werden. Die Gunst der Göttin sei ihm für alle Zeiten verwehrt!«

Eine Bewegung ging durch den Raum. Die Männer wechselten bestürzte Blicke. Ihr Erstaunen war echt. Ich sah, wie Iris Rücken sich versteifte. Eine Ader begann an seiner Stirn zu pochen und seine Augen zogen sich zu schmalen Schlitzen zusammen.

»Beschuldigt Ihr mich, das Schwert aus dem Heiligtum entfernt zu haben?«

»Bestreitet Ihr es?«, fragte ich eisig.

Er starrte mir ins Gesicht und ich hielt seinem Blick stand. Es wurde noch stiller im Raum. Die Männer hielten den Atem an. Unvermittelt zischte Iri: »Dem Schwert eines Verräters gebührt es nicht, im Heiligtum aufbewahrt zu werden. Ich gab den Befehl, es zu entfernen. Ich ließ es aufs Meer hinausbringen und dort versenken.«

Einige Atemzüge lang starrte ich in Iris hochmütiges Gesicht und kämpfte gegen die Wut an, bevor ich keuchend hervorstieß: »Ich, Toyo no Mikoto, Priesterin der Sonne, klage Euch des Frevels an. Fürchtet den Zorn der Göttin!«

Iris Lippen wurden weiß. »Das Schwert war mit Unheil behaftet. Habt Ihr vergessen, dass mein Bruder Itzuse durch diese Waffe den Tod fand?«

»Ihr hattet die Riten missachtet! Die Kraft des Schwertes wandte sich gegen Euch!«

Iri blieb mir die Antwort nicht schuldig. »Euer Verwandter beging Verrat. Sein Schwert ist versenkt und wird niemals wieder auftauchen! Die Macht des Herrschers von Izumo ist gebrochen. Heute Nacht ließ ich ihm durch eine Brieftaube die Botschaft übermitteln, dass sein Schwert auf dem Meeresboden verrostet. Wenn er es zurückhaben will . . .«, Iri gluckste hämisch, ». . . dann soll er sich in einen Fisch verwandeln!«

Ich holte tief Atem.

»Der Herrscher von Izumo«, sprach ich, »vertraute das Sternenschwert meiner Obhut an. Indem Ihr die Waffe aus dem Heiligtum entfernen ließt, habt Ihr die Göttin und mich, ihre Priesterin, beleidigt. Es ist meine Pflicht, der Ehre der Göttin und meiner eigenen Ehre Genugtuung zu verschaffen.«

Im tiefen Schweigen ließ ich meinen Blick über die Männer schweifen. »Alle, die ihr hier anwesend seid, wisset, dass ich, wenn die Sonne ihren höchsten Stand erreicht hat, in einem

Boot aufs Meer hinausfahren werde. Man rufe die Krieger zusammen. Vor den Augen der Armee will ich tauchen und das Schwert aus dem Ozean bergen. Jeder soll Zeuge sein, wie ich der Gottheit die Entscheidung über Leben oder Tod überlasse.«

## 3

Die Nachricht, dass ich ins Meer tauchen würde, um das Sternenschwert zu bergen, hatte sich wie ein Lauffeuer verbreitet. Iri war meinem Entschluss gegenüber ohne Einfluss. Als Sonnenpriesterin stand ich höher als jede weltliche Macht. Sollte es mir gelingen, das Schwert zu bergen, war seine Legende gefestigt: Niemand, nicht einmal der König, würde es nunmehr wagen, sich an der Waffe zu vergreifen. Doch sollte ich mein Leben dabei verlieren, würde sich die Sage von Iris Unbesiegbarkeit über die ganze Inselgruppe verbreiten. So blieb ihm die geringe Hoffnung, aus der Begebenheit Nutzen zu ziehen, und er war klug genug, dem Gottesurteil nichts entgegenzusetzen.

Ich dachte an die Nachricht, die er dem Herrscher von Izumo gesandt hatte. Wie würde er sie aufnehmen? Würde er sein Heer rüsten und sich mit den Ainu verbinden, um Tatsuda anzugreifen? Ich fuhr mit der Hand über meine Stirn. Ich fühlte, dass ich schwitzte. »Nein«, murmelte ich halblaut, »das wirst du nicht tun. Vorausgesetzt, dass du nicht dazu gezwungen wirst . . .«

Ich konnte hören, wie unten im Hof die Krieger sich sammelten. Das Geräusch der Männerstimmen erfüllte die Luft, als ein Diener kam und meldete, dass die Sänften bereit seien. Ich verließ mein Gemach. Etsu und Hana folgten mir mit gesenkten Blicken, die Hände in den weiten Ärmeln ihrer Kleider verborgen. Ich trug ein Gewand aus blendend weißer Seide. Eine scharlachrote Schärpe war um meine Hüften geschlungen. Alle Augen richteten sich auf mich, als ich auf den Stufen vor den Säulen erschien. Die Wachen standen regungslos Spalier, als ich unter dem braunen Strohdach der Galerie zwischen ihnen hindurchschritt.

Iri saß einer Statue gleich in einer nicht verhängten Sänfte, die von vier geharnischten Kriegern getragen wurde. Seine Bronzerüstung schmiegte sich so eng an seinen Körper, dass sie mit seiner Haut verwachsen schien, und die goldenen Zierketten bebten bei jedem Atemzug. Sein Helm war mit Goldplatten an Stirn und Wangen belegt und mit einem geschnitzten Hirschgeweih geschmückt; einen Bogen und Pfeilköcher trug er über der Schulter, als zöge er in den Krieg. Er deutete eine Verbeugung an, die ich kühl erwiderte. Unsere Augen sprachen vom Kampf, den wir miteinander ausfochten.

Die zehn ausgesuchten Männer meiner persönlichen Leibgarde umstanden meine Sänfte. Ihr Befehlshaber hieß Yeasu. Er war breitschultrig und stolz, pechschwarz und scharf die Augen, dunkelhäutig das Gesicht.

Ich bestieg die Sänfte und nahm mit aufrechter Haltung darin Platz. Maki zog die Vorhänge dicht zu, während Etsu und Hana hinter mir in einen Tragsitz stiegen. Yeasu gab den Befehl zum Aufbruch. Die Reiter, die den Zug anführten, setzten sich in Bewegung. Die Träger schulterten die Stangen der Sänften und folgten dem Zug. Die Sänfte des Königs wurde vorangetragen, meine war gleich dahinter. Weitere Reiter schlossen sich uns an. Das Fußvolk bildete den Schluss.

Als wir den Strand erreichten, frischte der Wind auf. Die Sänften wurden im Sand abgesetzt. Maki zog die Vorhänge zurück; ich blinzelte in die gleißende Helle, atmete den Geruch von Seetang und Salz ein. Das Meer war ein flüssiges Türkis, von schäumenden Wellen gekrönt. Hier und da ragten Felsklauen hervor. Das Wasser sah sehr kalt aus.

Ein Baldachin war für den König und sein Gefolge an einer geschützten Stelle errichtet worden. Iri nahm mit seinem Hofstaat auf Brokatkissen Platz, während sich die geharnischten Reiter in einer langen Reihe aufstellten. Hinter ihnen drängte sich das Fußvolk.

Obwohl so viele Menschen am Strand versammelt waren, wurde es still, als ich der Sänfte entstieg. Die See schäumte, die Standarten flatterten ungestüm.

Mit einer Rute aus Weidenholz zogen Etsu und Hana einen Kreis in den Sand. Ich kniete mich in seiner Mitte nieder und sprach halblaut das Gebet, das mir zur Vision verhelfen sollte: »Mein Körper besteht nur aus Augen. Schaut ihn an! Betrachtet ihn und fürchtet euch nicht! Ich sehe in alle Richtungen . . .«

Ich löste meine Schärpe und die Bänder in meinem Haar. Dann legte ich mich im Sand nieder und streckte die Arme über den Kopf aus. Hana hatte kleine Bambuspflöcke in den Boden geschlagen. Mithilfe von Reisstrohschnüren fesselte Etsu meine Hand- und Fußgelenke daran. Während sie diese Handlungen vollzog, wurde von den Anwesenden erwartet, dass sie die Augen senkten und nicht hinsahen. Ich wurde gefesselt, »um nicht von den Geistern gepackt zu werden«. Eine ganze Weile schon starrte ich in die Sonne. Sie war riesengroß und weiß: ein Feuerbündel.

Während Hana mit einem Stab auf eine kleine hölzerne Trommel schlug, hatte Etsu ein Feuer angezündet. Als die Kohlen rot glühten, warf sie eine Kirschbaumrinde in die Flammen. Ich atmete den schweren, süßlichen Rauch ein, der mit jedem Windstoß über mein Gesicht wirbelte. Ich keuchte, glaubte zu ersticken. Meine Augen brannten wie Feuer, die Sonne schien in mein Gehirn zu dringen. Ihr weißer Kern flackerte so glühend und wild, dass es mein Wahrnehmungsvermögen überstieg. Ich spürte, wie meine Seele sich aus dem Körper losriss und in die flammende Helle tauchte. Ich hörte ein Stöhnen und das Wispern unzähliger Stimmen. Die Stimmen wurden immer verworrener, immer lauter; verwandelten sich in ein auf- und ab schwellendes Rauschen. Ein Schleier schien sich von meinen Augen zu lösen: Grüne, flimmernde Helle umgab mich. Es war ein smaragdgrünes Leuchten, von goldenen Strahlen durchwoben. Ein unentwegtes Zittern bewegte das Grün, wobei die Helligkeit zu- oder abnahm. Ich tauchte immer tiefer. Glitzernde Wesen mit feurigen Augen und Schaumschweifen gaben mir das Geleit. Jetzt drang das Wasserrauschen durch mich hindurch. Ich selbst war das Meer, war eine der Erscheinungen aus Licht, die sich im Rhythmus der Wellen langsam und stetig bewegten. Ich glitt auf einen Felsen zu, an dem weiße Korallenschlacke haftete. Ich sah ihn sehr deutlich: Er hatte die Form eines Dreiecks, das sich nach oben verjüngte. Im Schatten des Felsens ragte ein silbernes Gewächs aus der Tiefe empor. Im spiegelnden Wasser nahm es immer mehr feste Umrisse an . . . und mit einem Mal erkannte ich das Leuchten der sieben stählernen Klingen!

Ich schrie auf und mein Schrei schien das Meer zu spalten. Das Wasser begann mich nach oben zu treiben, dann aufwärts zu wirbeln. Und plötzlich, mit einem gewaltsamen Schock und unerträglichem Blenden, gab die Vision mich frei. Ich keuchte, stöhnte, füllte meine Lungen mit Luft. Über mir leuchtete wie ein Feuerball die Sonne und ich spürte, dass ich aus meiner Trance erwacht war . . .

Meine Fesseln wurden gelöst. Etsu und Hana halfen mir mich aufzurichten und hinzuknien. Meine Augen, zu lange dem Glanz der Sonne ausgesetzt, tränten und brannten wie Feuer. Ich ließ meinen Blick über das Meer schweifen. Ein milchiger Schleier schien an meinen Pupillen zu haften, erst langsam kehrte mein Sehvermögen zurück. Ich erblickte den dreieckigen Felsen, fast frei stehend unweit der Uferklippen, sah den weißen Schaum, der die rasiermesserscharfen Zacken umspülte.

Ich streckte die Hand aus und flüsterte: »Das Sternenschwert befindet sich am Fuß dieses Felsens. Ich werde jetzt tauchen und es aus dem Wasser holen.«

Etsu richtete sich auf. Sie verneigte sich vor dem König und wiederholte laut meine Worte. Ein Stimmengewirr erhob sich aus den Reihen der Krieger. Iri hatte sich nicht gerührt. Seine schimmernden Augen waren ausdruckslos auf mich gerichtet.

Man hatte ein Boot vorbereitet, das aus einem ausgehöhlten Eichenstamm geschnitzt war. Von den Priesterinnen gefolgt, ging ich zum Strand hinunter, bestieg das Boot und nahm auf einem weißen Kissen Platz. Etsu und Hana ergriffen die Ruder. Langsam entfernte sich das Boot vom Ufer. Das Rauschen des Windes übertönte das Knarren der Ruder, das Plätschern des Wassers. Die Gesichter der Priesterinnen waren angespannt und schweißbedeckt. Sie mussten ihre ganze Kraft aufbieten, um gegen die Strömung anzukommen. Der dreieckige Felsen kam allmählich näher; in geringer Entfernung vor ihm ließ ich die Priesterinnen anhalten. Das Boot schaukelte auf den Wellen. Das Wasser war sehr kalt, die Sonnenstrahlen durchbrachen das Grün. Rote, mit Schaum durchsetzte Algenbüschel schwammen dicht an der Oberfläche. Das Gestein war mit Muschelsplittern und Korallen verkrustet. Unter dem Boot fiel der Sandboden steil ab.

Das Meer war mir von jeher vertraut. Als Kinder veranstalteten wir Wettspiele, bei denen wir Muscheln und bunte Steinchen aus dem Wasser holten.

Ich entledigte mich meines Gewandes bis auf den Lendenschurz. Die kalte Meeresluft strich über meine Haut und ich fröstelte. Einen Augenblick verharrte ich regungslos und gesammelt, atmete tief und ruhig ein und füllte mehrmals meine Lungen mit Luft. Dann wandte ich mich um und sprang über die Bootswand ins Wasser. Sofort umfing mich die Kälte der Fluten. Ich tauchte, öffnete die Augen. Meerespflanzen wogten hin und her und der auf den Wellen schwimmende Schaum warf bewegliche Schatten auf den Sand. Ein Fischschwarm schoss fächerförmig an mir vorbei. Ich schwamm auf die Felswand zu. Das Wasser dröhnte in meinen Ohren, während ich an der Wand entlangglitt. Schon wurde es mir eng in der Brust. Bald werde ich nichts mehr sehen, dachte ich, und ich werde auftauchen müssen. Ich wusste, dass ich beim zweiten Versuch die gleiche Tiefe nicht mehr erreichen würde. Und so betete ich im Herzen zur Gottheit: »Mutter, Göttin! Hilf mir! Gib mir die Kraft, dir Genugtuung zu verschaffen!« Die Schwärze vor meinen Augen klärte sich und tief unten auf dem hellen Grund erblickte ich – genau wie in meiner Vision – eine Art silbriges Gewächs. Die Schwertklinge hatte sich in eine Sandbank gebohrt, sodass die Waffe, einer blinkenden Alge gleich, daraus hervorragte. Ich riss meine letzten Kräfte zusammen. Flecken tanzten vor meinen Augen und wurden zu flackernden Kreisen. Das Brausen des Wassers schwoll an und ein weiß glühendes Messer schien sich in meine Lunge zu bohren. Ich streckte die Arme aus. Meine Hände packten den glitschig gewordenen Griff. Ich riss das Schwert aus dem Sand und schlug mit meiner Schulter hart gegen den Felsen. Ein stechender Schmerz durchzuckte mich, doch schon schoss ich aufwärts, dem Licht entgegen.

Ich kam an die Oberfläche, hustete, würgte und atmete wie jemand, der vom Tode aufersteht. In einiger Entfernung von mir tanzte das Boot auf den Wellen. Hastig ruderten die Frauen auf mich zu. Das Gewicht des Schwertes drohte mich nach unten zu ziehen; ich konnte die Waffe kaum noch halten. Blut floss mir über die Schulter. Messerscharfe Korallen hatten die Haut tief aufgeschürft, aber ich spürte kaum den Schmerz. Schon ergriff Etsu meine Hand, die das Schwert hielt, Hana die andere. Die beiden zogen mich ins Boot. Triefend, mit klappernden Zähnen kauerte ich mich auf dem Kissen und legte das Schwert behutsam vor mich hin. Die Klingen blinkten im Sonnenlicht; geblendet schloss ich die Augen. Das nasse Haar klebte an meiner blutigen Schulter. Mein ganzer Körper bebte vor Kälte. Während Etsu ruderte, rieb Hana mich ab und legte ein sauberes Tuch über die Wunde. Sie hüllte mich in mein Gewand und befestigte die Schärpe. Dann trocknete und kämmte sie mein Haar. Erschöpft ließ ich alles wortlos mit mir geschehen. Als wir das Ufer erreichten, fühlte ich mich besser und hielt den Griff des Schwertes fest umfasst. Das Wasser hatte den Klingen nicht geschadet. Hana hatte den Stahl mit einem Seidentuch abgerieben und ihn von seiner Schaumschicht befreit.

Die Priesterinnen zogen das Boot auf den Sand. Ich stieg ins seichte Wasser, das schwappend den Saum meines Gewandes umspülte, und schritt ans Ufer. Ich hielt das Schwert hoch über meinen Kopf, damit alle es sehen konnten. Die Waffe funkelte wie ein Strahlenbündel und jeder spürte die Kraft, die von ihr ausging. Die Reihen der Menge durchlief eine Bewegung. Wie ein einzelner Mann beugten die Reiter die Köpfe und das Fußvolk ließ sich zu Boden fallen, verharrte regungslos, die Gesichter im Sand. Unter dem königlichen Baldachin senkten Generäle und Offiziere wie aus einem inneren Zwang heraus die Stirn. Nur der Herrscher saß aufrecht, bewegungslos. Die flatternden Standarten über seinem Kopf hüllten ihn abwechselnd in rote, grüne und goldene Schatten. Seine Augen waren mit glasiger Härte auf das Schwert gerichtet. Ich spürte, wie er sich gewaltsam zur Ruhe zwang. Sein Verstand hatte sofort den Nutzen erkannt, den er aus dem Ereignis ziehen konnte. Und so erhob er sich; seine blitzenden Augen wanderten über die Menge und er redete das kniende Heer an: »Oh meine Krieger! Heute ist ein glücklicher Tag! Ein großes Wunder geschah! Ich opferte das Schwert dem Gott des Ozeans, doch dieser verweigerte die Gabe, denn das Sternenschwert ist Eigentum der Großen Göttin Amaterasu, Herrin über Himmel und Erde. Der Gott ließ nicht zu, dass ich einen Frevel beging. Zum Dank dafür gelobe ich ihm an dieser Stelle ein Heiligtum zu errichten . . .«

Die Krieger brachen in Jubel aus. Die Tungusen reckten ihre Waffen in die Höhe und stießen ihren Schlachtruf aus. Da geschah etwas Seltsames: Alle Krieger aus Yamatai zogen die Schwerter und hielten ihre Schilder der Sonne entgegen. Mit der flachen Klinge schlugen sie auf das Metall; der harte, helle Klang übertönte das Rauschen der Brandung. Aufrecht stand ich im Wind, der an meinem Gewand zerrte. Die Waffe zitterte in meinen Händen und ich spürte, wie heiße Tränen mir in die Augen stiegen. Ich wusste, die Huldigung galt nicht mir, sondern dem Mann, der das Sternenschwert geschmiedet und mit seinem Geist beseelt hatte. Und ich sah, dass Iri es ebenfalls wusste, denn sein Gesicht überzog sich mit der feuerroten Welle des Zornes. Er zischte einen Befehl, den seine Ordonanz weitergab. Die Träger, die abseits kauerten, sprangen auf und schleppten die Sänfte herbei. Da erst erlosch der Jubel.

Ich stand auf dem höchsten Turm der Festung. Der Wind hatte sich gedreht und kam von Norden. Es war bitter kalt. Das vertrocknete Laub rieselte wie roter Regen auf den gefrorenen Boden. Die Sonne schimmerte in glanzlosem Silber, weit weg hinter den Nebelschwaden. Während ich so dastand, die erstarrten Hände in den Ärmeln meines Gewandes verborgen, streifte eine Schneeflocke meine Wange. Ich hob das Gesicht, sah, wie die Flocken federleicht fielen. Unglaublich schnell verhüllte ein grauer Nebelschleier die Landschaft. Doch ich stand regungslos und spürte die Kälte nicht, die mir bis in die Knochen drang. Ich bat den Wind mich auf seinen Schwingen zu tragen und die Welt um mich herum versank. Auf den Flügeln der Vorstellungskraft überwand ich Raum und Zeit. Die wirbelnden Schneeflocken teilten sich wie ein Vorhang und ich sah am Meeresufer eine gigantische schwarze Festung. Sie glich einer Galeere, die sich mit aufgeblähten Segeln in den Himmel schwingt. Ich spürte das Heben und Senken des nahen Ozeans, hörte das donnernde Anrollen der gewaltigen Brecher. Auf der großen Terrasse, die sich nach Westen hin öffnete, sah ich im Nebel einen Mann und eine Frau stehen. Ich bat die Geister mir ihre Gespensteraugen zu verleihen und wurde selbst zu diesem Mann, zu dieser Frau, deren Gedanken, Gefühle und Träume ich teilte . . .

## 4

**D**ie Taube löste sich aus dem feinen Dunstschleier wie eine Erscheinung aus dem Nichts. Sie ließ sich auf dem Mauersims nieder und suchte eine Steinnische auf, um sich dort auszuruhen. Ein Wächter hatte ihre Ankunft beobachtet. Seine scharfen Augen hatten den winzigen Zylinder aus gehämmertem Silber gesehen, der an ihrem Bein befestigt war. Er näherte sich behutsam der Taube. Sie ließ sich willig greifen und aus der Mauernische nehmen.

Auf der großen Terrasse trat Kubichi nahe an die Zinnen. Ihre Augen wanderten zu einem Möwenschwarm hinüber, der aufgeregt über die Klippen flatterte.

»Der Winter wird hart werden«, sagte sie. »Siehst du die Möwen dort?« Susanoo blickte sie an und lächelte.

»Was ist mit den Möwen?«

»Sie fressen zu viel und zu hastig. Sie wissen, dass es bald schlechtes Wetter geben wird. Auch wir werden es bald spüren.«

Susanoo betrachtete sie nachdenklich. Sie war von Kopf bis Fuß in weißes Hirschleder gekleidet, das mit Korallen und blauvioletter Stickerei verziert war. Darüber trug sie einen Umhang aus weichen Fuchsfellen. Obgleich sie sich erstaunlich rasch in ihrer neuen Umgebung eingelebt hatte, konnte er das Gefühl nicht loswerden, dass in ihr ein wildes Tier schlummerte . . .

»Ich mache mir Sorgen um mein Volk«, fuhr Kubichi fort. »Sie werden Hunger leiden . . .«

»Vielleicht irrst du dich«, sagte Susanoo, um sie zu beruhigen.

Sie schüttelte den Kopf.

»Ich kann mich irren, doch die Vögel, die irren sich nie.«

Schritte ertönten. Ein Wächter erschien und verneigte sich.

»Was gibt's?«, fragte Susanoo.

Der Wächter trat näher. Er trug eine Taube in der Hand. Susanoo runzelte die Stirn. Die Taube brachte eine Nachricht aus Tatsuda und er ahnte instinktiv, dass es nichts Gutes war.

Vorsichtig nestelte Susanoo den Zylinder los, der mit dem königlichen Siegel versehen war. Die Rolle aus fast durchsichtigem Pergament war mit feinen Schriftzeichen bedeckt. Susanoo las die Botschaft. Kubichi sah, wie seine Lippen weiß wurden.

»Nicht schlecht gespielt, Majestät!«, brach es aus ihm heraus. »Aber ich werde Euch das heimzahlen!«

Er trat vor die Zinnen und blickte auf das wilde graue Meer hinaus. Wie konnte die Göttin das nur zulassen?, dachte er verzweifelt. Das Sternenschwert hatte er Toyo anvertraut. Er wusste, sie hätte die Waffe mit ihrem Leben verteidigt. Wie war Iri vorgegangen? Hatte er Menschen dazu überredet, sie durch Bestechung und Drohungen dazu gezwungen, den Frevel zu begehen? Die Göttin sei mir gnädig!, dachte er. Ohne mein Schwert bin ich machtlos. Wie kann ich Izumo verteidigen und den Aiu-Utari zur Seite stehen? Iris Heer wird sie vernichten . . .

Er zwang sich zur Vernunft. Er wusste, dass an Vergeltung vorläufig nicht zu denken war und dass ihm die Wahrheit vermutlich für immer verborgen bleiben würde. Wie es auch geschehen sein mochte, er hatte sein Schwert für alle Zeiten verloren . . .

Mit rauer Stimme sagte er: »Das Sternenschwert ist seiner Macht beraubt. Der König ließ es im Meer versenken . . .«

Kubichi starrte ihn an mit weit aufgerissenen Augen. Ihre Lippen öffneten sich: »Das Schwert hat meinen Vater getötet . . .«

Ihre Worte trafen ihn hart, doch er las in ihren Gedanken. Für sie – wie für alle Aiu-Utari – war das Sternenschwert mit Unheil behaftet. Und so bewahrte er die Fassung, als sie mit fast triumphierender Stimme hinzufügte: »Seine Klingen sind mit Blut befleckt! Der Ozean wird sie rein waschen!«

Eine Weile schwieg er. Nichts in seinem Gesicht verriet, dass Kubichis offene Worte eine Kränkung für ihn bedeuteten. Schließlich hob ein tiefer Atemzug seine Brust.

»Ich tötete deinen Vater im ehrenhaften Kampf . . .«

Sie senkte den Kopf: der Zorn war von ihr gewichen. Als sie antwortete, klang ihre Stimme tonlos.

»Ja, ich weiß. Ich habe ihn mit angesehen.«

Er stand regungslos da und sein Blick streifte über ihr klares, stolzes Gesicht. Leise fuhr sie fort: »Ich bin die Tochter des Porunnesipa, des Häuptlings aller Häuptlinge. Nur ich vermag die heiligen Bären, die Beschützer unseres Volkes, in den Kampf zu führen, darum durfte ich mein Leben nicht aufs Spiel setzen. So blieb ich der Schlacht fern. Aber ich sah, wie mein Vater sich opferte, um den Zauber des Sternenschwertes zu brechen. Ich sah, wie die Klinge ihn durchbohrte und sein Blut die Gräser färbte . . .«

Sie ballte ihre kleinen Fäuste.

»Damals hasste ich dich und wünschte, die heiligen Bären würden dich zerfleischen. Am Abend sandte ich meinen Bruder Karas aus, um die sterbliche Hülle meines Vaters zu holen. Der König lehnte unsere Forderung ab; du aber hast ihn gezwungen, uns den Leichnam zurückzugeben. Da spürte ich etwas Seltsames: Es war, als ob sich in meinem Herzen etwas bewegte. Damals konnte ich mir dieses Gefühl nicht erklären. Ich wusste noch nicht, was Liebe war . . .«

Für einen Augenblick verdrängte ihr schlichtes, aufwühlendes Bekenntnis die Schatten, die ihn verfolgten. Doch die Dunkelheit wollte nicht von ihm weichen.

»Es ist mir«, sprach er betrübt, »als ob ein Teil von mir selbst auf dem Grund des Ozeans ruhte. Mir ist, als sähe ich mich über mich selbst gebeugt. Meine eigene Stimme befiehlt mir: ›Komm zu dir! Erheb dich!‹, aber ich kann ihr nicht folgen, die Schatten lassen mich nicht durch.«

Er fuhr sich mit der Hand über die feuchte Stirn. Er schwitzte und fror zugleich und wunderte sich darüber. Kubichi blickte ihn mit ihren großen, hellen Augen an. Ihre Stimme brach den Bann, riss ihn aus seinem Grübeln.

»Schmiede doch ein neues Schwert!«

Er war wie abwesend und begriff nicht den Sinn ihrer Worte. »Was hast du gesagt?«

»Schmiede ein neues Schwert! Du bist dazu fähig!« Ihre mandelförmigen Augen blitzten, sie schleuderte ihm ihre Worte herausfordernd entgegen. »Der König vernichtete dein Schwert, weil er hoffte, dich dadurch zu entmutigen und dich deiner Kraft zu berauben. Er will deinen Tod und die Niederlage meines Volkes. Vergiss das Sternenschwert! Schmiede dir ein neues!«

Sein Ausdruck verändert sich. Kubichis Worte, ihre Zuversicht hatten die Dunkelheit verscheucht. Er konnte wieder denken und planen. Streif die Trauer ab, du Narr!, dachte er. Sie hat Recht! Schmiede dir ein neues!

Kubichi stand dicht an der Mauer. Er trat auf sie zu, stützte die Hände zu beiden Seiten ihrer Schulter auf die Steine. Er neigte so den Kopf, dass ihre Stirn dicht unter seinen Lippen lag, und spürte den warmen Duft ihres Haares.

»Hab Dank«, sagte er gepresst. »Du hast mir mein Leben wieder geschenkt. Wir reiten morgen zum Akagama-Berg, dem ›Berg des roten Eisens‹. Ich muss das Erz zusammentragen, bevor die Schneefälle den Zugang zur Mine versperren.«

## 5

Am nächsten Morgen war das Wetter klar. Der aufkommende Nordwind fegte über das Hochmoor und schnitt wie ein Messer. Der smaragdgrüne Ozean wurde abwechselnd von Sonnenlicht erhellt, dann wieder mit Schatten bedeckt, und das Wasser durchzogen glitzernde Schaumadern.

Susanoo ritt einen grauen Hengst, nicht allzu groß, doch kräftig und von edlem Wuchs. Es war ein junges Tier, das immer noch ungeduldig schnaubte und ausschlug. Es hieß Hai-Uma, »Graues Pferd«, denn zu jener Zeit war es üblich, jedes Tier nach seiner Farbe zu benennen. Auch Kubichi hatte ihre anfängliche Scheu vor den unbekannten Tieren verloren. Sie, die furchtlos einen Bären geritten hatte, lernte schnell, gewandt im Sattel zu sitzen. Ihr Reittier trug den Namen Kin-Uma, »Goldenes Pferd«. Es war eine feingliedrige Stute mit braun bewimperten, bläulich schimmernden Augen. Alle Pferde trugen versilberte Schuppenharnische. Bernstein- und Korallenamulette schmückten ihre wehenden Mähnen.

Die Begleitmannschaft bestand aus zwanzig Kriegern. Susanoo hatte Männer ausgesucht, die etwas vom Schmiedehandwerk verstanden und ihm behilflich sein konnten. Die Gruppe ritt mit klirrendem Trab in nördlicher Richtung. Bald hatten sie die Küste hinter sich gelassen.

Die Gegend wurde hügelig. Über die Hänge zogen sich terrassenförmig angelegte Reisfelder. In den Dörfern waren die Bauern damit beschäftigt, die Strohdächer zu befestigen und Steinreihen zum Schutz gegen Lawinen aufzustellen. Maulbeer- und Kakibäume wurden mit Stroh eingehüllt.

Die Bauern führten ein karges Leben, aber sie waren stolze, fröhliche Menschen. Wenn der König und sein Gefolge durch eines der Dörfer ritten, grüßten sie ehrerbietig, aber nicht unterwürfig; sie lachten und winkten und die Mädchen riefen den Männern Scherzworte zu.

Gegen Abend erreichte die Reiterschar ein Dorf an einem Berghang, wo Seidenraupenzüchter und Weber lebten. Es wurde beschlossen, die Nacht dort zu verbringen. Das Dorfoberhaupt, eine alte Frau von hohem Wuchs und mit geschmeidigen Bewegungen, bot ihnen ihr Haus als Unterkunft an. Die Frau – sie hieß Rina – war Witwe. Ihr kluges Gesicht drückte Heiterkeit und Ruhe aus. Trotz der Kälte trug sie nur ein Baumwollgewand und ihre bloßen Füße steckten in Strohsandalen. Ein blau gemustertes Tuch, wie alte Bäuerinnen es zu tragen pflegten, war um ihr weißes Haar geschlungen. In ihrem Haus, rings an den Wänden, standen mit Schilf bespannte Bambusrahmen, auf denen im Frühling die Seidenraupen mit Maulbeerblättern gefüttert wurden, bevor sie sich verpuppten.

Rina bewirtete ihre hohen Gäste mit ungezwungener Würde. Kinder liefen mit bloßen Füßen über die Matten und die Dorfbewohner drängten sich voller Neugierde in den Innenhof, bestaunten die Pferde und die Pracht der Harnische und Wappen.

»Wohin führt Euer Weg, Majestät?«, fragte Rina, während eine Dienerin den heißen, schäumenden Tee brachte. Der Raum war durch die Glut des Herdfeuers erhellt und das Gesicht der Frau glänzte kupferfarben.

Susanoo erwiderte: »Ich will zum Berg Akagama hinaufsteigen und rotes Erz gewinnen, um ein Schwert zu schmieden. Doch der Weg zur Grube ist mir unbekannt und die Zeit eilt. Bald wird es schneien.«

Rina wandte leicht den Kopf und rief einen Namen.

»Masumi!«

Eine Gestalt löste sich aus dem Schatten. Ein Mädchen, das sich bisher im Hintergrund des Baumes gehalten hatte, ließ sich im flackernden Lichtkreis auf die Knie sinken. Sie war kräftig gebaut, mit breiten Schultern und biegsamer Taille. Ihr glattes Haar rahmte das längliche Gesicht ein. Ihr Mund hatte einen schwermütigen Ausdruck. Ihre schrägen Augen, in denen sich das Feuer spiegelte, schimmerten um die Iris in bläulichem Weiß. Sie trug ein baumwollenes Gewand mit zwei handbreiten violetten Streifen um die Hüften.

»Das ist Masumi, meine einzige Tochter«, sagte Rina. »Sie wird Euch den Weg zum Akagama weisen.«

Das Mädchen verneigte sich, wobei sie mit der Stirn den Boden berührte.

»Kennst du den Zugang zur Erzgrube?«, fragte Susanoo.

Masumi wippte geschmeidig auf ihren Fersen zurück. Sie mochte nicht älter als fünfzehn Jahre sein.

»Ich habe öfter meinen Vater dorthin begleitet und ihm geholfen seine Lasten zu tragen.«

»Fürchtest du dich nicht vor den Tieren, die wir Pferde nennen?«

»Nein, Majestät.« Ihre Wimpern zuckten und sie errötete.

»Also gut!«, Susanoo nickte. »Du kannst bei einem meiner Offiziere aufsitzen.«

Masumi verneigte sich wortlos. Er löste seine Augen von ihr und sah zu Rina hinüber.

»Seid unbesorgt«, sagte er mit Nachdruck. »Ich werde meine Hand über sie halten. Es soll ihr kein Leid geschehen.«

# 6

Der Tag brach an. Susanoo trat auf die Treppe hinaus; seine Ordonanz schnürte ihm die Ledergamaschen zu, während Rina ihn auf den Stufen kniend begrüßte. Sie hielt ein Tablett mit einer Schale Tee und süßen Reiskuchen in den Händen. Die Dienerschaft war in einer Reihe angetreten, um die Gäste, wie es Sitte war, zu verabschieden. Befehlende Stimmen und Waffengeklirr erfüllten den Hof. Die Pferde schnaubten und stampften den Boden und die flatternden Standarten malten grelle Farben in die neblige Luft. Susanoo nippte am Tee und beobachtete, wie einer der jüngeren Offiziere, mit Namen Eisai, Masumi hinter sich aufs Pferd hob. Das Mädchen trug baumwollene Hosen, Beinschützer aus Stroh und einen Überwurf, wie die Bauern ihn bei der Feldarbeit anhatten. Ein blaues Stirnband hielt ihr kräftiges Haar zusammen; sie glich einem sonnengebräunten, gelenkigen Knaben. Susanoo veranlasste, dass die Dienstboten belohnt wurden, und dankte Rina für ihre Gastfreundschaft.

»Lebt wohl, Majestät«, erwiderte sie. »Möge Euer Weg friedlich sein.«

Es war ein grau verhangener Tag. Die steilen, dunkel bewaldeten Hänge waren vom Nebel verdeckt. Der Pfad führte am Ufer eines Bergflusses entlang, der seinen Lauf durch finstere Schluchten nahm. Das Dröhnen des Wassers begleitete sie noch lange, nachdem sie den Strom schon hinter sich gelassen hatten. Der steinige Pfad wand sich an einer Bergflanke empor. Unzählige Grotten und Höhlen ließen den Hang wie eine riesige Bienenwabe erscheinen. Tief hängende Wolken von rötlichem Schimmer trieben im Wind dahin. Hoch über dem Tal zog ein Adler seine Kreise.

Der Passweg stieg steil an. Der Wind steigerte sich zu einem eisigen Luftstrom. Dann öffnete sich die Schlucht: Vor ihren

Blicken dehnte sich ein endloses Steinfeld aus. Kein Baum wuchs hier, kein Strauch. Hohe Berge schlossen diese Ebene ein; sie waren so nahe am Himmel, dass einzig ihre Zacken über die Steinwüste hinausragten. Kubichi zügelte plötzlich ihr Pferd. Ihre schmalen Nasenflügel bebten. »Dieser Ort ist mir unheimlich«, flüsterte sie schaudernd.

Susanoo ahnte, was sie bedrückte. Kubichi war ein Mensch der Wälder, der glitzernden Flüsse. Diese kalte, raue Ebene aber schien von den Göttern verlassen zu sein. Doch er spürte, wie die Unruhe auch auf die Männer übergriff. Selbst die Pferde warfen den Kopf hin und her und kauten erregt an ihrem Zaumzeug.

Susanoo drehte sich im Sattel um und rief einen Befehl. Eisai, hinter dem Masumi auf der Kruppe saß, galoppierte an der Kolonne vorbei und brachte sein Reittier neben dem Herrscher zum Stehen.

»Gibt es einen anderen Weg?«, fragte Susanoo das Mädchen.

»Nein, Majestät. Nur diesen einen.«

»Dann vorwärts«, sagte Susanoo ruhig und trieb sein Pferd den Hang hinunter. Kubichi presste die Lippen zusammen, während ihre Knie sich fester um Kin-Umas Flanken schlossen. Hinter ihr ritten die Krieger mit fahlen Gesichtern über das scharfkantige, funkelnde Geröll.

Die Dunkelheit kam schnell. Ein riesiges schwarzes Tuch schien sich über die Ebene zu breiten. Susanoo sagte zu Kubichi: »Wir müssen den Morgen abwarten«, und gab das Zeichen zum Anhalten.

Die Stallburschen sattelten die Pferde ab, rieben sie mit Stroh trocken und pflockten sie an. Das Feuer ließ sich nur mühsam entfachen; der Wind wirbelte den beißenden Rauch vor sich her. Endlich brannte das Reisig; die Flammen leuchteten in der eisigen Nachtluft und warfen rotgoldene Schatten auf die Steine. Über den Feuern stellten die Männer Dreifüße aus harten Ästen auf, daran hängten sie große eiserne Kessel, in denen sie Reiskleie kochten.

Um die Windstöße abzuhalten, waren große Stoffbahnen aufgespannt worden; ihr Flattern erfüllte die Luft. Plötzlich, als eine kurze Windstille eintrat, drang ein lang gezogener Heulton durch die Finsternis. Er kam aus der Ferne, schwoll an und verebbte, gleich dem Stöhnen des Windes oder dem Hohngelächter unsichtbarer Gespenster. Die Pferde wieherten schrill, bäumten sich auf und zerrten an ihren Stricken. Die Männer sprangen auf und griffen nach ihren Waffen. Im Schein der Flammen tauschten Susanoo und Kubichi einen Blick.

»Wölfe!«, flüsterte die junge Frau.

»Das Feuer wird sie fern halten«, sagte Susanoo. Er befahl den Männern die Flammen zu schüren.

»Sie werden heute Nacht nicht angreifen«, sagte Kubichi. »Sie finden andere Beute. Doch beim ersten großen Schnee werden sie uns nachspüren . . .«

»Wir werden sie schon abwehren«, sagte Susanoo. »Wir sind gut bewaffnet.«

Später streckten sie sich in ihre Mäntel gewickelt am Boden aus. Die schwarzen Umrisse der Wachen hoben sich im flackernden Halbkreis der Flammen ab. Ein Mondsplitter wanderte über den Himmel. Susanoo hörte neben sich Kubichi unruhig atmen. Er vernahm die Geräusche der Nacht und es waren feindliche Stimmen, die zu ihm sprachen. Lange Zeit fand er keinen Schlaf . . .

Gegen Morgen verflüchtigte sich der Nebel. Als die Reiterschar das Lager verließ, blitzte der erste Sonnenstrahl über den Gipfeln auf. Der Himmel glänzte eisig grün. Bald überzog das Licht die Bodenwellen und gab der endlosen Fläche das Aussehen eines versteinerten Meeres.

Plötzlich rief Kubichi mit eigenartiger Stimme: »Sieh mal, die Vögel!«

Tausende von Raben, Krähen, Bussarden, Kranichen zogen in Schwärmen über die Ebene hinweg. Im Wechselspiel von Licht und Schatten schienen sie zugleich durch die Luft wie auch über den Boden zu gleiten. Das Schwirren, Schreien und Krächzen kam von allen Seiten. Die Pferde wieherten, bäumten sich auf vor Angst, schlugen aus, drehten sich im Kreis. Wie Drachen der Vorzeit taumelten die Vögel über das Reiterknäuel hinweg. Kai-Uma, Susanoos ungestümer Hengst, versuchte auszubrechen. Susanoo hielt ihn mit eiserner Hand zurück.

Er lenkte das erregt schnaufende Tier an Kubichis Seite und rief: »Was spürst du im Wind?«

»Die Vögel fliehen!« Kubichis Stimme überschlug sich. »Der große Schneesturm naht!«

Susanoo stieß einen grimmigen Fluch aus. Er riss sein Pferd herum und winkte Eisai. Der junge Krieger, hinter dem Masumi saß, sprengte heran.

»Wie weit ist es noch bis zum Akagama?«, rief Susanoo Masumi zu. Sie schirmte die Augen mit der Hand ab. Ihre Lippen waren weiß vor Kälte.

»Wir werden ihn sehen, bevor die Sonne sinkt.«

Susanoo rammte seinem Pferd die Fersen in die Flanken.

»Los, vorwärts!«

Ein kaum sichtbarer Pfad führte der Bergkette entgegen. Sie ritten an Felsen, hoch wie Türme, vorbei. Die Sonne funkelte bleich und kühl, während der tiefblaue Himmel in Schrecken erregendem Glanz erstrahlte. Der scharfe Wind pfiff wie eine Flöte aus Stein und riss die Reiter fast vom Pferd. Der Pfad stieg mehr und mehr an. Immer höher wuchs der Kranz der Berge, Mauern aus Glut und Granit. Aus unsichtbaren Höhlen stürzten Gießbäche auf glattes Gestein. Schon lagen die östlichen Hänge im Schatten, als sich der schmale Pfad mit einem Male weitete. Vor ihnen erhob sich ein riesiges Hufeisen rötlich schimmernder Berge. Auf Masumis Wunsch brachte Eisai sein Reittier neben dem König zum Stehen. Das Mädchen streckte die Hand aus und wies auf eine purpurne Bergspitze, umgeben von einem Kreis tierähnlicher brauner Hügel.

»Der Akagama!«

Da war er also, der »Berg des roten Eisens«! Er lag jenseits des Hügelkammes und stieg steil zum Himmel empor. In der klaren Luft wirkte er sehr nahe, doch Susanoo schätzte, dass der Berg noch mindestens einen Tagesritt weit entfernt war. Der untere Teil des Gipfels war in Wolken gehüllt. Grate und Zacken, spitz wie Raubtierzähne, tauchten aus dem Wolkenmeer auf.

Susanoo starrte auf den Berg: Ihm war, als starre der Berg zurück. Sein Anblick wirkte unheimlich, beklemmend und grausam. Neben ihm saß Kubichi aufrecht im Sattel. Kein Muskel zuckte in ihrem Gesicht, aber in ihren Augen lag Wachsamkeit. Zurufe und Befehle waren verstummt. Die Männer blickten auf den Berg, als hätte sich ein übermächtiger Bann auf sie gelegt.

»Vorwärts!«

Susanoos Befehl zuckte über sie hinweg. Ein Berg war ein Berg und es galt, keine Zeit mehr zu verlieren. Schon neigte sich die Sonne dem Horizont entgegen. Mit klirrenden Harnischen trabten die Pferde über das rote Geröll. Ihr Schatten – doppelt so groß wie sie selbst – glitt neben ihnen auf dem Boden dahin. Plötzlich wurde in der Ferne eine undeutliche schwarze Gestalt sichtbar. Die tänzelnde Erscheinung ließ an einen Spuk denken. Doch das Wesen, das sich im rötlichen Lichtschleier bewegte, war offenkundig ein Mensch. Susanoo blickte zu Masumi hinüber und sah, dass alles Blut aus ihrem Gesicht gewichen war.

»Wer ist denn das?«, fragte er schroff. Er hatte nicht erwartet, einen Menschen an diesem Ort anzutreffen.

Ihre Lippen bebten. Dumpf stieß sie hervor: »Der Alte des Berges!«

»So! Und was tut er da oben?«
Sie schlug die Augen nieder.
»Verzeiht, Majestät. Er . . . er bewacht die Erzgrube!«
»Wer gab ihm den Auftrag dazu?«
Susanoos Frage kam mit ungeduldiger Schärfe. Sie schüttelte den Kopf. Sie wusste es nicht – oder sie wollte es ihm nicht sagen. Doch Susanoo hatte sich schon abgewandt und richtete den Blick auf den Fremden. Mehr sich windend als gehend näherte er sich ihnen. Als er in Rufweite kam, fühlte Susanoo, wie es ihn innerlich schauderte. Der Alte stützte sich auf einen Stab und sah wie eine magere, räudige Katze auf drei Beinen aus. Trotz der Kälte war er nur mit einigen Stofffetzen bekleidet. Sein schmutzstarrendes, weißes Haar bedeckte wie ein verfilzter Mantel die Schultern. Sein durch Runzeln und Narben entstelltes Gesicht glich einer Maske voller Wülste, Risse und Spalten, von der Farbe gelblicher Erde. Die Lider zuckten wie die Schuppen eines Reptils über die blutunterlaufenen Augen. Er fuchtelte mit seinem Stab durch die Luft, dass die Pferde erregt schnaubten.
»Bist du der Alte des Berges?« Die Frage kam ausdruckslos über Susanoos verächtlich hochgezogene Lippen.
»Der bin ich!« Die Stimme des Mannes war wie ein Krächzen. Er stieg ungewandt über das Geröll, packte Kai-Umas Zügel und starrte mit seinen entzündeten Augen zu Susanoo hinauf.
»Und du, du bist der König von Izumo!« Der Alte zeigte kichernd seine Zahnstummel. Sein Blick schoss zu Kubichi hinüber, die ihn wie ein widerliches Ungeziefer betrachtete. »Und das ist deine Gemahlin, die Geliebte deines Herzens . . .«
Kubichis Atem beschleunigte sich. Unwillkürlich packte sie den Griff ihres »Tanneku«, das Langschwert der Ainu, das an ihrem korallengeschmückten Gürtel hing. Der Mann ließ ein meckerndes Lachen hören.

»Nimm die Hand von der Waffe, Fürstin! Sie wird dir hier nichts nützen . . .«

»Halt den Mund, Alter, und mach, dass du aus dem Weg kommst!«, sagte Susanoo drohend. Er bohrte seine Knie in Kai-Umas Flanken, aber der Alte hielt das Pferd am Zügel fest.

»Nicht so eilig, König von Izumo! Der Reisende muss die Götter auf seinem Weg achten, wenn er sein Ziel glücklich erreichen will.«

Susanoo ließ ihn nicht aus den Augen. Trotz seines Ekels spürte er, dass dem Alten eine Macht innewohnte, eine unheimliche, widernatürliche zwar, auf jeden Fall eine Macht, der man Beachtung schenken musste.

So bezwang er seine Ungeduld und sprach: »Ich sehe, dass du einer Gottheit dienst, der der Reisende seine Verehrung bezeugen muss, bevor er weiterzieht. Wenn ihr ein Opfer gebührt, dann sage es mir.«

Der Alte gluckste in sich hinein. Ein Speichelfaden rann ihm aus dem Mundwinkel und glitzerte auf seinem Kinn wie die feuchte Spur einer Schnecke.

»Du bist ein Mann, der seine Gedanken schnell in Taten umzusetzen versteht. Doch wisse, das, was du begehrst, wirst du nicht umsonst erhalten.«

Susanoo unterdrückte den Wunsch, die widerliche Erscheinung mit einem Peitschenhieb niederzustrecken.

»Es ist mir zu Ohren gekommen«, entgegnete er eisig, »dass du vorgibst, die Erzgrube zu bewachen. Ich aber bin dein Lehnsfürst und du hast dich meinen Gesetzen zu unterwerfen. Ich hole mir das rote Erz, wann immer ich gewillt bin.«

Wieder ein Glucksen. »Wofür brauchst du es denn?«

»Um mir ein Schwert zu schmieden.«

»Und wofür gedenkst du dich dieser Waffe zu bedienen?«

Susanoos Faust krampfte sich um den Peitschenstiel.

»Um meine Ehre zu rächen und der Sonnengöttin Genugtuung zu verschaffen, denn die Waffe, die ich ihr weihte, ließ der Tungusenkönig im Meer versenken.«

Die bleichen Wimpern des Alten zogen sich wie Spinnengewebe über die wässerig schimmernden Augen.

»Die Große Erlauchte Göttin ist müde«, kicherte er. »Sie wird jetzt ruhen, zweitausend Jahre lang.«

Susanoo stieß ungeduldig seinem Hengst die Fersen in die Flanken. Doch der Mann fiel ihm in den Zügel und brachte das Pferd wieder zum Stehen.

»Du bist zu voreilig, Fürst von Izumo. Stellst du dir nicht die Frage, was für ein Opfer die Erdmutter wohl begehrt?«

Eisig, als handle es sich um sein eigenes Leben, verspürte Susanoo die verhaltene Drohung. Zähneknirschend stieß er hervor: »Sage mir, was ich als Opfer darzubringen habe.«

Der Atem des Alten ging pfeifend. Das röchelnde Lachen, das aus seiner Kehle drang, schüttelte seinen ganzen Körper. Seine verschwommenen Augen richteten sich auf Kubichi, die ihn stumm und voller Abscheu anstarrte. Er streckte den Arm aus.

»Nur wenn du gewillt bist, der Erdmutter deine sterbliche Geliebte zu opfern, wird sie dir erlauben, in ihren Schoß zu dringen und das rote Erz einzusammeln!«

Die Peitschenschnur zischte durch die Luft und traf den Alten mitten ins Gesicht. Die Heftigkeit des Schlages warf ihn zu Boden. Er wimmerte leise und tastete nach seinem Stab. Susanoo zischte einen Befehl. Kijama, einer der Offiziere, sprang vom Pferd und schleuderte den Stab mit einem Fußtritt beiseite.

Kubichi saß mit versteinertem Gesicht im Sattel. Endlich löste sie ihren Blick von dem Alten und sah Susanoo an.

»Warum hast du ihn nicht getötet?«

Susanoo zeigte grimmig seine Zähne.

»Ist das Schwert bereit, werde ich es in seinem Blut härten!« Er gab Kijama ein Zeichen.

»Ergreift ihn und sorgt dafür, dass er nicht entkommt. Ihr bürgt mir mit Eurem Kopf für ihn!«

Kijamas Augen blitzten.

»Zu Befehl, Majestät!«

Er nahm einen Strick, drückte den Alten mit einem Knie zu Boden und fesselte ihm die Hände auf den Rücken. Dann holte er eine Pferdeleine, machte eine Schlinge, legte sie um den Hals des Alten und befestigte das andere Ende an seinem Sattel.

»Steh auf!«, herrschte er den Gefangenen an. Der Alte erhob sich. Sein Kopf baumelte hin und her. Noch war er nicht völlig bei Bewusstsein, doch schon zuckte wie ein Blitzstrahl sein tückischer Blick auf. Seine Stimme war wie ein heiseres Flüstern, als er sich dem König zuwandte.

»Die Erdmutter wird es zu verhindern wissen, dass du ihre Berge und Höhlen entweihst, wenn du ihr nicht ein Menschenopfer darbringst. Sie dürstet nach Blut . . . nach frischem, gesundem Blut. Eine Frau muss sterben. Entscheide dich! Oder die Berge werden dich vernichten . . .!«

»Vorwärts!«, befahl Susanoo. Seine ruhige Stimme stand im krassen Widerspruch zu der Wut, die in seinen Augen blitzte. Kijama schwang sich in den Sattel. Der Alte schwankte und fiel auf die Knie, doch er stand schon wieder auf den Beinen, bevor die Leine ihn schleifte. Die Reiter setzten sich in Bewegung und der Alte stolperte hinter ihnen her.

## 7

**D**ie Finsternis kam schnell. Sie suchten einen geeigneten Platz zum Übernachten und fanden eine Felsenhöhle, die Menschen und Tieren geeigneten Schutz bot. Der Alte wurde zu Boden geworfen. Man fesselte ihm die Fußgelenke und ließ ihn liegen. Er murmelte vor sich hin, zerrte an seinen Fesseln und stieß ab und zu sein meckerndes Lachen aus. Der Wind trieb Kubichi seine Wortfetzen entgegen: »Bald wird der Schnee fallen ... es schneit schon! Pflanzen und Tiere werden erfrieren ... und viele Menschen auch!«

Kubichi legte Susanoo die Hand auf den Arm.

»Sieh nur!«, sagte sie halblaut.

Er folgte ihrem Blick, der auf die Felsöffnung gerichtet war. Ein leichter Schneevorhang wehte bis ans Feuer. Der Alte stieß ein Kichern aus, das in ein Blubbern überging. »Ich habe dich gewarnt, König von Izumo! Die Erdmutter wird sich weigern, dir die aus ihrem Schoß geborenen Kinder zu schenken, wenn du dem Schmelzofen nicht eine Braut zuführst . . .«

Die »Kinder« der Erdmutter waren die Metalle. Trotz seines glühenden Hasses wurde sich Susanoo bewusst, dass sie eine gemeinsame Sprache hatten: Es war die uralte Sprache der Schmiede, die in jenen Zeiten ihren Ursprung nahm, als die Menschen noch an einen Himmel aus Stein glaubten. Er ballte seine Hände zu Fäusten.

»Man bringe ihn zum Schweigen!«

Kijama stieß dem Alten seinen Speerschaft in die Rippen. Der Mann kippte stöhnend nach vorne.

Der Schnee fiel immer dichter. Der heulende Sturm übertönte jedes Geräusch. Sie husteten und erstickten fast im Rauch, der die Höhle wie Nebel durchzog.

Später in der Nacht erwachte Susanoo. Es hatte sich etwas in seiner Nähe bewegt und er wandte den Kopf. Kubichi kniete regungslos an seiner Seite. Ihr Fellumhang schimmerte golden im Licht der verglimmten Holzkohle.

»Du hast unruhig geschlafen«, flüsterte sie. »Seltsame Worte hörte ich dich sagen.«

»Warum schläfst du nicht?«

Sie beugt sich über ihn und legte ihm die Hand auf die heiße Stirn.

»Wie kann ich schlafen, wenn mein König ruhelos durch das Traumland wandert?«

Er umfasste ihre Hände, zog sie heran und küsste sie.

»Stets sagte mir die Göttin, was ich zu tun hatte. Doch jetzt ist es still in mir, sie spricht nicht mehr. Es ist, als hätte ich ein dunkles Loch in meinem Herzen.«

»Sei unbesorgt«, flüsterte Kubichi. »Du wirst die bösen Mächte besiegen . . .«

»Fürchtest du dich nicht?«

Er sah ihre Augen in der Dunkelheit aufleuchten.

»Dein Wille ist gerade wie die Bahn eines fliegenden Sternes«, erwiderte sie ruhig. »Ich fürchte mich nicht, wenn du dich nicht fürchtest.«

Ein merkwürdiges Geräusch, ein eigentümliches Wimmern, kam von der Stelle her, wo der Alte lag. Er bewegte sich und der Geruch seiner Lumpen stieg ihnen in die Nase. Kubichi hielt den Atem an und Susanoos Hand schloss sich um seinen Dolchgriff. Doch nach einer Weile wurde alles wieder still.

Bei Morgengrauen legte sich der Wind. Wie gebauschte Segel zogen die Wolken über die Hügel, die die höheren Berggipfel umgaben. Als sich die Reiter auf den Weg machten, funkelte die Sonne wie ein bleicher Opal. Die Nebelstrudel lösten sich auf und die scharf gezackten Felsen ragten wie Metallsplitter in den gleißenden Himmel. Die Pferde trabten durch den weichen Schnee. Kijama zog den Alten, der mit einem Strick am Sattel angebunden war, erbarmungslos hinter sich her. Susanoo beachtete ihn nicht. Er hatte nur ein Ziel vor Augen: Er wollte die Erzgrube noch vor dem nächsten Schneesturm erreichen. Eine harte, mühsame Arbeit stand ihm bevor. Die Erzstücke mussten zuerst sortiert, dann zerkleinert und aufbereitet werden. Dann erst konnten sie mit dem Schmelzprozess beginnen.

Die Sonne brannte grell auf die Felsen, aber im Schatten hatten sich die Frostzähne des Winters fest ins Erdreich geschlagen. In zahlreichen Windungen führte der halsbrecherische Weg nach oben. Zu ihrer Seite erhob sich, alles überragend, der Akagama, der rote Berg.

Der Pfad wurde immer beschwerlicher. Die Hufe der Pferde rutschten auf den glatten Steinen aus. Ein einziger Fehltritt konnte den sicheren Tod bedeuten.

»Ich werde zu Fuß weitergehen«, entschied Susanoo plötzlich. »Man schlage ein Lager auf. Hauptmann Kijama, Ihr übernehmt die Verantwortung.«

»Zu Befehl, Majestät!« Kijama sprang aus dem Sattel und rief seine Anordnungen. Während die Männer die Pferde versorgten, suchte Susanoo rasch einige Krieger aus, die ihn begleiten sollten. Seine Wahl fiel auf Inue und Tsuru, zwei jüngere Wachoffiziere. Beide waren kräftige, untersetzte Männer, die ihre Waffen gut zu handhaben wussten und sich nicht scheuten Lasten zu tragen. Dazu kam Hokiji, der Befehlshaber seiner Leibgarde. Hokiji war groß gewachsen und arrogant in der Haltung. Er hatte tief eingefallene Wangen und schmale Augen. Unterdessen kauerte Masumi am Boden und knotete ihr Stirnband enger. Sie hörte, wie Susanoo als letzten Namen Eisai aufrief und blickte flüchtig zu ihm hin. Eisai war sehr rücksichtsvoll ihr gegenüber und vermutlich in sie verliebt. Als der junge Mann sie anlächelte, lächelte sie glücklich zurück.

Kubichi wartete, gelassen auf ihren Bogen gestützt. Ihr umherschweifender Blick fiel auf den Alten. Sie sah, wie seine entzündeten Mundwinkel höhnisch zuckten.

»Alles wird sich erfüllen, was der Himmel androht«, kicherte er. »Es gibt nichts, was das Furchtbare abwenden kann ...«

Kubichi wandte kühl die Augen ab. Doch ihr war zu Mute, als säße eine Giftspinne auf ihrem Brustschmuck aus Türkis und würde niemals wieder von ihrem Herzen weichen ...

Der Himmel bezog sich rasch. Susanoo ließ den Blick über die Bergflanke wandern. Wenn es wieder zu schneien anfing, war es gefährlich hinaufzusteigen, doch ebenso gefährlich war es, noch einen Tag zu warten und auf Wetterbesserung zu hoffen. Er winkte Masumi zu sich heran.

»Können wir die Mine noch vor Nachteinbruch erreichen?«

»Ich glaube es, Majestät«, erwiderte sie zögernd. »Aber nur, wenn das Wetter gut bleibt.«

»Dann also vorwärts«, sagte er schroff.

Sie begannen den Aufstieg. Der Schnee war tiefer, als sie vermutet hatten, doch an verschiedenen Stellen hatte der Wind ihn verweht. An den Gesteinsablagerungen erkannte Susanoo, dass die Mine schon seit früherer Zeit in Betrieb war. Das Erkunden der Boden- und Felsbeschaffenheit nahm ihre ganze Aufmerksamkeit in Anspruch, doch sie sahen, wie der Himmel zusehends grauer und fahler wurde. Die Kälte war nicht mehr so durchdringend; es war eher feucht. Kein gutes Zeichen!, dachte Susanoo, während er Kubichi über eine Reihe tückischer Felsspalten hinweghalf. Die Fremdartigkeit des Gebirges bedrückte sie und er ahnte, wie viel Mut sie aufbringen musste, ihm bis hierher zu folgen. Plötzlich blieb sie stehen. Sie hielt den Atem an. Ihre Augen spähten unruhig in alle Richtungen. In der Ferne hörte man ein leichtes, holperndes Aufschlagen.

»Steine!«, murmelte Susanoo. Er gab seinen Begleitern ein Zeichen. »Bleibt, wo ihr seid! Bewegt euch nicht!«

Sie lauschten, aber alles war wieder still. Doch Susanoo erschauerte im Vorgefühl einer Bedrohung, die er nicht deuten konnte. Es war, als sei der an diesem Ort wohnende Geist von ihnen geweckt worden.

Als sie weiterkletterten, merkten sie, dass es schneite. Lautlos fielen die Flocken aus dem Nebel herab. Fast gleichzeitig kam Wind auf. Zuerst war es nur eine Luftbewegung, aber dann brach der Sturm los, heulte, tobte und warf sie fast zu Boden. Bereits nach kurzer Zeit waren sie völlig erschöpft. Die Beine waren bleiern und wund gescheuert, der Atem dampfte, die Augen waren von Schnee und Wind blutunterlaufen. Masumi gab Susanoo durch Zeichen zu verstehen, dass sie noch höher hinaufmussten. Susanoo fluchte, als Inue plötzlich stolperte und den Geröllhang ein Stück hinunterrollte. Doch es gelang ihm, Halt zu finden und wieder auf die Beine zu kommen. Sein Gesicht und seine Hände waren aufgeschürft, aber er holte sie schnell wieder ein. Sie stiegen weiter. Masumi blieb öfter stehen. Ihre Augen suchten angstvoll den Hang ab. Es war Susanoo rätselhaft, wie sie bei diesem Wetter den Eingang zur Grube finden wollte. Plötzlich wehte ihre Stimme undeutlich zu ihm herüber. Sie zeigte auf eine glatte, kahle Felswand, die vor ihnen aus dem Dunst ragte: Ein finsterer Spalt klaffte im Gestein. Keuchend stapften sie näher. Ihre Füße traten auf poröses Schlackengestein, das der Schnee rasch zudeckte. Susanoo ließ seinen Mantel von den Schultern gleiten, schnürte die Lederriemen seines Harnisches auf und warf ihn Hokiji zu. Vorsichtig näherte er sich dem Spalt; er war breit genug, um einen Menschen hindurchzulassen. Er zwängte sich durch die Öffnung und trat in einen gewölbten Gang, der steil in die Tiefe zu führen schien. Warme, modrige Luft schlug ihm entgegen. Ohne Licht konnte er hier nichts anfangen. Susanoo tastete sich durch den Gang zurück und stieg wieder nach draußen. Der Schnee fiel in dichten Flocken. Susanoo gab durch Zeichen seine Befehle. Während Tsuru ein mitgebrachtes Seil abrollte, lud Inue die Werkzeuge ab, mit denen das Erz aus dem Felsen geschlagen werden sollte. Susanoo schlang das eine Ende des Seils um seine Hüften, während Eisai das andere Ende um eine Felsnase knotete. Tsuru war dabei, eine Fackel anzuzünden, als sich ein Poltern in das Heulen des Windes mischte. Entsetzt sahen sie nach oben: Eine Steinkaskade ergoss sich über den Abhang. Immer mehr Steine sprangen von Absatz zu Absatz in die Tiefe, wo sie jaulend zerbarsten. Masumi, die nahe bei Kubichi stand, warf sich gegen die junge Frau und drückte sie mit ihrem Gewicht gegen die Felswand. Sie schützte ihren Kopf mit beiden Armen, während die Brocken sirrend und prasselnd an ihnen vorbeisausten. Ein erneuter Windstoß fegte über den Hang. Masumi verlor das Gleichgewicht, versuchte verzweifelt sich festzuhalten, doch der Sturm riss sie über die Felskante. In einem Wirbel von Steinen und Geröll stürzte sie den Hang hinunter, fast senkrecht in die Tiefe. Das Getöse, das den Absturz begleitete, das Poltern des mitrutschenden Gesteins mischte sich in das Heulen des Orkans. Dann trat langsam wieder Stille ein . . .

Kubichi löste sich von der Felswand und beugte sich keuchend über den Abgrund. Susanoo packte sie, zerrte sie zurück. Die junge Frau war totenbleich, ihre Augen schreckgeweitet. Plötzlich stand Eisai neben ihnen. Er warf schaudernd einen Blick in die Tiefe. Masumi lag in einer Felsnische und schien noch zu leben. Susanoo trat vorsichtig an den Rand und prüfte ihn mit seinen weichen Ledersohlen. Was nun?, dachte er. Man muss sie da herausholen. Aber wie? Aber wer? Eisai? Er sah, wie der junge Mann hinunterblickte und die Tiefe abschätzte. Trotz der Kälte standen dicke Schweißtropfen auf seiner Stirn. Er wird es nicht schaffen, dachte Susanoo. Der Kindskopf wird die Nerven verlieren und sich das Genick brechen. Tsuru und Inue sind zu schwerfällig und Hokiji ist ein Krieger, aber kein Bergsteiger. Ich traue es keinem von ihnen zu, es ist viel zu gefährlich!

Er dachte an das Versprechen, das er Rina gegeben hatte. Außerdem war Masumi verunglückt, weil sie Kubichi geschützt hatte, und schon darum stand er in ihrer Schuld. Er überlegte nicht mehr lange. Er zog sein Schwert aus dem Gürtel und reichte es Kubichi. Sie schwieg, aber ihre Augen waren dunkel vor Erregung. Er prüfte den Knoten des Seils und befahl Tsuru und Inue, das andere Ende zu halten. Dann ließ er sich behände die Felswand hinabgleiten. Der Wind zerrte an ihm und er brauchte alle Kraft, um sich an den Vorsprüngen festzuklammern.

Die Wand unter ihm schien vollkommen glatt. Endlich fand

er einen Riss im Gestein und presste sich atemlos an den Felsen. Er wischte sich die Nässe aus den Augen und spähte nach unten. Masumi bewegte sich nicht. Sie glich einem Schneehügel, der sich in dem rabenschwarzen Loch angehäuft hatte.

Unter Aufbietung seiner letzten Kräfte glitt Susanoo über einen Schneegrat, der mit winzigen, messerscharfen Kristallen übersät war. Er schob sich über die Felsplatte und war dann bei Masumi. Er merkte sofort, dass sie noch lebte. Behutsam strich er ihr den Schnee aus dem Gesicht. Ihr Atem ging stockend, und sie war voller Schrammen und blauer Flecken. Als er sie vorsichtig aus dem Spalt befreite, erblickte er den zersplitterten Knochen, der unterhalb des Knies aus der Haut ragte. Er lehnte sich an die Felswand zurück, um Klarheit in seine Gedanken zu bringen. Das Bein ist übel zugerichtet, dachte er, aber wenn sie sich nicht innerlich verletzt hat, wird sie am Leben bleiben. Plötzlich drang ein Stöhnen über ihre Lippen. Ihre Lider zuckten. Sie schlug die Augen auf und starrte ihn benommen an, während er mit steifen Fingern das Seil aufknotete und es um ihre Taille schlang. »Mein Bein tut so weh«, hauchte sie.

»Es ist gebrochen«, erwiderte er.

»Was . . . was ist mit mir geschehen?«

»Du bist abgestürzt. Schweig jetzt, spare deine Kräfte, du wirst sie brauchen.«

Sie betrachtete ihn verwirrt und versuchte zu verstehen. Mit einem Mal war sie wieder bei klarem Bewusstsein. Sie begriff die Hoffnungslosigkeit ihrer Lage und ihre Augen füllten sich mit ungläubigem Staunen.

»Majestät«, stammelte sie, »für mich habt Ihr Euch in Gefahr begeben . . .«

Er antwortete nicht und suchte methodisch die Felswand ab. Dann richtete er den Blick auf Inue und Tsuru, die vor dem Felsrand lagen und das Seil hielten, während Eisai und Hokiji ihre Beine umfassten. Mit ein bisschen Glück werden wir es schaffen, dachte er und gab den Männern das Zeichen zum Ziehen. Das Seil straffte sich. Masumi schrie gellend auf, als ihr verletztes Bein über die Felswand schleifte. Susanoo stützte sie, so gut es ging. Er kletterte hinter ihr her und schob das Mädchen hoch. Er war froh, als sie wieder das Bewusstsein verlor. Er selbst brauchte seine ganze Kraft, um sich festzuhalten.

Die letzte Strecke war die schlimmste; endlich fühlte er, wie Arme ihn umfassten und ihn auf die Felsen zogen.

Eine Weile lag er bewegungslos und versuchte wieder zu Atem zu kommen.

Kubichi kniete vor ihm im Schnee und stützte sich auf sein Schwert. Ihr Haar, in dem Flocken glitzerten, rahmte das schmale Gesicht ein. Ihre Lippen bebten, ihre Augen sprachen von der ausgestandenen Angst. Als er sich mühsam aufrichtete, sah er Masumi mit blutigem Gesicht neben sich auf den Steinen liegen.

»Was sollen wir nur mit ihr anfangen?«, sagte Hokiji.

»Lass mich mal sehen.« Eisai drängte ihn zur Seite. Er schämte sich seiner Schwäche und sah jetzt eine Möglichkeit, sein Versagen wieder gutzumachen. Sein Vater war Wundarzt gewesen. Er schnitt Masumis Pluderhose auf und legte die Wunde frei. Dann ergriff er das Bein oberhalb und unterhalb der Bruchstelle, und mit einer einzigen geschickten Bewegung schob er die Knochenteile wieder zusammen. Masumi stöhnte, doch sie erwachte nicht aus ihrer Ohnmacht. »Besser so!«, knurrte Eisai. Er schnitt ein Stück aus seinem Umhang, riss den Stoff in Fetzen und umwickelte die Wunde, so fest es ging. Susanoo richtete sich schwankend an der Felswand auf. Seine Augen wanderten zum Eingang der Erzgrube. Nur wenige Schritte trennten ihn von seinem Ziel, aber er wusste, dass seine Kräfte jetzt nicht ausreichten. Schlag dir das für heute aus dem Kopf, das schaffst du nicht mehr!

»Machen wir uns auf den Weg ins Lager!«, sagte er heiser.

»Morgen komme ich zurück und beschaffe mir das Erz, und wenn sich der Schnee bis zum Himmel häuft!«

»Du wirst nicht allein sein«, Kubichis Worte fielen weicher als Schneeflocken auf das Winterfell eines Pferdes. »Ich gehe mit dir.« Er sah ihr in die Augen. Sie reichte ihm wortlos sein Schwert und wortlos steckte er es in seinen Gürtel.

Der Abstieg begann. Sie wussten, es würde ein langer Weg. Die Männer schleppten Masumi abwechselnd auf ihren Rücken. Der dichte, feuchte Schnee heftete sich überall an und nahm ihnen jede Sicht. Sie liefen mit der hereinbrechenden Dunkelheit um die Wette, tasteten sich über Felsrippen, um Ecken und Grate. Endlich wurde das Gelände ebener. Rote Lichter schimmerten durch die Finsternis. Stimmen ertönten. Fackeln tragende Männer tauchten aus dem wirbelnden Flockenregen auf. Ein Mann stapfte schwerfällig näher; im rötlichen Fackelschein fiel er auf die Knie und versank fast bis zu den Schultern im Schnee. Susanoo blieb schwer atmend stehen. Er wischte sich die Schneeflocken vom Gesicht und erkannte in der knienden Gestalt den Hauptmann Kijama.

»Was gibt's?« herrschte er den Mann an.

Kijama senkte den Kopf noch tiefer.

»Majestät, der Alte hat die Flucht ergriffen.«

## 8

**W**ie benommen starrte Susanoo ihn an. Seine Hand ballte sich um den Schwertgriff. Er bemerkte, wie Kubichi, die neben ihm stand, hörbar die Luft einzog. Kijama hielt den Rücken gebeugt, als wenn er sich im Schnee verkriechen wollte, und stammelte Entschuldigungen. Susanoo fiel im zornig ins Wort.

»Hatte ich Euch nicht für ihn verantwortlich gemacht?«

»Jawohl, Majestät. Verzeiht! Ich hatte Wachen aufgestellt. Aber . . .«

»Fasst Euch gefälligst kurz!«

Kijama ließ den Kopf hängen und verstrickte sich in Erklärungen. Irgendwie war es dem Alten gelungen, an einer Steinkante seine Fesseln durchzuscheuern und sich aus dem Lager zu stehlen. Kijama hatte sofort seine Männer nach ihm ausgeschickt, doch ihr Suchen hatte sich bis jetzt als erfolglos erwiesen: Der Alte war wie vom Erdboden verschluckt.

Susanoo kochte vor Wut.

»Hauptmann Kijama, Ihr habt nicht nur Eure Pflicht vernachlässigt, sondern Euch auch der Schande preisgegeben. Aber bevor Euch die gerechte Strafe zuteil wird, gebe ich Euch den Befehl, den Mann unverzüglich zu suchen und zu finden!«

Leichenblass schnellte Kijama hoch und brüllte seine Befehle. Die Männer schwärmten über die Bergflanken aus. Ihr Atem stieg wie Rauch in die kalte Luft. Die Fackeln züngelten im Schneewirbel.

Diener halfen Masumi ins Lager zu tragen. Im Schutz einer Felswand hatten die Krieger Schneehöhlen gegraben und sie mit Steinen ausgelegt. Die Pferde waren hinter Windschutzplanen angepflockt worden. Reisstrohpanzer schützten sie vor der Kälte. Susanoo und seine Begleiter kauerten sich an der Feuerstelle nieder und hielten die Hände über die wärmende Glut. Trockene Kleider, Reis und heißer Tee ließen sie langsam wieder zu Kräften kommen.

»Sie werden den Alten nicht finden«, sagte Kubichi.

Susanoo runzelte die Stirn. »Warum meinst du das?«, fragte er in möglichst ruhigem Ton. Sie schauderte.

»Der Berg schützt ihn!«

Er streckte die Hand aus und strich ihr über die nassen Locken.

»Du solltest schlafen«, sagte er zärtlich.

Sie legte sich in ihrem Pelzumhang in die warme Asche. Er erhob sich und trat aus dem Lichtkreis des Feuers. In der Ferne sah er die Fackeln wie rote Leuchtkäfer irren. Er spülte sich den Mund aus und spuckte den Rest des Tees in den Schnee.

Die sollen mir nicht eher vor die Augen treten, bis sie den Wahnsinnigen gefunden haben!

Er ging sich nach Masumi erkundigen. Eisai zeigte ihm die Schiene, die er mithilfe eines Stockes für die Verletzte angefertigt hatte. Susanoo beugte sich über das Mädchen. Ihre Augen glänzten und ihr Körper zitterte von Fieberschauern. Ihr Anblick bedrückte ihn. Vermutlich würde ihr Bein für immer steif bleiben. Sie wollte zu ihm sprechen, doch er schüttelte den Kopf.

»Schweig lieber, schone deine Kräfte!«

Sie atmete stoßweise. Als ihr Kopf zur Seite fiel, sah er auf ihrer Wange die Spuren von Tränen.

In der Nacht hörte das Schneetreiben auf. Der Boden vereiste und wurde zu einer spiegelglatten Fläche. Das Morgenlicht dämmerte und die Diener rührten in den Kesseln über den Feuern, als ein atemloser Krieger ins Lager stürmte. Sein Gesicht war blau vor Kälte und Eis hing zwischen den Ketten seiner Rüstung.

»Majestät . . . wir . . . wir haben Spuren entdeckt.«

Susanoo überlegte blitzschnell. Es war einleuchtend, dass sich der Alte während der Nacht irgendwo verkrochen hatte. Bei Tagesanbruch hatte er dann seinen Schlupfwinkel verlassen. Er steckte sein Schwert in den Gürtel.

»Es ist besser, ich nehme die Sache selbst in die Hand. Kijama, der Idiot, lässt ihn womöglich noch einmal laufen!«

Kubichi zog den Pelzmantel enger um sich. Sie nahm ihren Bogen und hing den Pfeilköcher über die Schulter. Von Hokiji und Eisai begleitet, stapften sie hinter dem Mann her durch den kniehohen Schnee. Der Morgenhimmel war korallenrot.

Neuschnee lag in den Mulden und Einschnitten der Bergflanke, auf der sich die erschöpften Männer wie graue Schatten bewegten. Auf halber Höhe wankte ihnen Kijama entgegen. Sein Haar war eisverkrustet und er kratzte sich seine Frostbeulen. Er verneigte sich unterwürfig und führte sie zu der Stelle, wo die Fährte gesichtet worden war. Der Abdruck der nackten Füße wies den Berg hinauf.

»Die Spuren sind ganz frisch.« Kijama kratzte sich wieder. »Sehr weit kann der Mann nicht sein.«

»Nun?«, knurrte Susanoo. »Sollen wir hier stehen bleiben und zusehen, wie Ihr Euch wie ein räudiger Affe kratzt?«

Kijama schnaubte einen Befehl. Mühevoll setzten sich die Männer in Bewegung. Susanoo und seine Begleiter stiegen hinter ihnen her, den Blick auf die sich dahinschlängelnden Spuren gerichtet. Der Schnee wurde immer tiefer. Verbissen arbeiteten sie sich den Steilhang hinauf. Bald verfärbte goldenes Licht den Horizont. Die Sonne ging auf. Der Berg hing über ihnen in rosa glitzernder Pracht wie eine Riesenwelle, die sich in den Himmel schwingt, bereit zurückzufallen und alles zu vernichten.

Plötzlich rief Hokiji: »Da oben ist er!«

Susanoo schirmte seine Augen mit der Hand ab. Er sah etwas von einem Felsen zum anderen huschen.

»Vorwärts!«, brüllte Kijama. »Holt ihn ein!«

Der Alte war jetzt deutlich sichtbar: Er glich einer schwarzen, sich windenden Eidechse, die sich mit unglaublicher Behändigkeit über die Schneewüste fortbewegte. Er lief, sprang und humpelte den Pfad hinauf, der zur Erzgrube führte. Susanoo blieb keuchend stehen. »Wenn er sich in der Höhle verkriecht, entkommt er uns. Die Grube wird irgendwo einen anderen Ausgang haben . . .«

Er hörte ein Geräusch neben sich. Kubichi hatte einen Pfeil aus dem Köcher gezogen. Sie warf ihren Umhang zurück, legte den Pfeil an die Bogensehne, spannte die Sehne und ließ den Pfeil zielsicher und geschickt abschwirren. Der Pfeil schoss über das Schneefeld. Im vollen Lauf getroffen, taumelte der Alte, machte eine Vierteldrehung und kippte über den Felsrand. Er fiel wie ein Stein. Eine leichte Schneewolke stob auf, als er, sich mehrmals überschlagend, über den Hang glitt und regungslos liegen blieb. Es war, als ob alles – der Himmel, der Berg, die Menschen – den Atem anhielt. Dann wurde ein vielstimmiges Triumphgeschrei laut. Das Echo warf den Schrei zurück – im selben Augenblick bewegte sich der Berg wie ein ungestümer Hengst, der seinen Reiter abzuschütteln versucht. Es war ein Knirschen, Splittern, Schaben. Ein Schneeschleier rieselte von der Felswand, dumpfes, Unheil verkündendes Grollen drang gleichzeitig aus Himmel und Erde. Das Grollen wurde immer gewaltiger, verwandelte sich in ein berstendes Krachen und Poltern. Oberhalb des Grubeneingangs brach ein Spalt auf: Eine ungeheure Gesteinsmasse, mit Schnee vermischt, stürzte den Hang hinunter, rutschte über die Männer hinweg, begrub sie und schleuderte sie in die Tiefe. Kubichi schrie auf, versuchte zu fliehen. Susanoo riss sie an sich, warf sich mit ihr gegen einen Felsblock und schützte sie mit seinem Körper. Ein Sirren, ein eisiger Luftzug: Schnee und Gesteinsbrocken stürzten über sie hinweg. Der Sog riss sie mit, sie wurden den Hang hinabgefegt, prallten gegen einen Felsen. Der Himmel brach über ihnen zusammen . . .

In der langsam wieder einkehrenden, furchtbaren Stille polterten vereinzelte Steine. Susanoo hob wie benommen den Kopf, befreite sich vom Schnee in Mund und Nase. Er bekam einen Schluck Luft in die Lunge und atmete wie ein Ertrinkender. Kubichi lag regungslos unter ihm. Er hatte sich die Arme fast ausgerissen, während er sie festhielt. Sie bewegte sich und stöhnte, dann schüttelte sie ein Hustenanfall. Ihr Gesicht war blutverschmiert, eine tiefe Schramme zog sich über ihre Stirn.

»Bist du verletzt?«, keuchte Susanoo. »Hast du Schmerzen?«

Sie schüttelte den Kopf, unfähig ein Wort über die Lippen zu bringen. Ihr Atem ging pfeifend. Hokiji lag einige Schritte von ihnen entfernt und versuchte den Schnee aus seinem Hals zu würgen. Er richtete sich taumelnd auf und half Eisai, der halb verschüttet war, sich aus dem Schnee zu befreien. Der junge Offizier sah völlig verstört aus; das Gesicht war blau und entstellt, die Augen starr vor Furcht. Blut und Schnee klebten an seinem Haar.

Die Steinlawine erstreckte sich über den ganzen Hang. Die Männer, die mit dem Leben davongekommen waren, bewegten sich wie schwerfällige, nasse Käfer und suchten nach Verschütteten. Kubichi kauerte zitternd im Schnee. Hokiji und Eisai waren bis auf ein paar Schrammen unverletzt. Von Kijama war weit und breit nichts zu sehen. Die Lawine hatte ihn begraben.

Susanoo hockte sich nieder, um seine Kräfte zu sammeln. Sein Blick wanderte die Bergflanke hinauf und er erstarrte: Dort, wo der Fels sich gelöst hatte, klaffte eine große, rote Wunde im Gestein. Felsbrocken und Geröll hatten den Grubeneingang verschüttet. Die unterirdischen Adern, aus denen das Erz wuchs, waren für immer verschlossen ...

Demutsvoll senkte Susanoo den Kopf. Die Göttin wollte nicht, dass er ein neues Schwert schmiedete. Sie hatte ihm den Alten über den Weg geschickt, dann den Schnee und schließlich die Steinlawine. Das waren Zeichen, die kein Mensch übersehen durfte ...

Kubichi erriet, was sein Herz bewegte. Und plötzlich warf sie sich vor ihm zu Boden, lag ausgestreckt ihm zu Füßen; ihre Finger krampften sich in den Schutt.

»Ich bin an allem schuld!«, schluchzte sie. »Der Berg grollte mir, weil ich den Alten getötet habe!«

Er nahm sie in die Arme. Leise und beruhigend sprach er:

»Das Böse, das von unserem Geist ausgeht, kann manchmal

Gestalt annehmen. Wir müssen es vernichten: wie können wir zur Göttin aufblicken, wenn unsere Herzen mit Dunkelheit gefüllt sind?«

Tränen rannen ihr über die Wangen.

»Du hattest meinen Rat befolgt. Ich war es, die dich ins Verderben stürzte!«

Da küsste er ihr die Tränen von den Augen und lächelte.

»Jedes Geschehnis reiht sich wie ein Kettenglied an das andere. Wer sieht klar, wenn nicht die Göttin, die diese Kette schmiedet?«

Wirr und blutverklebt hingen ihr die blauschwarzen Locken über die Stirn. Schaudernd sprach sie: »Du hast dem Berg sein Opfer verweigert. Er wird uns mit seiner Rache verfolgen!«

Er schloss sie in seine Arme und half ihr sich aufzurichten.

»Fürchte dich nicht. Wir werden die Verschütteten bergen und unverzüglich umkehren. Ich hatte der Göttin die Entscheidung überlassen. Jetzt hat sie eindeutig geantwortet und mich von meinen Zweifeln erlöst: Ein neues Schwert soll nicht geschmiedet werden!«

## 9

Einige Männer konnten lebend geborgen werden, doch viele waren von der Gesteinsmasse zermalmt worden. Auch Tsuru und Inue befanden sich unter den Toten. Die Steinlawine hatte einen Teil des Lagers vernichtet. Ein Stallbursche war verschüttet worden; der Rest der Dienerschaft hatte außer Hautabschürfungen und verstauchten Gliedern keinen Schaden erlitten. Masumi, die unter einem Felsvorsprung lag, war mit dem Schrecken davongekommen. Die Pferde hatten sich losgerissen; einige von ihnen waren entflohen und konnten nicht mehr eingefangen werden.

Das Lager wurde in aller Eile abgebrochen. Eisai hatte Masumi hinter sich am Sattel festgebunden. Das Mädchen stöhnte vor Schmerz. Bei jedem Schritt des Pferdes spürte sie, wie der Verband sich lockerte und der geschiente Knochen langsam wieder freigelegt wurde. Der Abstieg durch die engen, felsigen Schluchten wollte kein Ende nehmen. Gegen Abend kam wieder Wind auf. Dunststreifen wehten über die Bergkuppen und plötzlich näherten sich von allen Seiten lautlos und dicht die Nebelschwaden. Susanoo gab Befehl, das Lager aufzuschlagen. Sie fanden eine windgeschützte Mulde, wo nur eine dünne Schneeschicht lag. Eisai half Masumi aus dem Sattel und ließ sie behutsam auf den Boden nieder, richtete ihr ein Lager her und nahm ihr den Verband ab. Die Wunde sah nicht gut aus. Eisai bedeckte sie mit sauberem Stoff. Dann nahm er zwei Äste, schnitzte sie zurecht und befestigte sie mit einem Verband. Masumis Gesicht verfärbte sich, aber kein Laut kam über ihre Lippen. Sie hatte die Augen geschlossen. Eisai deckte sie zärtlich zu. Er kniete neben ihr am Boden und lauschte auf ihre Atemzüge.

Die Stallburschen fütterten die Pferde und rieben sie trocken. Bald erhellte ein Feuer die Finsternis. Die erschöpften Krieger drängten sich um die wärmende Glut. Plötzlich wieherten die Pferde und zerrten an ihren Leinen. Die Stallburschen sprangen auf, um sie zu beruhigen. Susanoo runzelte die Brauen.

»Was ist denn mit ihnen los?«

Die Antwort kam von Kubichi.

»Sie wittern die Wölfe . . .«

Regungslos, aufs Äußerste gespannt, lauschte sie in die Nacht. Dann gab sie den Dienern ein Zeichen.

»Schafft Brennholz herbei! Wir müssen das Feuer größer machen!«

Kubichis Anweisungen befolgend, schichteten sie das Holz im Halbkreis um das Lager auf. Bald loderten die Flammen auf; dichter Rauch stieg in die Höhe. Die Männer liefen hin und her, halb erstickt und von Hustenkrämpfen geschüttelt. Das Stampfen und ängstliche Wiehern der Pferde erfüllte die Mulde. Plötzlich, wie durch Zauberhand, trat wieder Stille ein und alle hörten deutlich einen durchdringenden heulenden Schluchzton, der gleich dem Stöhnen des Windes in der Dunkelheit anschwoll und verebbte. Kubichis Atem flog.

»Sie sind ganz nahe . . .«, murmelte sie.

Von neuem ertönte das gespenstische Klagen. Es war, als ob die Stimmen der Geister im Schoß der Erde den letzten Tag der Menschen und der Gestirne ankündigten . . .

Im blutroten Flammenschimmer wurden schmale, graue Gestalten sichtbar, die lautlos über den Schnee schlichen. Helle grünliche Augenpaare leuchteten auf, dem Licht phosphoreszierender Steine ähnlich. Hokiji ergriff einen glühenden Zweig, schwang ihn im Kreis und warf ihn in hohem Bogen in Richtung der Raubtiere. Die Wölfe duckten sich und wichen zurück. Einige Männer hatten Pfeile an ihre Bogensehnen gelegt, doch Susanoo winkte ab.

»Wir dürfen keine Pfeile vergeuden!«

Er löste seine Peitsche vom Sattelknopf und suchte einen geeigneten Stein, den er an der Lederschnur festknüpfte. Einige bange Augenblicke verstrichen. Die Wölfe schwiegen jetzt, als wollten sie ihr Vorrücken verheimlichen, doch die Männer spürten, dass sie sich aus verschiedenen Richtungen heranschlichen. Auf einmal wieherten die Pferde und rissen wahnsinnig vor Angst an ihren Seilen. Zwei Wölfe, anscheinend die Anführer des Rudels, tauchten aus der Dunkelheit auf. Ihr Fell war gesträubt, sie fletschten die speichelnassen Zähne und ihre Augen funkelten rötlich in der Glut. In der schnellen Wechselfolge von Licht und Schatten schienen die Tiere über das Feuer zu fliegen. Der eine Wolf krallte sich in den Strohpanzer, der Kai-Uma vor der Kälte schützte; der andere verbiss sich in die Hinterhand eines der Packpferde. Die Tiere stoben auseinander, bäumten sich auf und wieherten vor Schmerz. Die Stallburschen rannten hilflos und schreiend umher. Susanoo warf sich mit schwingender Peitsche in das Gewühl. Die Lederschnur durchschnitt pfeifend die Luft. Das Raubtier, das Kai-Uma angefallen hatte, fiel schlaff in den Schnee. Im selben Augenblick beschrieb Hokijis Schwert einen silbernen Bogen. Der Kopf des zweiten Wolfes wurde vom Rumpf getrennt. Noch waren die Zuckungen des Kadavers nicht abgeklungen, als sich auch schon die anderen Wölfe mit gierigem Hecheln auf ihn stürzten. Das Knurren, Schmatzen und Splittern der Knochen war deutlich zu hören. Kubichi näherte sich gelassen dem Feuer und spähte hinüber.

»Das wird sie eine Weile beschäftigen!«

Susanoo untersuchte Kai-Umas Wunde. Der Strohpanzer hatte den Hengst geschützt, die Verletzung war nicht tief. Aber das Packpferd war übel zugerichtet. Zitternd stand es da, während ihm das Blut aus der klaffenden Wunde rann.

»Der Blutgeruch wird die Wölfe anziehen«, meinte Kubichi. »Sie werden unserer Fährte folgen und sich zum Angriff sammeln.«

Susanoo nickte grimmig.

»Wir müssen morgen das Tal erreichen, und wenn sich die Pferde das Herz aus dem Leibe rennen!«

»Das Mädchen wird uns aufhalten«, knurrte Hokiji. Eisai schnellte herum. Seine Hand umschloss den Schwertgriff und zog die Klinge zur Hüfte heraus.

»Wie meint Ihr das?«

Sofort warf sich Hokiji in Kampfstellung, das Schwert drohend über den Kopf gehoben. Susanoos Blick zuckte über die beiden Männer hinweg.

»Aufhören! Ich dulde keinen Streit!«

Hokiji senkte das Schwert und trat mit steinerner Miene beiseite. Eisai holte tief Luft und stieß seine Waffe in die Scheide zurück. Susanoo ließ ihn nicht aus den Augen.

»Kümmert Euch um das Mädchen!«, sagte er scharf.

Eisai verneigte sich. Er wandte sich ab und wischte sich den Schweiß von der Stirn.

Masumi vernahm ihre Stimmen im Halbschlaf. Der Schmerz pochte in ihrer Wunde, doch sie empfand weder Unruhe noch Angst. Als Eisai ihr ein wenig später die Hand auf die glühende Stirn legte, schlug sie die Augen auf und lächelte ihn an. Trotz ihres brennenden Durstes bat sie ihn nicht um Wasser. Ihr Entschluss war gefasst. Aber sie musste noch warten ...

Die Wachen hatten ihre Posten bezogen und starrten in die Finsternis. Die Wölfe umschlichen das Lager, wagten sich jedoch nicht mehr an das Feuer heran. Ihr lang gezogenes Heulen schwebte gespenstisch im Nebel.

Nicht weit von Masumi hatte sich Eisai zum Schlafen ausgestreckt. Sie hörte das Auf und Ab seiner Atemzüge. Ihr Blick war auf Susanoo gerichtet, der in seinen schwarzen Mantel gehüllt am Feuer saß. Lange wartete Masumi. Doch der König hing seinen Gedanken nach und legte sich nicht zur Ruhe. Sie spürte, wie fiebriger Schlaf sie umfing, und kämpfte gegen ihre Schwäche an. Geräuschlos richtete sie sich auf, stützte sich auf ihr gesundes Bein. Ihre Hand tastete nach dem Dolch an Eisais Gürtel. Vorsichtig umfasste sie den Griff, zog die Klinge aus der Scheide. Dann packte sie den Dolch mit beiden Händen und stieß mit voller Kraft zu. Der Schmerz entriss ihr einen Aufschrei. Susanoo fuhr herum. Mit einem Satz war er bei ihr. Doch zu spät! Zwischen Masumis Fäusten sah er das kalte, schimmernde Leuchten. Er sah den zerrissenen Stoff, die blutige Wunde. Trotz seiner Anstrengung gelang es ihm nicht, ihre Finger, die um den Griff des todbringenden Dolches lagen, zu lockern. Da hob er sie in seine Arme.

»Warum?«, stieß er hervor. »Warum nur?«

Die Augenlider des Mädchens flatterten. Das Gesicht, das

sich über ihr abzeichnete, war streng, schön und golden wie das Feuer. Sie lächelte ihm zu.

»Verzeiht . . . Majestät . . . ich hätte Euch nur aufgehalten.«

»Das hättest du nicht tun sollen«, sagte er leise. »Dein Leben gehörte mir.«

»Was ist denn geschehen?«

Kubichi war aus dem Schlaf geschreckt. Sie starrte entsetzt auf das Mädchen, das Susanoo langsam zu Boden gleiten ließ. Ihr Gesicht war friedlich wie das eines schlafenden Kindes. Susanoo fühlte ihren Puls; er schlug kaum noch wahrnehmbar und stand dann still.

»Sie ist tot«, sagte er gepresst. »Sie nahm sich das Leben, um uns nicht zur Last zu fallen.«

Die Männer standen schweigend im Feuerschein. Hokijis Lippen waren nur noch ein Strich. Eisai kniete mit gesenktem Kopf neben Masumi. Als Susanoo seinen Namen rief, fuhr er zusammen und stand schwankend auf. Sein Gesicht war eingefallen, die Augen feucht und gerötet.

»Wir können sie nicht einäschern«, sagte Susanoo. »Sie muss begraben werden. Sorgt für eine geeignete Stelle, damit sie von den Wölfen verschont bleibt.«

Eisai schluckte krampfhaft.

»Wie Ihr befehlt, Majestät.«

Er gab einigen Männern einen Wink und sie machten sich an die Arbeit. Als das Grab geschaufelt war, wickelte Eisai die Tote in seinen Mantel und legte sie hinein. Die Männer ließen ihm Zeit, noch ein letztes Mal ihr Gesicht zu betrachten, dann schaufelten sie das Grab zu und häuften Steine auf die lockere Erde.

Der Tag erwachte, grau und dunstig. Die Reiter machten sich zum Aufbruch bereit, doch Eisai blieb bis zum letzten Augenblick am Rande des Grabes sitzen. Er wusste, dass die Steine die richtige Größe hatten, doch wenn er an den schmalen Körper dachte, den sie schützten, war er froh, dass sie nicht noch schwerer waren.

# 10

Schattenhaft trabten die Reiter durch den Nebel. Der Wind, der in der Nacht abgeklungen war, fing plötzlich wieder an zu tosen. Die Kälte wurde beißender. Schnee fiel in wirbelnden Flocken.

Die Reiter näherten sich dem Waldgürtel, als ein klagendes Geheul das Pfeifen des Windes übertönte. Ihm antwortete in der Ferne, jenseits der Hügel, ein dumpfes, lang gezogenes Echo. Die Pferde wieherten vor Entsetzen, stampften und schlugen aus. Kubichi hielt ihre Stute mit eiserner Faust.

»Es sind mehrere Rudel! Wölfe können denken und planen wie Menschen. Sie werden versuchen uns einzukreisen . . .«

»Wir müssen durch den Wald, bevor es dunkel wird!« Susanoo rammte Kai-Uma die Fersen in die Flanken. Es blieb ihnen nicht mehr viel Zeit. Mittag war längst vorüber und die Nacht kam früh. Die Pferde stolperten über Schneelöcher und Geröll, taumelten unter der Gewalt des Sturmes. Bald erweiterte sich die Schlucht. Zwischen Tannen und Kiefern bildeten Felsbrocken weiße Buckel. Der Schnee lag schwer auf den Baumwipfeln und manchmal, wenn sich die Zweige im Wind knarrend bewegten, brach die Schneemasse zerstäubend wie eine große weiße Wolke zusammen. Das Heulen der Wölfe setzte zeitweilig aus, aber die Reiter hörten, dass es näher kam. Die Pferde zitterten vor Angst und Erschöpfung. Unter den Harnischen bedeckte klebriger Schaum ihr Fell. Das letzte Tageslicht sickerte grau und kränklich durch die Stämme, als eine Anzahl geduckter Schatten im Nebel sichtbar wurde. Die Reiter rissen ihre Pferde zurück, wendeten, dass der Schnee unter den Hufen aufstob.

»Bei allen Geistern!«, schimpfte Susanoo. »Wir sind ihnen wie Frischlinge in die Falle gegangen!«

Es gab kein Entrinnen mehr: Links stellte sich ihnen eine

Wand aus mächtigen Felsbrocken entgegen; rechts rauschte ein Wildbach unter einer vereisten Schneedecke. Die Männer senkten ihre Speere, packten die Schwerter fester. In schwerelosen Sprüngen setzten die Wölfe über den Schnee. Der Wind trug den Pferden ihre scharfen Ausdünstungen zu. Der Wald füllte sich mit Knurren, Klagen und markerschütterndem Wiehern. Die Stallburschen schlugen fluchend auf die Packpferde ein, hetzten sie in wilder Panik über die Lichtung. Blut rötete die Speere, jeder Schwerthieb traf. Immer, wenn ein Wolf erschlaffend in den Schnee rollte, fielen seine Artgenossen knurrend und zähnefletschend über ihn her, rissen ihn bei lebendigem Leib in Stücke. Nur auf diese Weise gelang es den Reitern, einen Abstand von ihren Verfolgern zu gewinnen. Doch die Frist war von kurzer Dauer. Grünliche Augen leuchteten im Dickicht: Erneut brach ein Rudel aus dem Unterholz hervor. Die Reiter versuchten zu wenden, aber ein Abgrund versperrte ihnen den Fluchtweg. Die gehetzten Pferde galoppierten an dem Spalt entlang, immer in Gefahr, auf den weichen Erd- und Schneemassen abzurutschen und in die Tiefe zu stürzen. Die Wölfe krochen lautlos näher, zogen ihren tödlichen Kreis immer enger. Susanoo musste einsehen, dass es ihnen kaum gelingen würde, diesen Kreis zu durchbrechen.

»Vorwärts! Da auf den Felshang hinauf!« Sein Schwert deutete auf einen riesigen Granitblock, der sich über den Bäumen wie ein schwarzer Turm in den Himmel hob. Die Pferde rasten mit donnernden Hufen durch das Dickicht. Am Fuß der Granitmauer sprangen die Reiter zu Boden. Die Pferde wurden hinter die Felsen gezerrt. Wie bei einer Schlacht stellten sich die Krieger mit dem Rücken gegen die Wand auf, während sich die zähnefletschenden, ausgehungerten Bestien in immer größerer Zahl auf sie stürzten.

»Zündet ein Feuer an!«, befahl Susanoo. »Beeilt euch!«

In fliegender Hast häuften Diener Tannenzweige und Gestrüpp zusammen. Andere schleppten einen vom Sturm entwurzelten Baumstamm als Schutzwall heran. Das feuchte Holz brauchte lange, bis es brannte. Endlich züngelten die Flammen auf, Rauch wirbelte in bläulichen Schwaden. Die Männer ließen brennende Zweige kreisen, warfen sie im aufsprühenden Funkenregen auf die Raubtiere. Die Wölfe wichen zurück, schlichen mit gesträubtem Fell und knurrend durch den rot beleuchteten Schnee. Susanoo senkte atemlos sein Schwert.

»Der Blutgeruch macht sie rasend. Sie werden uns die ganze Nacht keine Ruhe lassen.«

»Sie haben es auf die Pferde abgesehen.« Trotz der Kälte wischte sich Hokiji den Schweiß von der Stirn. »Wir sollten eins von ihnen abschlachten und es ihnen vorwerfen.«

Susanoos Antwort kam schnell und sarkastisch.

»Wenn Ihr den Appetit der Wölfe noch mehr anregen wollt, macht Ihr gerade den richtigen Vorschlag. Sie werden zuerst dem Pferd und schließlich uns selbst die Knochen abnagen!«

Hokiji wurde rot und verneigte sich. Da trat Kubichi zu ihnen aus dem Schatten. »Die Zeit drängt. Bald werden sie wieder angreifen.« Ihre Stimme klang erschöpft, aber nicht ängstlich. Sie gab den Dienern ein Zeichen.

»Schürt die Flammen noch höher, damit das Feuer weiterhin sichtbar ist!«

»Was hast du vor?«, fragte Susanoo Kubichi.

»Ich will die Heiligen Bären rufen.«

Susanoos Augen glühten schwarz und glitzernd auf. Er wusste, welche Macht Kubichi auf die Bären ausübte.

»Die Bären«, fuhr sie fort, »leben in Grotten und treten erst spät ihren Winterschlaf an. Sie werden mich hören und uns zu Hilfe kommen.«

Zu der Dienerschaft gewandt, sprach sie: »Überwacht das Feuer und fürchtet euch nicht, was immer auch geschehen mag.«

Sie warf ihre Kapuze zurück. Ihre Züge wirkten friedlich und ernst und in ihren weit geöffneten Augen spiegelte sich der Flammenschein. Sie holte tief Atem und legte die Hände auf ihr Herz. Dann öffnete sie die Lippen. Trotz seiner Selbstbeherrschung erbebte Susanoo, als ein Schrei aus Kubichis Kehle klang, ein lang anhaltender, schriller Ruf, der Stimme eines Vogels ähnlich. Susanoo hatte diesen Schrei schon einmal vernommen, damals, als sie, an die Schultern eines Schwarzbären geklammert, den Angriff auf das Tungusenheer leitete. Der Schrei schwang sich in den Himmel, kreiste über den schwarzen Wäldern, den tief verschneiten Bergen . . .

Dann – plötzlich Stille. Nichts war mehr zu hören als das Prasseln des Feuers, das leise Klirren des Zaumzeugs. Die Wölfe duckten sich im Gestrüpp; ihre hellen Augen spähten in die Richtung, aus der der geheimnisvoll schwingende Ton gekommen war. Noch einmal füllte Kubichi die Lungen mit Luft und ließ den Schrei in den Himmel steigen. Als der gespenstische Ruf verklungen war, taumelte sie erschöpft zurück und lehnte sich an einen Felsen. Ihre Stimme klang keuchend, aber voller Zuversicht.

»Die Bären haben meinen Befehl vernommen. Bald werden sie hier sein . . .«

Die Zeit verging. Der Holzstoß verbrannte und die Wölfe fassten neuen Mut. Sie krochen bis an den Rand des Feuers heran und setzten dann mit gewaltigem Schwung über die Glut hinweg. Die Krieger erschlugen sie mit ihren Schwertern und Speeren. Die Kälte nahm ständig zu. Eine dünne Eisschicht bildete sich auf den Zweigen. Die aufgewirbelten Schneekristalle drohten das Feuer zu löschen. Die Gesichter der Männer waren grau vor Erschöpfung, ihre Bewegungen wirkten ungeschickt und steif. Nur Kubichi schien die Kälte nicht zu spüren. Sie horchte lange Zeit in die Ferne und stellte die Windrichtung fest. Unvermittelt fühlte Susanoo ihre Hand auf der seinen.

»Hörst du? Sie kommen!«

Susanoo lauschte angestrengt; er hörte nur sein Herz, das gegen die Rippen pochte.

Auf einmal wieherte Kai-Uma schrill und voller Entsetzen. Susanoo sah den Hengst hoch aufgerichtet an seiner Leine zerren, während sich die anderen Pferde verstört aneinander drängten. Die Stallburschen stürzten zu den Tieren und verkürzten die Halfterriemen. Warnendes Kläffen stieg aus der Finsternis. Die Wölfe hatten nicht nur die Angst der Pferde jenseits des Feuers gespürt, sondern auch etwas von deren Ursache: ein Knacken im Unterholz, ein leichtes Vibrieren des Waldbodens. Unterhalb des Hanges begannen sich die Zweige und Ranken zu bewegen und zerstäubender Schnee fiel glitzernd von den Bäumen. Die Pferde wieherten in höchster Erregung. Das Weiße ihrer Augen leuchtete im Dunkeln. Die Erschütterungen wurden stärker; sogar ein menschliches Ohr konnte ein Geräusch von schleichenden Bewegungen im Dickicht vernehmen. Die Männer umklammerten ihre Waffen, schrien sich an und rannten hin und her. Sie fürchteten sich nicht vor einem gleichartigen Gegner, aber das geheimnisvolle Unbekannte, das sich in der Nähe bewegte und den Boden wie von Trommelwirbeln erschütterte, raubte ihnen ihre Besonnenheit.

Susanoo fuhr dazwischen. »Genug! Wenn ihr mit eurem Leben davonkommen wollt, dann rührt euch nicht von der Stelle. Die Bären werden euch nichts tun, wenn ihr sie nicht reizt. Keine Bewegung! Keine Furcht! Verstanden?«

Er wandte sich schroff ab und konzentrierte sich auf die Geräusche des Waldes. Er hörte, wie das Kläffen der Wölfe in Winseln überging. Auf der anderen Seite der Lichtung wippte ein Zweig auf und nieder und verlor seine Schneelast. Eine Gestalt wurde sichtbar, schwärzer als die finstere Nacht. Sie bewegte sich wie ein Mensch, der schwerfällig seinen Weg durch das Dickicht sucht. Es war ein Bär mit einem weißen, sichelförmigen Fellkragen um den Hals. Die offene, dampfende

Schnauze war schnüffelnd vorgestreckt. Ein zweiter, ein dritter Bär brachen durch das Unterholz und es kamen noch mehr. Von allen Seiten erfüllten Geräusche knackender und raschelnder Zweige den Wald. Die Krieger versuchten ihre Fassung zu bewahren, aber die Dienerschaft, von wilder Angst gepackt, hatte Hals über Kopf Schutz in den Höhlen gesucht. Man hörte sie flüstern, jammern und Beschwörungen murmeln.

Susanoo stand neben Kubichi, regungslos wie ein Baum im Schnee, die Faust um seinen Schwertgriff geballt. Er presste die Lippen fest zusammen. Kubichis Finger auf seinem Arm brannten geradezu vor innerem Feuer. Plötzlich entfuhr ein schriller, sehr kurzer Pfeifton ihrer Kehle. Die Bären sanken auf ihre Tatzen, schaukelten den Kopf hin und her. Wie lautlos heranrollende Felsbrocken bewegten sie sich auf die knurrenden zähnefletschenden Wölfe zu, die sich mit flach anliegenden Ohren im Gestrüpp duckten. Der ätzende Bärengeruch stieg bis ins Lager hinauf. Auf einmal schnellte ein Wolf aus dem Unterholz hervor, sprang mit gewaltigem Satz dem Schwarzbären an die Kehle. Geschmeidig, mit wunderbarer Leichtigkeit, richtete das mächtige Tier sich auf der Hinterhand auf und fegte den Wolf mit einem einzigen Prankenhieb über den Hang. Der Wolf überschlug sich jaulend, blieb mit gebrochenem Rückgrat im Schnee liegen. Das war das Signal zum Angriff. Brummen, Knurren und Kläffen erfüllte die Lichtung. Die Bären schlugen den anspringenden Wölfen die Krallen ins Genick, drückten sie an ihre Brust und zermalmten ihnen die Knochen, trieben die Wölfe vor sich her, auf die Büsche zu, hinter die sich die meisten Tiere bereits zurückgezogen hatten. Allmählich verebbte der schreckliche Lärm. Die Wölfe suchten winselnd das Weite. Einige Bären, noch von Kampfbegierde gepackt, schnüffelten an den Kadavern der Wölfe und zerrissen sie mit ihren Krallen. Der Schwarzbär trottete brummend hierhin und dorthin. Speichel tropfte aus seiner keilförmigen Schnauze. Susanoo hörte deutlich das schleifende Geräusch seiner Klauen.

»Gib Acht!«, raunte ihm Kubichi zu. »Er ist sehr angriffslustig. Ich gehe ihm jetzt entgegen, aber folge mir nicht!« Bevor er einen Einwand erheben konnte, trat sie in die Finsternis hinaus und schritt auf den Bären zu. Susanoo biss sich die Lippen blutig, zwang sich zur Regungslosigkeit und zitterte um ihr Leben. Er sah, wie der Bär stehen blieb und gleichzeitig auch Kubichi. Ein Zischeln drang aus der Kehle des Tieres; Susanoo sah seine Augen im Dunkeln glitzern. Einige Atemzüge lang rührte sich keiner der beiden. Dann bewegte sich der Schwarzbär auf die junge Frau zu. Kubichi blickte ihm gerade in die Augen, ohne sich zu rühren. Um sie herum wanderten die Bären wie schwarze Schatten durch den Schnee. Susanoo brach der Schweiß aus. Sollte sich einer der Bären, die den Blutgeruch noch in der Nüstern hatten, in einem plötzlichen Wutanfall auf Kubichi stürzen, war sie verloren. Er würde sie dann – trotz seiner Kraft und seiner Waffe – nicht mehr retten können.

Jetzt trat der Schwarzbär einen Schritt zurück und Kubichi einen Schritt vorwärts. Dann standen sie von neuem unbeweglich da. Aus den Augenwinkeln bemerkte Susanoo, wie Hokiji vorsichtig seinen Bogen spannte. Ohne den Blick von der jungen Frau abzuwenden, hob er warnend die Hand. Er wusste, dass Kubichis innere Macht sie vor dem Tier mehr schützte als ein tödlicher Pfeil.

Wieder drang der scharfe Pfiff über Kubichis Lippen. Der Schwarzbär richtete sich mit leisem Brummen auf. Eine seltsame Schwäche lähmte Susanoos Gedanken. Er sah wie im Traum, dass das riesige Tier seine Vordertatzen Kubichi auf die Schultern legte und ihre Haut beschnüffelte. Er schien ihren Atem zu trinken. Dann, zärtlich hechelnd, streckte er eine seiner Tatzen aus, schob die gepolsterte, empfindliche Innenseite wie einen großen Schwamm Kubichi um den Nacken, zog ihren Kopf zu sich heran und leckte ihr das Gesicht. Dann ließ er sich geräuschlos zu Boden fallen und saß da wie ein plumper, gutmütiger Hund. Einige Bären schnüffelten an der vor ihnen stehenden menschlichen Gestalt, ohne jedoch das geringste Anzeichen von Misstrauen oder Feindseligkeit zu zeigen. Susanoo konnte Kubichis Gesicht nicht sehen, aber er wusste, dass sie mit ihren Blicken jeden einzelnen der Bären, der sich ihr näherte, prüfte und in ihrem Bann hielt.

Ein klirrendes Geräusch riss ihn in die Wirklichkeit zurück. Die Krieger hatten ihre Waffen sinken lassen, verneigten sich voller Staunen und Ehrfurcht.

Langsam trat Kubichi zurück. Der Bär wollte ihr folgen, doch stieß sie abermals ihren Pfiff aus. Der Bär wiegte sich unschlüssig hin und her, dann wandte er sich um und trottete gemächlich zwischen den Bäumen davon. Der Bann war gebrochen. Wie sie gekommen waren, so verschwanden die Bären wieder einer nach dem andern im Dunkeln. Das Knacken der Zweige entfernte sich allmählich. Zurück blieben, wie schwarze blutige Klumpen, die Wolfskadaver, die der Schnee lautlos zudeckte . . .

Susanoo verließ den Halbkreis des Feuers und trat Kubichi langsam entgegen. Er legte beide Hände um Kubichis Schultern und zog die junge Frau an sich. Ihr wirres Haar war seidig wie das eines Kindes und die Spitzen klebten vor Nässe aneinander. Unter der blauen Tätowierung schimmerten ihre Lider blank und glatt und ihre Wangen glühten.

»Ich habe große Angst um dich gehabt«, sagte er gepresst.

»Um mich?« Ihr Gesicht drückte Erstaunen aus. »Hast du geglaubt, die Bären könnten mir etwas Böses antun?« Lächelnd ergriff sie seine Hand; er spürte die zarten und dennoch kräftigen Finger, die sich selbstsicher und beruhigend um sein Handgelenk schlossen.

»Die Bären wachen über uns. Jetzt können wir ruhig schlafen. Die Wölfe greifen nicht mehr an.«

# 11

Im dichten Nebel gelang es dem Mann, die Festung ungesehen zu erreichen. Nun kauerte er im Schilf und ließ seine Blicke über die steil aufragende Mauer schweifen. Er hatte ein ausdrucksvolles Gesicht und der dichte schwarze Bart hob sich kaum von seinem Umhang aus grob gegerbtem Fellen ab. Er trug ein mit Sehnen verschnürtes Lederhemd, grob gewebte Hosen und Beinschützer aus Stroh. Nach einer Weile löste er das Hanfseil, das um seine Taille geschlungen war, und warf den stoffumwickelten Haken in die Höhe. Der Haken blieb am Steinsims der Brustwehr hängen. Behände wie ein Affe kletterte der Mann an dem Seil hinauf und sprang lautlos in den Wehrgang. Er duckte sich zwischen den Zinnen, als zwei Wachen auf ihrem Rundgang vorüberkamen. Vor ihm war eine Tür, die ins Innere der Festung führte. Der Mann öffnete sie und verschwand dahinter. Er trat in einen mit Matten ausgelegten Gang und sah sich vorsichtig um. Weiter hinten im Gang saß eine Wache mit gekreuzten Beinen vor einer Tür. Der Mann wich zurück und drückte sich in eine Mauernische. Dann kratzte er mit den Fingernägeln an der Wand. Der Wachtposten hob den Kopf und lauschte. Sein Gesicht nahm einen wachsamen Ausdruck an. Er ergriff seinen Speer, erhob sich und schritt den Gang entlang, an der Mauernische vorbei. Er hatte den Mann nicht gesehen, der sich unbeweglich wie eine Eidechse gegen die Wand drückte. Als die Wache auf der anderen Seite über die Holztreppe spähte, schnellte der Mann lautlos vor und schob leise die Tür zurück. Das Zimmer, das er betrat, war leer, aber plötzlich öffnete sich eine gegenüberliegende Schiebetür. Eine ältere Zofe, die mit einem Gefäß in der Hand erschien, erstickte einen Aufschrei. Blitzschnell sprang der Mann auf sie zu und setzte ihr einen Dolch an die Kehle. Seine heisere Stimme formte mühsam die Worte: »Die Herrin der Bären ... Führe mich zu ihr! Schnell! ...«

Die Zofe bezwang ihre Furcht: Sie hatte in dem Fremden einen Ainu erkannt. Sie nickte und gab ihm ein Zeichen, ihr zu folgen. Seine Füße verursachten nicht das geringste Geräusch auf den Matten.

Nach einer Weile kniete die Zofe nieder, öffnete eine Schiebetür und bedeutete dem Mann zu warten. Der Ainu blieb mit düsterem, regungslosem Gesicht vor der Schwelle stehen. Er hielt den Dolch noch immer griffbereit. Nässe tropfte aus seinen Kleidern.

Kubichi saß mit untergeschlagenen Beinen auf einem Kissen und hielt eine lange, dünne Pfeife in der Hand. In den winzigen Pfeifenkopf ließ sich nicht mehr Tabak stopfen als für zwei oder drei Züge, dann musste sie nachgefüllt werden. Eine kleine Dienerin kauerte neben der Herrscherin und überwachte die Glut in einem bronzenen Kohlenbecken. Die Königin von Izumo trug, der Sitte bei Hofe entsprechend, drei Gewänder verschiedener Farben übereinander. Der rotbraune, goldgelbe und violette Seidenstoff glänzte bei jeder Bewegung im sanften Schimmer der Kohlenglut. Ein Kopfschmuck aus Schildpatt und Korallen klirrte leise bei jeder Bewegung. Die Zofe trat ein, verbeugte sich und stammelte zitternd einige Worte. Kubichi nahm die Pfeife von den Lippen.

»Drücke dich klarer aus«, sagte sie. »Was ist geschehen?«

»Majestät ...«, stotterte die Zofe. »Ein Mann Eures Volkes ... Er möchte Euch sprechen ...«

Kubichi erstarrte. »Wo ist er?«

Die Zofe wies mit scheuer Bewegung zur Tür. Kubichi hob ungeduldig die Hand.

»Worauf wartest du? Lass ihn eintreten!«

Die Zofe lief zur Tür zurück und gab dem Ainu durch eine tiefe Verbeugung zu verstehen, er möge eintreten. Der Mann trat lautlos in das Zimmer und verbreitete einen Geruch von

Fell und Holzkohle in dem Raum. Er verneigte sich nicht, sondern grüßte nach Art der Ainu, indem er die rechte Faust ehrerbietig an seine Stirn hob. Kubichi betrachtete ihn verwundert.

»Wakarupa, wo kommst du denn her?«, fragte sie in der Sprache der Ainu.

»Herrin«, erwiderte Wakarupa, »ich bringe dir eine folgenschwere Nachricht.«

Mit einer Handbewegung schickte Kubichi die junge Dienerin aus dem Zimmer. Wakarupa ließ sich mit untergeschlagenen Beinen auf die Matte nieder. Kubichi setzte die Pfeife an die Lippen.

»Sprich!«, sagte sie.

Wakarupa holte tief Atem.

»Herrin, in den Wintermonaten litten wir unter einer großen Hungersnot. Baumrinde und Flechten waren unsere einzige Nahrung. Um Trinkwasser zu gewinnen, mussten wir das Flusseis zerschlagen. Da suchten Abgesandte Seiner Allerhöchsten Majestät unseren ›Kotan‹* auf. Sie brachten Reis und Getreide mit. Auch die Decken und Baumwollmäntel waren ein nützliches Geschenk, gingen doch einige von uns in geflickten Lumpen. Zu Karas, deinem Bruder, sprachen die Abgesandten: Wir überbringen dir diese Geschenke im Namen seiner Allerhöchsten Majestät. Und so lautet seine Botschaft: ›Warum willst du dein Volk in den Tod treiben, anstatt über den Frieden zu reden? Ich, Sujin, habe keinen sehnlicheren Wunsch, als die Kinder des Nordsterns vor dem Untergang zu bewahren. Solltest du zum Frieden bereit sein, so werden dich meine Abgesandten als meinen hoch geschätzten Gast nach Tatsuda geleiten. Noch habe ich die Hoffnung nicht aufgegeben, durch Verhandlungen das Volk der Aiu-Utari vor dem Schlimmsten zu bewahren . . . ‹«

* Sippe

Kubichi schoss die Röte ins Gesicht.

»Ein Vogel sang in den Zweigen des Baumes, doch seine Stimme war giftgetränkt!«, zischte sie. »Hat mein Bruder die Abgesandten köpfen lassen und ihre Häupter dem König zurückgeschickt?«

Wakarupa senkte verlegen die Augen.

»Dein Bruder, Herrin, ging einen Tag lang mit sich zu Rate. Dann ließ er die Abgesandten rufen und sprach: ›Noch gibt es für unser Volk ein Zurück. Ein Wort, das nicht gesprochen wird, kann ebenso schlimme Folgen haben wie ein Wort, das gesprochen wurde. Darum werde ich nach Tatsuda gehen, um mit Seiner Allerhöchsten Majestät zusammenzutreffen.‹«

Kubichi starrte ihn an.

»Er hat sich in die Hände des Feindes begeben?«

»Du sagst es, Herrin.« Wakarupas Stimme klang müde. »Er übertrug Tisina, der weisen Frau, die Führung unseres ›Kotan‹ und machte sich mit den Abgesandten auf den Weg.«

»Und wann war das?«

Wakarupa öffnete und ballte fünfmal die Hand, um fünf Tage anzudeuten. Kubichi klopfte ihre Pfeife in höchster Erregung aus.

»Mein Bruder hat den Verstand verloren!«

Wakarupa schüttelte traurig den Kopf.

»Nein, Herrin. Er will das Beste für unser Volk. Er folgte den Abgesandten so hoffnungsvoll und vertrauend wie ein Kind. Aber Tisina hatte einen bösen Traum: Sie sah einen Stern vom Himmel fallen, ein Zeichen, dass jemand sterben wird. In großer Sorge sandte sie mich nach Izumo, um Rat bei dir zu holen. Was sollen wir tun?«

Jetzt erhob sich Kubichi, leicht und federnd, und die Korallen ihres Kopfschmuckes klirrten wie winzige Glöckchen.

»Du bist müde«, sagte sie. »Ruh dich aus. Man wird dir zu essen und zu trinken geben. Ich werde die Meldung dem König bekannt geben.«

Sie schritt durch das Tor in den Innenhof. Der Pulverschnee war weggefegt worden, der Sandboden freigelegt. Im kalten, hellen Licht übte sich der König mit seinen Offizieren im Bogenschießen. Die in Izumo gebräuchlichen großen Bambusbögen erforderten zum Spannen große körperliche Kraft. Sobald der Pfeil angelegt war, wurde der Bogen mit gestreckten Armen hochgehoben, sodass sich die Hände des Schützen über seinem Kopf befanden. Die Zielscheibe war eine Walze aus gepresstem Stroh auf einem Holzgestell.

Kubichi beobachtete, wie Susanoo einen festen Stand für seine Füße suchte und tief und entspannt einatmete. Das Abschießen des Pfeils sah bei ihm so leicht und mühelos aus, als sei es ein Kinderspiel. Nur der scharfe Schlag der aufprallenden Sehne und das Durchschlagen des Pfeils verrieten die Gewalt des Abschusses.

Ein Diener lief auf die Strohwalze zu, um den Pfeil herauszuziehen. Susanoo löste sein weißes Stirnband und schüttelte sein hüftlanges Haar. Die Kälte schien ihm nichts auszumachen: Er trug nur ein leichtes Übergewand und Beinkleider aus grob gewebter Seide.

Als Kubichi aus dem Schatten der Säulen trat, spürte er sofort ihre heftige Erregung. Auf seinen fragenden Blick hin gab sie zur Antwort: »Ein Mann meines Volkes drang in die Festung ein. Er übermittelte mir eine Botschaft.«

Susanoo runzelte die Brauen.

»Die Wachen haben ihn durchgelassen?«

»Der Mann kletterte die Mauern hinauf.«

Susanoo starrte sie an. »Ohne von den Wachen bemerkt zu werden?« Sie hielt gelassen seinem Blick stand.

»Die Kinder des Nordsterns kommen und gehen wie der Wind, weder Mauern noch Tore können sie aufhalten.«

Susanoo ließ sie nicht aus den Augen. Plötzlich brach er in schallendes Gelächter aus und rief: »Ich werde die Wachen köpfen lassen!« Doch sie merkte, dass er scherzte. In knappen

Worten berichtete sie ihm, was Wakarupa ihr mitgeteilt hatte. Susanoos Gesicht verfinsterte sich.

»Seine sehr nervöse Majestät hat gewiss nichts Gutes im Sinn«, stimmte er Kubichi bei. »Die Aiu-Utari können eine Feldmaus in größerer Entfernung pfeifen hören als die Tungusen das Wiehern eines Pferdes, aber von Hofintrigen haben sie keine Ahnung.«

»Die Köpfe der Aiu-Utari stecken voller Träume«, sagte Kubichi bitter. »Sie kennen weder Hinterlist noch Verrat.«

»Ich glaube kaum«, meinte Susanoo, »dass Seine sehr eitle Majestät vorhat, Karas hinrichten oder in den Kerker sperren zu lassen. Er wird andere Pläne verfolgen . . .«

Kubichis Augen glitzerten unter der blauen Tätowierung.

»Ich werde Wakarupa den Auftrag geben, beim ersten Frühlingsvollmond den Rat der ›Ottena‹* einzuberufen. Ich selbst werde dann zum Ikoma reiten und meinem Volk zur Seite stehen.«

Er fühlte, wie er erschauerte, aber nicht vor Kälte. Eine plötzliche Angst schnürte ihm die Kehle zu.

»Denk dabei an unser Kind«, sagte er mit rauer Stimme. »Die Reise könnte ihm schaden.«

Jetzt war auf Kubichis Wange ein Schatten, als lächelte sie.

»Aber Herr!«, rief sie aus. »Ein Kind zu tragen ist etwas ganz Natürliches für eine Frau. Ich bin nicht anders als sonst . . .« Dann wurden ihre Züge wieder ernst und stolz. »Ich bin die erstgeborene Tochter des ›Porunnesipa‹, des Häuptlings aller Häuptlinge. Meinem Bruder Karas wurde die Macht verliehen, unseren ›Kotan‹ zu leiten, aber er versteht nicht die Sprache der Bären. Wer kann die Gefahr bannen, wenn nicht ich?« Er fühlte, was sie ihm sagen wollte: Er hat nicht die Berufung dazu; und das machte ihn betroffen. Sie sah ihn an aus großen, ernsten Augen und er senkte als Erster den Blick.

---

* Häuptlinge

»Lass uns nach deinem Belieben handeln«, sprach er dumpf. »Sobald der Schnee schmilzt, reiten wir zum Ikoma.«

## 12

Der Mann im schwarzen Bärenfell trat langsam und unbeholfen in das Fackellicht. Das Stimmengewirr verklang; Schweigen senkte sich über den Bankettsaal. Der Mann warf einen riesigen Schatten an die Wand und der Schnee glitzerte wie Diamantstaub auf seinem Pelz. Unter der zotteligen Kopfbedeckung schweiften seine glitzernden Augen über die karminroten Säulen, die Deckenbalken aus Zedernholz, die goldschimmernden Wandmalereien. Der Raum war mit Matten und Kissen ausgelegt. Damen und Herren knieten vor kleinen, mit Perlmutter eingelegten Tischen und Diener schenkten ihnen Reiswein aus Keramikkännchen ein. In den Schalen dampften erlesene Speisen. Die Luft war schwer von warmen, berauschenden Düften.

Der Mann stand da wie ein großes, finsteres Ungetüm. Mit ihm war ein kalter Luftzug in den Saal gedrungen und die Fackeln rauchten stärker. Die Damen erholten sich langsam von ihrer Überraschung, stießen perlendes Lachen und kleine spitze Schreie aus. Einige Herren hatten die Hand an den Griff ihres Zierdolches gelegt. Der Mann im Bärenfell beachtete sie nicht. Sein Blick wanderte zur gegenüberliegenden Seite des Saales. Dort, wo das Licht der Fackeln zusammenschmolz, thronte auf einer mit seidenen Kissen ausgelegten Estrade Seine Allerhöchste Majestät. Der Herrscher trug ein goldenes Gewand, dessen Flügelärmel mit Glück bringenden Zeichen bestickt waren. Eine Schärpe aus dunkelblauer Seide war um seine Taille geschlungen. Er hielt in der Handbewegung inne, mit der er eine kleine Schale mit Reiswein an die Lippen führen wollte, und starrte mit gerunzelten Brauen auf die sonderbare Erscheinung. Plötzlich glättete sich sein Gesicht. Ein spöttisches Lächeln zog seine Lippen hoch und seine amüsierte Stimme brach die spannungsgeladene Stille.

»Sei willkommen, ›Schwarzer Rabe‹«, sprach er, wobei er den Namen Karas in die Sprache der Tungusen übersetzte. »Ich hoffe, du hast eine angenehme Reise gehabt. Wir werden später auf meine Vorschläge zu sprechen kommen, zunächst sollst du dich von den Strapazen ausruhen. Lass dich an meiner Seite nieder, um dich an unserem Mahl zu erfreuen!«

Der so Aufgeforderte rührte sich noch immer nicht. Schon ging ein geringschätziges Kichern durch den Raum, als der Mann plötzlich das Bärenhaupt mit ruckartiger Bewegung in seinen Nacken schleuderte. Das Kichern ging in ein Kreischen über; dann erfüllte Gelächter den Saal, während die Damen die Köpfe zusammensteckten und hinter ihren Ärmeln tuschelten. Langsam näherte sich Karas der Estrade. Seine mit Stroh umwickelten Füße hinterließen Pfützen auf dem polierten Holzboden, die ein Diener beflissen hinter ihm aufwischte. Die Fackeln beleuchteten sein Gesicht, das golden und schön wie das eines jungen Prinzen der Wildnis war. Ein rotes Stirnband hielt seine pechschwarzen, mit Gräsern zusammengebundenen Flechten zurück. Seine weit auseinander stehenden, dunklen Augen hatten einen wachsamen, etwas verwirrten Ausdruck.

Vor dem König blieb er stehen und hob die geballte rechte Faust zuerst an die Stirn, dann an seine Brust. Iri neigte huldvoll den Kopf.

»Erlaube mir, dir etwas von unserem Reiswein anzubieten. Er kommt aus dem Mittelland des Schilfgebietes und ist von bester Qualität.«

Er nahm ein Schälchen auf, das vor ihm auf dem Tisch stand, und gab ein Zeichen. Ein Diener stürzte mit einem Keramikkännchen herbei und füllte es. Doch anstatt seinem

Gast das Schälchen zu überreichen, neigte sich der König der jungen Frau zu, die auf einem violetten Kissen zu seinen Füßen kniete. Die Frau verneigte sich und nahm das Schälchen entgegen. Bei dieser Bewegung fiel ihr das Licht voll ins Antlitz. Karas' Lider zuckten wie geblendet und seine Augen blieben fasziniert an ihr haften. Ihr überschlanker Körper, in spinnwebfeine Seide gehüllt, glich einem Blütenstängel, auf dem das ovale, vollendet schöne Gesicht wie ein Blütenkelch schwebte. Ihr ebenholzschwarzes Haar bedeckte wie ein Schleier die Schleppe ihres Gewandes. Mit schwereloser Grazie wandte sie sich dem Mann im stinkenden, fettgetränkten Bärenfell zu, kaum dass ein unmerkliches Beben der Nasenflügel ihren Ekel verriet, und bot ihm lächelnd das Schälchen dar. Einige Augenblicke lang verharrte Karas wie versteinert. Dann nahm er ihr mit ungestümer Bewegung das Schälchen aus der Hand und leerte es in einem Zug, worauf von allen Seiten Lachen und Beifall erklangen. Karas' Atem ging fliegend. Er wischte sich mit dem Handrücken über den Mund und starrte auf die junge Frau, die anmutig wieder auf ihre Fersen zurückgesunken war.

Iris spöttische Stimme riss ihn aus seiner Benommenheit.

»Ich sehe, dass der Wein dir schmeckt! Aber bevor du mehr davon kostest, empfehle ich dir dich deines Felles zu entledigen. Der Geruch scheint die Damen zu stören. Außerdem ist der Saal ausreichend geheizt«, fügte er unter allgemeinem Gelächter hinzu. Karas' Augen flackerten verstört. Zögernd ließ er das Fell von seinen Schultern gleiten. Er trug die kurzen Beinkleider aus Pflanzenfasern der Ainu, dazu einen Wickelüberwurf mit schwarz-roten Mustern. Seine Strohgamaschen waren mit Lederbändern festgewickelt. Ein Langschwert und ein Krummdolch hingen an seinem Gürtel. Die Damen blickten verstohlen und glucksten, während die Herren verächtlich grinsten.

»Nimm dort Platz, Sohn des Nordsterns!« Iri wies wohlwollend auf ein Kissen neben der Hofdame im grünen Gewand. »Du wirst gewiss schon einen ganz anderen Eindruck von meiner Herrschaft bekommen haben.«

»Wie ich sehe, habt ihr reichlich zu essen«, sagte Karas. Die junge Frau ließ ein klares, helles Lachen hören. Doch der König verzog keine Miene.

»Bist du hungrig?«, erkundigte er sich freundlich.

Karas senkte den Blick. »Ja, Herr.«

Iri gab ein Zeichen. Man brachte Speisen. Die Schalen und Becher waren so dünn, dass Karas fürchtete, sie könnten in seinen Händen zerbrechen. Während er gierig das Essen verschlang, schenkte ihm die Hofdame immer wieder neuen Reiswein ein. Ihre Bewegungen waren von vollendeter Anmut. Sie blickte ihn verschmitzt von der Seite an und Karas wandte verwirrt die Augen ab. Plötzlich fiel sein Blick auf eine Gestalt, die abseits im Halbdunkel kniete. Es war eine Frau. Karas sah nur die Umrisse ihres Kopfes, ihrer Schultern und das Schillern ihres blutroten Gewandes. Er fühlte ein eigentümliches Prickeln auf der Haut. Diese Frau hatte er nur einmal gesehen, aber er erkannte sie sofort: Es war Toyo Hime no Mikoto, die Tochter der letzten Sonnenkönigin von Yamatai. Das weiß geschminkte Gesicht war starr. Ihre tiefschwarzen, von goldenen Glanzlichtern aufleuchtenden Augen blickten ihn an.

Auf einmal ließ ein Luftzug das Fackellicht aufsprühen. Da sah er das Geschmeide, das sie um den Hals trug, eine breite, polierte Knochensichel, dem Fellkragen eines Bären ähnlich.

Es war der Schmuck seiner Schwester Kubichi.

Karas durchfuhr es siedend heiß. Er wollte sprechen, eine Frage stellen. Da berührte eine zarte Hand seinen Arm. Eine sanfte, melodische Stimme fragte: »Noch etwas Wein, Herr?«

Er wandte den Kopf. Die Hofdame lächelte ihn an. Ihre blütenweißen Hände hielten das Kännchen und füllten ihm die Schale, die er ihr unwillkürlich entgegenhielt.

»Wie heißt du?«, fragte er mit rauer Stimme.

Sie senkte die schimmernden Wimpern. »Mein Name ist Ama no Uzume.«

Hastig hob Karas das Schälchen und trank. Sein Blut kreiste schneller. Ein Schatten bewegte sich auf der Wand. Die Königin erhob sich. Verließ den Saal. Karas folgte ihr mit den Augen. Ihr purpurnes Gewand erlosch wie Glut in der Nacht.

»Nun, Fürst der Aiu-Utari«, sagte der König spöttisch, »wie gefallen dir unsere Damen?«

Der Reiswein benebelte Karas' Sinne. Röte überflog sein Gesicht.

»Die Damen hier«, antwortete er schwerfällig, »sind schön und unerreichbar wie der Mond.«

Iri ließ ein Kichern hören. »Schön wie der Mond lasse ich gelten. Aber unerreichbar . . . darüber ließe sich streiten.«

Das Gelächter, das seine Worte hervorriefen, rauschte in Karas' Ohren. Wieder schenkte ihm Ama no Uzume von dem Getränk ein; wieder stürzte er den Alkohol hinunter. Bald lachte er laut und unbekümmert. Der erdrückende Prunk hörte auf, ihn zu beeindrucken. Der allmächtige Herrscher selbst wurde zum wohlwollenden Gastgeber, zum liebenswürdigen Freund.

Im Rücken war Karas' Überwurf nass vor Schweiß. Seine Blickte trübten sich. Das weiße Antlitz der Hofdame schien in Nebel zu schweben, bevor grenzenlose Schwärze auf Karas herniedersank. Das Schälchen entglitt seinen Händen und zerbrach. Karas wankte, stürzte rücklings zu Boden und lag still. Lautes Gelächter erfüllte den Saal. Iri grinste höhnisch.

»Für heute ist mit ihm nichts mehr anzufangen!« Er winkte einige Diener herbei. »Schafft mir das Fell da aus den Augen! Bringt den Wilden ins Badehaus und sorgt dafür, dass er gewaschen wird und seine Kleider wechselt.«

Die Diener verneigten sich tief und einer fragte, indem er seinen Ekel überwand: »Sollen wir den Pelz vernichten?«

Iri überlegte kurz.

»Nein. Die Wilden glauben, dass ihnen das Bärenfell magische Kräfte verleiht. Ich will unseren Gast zähmen und nicht gegen uns aufhetzen. Legt das Fell in sein Gemach und lüftet es jeden Tag aus.« Er ließ seinen amüsierten Blick in die Runde schweifen. »Im Falle, dass er noch einmal in seiner Stammestracht erscheint, erwarte ich von den Herren, dass sie ihn vorläufig noch nicht als Zielscheibe für ihre Pfeile missbrauchen!«

Er gab einen Wink. Die Diener packten den bewusstlosen Ainu und schleppten ihn unter dem Gelächter der Anwesenden aus dem Saal.

## 13

Nun?«, fragte Iri.

Der Befehlshaber Oba verneigte sich. Sein pockennarbiges Gesicht war unbewegt.

»Majestät, Eurem Befehl gemäß wurden dem Wilden zuerst Reinlichkeit und gute Sitten beigebracht. Immerhin haben wir ihn jetzt so weit, dass er sich täglich ins Badehaus begibt und seine Stammestracht gegen zivilisierte Kleidung austauscht. Auch wohnte er den Militärübungen bei. Wenn wir auf die Jagd gingen, nahmen wir ihn mit. Beim Schlingenlegen und Fallenstellen zeigte er ganz erstaunliche Fähigkeiten. Die Pferde hingegen erschreckten ihn. In der ersten Zeit hatte er die eigentümliche Angewohnheit, den galoppierenden Reitern zu Fuß nachzufolgen.«

»Interessant«, warf Iri ein. »Vermochte er das Tempo lange durchzuhalten?«

»Überraschend lange, Majestät. Unsereiner hätte schon längst seine Lungen ausgespuckt, während der Ainu erst anfing, außer Atem zu sein. Aber inzwischen hat er seine Scheu überwunden und reiten gelernt, was ihm zweifellos großes Vergnügen bereitet.«

Iri streichelte seinen Bart. »Und weiter?«

»Eurem Befehl entsprechend, Majestät, veranstaltete ich mehrmals ein Festessen, bei dem die Ehrenwerte Ama no Uzume uns mit ihren Musik- und Tanzdarbietungen entzückte. Der Ainu hat inzwischen bessere Tischsitten angenommen und gelernt den Wein mit Würde zu genießen.«

»Gut.« Iri nickte zufrieden. »Wir sind auf dem besten Weg. Teile dem Ainu mit, dass ich ihn auffordere, mich morgen auf die Vogelbeize zu begleiten.«

Die Reiter verteilten sich über den Hügelkamm; die Pferde stoben durch den Frühlingsschnee. Ihre Harnische glitzerten und klirrten. Die königlichen Banner flatterten in der klaren Luft, während die Falkner mit ihren verkappten Habichten und Jagdfalken vorausgaloppierten.

Iri ritt Aka-Uma, seinen prachtvollen Fuchs, dessen Fell wie karminrote Seide glänzte. Auf seiner behandschuhten Faust saß Toso, sein Wanderfalke.

Der König ließ die Vorreiter dem verschneiten Wald entgegensprengen, während er selbst seinen Hengst zügelte. Mit knapper Handbewegung befahl er Karas an seine Seite. Der junge Ainu saß gewandt und selbstsicher im Sattel. Nach Art der Tungusen hatte er das Haar hoch gesteckt und zu einem Knoten gewunden. Sein Harnisch aus Bronzeplättchen funkelte über seinem Jagdgewand aus wattierter Seide, und anstatt seiner Strohgamaschen trug er lederne Reitstiefel. Iri betrachtete ihn voller Genugtuung. »Jetzt habe ich ihn da, wo ich ihn haben wollte. Er ist wie Wachs in meiner Hand . . .«

Toso stieß ein Zischeln aus. Iri murmelte dem Falken einige beruhigende Worte zu und wandte sich dann lächelnd an Karas.

»Du warst zwei Monate lang mein Gast. Bist du jetzt immer noch der Meinung, dass wir eine Schreckensherrschaft anstreben?«

Karas blickte ihn freimütig an. »Es war gut für mich, deine Lebensgewohnheiten kennen zu lernen und mich mit eigenen Augen von dem Glanz deines Hofes und den Vorteilen deiner Regierung zu überzeugen.«

»Dieses Land ist für unsere beiden Völker groß genug«, sagte Iri. »Unsere Errungenschaften könnten den Aiu-Utari von großem Nutzen sein.«

Karas seufzte. »Ich wünsche mir den Frieden, Majestät. Doch mein Vater war Azamaro, der Häuptling aller Häuptlinge. Er opferte sein Leben, um unser Volk zum Kampf zu ermutigen.«

»Nicht ich habe deinen Vater getötet«, erwiderte Iri.

Karas' dunkle Augen glitzerten.

»Aber der Mann, der das Zauberschwert führte, ist dein Verbündeter.«

»Einst war er mein Verbündeter, doch heute ist er mein Feind. Er hat mich gedemütigt und verraten.«

»Er hat meine Schwester betört«, sagte Karas hasserfüllt. »Seinetwegen verließ sie ihr Volk und die Hütte unserer Väter ist vor Scham verdunkelt. Doch er leistete den heiligen Eid, der ihn vor meiner Rache schützt.«

»Welchen Eid?«, fragte Iri interessiert.

Karas zögerte. »Es ist mir nicht erlaubt, darüber zu sprechen. Doch du bist der König und ich dein Gast. So höre: Wir dulden es nicht, dass unsere Toten begraben werden. Wir tragen sie, in ein weißes Leinentuch gehüllt, auf den Nordhang des ›Kunne-Iomante‹, den Berg der Bären. Dort betten wir sie auf ein Gerüst aus Weidengeflecht und überlassen sie den Heiligen Vögeln.«

»Und welche Vögel sind das?«, fragte Iri im beiläufigen Ton.

»Ihr nennt sie die Geier und betrachtete sie mit Abscheu. Wir jedoch nennen sie die ›Boten des Himmels‹, denn sie tragen die Seelen der Verstorbenen zum Nordstern hinauf. Ein jeder unseres Stammes verpflichtet sich in einem Eid, seine verstorbenen Angehörigen den ›Boten des Himmels‹ zu übergeben.«

Iri lenkte sein Pferd im Schritt.

»Und der Herrscher von Izumo unterzog sich diesem Eid?«

»Wenn nicht, hätte ihm meine Schwester nicht angehören können. Sie ist eine heilige Frau, die heiligste von allen. Die Bären gehorchen ihrer Stimme . . .«

Ein eigentümliches Geräusch kam über Iris Lippen. Karas warf ihm einen verstohlenen Blick zu. Hatte der König gelacht?

Doch Iri sagte ganz ruhig: »Der Herrscher von Izumo hatte schon immer die Neigung, nach eigener Willkür zu handeln.«

»Majestät!« Der Falkentreiber zeigte auf ein Gebüsch. Iri zügelte sein Reittier, machte den Falken bereit, lockerte die Riemen seines Geschühs und streckte den Arm aus. »Geh!«, sagte er halblaut und der Raubvogel erhob sich in die Luft. Ein Schneehase brach aus dem Unterholz hervor, setzte mit großen Sprüngen über den Hang. Toso verfolgte ihn mit schnellem Flügelschlag. Der Hase suchte einen Schlupfwinkel, doch schon schwebte der Falke über ihm und stieß dann machtvoll nach unten. Der Hase schlug einen Haken, versuchte in wilder Panik zu entkommen, bevor ihm der Falke seine Krallen in Kopf und Rücken schlug.

Iri trabte heran und saß ab. Er streckte mit einem zischelnden Lockruf die Hand aus. Toso verließ gehorsam seine Beute und nahm wieder auf seiner Faust Platz. Iri zog die Bänder des Geschühs an, wobei er zynisch lächelte. »Was für ein Narr Ihr seid, König von Izumo! Ihr steht mir als Hindernis für meinen Siegeszug im Wege und stört meine innere Harmonie. Ich aber habe Zeit. Der Falke, der für mich meine Beute schlagen soll, muss zuerst an meine Faust gewöhnt werden. Dann werde ich ihn auf meinen Feind loslassen. Ein einziger Sturzflug wie der von Toso und er wird sein Opfer nicht verfehlen . . .«

Er hob den Hasen auf und schwang ihn in die Höhe.

»Nun, Sohn des Nordsterns, wie gefällt dir die Jagd auf diese Weise?«

»Das ist sehr schlau, ein Tier für sich jagen zu lassen«, sagte Karas mit blitzenden Augen. »Oh ja, das ist sehr schlau!«

Iri lachte. »Ich schenke dir den Hasen. Du kannst ihn der Ehrenwerten Ama no Uzume mitbringen. Sie wird sich einen Kragen für ihr Wintergewand daraus anfertigen lassen. Unsere Damen lieben solche Geschenke.«

Er warf den Hasen seinem Treiber zu. Dann schwang er sich in den Sattel und ritt im Galopp den Hügelkamm hinauf. Er war mit sich selbst sehr zufrieden.

## 14

Ama no Uzume klatschte leise in die Hände. Eine Zofe brachte einen mit Perlmutter eingelegten Schildkrötenpanzer, der mit drei Saiten aus Rosshaar bespannt war. Sich verneigend, reichte sie der Hofdame ein winziges, hölzernes Plektron. Ama no Uzume streifte die Ärmel ihres Gewandes zurück und entblößte ihre weißen Hände. Sie hob das Instrument auf ihre Knie und zupfte einen Akkord. Ein schwingender, hoher Ton erfüllte den Saal. Zum Klang des Saitenspiels begann Ama no Uzume zu singen. Ihre geschmeidige Stimme stieg und fiel mit leisen Trillern. Karas blinzelte verstört. Er hatte schon reichlich getrunken und das Licht der Fackeln brannte in seinen Augen. Er blickte die Sängerin wie ein Traumwesen an. Unwirklich, überirdisch war ihre bezwingende Schönheit. Karas war erfüllt vom Bewusstsein ihrer Gegenwart, ihres Parfüms. Er hielt sein Trinkgefäß hoch. Eine Dienerin füllte das Schälchen und er leerte es in einem Zug. Seine Kehle war trocken, doch der Reiswein vermochte seinen Durst nicht zu löschen.

Er merkte nicht, wie ihn Iri von der erhöhten Estrade aus mit kaltem, berechnendem Blick beobachtete; merkte nicht, wie er der Dienerin unauffällig Zeichen gab, seine Weinschale wieder und wieder zu füllen . . .

Die Stallungen, die breite Stoffbahnen vor dem Wind schützten, waren sauber und geräumig. Jeden Morgen wurde der Boden mit frischem Sand und getrocknetem Mist bestreut, damit die Hufe der Pferde weich standen. Die Tiere waren mit ihrer Leine an Pfähle gebunden. Jedes einzelne war von makelloser Schönheit. Iri beobachtete aufmerksam, wie die Stallburschen die Pferde striegelten. Er strich den Reittieren über das Fell, untersuchte ihre Fesseln, prüfte die Augen und Zähne. Seine Ordonanz, einige Offiziere und Karas folgten in respektvollem Abstand. Schließlich nickte Iri dem Stallmeister anerkennend zu.

»Die Pferde haben den Winter gut überstanden.«

Der Mann verbeugte sich tief, während Iri mit raschen Schritten die Stallungen verließ. Der Himmel war tiefblau und die Sonne funkelte auf den Strohdächern. Auf der Terrasse, unter den Säulen, wurden Sitzkissen aus Brokat ausgelegt. Iri entließ die Offiziere und befahl Karas an seiner Seite Platz zu nehmen.

Diener brachten Reiswein und Tee. Sie tranken schweigend. Dann ergriff Iri das Wort.

»Der Frühling kündigt sich an und die Flüsse sind wieder schiffbar. In Kürze werden wir unseren Weg zum Ostmeer fortsetzen. Den Aiu-Utari gegenüber will ich Milde walten lassen. Als Gast in meiner Festung hast du unsere Lebensgewohnheiten kennen gelernt. Ich beauftrage dich, als königlicher Gesandter zu deinem Volk zurückzukehren und die Häuptlinge der ›Kotan‹ von der Notwendigkeit eines Bündnisses mit mir zu überzeugen.«

»Es ist eine große Ehre für mich.« Karas verneigte sich. »Was aber geschieht, wenn die ›Ottena‹ sich weigern Verhandlungen in Betracht zu ziehen?«

Iris Augen blitzten hart auf. »Dann gibt es Krieg.«

Karas setzte mit tiefem Atemzug sein Schälchen nieder. »Stets habe ich nur das Ziel vor Augen, mein Volk einer gesicherten Zukunft entgegenzuführen. Ich bin bereit, mich uneingeschränkt für den Frieden einzusetzen.«

Iris Gesichtsausdruck veränderte sich. Er lächelte warm und gewinnend. »Ich habe Vertrauen zu dir. Es ist nicht leicht, sich ein gerechtes Urteil über jemanden zu bilden. Viele Menschen sinnen auf Verrat. Feinde bedrohen mich, wo ich sie am wenigsten vermutet hätte . . .«

Seine Stimme klang wehmütig. Karas betrachtete ihn bekümmert.

»Es schmerzt mich, Sorgen im Gesicht meines Königs zu erblicken.« Doch Iri schüttelte den Kopf.

»Ein König ist stets einsam.«

Er ließ neuen Tee einschenken und wechselte unvermittelt das Thema.

»Kürzlich hast du mich über die Sterbensriten der Aiu-Utari unterrichtet. Wie steht es mit dir? Wer würde dich bei deinem Tod zum Heiligen Berg geleiten?«

Karas antwortete ernst: »Diese Pflicht obliegt meiner Schwester Kubichi, denn meine Eltern sind schon lange in ihre Himmlische Heimat zurückgekehrt und ich habe keine Gattin.«

Iri strich gedankenversunken über seinen Bart.

»Gesetzt den Fall, wir würden einen geheimen Pakt schließen und der Königin von Izumo die Nachricht deines angeblichen Todes überbringen lassen, würde sie sich dann auf die Reise begeben, um dir gegenüber ihre Pflicht zu erfüllen?«

»Darüber besteht kein Zweifel, Majestät.«

Iri nippte an seinem Tee. Er sprach wie zufällig und mit einer gewissen Zurückhaltung.

»Nehmen wir mal an, ich würde auf diese Weise den Herrscher von Izumo dazu bewegen, seine Festung zu verlassen, und inzwischen meine Truppen im Gebiet des Kunne-Iomante konzentrieren. Dann ließe sich eine Entscheidungsschlacht herbeiführen und ich könnte meine gekränkte Ehre im Blut meines ärgsten Feindes rächen.«

Karas erbleichte.

»Dann aber würdest du meine Schwester ins Verderben stürzen!«

»Sei ohne Furcht.« Iris Stimme klang feierlich. »Ich würde sie wie eine Königin ehren. Einst war sie meine Gefangene und ich bewunderte ihren Mut. Ich wäre kein Fürst, wenn ich nicht auch am Gegner die Größe zu schätzen wüsste.«

Karas saß wie erstarrt da. Seine Augen, sein Gesicht verrieten den Sturm, der in ihm tobte.

»Verzeiht, Majestät, für solche Ränke kann ich mich nicht hergeben.« Seine Stimme zitterte. »Lieber will ich unter tausend Qualen den Foltertod erleiden als meine Schwester verraten!«

Doch Iri, milde lächelnd, erwiderte: »Du hast Recht. Verrat gereicht dir nicht zur Ehre. Ich bin der König, aber ich will auch dein Freund sein. Schwer wiegende Entschlüsse verlangen, Menschen in ungewöhnlicher Weise auf die Probe zu stellen. Du aber bist ein Mann ohne Falschheit und wirst mich nicht enttäuschen . . .«

Karas verneigte sich, stumm und aufgewühlt. Nach einer Weile brach der König mit müder Lässigkeit das Schweigen.

»Ich sehe, meine Worte haben dich erregt. Da ist aber noch mehr. Was bedrückt dich? Sprich!«

»Wäre mein Herz ein Stein«, seufzte Karas, »so würde ich es in einer mondlosen Nacht in einem Brunnen versenken . . .«

Ein verstehendes Lächeln umspielte Iris Lippen.

»Der Name der Dame ist mir bekannt. Sie ist die Zierde meines Königshauses.«

Karas' Augen leuchteten fieberhaft. »Meine Liebe zu ihr ist wie ein Pfeil mit Widerhaken, den ich aus meinem Herzen nicht herausziehen kann. Wenn ich es versuche, dringt es nur noch tiefer . . .«

Da lachte Iri mit nachsichtigem Spott. »Unsere Damen sind zu scheu, um ihre Gefühle in der Öffentlichkeit zu zeigen. Doch hab Vertrauen. Nichts ist mir unmöglich und mein Wille ist Gesetz . . .«

»Majestät . . .«

Karas lief dunkelrot an. Er wollte sich dem König zu Füßen werfen. Doch Iri hielt ihn zurück.

»Die Liebe hat keinen Preis. Verwahre deine Dankbarkeit, hebe sie für mich auf. Eines Tages werde ich sie von dir fordern . . .«

## 15

Es dunkelte und von Westen her zog eine Regenfront auf, als sich der Kundschafter am Festungstor meldete. Die Wachen geleiteten ihn in die Gemächer des Königs. Der Kundschafter war ein flinker, kleiner Mann mit scharf blickenden Augen. Er trug keine Rüstung, sondern einen Fellumhang und lederne Beinschützer. Ein Kurzschwert baumelte an seinem Gürtel. Er warf sich vor dem König zu Boden und berührte mit der Stirn die Matte.

»Sprich«, sagte Iri.

Der Mann schaute auf. »Majestät, ich sah im Norden den Rauch unzähliger Lagerfeuer. Die ›Kotans‹ versammeln sich am Fuß des Berges Ikoma.«

»Und was hat das zu bedeuten?«, fragte Iri.

»Für den ersten Frühlingsvollmond wurde der Rat der ›Ottena‹ einberufen. Meiner Schätzung nach lagern mehr als fünftausend Ainu – Frauen und Kinder ausgenommen – am Ikoma.«

»Sonst noch was?«

Der Kundschafter verneigte sich ein weiteres Mal.

»Der Herrscher von Izumo und seine Gemahlin sind mit fünfhundert berittenen Kriegern und einer beträchtlichen Menge Fußvolk auf dem Wege, um an der Beratung teilzunehmen.«

Ein Funke blitzte in Iris Augen auf. Er beugte sich vor. »Bist du dessen auch ganz sicher?« Der Kundschafter senkte den kahl geschorenen Kopf.

»Ganz sicher, Majestät. Sie wurden von den Regenfällen aufgehalten und sind noch etwa zwei Tagesreisen vom Ikoma entfernt.«

Iri starrte wie abwesend vor sich hin. »Ist das alles?«

»Das ist alles, Majestät.«

»Du kannst gehen«, sagte Iri.

Der Kundschafter verbeugte sich und kroch rückwärts aus dem Gemach. Iri schlug einen kleinen Bronzegong. Eine Innentür glitt auf. Seine Ordonanz verneigte sich auf der Schwelle. Der ins Leere gerichtete Blick des Königs schweifte über ihn hinweg.

»Teile den Offizieren mit, sie sollen sich im Beratungssaal einfinden. Aber sofort!«

Der Regen prasselte auf das Stroh und rieselte von den Dächern. Trübes Fackellicht erleuchtete den Beratungssaal. Eine Seitentür wurde aufgeschoben. Gefolgt von Yi-Am, seinem Vetter und engsten Berater, schritt Iri durch den Raum und setzte sich den Offizieren gegenüber. Alle verneigten sich. Der König erwiderte kurz ihre Verbeugung.

»Wie mir meine Kundschafter soeben berichtet haben, ist das gesamte Ainu-Volk auf den Beinen. Die Häuptlinge treffen sich am Ikoma zu einer Beratung.«

Die Haltung der Männer versteifte sich und Yi-Am sagte: »Die ›Ottena‹ wollen Tatsuda belagern, solange unsere Flotte nicht einsatzfähig ist. Aber der Winter war lang und die Krieger sind des Wartens müde. Bevor sie uns in die Zange nehmen, sollten wir selbst zum Angriff übergehen.«

Im zustimmenden Gemurmel ergriff der Befehlshaber Oba das Wort.

»Das Eis ist geschmolzen. Unsere Flotte könnte innerhalb von drei Tagen den Yodo-Fluss hinauffahren und an der Küste vor Anker gehen. Inzwischen würde die Festung der ersten Angriffswelle standhalten. Und wenn die Ainu ihre Kräfte erschöpft haben, fallen wir ihnen in den Rücken.«

Wieder nickten die Männer zustimmend. Doch Iris Gesicht blieb unbewegt.

»Noch eins müsst ihr zur Kenntnis nehmen: Der Herrscher von Izumo hat seine Festung verlassen und sich mit einem Teil seines Heeres zum Ikoma begeben.«

Ein kurzer, zischender Laut stieg aus den Reihen der Ratsteilnehmer. Dann wurde das Schweigen so tief, dass man die Fackeln knistern hörte. Und dieses Schweigen hatte nichts mehr mit Überraschung zu tun. Es war ein Schweigen der Furcht. Iri entging diese Stimmung nicht. Seine Lippen wurden schmal und weiß. Seine Stimme klang wie ein scharfes Kläffen.

»Hört auf, mit dem Kopf in den Wolken zu schweben! Habt ihr schon vergessen, dass es der Herrscher von Izumo war, der ihren König Azamaro getötet hat?«

»Nein, Majestät. Aber . . .« Yi-Am unterbrach sich.

Iris Augen blitzten ihn an.

»Weiter! Sprecht offen . . .«

»Sehr wohl, Majestät.« Yi-Am verneigte sich. »Ein Bündnis mit dem König von Izumo würde den Häuptlingen von großem Nutzen sein. Für uns allerdings kann das unangenehme Folgen haben.«

Iri lächelte eisig.

»Ohne sein Schwert, das hier im Heiligtum ruht, ist er nicht stärker als jeder gewöhnliche Mann.«

Yi-Am ließ sich nicht beirren.

»Verzeiht, Majestät. Ich bin überzeugt, dass er sowohl unsere Absichten wie die der Ainu durchschaut. Wir sollten angreifen, bevor die Banner von Izumo über dem Beratungsfeld wehen!«

Yi-Am neigte die Stirn, einmal vor dem König, einmal vor den Offizieren, und wippte dann auf seine Fersen zurück. Ein zustimmendes Murmeln ging durch die Reihen der Ratsteilnehmer. Doch Iri hob die Hand. Sein Grinsen war nur ein leichtes Zucken um seine Mundwinkel.

»Der Tag ist nicht mehr fern, an dem wir handeln werden. Doch zuvor beabsichtige ich, meinen verkappten Falken loszulassen, und bei allen Geistern! . . . Jetzt ist die Zeit gekommen, dass er mir Beute schlägt.«

Karas vernahm ein leises Pochen an der Schiebetür. Seine in der Wildnis geschärften Sinne waren sofort hellwach.

»Ja?«, flüsterte er.

Die Tür glitt zurück. Eine Frau – offensichtlich eine Zofe – kniete auf der Schwelle. Karas packte sein Schwert.

»Was willst du?«

Die Frau verneigte sich.

»Herr, verzeiht mir«, flüsterte sie. »Jemand lässt Euch zu sich bitten. Geruht, mir zu folgen. Aber bewegt Euch wie ein Schatten, denn dieses Treffen muss geheim bleiben.«

Karas überlegte kurz. Er wusste, die Festung war voller Intrigen, Geheimnisse und Gefahren. Bis jetzt hatte er sich – aus Schüchternheit und Stolz – von allem fern gehalten. Doch hätte es ihm keine Ruhe gelassen, die Dienerin wieder fortzuschicken, ohne zu wissen, worum es sich handelte. So kleidete er sich rasch an und befestigte seinen Knoten. Das Schwert steckte er in seine Schärpe. Dann folgte er der Frau, die sich lautlos durch die verdunkelten Gänge bewegte. Die Wachtposten, denen sie begegneten, nahmen keine Notiz von ihnen. Karas vermutete, dass ihr Schweigen erkauft worden war. Bald merkte er, dass ihn die Frau in jenen Teil der Burg führte, in dem sich die Gemächer der Hofdamen befanden. Sein Herz begann heftig zu klopfen. Plötzlich bedeutete ihm die Zofe zu warten. Sie kauerte nieder, schob mit leisem Geräusch eine Tür zur Seite. Zögernd trat Karas in einen kleinen, wunderschön eingerichteten Raum. Das Licht einer einzigen Fackel glitzerte auf dem goldenen Schnitzwerk der Deckenbalken und Säulen. Vor dem Wandschirm mit einem Blumenmotiv aus eingelegtem Perlmutter kniete eine Frau. Sie trug ein Gewand in blau schimmerndem Grün und darüber einen Schleier aus durchsichtiger Seide. Ihre Schärpe zierte ein silbernes Wellenmuster. Auf dem wundervollen, lackschwarzen Haar spiegelte sich das Licht. Obgleich sie einen seidenen Fächer vor ihr Gesicht hielt, erkannte Karas sie. Sein Atem stockte. In seiner Erregung vergaß er die höfischen Sitten und grüßte, indem er die Hand zuerst an seine Stirn, dann an sein hämmerndes Herz legte.

Ama no Uzume senkte den Fächer. Ihre Augen blitzten schalkhaft. Ein Wink – die Zofe glitt aus dem Zimmer.

»Komm, setz dich zu mir!« Ihr Fächer war wie ein Schmetterling, der vor ihrem lächelnden Gesicht hin und her schaukelte. »Der Regen hat aufgehört. Bald wird der Frühlingsmond erscheinen. Ich habe dich kommen lassen, weil ich mich einsam fühle und keinen Schlaf finde.«

Auf einem winzigen Tischchen standen ein Keramikkrug und kleine Schalen. Sie schenkte ihm Reiswein ein; er beugte sich vor, um das Schälchen entgegenzunehmen, und ihre Finger streiften sich.

»Die Beziehungen zwischen uns sollen herzlich sein. Ich möchte mehr über dein Volk wissen, aber es gibt Fragen, die ich nicht in der Öffentlichkeit stellen möchte.« Sie lächelte bezaubernd. »Sag mir, was tut eine Ainu-Frau, wenn sie in einen Mann verliebt ist?«

Die unverblümte Frage verwirrte ihn. Doch er antwortete gefügig: »Es gibt eine alte Sitte bei uns, demzufolge einmal im Jahr, bei der Sommer-Tagundnachtgleiche, alle unverheirateten Männer vor Sonnenuntergang das Dorf verlassen und sich im Wald verstecken. Sobald es dunkelt, machen sich die Mädchen auf die Suche nach ihnen. Jede versucht den Jüngling, an dem sie Gefallen findet, einzuholen. Um ihm ihre Gunst zu bezeugen, wirft sie ihren Gürtel um ihn.«

Da ließ sie ihr perlendes Lachen hören.

»Ich scheue davor zurück, mir die Füße an Steinen und Dornen zu verletzen, und ziehe es vor, den Mann, der mir gefällt, in meinem Gemach zu empfangen. Aber vielleicht kann ich mich trotzdem ein wenig nach der Sitte bei dir richten . . .«

Blitzschnell lockerte sie ihre Schärpe, warf sie wie eine knisternde Silberschlange um Karas' Hals und zog ihn lachend zu sich heran.

Tief in der Nacht fragte er sie, ob sie ihn liebte. Da seufzte sie wie jemand, dem ein Geheimnis entlockt wird, und erwiderte: »Ich liebte dich vom ersten Abend an, da ich dich sah. Meine Lippen blieben stumm, aber ich sprach mit den Augen zu dir.«

»Ich kam als Fremder«, sagte Karas beschämt, »und konnte diese Sprache nicht verstehen.«

»Dafür verstehst du die Sprache des Herzens.« Sie wandte ihr Gesicht ab. »Aber mein Herz spricht nur von Trauer und Wehmut.«

»Bist du nicht glücklich?«, fragte er. »Sag mir, was dich bedrückt!«

Sie schüttelte nur stumm den Kopf. Er musste sie überreden, sie bitten. Da sprach sie: »Seine Allerhöchste Majestät hat angeordnet, dass die Hofdamen nach Takeri eingeschifft werden, bevor das Heer die Festung verlässt und zur Ostküste aufbricht.« Karas erbebte.

»Was können wir tun?«, stieß er verzweifelt hervor.

Sie lächelte nur traurig.

»Ich bin nur eine Frau und dem königlichen Willen machtlos ausgeliefert. Du aber könntest den Herrscher vielleicht umstimmen . . .«

»Ich?«, rief er aus. »Wie meinst du das?«

»Der König«, sprach sie, »ist von Verrätern umgeben. Dir aber vertraut er, ich weiß es . . .«

»Sag mir, was ich tun soll . . .«, antwortete er beklommen.

Ama no Uzume warf ihr langes Haar wie einen Vorhang über ihr mondliches Antlitz. »Der König findet Tag und Nacht keine Ruhe. Die Schmach, die der Herrscher von Izumo ihm angetan hat, bedrückt ihn wie ein Albtraum. Du allein kannst ihm helfen, sein Herz durch Rache zu befriedigen.«

Karas schaute sie an, als hätte ihn ein Keulenschlag an der Stirn getroffen. »Wie könnte ich den Herrscher von Izumo verraten: Er leistete den Eid der Aiu-Utari . . .!«

»Und doch wünschst du dir sein Verderben, denn er gab deinem Vater den Todesstoß . . .«

»Abgründe gähnen zwischen Gedanken und Taten!«, erwiderte Karas mit bebender Stimme. »Das Herz bräche mir, wenn ich meiner Schwester ein Leid antun sollte!«

Sie beruhigte ihn mit einem Lächeln. »Der Herrscherin von Izumo würde kein Leid geschehen. Seine Allerhöchste Majestät achtet sie wie seine eigene Schwester. Ihr habt beide genug gekämpft und gelitten. Jetzt könntet ihr das Werkzeug sein, das den Frieden zwischen unseren beiden Völkern schmiedet. Der Herrscher von Izumo ist das einzige Hindernis, das seinen Plänen im Wege steht.« Ein Schluchzen hob ihre Brust. »Ich will nicht, dass wir getrennt werden! Ich kann nicht mehr leben, wenn du nicht in meiner Nähe bist.«

Er sah die Tränen auf ihren Wangen. Gelähmt in seinem Willen und jeder Widerstandskraft beraubt, nahm er sie in seine Arme.

»Weine nicht«, flüsterte er mit rauer Stimme. »Beruhige dich. Wir bleiben immer beisammen. Ich werde mich den Wünschen des Königs fügen . . .«

## 16

Die Banner von Izumo flatterten im Wind. Der Himmel war blank wie Jade, überflutet von glitzerndem Sonnenlicht. Im Westen warf der Berg Ikoma einen riesigen Schatten über das Land.

Die Vorhut ritt den Bannerträgern hundert Schritte voraus. Dann folgte die Reiterei. Dahinter stapfte, nicht ohne Mühe, das Fußvolk. Schwer bepackte Lasttiere und die Dienerschaft bildeten den Schluss.

Susanoo, der neben Kubichi ritt, spürte plötzlich die Unruhe der Pferde wie ein Signal, das sich in geheimnisvollen Wellen übertrug. Er richtete sich im Sattel auf. Die Schultern tief in seinen Wolfsfellumhang vergraben, ließ er die Augen über das Gelände schweifen. Doch er entdeckte nicht die unscheinbarste Bewegung und außer den stampfenden, klirrenden Geräuschen hörte er auch keinen Laut. Da sagte Kubichi leise und hastig: »Was immer auch kommen mag, die Männer sollen die Hände von den Waffen lassen . . .«

Ein Vogel schwirrte auf, glitt durch die Luft und verschwand in einem Busch. Susanoo stockte der Atem. Noch vor einem Augenblick war nichts zu sehen gewesen und jetzt zeichneten sich auf den Hügelrücken zu beiden Seiten des Heeres hunderte von bewaffneten Ainu ab. Eine Bewegung lief durch die Kolonne. Die Vorhut zügelte ihre Pferde, dass Steine hochwirbelten, die folgenden Reihen stauten und drängten sich hinter ihnen. Susanoo riss sein Reittier herum.

»Aufschließen! Weiterreiten!«, befahl er mit schneidender Stimme. Lautlos und unglaublich behände begleiteten die Ainu die vorrückende Kolonne. Es war, als seien beide Hügelketten in Bewegung. Auf einmal brachen fünf- bis sechshundert Ainu aus dem Wald hervor und versperrten der Vorhut den Weg. Die Reiter mussten anhalten.

Die Ainu trugen ihre nachenförmigen Kopfbedeckungen und den Wickelüberwurf mit karminrotem, weißem oder dunkelblauem Muster. Ihre Halsketten waren aus Bärenkrallen, die Armreifen und Schmuckspangen aus Muscheln und Türkisen. Susanoos Aufmerksamkeit richtete sich auf ihre seltsamen Standarten aus Tierhäuten, die Wahrzeichen der vier bedeutendsten »Kotan«: der Kotan des Hirsches, des Fuchses, des Dachses und des Bären, dem Kubichi angehörte. Langsam und drohend glitten die Schatten der Standarten über die wehenden Gräser, als sich drei Männer und eine Frau aus der Menge lösten und auf die Reiter zukamen. Alle – bis auf die Frau – trugen sie die Bärenfelle der »Ottena«, der Häuptlinge.

»Ich werde zu ihnen sprechen«, sagte Kubichi halblaut. »Sie sind von meinem Blut.«

In tiefem Schweigen ritt sie den Häuptlingen entgegen. Der Wind trug Susanoo ihre Stimme herüber. Er hatte inzwischen so viel von der Ainu-Sprache gelernt, dass er ihre Worte verstand.

»Hier bin ich«, sagte sie stolz, »und jeder, der mich für eine Verräterin hält, soll jetzt sprechen oder für immer schweigen.«

Ihr Blick wanderte über die Häuptlinge. »Du, Ikanui?«

Der Angeredete trat vor. Er war sehr groß und auffallend hellhäutig. Sein schwarz glänzender Bart hing ihm bis auf die Brust. Seine Stimme war ein scharfes Rasseln. »Dein Herz gehört nicht mehr deinem Volk, es gehört unseren Feinden! Wenn sie durch das Land der ›Aiu-Utari‹ ziehen, lassen sie keine Frucht auf den Bäumen, kein Blatt an den Büschen, keinen Menschen und kein Tier lebendig.«

Kubichi betrachtete ihn kühl. »Alle, die hier anwesend sind, wissen, wer ich bin. Doch mein Gemahl, der Herrscher von Izumo, leistete den Eid der Aiu-Utari. Von Emekka, der Hüterin der Bären, empfing er die Weihe unter dem Nordstern.«

Ein dumpfes Murmeln ging durch die Reihen. Da ergriff ein zweiter Mann das Wort. Es war Arinku, der Häuptling vom Kotan des Fuchses. Finster war sein Gesicht wie auch das Feuer seiner tief liegenden Augen.

»Der, den du dir als Gemahl erwähltest, ist Verbündeter des Tungusenherrschers, der unser Volk bedroht.«

Kubichi entgegnete hochmütig: »Er brach sein Bündnis mit Yamatai. Seine Allerhöchste Majestät hat seinen Tod geschworen.«

»Dann ist er ein Verräter!«, schrie heiser Arinku.

Kubichis Augen blitzten. »Hüte deine Zunge!«, zischte sie. »Noch immer bin ich die Herrin der Bären!«

Tinemba, der Häuptling vom Kotan des Dachses, hob die Hand. Sein Gesicht war voller Narben, seine Augen hart und blutunterlaufen. Mit dumpfer Stimme stieß er hervor: »Dein Bruder, der ›Schwarze Rabe‹, weilt seit vier Monden in Tatsuda. Wir wissen nicht, ob er tot ist oder noch am Leben. Doch seine Treue ist unverrückbar wie ein Felsen in der Erde. Du hingegen hast dem Fürsten von Izumo den Lehnseid geschworen.«

Kubichi hob stolz das Kinn. »Ich bin die Tochter des ›Porunnesipa‹, mein erstgeborenes Kind wird über Izumo herrschen!«

Eine feindselige Stille breitete sich aus. In trotziger Haltung erwiderte Kubichi den Blick ihrer Stammesgenossen. Plötzlich brach eine tiefe, klangvolle Stimme das Schweigen.

»Oh ihr tapferen Kinder des Nordsterns! Warum grollt ihr der Herrin der Bären? Warum ruft ihr den Zorn der Götter für sie herbei? Wenn ihr die Wahrheit erkennen wollt, so sucht sie in den Taten der Menschen und nicht in ihren Worten.«

Die Frau, die so gesprochen hatte, kam langsam näher. Sie trug ein hirschledernes Gewand, mit unzähligen Amuletten bestickt. Ihr faltenloses Gesicht hatte die Farbe dunklen Goldes und die schiefergrauen Haarflechten reichten bis zu den Hüften hinab. Es war Tisina, die »Weise Frau« des Kotan der Bären. Gelassen schritt sie auf Susanoo zu und an ihn richtete sie die Worte.

»Kein Fremder vor dir leistete den Eid der Aiu-Utari. Deine Verpflichtung gibt dir das Recht, zu sprechen. Sollten wir Hilfe brauchen, wärst du bereit, dich und dein Heer für uns einzusetzen?«

Susanoo erwiderte fest und offen ihren Blick.

»Mein Leben ist mit dem Leben der Aiu-Utari verknüpft. Ich bin gekommen, um euch zur Seite zu stehen.«

Die Frau beobachtete ihn. Unter der blauen Tätowierung waren ihre Augen braun wie Wolfsaugen. Unerwartet rief sie aus: »Ich achte dich! Sei willkommen an unserem Lagerfeuer!«

Bei ihren Worten erhob sich ein wütendes, finsteres Grollen unter den Häuptlingen. Tisina blickte sie drohend an und fuhr fort: »Ich, Tisina, sage euch: Der Herrscher von Izumo tötete unseren König in ehrenhaftem Kampf und überließ uns seine sterbliche Hülle, auf dass die Boten des Himmels ihn zu den Göttern geleiten konnten. Er vermischte sein Blut mit dem der Aiu-Utari und wird seine Kinder und Kindeskinder in der heiligen Eidesformel unterweisen. Ich, Tisina, sage euch: Er soll zu uns gehören!«

Das Grollen der Häuptlinge ging unter in dem donnernden Schrei aus den Kehlen der Krieger. Die Aiu-Utari schwenkten ihre Speere und Schwerter. Und während die blutrote Sonne hinter den schwarzen Hängen versank, schwebte die bleiche Sichel des zunehmenden Frühlingsmondes über den dunstigen Hügel empor . . .

# 17

Die Kronen der tausendjährigen Bäume wölbten sich zu seltsamen Kuppeln. Die frischen Knospen hatten sich schon entfaltet und das Licht schimmerte durch die Zweige wie durch ein grün schillerndes Netz. Susanoo wurde das Gefühl nicht los, dass er unter ihnen wie durch riesige lebendige Räume wanderte.

Das größte Ainu-Lager, das er je gesehen hatte, erstreckte sich auf beiden Seiten eines Flusslaufes. Die Hütten bestanden aus geflochtenen Zweigen und Moos. Sie wurden von geschnitzten Pfählen gestützt und waren sehr geräumig. Felle, bunte Teppiche und Decken lagen auf dem Boden.

Die Lebensgrundlage der Ainu war das Jagen und Fischen. Die Küstenbewohner erlegten die Wale und Seehunde mit Harpunen. Aus ihren Häuten verfertigten sie Boote. Die Wald-Ainu dagegen waren hauptsächlich Fallensteller. Die Felle und Tierhäute verwendeten sie für Winterumhänge und Decken. Sie bauten keinen Reis an, sondern nährten sich von Früchten und Beeren. Obgleich die Bären für sie als heilig galten, war es Brauch, zweimal im Jahr, bei der Winter- und Sommersonnenwende, eines dieser Tiere zu Ehren des Feuergottes Kamuy Huchi zu opfern und zu verspeisen.

Am dritten Tag, bei Vollmond, fand in der »Nusasa«, der großen Beratungshütte, die Zusammenkunft der »Ottena« statt. In der Mitte war ein Feuer entfacht worden, dessen Qualm durch eine Öffnung im Dach abzog.

Schon bei den ersten Gesprächen mit den Häuptlingen wurde Susanoo klar, dass die Ainu die Lage nicht richtig einschätzten. Sie hatten keine Ahnung, was die Tungusen unter »Vernichtungsschlacht« verstanden. Sie glaubten felsenfest, dass Iri den »Schwarzen Raben« gefangen hielt, und waren bereit, die Festung zu stürmen, um ihn zu befreien. Danach

– das war ihre Ansicht – würden die Tungusen unverzüglich den Rückzug antreten. Nachdem Susanoo ihnen geduldig zugehört hatte, versuchte er ihnen den Sachverhalt zu erläutern.

»Bei seiner Allerhöchsten Majestät würde ein Überfall auf Tatsuda eine ähnliche Wirkung hervorrufen wie ein Wespenstich bei einem Rehbock: Er würde ihn reizen, aber nicht schwächen. Die Flüsse sind wieder befahrbar: Bald werden hundert Galeeren zur Küste hinuntersegeln und ein Heer von zehntausend Mann – Reiter und Fußvolk – an Bord haben.«

Die Männer verharrten in finsterem Schweigen. Tisinas Gesicht war unbewegt. Dann knurrte Arinku, der Häuptling vom Fuchs-Kotan: »Wenn die Tungusen den Krieg wollen, dann sollen sie ihn haben.«

Susanoo nickte.

»Einverstanden. Aber dann bestimmen wir, wann und wo. Ikoma ist eine Waldgegend. Hier sind wir jedem Reiterheer überlegen. Seine Allerhöchste Majestät hofft, dass wir Tatsuda einkreisen, um uns dann mit seiner Hauptstreitmacht in den Rücken zu fallen. Dieses Vergnügen jedoch wollen wir ihm nicht gönnen. Jetzt haben wir Gelegenheit, ihn in einem Netz zu fangen, aus dem er so leicht nicht wieder hinausfindet. Wir können uns jahrelang in den Wäldern verschanzen und Iris Hauptschlagader, den Yodo-Fluss, bedrohen.«

Die Augen der Ratsteilnehmer blitzten. Susanoo fühlte, dass er langsam die Oberhand gewann. Da erhob sich Tinemba, der Häuptling vom Dachs-Kotan, und sprach angriffslustig: »Wo ist das Zauberschwert, das unseren König tötete? Zeig uns die Waffe, die jetzt für uns kämpfen soll!«

Susanoo spürte, wie Kubichi den Atem anhielt. Doch er erwiderte ruhig: »Die Göttin entzog mir dieses Schwert. Die Waffe wurde vernichtet.«

»Und warum«, fragte Tinemba, »hast du der Göttin missfallen?«

Susanoo zögerte. Dann antwortete er freimütig: »Ich weiß es nicht, ich bin mir keines Frevels bewusst.«

Stille. Niemand rührte sich. Die Röte der Flammen zuckte auf den Gesichtern. Dann fragte Ikanui, der Häuptling vom Hirsch-Kotan, mit arrogantem Schnauben: »Hat ein Mann, der seine Göttin erzürnte, überhaupt das Recht, an unserem Rat teilzunehmen?«

Susanoos Hand fuhr blitzschnell hoch, schwebte schattenhaft über seinem Schwertgriff. Kubichi war leichenblass geworden. Ihre Zähne gruben sich in die Unterlippe. Dann holte Susanoo tief Atem und legte die Hand wieder zurück auf sein Knie.

»Die Göttin hat tausend und abertausend Kinder, doch sie kennt ein jedes. Sie zieht uns in den Staub, wann immer es ihr beliebt. Aber meine Zeit ist noch nicht gekommen. Das Volk der Aiu-Utari ist für mich wie mein eigenes Fleisch und Blut. Das sollte euch genügen.«

Steinernen Gesichtes blickte er vom einen zum anderen. Die Männer senkten die Lider. Nur Tisina wandte die Augen nicht ab. Plötzlich brach ihre kehlige Stimme das Schweigen.

»Wir haben keine andere Wahl. Wenn der letzte Aiu-Utari sein Leben gelassen hat, werden nur noch die Schatten der Toten die Wälder bevölkern. Sag uns, was wir tun sollen.«

## 18

Der alte Ainu, der an der Flussmündung lebte, betrachtete sorgenvoll den Himmel. Er wusste, ein Sturm würde aufkommen. Der Himmel hatte eine düster-gelbliche Färbung angenommen und in der stillen, drückenden Luft hörte er seine eigenen Atemzüge.

Der Alte hieß Kamakui. Seine Frau war schon lange gestorben. Er lebte vom Fallenstellen und Fischen. Wenn seine Beute reichhaltig war, machte er sich auf den Weg nach Tatsuda. Er brachte den Kriegern Wildbret oder Tierfelle, die er gegen Korn, Tabak und Reis eintauschte.

Kamakui war beunruhigt: Die Frühlingsnächte waren noch kalt und er fürchtete, dass der Sturm seinen Unterschlupf zerstören könnte. Er wickelte seine Salz- und Reisvorräte sowie seine Feuersteine in weiche Rinde ein und begann an einer geschützten Stelle ein Loch zu graben. Auf einmal hob er den Kopf und lauschte: Am Vibrieren des Bodens bemerkte er das Herannahen einer Reitergruppe. Vorsichtig spähte er durch die Büsche. Das Klopfen der Hufe war jetzt deutlich zu hören. Als die Pferde in Sichtweite kamen, kroch Kamakui aus seinem Versteck. Er kannte die Reiter. Ihr Anführer, Goro, gehörte der königlichen Wache an. Er trug eine Bronzerüstung und einen ledernen Helm. Ein großer, schwerer Bogen hing ihm über die Schulter. Er lenkte sein Pferd geradewegs auf den Alten zu.

»Da bist du ja«, sagte er ohne Umschweife. »Wir haben eine wichtige Botschaft für dich. Sie kommt von seiner Allerhöchsten Majestät persönlich.«

Der Alte legte die Stirn in Falten und schwieg. Er bezweifelte, dass der König von seiner Existenz überhaupt unterrichtet war. Doch Goro fuhr fort: »Der ›Schwarze Rabe‹, der Sohn des Porunnesipa weilte seit vier Monden in unserer Festung als hoch geschätzter Gast Seiner Allerhöchsten Majestät. In der vergangenen Nacht jedoch ist er an einem bösen Fieber erlegen. Der König, der ihm seine besondere Gunst schenkte, ist sehr betrübt.«

Er schwieg bedeutungsvoll. Der Alte nickte stumm. Das war eine schlimme Nachricht.

Goro sprach weiter: »Seine Allerhöchste Majestät hat angeordnet, dass der Verstorbene zum Kunne-Iomante, dem Heiligen Berg, gebracht wird, damit seine Angehörigen die Riten an ihm vollziehen können. Dir jedoch befiehlt er, die Nachricht von Karas' Hinscheiden seinem ›Kotan‹ zu überbringen.« Er öffnete die Hand und reichte ihm einen Gegenstand.

Kamakui erbebte: Es war ein Siegelring, wie jeder Ainu im heiratsfähigen Alter ihn von seinem Vater erhält. Der Ring, meist aus Kupfer, trug das Wahrzeichen seines »Kotans«. Dieser Ring jedoch war aus reinem Silber und das eingeritzte Symbol stellte den Abdruck einer Bärentatze dar. Einzig die Familie des »Porunnesipa« hatte das Recht, dieses Wahrzeichen zu tragen. Es war kein Zweifel mehr möglich. Kamakui nahm den Ring mit zitternden Fingern und hob ihn ehrfurchtsvoll an seine Stirn.

»Ich werde«, sagte er, »die Botschaft überbringen.«

Der Alte lag wie eine nasse, verschrumpelte Eidechse auf dem Lager. Im Fackellicht wirkte seine Haut wie stumpf glänzendes Leder. Seine Füße waren aufgeschürft und blutig; die Kleider hingen ihm in Fetzen am Leib.

»Er hat hohes Fieber«, sagte Kubichi. »Er muss lange durch das Unwetter gelaufen sein.«

»Kennst du ihn?«, fragte Susanoo.

Kubichi drehte die Hand des Bewusstlosen gegen das Licht und besah sich seinen kupfernen Siegelring.

»Er gehört zum Kotan der Krähen.«

Eine Frau trat in die Hütte. Sie hielt ein hölzernes Gefäß und eine flache Kelle in der Hand. Sie beugte sich über den Alten und flößte ihm eine Flüssigkeit ein. Der Mann zuckte zusammen. Seine Augenlider flackerten. Er verschluckte sich und hustete. Immer mehr Leute traten in die Hütte. Die Luft war stickig. Susanoo fühlte den Rauch in seinen Augen brennen.

Langsam kam der Alte wieder zu sich. Sein umherschweifender Blick blieb an Kubichi haften. Schwerfällig kamen die Worte über seine blauen, verkrusteten Lippen.

»Herrin der Bären . . . ich habe eine Botschaft.«

Seine tastenden Finger nestelten an dem durchnässten Lederbeutel um seinen Hals. Er brachte einen silbernen Ring zum Vorschein, den er in Kubichis Hand legte. Susanoo sah, wie ihr Atem stockte. Sie betrachtete den Ring; richtete dann den Blick wieder auf den Alten, der keuchend und hustend zu sprechen begann, während sich die Ainu in atemloser Bestürzung um das Lager drängten.

Susanoos Gedanken überstürzten sich. Er spürte die Gefahr wie einen eisigen Hauch auf seiner Haut. Der Alte war erschöpft auf sein Lager zurückgesunken. Susanoo sah, wie Kubichi sich langsam aus ihrer Erstarrung löste, den Ring zwischen zwei Finger nahm und ihn hochhielt, damit alle ihn sehen konnten. Ihr Blick war in weite Ferne gerichtet und sie sprach mit dumpfer Stimme: »Mein Bruder Karas hat sein irdisches Dasein beendet und steht an der Pforte seiner Himmlischen Heimat.« Alle seufzten und beugten die Köpfe. Kubichi fuhr fort: »So werde ich gehen und die Riten an ihm vollziehen, auf dass ihn die Boten des Himmels zu den Göttern geleiten.«

Schlagartig brach ein Stöhnen, Wimmern und Klagen aus. Männer und Frauen schlugen sich an die Brust, rissen sich die Haare aus, kratzten sich die Wangen blutig. Einige Atemzüge lang stand Susanoo wie versteinert, bis er sich aus seiner Benommenheit wie aus einem Albtraum riss.

»Genug!«, brüllte er.

Jäh verstummte das Schreien und Klagen. Die Ainu erstarrten. Susanoo hielt seinen Schwertgriff gepackt.

»Merkt ihr denn nicht«, zischte er, »dass das nur eine Falle ist?«

Kubichi stand keuchend vor ihm. Das aufgelöste Haar fiel ihr wirr ins Gesicht und ihre Haut war mit einem leichten Schweißfilm bedeckt. Ihre Züge drückten Befremden aus. Da fühlte er sich wie ein Mann, der zum Tode verurteilt seine letzten Worte spricht.

»Ich bin Susanoo no Mikoto, der Herrscher von Izumo. Ihr denkt gewiss: Er ist nicht von unserem Blut, er hat kein Recht, seine Stimme zu erheben. Aber ich leistete den Eid der Aiu-Utari. So lasst mich sprechen! Ich kenne eure Feinde, denn sie sind mein eigenes Volk. Ihr König hat kein Herz, kein Ehrgefühl, kein Gewissen. Nichts ist ihm heilig, selbst seine eigenen Götter nicht. Er bedient sich dieser List, um die Aiu-Utari ins Verderben zu locken!«

Alle schwiegen. Dann sagte Kubichi in kühlem, ruhigem Ton: »Mein Bruder, der ›Schwarze Rabe‹, ist nicht mehr am Leben. Wie käme sonst sein Siegelring in meine Hand?«

Susanoo starrte auf das Schmuckstück, das mit stumpfem, kaltem Glanz im Fackellicht schimmerte. Er erinnerte sich, dass die Ainu ihren Ring mit in den Tod nahmen. Er erinnerte sich auch, dass es in ihrer Sprache kein Wort für »Lüge« gab. Ein tiefer, verzweifelter Atemzug hob seine Brust. Kubichi ließ ihn nicht aus den Augen.

»Es mag sein, dass du Recht hast.« Ihre Stimme klang jetzt sehr sanft. »Vielleicht birgt die Botschaft tatsächlich eine Falle. Aber Karas ist tot und ich muss die Riten vollziehen.«

Er spürte sein Herz, seine Schläfen pochten. Was immer ich auch sage oder tun werde, dachte er, ich kann sie nicht zurückhalten. Sie wird ihre Pflicht gegenüber ihrem Volk, ihrem Glauben erfüllen. Nicht einmal zornig konnte er sein. Vorwürfe würden den Frieden ihrer Seele stören und die Aufgabe, für die sie alle Kräfte brauchte, erschweren. So senkte er den Kopf und verschloss seine Gedanken. Und als die Männer und Frauen in dumpfem Schweigen die Hütte verließen, trat er wortlos hinter ihnen ins Freie.

Die Nacht war klar und tönend wie eine Tempelglocke. Der Rauch der Lagerfeuer stieg schwach und bläulich in die Luft. Der abnehmende Mond funkelte wie eine Schmucksichel über den schwarzen Felsen.

Susanoo trat aus dem Baumdickicht hervor und ging auf eine Lichtung zu, wo eine Quelle dem Boden entsprang. An dieser Stelle hatten die Ainu ein Gerüst aus Birkenzweigen als Opferstätte errichtet. Jedes Stammesmitglied brachte dort eine kleine Gabe dar: Amulette aus Silber und Kupfer, schön bestickte Lederstreifen, kleine geschnitzte Figuren aus Knochen und Holz. Es hingen auch einige Bärenschädel und Hirschgeweihe an dem Gerüst.

Schwarz hob sich das Gerüst gegen den saphirblauen Himmel ab. Nichts regte sich, außer dem aufkommenden Wind in den Blättern. Die Quelle sprudelte mit leisem Rauschen im Moos. Susanoo atmete gepresst. Der Schweiß klebte ihm am Rücken. Er legte sein Schwert nieder, tauchte die Hände ins kalte Wasser und besprengte sein Gesicht. Und dann vernahm er neben sich eine sanfte, klare Stimme: »Ich wusste, dass ich dich hier finden würde.« Er hob die Augen und sah sie unter einem Baum stehen. Die Blätter schaukelten über ihr und der rotviolette Umhang schien mit dem Stamm verwachsen, an dem sie lehnte. Er richtete sich auf und steckte sein Schwert in die Schärpe. Ihre Blicke trafen sich. Er wandte das Gesicht ab; sie sollte nicht sehen, in welchem Zustand er war. Sie ging langsam an ihm vorbei, auf die Opferstätte zu, streifte ihren Armreif aus Korallen ab und hängte ihn an einen Zweig. Die Korallen schimmerten wie Blutstropfen in der mondhellen Nacht. Leise, wie zu sich selbst, sprach sie: »Wie könnte ich meinem Bruder das Glück verwehren, in unsere Himmlische Heimat zurückzukehren?«

Er senkte die Stirn. »Verlass mich nicht!«, brach es aus ihm heraus.

Sie betrachtete ihn mit traurigen, brennenden Augen.

»Ich sehe meinen Bruder wie in einem Fiebertraum. Er irrt durch die Nacht und ruft mich. Nur meine Liebe zu ihm kann die Schatten zurückhalten, die seine Seele bedrohen. Lass mich gehen und versuch nicht, mich zu halten. Bliebe ich zurück, so müsste ich mich vor den Göttern schämen. Auch mein Herz wäre nicht einverstanden, denn ich wurde zur Tapferkeit erzogen . . .«

Er sah, dass sie zitterte, und schloss sie eng in seine Arme. Mit rauer Stimme sagte er: »Ich werde dich zum Kunne-Iomante begleiten. Wie könnte ich es verantworten, dass du dich und unser Kind in Gefahr begibst?«

In ihrem Gesicht ging eine Wandlung vor; wie eine aus dem Schlaf Erwachende zuckte sie zusammen und heftig rief sie aus: »Nicht ich, sondern du sollst der Rache des Königs zum Opfer fallen!«

Er starrte sie an, bis ins Tiefste betroffen. »Seine Allerhöchste Majestät weiß, dass er mich am härtesten und sichersten durch dich treffen kann!«

Da warf sie stolz den Kopf in den Nacken. »Sei unbesorgt, besitze ich nicht Macht über die Bären?« Leise, eindringlich kam es über ihre Lippen: »Den Weg, den ich jetzt gehen werde, muss ich allein gehen! Du aber führe an meiner Stelle das Volk, das zwischen Wäldern und Schilf wohnt, und schütze es, wenn es von Feinden bedroht wird.«

Er versuchte zu überlegen. Was sie zu tun gedenkt, kann einer Königin nur zur Ehre gereichen. Sie hat erkannt, dass ich hier benötigt werde. Könnte irgendein anderer die Ainu besser führen als ich?

Kubichi sah zu ihm empor. Sie presste die Lippen aufeinander, wie Kinder es tun, um die Tränen zurückzuhalten. Da streichelte er sanft ihre Wangen und sprach: »Sorge dich nicht. Ich bleibe bei deinem Volk und werde ihm zur Seite stehen wie ein Vater seinen Kindern. Meine Krieger werden dich zum Kunne-Iomante begleiten. Hokiji wird sie führen.«

## 19

Der Morgenhimmel schimmerte wie Perlmutter und die aufgehende Sonne kleidete die Wipfel in Gold. Der Rauch der Lagerfeuer stieg senkrecht hoch. Aus Unterholz und Baumkronen klang Gezwitscher und Trillern. Die Krieger bestiegen schon ihre Pferde. Alle trugen Brustharnische, Helme und waren schwer bewaffnet. Die Ainu, Männer und Frauen, warteten in bedrücktem Schweigen.

In ihrem Umhang gehüllt, trat Kubichi aus dem Zelt. Ein Stirnband aus geflochtenen Pflanzenfasern hielt ihre Locken zurück. Ihr klares, goldenes Gesicht war starr wie eine Maske. Hinter ihr erschien Susanoo. Hokiji verneigte sich und gab ein Zeichen. Man führte das Pferd der Königin vor. Susanoo blieb stumm, während sie sich ihm zuwandte. Er erwiderte ihren Gruß; sein Antlitz war wie aus Stein, doch sie sah, wie er sich auf die Lippen biss. Mit der gleichen zeremoniellen Bewegung nahm sie Abschied von den Häuptlingen. Die Augen vieler Männer füllten sich mit Tränen und einige Frauen schluchzten laut. Kubichi überquerte die Lichtung vor dem Zelt. Ihr Umhang schleifte über die taufeuchten Gräser. Sie stieg in den Sattel und gab Hokiji ein Zeichen vorauszureiten. Die Eskorte setzte sich in Bewegung. Das Stampfen der Hufe vermischte sich mit dem Geräusch unzähliger Stimmen, die wie das Summen eines Bienenschwarmes die Lichtung erfüllten. Die Sonnenstrahlen drangen durch das Unterholz und die feuchte Erde dampfte. Staub wirbelte auf und glitzerte in der Sonne. Susanoo hatte das Gefühl, dass die Reiter in dem goldenen Flimmern wie in einer Luftspiegelung entschwanden. Kubichis roter Umhang glänzte ein letztes Mal auf, dem Gefieder eines Märchenvogels gleich. Dann verschluckte sie der zitternde Dunst.

Susanoo erbebte wie aus einem Traum gerissen, hob die Augen über die Baumkronen und sah einen Geier, der im klaren, reinen Licht seine Kreise zog. Und plötzlich überwältigte die Furcht seine Seele. Eisai stand neben ihm und erwartete seine Befehle. Er aber konnte die Menschen um sich herum nicht ertragen und zischte: »Geh mir aus den Augen!« Eisai erbleichte und zog sich schleunigst zurück.

Susanoo ging in das Zelt, vor dem die Banner von Izumo wehten. Er kniete auf der Matte nieder und legte die Hand auf die Stelle, wo die junge Frau neben ihm geschlafen hatte. Dann rief er seine Ordonanz: »Bringt mir Wein!«, befahl er. Nachdem ihm das Gewünschte gebracht worden war, riss er das Keramikkännchen an sich, schickte den Mann mit einer Handbewegung hinaus und nahm einen kräftigen Schluck direkt aus dem Gefäß. Seine Wachen bekamen ihn vor Einbruch der Nacht nicht wieder zu Gesicht.

Er wanderte durch das Lager, vorbei an den Hütten, wo die Mütter ihre neugierigen Kinder leise zurückriefen. Die Männer richteten Pfeile her, spitzten Bambuspfähle zu und verfertigten Bogen, Speere und Äxte. Ein Schmied arbeitete in einer flachen, offenen Grube, während zwei junge, halb nackte Helfer das Feuer schürten. Am Flussufer tränkten Männer aus Izumo ihre Pferde. Sie verneigten sich. Susanoo grüßte finster zurück. Die frische Abendluft brachte in seine Gedanken etwas Klarheit, doch nicht genug. Der Sonnenuntergang setzte ein, schillernd und Ehrfurcht einflößend, wie er ihn noch nie zuvor erlebt hatte. Wolkenfetzen zogen über den Himmel, der sich rot und grün und golden färbte. Die Bäume waren in rötlichen Dunst gehüllt. Ein kupferner Mondsplitter wanderte über den Horizont, kaum groß genug, um einen Lichtschimmer auszusenden. Ein ununterbrochenes Gewirr von Geräuschen zog durch den Wald. Es war ein Knistern und Prasseln, ein Rauschen von Blättern und Zweigen, ein leichtes Stöhnen, das hier und da von einem hohlen Klopfen oder einem spitzen Schrei unterbrochen wurde. Susanoo wischte sich den

Schweiß von der Stirn. Voller Unbehagen spähte er um sich und plötzlich fuhr er herum, die Hand am Schwertgriff. Vor der Schattenwand der Bäume hob sich ein Schatten ab, der noch dunkler war. Die Klinge war schon halb aus der Scheide, als er die Gestalt, die jetzt langsam näher trat, erkannte. Es war Tisina, die »Weise Frau«. Susanoo stieß ärgerlich die Waffe zurück und bewegte die Finger, um seine Gelenke wieder zu lockern.

»Ihr Ainu seid alle gleich«, knurrte er unbeherrscht. »Ich wünschte, ihr würdet euch melden, bevor ihr euch heranschleicht.«

Sie ging auf seine Bemerkung nicht ein, betrachtete ihn mit ihren ruhigen, klugen Augen. Die Bäume zeichneten dunkle Muster auf Susanoos Gesicht und der schwache Mondschein schimmerte auf seinem Schwertgriff. Mit einem Mal stieß sie einen Seufzer aus.

»Der Wald spricht heute Nacht eine seltsame Sprache.«

Sein Atem stockte. »Wie meinst du das?«

Sie schüttelte leicht den Kopf. »Ich kann die Zeichen nicht deuten.«

»Deute sie!« Es war ein Befehl, doch Tisina schwieg, als ob sie auf eine innere Stimme lauschte.

Schließlich antwortete sie: »Komm allein um Mitternacht zur Opferstelle. Ich werde mit den Geistern Zwiesprache halten.«

Sie wandte sich ab und verschwand zwischen den Bäumen, lautlos, wie sie gekommen war, während er einsam in der Dunkelheit zurückblieb.

Später. Der Wald glich einem finsteren, ruhenden Meer und der Wind fand ein Echo in Höhlen voll tropfenden Wassers. Susanoo ging dem Rauschen der Quelle nach und trat hinaus auf die Lichtung. Der Umriss der Opferstätte hob sich schwarz gegen den Nachthimmel ab. Die gebleichten Schädel und Geweihe wirkten wie gespenstische Riesengewächse und schienen einen eigenen, schwachen Schimmer auszustrahlen. Susanoo sah Kubichis Armreif noch immer an der gleichen Stelle hängen; ein schmerzhaftes Zucken ging über sein Gesicht. Dann bemerkte er, dass im Schatten des Gerüsts ein anderer Schatten kauerte, ein kleinerer, dunklerer. Als er näher kam, bewegte sich dieser Schatten und richtete sich auf. Einen Augenblick standen sie sich stumm gegenüber. Tisinas Schultern hoben und senkten sich bei jedem Atemzug. Ihr Gesicht wirkte bleich und eingefallen.

»Nun?«, fragte er.

Sie hockte sich auf die Steine und breitete einige Geräte vor sich aus. Etwas krächzte und bewegte sich: Es war ein Hahn, der mit zusammengebundenen Flügeln am Boden lag.

»Entledige dich deines Harnisches«, sagte Tisina.

Er schnallte wortlos die Lederriemen auf.

Tisina begann zwischen drei Steinen ein Feuer zu entfachen. Während die Flammen hochstiegen, nahm Tisina aus dem Ausschnitt ihres Gewandes eine Schnur, an der einige kleine Ledersäckchen hingen. Tisina hielt sie gegen das Licht des Feuers; sie öffnete das eine, auf dem ein blauer Stern gestickt war. Es enthielt ein dunkles Pulver, das stark nach verfaulter Rinde roch. Susanoo sah Tisina das Pulver in die Flammen schütten. Funken sprühten auf. Das Feuer nahm eine eigentümliche gelbe Färbung an, ein herber Geruch verbreitete sich. Jetzt packte Tisina ein Messer, hob den Hahn an den Beinen hoch und murmelte: »Verzeih mir, wenn ich dich töte, aber ich brauche dein Blut, um mit den Geistern in Verbindung zu treten.«

Mit raschem, geübtem Griff stieß sie ihm das Messer in die Kehle. Das Blut spritzte auf. Der Hahn schwankte, krümmte sich und versuchte mit den gefesselten Flügeln zu schlagen. Tisina hielt kraftvoll das zuckende Tier von sich und ließ das Blut in eine hölzerne Opferschale rinnen. Nachdem die Bewegungen des Hahnes abgeklungen waren und die Schale gefüllt war, legte sie den warmen, schlaffen Körper behutsam auf den Boden nieder. Dann tauchte sie zwei Finger in das Blut und strich sich über Stirn und Schläfen, über den Hals, dort wo die Schlagader pochte, und über die Hand-, Fuß- und Kniegelenke. Nun setzte sie sich ihm gegenüber, schlug auf eine kleine Trommel aus Birkenholz und sang dazu. Susanoo lauschte auf ihre leise, kehlige Singweise. Nach und nach verwandelte sich der Ton, wurde zu einem Stampfen, einem Vibrieren: ausgestoßen, abgebrochen, wieder aufgenommen, erstickt, berauschend. Susanoo vermeinte, dass seine eigene Haut wie das Trommelfell bebte, dass Feuer in seinen Adern kreiste.

Eine Weile verging. Tisinas Augen waren geschlossen. Sie schwankte, wie von Müdigkeit erfasst. Ein seltsamer Laut – dem Brummen eines Bären ähnlich – drang aus ihrer Kehle. Plötzlich wurden ihre Lippen weiß. Furcht entstellte ihr Gesicht, die Trommel entglitt ihren Händen.

Sie kreischte: »Das Feuer der Finsternis ist erwacht! Die Tore zum Nordstern sind uns verschlossen!«

Er starrte sie an, während sie wimmernd die Hände vor den Mund schlug, wie es Ainu-Frauen tun, wenn sie von Verzweiflung gepackt sind.

»Wehe den Aiu-Utari! Wehe denen, die jetzt sterben, denn ihr Leichnam wird in der Erde verwesen und dem Ungeziefer als Nahrung dienen . . .«

Krämpfe durchzuckten sie. Ein Speichelfaden, mit etwas Blut vermischt, rann ihr aus dem Mundwinkel. Ihre Stimme war nur noch ein raues, abgehacktes Flüstern.

»Der Berg brennt! Die Erde klafft! Unglück häuft sich über Unglück . . . Flammenzungen lodern empor . . . Die Himmlischen Vögel kreisen über Rauchwolken . . . sie suchen vergeblich den Weg zu den Göttern . . . Der Heilige Berg wurde entweiht! Ein Frevel ist geschehen! . . .«

Er packte sie an den Gelenken, versuchte ihre Fäuste von

dem schreienden Mund zu zerren. Sein Herz hämmerte stürmisch.

»Wer . . .?«, brüllte er. »Wer wagte den Frevel?«

Sie ächzte und krümmte sich in ihrem Wahn. Schüttelfrost überlief ihren Körper. Er schlug sie hart mit der Handfläche ins Gesicht. Da kreischte sie wie zu Tode verwundet.

»Der ›Schwarze Rabe‹ brachte den Fluch über uns!«

Er ließ sie los. Sie verdrehte die Augen, fiel zurück und schlug mit dem Hinterkopf auf die Steine. Erstarrt blickte er auf sie herab. Erst als Tisina sich stöhnend bewegte, schreckte er wie aus einem Wachtraum auf.

Er hob die Frau behutsam an seine Brust. Er atmete ihren scharfen Geruch nach Leder, Schweiß und Alter ein. Ihr erstes Aufschluchzen glich einem Röcheln. Weitere Seufzer folgten; der Bann war gebrochen. Sie weinte wie eine Frau, die einen schmerzlichen Verlust zu beklagen hatte und von jetzt an nur noch auf den Tod wartete. Er strich ihr über das wirre Haar.

»Tisina?«

»Ja, Herr.«

»Die Herrin der Bären . . . meine Gemahlin . . . ist sie noch am Leben?«

Er fühlte heiße Tränen auf seinem nackten Arm. Ihre Stimme klang unwirklich und tonlos.

»Sie lebt . . . aber sie hat Schmerzen . . . Die Feinde haben die Eskorte überfallen . . . Ich sehe es deutlich jetzt . . . Das Gras ist rot von Blut . . .«

Einen Atemzug lang schloss er die Augen. Als er sie wieder öffnete, war die Müdigkeit von ihm wie verflogen. Er fühlte auch keine Schmerzen mehr, sondern nur ein ungeheures Glühen. Er erhob sich, half der Frau sich aufzurichten und seine Stimme war so ruhig und hart wie der Blick, den er auf sie heftete.

»Weine nicht, Mutter, sondern gib den Befehl, die Muschelhörner zu blasen. Alle Krieger der Kotan sollten sich versammeln. Wir ziehen zum Kunne-Iomante!«

## 20

Karas schlug benommen die Augen auf. Dumpfer Schmerz saß in seinen Gliedern. Sein Gaumen brannte, er fühlte sich wie ausgelaugt. Er stützte sich auf einen Ellbogen und maß schläfrig die Länge der Schatten, die die Sonne warf: Es musste schon spät am Morgen sein.

Am vorherigen Abend hatte er mit Ama no Uzume an einem Bankett teilgenommen. Sie war in ein purpurnes Gewand gekleidet gewesen, von Goldfäden wie grellrote Blitze durchwebt. Sie hatte ihm Wein eingeschenkt, ihm mit ihren elfenbeinernen Stäbchen die zartesten Bissen in den Mund geschoben. In seinem Bewusstsein erwachte die Erinnerung an ein perlendes Lachen, Stimmengewirr und Musik. Danach war nichts mehr; nur noch Dunkelheit, Stille und tiefer, traumloser Schlaf.

Lauter und erregter als sonst drangen die Geräusche der Festung in sein Gemach: Befehlsstimmen, eilige Schritte, Waffengeklirr und das Schnauben und Stampfen der Pferde. Karas raffte sich mühsam auf und rief nach seinem Diener. Niemand antwortete. Karas murmelte unwillig vor sich hin. Wo blieb denn nur der pflichtvergessene Bursche? Er kleidete sich an und steckte sein Haar auf. Als er sein Schwert ergreifen wollte, blickte er verstört um sich: Die Waffe war nicht mehr da, wo er sie gestern Abend hingelegt hatte. Mit unsicheren Schritten stapfte er durch das Zimmer, riss die Schiebetür auf. Draußen lehnte ein Wachtposten gegen das Geländer. Ihm fiel auf, dass der Mann sich nicht verneigte.

»Wo ist mein Schwert?«, herrschte er ihn an.

Der Wachtposten lachte. »Wenn es nicht daliegt, dann habt Ihr eben keins mehr«, gab er unverschämt zur Antwort. Karas schoss die Röte ins Gesicht. Was ging hier vor?

»Führe mich zum König, aber sofort!«, befahl er hochfahrend.

Der Wachtposten zog gleichmütig die Schultern hoch.

»Das wird wohl kaum möglich sein. Seine Allerhöchste Majestät inspiziert die Truppen.«

Karas versuchte klar zu denken. Kalter Schweiß lief ihm über den Rücken. Da sah er eine Dienerin den Gang entlangkommen. Sie trug ein Tablett mit einigen Gefäßen. Er erinnerte sich, die Frau in den Gemächern der Hofdamen gesehen zu haben. Er gab der Dienerin ein Zeichen stehen zu bleiben.

»Teile der Verehrungswürdigen Ama no Uzume mit, dass ich sie unverzüglich zu sprechen wünsche!«

Die Zofe verneigte sich verlegen.

»Ehrenwerter Herr . . . die Dame Ama no Uzume hat heute Morgen die Burg verlassen.«

Karas packte die Frau am Arm. Seine Finger bohrten sich in ihr Fleisch. Die Zofe ließ das Tablett fallen. Fischsuppe und Essiggemüse breiteten sich auf der Matte aus.

»Das ist unmöglich!«, schrie er.

Die Dienerin stöhnte vor Schmerz. »Seine Allerhöchste Majestät hat angeordnet . . . die Verehrungswürdigen Hofdamen mit dem Schiff nach Takeri zurückzubefördern. Oh Herr! Ihr tut mir weh!«, jammerte sie.

Karas konnte sich kaum noch beherrschen.

»Aber die Dame hat doch noch gestern Abend an einem Fest teilgenommen!«

Das Gesicht der Zofe war grau vor Furcht. Sie versuchte vergeblich sich seinem Griff zu entziehen.

»Verzeiht, Herr! Dieses Fest fand schon vor zwei Tagen statt . . .«

Karas ließ sie los. Sie taumelte zurück, hob mit zitternden Händen das Tablett und die Gefäße auf und ergriff die Flucht. Karas stand da wie versteinert. Sein Bewusstsein wurde plötzlich von der Erkenntnis durchdrungen, dass er betrogen worden war. Instinktiv griff er nach seinem Schwert; da fiel ihm ein, dass er waffenlos war. Was wird aus mir?, dachte er. Bin ich ein Gefangener? Als er weiterging, prallte sein Blick an den ausdruckslosen Blicken der Wachen ab. Sie ließen ihn ungehindert durch, als er in den Innenhof trat.

Hunderte von schwer bewaffneten Kriegern scharten sich vor dem Haupttor. Die Pferde stampften erregt und schüttelten die geflochtenen Mähnen. Lanzen, Speere und Sättel lagen bereit; Stallburschen striegelten die Pferde und putzten das Sattelzeug. Karas entdeckte Shinshi, einen der Offiziere aus Yi-Ams Gefolge. Er war ein junger, sehr hoch gewachsener Mann, mit dem er des Öfteren getrunken und gescherzt hatte. Er trug einen Brustpanzer aus lackierten Schuppen und metallene Beinschienen.

»Herr, was geht hier vor?«

Shinshi wandte sich stirnrunzelnd um. Dann lachte er verächtlich auf. »Bist du nun endlich aus deinem Rausch erwacht?«

»Es wurde mir ein Schlafmittel hineingegeben!«, schrie Karas, dessen Kopf vor Schmerzen fast zu bersten schien.

Shinshi spuckte in den Sand. »Ein Tier weiß, wann es genug hat. Ein Mensch sollte es daher erst recht wissen!« Einige Männer lachten.

Der junge Ainu knirschte mit den Zähnen. »Ich bin Gast und der Freund des Königs!«

Shinshi betrachtete ihn kalt. »Zu lange schon treibst du dich bei Hofe herum, isst unseren Reis und trinkst unseren Wein. Du belästigst unsere Damen und strapazierst unsere Geduld. Das Spiel ist jetzt zu Ende! Der König hat eingesehen, dass er dich für seine Pläne nicht gebrauchen kann. Noch heute wird unser Herr zum Ikoma vordringen, um deinen verwilderten Artgenossen eine Lehre zu erteilen. Ein Stoßtrupp ist schon unterwegs. Er wird dem Herrscher von Izumo einen Empfang bereiten, auf den er gewiss nicht vorbereitet ist.«

Seine Zähne blitzten unter den schmalen Lippen. »Du einfältiger Narr! Glaubtest du wirklich, Seine Allerhöchste Majestät hätte seine Zeit für nichts mit dir vergeudet?«

Karas sprang auf ihn zu. Seine Rechte fuhr hoch und traf Shinshi an der Kinnlade. Der Offizier taumelte. Karas versetzte ihm einen Hieb, der ihn gegen die Wand schleuderte. Hände packten ihn, zerrten ihn zurück. Er schlug und stieß um sich. Dann spürte er einen heftigen Schlag und fiel mit dem Gesicht in den Sand. Shinshi drückte ihm das Knie gegen das Rückgrat, schlang den Arm um Karas' Hals und zog ihn zurück, bis die Wirbel sich spannten.

»Das Messer sitzt dir an den Rippen . . .«, zischte er. »Eine Bewegung, Freund, und es ist aus mit dir . . .« Karas hörte auf, sich zu wehren. Die Stimme Shinshis knurrte: »Allein der Gunst des Königs verdankst du es, dass du noch am Leben bist. Du sollst sehen, wie dein Volk vernichtet wird und die Tochter des ›Porunnesipa‹ unserem Triumphzug in Ketten folgt . . .« Er lockerte ein wenig seinen Griff. »Und jetzt kein Wort mehr . . . keinen Widerstand! Verschwinde . . . mach dich unsichtbar! Dein stinkendes Bärenfell wird dir dabei behilflich sein!«

Er lockerte seine Umklammerung und richtete sich auf. Karas' Kopf fiel nach vorn. Seine Stirn schlug hart gegen die Treppenstufen. Einige Augenblicke blieb er wie betäubt liegen. Das Gelächter der Männer drang dumpf an seine Ohren. Als er den Kopf hob, blieb sein Blick an einer weiß geschminkten Frau haften, die mit ausdruckslosem Gesicht vor ihm auf der Treppe stand. Sie trug einen roten Überwurf über ihrem weißen Gewand und ihr Haar war im Nacken mit einem Reisstrohband zusammengebunden. Karas erkannte in ihr eine der Priesterinnen im Dienste der Königin Toyo Hime no Mikoto, die in Abgeschiedenheit lebte und das Zauberschwert bewachte. Es hieß, dass sie Hinterlist und Verrat verabscheute, und selbst der König fürchtete ihre Macht. In Karas' Erinnerung flackerte das Bild einer purpurgekleideten Frau auf; an ihrem Hals schimmerte kalt und bleich die Sichel der Heiligen Bären. Da war ihm, als hätte er ein Zeichen empfangen. Als die Priesterin sich abwandte, zog er sich an der Treppe hoch. Shinshi und die übrigen Offiziere beobachteten das Exerzieren der Truppen und schenkten ihm keine Aufmerksamkeit, während er der Priesterin auf schwankenden Füßen folgte. Zwischen den Säulen befand sich eine Seitentür, die in eine Halle führte. Die Priesterin streifte ihre Sandalen ab, bevor sie die Schwelle überschritt. Karas taumelte hinter ihr her. Die Frau durchquerte den Raum und stieg eine Holztreppe hinauf. Oben angekommen, blickte sie ihn kurz über die Schulter an und schritt dann gelassen weiter. Sie ging einen Gang entlang, bog um die Ecke und stieg dann wieder eine Treppe hinauf. Karas bemerkte, dass sie sich jetzt über der Umfassungsmauer befanden. Es standen viele Wachen hier. Ihre Lanzen waren mit Wimpeln geschmückt, auf denen das Zeichen der roten Sonne abgebildet war. Sie waren groß, hellhäutig, mit ebenmäßigen Gesichtern. Das lange Haar war unter dem Helm auf besondere Art geflochten.

Im Hintergrund einer überdachten Galerie hob sich eine lichtdurchlässige Schiebetür ab. Zwei Wachen standen davor. Er sah, wie die Priesterin sich anschickte die Schwelle zu überschreiten. Da sank er auf die Knie, berührte mit der Stirn den Boden und stöhnte laut: »Herrscherin! Tochter der Sonne! Erhöre mein Flehen! Lass nicht zu, dass mein Volk durch mich vernichtet wird!«

Die Priesterin zögerte, bevor sie ein kurzes Wort sprach, das er nicht verstand. Ein Wachtposten trat auf ihn zu, hieß ihn aufstehen und durchsuchte ihn, um festzustellen, ob er Waffen mit sich führte. Karas ließ alles stumm über sich ergehen.

Jetzt gab die Priesterin den Wachen ein Zeichen und sie traten beiseite. Die Schiebetür öffnete sich selbst. Ein Lichtstreifen auf der Schwelle bildete die einzige Schranke.

Karas trat ein. Der Raum war riesengroß, wunderschön und still. Eine leichte Brise wehte durch die offenen Schiebetüren und trug den Duft von Blüten und frischen Gräsern herein. Alle Türen wurden bewacht. Dienerinnen knieten im Hintergrund und hatten ihren Blick auf eine Frau in der Mitte des Raumes gerichtet, die einen langen, schmalen Schatten auf den Boden warf. Sie zielte mit einem »Shuriken«, einer sternförmigen, nadelspitzen Faustwaffe von der Größe einer Männerhand, auf eine Holzscheibe. Sie trug Beinkleider aus dunkelblauer Seide und einen schwarzen Überwurf, der mit bunten Bändern über den Schultern gerafft war. Die Schmucksichel an ihrem Hals leuchtete bei jedem Atemzug auf; sie schien verwachsen mit ihrer Haut wie der Fellkranz bei den Heiligen Bären. Jetzt hob sie den »Shuriken« in Gesichtshöhe, zog langsam und tief den Atem ein. Dann, mit blitzschnellem, kraftvollem Schwung, wie die Schwalbe auf ihre Beute zustößt, warf sie den »Shuriken«. Die Faustwaffe schoss durch die Luft, bohrte sich mit hartem, trockenem Laut in das Holz. Gemessen trat die Frau zur Seite. Dann wandte sie sich langsam um. Zwischen den glatten Lidern bewegten sich dunkle Augen, die sich auf Karas richteten. Da fiel er auf die Knie, drückte die fieberheiße Stirn auf die Matte und regte sich nicht mehr, bis er ihre Stimme vernahm; sie war leise und klar, eine Stimme, die nicht laut werden konnte und dennoch weithin zu verstehen war.

»Ich kenne dich«, sprach sie. »Du bist Karas, der ›Schwarze Rabe‹, der Sohn des Häuptlings aller Häuptlinge.«

## 21

Ich, Toyo Hime no Mikoto, betrachtete den jungen Ainu, der zitternd und gedemütigt vor mir auf den Knien lag. Und ich erinnerte mich daran, wie er mir vor nicht allzu langer Zeit im Fackelschein begegnet war. Das Antlitz war damals stolz und schön gewesen; ein warmes, reines Licht funkelte in seinen Augen. Doch jetzt hatte ich das Gesicht eines Mannes vor mir, der seine Gelassenheit, Unschuld und Würde verloren hatte. Und ich wusste, dass nicht das Leben selbst, sondern einzig und allein Iri Schuld daran trug.

Ich entließ die Dienerinnen. Wir waren allein.

»Sprich«, sagte ich.

Er hob den Kopf. »Verzeiht mir, Majestät. Ich habe etwas Unseliges getan. Ein böser Zauber hielt mich gefangen.«

Er berichtete und ersparte sich keine Schande. Und während der ganzen Zeit blickte er auf den Schmuck um meinen Hals, wie ein Wanderer, der tief verwirrt im Wald auf die bleiche Sichel des Mondes emporschaut. Doch Eis ist nicht so kalt und Holzapfelessig nicht so scharf wie der Griff der Furcht nach meinem Herzen war. Und voller Grauen rief ich aus: »Du hast deinen Glauben verraten, deine Schwester dem Tod ausgeliefert!«

Da schluchzte er, der König habe ihm versprochen, dass ihr Leben verschont bliebe, wenn der Herrscher von Izumo, hinterrücks überfallen, nach Tatsuda geschleppt würde . . .«

»Genug!«, schrie ich und stampfte mit dem Fuß auf.

Er stürzte vornüber. Seine Nägel gruben sich in die Stirn und kratzten sie blutig. Wie aus Stein stand ich da, starrte auf den Mann zu meinen Füßen. Ich wollte ihn verachten, ihn hassen; jedoch nichts als Mitleid erfüllte mein Herz. Langsam hob ich die Arme, löste die Knochensichel von meinem Hals. Sie war noch warm von meiner Haut. Ich fuhr mit dem Daumen über die messerscharfe Schneide. Dann reichte ich sie Karas und sprach: »Das ist die Waffe einer Frau. Sie ist dem Schwert eines Mannes ebenbürtig. Ich gebe sie in deine Hände. Tu mit ihr, was du für richtig hältst.«

Er hielt die Sichel vor sich hin wie ein Opfergerät. Dumpf sprach er: »Habt Dank. Ich bin bereit, mein Tun zu sühnen.«

Ich wandte mich ab von dem Weinenden, der zusammengesunken am Boden kauerte, und verließ mit festen Schritten den Raum. Mein Entschluss war gefasst.

Meiner Zofe Maki befahl ich, meinen Lederharnisch, meinen Köcher und den Birkenholzbogen bereitzulegen. Dann ließ ich Yeasu, den Befehlshaber meiner Leibgarde, kommen.

Er beugte vor mir seine breiten Schultern. Seine Augen blickten scharf und klug. Mit knappen Worten erklärte ich ihm die Sachlage und erteilte ihm den Befehl, eine Bereitschaft von fünfzig Mann aufzustellen, die mir das Geleit ins Ainu-Gebiet geben sollten. Yeasu stellte keine überflüssigen Fragen; er verneigte sich und ging.

Kurz darauf meldete mir eine Ordonanz, dass alles bereit war. Ich warf meinen Bogen über die Schulter und schritt, gefolgt von Maki, die Treppen hinunter. In mir war wieder Ruhe eingekehrt. Die Kunde, dass ich zum Heiligen Berg der Ainu reiten würde, hatte sich mit Windeseile ausgebreitet. Die Höflinge drängten sich erregt flüsternd unter den Säulen; einige wichen zurück, als ich in den Innenhof trat. Auf der Schattenseite wartete ein Teil des Heeres – jene Krieger, die soeben auf dem Wasserweg als Verstärkung eingetroffen waren. Die Männer verharrten regungslos in dichten Reihen, während auf den Festungsmauern die Wachen mit ihren blitzenden Speeren langsam auf und ab schritten.

Shiro-Uma, meine weiße Stute, erwartete mich vor der Treppe. Sie stampfte übermütig; ihre rot lackierten Hufe scharrten den Sandboden auf. Ein Stallbursche hielt das Pferd, während ich aufsaß. Meine Leibgarde hatte bereits Aufstellung genommen.

Plötzlich ertönte ein Gongschlag. Im Vorhof, auf der anderen Seite des Tores, bliesen die Wachen in ihr Horn. Eine Bewegung ging durch die Menge; alle sanken auf die Knie. Yeasu warf mir einen fragenden Blick zu. Ich aber gab ihm ein Zeichen im Sattel zu bleiben. Die bronzebeschlagenen Torflügel öffneten sich. Umgeben von seinem Gefolge, trat Iri in den Innenhof. Er trug seine Bronzerüstung und den Helm mit den hoch geschwungenen Hörnern. Strahlend schön sah er aus, wie ein Hirsch in Menschengestalt, und jeder war von seiner Erhabenheit überwältigt. Ich jedoch, von meiner Leibgarde umgeben, saß hoch aufgerichtet im Sattel, blickte ihm starr ins Gesicht. Meine Hand umklammerte die Reitpeitsche. Ich drückte die Fersen in Shiro-Umas Flanken. Die winzigen Glöckchen, die an ihrem Zaumzeug befestigt waren, klirrten, als sich die Stute mit tänzelnden Schritten in Bewegung setzte.

Kurz vor dem König hielt ich mein Reittier an. Sein Gesicht war unbewegt. Doch ich sah in seinen Augen ein unergründliches Flackern. Verbindlich begrüßte er mich. Er sei nicht davon unterrichtet gewesen, dass die Königin an dem Feldzug zum Ikoma teilzunehmen gedenke.

Ich antwortete mit einer Frage: »Was, Majestät, schätzt Ihr höher ein, den Sieg über die Ostprovinzen oder die Ehre Eures Königshauses?«

Meine Stimme hallte über den Hof. Keiner rührte sich. Ein Blitz zuckte in Iris Augen auf. Doch gelassen erwiderte er: »Entscheidend allein ist das Versprechen, das ich der Großen Göttin gab, ihr an der äußersten Grenze meines Reiches ein Heiligtum zu errichten.«

Deutlich und klar, als wäre jedes Wort ein Goldkorn, das ich ihm vorzählte, sprach ich: »Die Göttin wird eine Huldigung verschmähen, die mit Verrat behaftet ist.«

In der Stille sah ich, wie Iris Finger sich langsam seinem Schwertgriff näherten, und fasste die Peitsche fester.

»Würdet Ihr geruhen, mir darzulegen, was Ihr in diesem Zusammenhang unter Verrat versteht?«, brach der König mit eisiger Stimme das Schweigen.

Und ebenso kalt gab ich zur Antwort: »Ich verstehe darunter, Majestät, den Sohn eines unerschrockenen, gefallenen Königs als Gast aufzunehmen, um ihn für unehrenhafte Machenschaften zu missbrauchen. Es ist nicht allein Verrat an seiner Ehre, sondern zugleich Verrat an der Euren, an der Ehre unseres Königshauses und der Ehre unseres Volkes.« Im Innenhof wurde es totenstill. Doch Iri rührte sich nicht; es war, als richtete ich meine Worte an eine Figur aus Bronze.

»Niemand kann mich beschuldigen, der Göttin meine Achtung verwehrt zu haben. Im Übrigen bin ich dafür, Majestät, dass wir das Gespräch fortsetzen, wenn wir allein sind. Vergessen wir nicht unser Verantwortungsbewusstsein und unsere Pflicht.«

Mein Gesicht wurde heiß und spannte sich. Ich hörte, wie meine Stimme bis in die hintersten Reihen drang.

»Das Schwert des Herrschers von Izumo wurde aus dem Meeresgrund geborgen, weil die Göttin ihm wohlgesinnt ist. Es bringt Euch kein Glück, Majestät, Euch ihrem Willen entgegenzustellen. Meine Pflicht gegenüber der Gottheit verlangt, Eure schändliche Tat in eine gute zu verwandeln. Und so mache ich mich jetzt auf den Weg zum Kunne-Iomante. Ich werde, wenn nötig, meine Pfeile auf Euer Heer richten und den Herrscher von Izumo vor dem Hinterhalt warnen.«

Iris Zähne blitzten jäh auf.

»Verzeiht, Majestät, ich werde Euch daran zu hindern wissen, die Festung zu verlassen.«

Meine Stimme hallte furchtlos zurück. »Verzeiht, Majestät, aber ich gehe trotzdem.«

Iris Augen zogen sich zu Schlitzen zusammen. »Es gereicht mir nicht zur Ehre, von meiner Gattin vor dem Heer und dem Volk geschmäht zu werden.«

»Da entgegnete ich stolz: »Ich bin Priesterin der Sonne. Meinen Auftrag empfing ich allein von der Gottheit. Der Fürst von Izumo ist mein Blut. Ihr seid es nicht.«

Ich drückte meinem Reittier die Fersen in die Flanken. Iri hob die Hand. »Im Namen der Gottheit . . .«

Da schrie ich laut: »Im Namen der Gottheit, geht mir aus den Weg!«

Mit klirrendem Geräusch zogen die Offiziere ihre Schwerter und die Wachen stürzten mir mit kampfbereiten Waffen entgegen. Doch ich bohrte die Fesseln in Shiro-Umas Flanken, hob die Peitsche und sprengte auf den König zu. Und ehe die wie gebannt dastehenden Krieger eingreifen konnten, knallte die Schnur durch die Luft, traf mit dumpfem Schlag Iris Gesicht. Der Herrscher taumelte zurück. Ich stürmte an ihm vorbei, stieß in die dunkle Öffnung des Torbogens vor. Yeasu schrie einen Befehl: Die Leibgarde jagte durch die Bresche. Noch warf das Gewölbe den Lärm der Hufe in vielfachem Echo zurück, als der leuchtende Sonnenschein mich bereits wieder umfing. Ich sprengte über die Holzbrücke, meine Zofe Maki dicht hinter mir, während Yeasu und seine Männer durch die Reihen der Wachen wie der Herbststurm durch welke Blätter fegten.

Die schilfbestandene Ebene dehnte sich nach Süden. Im hämmernden Galopp folgten wir den Spuren des Stoßtrupps; sie waren im weichen Boden leicht zu erkennen. Ich gab Yeasu ein Zeichen, die Pferde zu höchster Eile anzutreiben. Mir war klar, dass Iri uns verfolgen lassen würde, und es galt, einen guten Vorsprung zu gewinnen.

Unermüdlich donnerten die Pferde über die Ebene. Die Sonne sank; gegen Abend hatten wir die Schilfgrenze erreicht. Die Landschaft ging in Laub- und Nadelwälder über. Der Himmel wurde kupferrot, dann saphirblau. Die Nacht kam schnell. Die Pferde zitterten unter ihrer Last, stolperten über Wurzeln und Steine. Ich ließ die Krieger am Ufer eines seichten Baches anhalten. Feuer wurde nicht angezündet, um Iris Truppen nicht auf uns aufmerksam zu machen.

Kurz nach Mitternacht ritten wir weiter. Der erste bleiche Lichtstreifen schimmerte am Horizont, als wir in der Ferne den Kunne-Iomante erblickten. Ich erschrak, als ich sah, wie rötlich schwarzer Rauch den Gipfel verhüllte. Der Vulkan war erwacht!

Bald brach der Tag an, eine riesige, blutrote Sonnenscheibe löste sich aus dem Dunst und die Bäume warfen lange Schatten. Die erschöpften, schweißnassen Pferde schritten über federndes Moos, als sie plötzlich ihre Köpfe hochwarfen. Sie blähten die Nüstern und sogen die Luft ein. Ich brachte mein Pferd neben Yeasus Reittier zum Stehen. Wir drehten den Kopf in Windrichtung, bis wir einen schwachen Geruch von Holzkohle und warmen Pferdeleibern wahrnahmen. Yeasu zog die dichten Brauen zusammen.

»Das sind die Unsrigen. Sie haben im Talgrund ihr Lager aufgeschlagen. Sie müssen sich in Sicherheit fühlen, sonst hätten sie kein Feuer angezündet.«

»Vorwärts!«, zischte ich.

Die Ausdünstungen von Menschen und Pferden wurden immer spürbarer, mischten sich mit einem eigenartigen Gestank nach Schwefel und Verwesung. Wir ritten über den Hügelkamm. Da erblickten wir ein trichterförmiges Tal. Auf der anderen Seite bedeckte der Wald bis zu halber Höhe die Bergflanke. Darüber ragte nacktes rotes Gestein. In dichten Schwaden quoll die Dampfsäule aus dem Krater. Die Tungusen lagerten im Talgrund und mit einem Mal wusste ich, warum sie ihre Feuer so hell auflodern ließen. Die Schlacht, die an diesem Ort ausgetragen worden war, hatte sich zu ihren Gunsten entschieden.

Die Ebene war mit Leichen übersät, tote Männer, tote Pferde. Ich sah die Banner von Izumo, zerfetzt und blutbedeckt, und es wurde mir übel. Denn obgleich ich wusste, dass Susanoo auf diese Weise nicht besiegt werden konnte, so waren es dennoch seine Krieger, die hier ihr Leben gelassen hatten.

Dunkel gefiederte Geier hockten am Boden. Sie waren über die Kadaver der Bären hergefallen, die wie schwarze, blutige Fleischberge im Gestrüpp lagen. Wenn sie dreister wurden und über den Menschen kreisten, verscheuchten die Wachtposten sie.

Bei unserem Auftauchen gellten Warnrufe über das Lager. Die Krieger sprangen auf und griffen nach den Waffen. Doch dann sahen sie unsere Banner, reckten die Arme in die Höhe und schwangen jubelnd ihre Schwerter.

Die Pferde widersetzten sich, als wir sie ins Tal lenkten: Sie witterten den Leichengeruch. Shiro-Umas Flanken bebten. Ich hörte das Klingen ihres Kopfputzes, während ich über das Schlachtfeld ritt.

Ibara, der Gefechtskommandant, stapfte uns entgegen. Er war ein untersetzter Mann, mit verschlossenen Gesichtszügen.

Ich kannte ihn als einen redlichen Offizier und schämte mich, dass Iri ihn für diesen unehrenhaften Auftrag ausgewählt hatte.

Er verneigte sich ehrerbietig. Sein Kinn war unrasiert und Schatten lagen unter seinen Augen.

Da sagte ich kalt: »Nichts ist verabscheuungswürdiger als Hinterlist und Verrat. Euch trifft die Schande, wenn Ihr eine heilige Stätte mit Blut besudelt.«

Ibara erbleichte und senkte seinen Kopf noch tiefer.

»Ich bitte um Entschuldigung, Majestät. Unser Befehl lautete, die Ainu und ihre Verbündeten aufzuhalten und niederzuschlagen. Nur ihre Fürstin sollte veschont bleiben und als Gefangene nach Tatsuda gebracht werden. Sie wurde jedoch im Kampf schwer verletzt. Jetzt befürchten wir einen Gegenschlag des Fürsten von Izumo, aber wenn wir die Frau von hier fortschaffen, stirbt sie. So sandten wir Meldereiter nach Tatsuda, um neue Befehle entgegenzunehmen.«

Mein Atem stockte.

»Wo ist sie?«, keuchte ich.

Ibara deutete auf eine Gestalt, die im hohen Gras lag. Ich stieg aus dem Sattel, lief zu ihr hin und kniete neben ihr nieder. Ihr rotvioletter Umhang war mit Blut getränkt. Sie hielt die Augen geschlossen und rang nach Atem. Ihr Gesicht war so fahl wie eine dämmernde Winterwolke.

Als ich aufblickte, sah ich Ibara neben mir stehen.

»Was ist mit ihr geschehen?«, fragte ich heiser.

»Sie hat gekämpft wie eine Wölfin. Dann traf sie ein Speer in der Brust. Da sie am Leben bleiben sollte, haben wir den Speer herausgezogen und die Wunde gepflegt. Doch jetzt sind wir ratlos . . .«

Er schlug den Umhang zurück. Der Atem entwich mir durch die zusammengebissenen Zähne, denn ich sah sofort, dass sie in den Wehen lag.

Tränen rollten über meine Wangen und ich erstickte ein Schluchzen. »Weg von hier!«, schrie ich den Männern zu, die sich um uns scharten. Ich hieß Maki mir warmes Wasser und Tücher zu bringen. Dann beugte ich mich über Kubichi, strich ihr über die Stirn und rief leise ihren Namen. Ihre Wimpern flatterten; sie schlug die Lider auf. Ihre mandelförmigen Augen waren stumpf vor Schmerz.

Endlich bewegten sich die blutverkrusteten Lippen. Kaum hörbar stieß sie hervor: »Mein Bruder . . . hat mich verraten. Warum nur . . .?«

Ich würgte die Tränen hinunter.

»Er wurde das Opfer von Intrigen. Doch er hat seine Schuld gesühnt.«

Ihr Blick klärte sich etwas. Ihre Stimme klang heiser und schwach. »Hörst du? Der Heilige Berg ist erwacht . . . Das Ende der Aiu-Utari ist nahe . . .«

»Sorge dich nicht«, sprach ich. »Denke an dein Kind. Ich werde dir beistehen.«

Ihre Augen flackerten wie die eines gefangenen Tieres.

»Rette mein Kind!«, flehte sie. »Der König . . . will es töten lassen!«

Ich hielt ihre Hand und streichelte sie.

»Fürchte nichts. Ich bin Priesterin der Sonne. Der Herrscher untersteht meiner Macht. Dein Kind wird mir teuer wie mein eigenes sein.«

Da fühlte ich, wie sie sich entspannte. Ein flüchtiges Lächeln glitt über ihre Züge. Plötzlich packte sie meine Finger mit erstaunlicher Kraft.

»Versprich mir . . . wenn ich gestorben bin . . . mich nicht begraben zu lassen . . . Wir Aiu-Utari fürchten . . . den Druck der Erde auf unserem Körper . . . Mein Gatte schwor . . . den Eid der Aiu-Utari . . . Er wird kommen . . . und die Riten an mir vollziehen . . . Die Heiligen Vögel werden mich . . . in meine Himmlische Heimat tragen . . .«

Ich verbarg das Grauen, das mich überfiel, und antwortete ruhig und fest: »Ich verspreche es dir.«

Da wurden ihre Augen strahlend. Noch einmal glänzte ihre ganze Schönheit auf. »Hab Dank«, sagte sie. »Bald . . . werde ich . . . in Frieden sterben . . .« Dann ging ein Beben durch ihre zarte Gestalt.

»Ich habe . . . schon viel Blut . . . verloren. Hilf mir! Mein Kind . . . soll leben!«

Sie stöhnte laut vor Schmerz, während ihr ganzer Körper sich aufbäumte. Doch ich wusste, was ich zu tun hatte, und mit Makis Hilfe tat ich es bis zuletzt.

Das Kind war ein Mädchen, kräftig und wohlgeformt, mit dem lockigen Haar der Ainu. Maki durchschnitt die Nabelschnur. Sie wickelte das Neugeborene behutsam in Tücher und legte es mir in die Arme.

Brütende Hitze flimmerte über dem Tal. Schweiß klebte mir am Körper und meine Kehle brannte wie Feuer. Kubichis Gesicht war friedlich und schön. Es hatte einen etwas kindlichen

Ausdruck, als ob sie schliefe. Ihr Puls schlug kaum wahrnehmbar, hörte dann ganz auf. Ich befahl Maki meinen Umhang über sie zu decken. Sie gehorchte mit tränenfeuchten Augen. Zerschlagen richtete ich mich auf.

»Ibara«, rief ich.

Der Gefechtskommandant kam angelaufen.

»Die Befehlsgewalt wird vorübergehend von mir ausgeübt. Folglich beordere ich Euch, die Einheit unverzüglich nach Tatsuda abzukommandieren.«

»Majestät . . .« Ibara begann zu stottern. »Die Pflicht verlangt von mir, zuerst die Befehle seiner Allerhöchsten Majestät abzuwarten . . .«

Ich zischte: »Haltet Eure Zunge im Zaum! Die Pflicht gebietet Euch, das zu tun, was *ICH* beschließe! Und jetzt gebt Eure Befehle oder es wird Euch Euren Kopf kosten!«

Ibara verneigte sich, stapfte mit zusammengebissenen Zähnen davon. Ich strich mir eine Haarsträhne aus den Augen.

»Yeasu!« Er trat vor. Verneigte sich.

»Lasst die Pferde satteln. Wir brechen auf. Noch etwas: Ich bestehe darauf, dass die Fürstin von Izumo nicht bestattet wird. Sucht zwei Männer Eurer Abteilung aus. Sie sollen hier zurückbleiben und die Verstorbene bewachen.«

Das Kind bewegte sich, stieß einen leichten, wimmernden Schrei aus. Ich zog die Tücher über sein Gesichtchen, um es vor der prallen Sonne zu schützen. Müde blinzelnd ließ ich die Augen über meine Leibgarde schweifen, die mich im weiten Kreis umstand. Meine Wahl fiel auf Kichi, einen Neffen von Yeasu. Er war ein Jüngling von siebzehn Jahren, mit unerschrockenen Augen und kühnen Gesichtszügen. Ich winkte ihn heran und sprach: »Reite nach Ikoma und berichte dem Herrscher von Izumo, was hier geschehen ist.« Und da ich wusste, dass in den Schluchten die Ainu kampfbereit anrückten, hieß ich ihn, ein Banner von Izumo als Erkennungszeichen mit sich zu führen.

Kichi verneigte sich tief, sichtlich stolz darüber, dass dieser Auftrag ihm zufiel. Er hob eines der erbeuteten Banner auf und befestigte die Stange an seinem Gürtel, sodass der blutige Stofffetzen über seinem Kopf flatterte. Dann schwang er sich unter den neidvollen Blicken seiner Gefährten in den Sattel und jagte in gestrecktem Galopp in den Wald hinein.

## 22

In der Ferne, am Fuß der Waldausläufer, stieg etwas Gelbliches auf. Bei der klaren Luft konnte es kein Unwetter sein, das über die Ebene dahinwehte. Es war Staub, eine riesige Staubwolke, die vom Boden aufwirbelte, sich immer weiter ausbreitete. Gleichzeitig glaubte ich aus der Richtung ein dumpfes Vibrieren zu hören.

Ich zügelte mein Reittier. Die Morgensonne schmerzte mich in den Augen. Das Baby wimmerte leise. Ich trug es eng an meine Brust gedrückt in einer Schärpe, die ich um die Schultern verknotet hatte. Erst kürzlich hatte Sona, eine meiner Zofen, einen Knaben geboren. Sie würde auch dieses Kind nähren. Doch die Zeit drängte, wenn es am Leben bleiben sollte . . .

Die Staubwolke kam näher. Aus dem unbestimmten Vibrieren wurde ein Hämmern, ein pochendes Dröhnen. Andere Geräusche mischten sich darunter: Befehle, Waffenklirren, Wiehern. Die Reiter näherten sich in ruhiger, disziplinierter Formation, dahinter folgte das Fußvolk.

Yeasu rief einen Befehl. Die Leibgarde bildete um mich einen schützenden Ring. Er selbst ritt im Gleichschritt neben mir her. Ein unfrohes Lächeln zog seine Lippen hoch.

»Seine Allerhöchste Majestät scheint den richtigen Zeitpunkt für einen Überfall auf die Ainu gewählt zu haben.«

Die Vorhut näherte sich, in Staubwolken gehüllt. Dann kamen die Gefechtskommandanten. Die königliche Standarte fehlte – ein Zeichen, dass der Herrscher das Heer nicht selbst anführte. Ich fragte mich nicht weiter, warum: Ich glaubte die Antwort zu kennen.

Es war sein Vetter Yi-Am, der an der Spitze des Zuges ritt.

Er brachte seinen Rappen dicht vor mir zum Stehen, verneigte sich im Sattel mit herablassender Höflichkeit.

»Seine Allerhöchste Majestät hat in dieser Nacht beschlossen nach dem Vorbild seiner Ahnen seine Feinde zu vernichten. Zuerst wird das Reiterheer zum Ikoma vorstoßen. Zwei weitere Regimenter stehen an der Grenze von Izumo bereit und tausend Mann bewachen die Bergpässe. In Richtung Süden ist ein eventueller Rückzug unserer Truppen ebenfalls gesichert.«

Ich schwieg, schaute ihm gerade in die Augen. Jetzt lächelte er. Seine Zähne waren spitz, regelmäßig und von blutgierigem Glanz.

»Dem Herrscher von Izumo bleibt keine andere Wahl, als zu kämpfen. Alle Vorbereitungen sind getroffen, um endlich dem Heer und dem Volk zu beweisen, dass er nicht allwissend, nicht unbesiegbar, nicht unsterblich ist.«

Shiro-Uma scharrte mit den Hufen, schüttelte ungehalten den Kopf. Die Glöckchen klingelten. Und weiter berichtete Yi-Am, schonungslos lächelnd: Ibara sei bei Tagesanbruch mit seinem Stoßtrupp in Tatsuda eingetroffen. Seine Allerhöchste Majestät habe ihn sofort in Ketten legen lassen und ihn dem Henker überantwortet. Seinen Männern sei die Todesstrafe erlassen worden, doch der König habe befohlen, dass man ihnen die Waffen abnehme und sie als Sklaven in die Salzminen schicke. Ich blieb weiterhin stumm. Da heftete sich Yi-Ams Blick auf das wimmernde Bündel, das ich in meiner Schärpe trug. Sein Lächeln gefror. Er öffnete den Mund, doch ich kam ihm zuvor: »Ich warte«, sagte ich eisig, »dass mir der Weg freigegeben wird.«

Yi-Am schoss die Röte ins Gesicht. Seine Augen wanderten über das anrückende Heer. Die Vorhut hatte angehalten, auch die dicht dahinter Reitenden. Doch das Gros des Heeres zog weiter – eine unüberblickbare Folge von Pferderücken und Menschenköpfen, geballt, verschmolzen wie eine funkelnde Welle, die bis an den Horizont flutete und die Erde zu bedecken schien. Ich aber sprach, langsam und unerbittlich jedes Wort betonend: »Es bleibt Euch jetzt nur noch ein Augenblick – ein kurzer –, um mir den Weg freizugeben!« Auf Yi-Ams hochmütigem Gesicht glänzte der Schweiß. Seine Faust ballte sich um den Schwertgriff, dass die Knöchel weiß wurden. Er riss sein Pferd herum und brüllte einen Befehl, den die Offiziere wiederholten. Von Mund zu Mund ging der Schrei und eine Gasse öffnete sich zwischen den geharnischten Streitrössern. Ich drückte Shiro-Uma die Fersen in die Flanken. Hinter mir setzte sich die Leibgarde in Bewegung. Ich ritt durch die Staub aufwirbelnde, sich teilende Masse und richtete keinen Blick auf irgendeinen der Männer, die ringsum wie ein einziger Mensch ihre Schulter beugten . . .

Über dem tiefgrünen Wallgraben ragte der Festungsbau in den Himmel. Die übereinander geschachtelten Strohdächer glichen geschwungenen Drachenflügeln. Die Schilder der Wachen blinkten zwischen den Zinnen und der Wind trug mir den Schall der Muschelhörner zu, die meine Ankunft ankündigten. Jetzt galt es, schnell zu handeln. Ich hieß die Männer anhalten und befahl Maki, ihre Kleider mit mir zu tauschen. Dann wickelte ich das Kind aus den Tüchern. Das Baby war sehr schwach, kaum dass es sich regte. Die Haut war heiß und trocken, die Augen hielt es geschlossen. Hastig streifte ich meine Lederarmbänder ab, an denen die heiligen Tama-Steine, das Symbol des uralten Paktes mit dem Tierreich, hingen. Indem ich diese Armbänder um die winzigen Handgelenke des Neugeborenen knotete, machte ich es zum Nachkommen des Königsgeschlechts von Yamatai. Ich verbarg das Kind unter Makis Überwurf. Dann wechselten wir die Pferde. Jetzt war es die Zofe, die in Harnisch und Beinschienen an der Spitze der Leibgarde ritt. Wir kamen über die Brücke, erreichten das Tor. Die mächtigen Flügel sprangen auf; die Wachen senkten ihre Speere zum Gruß. Stallburschen eilten herbei, um sich der erschöpften Pferde anzunehmen. Während Yeasu der vermeintlichen Herrscherin aus dem Sattel half, glitt ich unbemerkt vom Pferd. Schnell bahnte ich mir einen Weg durch das Menschenknäuel und verschwand in einer Nebentür. Ich lief durch Hallen und Gänge, hastete die Treppen hinauf, die in die obersten Stockwerke führten. Mit fliegendem Atem rannte ich an den Wachen vorbei und betrat den Vorraum meiner Gemächer. Die innere Schiebetür wurde aufgezogen. Eine Dienerin trat mir entgegen und fiel auf die Knie. »Hol Sona, schnell!«, keuchte ich.

Die Dienerin stürzte davon. Andere Frauen kamen aus den Nebenräumen und verneigten sich verstört. Ihre Augen weiteten sich verständnislos und schreckerfüllt, als ich das Neugeborene aus dem Überwurf holte. Da glitt die Schiebetür auf und Sona verneigte sich auf der Schwelle. Sie war eine hübsche Frau mit sanften Augen. Ihre straffe Haut schimmerte golden. Ein blau-weißes Tuch war um ihr Haar geschlungen. Als ich ihr das Baby reichte, warf sie mir einen fragenden Blick zu. Ich nickte. Da nahm sie es lächelnd in die Arme, öffnete ihr Gewand und gab ihm die Brust. Es dauerte lange, bis das ermattete Kind zu saugen anfing. Ich hatte das Schlimmste befürchtet und atmete erleichtert auf. Sobald das Neugeborene wieder etwas zu Kräften gekommen war, würde ich es baden und von der Priesterin Etsu, die in der Heilkunst erfahren war, untersuchen lassen. Die Zofen starrten es an und wisperten hinter vorgehaltener Hand, doch sie schlugen sofort die Augen nieder, als ich langsam und missbilligend von einem Gesicht zum anderen blickte.

»Ich befehle strengstes Schweigen über das, was hier vor sich geht. Das Kind ist der Göttin Amaterasu geweiht und darf unter keinen Umständen den Bezirk des Heiligtums verlassen. Sona wird es nähren. Und wenn ihr sonst noch . . .«

Ich sprach nicht weiter. Stampfende Schritte, das Rasseln von Harnischen näherten sich im Gang. Waffen klirrten, die Tür wurde aufgerissen. Wie vom Blitz getroffen, sanken die Frauen in sich zusammen, den Kopf auf dem Boden.

Der König, von seiner Leibgarde umgeben, stand auf der Schwelle.

## 23

Die Wachen nahmen vor der Tür Aufstellung, während Iri langsam in den Raum trat. Er trug eine eng anliegende Kriegsausrüstung aus polierter Bronze, mit funkelnden Goldplatten belegt. Das Hirschgeweih seines Helms beschattete sein wutverzerrtes Gesicht. Vom Mundwinkel bis zur Schläfe zog sich eine rote Strieme: Sie rührte von meinem Peitschenhieb her.

Seine funkelnden Augen schweiften über die Zofen und blieben auf Sona haften, die den Säugling unter ihrem Überwurf zu verbergen suchte. Iris Atem beschleunigte sich. Die Erregung raubte ihm jede Beherrschung: Er kläffte und knurrte seine Worte in den kehligen Lauten der Tungusen.

»Gib das Kind her! Ich will es auf mein Banner spießen und als Wahrzeichen meines Sieges in den Kampf tragen!«

Mit einem erstickten Aufschrei schloss Sona die Arme um

das Baby. Iri riss klirrend sein Schwert aus der Scheide. Ich schnellte hoch, warf mich vor beide – die Frau und das Kind – und schützte es mit meinem Körper.

»Rühr es nicht an! Es steht unter dem Schutz der Göttin!«

Iris Gesicht wurde aschfahl, seine Lippen schlaff, die Augen blickten starr. Er zischte: »Geh mir aus dem Weg!« Doch ich rührte mich nicht, sah ihm furchtlos ins Gesicht.

»Wie kannst du es wagen, dem Kind ein Leid anzutun? Es trägt die heiligen Tama-Steine!«

Iri war in Schweiß gebadet. Seine Hand, die sich um den Schwertgriff ballte, zitterte immer stärker. Plötzlich stieß er einen Schrei aus, den schrillen Schrei höchster Wut, und rammte mit aller Kraft das Schwert in den Boden. Das Holz zerbarst. Wie ein Wahnsinniger riss und zerrte Iri an der Waffe, doch das Schwert wollte sich nicht lockern. Endlich bekam er die Klinge wieder frei. Ich sah, dass die Spitze abgebrochen war.

»Hinaus mit euch!«, brüllte er. Die Zofen stoben aus dem Zimmer wie aufgescheuchte Vögel. Iri schleuderte ihnen den Schwertstumpf nach. Unauffällig gab ich Sona einen Wink. Sie erhob sich schnell und lautlos und trug das Kind hinaus. Iri schien es nicht zu bemerken. Er starrte nur mich an, als sähe er mich zum ersten Mal. Die Strieme auf seiner Wange war dunkelrot angelaufen. Sein Atem pfiff.

Die Tür glitt zu. Wir waren allein. Iris Lippen kräuselten sich.

»Du bist Priesterin«, sprach er leise und zischend. »Ich kann dich nicht züchtigen, denn dann würde ich in den Augen meiner eigenen Krieger einen Frevel begehen. Doch es gibt ein Maß für alle Dinge und du hast dieses Maß überschritten. Du hast mich in meiner Würde und in meiner Herrschergewalt gedemütigt.«

Ich hörte die Worte, aber sie berührten mich nicht.

»Ich gehorchte einer höheren Macht. Dir aber haftet Blut an den Händen, von dem ich dich nicht reinigen kann.«

Er lachte höhnisch. »Meine Rache wird erst dann gestillt sein, wenn ich das Herz meines Feindes der Göttin dargebracht habe.«

Ich antwortete mit eisiger Ruhe: »Einst segelte ich über das Meer und machte dich zu meinem Gemahl, weil meine Ahnen und meine Mutter es so bestimmt hatten. Du aber willst größer sein als dein Schicksal. Doch hüte dich davor, die Göttin herauszufordern!«

Er trat noch näher an mich heran. Sein heißer Atem streifte mein Gesicht.

»Ich bin der König, mein Wille ist Gesetz und ich habe den Tod des Herrschers von Izumo beschlossen. Das größte Heer aller Zeiten zieht Ikoma entgegen. Bei Sonnenaufgang werde ich selbst die Entscheidungsschlacht anführen!« Ein irres Lachen kam über seine Lippen. »Du hast mich daran gehindert, sein Kind zu töten. Nun gut! So wird es vor seinen Augen geschehen. Und dann wird sich zeigen, wer von uns beiden – ob du oder ich – dieses Land beherrscht!«

Meine Knie wurden weich; ich spürte sie zittern. Mein Herz pochte derart, dass es schmerzte. Ich erstickte, rang nach Luft und dann schrie ich: »Ich bin seine Tochter!«

Seine Zähne blitzten. Er stieß einen Laut aus – es klang wie ein Aufstöhnen – und schlug mir mit aller Kraft ins Gesicht. Ich fiel auf die Knie, spürte Blutgeschmack im Mund, während er sich abwandte.

Die Tür glitt zurück. Dahinter stand die Leibgarde mit gezücktem Schwert. Alle verneigten sich steif und hielten die Rücken gebeugt, als Iri hochmütig hinaustrat. Einige Atemzüge lang rührte ich mich nicht, hörte, wie die Schritte sich entfernten. Unendliche Verlassenheit drückte mich nieder. Ich warf mich auf die Matte und weinte vor Entsetzen und Verzweiflung. Du wirst dein Schwert brauchen, dachte ich. Und ich werde nicht da sein, um es dir zu reichen . . .

# 24

Er kniff die Augen gegen das aufgehende Sonnenlicht zusammen. Zwischen den Tannen schimmerte dunkles Wasser. Die überhängenden Felsen lagen noch im Schatten, während sich die Berghänge kupfern färbten. In großer Höhe schwebte ein Adler am smaragdblauen Himmel. Susanoo runzelte die Brauen. Er wusste, dass die Tungusen einen Adler benutzten, um den Feind aufzuspüren. Der Adler stand in der Luft fast still; das bedeutete, dass er unter sich Menschen erspähte.

»Tisina«, sagte er, »wohin führt diese Schlucht?«

Die Frau, die leichtfüßig neben dem Pferd herlief, antwortete: »Im Süden ergießt sich der Fluss in ein Tal, das wir ›das Tal der Kraniche‹ nennen.«

Susanoo schnitt eine Grimasse.

»Mir scheint, dass Seine Allerhöchste Majestät uns einzukreisen versucht. Gibt es keinen anderen Weg zum Kunne-Iomante?«

»Den über die Felsen. Aber deine Pferde werden uns dort nicht folgen können.«

Eine Anzahl Verwünschungen kam über Susanoos Lippen. Auf die Pferde wollte und konnte er nicht verzichten. Er hatte jetzt nur noch eine berittene Truppeneinheit von zweihundert Mann zur Verfügung und dazu einen Teil des Fußvolkes. Die vier »Kotan« stellten gemeinsam etwa fünftausend Mann. Aber die Häuptlinge besaßen keine Macht über ihre Krieger. Die Männer folgten ihnen freiwillig oder überhaupt nicht. Und wenn es einem einfiel, auf eigene Faust einen Angriff zu wagen, dann hinderte ihn niemand. Iri jedoch war kein Draufgänger, sondern ein eiskalter Stratege. Jetzt, wo sich Kubichi in seiner Gewalt befindet, dachte Susanoo, weiß er genau, dass ich versuchen werde, den Durchgang zu erzwingen.

Weit hinten im Gebüsch ertönte Fuchsgebell. Einen Augenblick später bellte wieder einer – diesmal etwas näher. Tinemba, der Häuptling des Dachs-Kotan«, wandte Susanoo sein narbiges Gesicht zu.

»Ein Hirschenmensch nähert sich«, sagte er, denn in der Sprache der Ainu gab es kein Wort für »Reiter«. Susanoo zweifelte nicht daran, dass es stimmte. Es würde ihm immer ein Rätsel bleiben, wie eigentlich das Signalsystem dieser Waldbewohner funktionierte. Tatsächlich vernahm er jetzt ein dumpfes, vibrierendes Pochen.

Der Reiter brach aus dem Dickicht hervor. Blitzschnell legte Tinemba einen Pfeil an seine Bogensehne, doch im selben Augenblick erkannte Susanoo das zerfetzte Banner, das über dem Kopf des Reiters flatterte. Rasch hob er die Hand; Tinemba ließ die Bogensehne sinken.

Der Reiter jagte im Galopp über die Lichtung. Vor dem König zügelte er sein schweißnasses Tier, sodass die lockere Erde unter den Hufen aufstob, und sprang aus dem Sattel. Atemlos warf er sich vor Susanoo zu Boden. Es war ein junger Mann in der Uniform der königlichen Leibgarde. Schweiß und Staub bildeten eine Kruste auf seinem von Anstrengung gezeichneten Gesicht.

»Majestät«, keuchte er, »ich bringe Euch eine Botschaft Ihrer Majestät Toyo Hime no Mikoto. Eure Einheit geriet beim Kunne-Iomante in eine Falle. Alle Krieger wurden niedergemetzelt. Die Fürstin von Izumo . . .«

Niemand sah, woher der Pfeil kam, von dem er getroffen wurde. Sein röchelnder Aufschrei ging im allgemeinen Kreischen und Brüllen der Ainu unter, die auseinander stoben und im Unterholz Deckung suchten. Die Pferde wieherten, bäumten sich auf, während ein Hagel von Pfeilen über die Lichtung schwirrte. Ungeachtet der Gefahr war Susanoo zu Boden gesprungen. Er stürzte zu der Stelle, wo der junge Meldereiter lag und am Pfeilschaft zerrte.

»Die Königin? Was ist mit der Königin geschehen?«

Er sah, wie die Lippen des Sterbenden sich bewegten, ohne einen Ton hervorzubringen. Plötzlich verschleierte sich sein Blick; sein Körper streckte sich, sein Kopf fiel nach hinten: Er war tot.

Noch während er ihn zu Boden gleiten ließ, richteten sich Susanoos Augen auf den Berghang, wo die Tungusen ihre sich aufbäumenden Pferde angehalten hatten und Schimpfworte in den Wind schrien. Die Ainu antworteten mit ihrem markerschütternden Kriegsgeschrei und stürmten vorwärts. Susanoo richtete sich auf und brüllte: »Zurück! Das ist nur ein Ködertrupp!«

Seine Stimme ging unter im Tumult. Hier im Wald waren die Ainu in ihrem Element. Sie brachen hinter jedem Felsen, jedem Baum, jedem Busch hervor. Alle – Männer und Frauen – waren mit Pfeil und Bogen, Wurfspießen, Kurzschwertern und sichelförmigen Dolchen bewaffnet. Nur wenige trugen die Harnische, die sie im Kampf erbeutet hatten. Der unerwartete Angriff jagte den Feinden scheinbar Furcht ein, denn sie stoben auseinander und suchten mit Geschrei Deckung.

»Wir werden sie in die Flucht schlagen!« Tisinas frohlockende Stimme traf Susanoo wie ein Messerstich.

Er fuhr herum und schrie sie an: »Ihr unglücklichen Narren! Keiner wird mit dem Leben davonkommen!«

Er hatte diese Worte kaum ausgesprochen, als schon die Hügel zu beiden Seiten der Lichtung von Tungusen wimmelten. Der soeben verschwundene Ködertrupp tauchte an der anderen Bergseite wieder auf, zusammen mit etwa vierhundert weiteren Kriegern. Susanoo zog zischend die Luft ein. Die Falle war großartig angelegt – und sie schnappte planmäßig zu.

Noch hatten die Ainu die Oberhand und schlugen an allen Seiten Breschen in die feindlichen Truppen. Susanoo ließ die Reiter im Halbkreis über die Bergflanken ausschwärmen, um die Ainu und sein eigenes Fußvolk zu decken. Ein Funken

Hoffnung blieb, dass der Durchstoß gelang. Doch der erbitterte Kampf zwang die Ainu, immer weiter in die Ebene vorzudringen. Und dann wickelte sich alles in atemberaubender Geschwindigkeit ab: Oben auf der Felswand erschien eine Anzahl Reiter – allen voran die bronzefunkelnde Gestalt auf einem prachtvollen geharnischten Fuchs. Das aufschwingende Geweih seines Helmes gab ihm das Aussehen eines Fabelwesens, halb Mensch, halb Hirsch. Die bunten Gefechtsbanner flatterten über seinem Haupt. Susanoo erkannte ihn sofort; sein Auftauchen in diesem Augenblick war ein Meisterstück tungusischer Kriegslist und versetzte Susanoos Hoffnung, die Schlacht doch noch zu gewinnen, den Todesstoß. Herausfordernd und im Bewusstsein seines Sieges, hob der König seinen eisernen Kriegsfächer. Die Ainu hörten das Donnern von tausenden von Pferdehufen. Sie wichen zurück und suchten Deckung in der Schlucht, wobei ihnen der uralte, barbarische Ruf der Steppenreiter in den Ohren gellte.

Mit ohnmächtiger Wut beobachtete Susanoo den ihm allzu bekannten Angriffsgalopp: ein Wirbel von Hufen, schäumende Nüstern, Geisterpferde, die schon vorbei sind, bevor das Auge sie richtig wahrgenommen hat, brausend wie ein Orkan und mörderisch wie ein Erdbeben. Verzweifelt versuchten die Ainu die Sturzflut aufzuhalten. Sie ließen ihre mit Steinen beschwerten Hanfseile kreisen, in denen sich die Hufe der Streitrösser verfingen. Doch während die Pferde wiehernd und um sich schlagend zu Boden stürzten, rasten die anderen an ihnen vorbei oder über sie hinweg, zum erbarmungslosen Angriff.

Schon erreichten die ersten Reihen das Gehölz, wo sich Susanoo mit seinen Offizieren verschanzt hatte. Die Tungusen hingen mit einem Fuß im Steigbügel, wirbelten ihre Schwerter in tödlichen Kreisen.

Aus den Augenwinkeln sah Susanoo, wie ein Angriff in vollem Galopp auf Tisina zuraste. Die Frau hob ihren Wurfspieß.

Ihre Zähne blitzten, als der Schaft aus funkelndem Metall seinen Flug nahm. Doch der Tunguse war schneller. Seine Streitaxt durchschnitt die Luft und traf Tisina mitten in die Brust. Noch während sie stürzte, ohne einen Laut von sich zu geben, brachte Susanoo den Reiter mit einem Schwerthieb zu Fall.

Tisina lag regungslos im hohen Farnkraut. Susanoo kniete sich neben ihr hin und die Leibgarde bildete um ihn einen schützenden Wall. Susanoo sah sofort, dass die Wunde tödlich war. Tisinas Stimme war nur noch ein Hauch.

»Du hast dich nicht getäuscht . . . es war eine Falle!«

»Ich versprach euch zu retten, stattdessen habe ich euch ins Verderben gestürzt«, sagte er bitter. Doch sie schüttelte den Kopf.

»Retten lassen sich . . . die Aiu-Utari nicht mehr. Alle, die hier sterben . . . werden ihre Himmlische Heimat . . . nicht mehr erreichen. Du kannst uns nicht helfen . . . Schütze dich selbst! Die Herrin der Bären . . . erwartet dich. Geh . . . vollziehe die Riten . . . bevor es zu spät ist . . .«

Er erbebte. »Was willst du damit sagen?«

Tisina hörte die Frage nicht mehr. Ihre erschlafften Hände lösten sich von ihrem blutgetränkten Gewand. Sie stieß einen Seufzer aus und lag still. Susanoo drückte ihr sanft die Augen zu.

Plötzlich bemerkte er einen scharfen Geruch. Ein Schatten fiel vor ihm auf den Boden. Ikanui, der »Ottena« der »Hirsche«, stand in sein Bärenfell gehüllt schnaufend und schwitzend vor ihm.

»Ist sie tot?«, fragte er.

»Ja.«

Susanoo erhob sich. Ikanui gab ein Zeichen: Zwei Männer ergriffen die Verstorbene und schleppten sie fort. Die Ainu ließen ihre Toten nie liegen. Susanoo bemühte sich verzweifelt, Tisinas letzte Worte aus seinem Bewusstsein zu verdrängen. Die Ainu waren der Situation nicht gewachsen. Sie warfen sich dem Reiteransturm mit größter Kaltblütigkeit entgegen. Ihr Mut war bewundernswert, aber sinnlos. »Wir müssen herausfinden aus diesem Loch«, zischte Susanoo.

»Warum sollen wir fliehen?« Ikanuis Frage klang trotzig. »Ich weiß, dass uns die ›Sisamu‹ die große Schande bringen. Darum lass uns in Ehren sterben.«

Susanoo verfluchte innerlich den verstockten Häuptling. Sein Verstand arbeitete wieder klar und scharf. Die einzige Rückzugsmöglichkeit, die ihnen blieb, waren die Felsen über dem Flussufer.

»Ich sage dir: Zieht euch zurück!«, donnerte er Ikanui an. »Da hinten in die Felsen! Los! Meine Männer werden als Deckung hier bleiben!« Er packte sein erschrecktes Pferd am Zügel, schwang sich in den Sattel und winkte seiner Leibgarde. »Folgt mir!«

In gestrecktem Galopp jagte er seinen Hengst den schmalen Flusslauf entlang und durch die Tungusenreihen, ehe diese den Vorgang überhaupt begriffen.

Der Abzug der Ainu begann wie eine planlose Flucht, weil die Befehle in dem Durcheinander nicht überall ankamen. Dann aber sammelten die »Ottena« ihre Leute und trieben sie durch die Schlucht. Die Tungusen sprengten von beiden Seiten heran, stachen und schlugen auf die Fliehenden ein. Alles, was jetzt folgte, war ein albtraumartiger Ablauf von Geschehnissen: Hufe, die den Boden hämmerten, Staubfahnen aufwirbelnd wie Todesschleier, rennende, schreiende Ainu, das Tosen der Muschelhörner, die den Rückzug bliesen, das schrille Wiehern der Pferde.

Plötzlich brüllte ein Tunguse: »Fasst ihn! Es ist der Herrscher von Izumo! Lasst ihn nicht entfliehen!«

Susanoo beugte sich über die Mähne seines Hengstes, grub beide Knie in die bebenden Flanken. Ein Sirren, ein klirrendes Geräusch: Ein Speer war durch den Harnisch in Kai-Umas Brust gedrungen. Der Hengst stolperte und stürzte mit solcher

Wucht zu Boden, dass er sich überschlug. Susanoo wurde aus dem Sattel geschleudert, doch die weiche Erde dämpfte seinen Sturz. Er rollte sich geschmeidig hinter einen Felsen, und als er wieder auf die Füße sprang, hatte er sein Schwert bereits gepackt. Die Tungusen stürzten sich von allen Seiten auf ihn. Er stach und hieb sich einen Weg frei. Da brach dicht vor ihm eine Gruppe Ainu aus dem Unterholz und seine Verfolger ließen von ihm ab. Tinemba, der kleine, narbige Häuptling der »Dachse«, schien trotz einer klaffenden Kopfwunde seine Krieger gut in der Hand zu haben.

»Willkommen an meinem Lagerfeuer!«, grunzte er mit schiefem Lächeln.

»Du sagst es!«, murmelte Susanoo.

Sie rannten weiter, durch Farnkraut und Gestrüpp. Zwei Pfeile steckten in Susanoos Harnisch. Er riss sie im Laufen heraus. Immer mehr Ainu schlossen sich ihnen an. Den Häuptlingen war es endlich gelungen, mit ihren Leuten das Schlachtfeld zu räumen. Die Ainu verloren zwar viel Zeit dabei, ihre Verwundeten zu stützen und ihre Toten mitzuschleppen, aber Susanoo begann zu hoffen, dass sie den Durchbruch trotzdem schaffen würden. Auf halbem Weg zum Gipfel, dort, wo die Bäume sich lichteten, ließ er seine Männer halten und sich neu formieren.

Plötzlich sah er hoch oben auf den Hügelkamm die Gestalt eines einzelnen Tungusenreiters. Seine Brustpanzerplatten funkelten im Sonnenschein.

»Wer ist denn das?«, schrie Tinemba und wischte sich das Blut aus dem Gesicht.

»Das ist Yi-Am, der Vetter des Königs!« Susanoos Stimme bebte vor Wut. »Jetzt sitzen wir endgültig in der Klemme!«

Yi-Am hob seinen Kriegsfächer, gleichzeitig ertönte ein gellender, lang gezogener Schrei: Es war ein Triumphgeschrei der Steppenreiter, der Ruf des nächtlich jagenden Wolfes.

Und kaum war das Echo dieses Schreis verklungen, als eine

Reiterfront wie eine riesige, schuppenglänzende Meereswoge den Hang herunterkam. Eisenbewehrte Pferdebrüste, Reiter mit glitzernden Speeren und wirbelnden Schwertern brausten auf sie zu, durchdrangen die Verteidigungslinie der Ainu. Kreischend, donnernd und tosend überschwemmte sie die Flut, fegte über sie hinweg und zerstreute sie in alle Winde.

## 25

Susanoo kauerte im Dickicht und lauschte mit angespannten Sinnen in die Nacht. Vor ihm lag ein kleines, mit Gras bewachsenes Tal, Bäume mit mächtigen Stämmen wuchsen gegen die Felsen. Er sah durch die Zweige das Flackern unzähliger Lagerfeuer. Der Wind brachte die Ausdünstung der Pferde, deren Körper vom Laufen noch erhitzt waren.

Die Umstände hatten Susanoo mit nur zweihundert Reitern – dafür aber mit einigen tausend beherzten, doch gänzlich undisziplinierten Ainu in die verhängnisvollste Schlacht seines Lebens verwickelt. Er hatte zusehen müssen, wie ein Häuptling nach dem anderen fiel und die Waldbewohner abgeschlachtet wurden. Er hatte bis zum Schluss gekämpft. Dann, um ein sinnloses Sterben zu vermeiden, hatte er seinen Männern den Befehl gegeben, sich zu zerstreuen. Er selbst hatte, in einer Felsspalte verborgen, die Nacht abgewartet. Er bebte noch vor Wut darüber, dass er überlistet und gezwungen worden war, sich wie eine Ratte in ein Loch zu verkriechen, um den Tungusen zu entgehen, die das Schlachtfeld nach ihm absuchten. Aber entgegen jeder Vernunft hoffte er immer noch, Kubichi lebend aus den Händen der Feinde befreien zu können.

Immer noch im Gehölz verborgen, schnallte er seinen Harnisch ab, ebenso seinen Gürtel mit dem Langschwert und versteckte alles unter einem Haufen trockener Zweige. Er behielt nur sein Kurzschwert und seine Feuersteine. Nach Art der Ainu hatte er ein Hanfseil, mit einem Greifhaken versehen, um seine Taille gewickelt.

Susanoo verließ das Dickicht, lief rasch und gebückt den Hügel hinab. Kurz darauf umgab ihn das hüfthohe Gras des Talgrundes. Der Geruch nach verschwitzten Pferden und Männern war jetzt so stark, dass er ihm wie ein schwerer Vorhang entgegenschlug. Die undeutlichen Wahrnehmungen – das Klirren von Metall, das Scharren von Hufen, das gelegentliche Aufblitzen eines Schildes – ließen sein Herz erregt schlagen. Durch das Gras leuchtete das Rot, Weiß und Gold der Standarten und die hellen Umrisse des königlichen Zeltes waren deutlich zu erkennen. Susanoo duckte sich noch dichter an den Boden. Sollte er sich die Genugtuung verschaffen und in das Zelt eindringen, um Seiner Allerhöchsten Majestät die Kehle zu durchschneiden? Er schob den Gedanken von sich. Er durfte sein Leben jetzt nicht noch einmal aufs Spiel setzen.

Noch während er im weiten Bogen das Lager umging, brach im Osten das Grau der Dämmerung hervor. Plötzlich – ganz in der Nähe – wieherte ein Pferd. Susanoo zuckte zusammen. Er wusste, dass die Tungusen ihre Pferde anpflockten. Das Tier musste während der Schlacht geflohen sein und trottete auf das Lager zu, von wo es den vertrauten Geruch der anderen Pferde witterte. Susanoo erkannte blitzschnell die günstige Gelegenheit. Die helle Gestalt des Pferdes bewegte sich vor dem dunklen Hintergrund der Bäume. Es war eine Stute. Ihr Harnisch funkelte und klirrte. Sie hatte den Kopf in den Wind gedreht, die Nüstern gebläht und ließ die Ohren spielen. Susanoo legte zwei Finger an die Mundwinkel und stieß einen kurzen, scharfen Pfiff aus, mit dem die Tungusen ihre Pferde anlockten. Die Stute spitzte die Ohren. Susanoo richtete sich behutsam auf und näherte sich dem Pferd. Es wieherte leise und ließ ihn herankommen. Er streckte die Hand aus, ergriff die Zügel. Die Stute beschnüffelte ihn mit sanfter Neugier, während er ihr den Harnisch abschnallte. Plötzlich legte sie die Ohren an, verdrehte die Augen und sprang zur Seite. In kurzer Entfernung brachen etwa zehn Tungusenreiter aus dem Wald hervor. Es musste ein Spähtrupp sein, der anscheinend nach verlaufenen Pferden suchte. Susanoo überlegte nicht lange: Er schwang sich auf den nackten Pferderücken, bohrte der Stute die Fersen in die Flanken und lockerte die Zügel. Ein Kreischen ertönte vom Waldrand.

Susanoo vernahm das dumpfe, trockene Prasseln der Pfeile. Er raste dahin, dicht über den Hals der Stute gebeugt. Weil er sie von ihrem Harnisch befreit hatte, war sie schneller und leichter als die Pferde seiner Verfolger. Nach einiger Zeit gaben die Tungusen die Hetzjagd auf. Einige Pfeile flogen noch an ihm vorbei, dann verklangen die Schreie, das Hämmern der Hufe erlosch.

Die Helligkeit nahm ständig zu. Susanoo drückte sich gegen die schweißnasse Flanke der Stute. Er schrie ihr das Wolfsgeheul der Tungusen ins Ohr, den Schrei, der die Dämonen erweckt und die Streitrösser zu höchster Geschwindigkeit antreibt. Ein Zweig diente ihm als Peitsche und bei jeder Berührung – halb Streicheln, halb Drohung – steigerte sich der Galopp zu immer wilderer Hast. Die Sonne tauchte die Wälder in kupfernes Licht, als die dunkle Rauchsäule des Kunne-Iomante über den Hügeln sichtbar wurde. Die Stute zitterte am ganzen Körper. Von Susanoos Willen mitgerissen, hatte sie ihr Äußerstes gegeben; jetzt versagten ihr die Kräfte. Immer linkischer wurde ihr Galopp, immer schwerfälliger. Bis sie schließlich stolperte, wankte und stillstand. Susanoo sprang ab, warf einen letzten Blick auf die Stute, die mit keuchenden Flanken und gesenktem Kopf dastand – und tauchte im Dickicht unter.

Anfänglich rannte er blindlings vorwärts so schnell er konnte. Er lief durch eine felsige Schlucht, bahnte sich einen Weg durch Dornen und Gestrüpp und befand sich dann auf einem grasbedeckten Abhang. Er war von Wald umsäumt, der sich bis zu einer Felswand ausdehnte. Schwefelgeruch lag in der stickigen Luft. Ein dunkler Streifen von Buschwerk deutete auf den Flusslauf hin, den er einst mit Kubichi auf einem Floß heruntergekommen war.

Susanoo taumelte vor Erschöpfung. Seine Beinschützer waren zerfetzt, doch er fühlte schon längst nicht mehr die Schmerzen seiner zerschnittenen Füße.

Plötzlich wurden auf dem harten Boden Spuren sichtbar. Sie führten ins Unterholz. Susanoo zwang sich zu warten, bis sein Atem ruhiger wurde. Er hatte nur sein Kurzschwert und durfte sich nicht vom Feind überraschen lassen.

Vorsichtig ging er weiter. Die Sonne war mit einem dünnen Wolkenvlies bedeckt und auf einmal drang dumpfes Grollen aus dem Erdboden. Susanoo blieb keuchend stehen. Ein seltsamer, unnatürlicher Windstoß fegte durch die Bäume: Aus jedem Busch, jedem Strauch, jeder Felsspalte schwirrten große und kleinere Vögel auf, flatterten wild, stießen gegen Äste, verfingen sich im Gestrüpp. Der ganze Wald war erfüllt von hastigen, trappelnden Geräuschen. Susanoo spürte, wie es ihm kalt über den Rücken lief. Er wusste, was dieser Lärm zu bedeuten hatte.

Das Grollen im Erdinnern ließ nach; der Wald kam wieder zur Ruhe. Susanoo lief das Flussufer entlang, als er plötzlich mit dem Fuß gegen etwas Weiches stieß. Er schnellte zurück – das Kurzschwert sauste nieder –, da sah er, dass der Mann tot und übel zugerichtet war. Doch an der Kleidung und an der Haartracht erkannte er ihn sofort: Es war Hokiji, der Befehlshaber seiner Leibgarde. Susanoos Zähne bohrten sich in die Unterlippe. Seine Befürchtungen bestätigten sich also: Kubichi und ihre Eskorte waren verraten und überfallen worden. Noch blieb ihm eine schwache Hoffnung, an die er sich klammerte: Seine Allerhöchste Majestät war schlau wie ein räudiger alter Fuchs. Er würde die Königin von Izumo nicht ermorden lasen, ohne vorher zu feilschen. Aber wenn Kubichi gefangen war, musste er zuerst herausfinden, wo . . .

Die trockenen Halme raschelten um seine Knöchel, als er sich vorsichtig weiterbewegte. In kurzen Abständen entdeckte er noch mehr Leichen – alles Männer seiner Leibgarde.

Sein letzter Hoffnungsschimmer, Überlebende anzutreffen, schwand dahin. Vom nahen Gipfel her wehte eine gelbliche Dunstfahne. Der Schwefelgestank, mit dem süßlichen Geruch der Verwesung vermischt, raubte ihm fast den Atem. Susanoo presste seinen Ärmel gegen Mund und Nase, bahnte sich hustend und würgend einen Weg durch das Dickicht. Oft musste er auf den Knien rutschen und von Zeit zu Zeit sogar kriechen. Endlich vertrieb der Wind die Schwefeldämpfe. Der Wald lichtete sich. Jenseits der Sträucher dehnte sich eine Ebene. In der Mitte erhob sich ein einzelner Baum. Er war nicht sehr hoch. Von seinem knorrigen, gedrungenen Stamm gingen wie Speichen eines Rades lange, starke und dichte Äste aus, die einen riesenhaften Sonnenschirm bildeten. In seinem Schatten saßen mit untergeschlagenen Beinen zwei Männer. Ihre Schwerter hielten sie auf den Knien. Zwischen ihnen im Gras lag eine Gestalt, die mit einem purpurnen Umhang zugedeckt war.

Susanoo packte sein Kurzschwert fester und trat aus den Büschen. Die Männer sprangen augenblicklich auf; ihre Schwerter blitzten in der Sonne. Doch plötzlich knieten sie nieder, legten ihre Schwerter vor sich hin, stützten die Hände auf den Boden und senkten tief ihre Köpfe. Da erst merkte Susanoo, dass er Männer aus Yamatai vor sich hatte.

»Wer beorderte euch, hier zu verweilen?«, fragte er.

Einer der Offiziere antwortete ehrerbietig: »Herr, wir gehorchten dem Befehl Ihrer Majestät, Toyo Hime no Mikoto. Sie erteilte uns den Auftrag, die Fürstin zu bewachen.«

Susanoo wandte seine Augen der Gestalt am Boden zu. Er spürte das Beben, das durch die Männer ging. Es war sehr heiß, die Fliegen schwirrten. Er kniete nieder und schlug den Umhang zurück. Kubichi lag ein wenig auf der Seite, den Kopf ins Gras gebettet. Der Tod hatte ihr Gesicht kaum entstellt. Ihre Haut war wächsern und zart wie ein Blumenblatt, die Lippen etwas eingefallen. Ihre Augen waren nur halb geschlossen; er sah unter der blauen Tätowierung den glasigen Schleier, der ihre Pupillen überzog. Er schlug den Umhang weiter zurück. Schwere, heiße Tränen traten ihm in die Augen. Aber er konnte nicht weinen: Die Tränen trockneten sofort. Sein Blick richtete sich erneut auf die Offiziere. Heiser fragte er: »Was geschah mit dem Kind?«

Der Mann, der zuerst gesprochen hatte, verneigte sich.

»Herr, unsere Königin nahm es in ihre Obhut.«

Susanoo vernahm die Worte wie von weit her. Ein Funke zuckte in seinen Augen auf.

»Das Kind ist am Leben?«

»Ja, Herr.«

Er hob den Kopf, blickte zu dem rauchenden Berg auf; sah die großen, schwarz-weißen Vögel mit ausgebreiteten Flügeln über den Hang segeln. Ein Schauer durchlief ihn: Er wusste, was ihm zu tun blieb.

Zu den Männern sagte er: »Ihr könnt jetzt gehen.«

Die Offiziere verneigten sich. Und jener, der bisher geschwiegen hatte, fragte: »Herr, was sollen wir unserer Gebieterin ausrichten?«

Susanoo blickte ein letztes Mal in Kubichis Antlitz. Er scheuchte eine Fliege weg und deckte den Umhang wieder über sie. Dann hob er sie in seine Arme und sprach: »Lasst die

Königin wissen, dass ich nach Tatsuda kommen werde, um mein Kind zu holen.«

## 26

Er verließ das Tal und wanderte über den mit Felsblöcken und Bäumen bedeckten Abhang. Der Pfad stieg ständig an; doch er, den Kopf über seine Last geneigt, ging ruhig weiter und spürte keine Müdigkeit. Die Angst der Tiere verbreitete überall eine fühlbare Spannung, die den normalen Rhythmus des Waldes verwirrte. Ein kleines Pelztier brach aus den Büschen, verschwand in einem Loch. Vögel kreischten erregt in den Ästen. Eine grünlich schillernde Schlange raschelte durch die Halme und ein Reh flüchtete in lautlosen Sprüngen. Susanoo beachtete kaum die Geräusche. Seine wunden Füße trugen ihn weiter und weiter, über Fichtennadeln, Dornen und Geröll. Plötzlich raschelte das Laub, vor ihm stand – zu seiner ganzen Größe erhoben – ein Bär. Sein Pelz war glanzlos und gesträubt. Speichel tropfte aus dem offenen Maul; unter den Lidern schimmerten blutunterlaufene Augen. Doch Susanoo schritt ruhig weiter. Irgendwie wusste er, dass ihn der Bär nicht angreifen würde. Er spürte die scharfe Ausdünstung des Tieres, während er an ihm vorbeiging. Auch als ein zweiter Bär unter einem Felsvorsprung mit tiefem, hustendem Bellen seinen Kopf von einer Seite zur anderen warf, verlangsamte er seinen Schritt nicht. Und der Bär wich vor ihm zurück, schien sich in den Dunstschwaden aufzulösen. Die Sonnenscheibe verfinsterte sich, bis sie wie stumpfes Silber glänzte, und an Stelle des Bären wurde plötzlich die Gestalt einer Frau sichtbar. Susanoo erkannte sie sofort: Es war Emekka, die Hüterin des Berges. Ihr strähniges Haar, vom gleichen Weiß wie ihr grobes

Gewand, umhüllte sie wie ein Schleier. Unter der bläulichen Tätowierung, die ihre Augen bis zu den Schläfen verlängerte, zuckten die schlaffen, wimpernlosen Lider.

»Tritt näher, mein Sohn, ruh dich aus«, sprach sie mit ihrer rauen Stimme.

Er bückte sich, legte die Verstorbene zu ihren Füßen nieder. Kubichis Antlitz schimmerte durch den Stoff, doch er schlug den Umhang nicht zurück. Emekka hielt ihm ein hölzernes Gefäß entgegen. Er trank und das Wasser schmerzte ihn, als ob Feuer in seinen Körper rann. Als er sich mit der Hand über die Lippen wischte, sah er Blutspuren auf seiner Haut.

»Ich bin gekommen«, sagte er dumpf, »um die Riten zu vollziehen.«

Sie neigte ruhig den Kopf. »Ich habe dich erwartet. Komm! Dir bleibt nur noch wenig Zeit.«

Er hob behutsam die Tote wieder auf und folgte der alten Priesterin, die mit gebeugtem Rücken vor ihm über den Hang schritt. Bald hatten sie die Baumzone hinter sich gelassen. Die Schwefeldämpfe verbreiteten stinkende, quälende Hitze. Susanoos Kehle brannte und er hustete. Plötzlich glitt ein Schatten über ihn hinweg, und als er den Kopf hob, sah er die Geier, die sich gesammelt hatten und tief über den Berg segelten. Er fühlte, wie seine Knie weich wurden, wie ihm der Schweiß aus allen Poren brach. Doch da ertönte tief in ihm eine Stimme, vermischt mit dem Rauschen seines Blutes: »Verzage nicht und tu, was du versprochen hast. *Es hat nichts zu bedeuten!*«

Sein Geist klärte sich. Er senkte den Blick auf die Tote in seinen Armen. Er wusste jetzt, dass sie nicht Kubichi war, sondern nur ein Körper unter einem Umhang. Ein Gefühl von Frieden verdrängte die Angst, die ihn überfallen hatte. Und während er weiterging, spürte er immer deutlicher unter seinen Füßen das Pochen und Grollen des erwachenden Vulkans . . .

Bald sah er vor sich die Gerüste aus Holz- und Weidengeflecht, auf denen die Ainu ihre Toten aufbahrten. Sie waren über den Hang verstreut bis zu dem rauchverhüllten Kraterschlund. Alle hatten dieselbe Form, die zugleich an eine Bahre und einen Nachen erinnerte. Der Gestank von Schwefel und Verwesung war kaum zu ertragen. Er würgte und rang nach Luft, seine geröteten Augen tränten.

Die Priesterin war vor einem leeren Gerüst stehen geblieben und wartete auf ihn. Sie sah, wie er unwillkürlich zurückwich und die Tote fester an sich presste. Sie blieb stumm; blickte ihn an aus starren, dunkel schimmernden Augen. Und unter dem Zwang dieses Blickes trat er an das Gerüst und bettete Kubichi, von Kopf bis Fuß verhüllt, auf das Weidengeflecht. Emekka nickte und streifte leicht seinen Arm. »Gut. Und jetzt komm.« Sie führte ihn zu einem Felsen, der unweit von dem Gerüst aus dem Boden ragte.

»Warte hier, bis die Boten des Himmels ihr Werk vollbracht haben. Es wird nicht lange dauern.« Er starrte sie stumpf an. Sie fuhr fort: »Fürchte nichts. Sie ist glücklich: Du hast ihrer Seele zur ewigen Freiheit verholfen. Sie ist die letzte Aiu-Utari, der es vergönnt ist, ihre Himmlische Heimat zu erreichen.« Ihre Lider zuckten. »Doch gib Acht! Sobald du spürst, dass du eins mit dem Felsen wirst, musst du fliehen. Deine Zeit ist noch nicht gekommen. Du musst weiterleben . . . für deine Tochter.«

Er fuhr zusammen. Von weit her kehrte das Bewusstsein in seine Augen zurück.

»Woher weißt du, dass ich eine Tochter habe?«

»Ich weiß es«, antwortete sie gleichmütig.

Er versuchte seine Aufmerksamkeit auf sie zu konzentrieren.

»Und du, Mutter? Was wird aus dir?«

Sie schüttelte den Kopf. »Mein Schicksal ist unbedeutend.«

Er fühlte ihre Hand auf seiner Stirn und schloss erschöpft

die Augen. Die runzelige Hand war kühl und weich und er sehnte sich nach ihrer Berührung wie nach der Frische von Quellwasser. Dann wich der kühle Schatten von seinen Augen. Als er die Lider aufschlug, war die Priesterin verschwunden. Da setzte er sich mit dem Rücken an den Felsen, legte das Kurzschwert vor sich hin und wartete. Etwas später kamen die Geier. Sie flogen mit starken Schlägen und begannen in immer engeren Kreisen abwärts zu segeln. Er beobachtete, wie ihre Flügel die Luft peitschten, während sie über dem Gerüst schwebten und dann mit ausgestreckten Krallen flatternd landeten. Die Krallen bohrten sich in sein Herz.

## 27

Er starrte auf die Schatten, die langsam länger und schmaler wurden. Die Müdigkeit machte ihn unempfindlich gegen Schmerzen, Hunger und Durst. Sein langes Haar, seine brennenden Augen und das Flimmern der Dunstschleier ließen ihn alles verschwommen sehen. Der Himmel war ungeheuer weit weg; ein rosa Feuer in den Wolken wurde von einer Spiegelung hochgerissen und schwamm in einem schwefelgelben Tümpel. Die Erde wurde heiß und manchmal bebte sie. Er spürte unter sich ein Klopfen und Knirschen und hier und da ein Grollen wie ferner Donner. Als es Abend wurde, stoben Irrlichter aus der offenen Wunde des Kraters. Die Geier hockten auf den Steinen und putzten ihr Gefieder. Dann flogen sie auf, kreisten, bis sie eine Säule warmer, aufsteigender Luft gefunden hatten, und stiegen empor.

In der Nacht drehte sich der Wind; der Rauch teilte sich und Teile des dunklen Himmels wurden sichtbar. Die Sterne funkelten tief über dem Gipfel und er sah den Nordstern, hell wie eine Fackel. Ihm war, als ob der Himmel kreiste, ihn anzog wie ein Magnet. Er fiel in den schwarzen Abgrund des Alls, drehte sich immer schneller um sich selbst und glitt in einer Spirale den Sternbildern entgegen . . :

Dann bemerkte er an einer Erschütterung, dass er geträumt hatte und immer noch am Felshang kauerte. Gegen Morgen verdichtete sich die Rauchsäule, wehte ihm seinen fauligen Atem ins Gesicht.

Er schmiegte sich an die warmen Steine, fühlte, wie er mit dem Felsen verwuchs. Der Puls des Berges wurde sein Pulsschlag, das Herz des Berges war sein eigenes Herz, der Atem des Berges drang aus seinen Lungen. »Wach auf! Geh fort von hier!« Er hörte die Stimme wie im Traum. Sie hallte in seinem Kopf wider, bohrte sich in sein Bewusstsein. »Steh auf! Worauf wartest du noch?« Unter größter Anstrengung schlug er die Augen auf. Das Sonnenlicht ringsum war rot und gelb und grell. Ein Gesicht, eine Gestalt löste sich aus dem flackernden Leuchten. Erschüttert und ungläubig erkannte er Kubichi. Sie trug eine blauviolette knielange Hose und ein ledernes Mieder wie an jenem Tag, da er sie zum ersten Mal gesehen hatte. Der sichelförmige Schmuck glänzte um ihren Hals. Ihre Lider schillerten wie Schmetterlingsflügel; ihr Antlitz war golden, heiter und glücklich. Sie beugte sich über ihn, ihre Lippen streiften die seinen. Als er sie umschlingen wollte, entwand sie sich ihm, immer noch zauberhaft lächelnd, und winkte ihm ihr zu folgen. Er versuchte sich aufzurichten; ihm war, als sei er am Boden festgeschweißt. Sie sagte etwas, das er nicht hören konnte. Jetzt sprach sie ganz langsam, wie um ihm Zeit zu lassen, ihr die Worte von den Lippen abzulesen: »Geh und hole unser Kind!« Da nahm er seine ganze Kraft zusammen, kam auf die Beine, schlug hin, stand wieder auf. Grimmig verscheuchte er die Schatten, die sich zwischen ihn und Kubichi drängten. Sie rührte sich nicht, aber ihr Lächeln erlosch und plötzlich streckte sie warnend den Arm aus. Er wandte den

Kopf, sah die riesige Flamme, die aus dem Krater schoss. Schlagartig kam er zur Besinnung, hörte das Zischen und Brodeln der Lava. Die Schwefelgase mussten ihn in jenen todesähnlichen Betäubungszustand versetzt haben, aus dem Kubichi ihn gerettet hatte. Seine Augen drehten sich dorthin, wo sie eben gestanden hatte; er sah nichts als roten, nackten Felsen.

Da packte er sein Kurzschwert, warf einen letzten Blick auf das blutbefleckte Weidengerüst, wandte sich ab und rannte den Hang hinunter. Da! Ein scharfes Zischen, ein donnerndes Getöse. Der Himmel, die Erde, die Steine loderten in roter Glut auf.

Ein Chaos von Feuer, Wasser und Gestein sauste pfeilgerade in die Luft, fiel fächerförmig nach allen Seiten. Lava floss in Sturzbächen über den Kraterrand. Halb erstickt, von Hustenkrämpfen geschüttelt, wickelte er sich im Laufen einen Stofffetzen um Mund und Nase. Hier und da, wenn der Rauch zur Seite abzog, konnte er wieder Atem schöpfen. Plötzlich wehte eine Gasflamme durch die Luft und steckte unterhalb des Felsengürtels die Sträucher in Brand. Die Flammen züngelten durch Laub und Unterholz und loderten gelb empor. In weitem Umkreis flimmerte die Hitze. Ein großer Busch, auf den er zulief, sprühte in einer Funkengarbe auf. Er schwenkte ab, hastete weiter.

Ein Ächzen, ein lautes Knirschen: Ein Spalt brach auf, lief über die ganze Bergflanke. Er stolperte, fiel auf die Knie, klammerte sich mit Händen und Füßen verzweifelt am Boden fest. Das Beben erstarb. Als er sich zerschrammt und blutig aufrichtete, fiel ihm Emekka ein. Die Höhle, wo die Priesterin lebte, war nicht weit. Vielleicht konnte er sie noch retten ...

Ein neuer Stoß wurde spürbar, noch machtvoller. Oben am Hang löste sich ein Felsblock, sprang in die Tiefe, rollte dumpf aufschlagend dem Wald entgegen. Der Boden dröhnte unter den ungeheuren Stößen. Er spürte den Luftzug, als das Ungetüm an ihm vorbeiraste, noch zweimal aufschlug und dann unter dem Kreischen der berstenden Stämme ins Dickicht tauchte. Das Rauschen verhallte in der Ferne . . .

Keuchend erreichte er die Höhle. Einige hölzerne Geräte lagen noch an der Feuerstelle. Er rief; niemand antwortete. Etwas Weißes schimmerte zwischen den Steinen. Er lief darauf zu und sah die Priesterin tot im Geröll liegen. Der Felsblock hatte sie erfasst und überrollt.

Er machte kehrt und rannte durch den Rauch, bis es in seiner eigenen Brust wie Feuer brannte. Der Vulkan tobte und brüllte; die gläsern roten Adern der Lava quollen aus der offenen Kraterwunde. Bald verlor er die Orientierung, wusste nicht einmal mehr, von welcher Seite das Feuer kam. Die Verzweiflung verlieh Susanoo übermenschliche Kräfte. Er jagte durch das Unterholz, hörte das helle, heiße Donnern des Feuers. Flecken schwammen vor seinen Augen, schmolzen zu flackernden Lichtern. Blindlings war er bis an den Rand einer steilen Böschung getaumelt, als er ein Plätschern vernahm und im rötlich schimmernden Wasser sein eigenes Spiegelbild erblickte. Da packte er die herunterhängenden Äste und ließ sich in den Flusslauf gleiten. Die Strömung erfasste ihn mit einem klatschenden Schlag, während sich über ihm das Blätterwerk im flackernden Licht des Feuers zu röten begann. Zischend fielen brennende Zweige, Funken und Ascheklumpen in den Fluss. Aufgedunsene Tierleiber und tote Vögel schaukelten in den schwappenden Wellen. Ein Ast versetzte Susanoo einen heftigen Stoß in den Rücken. Er klammerte sich daran fest und ließ sich treiben.

# 28

Das Tal war ein Kessel, von Granitwänden umschlossen, und dazwischen rauschte und schäumte der Fluss. Aus unzähligen Einschnitten im Felsen rieselten schillernde Kaskaden. Die Strömung trieb Susanoo mit großer Geschwindigkeit vorwärts. Strudel erfassten ihn. Er ging unter, schluckte Wasser, aschigen Schaum und wirbelnde Blätter. Das Sonnenlicht glitzerte auf den Wellen und funkelte schmerzhaft in seinen entzündeten Augen. Endlich merkte er, wie sich die Schlucht weitete und eine mit Schilf und Buschwerk bewachsene Ebene in Sicht kam. Er schwamm auf das Ufer zu, fand Steine, auf denen er stehen konnte, und watete an Land. Der Fluss hatte ihn eine beachtliche Strecke stromabwärts getragen. Der Wind brachte den Geruch von Schwefel, Asche und schwelendem Holz herüber. Dunstschleier verfinsterten die Sonne und hinter den Bäumen flackerte Glut auf. Doch das ferne Grollen des Vulkans wurde durch das Wasserrauschen übertönt.

Hustend schleppte Susanoo sich durch das Schilf, bis er zwischen den Wurzeln eines Baumes auf trockene Erde sank. Sein Körper war wie zerschlagen, mit Brandwunden und Abschürfungen bedeckt, aber das Wasser hatte die Verletzungen gereinigt, die Schmerzen gelindert. Sein Kopf, seine Glieder waren schwer und die Lider fielen ihm immer wieder über die Augen. Er glitt in den Schlaf wie in dunkle, tiefe Gewässer ...

Als er erwachte, war der Dunst verflogen. Die sinkende Sonne hob jede Bewegung des Schilfs und der hohen Gräser in sanftem Gold hervor. Susanoo lockerte die steifen Muskeln und richtete sich auf. Er stapfte an den Fluss, beugte sich über eine seichte Stelle und trank in langen Zügen. Das Haar fiel ihm ins Gesicht und er blickte verwundert auf die grauen Strähnen vor seinen Augen. Er schüttelte leicht den Kopf, band das Haar wieder im Nacken zusammen. Jetzt begann er die Schmerzen seiner unzähligen Wunden zu spüren. Seine Haut war trocken und gespannt, das Fieber pochte in seinen Schläfen. Doch er durfte keine Zeit verlieren. Er vermutete, dass Iri mit seinem Heer bereits nach Tatsuda aufgebrochen war. Es würde schwierig sein, in die Festung einzudringen. Aber er musste das Wagnis eingehen.

Er watete in den Fluss und achtete darauf, dass sein Schatten nicht auf die Steine fiel. Als sich ein Fisch in seiner Nähe bewegte, tauchte er blitzschnell beide Hände ins Wasser und packte ihn. Er sammelte trockenes Reisig und zündete ein Feuer an. Dann spießte er den Fisch auf einen Zweig und hielt ihn über die Glut. Die Nahrung brachte ihn wieder zu Kräften. Er nahm an, dass er die Festung noch vor Tagesanbruch erreichen konnte. Mit seinem Kurzschwert schälte er weiche Baumrinde ab, wickelte sie um seine wunden Füße. Dann band er das Hanfseil enger um seine Taille und machte sich auf den Weg.

Das Schilf reichte ihm bis zu den Schultern und bildete an manchen Stellen ein undurchsichtiges Dickicht. Oft blieb Susanoo stehen, wischte sich den Staub und den Schweiß aus den Augen und lauschte. Er musste auf der Hut sein. Zwar kannte er die Tricks der Ainu und würde jeden Späher mit Leichtigkeit überlisten, doch wollte er kein unnötiges Risiko eingehen.

Für kurze Zeit schwebte die Sonne wie ein glühender Spiegel über dem Horizont und zog im Schilf eine glutrote Bahn. Dann huschten Fledermäuse durch das Zwielicht. Die Nacht brach herein und die Sterne leuchteten. Sie waren schon über einen großen Teil des Himmels gewandert, als Susanoo vor sich in der Dunkelheit die mächtigen Umrisse der Burgmauern sah. Er ging vorsichtig weiter. Bald sah er die Festung deutlicher. Im Fackellicht, das zwischen den Zinnen schimmerte, bewegten sich die Schatten der auf- und abmarschierenden Wachen.

Susanoo blieb stehen. Er hatte den Wallgraben erreicht. Sein Blick schweifte über die Brücke, die das Wasser überspannte. Die eisenbewehrten Torflügel waren geschlossen, das Fallgitter heruntergelassen. Susanoo glitt die Böschung hinab, füllte seine Lungen mit Luft und tauchte. Das finstere Wasser war eiskalt. Er erinnerte sich, dass die Soldaten den Graben »den Bodenlosen« nannten. Mit leisem Aufplätschern kam er auf der anderen Seite wieder an die Oberfläche; seine tastenden Hände fanden Steine, an denen er sich hochzog. Über ihm wölbte sich der Mauersockel.

Er knotete das nasse Hanfseil auf, ließ den stoffumwickelten Greifhaken kreisen und warf ihn geschickt in die Höhe. Er hatte Glück: Schon beim ersten Versuch blieb der Haken am Steinsims des untersten Stockwerkes hängen. Susanoo prüfte rasch die Festigkeit des Seils, dann zog er sich daran hoch, wobei er sich mit den Füßen an der Mauer abstieß. Er erreichte den Steinvorsprung und presste sich gegen die Wand, als der Wachtposten über ihm vorbeischritt. Dann beugte er sich vor. Noch ein geschickter Wurf; ein kurzer Aufstieg. Jetzt befand er sich unter den Zinnen. Er krallte sich an den Steinen fest und wartete, bis der Wachtposten wieder vorbei war. Die Wand lag im Schatten. Lautlos schwang sich Susanoo auf die Brustwehr. Als er den Blick in den Innenhof senkte, sah er die Feuerstellen, an denen die Krieger saßen. Ein Geruch von Holzkohle und gegrilltem Fleisch lag in der Luft. Eine Anzahl Speere, an eine Mauer gelehnt, warf lange Schatten in den Sand. Das Flammenlicht flackerte auf der weiß-purpurnen Königsstandarte, die vor dem mächtigen Tor aufgepflanzt war. Susanoo zeigte grinsend seine Zähne. Seine Allerhöchste Majestät hatte sich in seinen Fuchsbau zurückgezogen . . .

Er rollte schnell das Seil zusammen und eilte auf eine kleine, vergitterte Eisentür in der Mauer zu. Es kostete ihn einige Mühe, den verrosteten Riegel zurückzuschieben. Endlich schwang die Tür auf. Susanoo lief geräuschlos den Gang entlang. Dann blieb er stehen und spähte um die Ecke. Ein Wachtposten saß mit untergeschlagenen Beinen vor einer Tür, gähnte und kratzte sich. Susanoo löste einen Kiesel aus der Wand und warf ihn weit vor sich in den Gang. Sofort schnellte der Wachtposten in die Höhe und zog klirrend das Schwert. Als der Mann sich zur anderen Seite entfernte, schoss Susanoo lautlos vor. Mit der linken Hand hielt er ihm den Mund zu, um seinen Warnschrei zu ersticken, und mit der Rechten bohrte er ihm sein Kurzschwert in den Rücken. Der Wachtposten war auf der Stelle tot. Susanoo ließ den leblosen Körper zu Boden gleiten und zog ihn in eine dunkle Ecke. Er schob die Tür zurück und trat in einen Vorraum; dahinter lag der Beratungssaal. Alle inneren Türen waren unbewacht. Er lief durch den nur schwach beleuchteten Hauptkorridor und fand sofort die Treppe, die er suchte. Hier war es stockdunkel. Er tastete sich die hölzernen Stufen hinauf. Durch eine niedrige Tür erreichte er einen Ecksöller an der zweiten Umfassungsmauer. Kühle, feuchte Luft schlug ihm entgegen. Hinter den Zinnen ragte der Hauptwachtturm dunkel und mächtig empor. Auf der anderen Seite des Söllers war eine Tür, aus der schwaches Fackellicht drang. Susanoo hörte das leise Pochen der weich tönenden Tempeltrommel und die klare Stimme, die halblaut die heiligen Worte sang. Er drückte sich in den Schatten der Zinnen und wartete.

## 29

Ich verneigte mich ein letztes Mal vor dem Altarschrein; dann verließ ich das Heiligtum und trat in mein Gemach. Es war noch finster, doch ein silbergrauer Schein im Osten kündigte schon die Dämmerung an. Ich liebte die Stille der Nacht, es kam häufig vor, dass ich mich erst im Morgengrauen schlafen legte. Maki half mir mich auszukleiden und meine weiße Schminke zu entfernen. Ich zog ein Gewand aus kühler, weicher Seide an, legte mich nieder und wartete auf den Schlaf. Da hörte ich eine Stimme leise meinen Namen rufen. Zitternd richtete ich mich auf, warf einen Umhang über meine Schultern. Ich öffnete die Tür, spähte hinaus und sah den reglosen Schatten unter den Zinnen. Ich trat auf ihn zu, spürte den Geruch nach Leder, Wasser und Rauch, der von seinen Kleidern ausging. Und dann stand ich vor ihm, sah zu ihm empor mit nachtblinden Augen.

Mehr als ein Jahr war vergangen seit dem Tag, da er mir sein Schwert anvertraut hatte. Aber mir schien, es sei erst gestern gewesen. Doch schlagartig wurde mir bewusst, in welche Gefahr er sich begeben hatte. Ich ergriff seine Hand und flüsterte: »Komm.«

Eine einzige Fackel brannte in meinem Gemach. Voller Verzweiflung sah ich den Schmerz, der sein Gesicht zeichnete, sah seine Wunden und grauen Strähnen in seinem Haar.

»Wo ist das Kind?«, stieß er heiser hervor.

Ich holte tief Atem und antwortete ruhig: »Als Iri es töten wollte, schützten es die Edelsteine unserer Vorfahren. Doch sein Leben ist nur befristet . . .«

Er ballte die Faust um seinen Schwertgriff.

»Ich bin gekommen, es zu holen.«

Ich legte einen Finger auf die Lippen, wandte mich ab und ließ die Schiebetür zur Seite gleiten. Ich weckte Maki, die im Nebenraum schlief, und befahl ihr das Kind zu holen. Sie eilte davon. Bald ertönten leise, schnelle Schritte. Maki brachte das schlafende Kind, reichte es mir und zog sich zurück. Ich legte es in seine Arme. Er hob es behutsam hoch und drehte sich dem Fackellicht entgegen. Das Baby schlief friedlich; an seinen geschlossenen Fäustchen schimmerten blutrot die Tama-Steine. Es hatte ein herzförmiges Gesichtchen und ungewöhnlich dichte, geschwungene Wimpern. Er wagte nicht, das Neugeborene an sich zu drücken, aus Furcht, es zu wecken. Als er es mit seinem Atem streichelte, zuckten die pechschwarzen Wimpern, doch es schlief tief und erwachte nicht.

»Sie soll Saroji heißen«, flüsterte er, »Herrin der tausend Schiffe.« Er hob den Kopf und sah mich an. »Ich muss vor Sonnenaufgang die Festung verlassen. Zuerst gilt es, das Kind in Sicherheit zu bringen. Später werde ich dann abrechnen mit Seiner Allerhöchsten Majestät.«

Ich rief Maki und befahl ihr, das Kind zur Flucht bereitzumachen.

Da packte er mich an den Schultern. »Komm! Flieh mit mir! Noch ist es Zeit . . .«

Ich erbebte. Die Versuchung war groß. Doch dann kam ich wieder zur Besinnung. »Wir müssen hinnehmen, was uns widerfährt, und uns selbst treu bleiben. Mein Schicksal verlangt, dass ich an der Seite des Königs ausharre und für mein Volk eintrete. Er hört auf mich, denn ich empfange die Stimme der Gottheit.«

Er atmete gepresst. Plötzlich blitzte ein düsterer Funke in seinen Augen auf.

»Wo ist Karas, der Verräter? Er soll seiner Strafe nicht entgehen.«

»Karas richtete sich selbst. Jedoch, er war nicht schuldig. Des Königs Herz ist kalt wie Stahl, seine Rache vernichtend wie der Sturmwind.«

Die Falten um seine Mundwinkel vertieften sich.

»Was habe ich getan?«, sprach er dumpf. »Warum verwirft mich die Göttin? Kubichi habe ich verloren, die Aiu-Utari sind besiegt, Izumo von Feinden bedroht, und mein Schwert liegt verrostet auf dem Meeresgrund. Ein Teil meiner Seele wurde mit ihm vernichtet . . .«

Da lächelte sie beschwichtigend. »Das Sternenschwert ruht in der Truhe zu Füßen der Heiligen Gottheit und wartet auf deine Rückkehr.«

Er starrte mich an. »Das verstehe ich nicht. Der König ließ mich wissen, dass mein Schwert versenkt sei . . .«

»So geschah es. Doch ich tauchte in die Tiefe. Mithilfe der Geister gelang es mir, die Waffe zu bergen und sie wieder an Land zu bringen . . .«

Sein Atem ging fliegend. Lange schwieg er, die Augen auf mich gerichtet. Dann legte er die Hände auf meine Schultern und sprach: »Ich liebte Kubichi, wie ein Mann eine Frau lieben kann. Ich war glücklich sie gefunden zu haben und es schmerzt mich tief, nur eine kurze Strecke meines Lebens mit ihr gegangen zu sein. Du aber bist mein zweites Ich, mein Spiegelbild, der Zwilling meiner Seele. Jetzt weiß ich, dass die Göttin mich nie verlassen hat. Und die Perle, die sie mir einst im Traum versprach, schillert in meiner Hand . . .« Er sprach nicht weiter.

Tumult erfüllte die Gänge. Ich hörte Maki verzweifelt aufschreien und das Blut gefror mir in den Adern. Von allen Seiten wurden Schritte laut, Waffen klirrten, Befehle hallten durch die Stille. Ich riss meinen Dolch aus der Schärpe und keuchte: »Wir sind verraten worden!« Die Tür wurde heftig aufgestoßen. Yeasu stand da, ohne Helm, aber mit blankem Schwert. Er erblickte den Herrscher von Izumo und sein Gesicht erstarrte. »Majestät, sollen wir . . .« Da erfolgte ein lautes Krachen, ein Splittern, ein Kreischen. Iris Leute brachen durch eine andere Tür, stießen die Dienerinnen mit ihren Speerschäften zur Seite. Ich schrie: »Haltet sie auf!« Yeasus Schwert fuhr aufblitzend durch die Luft.

»Rasch, hier entlang«, rief ich Susanoo zu. Er zögerte, dann lief er hinter mir her. Ich stürzte durch den angrenzenden Raum, riss die nächste Tür auf. Dahinter lag ein Zimmer mit Steinmauern und einer Seitentür zum Söller. Noch während ich fieberhaft den Riegel zurückschob, erschütterte ein gewaltiger Stoß die Tür. Ein Speer krachte durch das Holz. Aufschreiend wich ich zur Seite. Der Riegel sprang auf, die Tür barst aus den Angeln und eine zweite Welle von Angreifern stürmte herein. Ich kam wieder auf die Beine und rang nach Luft. Angespornt von dem Bewusstsein, dass ich in Gefahr war, kämpfte meine Leibgarde um jeden Fußbreit Boden, doch mussten sie verletzt und blutüberströmt zurückweichen. Schon drang eine neue Wachabteilung durch die Tür. Vier, fünf Männer stürzten sich auf Susanoo. Er wehrte sich verzweifelt, doch sein Kurzschwert war machtlos gegen die Waffen der Gegner und sie trieben ihn in die Enge. Ein Speerschaft krachte gegen seine Schläfe. Er taumelte, schlug zu Boden und versank ins Nichts. Sie benutzten die Gelegenheit, ihn wehrlos zu machen, fesselten ihn mit Seilen an Händen und Füßen.

»Bringt ihn hinaus!« Das Gesicht des befehlenden Hauptmanns war schweißbedeckt und verzerrt. Er begegnete meinem Blick und verneigte sich schroff.

»Ich bedaure, Majestät. Wir haben Befehle . . .«

Sie packten Susanoo, schleiften ihn aus dem Zimmer. Mit rasselnden Schwertern stapften die Wachen hinterher. Eine Weile war ich wie gelähmt, kaum dass ich noch atmete. Dann schleppte ich mich aus dem Raum. Überall stöhnten und krümmten sich Verwundete. Maki kauerte am Boden, Hände ringend, schluchzend und zerzaust. »Wo ist Sona?«, stieß ich hervor. »Wo ist das Kind?« Sie stammelte unter Tränen, Sona habe mit dem Baby Zuflucht im Heiligtum gesucht. Da fasste ich neuen Mut; noch war nicht jede Hoffnung zunichte. »Sei still!«, sagte ich. »Kleide mich an! Schnell!«

Sie zog mir das weiße Gewand der Priesterinnen über, knotete mit zitternden Händen meine Schärpe. Ich verbarg meinen Dolch in den Stofffalten. Als ich aus dem Schlafgemach trat, taumelte mir Yeasu entgegen. Ein Speer hatte ihn verletzt. Sein Gesicht war schmerzentstellt, aber er hielt sich aufrecht. Ich gab ihm ein Zeichen. »Folgt mir!« Er wankte hinter mir her und rief seine Befehle mit heiserer Stimme.

Die noch kampffähigen Männer formierten sich hinter ihm, während Dienerinnen sich um die Verletzten kümmerten. Durch die Fensterschlitze schimmerte der Himmel in rötlichem Weiß. Der Lärm unzähliger Stimmen drang aus dem Burghof und ich dachte: Bald geht die Sonne auf!

Vor der Tür des Heiligtums kniete ich nieder und meine Leibgarde nahm zu beiden Seiten Aufstellung. Leise schob ich die Tür auf. Im Weihrauchnebel glänzten matt die purpur lackierten Säulen. Über dem Tragalter aus Pappelholz spannte sich die »Schnur der Läuterung«. Zu beiden Seiten der Truhe, in der das Sternenschwert aufbewahrt wurde, knieten reglos Etsu und Hana. In ihren Gesichtern von durchscheinender Blässe funkelten die Augen. Jede hatte vor den Knien ein kleines weißes Kissen, auf dem ein Stilett lag. Sie verneigten sich vor mir und ich erwiderte ihre Verneigung. Ein ersticktes Schluchzen brach die Stille; mit aufgelöstem Haar kniete Sona im Schatten einer Säule hinter dem Schrein. Sie presste zitternd das Kind an sich. Trotz ihrer Angst hatte sie klug und unerschrocken gehandelt. Ich sprach zu ihr: »Sorge gut für die Prinzessin und fürchte nichts. Meine Leibgarde wird dich schützen.«

Dann wandte ich meine Aufmerksamkeit den Priesterinnen zu.

»Sollte es der Gottheit belieben, heute mein Leben zu nehmen, so befehle ich Euch, die Erbin von Izumo im Dienst der Großen Göttin Amaterasu zu erziehen. Ferner bitte ich Euch, für meine Zofe Maki zu sorgen. Sucht den Männern meiner Leibgarde gute Frauen aus und dankt ihnen in meinem Namen, dass sie mir treu gedient haben.«

Beide verneigten sich ehrerbietig und Hana sprach ruhig und fest: »Seid unbesorgt. Wir kennen unsere Pflicht.«

Ich holte tief Atem. Dann schlug ich die Ärmel meines Gewandes zurück, beugte mich über die Truhe und löste die goldenen Schlösser. Behutsam hob ich den Deckel. Das Sternenschwert lag vor mir, in Seide gehüllt. Ich wickelte die Klingen aus dem Stoff, packte den silbernen Griff und nahm das Schwert aus der Truhe. Seine magische Ausstrahlung ließ mich erschauern und gab mir das Gefühl, als hielte ich etwas Lebendiges in den Händen.

Ein letztes Mal verneigte ich mich vor dem Altarschrein. Dann glitt ich auf die Fersen zurück, erhob mich und trat über die Schwelle. Ich heftete meinen Blick auf Yeasu und sprach: »Hauptmann Yeasu, ich vertraue Ihre Hoheit, Prinzessin Saroji, Eurer besonderen Obhut an. Schützt sie, wie Ihr mich geschützt habt, und steht mit Eurem Leben für sie ein.«

Schwankend, aschgrau im Gesicht, antwortete er voller Stolz: »Ich danke Euch, Majestät. Es ist mir eine große Ehre.«

Er verneigte sich und ich verneigte mich auch. Dann ging ich durch die schweigenden Reihen hindurch und deutete Maki an, mir zu folgen. Ohne Leibgarde durchschritt ich die Gänge, stieg Treppen hinunter, kam durch Korridore und leere Hallen. Der Lärm der Menge im Burghof rauschte und brandete wie das Meer. Und als ich aus dem Tor hinter den Säulen hervortrat, flutete eine Lichtwelle über den Himmel. Der erste Sonnenstrahl zuckte über den Festungsgürtel, spiegelte sich in den sieben blanken Klingen, ließ sie auflodern wie einen Flammenbusch. Langsam stieg ich die Stufen hinab; langsam durchschritt ich den Hof, während mein Schatten mit dem Schatten des Schwertes verschmolz, dunkel und scharf neben mir über den Boden glitt . . .

# 30

Die Strohdächer über den Wällen strahlten in gleißender, fast schwarzer Helle auf. Die Schilder und Speere der Wachen funkelten zwischen den Zinnen. Im Innenhof drängten sich die Krieger wie die Winterbienen und tausende starrten von den Mauern und Wehrgängen, von Stufen und Terrassen herab. Vor mir bildete die Menge eine feste Wand und schaute zur anderen Seite. Doch unbeirrt ging ich weiter und hielt das Schwert, wie man in der Schlacht ein Feldzeichen hochhebt. Da erhob sich ein Murmeln. Eine Bewegung ging durch die Reihen und vor mir tat sich eine Gasse auf. Ohne jemanden zu sehen oder ein Gesicht zu erkennen, schritt ich auf das eisenbeschlagene Holztor zu, an das der Herrscher von Izumo mit ausgebreiteten Armen genagelt worden war. Das helle Blut tropfte aus den durchlöcherten Händen und sickerte in den Sand. Sein staubverschmiertes Gesicht verzerrte sich schmerzvoll bei jedem Muskelzucken; doch mit verächtlicher Gelassenheit blickte er auf Iri, der im klirrenden Kettenpanzer, sein Schwert in der Hand, triumphierend vor dem Tor auf und ab schritt.

Als sich der Kreis seiner Leibgarde vor mir öffnete, schaute er zu mir hin und für einen Augenblick wurde sein hochmütiger Blick von Susanoo abgelenkt. Er verneigte sich voller Hohn und sprach: »Willkommen, Majestät! Ich habe Euch erwartet. Der Herrscher von Izumo, Euer hoch verehrter Vater« – er spuckte die Worte geradezu aus –, »hat endlich nach meinem Köder geschnappt. Und kein Schwert dieser Erde kann ihn retten.«

Ich schwieg; blickte in seine Richtung, durch ihn hindurch. Er hob geringschätzig auflachend die Schultern und wandte sich wieder seinem Gefangenen zu.

»Eure Dreistigkeit wurde Euch dieses Mal zum Verhängnis.

Nichts als Verdruss und Schande habt Ihr mir gebracht! Durch Niedertracht und Treulosigkeit versuchtet Ihr mir die Macht streitig zu machen und mich an dem Einlösen meines heiligen Versprechens zu hindern. Ich schwor, wenn ich Euch zu fassen bekäme, Euch mit eigener Hand umzubringen. Nun, Majestät, was habt Ihr darauf zu erwidern?«

»Ihr seid ein Narr«, erwiderte Susanoo mit gepresster, aber ruhiger Stimme. Er ließ den Blick nicht von Iri, auf dessen Oberlippe sich Schweißperlen bildeten. »Es ist unbedacht und nutzlos, seine Gefühle so offen zur Schau zu stellen. Glaubt Ihr wirklich, Izumo würde sich nach meinem Tod unterwerfen? Ihr würdet das Gegenteil erreichen: Die sieben Ostprovinzen würden sich erheben und über Euch herfallen. Meine Krieger würden Eure Festung so dicht belagern, dass ihr nicht herausspucken könntet, ohne einen von ihnen zu treffen. Verrat und Meuchelmord sind wirksame Kriegslisten und darin seid Ihr so verschlagen wie drei fette Ratten zusammen. Aber die Göttin lässt sich nicht täuschen. Die Wahrheit tropft durch die Blätter und rinnt durch die Steine und Menschen sind bereit, dafür zu sterben.«

»Euer Herz versprach ich der Göttin!«, fauchte Iri. »Seht nur! Ihr Antlitz leuchtet schon über die Mauer!« Er riss sein Schwert aus der Scheide und hielt es der Sonne entgegen. »Ich bin der Stärkere!«, schrie er aus voller Kehle. »Ich bin immer der Stärkere gewesen!«

Unerwartet lachte Susanoo auf. Das Lachen war kurz und seltsam, da der Schmerz ihn zugleich aufstöhnen ließ.

»Ihr könnt mich in tausend Stücke hacken, Sujin, wenn Ihr Euch Genugtuung davon versprecht. Darüber hinaus jedoch werdet Ihr mit Eurer Seele keinen Frieden schließen.«

»Wie meint Ihr das?« Iris Gesicht lief dunkelrot an.

»Habt Ihr Euch jemals darüber Rechenschaft gegeben, warum Ihr mich hasst?« Susanoo sah auf Iri herunter wie auf ein Ungeziefer, das man zerquetscht und gleich wieder vergisst.

»Das fragt Ihr mich?«, zischte Iri.

»Ihr hörtet richtig: Ich frage Euch!«

Iri brüllte: »Ein Verurteilter stellt keine Fragen!«

Susanoo warf sein Haar zurück. Seine Zähne blitzten.

»Angst habt Ihr«, sagte er verächtlich. »Ich bin Euer Gefangener, doch Ihr seid es, der Angst hat. Angst vor mir und vor Eurem eigenen Gewissen. Bleibt mir vom Leib, Sujin! Euer Angstschweiß stinkt!«

Iri stieß einen kurzen, krächzenden Schrei aus, einen Schrei höchster Wut, und schlug mit beiden Fäusten zu. Susanoo fiel hart gegen das Holz zurück. Blut floss ihm aus Mund und Nase. Er hob den Kopf und spuckte Iri ins Gesicht.

Zitternd fuhr sich Iri mit dem Ärmel über die Lippen. Sein hübsches Gesicht war verzerrt wie die fauchende Fratze eines Raubtieres.

»Priesterin«, keuchte er, »Ihr sollt Augenzeuge sein, wie Euer abtrünniger Vater verblutet!«

Er stellte sich in entsprechendem Abstand auf und warf die Schultern zurück; die Ketten seiner Rüstung glitzerten. Er holte tief Atem und schwang die Klinge hoch. Ein Schreien erscholl, ein lautes, gellendes anhaltendes Schreien. Die Stimmen wirbelten mir entgegen, hoben mich wie Schwingen, kaum dass ich den Boden unter meinen Füßen spürte, als ich den Kreis durchflog, mich vor Susanoo warf und ihn mit dem Sternenschwert schützte.

»Bevor Ihr diese Tat vollbringt, Majestät, müsst Ihr erst mir das Leben nehmen!«

Iri keuchte wie ein Ertrinkender. Das Schwert bebte in seiner Hand.

»Zurück!«, zischte er. »Ihr werdet mich nicht an meiner Rache hindern.«

Ich hob das Sternenschwert. Iri starrte mit blutunterlaufenen Augen auf die Klingen. Sein Atem rasselte. »Geht mir aus dem Weg oder meine Leibgarde wird Euch die Waffe entreißen!«

»Dann gebt den Befehl«, sagte ich ruhig.

»Hauptmann Kazaki«, schrie Iri. »Nehmt Ihrer Majestät das Schwert ab.«

Widerwillig, doch gehorsam zog Kazaki seine Waffe und trat auf mich zu. Sein Gesicht war angespannt und sehr blass, seine Augen wichen den meinen aus. Ich hob drohend das Sternenschwert. Kazaki fuhr sich mit der Zunge über die Lippen, griff zögernd an. Das Sternenschwert sirrte leise, als ich mühelos den Schlag abwehrte, einen Schritt beiseite trat und auf einen neuen Angriff wartete. Totenstille lag über dem Innenhof. Schweiß rann Kazaki über Gesicht und Nacken.

»Worauf wartet Ihr?«, schnaubte Iri.

Kazaki sprang vor. Ich schwang mein Schwert, traf seinen rechten Schultermuskel. Der Hauptmann ließ die Waffe fallen, taumelte zurück. Sein Unterkiefer zitterte, der Arm hing schlaff und blutüberströmt herunter.

»Hauptmann Aiji«, brüllte Iri.

Aiji war dunkelhäutig und sehnig. Er zog seine Klinge, verneigte sich förmlich und sprach: »Verzeiht, Mäjestät. Mein König gab mir den Befehl, Euch die Waffe abzunehmen.«

Geschmeidig wie ein Panther schnellte er nach vorn. Ich wich aus, schlug zu. Die Schwerter prallten gegeneinander. Aiji fuhr herum und befreite seine Waffe. Einige Atemzüge lang bewegten wir uns lauernd im Kreis. Ich keuchte, meine Muskeln zitterten. Doch das Sternenschwert gehorchte mir. Aiji ließ mich nicht aus den Augen. Plötzlich, laut aufschreiend, warf er sich vor. Ich aber hatte den Angriff erwartet. Das Sternenschwert beschrieb einen silbernen Bogen und bohrte sich in seinen Harnisch. Die Waffe entglitt Aijis Hand. Ich riss die Klinge mit einem Ruck aus der Wunde und der Anblick des hervorquellenden Blutes verursachte mir ein Gefühl des Ekels. Ich sah, wie die Augen des Verwundeten sich trübten. Ein Stöhnen entrang sich seinen Lippen. Er fiel auf die Knie und kroch, eine Blutspur hinterlassend, über den Sand. Eine

Weile rührte sich niemand. Dann stieg aus der Menge ein Gemurmel, schwoll an und fiel mit meinen eigenen Atemzügen. Iris Stimme überschlug sich.

»Ihr seid keine Männer. Ihr seid Feiglinge. Bei allen Geistern, ich werde Euch köpfen lassen. Hauptmann Shinshi!«

Gelassen, hochmütig trat der Angeredete vor. Ein kaltes Lächeln umspielte seine Lippen. Er verneigte sich und griff sofort mit voller Wucht an. Ich fing den Hieb ab, doch der Aufprall drehte mir fast den Arm aus dem Gelenk. Ich kämpfte gegen Männer, die mir überlegen waren an Kraft. Doch ich focht weiter, zwang meine Füße sich zu bewegen, meine Arme das Schwert zu heben. Ich verstand es, mit einer Seitendrehung einem heftigen Schlag zu entgehen und da machte Shinshi einen Fehler: Er sprang auf mich zu, weil er mich ungeschützt glaubte. Doch er hatte nicht mit der Reichweite des Sternenschwertes gerechnet. Die sieben Klingen blinkten messerscharf auf. Shinshi taumelte zurück; eine Blutfontäne spritzte in den Sand. Da schienen die Mauern unter dem Schrei der Menge zu erbeben: »Sie hat das Sternenschwert! Die Göttin beschützt sie!«

Iri stand da wie vor den Kopf geschlagen. Die Narbe in seinem Gesicht war tiefrot angeschwollen. Plötzlich hob er sein Schwert und schrie gellend: »Zurück!«

Jeder erstarrte. Eine unwirkliche Stille senkte sich über den Hof, als er langsam auf mich zukam. Der Hass, der wie eine Flamme in ihm brannte, schien aus seinen Augen zu lodern.

»Priesterin, ich stelle Euch vor die Wahl. Entweder Ihr übergebt mir das Schwert oder ich nehme es mir.«

Ich starrte ihn blicklos an. Und dann vernahm ich Susanoos Stimme.

»Toyo«, sagte er.

Ich wandte mich zu ihm. Unsere Augen begegneten sich. Er wiederholte leise meinen Namen und setzte ein einziges Wort hinzu: »Nein!« Es war kein Befehl, sondern eine Bitte.

Da lächelte ich scheu und schüttelte leicht den Kopf. Gelassen, von innerer Ruhe erfüllt, kniete ich nieder. Mit beiden Händen hielt ich das Sternenschwert und legte es vor meinen Knien in den Sand. Dann ordnete ich die Falten meines Gewandes, löste das Stirnband aus meinem Haar und zog den Dolch aus meiner Gürtelschärpe. Ich hob ihn an meine Lippen und sah, wie mein Atem die Klinge beschlug. Mit der wenigen Kraft, die mir noch blieb, packte ich den Griff, hielt die Schneide mit der rechten Hand an meine Kehle ...

»Haltet ein!« Iris Stimme drang von irgendwoher an mein Bewusstsein. Ich hielt in der Bewegung inne. Meine Hände zitterten, als ich langsam den Dolch senkte und das Gefühl meines eigenen Körpers in mich zurückkehrte. Ein Raunen stieg aus der Menschenmenge: Es klang wie tiefes, befreites Atemholen.

Meine Augen klärten sich. Iris hoch aufgerichtete Gestalt zeichnete sich vor mir im Gegenlicht ab. Dann fiel ein Sonnenstrahl auf sein Gesicht. Ich sah die Furcht, die seine Züge entstellte, sah die Narbe auf seiner Wange, pochend wie ein dunkler Wurm. Seine Augen waren weit aufgerissen und schimmerten glasig. Er war sich der Tragweite einer solchen Tat voll bewusst: Mein Tod würde für ihn seine schwerste Niederlage bedeuten, eine unverzeihliche Schmach, die sein Herrscherhaus für alle Zeiten entehrte.

Die Stimme, die ich jetzt hörte, war nur noch ein Röcheln.

»Sprecht. Was begehrt Ihr?«

Ich öffnete die trockenen Lippen. Meine eigene Stimme klang schwach und spröde, kaum hörbar und dennoch klar.

»Das Leben des Herrschers von Izumo.«

Iri atmete stoßweise; fast taumelte er.

»Es sei Euch gewährt. Verlangt Ihr noch mehr?«

»Verpflichtet Euch bei Eurer königlichen Ehre, dem Herrscher von Izumo und seiner Tochter, Prinzessin Saroji, eine sichere Rückkehr in ihr Land zu gewährleisten.«

Schaum trat Iri in die Mundwinkel. »Ich gebe Euch mein Wort!« Der Dolch entglitt meinen Händen. Ich beugte mich vor, tastete wie eine Blinde nach dem Sternenschwert, hob es behutsam aus dem Sand. Der ganze Hof drehte sich vor meinen Augen, doch endlich gelang es mir, aufrecht zu stehen. Ich wandte mich an den Festungskommandanten: »Herr Kamata, ich bitte Euch, den Herrscher von Izumo befreien zu lassen!«

»Zu Befehl, Majestät!«, sagte er sich verneigend und rief zwei Offiziere herbei. Susanoo biss die Zähne zusammen, als sie ihm die Eisen aus den Händen zogen. Schwer atmend fiel er gegen das Tor und hellrotes Blut floss aus seinen Wunden. Eine Dienerin brachte Verbandzeug; sie stillte das Blut und verband ihm die Hände. Ich nahm inzwischen meine Schärpe ab, reinigte langsam und sorgfältig jede Klinge. Dann trat ich vor Susanoo hin, verneigte mich und hielt ihm die Waffe entgegen.

»Geruht«, sprach ich förmlich, »das Sternenschwert wieder in Euren Besitz zu nehmen.«

Und er, genauso förmlich, erwiderte. »Habt Dank. Es war ein großer Trost für mich, es in Eurer Obhut zu wissen.«

Und ich, eingehüllt in die Wärme seines Schattens, blickte in seine Augen, die brannten wie Sonnen bei Nacht, und ich wusste, dass es ein Abschied für immer sein würde. Und so sprach ich kühl und leise, obgleich mein Herz zerriss: »Lebt wohl, Majestät. Die Göttin beschütze Euch.«

Und er erwiderte dumpf: »Lebt wohl. Möge Euer Leben friedlich sein.«

Ich hatte nach Sona geschickt. Sie kam und trug in eine Schärpe gewickelt das Kind. Die Menge flüsterte neugierig, als sie gesenkten Blickes vorbeischritt. Schüchtern verneigte sie sich vor Susanoo und reichte ihm das Baby. Er lächelte, nahm Saroji behutsam in seine Arme. Die Haut des Kindes war zart wie goldene Seide und die Augen, in denen das Licht sich spiegelte, zeigten um die Iris einen perlmutterfarbenen

Schein. Sona half ihm die Schärpe um seine Schulter zu befestigen.

»Komm, Prinzessin«, sprach er leise und zärtlich, »wir werden jetzt ein Stück unseres Weges gemeinsam gehen. Ob der Weg lang oder kurz ist, wird die Göttin bestimmen.«

Nach diesen Worten legte er die Hand um den Griff des Sternenschwertes und trotz seiner Verletzungen packte er die Waffe mit erstaunlicher Kraft. Ein Raunen erhob sich in der Stille, verstummte sofort wieder, keiner war in der Menge, den nicht die Furcht lähmte, als Susanoo dem König entgegentrat. Schweiß und Staub hatten sein Gesicht zu einer Maske aus dunkler Bronze werden lassen. Leise, ruhig kamen die Worte über seine blutverschmierten Lippen.

»Ich könnte Euch jetzt töten, und wahrlich, es würde mir eine Genugtuung sein! Doch einst schwor ich, das Sternenschwert nicht für unehrenhafte Zwecke zu benutzen. Die Waffe mit Eurem Blut zu besudeln wäre gewiss das Unehrenhafteste, was ich ihr antun könnte!«

Iris Augen leuchteten wie im Fieber. »Geht!«, keuchte er. »Verlasst Tatsuda, bevor ich es mir anders überlege!«

»Wahr ist«, fuhr Susanoo fort, »was die Könige, unsere Ahnen, uns einst vorausgesagt: Einer wird kommen, um Herr zu sein über dieses Königreich, das vom Westen bis zum Osten reicht. Doch Euer Weg ist mit Blut bespritzt! Die Kinder des Nordsterns wurden vernichtet, nicht im ehrlichen Kampf, sondern hinterlistig ermordet. Und nur noch die Wildkatzen heulen in den leeren Wäldern. Doch hütet Euch, Majestät, vor dem Dornengestrüpp in Eurem Gehirn.«

Iris Lider zuckten, seine Lippen bebten. Der Schatten des goldroten Banners überzog sein Gesicht, seine Schultern: Er stand da wie in Blut getaucht. »Geht!«, wiederholte er und diesmal klang es wie ein Flehen. Da lachte Susanoo hart und spöttisch auf. Er verbeugte sich nicht; er bedachte den König nur mit einer flüchtigen Neigung des Kopfes. Dann wandte er sich ab, durchquerte den Burghof mit federnden, lässigen Schritten und das Kind ruhte wie ein winziges Bündel an seiner Schulter. Kamata rief einen Befehl. Die Wachtposten traten zur Seite und rasselnd öffnete sich das Tor. Und plötzlich überfiel mich tiefer, verwirrender Schrecken. Was soll aus meinem Volk werden, dachte ich, wenn das Sternenschwert das Heiligtum für immer verlässt?

Da sah ich, wie er stehen blieb, sich wie aus einem inneren Zwang heraus umwandte. Sein Blick wanderte über die Menge. Ganz still war es, als sich seine Stimme erhob und ruhig und klar bis in die entferntesten Reihen tönte.

»In diesem Schwert lebt die Sternenkraft. Ich will es meinem Volk als Botschaft hinterlassen. Und die Erdgottheiten auf den hohen Bergen und die Himmelsgottheiten in den niedrigen Wolken werden unsere Nachkommen auf ewig beschützen.« Er schwieg einen Atemzug lang, bevor er mit kräftigem Schwung das Schwert in den Sand bohrte.

»So nehmt es entgegen! Ich brauche es nicht mehr!«

Ein Seufzen, ein Stöhnen fast, stieg aus der Menge. Und alle, wie vom Blitz getroffen, warfen sich zu Boden, berührten mit der Stirn den Sand. Ich jedoch stand aufrecht neben dem König; sah, wie der Herrscher von Izumo sich abwandte und unbewaffnet, gelassen und stolz dem Tor entgegenschritt. Sein Schatten glitt über den Sand, schneller, immer schneller wie die Schwingen eines Vogels . . . und plötzlich war nur noch das Sternenschwert sichtbar, im Sand funkelnd wie ein Gewächs aus Stahl und Licht, in dem die Kraft der Sterne lebte . . .

Da blickte ich in Iris Gesicht und sah Furcht in seinen Augen flackern. Und langsam und unnachsichtig sprach ich: »Zweitausend Jahre lang werden Herrscher wie Ihr die Menschen knechten und ausbeuten, in Unglück und Tod stürzen. Zweitausend Jahre lang werden sie im Namen der Gottheit die Erde plündern und verwüsten, weil sie nach Macht dürsten und sich vor sich selbst fürchten. Aber die Macht ist nichts ohne das Wissen und die Erkenntnis. Und einst, in tausend Menschenaltern, wird diese Schreckensherrschaft sich auflösen wie Rauch im Wind. Sie wird jener höheren Macht zufallen, die den Tod in Leben verwandelt ...

Euer Ruhm aber, der Euch so teuer ist, wird verschüttet werden von der Erde. Euer Name wird in Vergessenheit geraten und Eure Taten einem anderen König zugeschrieben werden ...«

»Schweigt«, zischte Iri mit bleichen Lippen. »Schweigt und begebt Euch in Eure Gemächer.«

Da lächelte ich furchtlos, verneigte mich und ging. Nur noch das Schwert leuchtete vor dem dunklen Tor, hell und rein wie der Baum der Erkenntnis, der aus dem Herzen des Erdensterns wächst ...

## 31

**F**limmernde Hitze staute sich im Wald; die Luft regte sich kaum unter den schattigen Bäumen. Das dunkle Blau des Meeres schimmerte durch das Laub. Die Flut war im Kommen; vom Riff herüber wuchsen lange Schaumkronen.

Zwei Menschen – ein kleines Mädchen und eine Frau – wanderten den Waldrand entlang.

Das kleine Mädchen trug knielange Hosen aus rotem Leinenstoff und bunt bestickte Beinschützer. Zwei Lederarmbänder, an denen purpurne Steine in Form von Bärenkrallen hingen, waren um ihre zarten Handgelenke geschlungen. Ihre Haut war hell und klar wie Gold. Ihr Haar fiel in ungestümen, federnden Locken auf die nackten Schultern; ein rötlicher Schimmer glomm auf dem Schwarz. Sie hielt einen Bambusbogen in der Hand, ein kleiner Pfeilköcher baumelte an ihrer Seite. Die Frau – offenbar eine Dienerin – hatte ein breites, kluges Gesicht. Sie trug die dunkelblaue Tracht der Küstenbewohner. Ein weißes Tuch war um ihr rabenschwarzes Haar geschlungen. Lachend wischte sie sich den Schweiß vom Gesicht, während das Mädchen behände über Steinbrocken und tote Baumstämme kletterte. Doch plötzlich verflog ihr Lachen: Ihre Augen richteten sich schreckerfüllt auf eine Stelle im Gebüsch, die sich geheimnisvoll und drohend bewegte. Ein Zweig wippte auf und nieder, das Unterholz krachte. Eine schwere Masse regte sich im Halbdunkel. Und jetzt erschien, halb verborgen durch ein Gewirr von Ranken, Blättern und zertretenen Halmen, ein mächtiges, zottiges Ungetüm. Es war ein Schwarzbär, mit einem weißen Fellkragen um den Hals, der schnüffelnd und kurzsichtig über die Lichtung spähte. Ein leiser, entsetzter Schrei entfuhr der Dienerin. Sie holte das Kind ein und riss es in ihre Arme. Dann – wie die Bauern es zu tun pflegten – drehte sie der Schreckensgestalt zitternd den Rücken zu, um das Kind mit ihrem Körper zu schützen.

Doch das kleine Mädchen stieß die Frau zurück, entwand sich blitzschnell ihrer Umklammerung und trat dem Bären entgegen. Die Dienerin stöhnte heiser und fiel auf die Knie. Vor Angst auf die Stelle gebannt, sah sie das kleine Mädchen furchtlos die Hand ausstrecken. Der Bär wiegte den schweren Kopf hin und her, beschnüffelte neugierig das kleine Menschenwesen. Die Hand des Kindes strich über den verfilzten, fettigen Pelz. Der scharfe Bärengeruch umgab sie und sie spürte seinen nassen Atem auf der Haut. Dann richtete der Bär sich mit einem einzigen Muskelwogen zu voller Größe auf. Er überragte das Kind wie ein gewaltiger schwarzer Felsblock. Das kleine Mädchen rührte sich nicht; ihre mandelförmigen Augen verfolgten aufmerksam jede Bewegung der riesigen Tatzen. Die starken, gebogenen Krallen, an denen Erde und Reste von Baumrinde hingen, schwebten über ihrem Kopf. Plötzlich ließ sich das Tier geschmeidig wieder auf alle viere nieder, wandte sich ab und verschwand im Dickicht. Das Krachen und Rascheln der Zweige entfernte sich und erlosch.

Einige Atemzüge lang kauerte die Dienerin wie gelähmt auf dem Boden. Dann kam wieder Leben in sie. Stolpernd lief sie auf das kleine Mädchen zu, schloss es tränenüberströmt in ihre Arme. Sie streichelte das Kind, betastete seine Glieder mit zitternden Händen, wie um sich zu vergewissern, dass es keine Verletzung davongetragen hatte. Das kleine Mädchen beachtete sie kaum. Ihr Kopf war gedankenverloren zur Seite geneigt; sie betrachtete die tiefen Spuren, die der Bär im Waldboden hinterlassen hatte.

Das kleine Mädchen runzelte die Brauen. Ein gepresster Atemzug hob ihre Brust. Sie hatte ihre Macht über das Tier gespürt, doch sie wusste nicht, was sie damit anfangen sollte. Dann aber glätteten sich ihre Züge und ein heiteres Lächeln umspielte ihre Mundwinkel. Ihr Vater würde es ihr schon sagen.

War ihr Vater nicht der Herrscher von Izumo?

# Nachwort

Die Handlung dieses Romans stützt sich auf Begebenheiten, die sich in der Frühgeschichte Japans zugetragen haben und im Laufe der Zeit in die Legende eingegangen sind.

Die Geschichte der japanischen Dynastie kann über eine Zeitspanne von rund 2 000 Jahren – also bis zur japanischen Frühgeschichte – zurückverfolgt werden. Es heißt, dass die Priesterkönigin Himiko aus Yamatai um 200 n. Chr. im Süden von Japan (dem heutigen Kyushu) über das Volk der Ama regierte. Über den Ursprung dieses Volkes sind sich die japanischen Gelehrten uneinig. Man vermutet heute, dass es sich um ein Volk mesopotamischen Ursprungs handelte.

Ferner heißt es, dass Himiko während eines Krieges mit den Bewohnern des Landes Kuna die Hilfe koreanischer Fürsten vom Festland erbat. Sie selbst verlor ihr Leben in diesem Krieg.

Himikos Tochter Toyo heiratete den Tungusenfürsten Iri, der ihr die politische Macht entriss und unter den Namen Sujin als erster japanischer Kaiser in die Geschichte einging. Es waren die Bewohner des koreanischen Festlandes, die das Pferd nach Japan brachten.

In diesem Roman spielen die drei heiligen Gegenstände Bronzespiegel, Stein »Tama« und Schwert eine wesentliche Rolle. Sie sind noch heute in Japan die traditionellen kaiserlichen Wahrzeichen. Der Bronzespiegel (der ursprünglich aus China kam, aber später auch in Japan hergestellt wurde) hat eine magische Bedeutung; die Steine des »Tama«, die Bärenkrallen darstellen und den Träger mit den Kräften der Natur ausstatten, werden in den Shinto-Zeremonien verwendet. Das Schwert mit den sieben Klingen schließlich wird im Heiligtum von Isonokami-jingu aufbewahrt.

Die Ainu, die in diesem Roman eine wichtige Rolle spielen,

sind die Ureinwohner Japans und waren früher fast über das ganze Inselreich verbreitet. Sie gehören zu den nördlichen Volksgruppen europäischen Ursprungs, den so genannten Paläoarktikern. Sie leben heute im Norden Japans (Hokkaido), im östlichen Teil Russlands sowie auf den Kurillen-Inseln, jener japanischen Inselgruppe, die von der Sowjetunion seit Ende des Zweiten Weltkrieges besetzt ist.

Die Provinz Izumo, in der ein wichtiger Teil der Geschichte spielt, war schon im Altertum wegen ihrer Eisenminen bekannt und spielte in der damaligen Zeit (1. bis 2. Jh. n. Chr.) eine führende Rolle.

Der Überlieferung nach herrschte in Izumo Haya-Susanoo-no-Mikoto, der Bruder der letzten Sonnenkönigin, nach seiner Verbannung aus Yamatai. Dieser legendäre Fürst gehörte zweifellos zu den faszinierendsten Persönlichkeiten seiner Zeit. Er bereicherte das Land um verschiedene kulturelle Errungenschaften. Er muss im Volk sehr beliebt gewesen sein und genießt noch heute in Japan große Verehrung. Der zu seinem Gedenken errichtete Izumo-Schrein ist eines der meistbesuchten Heiligtümer des Landes.

Ferner hat sich der Glaube an die Naturgottheiten (Animismus) in Japan bis in die Gegenwart erhalten und findet hauptsächlich Ausdruck in Festen und Bräuchen im Zyklus der Jahreszeiten.

Das von dem ursprünglichen Glauben hergeleitete Matriarchat schrieb den Schamanenfrauen (Orakeldeuterinnen) eine vorherrschende Rolle zu. Eine Schamanin war niemals eine »Hexe« im herabsetzenden Sinne des judeo-christlichen Denkens, sondern ein Mensch, der seine Kräfte für das Wohl der Gemeinschaft einsetzte.

Schamaninnen, die mit den Naturgottheiten in Verbindung stehen, gibt es noch heute in Japan. Sie sind Hüterinnen jenes ursprünglichen Matriarchats, das die Seele der Japaner nach wie vor prägt.